KB032684

THE FIFTH SEASON

THE BROKEN EARTH Trilogy 1

다섯 번째 계절

THE FIFTH SEASON:
Every Age Must Come to An End
THE BROKEN EARTH: Book One
by N. K. Jemisin

Copyright © N. K. Jemisin 2015
All rights reserved.

Map © Tim Paul 2014

Korean Translation Copyright © Minumin 2019

Korean translation edition is published by arrangement with
N. K. Jemisin c/o The Knight Agency through Duran Kim Agency.

이 책의 한국어 판 저작권은 듀란킴 에이전시를 통해
The Knight Agency와 독점 계약한 ㈜민음인에 있습니다.
저작권법에 의해 한국 내에서 보호를 받는 저작물이므로 무단 전재와 무단 복제를 금합니다.

THE FIFTH SEASON

THE BROKEN EARTH Trilogy 1

N. K. 제미신
박슬라 옮김

다섯 번째 계절

황금가지

차례

이 점을 명심하라. 한 이야기의 끝은 새로운 이야기의 시작.
모든 일은 전에도 있었던 일이다. 사람은 죽는다. 옛 질서는 무너진다.
새 사회가 탄생한다. “세상이 끝났다”는 말은 대개 거짓말이다.
왜냐하면 **행성**은 변함없이 존재하기에.
하지만 이것이 바로 세상이 끝나는 방식이다.
이것이 바로 세상이 끝나는 방식이다.
이것이 바로 세상이 끝나는 방식이다.
완전히.

다른 이들과 마땅히 동등한 존중을 받기 위해

투쟁하는 이들에게 바친다.

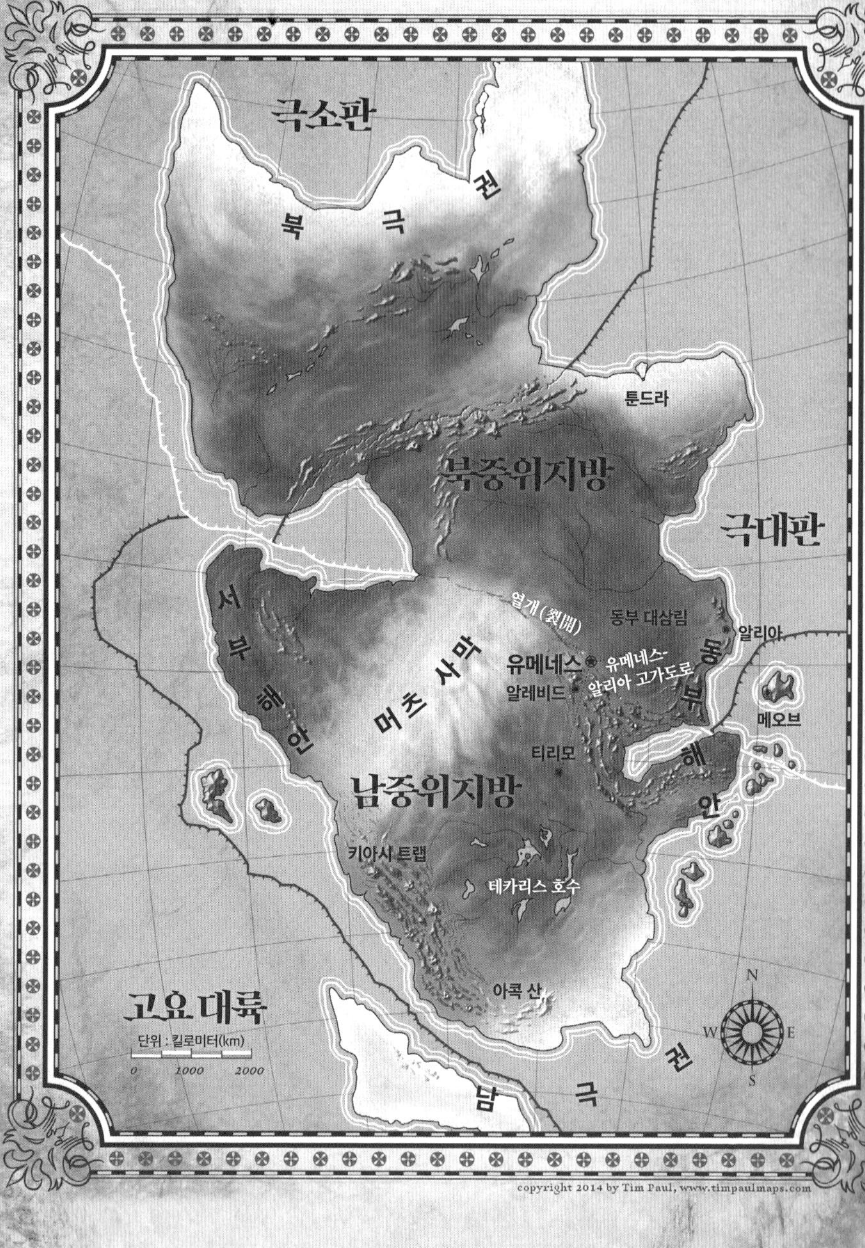

copyright 2014 by Tim Paul, www.timpaulmaps.com

프롤로그

너는 여기에 있다

먼저 세상의 종말에 관한 이야기로 시작해 보자. 빨리 끝내고 더 재미있는 부분으로 넘어가야 하니까.

하지만 그 전에 개인의 종말이 있다. 앞으로 여자는 계속해서 생각하고 또 생각할 것이다. 그녀의 아들이 어떻게 죽었는지, 어쩌다 그런 있을 수 없는 일이 일어났는지, 상상하고 또 고민할 것이다. 여자는 우체의 너덜너덜한 작은 몸뚱이에 담요를 덮고(얼굴은 가리면 안 된다. 그 아이는 어두운 걸 무서워하니까.) 그 옆에 하염없이 앉아 있을 것이다. 문 밖에서 세상이 멸망하든 말든 아랑곳하지 않고. 그녀의 내면에서 세상은 이미 끝났고, 이번이 처음도 아니다. 그녀는 이런 것에는 이골이 났다.

그때, 그리고 그 뒤로도 줄곧, 그녀는 생각한다.

하지만 이 아이는 자유로웠는데.

망연해진 그녀가 이런 질문 아닌 질문을 던질 때마다 냉정하고 신랄한 또 다른 자아가 대답한다.

아니야. 그렇지 않았어. 하지만 이젠 자유지.

***

이게 다 무슨 일인지 이해하려면 앞뒤 맥락을 알아야 한다. 그러니 다시 세상의 종말에 관한 이야기로 돌아가 보자. 이번에는 대륙의 종말로.

여기 대륙이 있다.

어디나 그렇듯 산맥과 평원, 계곡과 강과 삼각주가 있는 평범한 땅이다. 다만 어마어마하게 크고 기운이 넘칠 뿐이다. 이 땅은 지나치게 자주, 너무 많이 움직인다. 마치 잠자리에 누운 노친네가 쉴 새 없이 몸을 뒤치락거리고, 끙끙대고, 한숨짓고, 입술을 오물거리고, 방귀를 뀌고, 하품하고, 쩝쩝거리듯이. 그리하여 이곳 주민들은 이 땅에 고요라는 이름을 붙였다. 꽤나 신랄한 모순이 깃든 이름이다.

예전에는 다른 이름으로도 불렸다. 한때 고요는 여러 개의 대륙으로 이뤄져 있었다. 지금은 거대한 하나의 땅덩어리지만 언젠가 때가 되면 또다시 여러 조각으로 갈라질 것이다. 조만간.

세상의 종말은 한 도시에서 시작된다. 세상에서 가장 크고 유서 깊고 아름답고 활기 넘치는 도시. 도시의 이름은 유메네스이고 한때는 제국의 심장이었다. 그리고 모든 제국이 그러하듯이 화려하게 꽃피우던 전성기를 지나 시들해진 지금도 여전히 많은 것들의 중심지로 명성을 유지하고 있다.

유메네스의 독특한 위상은 단순히 그 방대한 규모에서 오는 게 아니다. 적도를 따라 대륙을 두른 띠처럼 연결되어 있는 이 지역에는 대도시들이 널려 있다. 다른 지방에서는 촌락이 마을로, 마을이 도시로 성장하는 경우가 드물다. 마을이 생기는 족족 대지가 삼켜버리는 세상에서는 정치 조직이 발달하기 어렵기 때문이다. 하지만 유메네스는 자그마치 27세대 동안이나 한 자리를 굳건히 지켜왔다.

유메네스가 독특한 이유는 안전이나 편의성, 심지어는 미학적인 면모 때문이 아니라 이곳이 인류의 대범함을 입증하는 증거이기 때문이다. 도시의 길고 잔혹한 역사가 섬세하게 기록된 정교한 모자이크 장벽은 가히 예술적 걸작이라 부를 만하다. 빽빽하게 들어선 고층 건물 사이에 드문드문 돌 손가락처럼 솟아 있는 크고 높다란 탑들, 수력발전이라는 경이로운 현대 기술을 도입한 수공예 전등, 유리와 호박함을 엮어 만든 오묘한 아치 교량과 역사 기록상 그 누구도 시도한 바 없는(그러나 역사의 대부분은 기록되지 않는다. 그 점을 명심하도록.) 단순하면서도 황당할 정도로 멍청한 발코니라고 불리는 건축 구조물까지. 도로는 언제든 다시 깔 수 있는 자갈이 아니라 지역 주민들이 아스팔트라고 부르는 평평하고 견고한 신기한 물질로 포장되어 있다. 유메네스는 심지어 빈민촌마저 호기 어린 도시다. 그곳의 판잣집은 '흔들'은커녕, 비바람만 조금 거세게 불어도 날아갈 만큼 조악하고 허술하기 때문이다. 그럼에도 그 집들은 벌써 여러 세대 동안 꿋꿋하게 버텨 왔다.

도시 중앙에는 커다란 고층 건물들이 무리지어 서 있는데, 그중 하나가 다른 모든 건물을 전부 합친 것보다 훨씬 크고 대범하다는 사실은 그리 놀랍지도 않다. 이 거대한 건물은 흑요석을 정교하게 깎아 다듬은 별 모양의 피라미드 형태를 띠고 있다. 피라미드는 건축적으로 가장 안정적인 구조인데, 이 건물은 자그마치 다섯 개의 피라미드로 구성되어 있는 것이다! 그리고 이곳이 유메네스이기에, 건물의 뾰족한 꼭대기에는 반투명 호박(琥珀)을 연결해 만든 듯 보이는 거대한 지오데식 구(球)가 완벽한 균형을 유지하고 있다. 사실 이 건물은 처음부터 끝까지 오로지 그 구를 지탱하기 위한 목적으로 설계되고 건축되었다. 그럼에도 그것은 위태로워 보인다. 그 점이 가장 중요하다.

이 흑성(黑星, Black Star)은 제국의 지도자들이 모여 정사(政事)를 논하는 곳이다. 그리고 그 호박색 구는 그들이 황제를 고이 모셔 놓은 곳이다. 황제는 귀족들 특유의 우아한 체념에 젖어 황금빛 복도를 배회하고, 언제쯤 주인들이 그의 딸이 더 나은 장식품이 되리라 결정할 날이 올까 불안에 떨며 시키는 일을 수행한다.

이 건물도 사람도 별로 중요한 것은 아니다. 그저 이야기의 맥락을 설명하기 위해 알려 주는 것일 뿐.

하지만 여기, 진짜 중요한 사람이 있다.

이 남자가 어떻게 생겼는지 상상하는 건 네 자유다. 적어도 지금은 그렇다. 그가 지금 무슨 생각을 하고 있는지 상상하는 것도 네 자유다. 단순한 추측에 지나지 않아도 어느 정도는 사실일 테니까. 앞으로 보게 될 남자의 행동으로 미뤄 보아 지금 그의 머릿속은 몇 가지 생각으로 가득하다.

남자는 흑성의 흑요석 벽에서 그리 멀지 않은 언덕 위에 서 있다.

그는 도시 전경을 내려다보며 올라오는 연기 냄새를 맡고 시끌벅적한 사람 소리를 듣는다. 언덕 아래 아스팔트 보도 위로 한 무리의 젊은 여성들이 지나간다. 언덕은 주민들이 몹시 사랑하고 애용하는 공원에 있다.(돌의 가르침은 말한다. 장벽 안쪽에 항상 녹지(綠地)를 남겨 놓아라. 하지만 대부분의 공동체가 녹지 구역에 콩과[豆科] 식물이나 토양을 비옥하게 하는 다른 작물을 심기 때문에 녹색으로 아름답게 조경된 구역을 유지하고 있는 건 유메네스뿐이다.) 누가 재미난 말이라도 했는지 여자들이 까르르 웃음을 터트리자 산들바람에 실려 웃음소리가 남자의 귓가로 날아온다. 남자는 눈을 감고 여자들의 음성이 만들어 낸 미세한 떨림을, 나비의 날갯짓처럼 보님기관을 부드럽게 간질이는 그보다 더욱 희미한 발걸음의 진동을 음미한다. 남자는 유메네스에 살고 있는 700만 인구를 전부 보닐 수는 없지만(그는 굉장히 탁월한 능력을 지녔지만 그 정도로 뛰어나지는 않다.) 대부분은, 그래, 대부분은 보닐 수 있다. 거기에. 여기에. 그는 숨을 깊이 들이마신 다음, 대지의 일부가 된다. 사람들이 그의 신경 세포를 밟고 지나간다. 그들의 목소리가 민감한 피부와 체모를 떨리게 하고, 그들의 숨결이 그가 가슴 깊이 들이마시는 공기에 파장을 일으킨다. 그들이 그의 위에 있다. 그의 안에 있다.

그러나 남자는 지금도, 그리고 앞으로도 결코 자신이 그들의 일부가 될 수 없음을 안다.

"그거 알아?" 남자가 무심하게 말을 건다. "최초의 돌의 가르침은 진짜 돌에 적혀 있었다지. 정치 다툼에 휘말리거나 시대가 변해도 내용이 변질되거나 후대에 잊히지 않게 말이야."

"알아." 옆에 있는 자가 대답한다.

"아, 그래. 하긴, 그게 만들어졌을 때 너도 거기 있었을 테니까. 깜박했군." 남자는 점차 멀어져 가는 여자들을 바라보며 깊이 한숨을 내쉰다. "너를 사랑하는 건 안전한 일이지. 너는 날 실망시키지도 않고 죽지도 않을 테니까. 그 대가가 뭔지도 분명하고."

남자의 동행은 대답하지 않는다. 그도 대답을 기다린 건 아니다. 마음 한구석으로 조금 기대하고 있었을지는 몰라도. 그는 그동안 너무 외로웠다.

그러나 희망이란 부질없는 것. 그가 알고 있는 다른 수많은 감정처럼 잠깐이나마 품었다 해도 끝내 남는 것은 절망뿐이다. 이 정도면 충분히 고민했다. 망설임의 시간은 지났다.

"계명은 돌에 새겨져 있나니."

남자가 두 팔을 넓게 벌리며 말한다.

웃음 띤 얼굴에 경련이 인다. 남자는 벌써 몇 시간째 똑같은 표정으로 웃고 있다. 이를 꽉 깨문 채 입술을 뒤로 잡아끌면 눈가에 잔주름이 잡힌다. 남들이 속아 넘어갈 미소를 짓는 것은 고도의 예술 행위다. 특히 눈웃음에 각별히 신경 써야 한다. 그렇지 않다면 사람들은 네가 그들을 싫어한다는 걸 금세 눈치 챌 테니까.

"각인된 말은 절대적이노라."

남자는 혼잣말처럼 중얼거리지만, 옆에는 한 여자가 서 있다. 굳이 구분하자면 그렇다. 사실 인간 종의 성별을 딴 외모는 예의상 걸친 겉치레에 불과하다. 여자가 입고 있는 주름 잡힌 헐렁한 치마도 실은 옷이 아니다. 그녀의 외모는 자신을 구성하고 있는 단단한 물질의 일부를 나약한 필멸자들이 선호하는 모습을 흉내 내어 재구성한 것에 불과하다. 멀리서 보면 가만히 서 있는 여자로 착각하고 지나칠 만하다. 적어도 한동안은 속일 수 있겠지. 그러나 가까이 다가가 보면 여자의 피부가 도자기처럼 새하얗다는 사실을 알 수 있다. 아니, 비유가 아니다. 조각상으로 본다면 여자는 아름답다는 찬사를 들을 수 있을 것이다. 유메네스인들의 취향에는 지나치게 사실적이긴 하지만. 대부분의 유메네스인은 예술적으로 저속한 사실주의보다 고상한 추상주의를 선호한다.

여자가 느릿한 동작으로 남자를 향해 몸을 돌린다. 지상에 올라온 스톤이터는 꼭 필요한 경우가 아니면 언제나 천천히 움직인다. 여자의 움직임은 방금 전까지 예술적 미(美)처럼 보였던 것을 단번에 섬뜩한 낯섦으로 만든다. 남자는 여자의 그런 모습에 익숙해진 지 오래인데도 일부러 시선을 피한다. 그는 이 중요한 순간을 망치고 싶지 않다.

"이 다음엔 어떻게 할 거지?" 남자가 묻는다. "모든 게 끝나고 나면 너희 종족이 폐허에서 들고 일어나 우리들 대신 세상을 차지하기라도 하나?"

"아니."

"왜?"

"우린 그런 것에 관심이 없다. 그리고 너는 계속 여기 있을 테니까."

남자는 여자가 말한 너가 실은 너희들이라는 의미임을 안다. 너희 종족. 인간들. 여자는 때때로 남자를 그가 속한 종족의 대표인 양 취급한다. 그도 여자를 똑같이 취급한다.

"확신하는 말투로군."

여자가 입을 다문다. 스톤이터는 명백한 사실에 대해 쓸데없이 첨언하지 않는다. 남자는 다행이라고 생각한다. 그녀가 말할 때마다 신경에 거슬리기 때문이다. 여자의 목소리는 공기를 진동시키는 인간의 목소리와 다르다. 남자는 그 원리를 모른다. 궁금하지도 않다. 지금은 그저 여자가 조용해 주길 바랄 뿐이다.

그는 모든 것이 조용해지길 바란다.

"그만 끝내자." 남자가 말한다. "제발."

남자는 세상의 세뇌와 조종과 짐승 취급을 통해 발달시킨 능숙한 제어력과 주인들이 여러 세대에 걸친 강간과 강압과 고도의 인위적 선택으로 그의 핏줄 안에 불어넣은 섬세한 감응력을 널리 뻗는다. 의식의 지도 위에서 몇 개의 반향점을 감지하자 넓게 벌린 손가락이 움찔거린다. 그와 동족인 노예들. 남자는 이들을 해방시킬 수 없다. 적어도 현실적인 의미에서는 그렇다. 예전에 시도한 적은 있지만 실패했다. 그러나 그들의 고통과 괴로움을 한 도시의 오만과 제국의 두려움보다 더 큰 대의(大義)를 위해 이용할 수는 있다.

그래서 그는 감각을 더욱 깊숙이 지르고 뻗어, 떨리고 진동하고 움찔거리고 반향하고 물결치는 거대한 도시를, 그 아래 있는 조용한 기반암을, 또 그 밑에 있는 열기와 압력의 용틀임을 휘어잡는다. 그다음부터는 옆으로 넓게 벌리고 확장해 대륙을 얹고 있는 널찍하고 불안정한 지각판 조각을 움켜쥔다.

그리고 마지막으로, 그는 위로, 위로 뻗는다. 힘을 찾아서.

남자는 이 모든 것을 취하고 흡수한다. 지층과 마그마와 사람과 힘을 형체 없는 손아귀에 움켜쥔다. 그 전부를 한데 모아 쥔다. 그는 혼자가 아니다. 대지가 그와 함께한다.

그리고 다음 순간, 그는 그것을 파괴한다.

***

여기 '고요'가 있다. 평온하고 화창한 날에도 결코 고요하지 않은 땅.

땅이 들썩이며 파문이 일고, 굉음이 울리고, 대격변이 발발한다. 끔찍하고 무시무시한 균열이 대륙의 적도를 따라 기이할 정도로 깔끔한 직선을 그리며 쏜살같이 달려 나간다. 균열의 근원지는 유메네스다.

충격파가 깊고 난폭하게 행성의 속살을 가른다. 깊숙한 곳에서 갓 올라온 붉은 용암이 상처 자국에 찰랑찰랑 고인다. 대지의 치유력은 탁월하다. 상처에는 금세 지질학적 딱지가 내려앉고, 모든 것을 정화하는 바다가 벌어진 틈새에 스며들어 고요를 두 개의 땅덩어리로 나눌 것이다. 그러나 그때가 오기까지 상처 자국은 열기뿐 아니라 유독가스와 지금거리는 검은 재에 뒤덮여 썩고 부패할 것이며, 몇 주일도 지나지 않아 고요 대륙의 대부분에서 햇빛이 사라질 것이다. 식물이 말라죽고 초식동물이 배를 곯고 육식동물이 굶어 죽을 것이다. 겨울은 평년보다 이르게 찾아오고 또한 혹독할 것이며, 아주 오래도록 지속될 것이다. 그러나 모든 겨울이 그러하듯이, 겨울은 결국 끝날 것이다. 세상도 다시 예전으로 되돌아갈 것이다. 언젠가는.

언젠가는.

고요 대륙의 주민들은 평생 동안 천재지변에 대비하며 살아간다. 그들은 벽을 세우고 우물을 파고 식량을 비축하고, 그렇게 태양도 없는 세상에서 5년, 10년, 때로는 25년을 버티고 견뎌 낸다.

그러나 이번의 언젠가는 몇천 년 후가 될 것이다.

보라, 벌써 잿구름이 뭉게뭉게 피어나고 있다.

***

대륙과 행성에 집중하는 동안에도 그 위에 떠 있는 오벨리스크를 잊어서는 안 된다.

한때 오벨리스크는 다른 이름으로 불렸다. 처음 건조(建造)되고, 배치되고, 사용되던 시절에는 그랬다. 그러나 지금은 아무도 그것의 이름도, 목적도 기억하지 못한다. 기억이란 고요 대륙의 지각판만큼이나 연약하다. 사실 요즘에는 아무도 오벨리스크를 쳐다보지도 않는다. 오벨리스크는 크고 아름답고 어딘가 으스스한 데가 있는, 높은 구름 속을 정처 없이 떠다니는 거대한 수정 조각이다. 느릿한 속도로 회전하면서 이해할 수 없는 궤도를 따라 불규칙적으로 이동하며, 이따금 마치 실재하지 않는 환영처럼 흐릿해졌다가 다시 나타나곤 한다. 어쩌면 그저 빛의 장난인지도 모른다.(하지만 아니다.) 여하튼 오벨리스크가 자연물이 아니라는 것만은 분명하다.

그리고 별로 중요한 존재가 아니라는 것 또한 분명하다. 겉으로 보기에는 근사하지만 쓸모가 없다. 아버지 대지가 부단한 노력으로 멸망시킨 수많은 고대 문명의 묘석 중 하나일 뿐이다. 세상에는 그런 돌무덤이 무수히 많다. 폐허로 전락한 수천 개의 도시들, 아무도 기억 못 하는 신이나 영웅에게 바쳐진 수백만 개의 기념비들, 어디로도 이어지지 않는 수십 개의 다리들. 이제는 누구도 그런 것을 경배하지 않고, 그것이 고요 대륙의 기본 상식이다. 옛것을 건설한 자들은 나약했고 약한 것들의 운명이 그렇듯 죽어 스러졌다. 그보다 더 비참한 것은 그들이 실패했다는 것이다. 오벨리스크를 건설한 자들은 다른 이들보다도 더 비참하게 실패했다.

그러나 오벨리스크는 존재하고, 세상의 종말에 나름 한몫을 했으니 여기서 알아 두는 것이 좋겠다.

***

다시 개인의 이야기로 돌아와 보자. 하늘은 그만 쳐다보고 지상으로 내려올 때가 됐다, 하하.

첫머리에서 언급했던 여자, 아들이 죽은 여자 말이다. 그녀는 다행히도 유메네스에 없었다. 만약 그랬다면 이야기는 여기서 끝났을 테지. 너도 존재하지 않을 테고.

여자는 티리모라는 소도시에 있다. 고요 대륙에서 소도시는 공동체, 즉 향(鄕)의 형태 중 하나다. 티리모는 간신히 향으로 분류될 수 있는 규모의 촌락이다. 티리마스 산맥 발치에, 마을과 동명(同名)의 골짜기 아래 자리 잡고 있다. 가장 가까운 수원(水原)은 지역 주민들 사이에서 '작은 티리카'라고 불리는 간헐 하천이다. 일상어에 간간이 남아 있는 언어적 파편 외에는 더 이상 존재하지 않는 옛 언어로 이티리는 '정적'을 뜻한다. 티리모는 적도권(赤道圈)의 화려하고 안정적인 도시와는 거리가 멀다. 이곳 사람들은 언젠가 반드시 찾아올 흔들에 대비해 집을 짓는다. 예술적인 첨탑도 처마의 돌림띠도 없이 나무와 싸구려 갈색 벽돌로 벽을 쌓고 대충 자른 돌로 기초를 다진다. 아스팔트 도로는 상상도 못 하고 풀 덮인 경사지에 먼지 날리는 흙길이 나 있을 뿐이다. 개중 몇몇은 널빤지나 자갈로 포장이 되어 있을 때도 있다. 티리모는 평화로운 곳이다. 조금 있으면 유메네스에서 시작된 끔찍한 대격변이 이 지역 전체를 덮쳐 올 테지만.

티리모에는 다른 집과 똑같이 생긴 집 한 채가 있다. 다른 평범한 집들처럼 언덕 비탈면에 구멍을 판 다음 물이 새어 들어오지 않게 진흙과 벽돌을 두르고 삼나무와 떼로 지붕을 덮은 소박한 집이다. 세련된 유메네스 사람이라면 이런 원시적인 움막에 대한 말만 들어도 웃음을 터트릴(터트렸을) 것이다. 물론 만약 그럴 기회가 있으면(있었다면) 말이다. 그러나 티리모 주민들에게 땅속에 산다는 것은 당연하고 합리적인 일이다. 여름에는 시원하고 겨울에는 따뜻하고, 폭풍우는 물론 흔들이 오더라도 금세 복구할 수 있기 때문이다.

여자의 이름은 에쑨이다. 나이는 마흔둘. 전형적인 중위지방(中緯地方) 여자답게 생겼다. 키가 크고 등은 곧고 목은 길다. 애 둘을 거뜬히 낳은 엉덩이와 두 자식을 배불리 먹인 풍성한 젖가슴, 크고 유연한 손, 강인한 체력과 통통한 몸매. 전부 고요 대륙에서 높이 평가받는 특질이다. 새끼손가락 굵기로 꼰 머리 가닥이 얼굴 주위를 감싸고 있고, 검은 머리칼은 끝으로 갈수록 갈색으로 옅어진다. 피부는 어찌 보면 별로인 황갈색이고, 또 어찌 보면 역시 별로인 올리브색이다. 중위지방 잡종들. 유메네스인들은 에쑨과 같은 사람들을 그렇게 부른다(불렀다). 산제인의 피가 섞여 있긴 하지만 충분하지는 않은 잡종들.

소년은 그녀의 아들이었다. 이름은 우체. 아직 세 살도 안 된 나이다. 나이에 비해 몸집이 작고, 커다란 눈망울과 들창코를 가졌고, 조숙하고, 아주 사랑스러운 미소를 지을 줄 알았다. 인간이 이성이라 부를 만한 것을 진화시킨 이래 아이들이 부모의 사랑을 얻기 위해 활용하는 모든 특성을 부족함 없이 고루 갖추고 있었다. 아이는 건강했고, 영민했고, 그리고 당연히 살아 있어야 했다.

이곳은 거실이었다. 조용하고 아늑하고 온 가족이 모여 수다를 떨고 밥을 먹고 놀고 서로 껴안고 뒹굴고 간지럼을 태우던 곳. 여자는 여기서 우체에게 젖을 물렸다. 아마 아이를 잉태한 곳도 이곳일 것이다.

그리고 바로 이곳에서, 우체의 아비가 아들을 때려 죽였다.

***

이제 배경을 설명할 마지막 조각만 남았다. 그로부터 하루가 지난 후 티리모를 에워싸고 있는 골짜기에서 있었던 일이다. 대재앙의 첫 번째 땅울림은 이미 지났고, 이제는 여진만이 간간이 울릴 뿐이다.

계곡의 북쪽 끝은 처참한 모습이다. 부러진 수목, 굴러떨어진 바윗덩이, 공기 중에 물씬한 유황 냄새와 자욱한 재의 장막. 최초의 충격파가 강타한 자리에는 아무것도 서 있지 않다. 이번 흔들은 땅 위의 모든 것을 뒤흔들고, 조각조각 부서진 대지의 파편을 모래와 자갈로 만들 정도로 강력했다. 사체들도 널려 있다. 미처 도망가지 못한 작은 동물들과 도망가다 무너진 돌 무더기에 깔린 사슴과 그 외 큰짐승들. 그중 일부는 잘못된 시간에 잘못된 길을 걷고 있던 운 나쁜 인간들이다.

피해 상황을 살펴보러 온 티리모 순찰대는 절벽이 무너져 쌓인 돌 무더기 위로 굳이 기어 올라가지 않았다. 아직 과거의 흔적이 조금 남은 길가에 서서 지그시 바라봤을 뿐이다. 그들은 계곡의 일부가, 티리모를 중심으로 거의 완벽한 원형에 가까운 수 킬로미터 반경의 공간이 무사히 남아 있다는 데 경탄했다. 흠, 엄밀히 말하자면 경탄한 것은 아니다. 그들은 서로 얼굴을 마주 보며 불안하고 착잡한 눈빛을 교환했다. 이 기막힌 행운이 어떤 의미인지 모르는 사람은 없다. 돌의 가르침은 이렇게 경고한다. 원의 중심을 찾아라. 그렇다, 티리모에 로가가 있다.

상상만 해도 끔찍하다. 그러나 그보다 더 끔찍한 것은 북쪽에서 내려오고 있는 징후와 티리모 향장이 아직 신선한 동물 사체를 가급적 많이 주워 오라고 지시했다는 점이다. 썩지 않은 고기로는 육포를 만들 수 있고 가죽과 모피는 벗겨서 손질할 것이다. 만약에 대비해서.

순찰대는 자리를 뜬다. 그들의 머릿속은 온통 만약에 대비해서라는 생각뿐이다. 만일 그들이 그런 생각에 사로잡히지 않았다면 바위가 무너져 새로 생긴 절벽 기슭, 기우뚱한 혹전나무와 금이 간 뭉우리돌 사이에 있는 물체를 발견했을지도 모른다. 크기도 모양도 예사롭지 않아 모르고 지나치려야 지나칠 수가 없다. 콩팥을 닮은 길쭉한 타원형에 얼룩덜룩한 반점이 있는 짙은 회녹색 옥수(玉髓, chalcedony) 덩어리는 근처에 흔히 널려 있는 희끄무레한 사암들 사이에서 유독 도드라진다. 순찰대가 이 원석 덩어리 옆에 서 봤다면 높이는 사람의 가슴께에 달하고 길이도 사람 키에 육박한다는 사실을 알아차렸을 것이다. 손으로 쓸어 봤다면 그 단단하고 매끈한 표면에 감탄했겠지. 굉장히 무거워 보일뿐더러 녹과 피를 연상시키는 비릿한 쇠 냄새도 난다. 어쩌면 표면이 따뜻한 걸 느끼고 놀라 펄쩍 뛰었을지도 모르겠다.

그러나 마침내 이 정체 모를 물체가 희미한 신음을 쏟으며 톱질이라도 한 것처럼 길쭉한 면이 쩍 하고 갈라졌을 때, 근처에는 아무도 없다. 내부에 갇혀 있던 열기와 가스가 빠져 나오며 쉭쉭 크고 날카로운 비명을 지르자 화들짝 놀란 산짐승들이 숨을 곳을 찾아 달아난다. 갈라진 틈새로 밝은 빛이 새어 나오더니 화염을 닮은 액체 비스무레한 것이 흘러내려 지면 위의 풀과 잔디를 그을린다. 그러고는 한동안 그대로 멈춰 있다. 열기를 식히면서.

며칠이 지난다.

물체의 안쪽에서 뭔가 쑥 빠져 나와 몇 미터쯤 바닥을 기어가다 풀썩 쓰러진다. 또다시 며칠이 지난다.

두 쪽으로 갈라져 차갑게 식은 정동(晶洞)은 이제 불규칙한 결정질로 이뤄진 일종의 알껍데기처럼 보인다. 안쪽을 구성하고 있는 석영(石英)은 일부는 우윳빛이고 일부는 정맥혈처럼 붉은 선을 그리고 있다. 안에 담겨 있던 액체는 대부분 지표면에 흡수돼 사라져 버렸지만 껍질 안쪽 빈 공간에 옅은 색의 액체가 약간 고여 있는 게 보인다.

그 속에서 빠져나온 몸뚱이는 실오라기 하나 없이 벌거벗은 채 돌 무더기 사이에 얼굴을 박고 엎드려 있다. 피부는 바싹 말라 있고 가슴은 힘겹게 들썩거린다. 잠시 후, 그가 천천히 몸을 일으켜 세운다. 움직임 하나하나가 매우 조심스럽고 아주, 아주 느릿하다. 그가 몸을 완전히 일으키기까지는 몹시 긴 시간이 걸린다. 몸을 세우고 나자 그는 자신이 태어난 알껍질을 향해 휘청거리며 매우 천천히 다가가, 지친 듯이 기댄다. 그러고는 기운을 약간 회복했는지 몸을 구부려 역시 아주 천천히 정동석 안쪽으로 손을 뻗는다. 지금까지와는 달리 갑작스러운 동작으로 붉은색 석영 끄트머리를 손으로 파삭 떼어 낸다. 손에 남은 조각은 포도알 하나만큼 작고 깨진 유리 조각처럼 날카롭다.

소년 혹은 소년과 닮은 외형을 취하고 있는 존재는 떼어 낸 석영 조각을 입에 넣고 씹기 시작한다. 아그작 아그작, 커다란 소리가 난다. 석영 조각이 서로 부딪치고 깨지고 갈리는 기분 나쁜 소리가 공터 주위로 울려 퍼진다. 잠시 후에 소년이 입속에 든 것을 꿀꺽 삼킨다. 그러더니 갑자기 격렬하게 몸을 떨기 시작한다. 두 팔로 자신의 몸을 감싸 안은 채 이제야 자신이 알몸이고, 춥고, 이런 상태가 괴롭고 난감하다는 걸 알아차렸는지 처량하게 신음한다.

이윽고 소년이 몸과 마음을 추스른다. 다시 둥그스름한 돌 안쪽에 손을 뻗어(아까보다는 동작이 좀 빨라졌다.) 석영 조각을 조금 더 떼어 낸다. 정동 안쪽에서 떼어 낸 조각들을 표면 위에 쌓아 올리기 시작한다. 소년의 손가락 끝에서 단단하고 두꺼운 석영 조각이 설탕을 녹여 만든 것처럼 똑똑 바스라진다. 실은 그보다 훨씬 튼튼하고 억센데도. 하지만 소년은 실은 소년이 아니니까 그에겐 별로 어렵지 않은 일이다.

마침내 소년이 뿌옇고 붉은 석영 조각들을 두 팔 가득 안고 일어선다. 매서운 바람이 소년의 피부를 할퀴고 지나가자 오스스 소름이 돋는다. 소년이 태엽인형처럼 어색한 동작으로 흠칫 놀라더니 미간을 찌푸리며 자신의 몸을 내려다본다. 정신을 집중해 노력을 거듭할수록 소년의 동작이 부드럽고 유려하고 자연스러워진다. 인간에 가까워진다. 그가 만족스럽다는 듯이 고개를 끄덕인다.

그러고는 몸을 돌려 티리모를 향해 걷기 시작한다.

***

이 점을 명심하라. 한 이야기의 끝은 새로운 이야기의 시작. 모든 일은 전에도 있었던 일이다. 사람은 죽는다. 옛 질서는 무너진다. 새 사회가 탄생한다. "세상이 끝났다"는 말은 대개 거짓말이다. 왜냐하면 행성은 변함없이 존재하기에.

하지만 이것이 바로 세상이 끝나는 방식이다.

이것이 바로 세상이 끝나는 방식이다.

이것이 바로 세상이 끝나는 방식이다.

완전히.

1장

너는 세상의 끝에서

너는 그녀다. 그녀는 너다. 너는 에쑨이다. 누군지 기억나지? 아들을 잃은 여인 말이다.

너는 지난 10년간 티리모라는 작은 마을에서 살아온 오로진(조산인, 造山人)이다. 이 마을에서 네 정체를 아는 사람은 단 세 명뿐이고 그중 둘이 네 배로 낳은 자식들이다.

아니, 이젠 하나밖에 남지 않았지.

너는 10년 동안 평범한 삶을 살았다. 너는 티리모가 아니라 외지 출신이다. 이곳 향민들은 네 고향이 어딘지도 모르고 네가 어쩌다 여기 오게 되었는지 관심도 없다. 너는 아는 것이 많기 때문에 보육학교에서 열 살부터 열세 살 사이의 아동을 가르치는 교사가 되었다. 학교에서 제일 훌륭한 교사는 아니지만 그렇다고 최악도 아니다. 아이들은 나이가 들고 진급을 하면 너를 잊어버리지만 많은 것을 배워 간다. 정육점 주인은 아마 네 이름을 알고 있을 것이다. 그녀는 너와 시시덕거리는 걸 좋아하니까. 빵집 주인은 네 이름을 모른다. 너는 말수가 적고 얌전하여, 그는 너를 다른 사람들처럼 그저 지자의 아내로만 알고 있다. 지자는 티리모에서 나고 자란 토박이이고 내항자(耐抗者) 쓰임새신분 출신의 쇄공인(碎工人)이다. 모든 마을 사람들이 그를 알고 좋아하고, 그래서 그의 아내인 너도 좋아한다. 지자가 네 삶이라는 그림에서 전경을 차지한다면 너는 배경이다. 너는 이렇게 사는 게 마음에 든다.

너는 두 아이의 어머니다. 하지만 한 자식은 죽었고, 남은 한 자식은 사라졌다. 어쩌면 그 애도 죽었는지 모른다. 너는 여느 때와 다름없이 직장에서 힘든 하루를 마치고 집에 돌아와 이 사실을 알게 되었다. 텅 빈 집, 싸늘한 적막, 온몸이 멍과 핏자국으로 얼룩져 바닥에 널브러져 있는 어린 아들.

그 순간 너는…… 정신을 놓았다. 일부러 그런 건 아니다. 그저 충격이 너무 지독했기 때문이다. 도저히 감당할 수가 없었기 때문이다. 온갖 시련을 견뎌 왔고 누구보다 강한 너지만, 그런 네게도 한계는 있다.

사람이 찾아온 건 그로부터 이틀 뒤다.

너는 그 이틀을 죽은 아들과 함께 보냈다. 잠에서 깨어 화장실에 가고, 냉장실에서 음식을 꺼내 먹고, 수도꼭지에서 가늘게 흐르는 물을 받아 마셨다. 그런 건 딱히 생각하지 않아도 할 수 있으니까. 그런 다음 너는 우체의 곁으로 돌아갔다.

(중간에 너는 담요를 가져와 아이의 몸에 둘러 주었다. 엉망으로 부서진 아이의 턱까지, 언제나처럼 바짝 올려 덮었다. 난방관(煖房管)이 작동을 멈춰서 집 안이 춥다. 이러다간 우체가 감기에 걸릴지도 모른다.)

다음 날 누군가 현관을 두드린다. 너는 꼼짝도 않는다. 누가 왔는지 알고 싶지도 않고, 집에 들여보낼지 말지 생각하고 싶지도 않다. 그런 걸 생각하다 보면 담요 밑에 네 아들이 죽어 누워 있다는 걸 떠올리게 될지도 모르는데 왜 그래야 한단 말인가. 그래서 너는 문 두드리는 소리를 무시한다.

누군가 창밖을 기웃거리고 있다. 끈질기기도 하지. 너는 그것도 무시한다.

잠시 후에 뒷문 유리가 깨지는 소리가 들린다. 우체의 방과 나쑨의 방 사이에 있는 복도를 따라 누군가의 발자국이 다가온다. 나쑨은 네 딸이다.

(나쑨, 너의 딸.)

이윽고 발자국 소리가 거실로 들어와 멈춘다.

"에쑨?"

너는 이 목소리를 안다. 젊은 남성의 목소리. 친숙하고 다정하다. 러나. 길 건너 맞은편 집에 살고 있는 마켄바의 아들이다. 몇 년 전 마을을 떠났다가 의사가 되어 돌아온 러나. 어린애가 아니라 어른이 된 러나. 벌써 꽤 오래전의 일이다. 너는 그를 어린아이가 아니라 다 큰 어른으로 여겨야 한다고 새삼 다짐한다.

이런, 또 생각을 하고 있잖아. 너는 조심스럽게, 생각을 멈춘다.

러나가 가까이 다가와 숨을 헉 들이켠다. 그가 우체를 보고 느낀 충격이 네 피부로도 느껴질 정도다. 하지만 기특하게도 비명을 지르지는 않는다. 너를 건드리지도 않는다. 그저 누워 있는 우체의 건너편에서 너를 면밀히 관찰할 뿐이다. 네가 지금 무슨 생각을 하는지 알아내기라도 하려는 듯이. 아무것도. 너는 아무것도 생각하고 있지 않다. 러나가 담요를 조심히 들춰 우체의 시신을 들여다본다. 아무것도, 거긴 아무것도 없는데. 러나가 담요를 덮는다. 네 아들의 얼굴 위로.

"그 애는 그거 싫어해." 네가 말한다. 이틀 동안 처음으로 입 밖에 내는 말이다. "어두운 걸 무서워하거든."

잠시 정적이 흐른 후, 러나가 담요를 우체의 눈 아래로 끌어내린다.

"고마워."

러나가 고개를 끄덕인다.

"잠은 잤어요?"

"아니."

러나가 시신을 옆으로 돌아 다가오더니, 네 팔을 붙잡고 천천히 일으켜 세운다. 그의 손길은 부드럽지만 단호하고 네가 꿈쩍도 하지 않아도 포기하지 않는다. 그는 전문가다운 태도로 가차 없이, 네가 일어나거나 끌려 넘어질 때까지 힘의 강도를 높인다. 러나는 네게 선택권을 주고 있다. 그래서 너는 일어난다. 러나는 변함없이 상냥하고도 엄격한 태도로 너를 현관 앞으로 데려간다.

"우리 집에서 좀 쉬세요."

너는 생각하고 싶지 않기 때문에, 네 집에도 몸을 누일 완벽한 침대가 있으니 사양하겠다고 대답하지 않는다. 괜찮으니 도움이 필요하지 않다고도 말하지 않는다. 그건 사실이 아니다. 러나는 네 팔꿈치를 굳게 잡은 채 너를 부축해 집 밖으로 데리고 나와 길을 건넌다. 집 앞에 사람들이 모여 웅성거리고 있다. 몇몇이 다가와 말을 걸자 러나가 대답한다. 무슨 이야기를 하는지 너는 알아들을 수가 없다. 그들의 목소리는 뭉개진 소음에 불과하고, 의미를 부러 해석하고 싶지도 않다. 너를 대신해 그들을 응대하는 러나에게 고마움을 느낄 정도의 관심조차 없다.

러나는 너를 그의 집으로 데려간다. 화학약품과 약초와 책 냄새가 나는 집. 그는 통통한 회색 고양이가 뒹굴고 있는 긴 침대에 너를 눕힌다. 고양이는 네가 간신히 누울 공간을 내어 주고는 네가 자리를 잡자 옆에 다시 웅크려 앉는다. 그 따스한 몸뚱이가 작은 우체, 네 옆에서 낮잠을 자는 우체를 떠올리게만 하지 않았더라도 나름 위안이 되었을 텐데.

네 옆에서 낮잠을 잤던 우체. 아니야, 과거형으로 말하려면 생각을 해야 한다. 낮잠을 자는 우체.

"자요."

시키는 대로 하는 건 쉬운 일이다.

***

너는 오랫동안 잠을 잔다. 그러고는 눈을 뜬다. 러나가 침대 옆에 음식이 담긴 쟁반을 놓아두었다. 맑은 고기 국물과 과일, 그리고 차 한 잔. 전부 식어서 미적지근하다. 너는 먹고, 마시고, 화장실에 간다. 화장실 물이 내려가지 않는다. 변기 옆에 물이 가득 찬 양동이가 놓여 있다. 러나가 화장실용으로 놓아둔 게 틀림없다. 너는 고민하다가 생각하고 있다는 걸 깨닫고는, 안 돼, 다시 따뜻하고 편안한 무념무상의 상태로 돌아가려고 싸우고, 싸우고 또 싸운다. 너는 변기에 물을 붓고, 뚜껑을 닫고, 다시 침대로 돌아간다.

* * *

꿈속에서 너는 지자가 그 일을 저지른 순간 그 방에 있다. 그와 우체는 네가 마지막으로 봤을 때와 똑같다. 지자가 껄껄 웃으며 우체의 한쪽 무릎을 붙들고 '지진' 놀이를 하고 있다. 아이는 자지러지게 웃으며 다리를 굽히고 두 팔을 펼친 채 흔들흔들 균형을 잡는다. 그러다 갑자기, 지자가 웃음을 뚝 그치고 몸을 일으키더니 우체를 바닥에 내동댕이치고 발길질을 하기 시작한다. 너는 그게 사실이 아니라는 걸 안다. 우체의 얼굴과 배에 지자의 주먹이 남긴 멍자국을 봤으니까. 일렬로 나란히 나 있는 네 개의 푸른 자국. 하지만 꿈속에서 지자는 아들을 발로 찬다. 꿈이란 원래 말이 안 되니까.

우체는 여전히 명랑한 웃음소리를 내며 팔을 이리저리 흔든다. 아직도 아빠와 재밌는 놀이를 하는 것처럼. 얼굴이 피투성이가 됐는데도.

너는 비명을 지르며 깨어난다. 주체할 수 없는 흐느낌이 터져 나온다. 러나가 황급히 달려와 뭐라 중얼거리며 너를 달래더니 맛이 쓰고 고약한 차를 마시게 한다. 너는 다시 잠든다.

***

“북쪽에서 뭔가 터졌어요.” 러나가 말한다.

너는 침대 가장자리에 걸터앉아 있다. 러나는 네 맞은편에 있는 의자에 앉아 있다. 너는 맛없는 차를 홀짝인다. 숙취로 고생할 때보다도 더 지독하게 머리가 아프다. 지금은 밤이고, 방 안은 어두침침하다. 러나가 등을 절반밖에 밝히지 않았기 때문이다. 너는 그제야 공기 중에서 이상한 냄새가 난다는 걸 알아차린다. 등잔에서 피어오르는 연기로도 감춰지지 않는 냄새. 시큼하고 톡 쏘는 듯한 유황 냄새다. 하루 종일 코끝을 맴돌고 있는데 시간이 지날수록 점점 짙어진다. 특히 러나가 밖에 나갔다 돌아왔을 때가 가장 심하다.

“이틀째 마을 밖 도로가 북쪽에서 피난 오는 사람들로 가득해요.”

러나가 한숨을 내쉬며 손바닥으로 얼굴을 문지른다. 그는 너보다 열다섯 살이나 어리지만 별로 그렇게 보이지 않는다. 많은 세박인처럼 회색 머리를 타고났기도 하고, 무엇보다 새로 생긴 주름살과 눈에 서린 어두운 그림자 때문에 더 나이 들어 보인다.

“흔들이 일어났답니다. 며칠 전에 아주 심하게 터졌대요. 여기선 아무것도 못 느꼈는데, 숨은…….” 숨은 말을 타고 한나절 거리에 있는 건너편 골짜기에 있는 소도시다. “마을이 통째로…….”

러나가 고개를 가로젓는다.

너는 고개를 끄덕인다. 하지만 너는 이미 알고 있다. 적어도 짐작하고 있었다. 이틀 전 네가 거실에 주저앉아 아들의 시신을 멍하니 바라보고 있을 때, 뭔가가 마을을 향해 다가왔다. 대지가 그토록 격렬하게 경련하는 건 너조차도 처음 보넜다. 흔들이라는 단어가 무색할 정도였다. 어쨌든 그것은 우체가 누워 있는 집을 무너뜨릴 수 있었고, 그래서 너는 그것을 가로막았다. 너의 의지와, 흔들 그 자체로부터 빌린 운동에너지를 결합해 일종의 방파제를 세웠다. 그런 일을 할 때는 생각할 필요가 없다. 갓난아기라도 할 수 있는 일이니까. 물론 어린애는 그렇게 깔끔하게 처리하지는 못하겠지. 흔들은 두 갈래로 갈라져 계곡을 피해 돌아 멀어져 갔다.

러나가 혀로 입술을 축인다. 너를 힐끔 보더니 시선을 돌린다. 그는 네 자식들을 제외하고 네 정체를 아는 유일한 사람이다. 꽤 오래전부터 알고 있었지만 너의 실체를 직접 대면한 건 처음이다. 너도 그 점에 대해서는 생각하지 않았다.

"라스크가 마을의 출입을 금지했어요."

라스크는 라스크, 티리모의 혁신자(革新者)로 선거로 선출된 티리모의 향장이다.

"완전한 봉쇄령을 내린 건 아니에요. 적어도 아직은요. 하지만 숲에 가서 내가 도울 일이라도 있는지 알아보려고 했는데 못 나가게 하더라고요. 완력꾼을 보충한답시고 빌어먹을 광부들을 장벽에 배치하고 수색대를 내보냈고요. 거기다 내가 나가지 못하게 각별히 잘 감시하라고 일렀답니다." 러나의 주먹에 힘이 들어가고 얼굴이 일그러진다. "제국도로(帝國道路)에 사람들이 있어요. 아프고 다친 사람들이 많단 말입니다. 그런데 그 삭아빠질 자식은 가서 도와주지도 못하게 하다니!"

"가장 먼저 문을 지켜라."

네가 중얼거린다. 목소리가 갈라진다. 지자가 나온 꿈 때문에 소리를 너무 많이 질러서 그렇다.

"뭐라고요?"

너는 목의 통증을 가라앉히기 위해 차를 홀짝인다.

"돌의 가르침이야."

러나가 너를 물끄러미 응시한다. 그도 그 구절은 안다. 모든 아이들은 보육학교에서 돌의 가르침을 배운다. 누구나 어렸을 때부터 불가에 둘러 앉아 징조를 보고도 믿지 않는 회의주의자들에게 경고하고, 마침내 가르침이 사실로 드러났을 때 사람들을 구하는 지혜로운 전승가(傳承家)들과 똑똑한 지하학자(地何學者)들에 대한 옛날이야기를 들으며 자란다.

"그때가 됐다고 생각하는 거군요." 러나가 침울하게 말한다. "대지불이여, 에쑨, 진심은 아니겠죠."

너는 진심이다. 그래, 때가 됐다. 하지만 네가 설명한대도 그는 믿지 않을 테고, 그래서 너는 묵묵히 고개를 젓는다.

착잡하고 무거운 적막이 내려앉는다. 한참이 흐른 후에 러나가 조심스럽게 입을 연다.

"우체도 데려왔습니다. 지금 진료소에 있는데, 어, 보존실에요. 내가 어…… 절차를 알아볼게요."

너는 천천히 고개를 끄덕인다.

그가 주저하며 말한다.

"지자가 그랬나요?"

너는 다시 고개를 끄덕인다.

"직접 보신……?"

"보육학교에서 돌아와 보니 그렇게 되어 있었어."

"아." 또다시 어색한 침묵. "보육학교에 출근을 안 하셨다고 하더라고요. 흔들이 오기 전에요. 대체 교사를 찾지 못해서 학생들을 집에 돌려보내야 했답니다. 무슨 일인지, 당신이 아프기라도 한 건지 어쩐지 아는 사람이 없어서……."

그래, 그랬겠지. 그리고 당연히 해고됐겠군. 러나가 숨을 깊이 들이마셨다 뱉는다. 너는 경고의 신호를 알아차리고 마음의 준비를 한다.

"티리모엔 흔들이 오지 않았어요, 에쑨. 옆으로 돌아 피해 갔죠. 나무 몇 그루가 흔들리고 개울가에 바위가 좀 무너진 게 다예요."

개울은 티리모 골짜기의 북쪽 끝에 있다. 순찰대가 김이 모락모락 올라오는 거대한 정동석을 보지 못하고 지나친 바로 그곳이다.

"티리모는 전부 무사해요. 마을 주변으로 둥그렇게, 완벽하게요."

숨기려고 애쓰던 시절도 있었다. 그때는 그럴 이유가 있었다. 지켜야 할 삶이 있었다.

"내가 그랬어." 네가 말한다.

러나가 턱을 잠시 움찔거리지만 곧 아무 말 없이 고개를 끄덕인다.

"난 아무한테도 말 안 했어요." 그가 잠시 주저한다. "당신이, 어…… 오로진이라는 거요."

러나는 참 점잖고 올바른 사람이다. 너는 이제껏 살면서 온갖 비하적인 멸칭을 들어 봤고, 러나도 그게 뭔지 알고 있다. 하지만 그는 절대로 그런 단어들을 입 밖에 내지 않는다. 지자도 그랬다. 누군가 경솔하게 로가라는 말을 입에 담을 때마다 꾸짖곤 했다. 애들 앞에서 그런 말 쓰지 마. 그는 항상……

그것은 갑작스럽게 덮쳐 온다. 너는 몸을 반으로 접고 구역질을 한다. 깜짝 놀란 러나가 옆에 놓여 있던 뭔가를 집어 든다. 지금까지 쓸 일이 없었던 요강이다. 그러나 목구멍에서는 아무것도 나오지 않고, 들썩임은 한참 뒤에 멈춘다. 너는 천천히 숨을 깊숙이 들이마신다. 그러고는 한 번 더. 러나가 말없이 물잔을 건넨다. 너는 손을 저어 사양했다가 이내 마음을 고쳐먹고 받아든다. 입에서 쓰고 신 맛이 난다.

"내가 아냐." 마침내, 네가 말한다. 러나의 어리둥절한 표정을 보니 네가 아직도 흔들에 대해 말하고 있다고 오해하는 모양이다. "지자 말이야. 그 사람은 내가 뭔지 몰랐어." 너는 생각한다. 생각하면 안 되는데. "어떻게 알았는지 모르겠지만…… 우체는 어린애였으니까 조절하는 법을 잘 몰랐지. 우체가 무심코 뭔가를 한 거야. 그래서 지자가……."

네 자식이 너와 같은 존재라는 걸 알게 된 것이다. 너는 처음으로 그 생각을 완전한 문장으로 끝마친다.

러나가 눈을 지그시 감고 긴 숨을 내뱉는다.

"그렇게 된 거군요."

그렇게 되어서는 안 된다. 그런 이유 때문에 아비가 자식을 살해하는 일 따위는 있어서는 안 된다. 어떤 이유로도 그런 일은 일어나서는 안 된다.

러나가 입술을 핥는다.

"우체의 얼굴이라도 보실래요?"

뭐 하러? 너는 벌써 이틀 동안이나 그 애를 봤는데.

"아니."

러나가 한숨을 쉬더니 머리를 긁적이며 의자에서 일어난다.

"라스크한테 가서 말하려고?"

쏘아보는 러나의 눈빛을 마주하니 왠지 나쁜 사람이 된 기분이다. 그는 화를 내고 있다. 항상 조용하고 사려 깊은 아이여서 이렇게 화를 낼 수 있는지도 몰랐다.

"라스크한텐 아무 말도 안 합니다." 러나가 퉁명스레 대꾸한다. "지금까지 그랬고, 앞으로도 그럴 거예요."

"그럼 어딜……."

"에란한테 갑니다."

에란은 내항자 쓰임새신분의 대표다. 러나는 완력꾼으로 태어났지만 의사가 되어 티리모로 돌아온 후 내항자 신분으로 입적됐다. 티리모에 완력꾼은 충분했고, 역시 그를 탐내던 혁신자 신분은 투편(投片)에서 졌다. 너도 내항자 쓰임새신분이다.

"당신이 무사하다는 걸 알리고 허가증을 받아서 라스크에게 주려고요. 당신은 쉬어야 해요."

"만약에 에란이 물으면……."

러나가 고개를 젓는다.

"에쑨, 어차피 다들 짐작하고 있어요. 지도를 보면 알 수 있으니까요. 원의 중심이 이 근처라는 건 다이아몬드만큼이나 명확한걸요. 지자가 범인이라는 걸 알게 된 이상, 이유를 추측하는 건 별로 어렵지 않죠. 시간 순서가 좀 어긋나긴 해도 아무도 그렇게 깊이 생각하진 않을 겁니다."

그를 멍하니 쳐다보는 사이, 서서히 깨달음이 찾아온다. 러나의 입술이 휘어 올라간다.

"마을 사람 중 절반은 몸서리를 치고 있지만 나머지 절반은 지자가 잘했다고 생각해요. 왜냐고요? 겨우 세 살짜리 어린애라도 수천 킬로미터나 떨어진 유메네스에서 강력한 흔들을 일으킬 힘을 갖고 있을 게 당연하거든요!"

너는 고개를 가로흔든다. 반쯤은 갑자기 폭발한 러나의 분노에 놀라서, 그리고 반쯤은 명랑하고 웃음 많던 네 아들과, 마을 사람들이 그 아이가 했을(할 수 있을) 거라고 상상한 일을 연관시킬 수가 없기 때문이다. 하지만 지자는 정말로 그렇게 생각했었다.

또 속이 울렁거린다.

러나가 깊이 심호흡을 한다. 너와 이야기를 나누는 내내 줄곧 그랬다. 전에도 자주 봤던 모습이다. 마음을 진정시키는 그만의 버릇이다.

"쉬고 계세요. 금방 돌아올게요."

러나가 방을 떠난다. 문 앞에서 일부러 어수선한 소리를 내더니 잠시 후 문을 열고 집을 나간다. 너는 잠을 잘까 하다가 마음을 바꾼다. 침대에서 일어나 욕실로 향한다. 얼굴을 씻는데, 수도꼭지에서 흘러나오던 따뜻한 물이 돌연 요란하게 쿨럭이더니 고약한 냄새가 풍기는 적갈색 흙탕물로 변해 점차 가늘게 줄어든다. 어디선가 수도관이 터졌나 보다.

북쪽에서 뭔가 터졌어요. 러나는 그렇게 말했다.

아이들은 우리를 무너뜨리지.

언젠가, 아주 오래전에 누군가 이렇게 말한 적이 있다.

"나쑨."

너는 거울 속에 비친 얼굴을 향해 속삭인다. 네 딸이 네게서 물려받은, 다소 간절한 회색 눈동자가 너를 마주 본다.

"지자는 우체를 방바닥에 버려 뒀어. 너는 어디 있는 거니?"

대답은 돌아오지 않는다. 너는 수도꼭지를 잠근다. 그러고는 혼잣말로 중얼거린다.

"당장 떠나야 해."

왜냐하면 그래야 하니까. 너는 지자를 찾아야 한다. 꾸물거리지 말고 당장 떠나야 한다. 조만간 마을 사람들이 너를 잡으러 올 테니까.

흔들이 지나간 뒤에는 뒤울림이 있다.
파동은 잦아든 뒤에도 다시 찾아온다.
우르릉거리는 산은 조만간 포효한다.
— 첫 번째 석판, 「생존」, 제5절

2장

다마야는 지난 겨울에

짚단 속이 너무 따뜻하고 편안해서 나가고 싶지가 않다. 꼭 담요 같아. 다마야는 반쯤 잠들어 몽롱한 정신으로 생각한다. 마치 다마야의 증조할머니가 헝겊 조각들을 꿰매어 만들어 준 담요 같다. 아주 오래전 '할무니'는 돌아가시기 전에 브레바드 민병대에서 침모(針母)로 일했는데, 옷을 수선하고 남은 옷감 조각들을 모아 두었다. 할무니가 다마야에게 만들어 준 담요는 얼룩덜룩했다. 검은색, 푸른색, 진갈색과 회색, 녹색 헝겊들이 행진하는 군인들처럼 나란히 물결쳤다. 하지만 그건 할무니가 만들어 준 것이고, 그래서 다마야는 담요가 보기 흉해도 개의치 않았다. 할무니 담요에서는 항상 달착지근하고 오래되고 약간 퀴퀴한 냄새가 나는데, 그래서 곰팡내와 썩은 과일 냄새가 풍기는 오래된 거름 더미 같은 짚단을 할무니의 담요라고 상상하기는 별로 어렵지 않다. 진짜 담요는 다마야의 방에 있다. 그녀가 다시는 눕지 못할 침대 위에.

짚단 바깥쪽에서 소리가 들린다. 어머니와 다른 누군가의 목소리가 조금씩 다가오고 있다. 자물쇠가 열리는 덜커덕 소리가 나더니 그들이 헛간 안으로 들어온다. 또다시 덜컥 소리가 나고 헛간 문이 닫힌다. 어머니가 큰 소리로 외친다.

"다마다마!"

다마야는 어금니를 깨물며 몸을 더 작게 웅크린다. 그녀는 저 바보 같은 별명이 너무나도 싫다. 어머니가 그녀의 애칭을 부르는 어조가 싫다. 상냥하고 다정하게, 마치 거짓이 아닌 진짜 애정이 담긴 것처럼.

다마야가 대답하지 않자 어머니가 말한다.

"없을 리가 없는데. 우리 남편이 자물쇠가 제대로 잠겼는지 직접 확인했거든요."

"하지만 다마야 같은 아이들은 자물쇠로 가둬 둘 수 없지요."

남자의 목소리다. 다마야의 아버지도, 오빠도, 향장도 아니고, 다마야가 아는 그 누구의 목소리도 아니다. 남자의 목소리는 낮고 깊고 낯선 억양이 묻어 있다. 묵직하고 딱 부러지지만 '오'와 '아' 발음의 끝이 길게 늘어지고 단어의 처음과 끝은 또렷하다. 똑똑하고 지적인 사람 같다. 걸을 때마다 짤랑거리는 소리가 나는 걸로 보아 열쇠 꾸러미라도 달고 있는 모양이다. 어쩌면 주머니에 돈을 많이 갖고 있는지도 모른다. 어떤 지방에서는 금속 돈을 사용한다고 들었다.

열쇠와 돈 생각을 하니 더욱 몸이 움츠러든다. 보육학교에서 다마야는 아주 먼 곳에 있는 기울어진 돌들의 도시에서 어린아이들을 사고판다는 이야기를 들은 적이 있다. 이 세상 모든 지역이 북중위지방처럼 문명화된 것은 아니다. 그때는 괴담이라고 웃어 넘겼지만 지금은 모든 게 달라졌다.

"흔적이 있군요." 별로 멀지 않은 곳에서 남자가 말한다. "냄새로 보아 얼마 안 됐네요."

어머니가 역겨운 듯한 신음 소리를 내자 다마야는 창피함에 얼굴이 화끈거린다. 화장실로 사용하던 구석진 자리가 들킨 게 틀림없다. 볼일을 볼 때마다 지푸라기를 한 아름 가득 뿌렸지만 구린내를 지울 수는 없었다.

"짐승처럼 쪼그려 앉아 일을 보다니, 그렇게 안 가르쳤는데."

"여기 화장실이 있습니까?" 아동 매매꾼이 호기심을 담아 정중하게 묻는다. "아이에게 양동이를 줬나요?"

어머니는 대답하지 않는다. 정적이 한없이 이어지자 다마야는 그제야 남자가 어머니에게 무언의 질책을 하고 있다는 사실을 깨닫는다. 그런 종류의 질책은 다마야에게 낯설다. 남자는 목소리를 높이지도 않고 욕을 하지도 않는다. 그런데도 어머니는 마치 남자가 말로 뒤통수를 한 대 치기라도 한 것처럼 아무 대꾸도 못 하고 있다.

무심코 목구멍으로 웃음소리가 새어 나온다. 다마야는 깜짝 놀라 황급히 입에 주먹을 쑤셔 넣는다. 다마야가 난처해하는 어머니를 보고 고소해하는 걸 알면 아동 매매꾼은 다마야가 얼마나 못된 애인지 알아챌 거다. 하지만 그게 정말 나쁜 일일까? 어쩌면 그녀의 몸값이 떨어져서 부모님이 돈을 덜 받게 될지도 모르는데. 그렇게 생각하니 또 웃음이 터질 것 같다. 다마야는 부모님이 죽도록 밉다. 증오한다. 그들을 괴롭힐 수만 있다면 그보다 더 기분 좋은 일은 없을 것 같다.

다마야는 자신의 손을 세게 꽉 깨문다. 이런 자신이 너무나도 싫다. 이렇게 못된 아이니 어머니와 아버지가 다마야를 팔아넘기는 것도 당연하다.

발소리가 다가온다.

"여긴 춥군요."

"얼어 죽을 정도였으면 애를 집 안에 가뒀겠죠."

뾰족하고 새쭉한 어머니의 목소리에 다마야는 이번에도 또 웃음을 터트릴 뻔한다.

하지만 아동 매매꾼은 어머니의 말을 무시한다. 그의 발걸음 소리가 점점 더 가까이 다가오는데 이건…… 어딘가 이상하다. 다마야는 발걸음을 보닐 수 있다. 대부분의 사람들은 못 한다. 사람들은 보통 커다란 것만 보닐 수 있다. 흔들이나 뭐 그런 것들. 하지만 발걸음처럼 작고 섬세한 것은 불가능하다.(그런 점에서 남들과 다르다는 걸 알고는 있었지만 그게 일종의 징후였다는 걸 알게 된 건 최근의 일이다.) 지금처럼 땅과 직접 접촉하고 있지 않을 때에는 조금 힘들긴 해도, 다마야는 헛간의 목재 골조와 그것들을 연결하고 있는 금속 못을 통해 진동을 느낄 수 있고 한 층 위에서도 무엇을 보녀야 할지 알고 있다. 타박 타박, 발이 땅을 디디면 땅 밑으로 그 울림이 전달된다. 그래서 타박 타박, 타박 타박. 하지만 이 아동 매매꾼의 발걸음은 어디로도 전달되지 않고 반향(反響)이 돌아오지도 않는다. 발소리만 들릴 뿐 보닐 수가 없다. 이런 건 생전 처음이다.

이제 그는 사다리를 오르고 있다. 다마야가 숨어 있는 짚단이 놓인 다락을 향해.

"아." 남자가 사다리 꼭대기에서 말한다. "여긴 따뜻하군요."

"다마다마!" 어머니는 이제 화가 잔뜩 났다. "당장 이리 내려오지 못해?"

다마야는 짚단 속에서 몸을 더욱 작게 웅크린 채 대꾸하지 않는다. 아동 매매꾼의 발소리가 더 가까이 다가온다.

"겁낼 필요 없다." 그가 다정한 목소리로 말한다. 아까보다 더 가깝다. 다마야는 그의 음성이 목재 기둥을 타고 땅 밑으로 흘러 들어가 기반암에 부딪쳤다 반사되어 돌아오는 되울림을 느낀다. 아까보다 더 가까워졌다. "난 널 도와주러 온 거란다, 다마야 완력꾼아."

다마야가 싫어하는 또 한 가지가 있다면, 그건 그녀의 쓰임새명(名)이다. 다마야는 힘이 세지 않다. 어머니도 마찬가지다. '완력꾼'이란 어머니의 여자 조상들이 운이 좋아 향민으로 받아들여지긴 했지만 더 안정적인 지위를 인정받을 특기를 지니지는 못했다는 뜻이다. 힘든 시기가 되면 완력꾼은 무향민(無鄕民)이랑 같이 제일 먼저 쫓겨나지. 다마야의 오빠 차가가 그녀를 놀린답시고 이렇게 말한 적도 있다. 그러고는 재미있다는 듯이 웃음을 터트렸다. 마치 그게 사실이 아니기라도 한 것처럼. 차가는 아버지처럼 내항자다. 모든 향은 아무리 어렵고 힘든 때에도 가급적 많은 내항자를 보유하길 원한다. 역병이 들거나 기근이 올 경우를 대비해야 하기 때문이다.

남자의 발소리가 짚단 더미 앞에서 멎는다.

"겁낼 필요 없다." 그가 다시 말한다. 아까보다 더 사근사근한 말투다. 어머니는 아래층에 있어 그의 목소리를 들을 수가 없다. "어머니가 네게 아무 짓도 하지 못하게 내가 보호해 주마."

다마야는 숨을 깊이 들이마신다.

다마야는 바보가 아니다. 남자는 아동 매매꾼이다. 그리고 아동 매매꾼은 끔찍한 짓을 한다. 하지만 그가 그렇게 말했기 때문에, 그리고 겁에 질리고 화를 내는 데 넌덜머리가 났기 때문에, 다마야는 웅크렸던 몸을 편다. 따뜻하고 포근한 짚 무더기 속에서 허리를 세우고 앉아 헝클어진 머리 타래와 지저분한 지푸라기 사이로 남자를 빼꼼히 내다본다.

남자는 억양만큼이나 이상하게 생겼다. 팔렐라 근방 출신일 리가 없다. 그의 피부색은 거의 흰색에 가깝다. 너무 희고 창백해서 밝은 태양볕 아래 나가면 금방 까맣게 타서 오그라들어 버릴 것 같다. 머리카락도 길고 곧은 것이 피부색과 맞물려 북극사람처럼 보인다. 하지만 이상하게도 머리색은 오래된 불콰[火山] 근처 흙처럼 새까맣다. 동부 해안 사람들은 저렇게 머리가 까맣지만 곧고 판판한 게 아니라 복슬복슬하고, 동쪽 사람들은 피부가 검다. 그리고 이 남자는 아주 크다. 키도 크고 어깨도 넓다. 아버지도 그렇긴 하지만 아버지의 널찍한 어깨는 건장한 가슴과 펑퍼짐한 배로 이어지는데 이 남자는 밑으로 내려갈수록 점점 가늘어진다. 이 낯선 남자는 모든 게 가늘고 모호하다. 인종적으로 어떤 범주에도 들어맞지 않는다.

그러나 다마야에게 가장 충격적인 것은 아동 매매꾼의 눈이다. 그의 눈은 하얗다. 적어도 그렇게 보인다. 다마야는 흰자와 구분이 안 갈 정도로 하얗게 빛나는 둥그런 홍채를 마주 본다. 어두컴컴한 헛간 속에서 커다랗게 팽창한 동공이 무채색 사막 속에서 선뜩할 정도로 선명하다. 다마야는 이런 눈에 대해 들어 본 적이 있다. 옛날이야기와 돌의 가르침에서 빙백(氷白)의 눈이라 불리는 것. 매우 드물고, 항상 불길한 징조로 여겨진다.

하지만 그때 아동 매매꾼이 다마야에게 싱긋 미소를 지어 보이자 다마야는 저도 모르게 미소로 화답한다. 다마야는 그를 믿는다. 그래서는 안 된다는 걸 알면서도 그를 신뢰한다.

"이제야 만났구나." 그는 어머니가 듣지 못하게 조그맣게 속삭인다. "다마다마 완력꾼, 맞지?"

"그냥 다마야예요." 소녀가 대꾸한다.

남자가 우아한 동작으로 고개를 꾸벅 숙여 인사하고 손을 내민다.

"앞으론 그렇게 부르마. 이제 거기서 나오겠니, 다마야?"

다마야는 움직이지 않는다. 남자는 그녀를 끌어내지 않는다. 그는 조용히 서서 손을 앞으로 내민 채 바위처럼 참을성 있게 기다린다. 열 번의 호흡이 지난다. 스무 번이 지난다. 다마야는 종국에는 어쩔 수 없이 그를 따라가야 한다는 걸 알지만, 그것이 마치 그녀의 선택인 양 느끼게 해 준다는 게 마음에 든다. 그래서 그의 손을 잡고 남자가 다마야를 짚단 속에서 끄집어 낼 수 있게 허락한다. 그는 다마야가 몸에서 지푸라기를 털어내는 동안에도 손을 놓지 않는다. 그러고는 그녀를 아주 조금, 가까이 잡아끈다.

"잠깐만."

"어?"

다음 순간, 아동 매매꾼의 손이 다마야의 머리 뒤로 향하더니 손가락 두 개가 두개골 아래쪽을 재빨리 누른다. 너무 순식간에 일어난 일이라 다마야가 놀랄 틈도 없다. 남자는 눈을 감고 몸을 떨더니 숨을 깊게 내쉬며 다마야를 놓아준다.

"해야 할 일부터 해야지." 그가 알 수 없는 말을 한다. 다마야는 어안이 벙벙해 머리 뒤쪽을 더듬어 본다. 그의 손가락이 누르던 감촉이 아직도 생생하다. "이제 내려가자."

"방금 뭐 한 거예요?"

"사소한 의식을 치른 거란다. 너를 잃어버리기라도 하면 쉽게 찾을 수 있게 말이야." 다마야는 그게 무슨 뜻인지 알 수가 없다. "그만 갈까. 네 어머니에게 너를 데려간다고 말해야겠다."

그렇다. 소문은 진짜였다. 다마야는 입술을 꼭 깨문다. 남자가 사다리를 향해 몸을 돌리자 다마야는 조금 떨어져서 그 뒤를 따른다.

"자, 이렇게 하지요." 헛간 바닥으로 내려간 아동 매매꾼이 어머니에게 말한다.(어머니는 다마야를 보고 부아를 가라앉히려는 듯이 한숨을 푹 내쉰다.) "아이의 짐을 싸 주면 당장 출발하도록 하겠습니다. 갈아입을 옷 몇 벌과 여행용 식량, 그리고 외투 정도만 있으면 되겠군요."

어머니가 놀라 숨을 들이켠다.

"애 외투는 벌써 처분했는데요."

"처분해요? 겨울인데?"

남자의 말투는 부드럽지만, 어머니는 졸지에 곤혹해하는 것 같다.

"외투가 필요하다는 사촌아이가 있어서요. 옷이 남아도는 것도 아니고……."

어머니가 주저하며 다마야를 힐끗 쳐다본다. 다마야는 시선을 피한다. 어머니가 외투를 줘 버렸다고 미안해하는 모습은 보고 싶지 않다. 미안해하지 않는 모습은 더더욱 보고 싶지 않다.

"그리고 오로진은 다른 사람들과 달리 추위를 타지 않는다는 이야기를 들었겠지요." 남자가 체념하듯 한숨을 내쉰다. "그건 미신입니다. 딸이 감기에 걸린 적이 있을 텐데요."

"아." 어머니는 당황한다. "네, 그랬죠. 하지만 제 생각엔……."

다마야가 꾀병을 부렸다고 생각했을 테지. 그건 다마야가 헛간에 갇힌 첫날 어머니가 직접 한 말이다. 보육학교에서 돌아온 다마야를 헛간에 가두기 전에. 어머니는 눈물 자국으로 얼룩진 얼굴로 불같이 화를 냈고, 아버지는 핏기 가신 입술을 깨물며 말없이 앉아 있었다. 어머니는 다마야가 사실을 숨겼다고 비난했다. 전부 다 거짓이었다고, 괴물 주제에 순진한 어린애인 척했다고, 왜냐하면 그게 바로 괴물들이 하는 짓이니까. 어머니는 항상 다마야가 뭔가 이상하다는 걸 알고 있었다고 말했다. 이 쪼끄맣고 앙큼한 거짓말쟁이가……

남자가 고개를 젓는다.

"어쨌든 추위를 막을 게 필요합니다. 적도권에 가까워지면 따뜻해지겠지만 거기까지 가는 데 수 주일이 넘게 걸리니까요."

어머니의 턱이 씰룩거린다.

"정말 유메네스로 데려가는 거군요."

"거야 당연……." 남자가 어머니를 뚫어져라 바라본다. "아." 그가 다마야를 쳐다본다. 어머니와 남자 모두 다마야를 바라본다. 그들의 시선이 닿는 곳이 간지럽다. 다마야가 어색하게 몸을 옴츠린다. "내가 아이를 죽일 거라고 생각했다면 왜 향장에게 연락해서 날 부른 겁니까?"

어머니가 흠칫 놀란다.

"그런 말 말아요. 그런 게 아니에요. 난……."

옆구리에 늘어진 손이 움찔거린다. 그러더니 수치스러운 듯이 고개를 떨군다. 다마야는 그게 속임수라는 걸 안다. 어머니는 자신이 한 일을 조금도 부끄러워하지 않는다. 정말로 그렇다면 왜 애초에 그런 짓을 했겠는가?

"평범한 사람은 저런…… 아이를 키울 수 없어요." 어머니가 천천히 입을 연다. 그녀의 시선이 다마야에게 꽂혔다가 재빨리 사라진다. "저 애는 학교에서 다른 애를 죽일 뻔했다고요. 우린 다른 자식도 키워야 하고, 이웃들도 있고……." 어머니가 돌연 어깨를 펴고 턱을 치켜든다. "그리고 그게 시민의 의무잖아요. 아닌가요?"

"맞고, 맞고, 전부 맞는 말입니다. 당신의 희생이 세상을 더 나은 곳으로 만들 겁니다."

진부하고 상투적인 칭찬. 하지만 그의 어조는 다른 말을 하고 있다. 의아해진 다마야는 남자를 쳐다본다. 아동 매매꾼은 아이들을 죽이지 않는 걸까? 그럼 왜 데려가는 거지? 그리고 적도권에 대한 이야기는 뭘까. 그곳은 남쪽으로 멀리, 아주 멀리 떨어진 곳에 있다.

남자는 다마야가 혼란스러워하고 있다는 걸 눈치 챈다. 그의 얼굴이 부드럽게 풀어진다. 눈이 저렇게 무서우니 그럴 리가 없는데도.

"우린 유메네스로 갈 겁니다." 남자가 어머니에게, 그리고 다마야에게 말한다. "그래요, 이 아이는 아직 어리니 펄크럼으로 데려갑니다. 거기서 이 저주받을 능력을 사용하는 법을 훈련받겠지요.

이 아이의 희생도 세상을 더 나은 곳으로 만들 겁니다."

다마야는 이제껏 자신이 큰 착각에 빠져 있었다는 것을 깨닫고 남자를 올려다본다. 어머니는 다마야를 팔아넘기는 게 아니다. 아버지와 어머니는 그녀를 버리는 것이다. 그리고 어머니는 그녀를 싫어하지 않는다. 어머니는 다마야를 두려워한다. 그 두 가지가 다른 건가? 어쩌면. 다마야는 새롭게 알게 된 사실에 어떻게 반응해야 할지 알 수가 없다.

그리고 이 남자, 그는 아동 매매꾼이 아니다. 그는……

"아저씨는 수호자인가요?"

다마야는 이미 대답을 알면서도 묻는다. 남자가 빙그레 웃는다. 다마야는 수호자가 이런 모습일 것이라곤 생각하지 못했다. 그녀가 상상하는 수호자는 키가 크고 차가운 얼굴에, 무기와 비술(祕術)을 자유자재로 다루는 자들이다. 하긴 이 남자도 키가 크긴 하다.

"그렇단다." 남자가 다마야의 손을 잡으며 말한다. 그는 사람을 만지는 걸 무척 좋아하는 것 같다. "나는 너의 수호자다."

어머니가 한숨을 내쉰다.

"담요를 찾아볼 순 있어요."

"그거면 될 겁니다. 고맙군요."

남자는 입을 다물고, 기다린다. 몇 번의 호흡이 지난 뒤 어머니는 남자가 담요를 가져오길 기다리고 있다는 걸 깨닫는다. 그녀는 신경질적으로 고개를 까딱하고는 자리를 뜬다. 헛간을 나가는 뒷모습이 어색하게 경직되어 있다. 이젠 남자와 다마야뿐이다.

"이걸 입고 있어라."

남자가 자신의 어깨로 손을 뻗으며 말한다. 그는 일종의 제복을 입고 있다. 어깨는 뭉툭하고 소매와 바지는 길고 직선으로 말끔하게 떨어진다. 진홍빛 천은 튼튼하지만 약간 거칠고 까슬까슬해 보인다. 꼭 할무니의 퀼트 담요처럼. 어깨에 걸친 짧은 망토는 실용적이라기보다 장식적인 용도로 보이는데, 그는 그것을 벗어 다마야에게 둘러 준다. 다마야에게는 거의 원피스에 가까울 정도로 길고 그의 체온 때문에 따뜻하다.

"고맙습니다. 그런데 아저씨는 누구세요?"

"내 이름은 샤파, 워런트의 수호자다."

워런트라는 지명은 들어 본 적이 없다. 하지만 분명 어딘가에 있는 곳일 테지. 향명(鄕名)이란 그래서 있는 거니까.

"'수호자'가 쓰임새명이에요?"

"수호자에게는 그렇지." 그가 당연하다는 듯이 느릿한 어조로 대답하자 다마야는 창피함에 뺨을 붉힌다. "우린 향에서는 별로 쓸모가 없단다. 어쨌든 평범한 일에서는 말이다."

다마야가 얼굴을 찌푸린다.

"그럼 계절이 오면 쫓겨나나요? 하지만……."

수호자는 여러 가지 일을 할 수 있다. 다마야가 들은 옛날이야기에서는 그랬다. 위대한 전사이자 사냥꾼, 그리고 때로는, 아니, 사실은 자주 암살자가 될 수 있는 사람들. 어려운 시기가 오면 향에는 그런 사람들이 필요하다.

샤파가 어깨를 으쓱하더니 오래 묵은 건초 더미 위에 걸터앉는다. 다마야의 등 뒤에도 건초가 쌓여 있지만 그녀는 앉지 않는다.

그와 눈높이를 맞추고 싶기 때문이다. 샤파는 앉아 있어도 여전히 크지만 그래도 이제는 차이가 그렇게 심하게 나지 않는다.

"펄크럼 오로진은 세상을 위해 봉사한다. 지금부터 네게는 쓰임새명이 없다. 왜냐하면 너의 쓸모는 단순히 혈통으로 이어지는 적성이 아니라 네 존재의 본질에 달려 있으니까. 오로진은 태어나자마자 흔들을 멈출 수 있다. 너는 훈련을 받지 않아도 오로진이다. 향에 속해 있든 그렇지 않든, 너는 오로진이다. 하지만 훈련을 받고 다른 숙련된 펄크럼 오로진들의 지도를 받는다면 너는 하나의 향이 아니라 대륙 전체에 유용한 존재가 될 수 있지." 샤파가 두 손을 양쪽으로 활짝 펼친다. "나 역시 수호자로서, 내가 보살피는 오로진을 통해 그들과 같은 목표를 추구하고 성취한다. 그러니 내가 책임지는 이들이 짊어질 숙명을 함께 나눠 지는 것이 타당하겠지."

다마야는 궁금한 것도 너무 많고 묻고 싶은 것도 너무 많아서 무엇부터 물어야 할지 황망하다.

"혹시……." 단어도, 개념도, 스스로를 뭐라고 불러야 할지도 몰라 더듬거린다. "다른 애들도 있나요? 저처럼, 어…… 저 같은 애들 말이에요." 그러고는 애써 모은 밑천이 떨어진다.

다마야가 안달복달하는 모양새가 달갑기라도 한지 샤파가 웃음을 터트린다.

"지금 내 수호 아래 있는 오로진만 여섯 명이란다." 그가 이게 바로 올바르게 말하는 방식이라고 가르치듯이 고개를 살짝 기울이며 말한다. "너까지 포함해서 말이야."

"그 애들도 전부 유메네스로 데려갔나요? 그 애들도 다 저처럼 찾아낸 건가요?"

"꼭 그런 건 아니다. 어떤 아이들은 나한테 배정됐다. 펄크럼에서 태어나거나 다른 수호자들에게서 물려받은 애들이야. 다른 아이들은 북중위지방을 순회하다 발견했고." 샤파가 손바닥을 펼친다. "너희 부모님이 팔렐라 향장에게 오로진 아이가 있다고 알리자 그는 브레바드에 전갈을 보냈고, 그 소식은 게도를 거쳐 유메네스로 전해졌지. 그런 다음 그들이 내게 전보를 보냈다." 그가 한숨을 내쉰다. "전갈이 도착했을 때 내가 브레바드 근처 노드[接續點]에 있었던 게 천만다행이었다. 하마터면 2주일 후에나 연락을 받을 뻔했어."

다마야는 브레바드가 어디 있는지 안다. 유메네스는 옛날이야기에나 나오는 전설적인 도시고 샤파가 말한 다른 도시나 마을은 보육학교의 교과서에나 나오는 곳이지만, 브레바드는 팔렐라에서 그리 멀지 않고 팔렐라보다도 훨씬 큰 읍내다. 재배철이 시작되면 아버지와 차가가 농장에서 거둔 작물을 브레바드에 가서 팔곤 했다. 그제야 문득 다마야는 샤파의 말뜻을 이해한다. 어쩌면 그녀는 이 헛간에서 추위에 떨고 구석진 곳에서 용변을 보며 2주일을 더 버텨야 했을지도 모른다. 샤파가 브레바드에 있어서 정말 다행이었다.

"넌 운이 좋은 아이다." 샤파가 다마야의 생각을 읽은 것처럼 불쑥 말한다. 그의 얼굴이 어두워진다. "모든 오로진 아이의 부모가 옳은 일을 하진 않아. 때로는 펄크럼과 우리 수호자들이 권고하는 것처럼 아이를 격리시키지도 않지. 가끔은 그렇게 하더라도 전갈이 너무 늦게 도착해서 수호자가 갔을 때는 이미 폭도들이 아이를 끌어내 때려 죽였을 때도 있다. 부모님을 너무 나쁘게 생각하지 마라, 다마. 너는 이렇게 살아 있고 무사하지 않으냐. 그것만으로도 굉장한 거란다."

다마야는 그 말을 인정하기 싫어 꿈지럭거린다. 샤파가 알겠다는 듯이 길게 한숨을 쉰다.

"그리고 가끔은 부모가 오로진 아이를 숨기려고 할 때도 있지. 수호자의 도움도 받지 않고 훈련되지 않은 아이를 데리고 있으려고 말이다. 하지만 그런 경우에는 항상 끝이 안 좋단다."

그게 바로 처음 그 일이 일어났을 때부터 지금까지 2주일 내내 다마야를 사로잡고 있는 생각이다. 다마야의 부모님이 다마야를 사랑했다면 그녀를 헛간에 가두지 않았을 것이다. 아동 매매꾼을 부르지도 않았을 것이다. 어머니가 다마야에게 그런 끔찍한 말을 퍼붓지도 않았을 것이다.

"왜 우리 부모님은……."

다마야는 무심코 내뱉은 후에야 샤파가 일부러 그 말을 꺼냈다는 사실을 깨닫는다. 그는 다마야가 왜 나를 숨기지 않은 거죠?라고 생각하고 있었는지 확인하고 싶었고, 결국 진실을 알게 된 것이다. 다마야는 온몸을 감싼 망토 밑에서 주먹을 불끈 쥔다. 샤파는 묵묵히 고개를 끄덕일 뿐이다.

"무엇보다 다른 자식이 있기 때문이지. 등록되지 않은 오로진을 숨겼다 발각되면 향에서 추방되거든. 그나마 그게 가장 약한 처벌이란다." 그건 다마야도 알고 있다. 그저 인정하기가 싫을 따름이다. 부모님이 다마야를 정말로 소중하게 여긴다면 그런 위험 따윈 무릅써야 하는 게 아닐까? "너희 부모님은 집과 삶과 두 자식을 전부 잃을 위험을 감수할 수 없었던 거다. 가진 걸 다 잃느니 일부라도 내주기로 선택한 거지. 하지만 사실 제일 위험한 건 바로 너란다, 다마야. 네가 여자아이라거나 아주 똑똑한 아이라는 걸 숨길 수 없는 것처럼 네가 오로진이라는 건 반드시 발각되게 되어 있어."

다마야는 얼굴을 붉힌다. 혹시 그건 칭찬인 걸까. 샤파의 웃음 띤 얼굴을 본 다마야는 그렇다고 확신한다.

샤파가 말을 잇는다.

"대지가 꿈틀거릴 때마다 너는 그 부름을 듣게 될 거다. 신변에 위험이 처할 때마다 본능적으로 주위에서 움직임과 열(熱)을 찾아 흡수하겠지. 네 능력은 힘센 자의 주먹과도 같다. 눈앞에 위험이 닥쳤을 때 스스로를 보호하기 위해 할 일을 하는 것일 뿐이지만 네가 그렇게 할 때마다 사람들이 죽을 거다."

다마야가 놀라 어깨를 움찔한다. 샤파의 미소는 변함없이 온화하고 부드럽다. 다마야는 '그 날'을 떠올린다.

그 일은 점심시간에 운동장에서 일어났다. 다마야는 도시락으로 싸 온 콩말이를 다 먹고 평소처럼 연못가에 리미와 샨타레와 함께 앉아 있었다. 다른 아이들은 운동장에서 놀거나 서로 음식을 던져대거나 아니면 운동장 구석에 모여 앉아 땅에 뭔가를 그리며 열심히 이야기를 하고 있었다. 오후에 지하학 시험이 있기 때문이었다. 그때 재브가 다가와 다마야에게 말을 걸었다.

"이따 시험 볼 때 답안지 좀 보여 줘."

리미가 키득거렸다. 리미는 재브가 다마야를 좋아한다고 생각했다. 하지만 다마야는 재브를 좋아하지 않았다. 정말 짜증나는 애였으니까. 항상 다마야를 놀리고 못된 별명을 붙이고 치근덕거려서 참다못한 다마야가 그만하라고 소리를 빽 지르면 결국 선생님한테 혼이 나는 건 다마야였다. 그래서 다마야는 말했다.

"너 때문에 야단맞긴 싫어."

"너만 잘하면 안 들켜. 답안지를 옆으로 쫌만 밀어서……."

"싫어." 다마야가 딱 잘라 말했다. "난 그런 거 잘 못해. 왜냐하면 아예 안 할 거니까. 보기 싫으니까 빨리 가 버려."

그러고는 다마야는 방금 전까지 이야기를 나누고 있던 샨타레에게 고개를 돌렸다.

다음 순간 다마야는 흙바닥에 누워 있었다. 재브가 그녀를 바위에서 밀쳐 넘어뜨린 것이다. 다마야는 문자 그대로 거꾸로 곤두박질쳤다. 머리와 등은 땅바닥에 닿아 있고 발은 공중에서 허우적대고 있었다. 나중에 다마야는 그렇게 쉽게 넘어갈 줄은 몰랐는지 재브도 깜짝 놀란 얼굴을 하고 있던 걸 기억해 냈지만(다마야는 그 사건을 자세히 곱씹을 시간이 2주일이나 있었다.) 어쨌든 그때는 땅바닥에 드러누워 있다는 것 말고는 다른 걸 생각할 겨를이 없었다. 그것도 진흙투성이 바닥에 말이다. 등은 차갑고 축축하고, 고약한 냄새가 났다. 시큼한 진창과 뭉개진 풀냄새였다. 그녀의 머리카락에도 제일 좋은 교복에도 오물이 잔뜩 묻어 있었고, 어머니가 알면 머리끝까지 화를 낼 테고, 다마야도 머리끝까지 화가 치밀었고 그래서 그녀는 공기를 와락 잡아 챈 다음 그래서……

다마야는 몸서리를 친다. 사람들이 죽을 거다. 샤파가 그녀의 마음속을 읽기라도 한 것처럼 고개를 주억인다.

"너는 불산[火山]이 낳은 유리와 같다, 다마." 그가 조용히 말한다. "너는 대지의 선물이다. 하지만 아버지 대지는 우리를 증오하시지. 그 점을 명심하렴. 그분의 선물은 공짜도 아니고 안전하지도 않다. 우리가 너를 잘 골라 날카롭게 벼린 다음 주의 깊고 신중하게 다룬다면 너는 아주 귀한 존재가 될 수 있을 거다. 하지만 아무렇게나 길가에 버려 둔다면 지나가는 사람들을 실수로 뼛속까지 깊이 베어 버리겠지. 아니면…… 더 나쁜 경우에는 산산이 깨져 수많은 사람들을 다치게 할 테고."

다마야는 재브의 표정을 기억한다. 주위의 공기가 삽시간에 차갑게 얼고 마치 풍선이 터지듯이 그녀를 중심으로 거세게 소용돌이치며 부풀어 올랐다. 다마야의 발 아래 잔디가 새하얀 서리로 덮이고 재브의 땀방울이 딱딱하게 얼어붙었다. 깜짝 놀란 두 아이는 본능적으로 몸을 뒤로 홱 젖힌 다음, 석상처럼 얼어붙어 서로를 멍하니 응시했다.

다마야는 그의 얼굴을 기억한다. 너, 나를 죽일 뻔했어. 그 표정을 기억한다.

샤파는 변함없이 얼굴에 미소를 띤 채 다마야를 면밀히 관찰하고 있다.

"네 잘못이 아니다. 오로진에 대한 소문은 대부분 사실이 아니야. 네가 이렇게 태어난 건 네가 무슨 짓을 해서도 아니고 네 부모의 잘못도 아니다. 그러니 부모님을 미워하지 말렴. 너 자신도 마찬가지다."

다마야는 울음을 터트린다. 그의 말이 맞다. 하나같이, 전부 다

옳다. 다마야는 자신을 헛간에 가둔 어머니가 밉다. 그런 어머니를 말리지도 않은 아버지와 차가가 밉다. 무엇보다 이런 존재로 태어나 가족들을 괴롭힌 자기 자신이 밉다. 그리고 이젠 샤파마저 그녀가 얼마나 나약하고 못된 아이인지 알아 버렸다.

“이런, 이런.”

샤파가 건초 더미에서 일어나 다마야에게 다가온다. 무릎을 꿇고 그녀의 손을 그러쥔다. 다마야가 더 격렬하게 흐느끼기 시작한다. 하지만 샤파가 갑자기 다마야의 손을 아프도록 꽉 누르자 놀라 숨을 들이켜고, 두 눈을 깜박이며 눈물의 장막 너머로 그를 바라본다.

“그러지 마라, 아이야. 네 어머니가 곧 돌아올 거다. 다른 사람들이 보는 앞에선 절대로 울면 안 돼.”

“네? 뭐라고요?”

샤파는 왠지 슬퍼 보인다. 다마야 때문일까? 그가 손을 내밀어 다마야의 뺨을 감싼다.

“위험하거든.”

다마야는 그게 무슨 뜻인지 이해할 수가 없다.

하지만 그녀는 울음을 멈춘다. 뺨을 문질러 닦는다. 샤파가 그녀가 미처 닦지 못한 눈물방울을 엄지손가락으로 훔치더니 다마야의 얼굴을 꼼꼼히 살펴보고 이제 됐다는 듯이 고개를 끄덕인다.

“네 어머니라면 네가 울었다는 걸 눈치 채겠지만 다른 사람은 모를 거다.”

헛간 문이 삐거덕 열리고 어머니가 들어온다. 이번에는 아버지도 그 뒤를 따라 들어온다. 얼굴은 팽팽하게 긴장해 있고, 다마야가 헛간에 갇힌 뒤로 처음 보는 것인데도 딸에게 눈길 한 번 주지 않는다. 두 부모님 모두 다마야의 앞에 서 있는 샤파에게만 시선을 집중하고 있다. 샤파가 어머니에게서 담요와 노끈으로 묶은 꾸러미를 받아들며 고맙다고 고개를 끄덕인다.

"말에게 물을 먹였습니다." 아버지가 어색하고 경직된 말투로 말한다. "말먹이를 여분으로 가져가실 건가요?"

"필요 없습니다. 서두르면 해가 저물 때쯤 브레바드에 도착할 테니까요."

아버지가 얼굴을 찡그린다.

"그러려면 아주 빨리 달려야 할 텐데요."

"그렇지요. 하지만 일단 브레바드에 도착하고 나면 우릴 쫓아와 다마야에게 무례한 방식으로 작별 인사를 하려는 잘못된 생각을 가진 마을 사람들을 떨쳐낼 수 있을 테니까요."

샤파의 말이 무슨 뜻인지 이해하는 데에는 조금 시간이 걸린다. 깨달음은 잠시 후에 찾아온다. 팔렐라 사람들이 나를 죽이고 싶어 한다고? 하지만 그건 잘못된 일이잖아, 그렇지? 설마 진짜로 그럴 리는 없겠지? 그렇지? 다마야는 아는 얼굴들을 떠올린다. 보육학교 교사들. 같이 학교에 다니는 친구들. 할무니가 돌아가시기 전에 사이좋게 지내던 노변집 할머니들.

아버지도 같은 생각을 하고 있다. 표정을 보면 알 수 있다. 아버지가 미간을 찌푸리며 다마야가 머릿속으로 생각하던 내용을 말하려 입을 벌린다. 설마 그런 짓은 안 할 겁니다. 하지만 막상 입 밖에 내기 직전에 딱 다문다. 아버지가 다마야를 힐끔 쳐다본다. 딱 한 번

짧게, 괴로운 표정으로. 그러더니 재빨리 시선을 돌린다.

"받아라."

샤파가 다마야에게 담요를 내민다. 할무니의 담요다. 다마야는 그것을 물끄러미 바라보다 어머니를 올려다본다. 하지만 어머니는 그녀를 쳐다보지 않는다.

우는 건 위험하다. 다마야가 샤파의 망토를 벗자 그가 담요를 둘러 준다. 친숙한 곰팡내와 까슬하고 완벽한 촉감에 몸을 맡기면서도, 다마야는 한 치의 흔들림도 없이 무표정을 유지한다. 샤파가 곁눈질로 다마야의 표정을 살피더니 잘했다고 말하듯이 살며시 고개를 끄덕인다. 그러고는 다마야의 손을 잡고 헛간 문으로 향한다.

어머니와 아버지는 뒤따라오며 아무 말도 하지 않는다. 다마야도 침묵을 지킨다. 다마야가 마지막으로 집을 돌아봤을 때, 커튼 사이로 내다보고 있던 누군가 잽싸게 커튼을 휙 닫는 것이 보인다. 차가. 다마야의 오빠. 다마야에게 글씨 읽는 법과 당나귀 타는 법과 물수제비 던지는 법을 가르쳐 준 오빠. 차가는 손을 흔들지도 않는다……. 하지만 그건 오빠가 다마야를 미워해서가 아니다. 이제는 다마야도 안다.

샤파가 다마야를 번쩍 들어 올려, 생전 처음 볼 정도로 커다란 말 등에 태운다. 목이 길고 털이 반질반질한 구렁말이다. 그런 다음 다마야의 뒤에 앉아 피부가 쓸리거나 동상에 걸리지 않게 다마야의 다리와 신발까지 담요로 꽁꽁 싸맨다. 그렇게 그들은 집을 떠난다.

"돌아보지 마라." 샤파가 다정하게 이른다. "더 힘들어지기만 할 테니까."

그래서 다마야는 돌아보지 않는다. 나중에 그녀는 그의 말이 옳았음을 알게 된다.

하지만 나중에, 그보다도 한참 더 나중에, 다마야는 돌아보지 않은 것을 후회한다.

(해독 불가) 빙백의 눈, 잿빛의 회발(灰髮), 불순물을 거르는 코,
날카로운 이, 소금으로 가른 혀.
— 두 번째 석판, 「불완전한 진실」, 제8절

3장

너는 길을 떠난다

너는 어떤 사람이 될지 아직 고민 중이다. 얼마 전까지 너였던 사람은 더는 통하지 않는다. 그 여자는 우체와 함께 죽었다. 얌전하고 눈에 잘 띄지 않는 평범한 그 여자는 더 이상 쓸모가 없다. 이렇게 평범하지 않은 일이 일어났을 때에는 그렇다.

하지만 너는 나쑨이 어디 묻혀 있는지, 혹은 지자가 그 애의 무덤을 만들어 주기는 했는지조차 알지 못한다. 딸에게 작별 인사를 하기 전까지는 딸이 사랑하던 어머니로 남아 있어야 한다.

그래서 너는 죽음이 찾아올 때까지 가만히 앉아 기다리지 않기로 결심한다.

그렇다. 죽음이 오고 있다. 지금 당장은 아니지만 그리 먼 일도 아니다. 북쪽에서 발생한 거대한 흔들은 티리모를 피해 갔지만 마을 사람들 모두 사실은 마을을 덮쳐야 했다는 걸 알고 있다. 보님기관은 거짓말을 하지 않는다. 적어도 이렇게 신경이 곤두서고 조바심이 나고 소리 없는 비명을 지르게 만드는 극심한 충격파가 다가

올 때에는 그렇다. 갓난아기에서부터 총기가 흐려진 노인에 이르기까지 누구나 흔들이 다가오는 것을 보닐 수 있었다. 지금쯤 티리모 향민들은 그만큼 운이 좋지 못했던 마을이나 도시에서 탈출해 길 위에서 방황하며 남쪽으로 피난 가는 난민들로부터 흉흉한 소문을 주워들었을 것이다. 바람에 실려 오는 유황 냄새를 맡았을 것이다. 날이 갈수록 이상하게 변해 가는 하늘을 보며 불길한 징조로 해석했을 것이다.(사실이 그렇다.) 향장인 라스크가 이웃 향인 숨의 상황을 알아보기 위해 벌써 사람을 보냈을지도 모른다. 티리모 주민들은 대부분 숨에 친척이나 가족이 살고 있다. 두 마을은 오랜 세월 동안 사람과 물자를 교환하며 살아왔고, 아무리 향의 생존이 우선한다고 해도 아직 굶주리는 사람이 없는 이상 혈족과 씨족은 항상 중요하다. 라스크에게는 아직 너그럽게 굴 여유가 남아 있다. 적어도 지금은. 어쩌면.

그리고 순찰대가 돌아와 숨에서 보고 들은 대참사에 대해 보고한다면(너는 그들이 생존자를 찾지 못하리라는 사실을, 어쨌든 많이는 발견하지 못하리라는 것을 이미 알고 있다.) 더 이상 부인(否認)은 불가능하다. 공포와 두려움이 만연할 것이다. 겁에 질린 사람들이 눈에 불을 켜고 희생양을 찾을 것이다.

그래서 너는 배를 채운다. 그러면서 지자와 아이들과 함께 먹고 즐겁게 떠들던 시간들을 떠올리지 않으려 애쓴다.(그래도 토악질을 하기보단 눈물이 나는 게 낫다. 어쨌든 우리는 슬픔을 느끼는 순간을 선택할 수는 없으니까.) 그런 다음 조용히 러나의 뒷문을 통해 네 집으로 간다. 길에는 아무도 없다. 모두 라스크의 집에 모여 새 소식을 기다리거나 각자 할 일을 배정받고 있을 것이다.

집 안 러그 밑에 숨겨진 비축고에는 가족용 비상(非常)자루가 있다. 너는 우체가 맞아 죽은 방에 앉아 자루를 뒤져 필요 없는 물건들을 골라낸다. 나쑨의 낡고 편안한 여행용 옷은 이제 너무 작다. 너와 지자는 우체가 태어나기 전에 자루를 꾸렸고 그 뒤로 한 번도 들춰 보지 않았다. 건과일 덩어리에는 하얗게 곰팡이가 끼어 있다. 안쪽은 먹을 수 있겠지만 아직 그 정도로 절박하지는 않다.(어쨌든 지금은 그렇다.) 자루에는 너와 지자가 주택을 소유하고 있다는 증명서와 거주 중인 사향주(四鄕州)에서 세금을 내고 있으며 두 사람 모두 티리모 향에 내항자 쓰임새신분으로 등록되어 있다는 기타 서류들이 들어 있다. 너는 그것들도 끄집어낸다. 지난 10년간 너의 법적, 경제적 존재를 입증하는 증거물이 곰팡이 덮인 과일 조각과 함께 한쪽 구석에 쌓인다.

고무지갑에 든 돈 뭉치(많은 걸 보니 종이돈이다.)는 얼마나 나쁜 상황인지 사람들이 깨닫고 나면 별 가치가 없어질 것이다. 하지만 그때까지는 유용하게 사용할 수 있다. 쓸모가 없어지면 불쏘시개로 쓰면 된다. 작은 흑요석 도축칼은 지자가 고집을 부려서 넣어 둔 것이고 너는 아마 절대 사용할 일이 없을 테지만(네게는 자연이 선사한, 그보다 훨씬 좋은 무기가 있다.) 일단은 챙겨 둔다. 다른 생필품과 교환하거나 적어도 남들에게 겁을 줄 수 있을 것이다. 지자의 부츠도 상태가 꽤 좋으니 다른 물건과 맞바꿀 수 있을지 모른다. 그는 다시는 이 신발을 신을 일이 없을 것이다. 찾아내자마자 네가 그를 끝장내 버릴 테니까.

너는 생각을 멈춘다. 방금 머릿속에 떠오른 말을 앞으로 네가 될 사람에게 어울리게 조금 바꿔 본다. 그를 찾으면 왜 그런 짓을 했는지 물을 것이다. 어떻게 그런 짓을 할 수 있는지 추궁할 것이다. 그리고 무엇보다, 네 딸은 어디 있는지 물을 것이다.

비상자루를 정돈하고 다시 꾸린 다음에는 지자가 배달할 때 사용하던 나무 상자 안에 집어넣는다. 네가 상자를 지고 돌아다니는 것을 보더라도 의심할 사람은 아무도 없다. 며칠 전까지 네가 자주 하던 일이니까. 너는 지자가 만든 도기(陶器)를 배달하며 그의 쇄공 일을 돕곤 했다. 조금 지나면 왜 하필 계절령(季節令)이 선포되기 직전인 지금 물건을 배달하는지 누군가 의아하게 여길 수도 있겠지만 대부분 처음에는 그리 깊이 생각하지 않을 것이다. 중요한 건 그거다.

집을 나설 때 너는 우체가 며칠 동안 누워 있던 바로 그 자리를 지나친다. 러나는 그 애의 시신만 수습하고 담요는 남겨 두었다. 핏자국은 가려져서 보이지 않는다. 그럼에도 너는 그쪽으로 곁눈질 하나 보내지 못한다.

네 집은 남쪽 장벽과 녹지 구역 사이에 있다. 너와 지자가 집을 사기로 결정했을 때 이 집을 고른 건 너였다. 좁고 나무가 우거진 막다른 샛길 끝에 홀로 서 있었기 때문이다. 녹지를 가로지르면 곧장 번화가로 갈 수 있기 때문에 지자도 마음에 들어 했다. 너와 그는 항상 그 문제로 말다툼을 벌이곤 했다. 네가 굳이 필요하지 않다면 사람들과 어울리는 걸 좋아하지 않던 데 비해, 지자는 친구들과 시간을 보내는 걸 좋아했고 사교적이었고 정적을 견디지 못했고……

그때 머리를 짓이기는 듯한 절대적이고 강력한 분노가 폭발한다. 너는 비틀거리다 가까스로 문틀을 부여잡고 가슴 깊숙이 심호흡을 한다. 비명을 참기 위해서, 아니면 그 빌어먹을 도축칼로 누군가를(어쩌면 너 자신을?) 찔러 죽이지 않기 위해. 그도 아니라면…… 주변을 꽁꽁 얼려 버리지 않기 위해서.

그래. 네가 틀렸다. 욕지기는 애통한 절망감이 엄습했을 때 생각보다 나쁘지 않은 반응인 것 같다.

하지만 너는 이럴 시간도 없고, 여력도 없다. 그래서 너는 다른 것에 생각을 집중한다. 뭐든 좋다. 손바닥 아래 느껴지는 나무 문틀의 촉감, 집 밖에 나와 있음을 실감케 하는 냄새. 유황 냄새가 더 심해진 것 같지는 않다. 이건 좋은 징조겠지. 너는 근처에 땅이 입 벌린 자국이 없음을 보닌다. 그것은 흔들의 근원이 북쪽에서 일어났다는 뜻이다. 제국도로를 따라 내려오는 피난민들은 진위를 알 수 없는 소문만을 가져올 뿐이지만 너는 안다. 저 북쪽에, 대륙의 한쪽 끝에서 반대쪽 끝까지 아가리를 벌린 채 썩고 곪아 가는 거대한 균열이 있다. 대기 중의 유황 농도가 더 심해지지 않기만을 바랄 뿐이다. 그렇게 되면 사람들은 숨을 제대로 쉬지 못해 헐떡일 것이며, 비가 내리면 강과 하천의 물고기가 죽고 토양은 산성화되어 척박해지고……

그래, 이제 좀 낫다. 너는 드디어 집에서 나올 수 있게 되었다. 평정이라는 거짓된 허울이 다시 제자리에 덮인다.

바깥을 돌아다니는 사람은 얼마 되지 않는다. 드디어 라스크가 공식적으로 봉쇄령을 내린 모양이다. 봉쇄 기간에는 향의 출입문이 닫힌다. 장벽 위 망루에 사람들이 움직이는 걸 보니 라스크가 벌써 경비대를 배치하려는 모양인가 보다. 원래 계절이 선포되기 전에 이래서는 안 된다. 너는 라스크의 신중한 조처에 속으로 욕을 퍼붓는다. 제발 그가 네 계획에 차질을 빚을 또 다른 조치를 취하지만 않았기를.

시장은 폐쇄됐다. 적어도 한동안은 아무도 물자를 사재기하거나 바가지를 씌울 수 없다. 해 질 녘에는 통금이 시작되고, 마을을 방어하거나 물자 보급을 위해 꼭 필요한 경우를 제외하고는 모든 상업 활동이 금지된다. 모두가 무엇을 어떻게 해야 할지 알고 있다. 향민들 각자에게 임무가 할당되고, 그중 상당수가 실내에서 할 수 있는 일이다. 바구니를 짜거나 음식을 절이거나 건조해 저장 식품을 만들고, 낡은 의복이나 도구를 개조하고 수선한다. 이 모두 돌의 가르침에 기록된 것으로 제국이 활용하는 효과적인 생존 방침이며, 실용적이기도 하지만 동시에 불안한 군중들을 바쁘게 움직이게 만들기 위한 조치이기도 하다. 만약에 대비해서 말이다.

하지만 너는 녹지 구역을 에워 두르고 있는 길을 걷는다. 봉쇄 기간에는 아무도 산책을 하지 않는다. 그런 규칙이 있어서가 아니라, 비상 상황이 되면 녹지는 나무와 풀이 자라는 곳이 아닌 농경지로 바뀌기 때문이다. 몇몇 향민들의 모습이 보인다. 대개는 완력꾼이다. 한 무리는 녹지 구석에 가축을 기를 축사를 만들기 위해 울타리를 치고 움막을 짓고 있다. 뭔가를 만들고 짓는다는 것은 힘든 일이라 그들은 일에만 몰두한 나머지 배달용 상자를 등에 지고 혼자 돌아다니는 여인네에게는 딱히 관심을 기울이지 않는다. 걷다 보니 얼핏 아는 얼굴들이 보인다. 시장이나 지자의 공방에서 만났던 사람들이다. 너에게 힐끗 눈길을 줬다가도 금세 스쳐 지나간다. 그들은 네가 이방인이 아니라는 사실을 안다. 어쨌든 지금은 네가 로가의 모친일지도 모른다는 사실을 떠올리기에는 할 일이 너무 많다.

죽은 로가 아이의 부모 중 누가 그 저주를 물려줬는지 생각하기에도.

그나마 번화가에는 사람들이 꽤 몰려 있다. 너는 인파에 섞여든다. 다른 이들과 똑같은 속도로 걷고 눈이라도 마주치면 고개를 끄덕이고, 남들과 똑같은 무심한 표정을 지으려 아무 생각도 하지 않는다. 라스크의 집무실 앞은 각 구역장과 쓰임새신분 대표자들이 오고 가며 어떤 임무를 끝냈는지 보고하고 새로운 임무를 받아 가느라 북적거린다. 숨이나 다른 지역은 어떻게 됐는지 실낱같은 소식이라도 얻어들으려고 주변을 어슬렁거리는 사람들도 있다. 여기서도 네게 신경 쓰는 사람은 아무도 없다. 그럴 이유가 뭐가 있겠는가? 공기 중에는 망가진 대지의 악취가 나고, 거의 30킬로미터 반경에 존재하던 모든 것이 지금껏 살아 숨 쉬는 사람들이 아는 한 가장 거대한 흔들에 의해 초토화됐다. 그들에게는 신경 써야 할 것이 너무나도 많다.

하지만 상황이란 언제든 돌변할 수 있는 법이고, 너는 긴장을 늦추지 않는다.

라스크의 집무실은 사실 기둥 위에 서 있는 곡물 창고와 마차 제작소 사이에 있는 작은 집에 불과하다. 까치발을 딛고 사람들의 머리 너머를 내다보니 현관에서 라스크의 부관인 오야마가 옷이라기보다 모르타르와 진흙을 입고 있는 것 같은 두 남자와 한 여자랑 대화를 나누고 있다. 장벽을 높이는 임무를 맡은 사람들일 것이다. 돌의 가르침에 따르면 장벽을 보강하는 것은 흔들이 발생했을 때 가장 먼저 해야 하는 일 중 하나이고, 제국이 권고하는 봉쇄 절차이기도 하다. 오야마가 여기 있다면 라스크는 다른 곳에서 일을 하고 있거나 아니면 사흘 연속 무리한 탓에 어디선가 눈을 붙이고 있을 가능성이 크다. 자택에서 자고 있을 리는 없다. 사람들에게 금세 발각될 테니까. 수다쟁이 러나 덕분에 너는 라스크가 방해를 받고 싶지 않을 때면 어디에 숨는지 알고 있다.

티리모의 도서관은 골칫거리다. 애초에 티리모에 도서관이라는 게 있는 이유부터 옛날에 어떤 향장의 남편의 조부가 사향주 지사(知事)에게 미친 듯이 청원 세례를 퍼붓는 바람에 참다못한 주지사가 도서관을 세울 자금을 지원해 주었기 때문이다. 문제의 노인이 죽은 뒤에 도서관을 이용하는 주민은 소수에 불과했고 마을 회합을 열 때마다 도서관을 폐쇄하자는 의견이 발제됐지만 한 번도 필요한 정족수를 채우지 못했다. 그래서 도서관은 지금까지 서 있게 되었다. 너희 집 거실만 한 크기의 낡고 추레한 오두막에 책과 두루마리가 그득하게 쌓여 있다. 몸을 뒤틀지 않고 책장 사이를 빠져 나갈 수 있는 건 몸집이 작고 마른 어린아이 정도다. 너는 마르지도 않았고 어린아이도 아니다. 그래서 너는 몸을 옆으로 돌려 게처럼 옆으로 걷는다. 등에 진 상자를 갖고 들어가는 건 꿈도 꾸지 못할 일이라 문 앞쪽 바닥에 상자를 내려놓는다. 상관없다. 어차피 여긴 아무도 없으니까. 라스크만 빼고 말이다. 그는 오두막 안쪽, 그의 몸이 겨우 들어갈 만한 짧은 선반에 작은 짚자리를 깔고 몸을 둥글게 만 채 누워 있다.

높이 쌓인 책더미 사이로 몸을 욱여넣자 라스크의 코 고는 소리가 뚝 그친다. 두 눈을 끔벅이며 낮잠을 방해한 사람을 노려보던 그가 문득 생각에 잠긴다. 왜냐하면 그는 분별력 있는 사람이고, 그래서 향장으로 선출되었기 때문이다. 너는 그의 얼굴 위에서 네가 지자의 아내에서 우체의 모친으로, 로가의 어미로 변하는 과정을 지켜본다. 오, 대지여, 그리고 마침내 로가에 도달한다.

이건 좋은 소식이다. 생각보다 일이 쉬워지겠다.

"난 누구도 해칠 생각 없어요."

너는 라스크가 놀라 움찔거리거나 비명을 지르거나 혹은 너무 긴장해서 바보 같은 짓을 저지르기 전에 재빨리 말한다. 그리고 놀랍게도, 그 말을 들은 라스크는 눈을 깜박이며 다시 생각에 잠긴다. 이윽고 그의 얼굴에서 공포심이 물러간다. 라스크가 몸을 세우고 앉아 나무 벽에 등을 기댄 채 심각한 얼굴로 너를 오래도록 응시한다.

"그 말을 하러 찾아온 건 아닐 테지." 그가 말한다.

너는 마른 입술을 초조하게 핥고 바닥에 쪼그려 앉는다. 공간이 협소한 까닭에 꼴이 꽤 우스꽝스럽다. 엉덩이는 책장 선반에 반쯤 걸치고 무릎은 네가 원하는 것보다 라스크의 공간을 더 깊이 침범한다. 라스크가 네 어정쩡한 자세를 보고 피식 웃는 것 같더니 이내 네 정체를 떠올리고 흠칫 미소를 지운다. 그러고는 자신의 두 가지 반응이 전부 마음에 안 든다는 듯이 얼굴을 찌푸린다.

"지자가 어디 갔는지 알아요?"

라스크의 얼굴 근육이 실룩거린다. 그는 네 아버지가 되기에 충분한 연배지만 네가 아는 한 부친상과는 거리가 먼 사람이다. 너는 언제나 그와 마주 앉아 맥주잔을 부딪치며 수다를 떨고 싶었다. 물론 그랬다간 네가 이제껏 위장하고 있던 평범하고 온화하고 조용한 여성상이 벗겨졌을 테지만 말이다. 하지만 네가 아는 한 라스크는 술을 마시지 않는데도 실제로 마을 사람들 대부분이 그를 그런 식으로 대한다. 지금 그의 얼굴에 떠오른 표정을 보니 그에게 아이가 있었더라면 좋은 아버지가 될 수도 있었을 거라는 생각도 든다.

"그랬군." 잠이 덜 깬 목소리다. "지자가 애를 죽인 거냐? 다들 그렇게 짐작하고 있긴 한데 러나가 확실치는 않다고 했거든."

너는 고개를 끄덕인다. 너는 러나에게도 차마 그렇다는 대답을 소리 내어 하지 못했다.

라스크가 네 얼굴을 살핀다.

"그렇다면 그 애가……."

네가 다시 고개를 끄덕이자 라스크가 한숨을 푹 내쉰다. 그는 네가 무엇인지는 묻지 않는다.

"지자가 어디로 갔는지 아는 사람은 없다." 라스크가 무릎을 접고 그 위에 팔을 얹는다. "다들…… 애가 죽은 일에 대해 말이 많았지. 적어도 다른 이야기를 하는 것보단 나으니까." 라스크가 어쩌겠냐고 말하는 듯이 양손을 쳐든다. "별별 소문도 무성했고. 돌멩이보다는 진흙이 더 많았지만. 어떤 사람들은 지자가 나쑨이랑 같이 말 수레를 타고 가는 걸 봤다고도 하고……."

순간 머릿속이 텅 빈다.

"나쑨이랑요?"

"그래. 개랑 같이. 그건 왜……?" 다음 순간 라스크는 이해한다. "젠장, 나쑨도 그거냐?"

온몸이 부들부들 떨리는 것 같다. 떨림을 멈추기 위해 두 주먹을 꽉 쥔다. 저 아래 깊숙한 곳에 있던 대지가 삽시간에 발밑으로 끌려오고, 주위의 공기가 차가워지기 시작한다. 너는 황급히 절망과 안도감과 공포와 분노를 잡아 가둔다.

"그 애가 살아 있는지 몰랐어요."

영원과도 같은 시간이 지난 후, 마침내 네가 입을 연다.

"아." 라스크가 눈을 깜박인다. 그의 얼굴에 다시 측은함이 떠오른다. "그래, 어쨌든 둘이 마을을 떴을 땐 살아 있었다. 그땐 무슨 일이 있었는지 아무도 몰랐지. 짐작이나 할 수 있었겠니. 다들 아버지가 맏이에게 가업을 가르쳐 주거나 애가 심심하다고 말썽을 부릴까 봐 데리고 나가는 줄만 알았지. 그러다 북쪽에서 흔들이 일어나서 모두들 까맣게 잊고 있었는데, 러나가 너와 네 아들 소식을 가져왔지 뭐냐." 라스크가 말을 멈춘다. 턱 근육이 씰룩인다. "지자가 그런 놈일 줄은 몰랐다. 너한테도 손을 댔느냐?"

너는 고개를 젓는다.

"한 번도 그런 적 없어요."

차라리 지자가 원래 폭력적인 사람이었다면 나았을지도 모른다. 그랬더라면 너 자신의 어리석음과 형편없는 판단력과 안일함을 자책할 수 있었을 테니까. 재생산이라는 죄악이 아니라.

라스크가 숨을 길게, 천천히 들이마신다.

"녹병…… 빌어처먹을." 고개를 휘저으며 잿빛 머리칼을 손으로 헤집는다. 그는 러나나 다른 회발(灰髮)을 가진 이들과는 달리 잿빛 머리를 타고나지 않았다. 너는 그의 머리칼이 갈색이던 시절을 기억한다. "지자를 쫓아갈 거냐?"

라스크의 시선이 너를 빗겨 갔다가 돌아온다. 그건 단순한 희망 사항이 아니다. 너는 그가 요령 좋게 감추고 있는 진짜 의도를 알아듣는다. 제발, 최대한 빨리 떠나다오.

너는 기껍게 고개를 끄덕인다.

"통행증을 내주세요."

"그러마." 라스크가 잠시 망설이다. "다시 돌아올 수 없다는 건 알고 있지?"

"알아요." 너는 미소를 지어 보인다. "어차피 그러고 싶지도 않고."

"널 책망하는 게 아니야." 라스크가 한숨을 내쉬더니 어색하게 자세를 고쳐 앉는다. "나도…… 여동생이 있었지."

처음 듣는 이야기다. 그리고 다음 순간 너는 깨닫는다.

"동생이 어떻게 됐는데요?"

그가 어깨를 으쓱한다.

"평범한 이야기야. 우리는 숨에 살았는데 누군가 그 애가 뭔지 눈치 채고 다른 사람들에게 말했고, 어느 날 한밤중에 사람들이 쳐들어와서 그 애를 데려갔지. 이젠 기억이 가물가물해. 그때 난 고작 여섯 살이었거든. 그 뒤에 가족들이 티리모로 옮겨 왔지." 그의 입술 가장자리가 웃음을 짓듯 실룩인다. "그래서 내가 애를 갖고 싶지 않았던 거야."

너도 빙긋 웃는다.

"나도 그랬어요."

하지만 지자가 원했죠.

"삭아빠질 대지 같으니." 라스크가 잠시 눈을 감더니 벌떡 일어난다. 너도 같이 일어난다. 안 그랬다간 네 얼굴이 라스크의 얼룩진 바지춤에 너무 가까이 붙어 있게 될 테니까. "지금 갈 거면 마을 정문까지 배웅해 주마."

너는 놀란다.

"지금 떠나긴 할 거예요. 하지만 그럴 필요는 없는데요."

그건 별로 좋은 생각이 아니다. 네가 원하는 것보다 사람들의 관심을 너무 많이 끌 위험이 있다. 하지만 라스크는 입을 일자로 다문 채 고개를 가로젓는다.

"내가 그러고 싶어. 자, 가자."

"라스크……."

라스크가 너를 쳐다본다. 이번에 얼굴을 찌푸리는 쪽은 너다. 지금 라스크가 보고 있는 것은 네가 아니다. 만일 그가 어렸을 때 이렇게 사내답게 나섰더라면 폭도들은 감히 그에게서 여동생을 빼앗아 가지 못했을 테지.

아마 그까지 함께 죽여 버렸을 것이다.

라스크는 네 상자를 대신 짊어지고 티리모에서 가장 큰 길인 '일곱 계절'을 따라 향의 정문으로 향한다. 너는 사실 잔뜩 긴장하고 있지만 겉으로는 아무렇지도 않은 것처럼 보이려고 안간힘을 쓰고 있다. 원래 네 계획은 큰길을 이용하는 것도 아니고 이렇게 많은 사람들을 헤치며 걷는 것도 아니었다. 옆을 걷는 라스크 때문에 사람들의 관심이 쏟아진다. 그에게 손을 들어 인사하고, 이름을 부르며 알은체하거나 새 소식은 없는지 다가와 묻다가…… 너를 발견한다. 그들은 흔들던 손을 내린다. 다가오던 발걸음을 멈추고 멀찍이 떨어진 곳에서 두세 명씩 모여 힐끔거린다. 가끔은 네 뒤를 따라오기도 한다. 그것만 빼면 평소와 다름없는 평범한 생활 소음들뿐이지만, 적어도 표면상으로는 그렇지만, 너는 여기저기서 수군거림을 듣는다. 사람들의 눈빛을 느낀다. 온몸의 세포가 불길하게 팔딱인다.

향문에 도착한 라스크가 보초에게 손을 흔들어 인사한다. 문 앞에는 평상시 광부나 농부로 일하던 완력꾼 열두어섯이 체계적으로 문을 지키고 있다기보다는 대충 어슬렁거리고 있다. 두 사람은 장벽 위 망루에서 문을 감시하고 있고, 다른 둘은 문에 뚫린 감시 구멍 옆에서 경계 중이다. 나머지는 심심한 얼굴로 농담을 주고받거나 잡담을 나누며 시간을 때우고 있다. 라스크가 이들을 문지기로 고른 것은 위협적으로 보이는 풍채를 지니고 있기 때문일 것이다. 하나같이 산제인 특유의 건장한 몸집이고 옆에 찬 유리칼이나 석궁 없이도 웬만한 싸움은 쉽게 이길 것 같다.

라스크를 반기러 나온 것은 의외로 그중에서 덩치가 가장 작은 사람이다. 이름은 기억나지 않지만 너도 아는 사람이다. 보육학교에서 그의 자식들을 가르친 적이 있다. 그도 너를 기억하는지 두 눈이 가늘어진다.

라스크가 발을 멈추고, 상자를 바닥에 내려놓고, 뚜껑을 열어 네게 비상자루를 넘겨 준다.

"카라." 그가 남자에게 말한다. "별일 없나?"

"지금까지는 그랬죠."

카라가 네게 시선을 고정한 채 대답한다. 그의 강렬한 눈빛에 피부가 팽팽하게 당겨지는 느낌이다. 몇몇 완력꾼들도 이쪽을 주시하고 있다. 카라와 라스크를 번갈아 쳐다보며 누군가 먼저 행동에 나서 주길 기다리는 중이다. 한 여자는 너를 노골적으로 빤히 쳐다보고 있지만 나머지는 곁눈질로 힐끔거리는 데 만족한다.

"다행이군." 라스크가 말하며 미간을 살짝 찡그린다. 어쩌면 그도 너와 같은 신호를 읽었는지도 모른다. "부하들한테 말해서 문을 잠깐 열어 주게."

카라는 여전히 네게서 시선을 떼지 않는다.

"과연 그게 좋은 생각일까요, 라스크?"

라스크가 얼굴을 찌푸리더니 카라에게 성큼성큼 다가가 얼굴을 도전적으로 들이민다. 라스크는 덩치 큰 사내가 아니다. 그는 혁신자이지 완력꾼이 아니다. 하지만 그건 중요하지 않다. 지금 그에게는 완력이 필요하지 않다.

"그래." 라스크의 목소리가 어찌나 낮고 험악한지 카라가 흠칫 놀라며 그를 다시 쳐다볼 정도다. "그래, 문을 열게. 자네가 개의치 않는다면, 녹병들게 바쁘지 않다면 말이야."

너는 돌의 가르침의 한 구절을 떠올린다. 「구조」의 제2절. 육신은 사라진다. 오랜 세월 통치하는 지도자는 그보다 더 많은 것에 의존한다.

카라의 턱이 실룩인다. 하지만 잠시 후 그는 고개를 끄덕인다. 너는 비상자루를 어깨에 들쳐 메는 데에만 신경을 집중한다. 어깨끈이 헐렁하다. 이걸 마지막으로 졌던 건 지자였다.

카라와 문지기들이 도르래를 돌려 문을 열기 시작한다. 티리모의 장벽은 대부분 나무로 구성되어 있다. 티리모는 질 좋은 석재를 수입하거나 석공을 고용할 만큼 부유하지는 않지만 그렇다고 가난하지도 않고, 아직 장벽을 세우지도 못한 신생향(新生鄕)보다는 낫다. 하지만 문은 돌로 만들어져 있다. 왜냐하면 향문이야말로 외부 공격을 방어하기 위한 장벽에서 가장 취약한 지점이기 때문이다. 너는 몸 하나를 빼낼 공간만 있으면 되고, 초조하고 조바심 나는 몇 번의 팔 돌림이 지난 후 장벽 위에서 침입자를 감시하는 보초들이 소리 질러 신호하자 도르래를 돌리던 사람들이 손을 멈춘다.

라스크가 네게 몸을 돌리고 누가 봐도 어색한 말투로 말한다.

"지자 일은…… 정말 유감이야." 우체의 이름은 꺼내지 않지만 이게 최선이겠지. 너는 맑은 정신을 유지해야 한다. "전부 다 말이다. 그 후레자식을 꼭 찾길 바라네."

너는 잠자코 고개를 젓는다. 목이 잠겨 목소리가 나오지 않는다. 티리모는 지난 10년 동안 네 집이자 보금자리였다. 너는 우체가 태어났을 즈음 이곳을 집으로 여기기 시작했고, 그건 너 자신에게도 내심 놀라운 일이었다. 우체가 처음 달리는 법을 배웠을 때 너는 그 애를 쫓아다니느라 녹지 구역을 가로지르며 누볐다. 지자가 나쑨과 함께 연을 만들어 날리던 일도 기억난다. 지자는 정말 솜씨가 형편없었다. 마을 동쪽에 있는 나무에 아직도 그 연의 잔해가 걸려 있을 것이다.

하지만 티리모를 떠나는 일은 네가 생각한 것만큼 괴롭지는 않다. 적어도 지금은 그렇다. 적어도 옛 이웃들의 눈빛이 네 피부 위를 마치 상한 기름처럼 차갑고 소름 끼치게 미끄러질 때는 그렇다.

"고마워요."

너는 나직이 중얼거린다. 거기에는 많은 뜻이 담겨 있다. 라스크는 너를 도와줄 필요가 없었다. 그는 너를 위해 많은 손해를 감수했다. 보초들은 그에 대한 존경을 잃을 것이고 뒷담을 쑥덕일 것이다. 얼마 안 가서 마을 사람 전부 그가 로가 애호가라는 걸 알게 될 테고, 그건 위험하다. 계절을 앞두고 있을 때 마을의 수장은 그런 약점을 드러내서는 안 된다. 하지만 지금 네게 가장 중요한 것은 모두가 보는 앞에서 그가 너를 공정하게 대접해 주고 있다는 사실이다. 너는 누군가에게서 이렇게 친절하고 존중 어린 대우를 받을 수 있으리라고는 한 번도 생각한 적이 없다. 너무 뜻밖이라 어떻게 반응해야 할지도 모르겠다.

라스크는 이번에도 어색하게 고개를 끄덕이더니, 네가 문을 향해 걷기 시작하자 몸을 돌린다. 그는 카라가 다른 보초들에게 보내는 고갯짓을 보지 못했다. 끄트머리에 서 있던 여자가 재빨리 어깨에서 무기를 내려 너를 겨누는 모습도 보지 못했다. 어쩌면, 나중에 생각하건대, 만일 라스크가 그 모습을 봤더라면 여자를 말리거나 앞으로 일어날 일을 막을 수 있었을지도 모른다.

하지만 너는 시야 가장자리로 그 여자의 움직임을 눈치 챈다. 그리고 다음 순간 모든 일이 순식간에 벌어진다. 너는 생각하지 않기 때문에, 그동안 생각하지 않으려고 안간힘을 썼기 때문에, 본능적으로 반응한다. 왜냐하면 생각한다는 것은 네 가족이 죽었다는 사실을 상기해야 한다는 뜻이고, 네가 행복이라고 여겼던 것들이 실은 전부 거짓이었고 그걸 생각하는 것만으로도 너는 무너지고, 절규하고, 절규하고, 절규하고

아주 옛날, 지금과 다른 삶을 살던 시절에 불시에 위험이 덮쳐 오면 특별한 방식으로 대응하는 방법을 배웠기 때문에, 너는

주위를 둘러싼 공기를 향해 뻗어 당겨

대지에 발을 고정하여 단단히 박고, 가늘게 눌러 모아

여자가 석궁을 발사하자 화살이 공기를 가르며 너를 향해 날아오지만 네게 닿아 명중하기 직전, 수천수만 개의 얼음 파편이 되어 허공에 산산이 흩어진다.

(저런, 저런, 못된 아이로구나. 네 머릿속에서 목소리가 꾸짖는다. 네 양심의 목소리. 낮고 굵은 남자의 목소리. 하지만 너는 금세 지워 없애버린다. 다른 삶을 살던 시절에 듣던 목소리.)

삶. 너는 방금 너를 죽이려 한 여자를 쳐다본다.

"빌어먹을!" 카라가 너를 죽이지 못했다는 게 믿을 수 없다는 듯이 너를 노려본다. 주먹을 말아 쥐고 허리를 구부린 채 제자리에서 방방 뛰면서 노여움을 터트린다. "다시 쏴! 죽여! 빨리 쏘라고! 젠장, 저년이 우리를……."

"지금 뭐 하는 건가?"

마침내 라스크가 등 뒤에서 무슨 일이 일어났는지 깨닫고 황급히 돌아온다. 하지만 너무 늦었다.

처음에는 아무도 모른다. 움직임이 땅에서 시작되었다면 응당 신

경을 곤두세우게 했을 보님기관의 경고가 없기 때문이다. 그래서 사람들이 너 같은 종족을 두려워하는 것이다. 너는 느낄 수도 없고, 대비할 수도 없다. 너는 불시(不時)의 존재다. 한밤중에 찾아오는 치통처럼, 불현듯 덮쳐 오는 심장마비처럼. 네가 일으킨 진동이 순식간에 증폭돼 보님기관은 물론이요, 귀와 발과 피부로도 감지할 수 있는 팽팽한 장력(張力)의 울림으로 변한다. 하지만 이젠 너무 늦었다.

카라가 이맛살을 찌푸리며 지면을 내려다본다. 석궁을 가진 여자가 화살을 시위에 재려다 동작을 멈춘다. 두 눈을 크게 뜨고 가늘게 떨리는 활시위를 멍하니 바라본다. 너는 얼음 조각과 산산이 분해된 화살 파편이 만들어 낸 소용돌이 속에 우뚝 서 있다. 네 발 주위의 흙바닥 위로 50센티미터 크기의 하얀 얼음서리 원이 생겨난다. 피어오르는 바람을 타고 네 머리타래가 부드럽게 나부낀다.

"안 돼."

라스크가 나지막하게 속삭인다. 네 얼굴을 본 그의 눈이 휘둥그레진다.(네가 지금 어떤 표정을 짓고 있는지는 모르겠지만 별로 보기 좋은 모습은 아닐 것이다.) 현실을 부인하면 사태가 해결되기라도 할 듯이 라스크가 고개를 휘저으며 뒤로 물러난다. 그러고는 한 발짝 더.

"에쑨."

"당신이 내 아이를 죽였어."

너는 라스크에게 말한다. 말도 안 되는 소리다. 너는 라스크에게 말하는 게 아니다. 그들 모두에게 말하고 있다. 라스크는 너를 죽이려 하지도 않았고 우체의 죽음과도 관련이 없다. 그러나 네 목숨을 빼앗으려는 시도가 네 안에 존재하던 차가우면서도 뜨거운, 뭔가 근본적인 것을 촉발시킨다. 너희 겁쟁이들. 어린애를 사냥감으로 보는 짐승 새끼들. 우체를 죽인 건 지자다. 너도 마음 한 켠으로는 알고 있다. 하지만 지자는 여기, 티리모에서 나고 자랐다. 자기 자식을 죽일 정도로 뿌리 깊은 혐오감. 그건 주변 사람들로부터 보고 배운 것이다.

라스크가 숨을 들이켠다.

"에쑨……."

그때 땅바닥이 입을 쩍 벌린다.

최초의 충격만으로도 서 있던 사람들이 바닥에 고꾸라지고 티리모의 집들이 흔들린다. 한 번의 뒤틀림이 꾸준한 진동으로 이어지자 건물들이 덜걱거리며 무너지기 시작한다. 가장 먼저 주저앉은 것은 사이더의 수레 수리점이다. 낡은 목재 골조가 건물의 토대에서 미끄러져 내려 풀썩 무너진다. 비명과 함께 집 안에서 한 여자가 허겁지겁 뛰쳐나오고 간발의 차로 지붕이 허물어진다. 골짜기를 이룬 능선과 가장 가까이 있는 마을 동쪽에서는 산사태가 일어난다. 진흙과 나무와 돌덩어리가 뒤섞인 걸쭉한 진창이 동쪽 장벽 일부와 집 세 채를 집어 삼킨다. 지표면 아래 깊숙한 곳, 너 말고는 아무도 감지할 수 없는 그곳에서는 티리모의 우물들과 이어진 지하 대수층의 진흙 벽에 커다란 구멍이 뚫린다. 지하수가 급속도로 빨려 나가기 시작한다. 그들은 네가 방금 마을의 숨통을 끊어 버렸다는 사실을 모른다. 수 주일이 지나 우물물이 마르고 나면 아마 그제야 알게 되겠지.

오늘 여기서 운 좋게 살아남는 사람이 있다면 말이다. 네 발 밑에서 휘돌고 있던 눈과 서리의 고리가 순식간에 바깥쪽으로 팽창한다. 정말 눈 깜짝할 사이에.

가장 먼저 휘말린 건 라스크다. 그는 네 고리를 피하려 하지만 너무 가깝다. 너를 중심으로 회전하는 얼음 고리가 라스크에게 돌진해, 그의 발을 얼리고, 다리를 마비시키고, 척추를 타고 올라간다. 순식간에 돌처럼 딱딱해진 몸뚱이가 땅바닥 위로 쓰러진다. 피부가 그의 머리카락만큼이나 희다. 다음 희생자는 마지막 순간까지도 누군가에게 빨리 너를 죽이라고 외치고 있는 카라다. 바닥에 나동그라지는 순간 그의 고함 소리가 목구멍 속에서 얼어붙는다. 굳게 다문 잇새로 마지막 남은 따스한 숨결이 한 줌 새어 나왔다가 이내 온기를 빼앗겨 지면 위에 하얀 자국만 남기고 사라진다.

너는 마을 사람들에게만 죽음을 내리는 게 아니다. 가까운 울타리에 앉아 있던 새 한 마리가 얼음 동상이 되어 바닥으로 툭 떨어진다. 풀잎은 파삭거리고 지면은 딱딱하게 굳고, 습기가 얼어붙고 기압차로 공기가 빨려 나가면서 날카로운 휘파람 소리가 난다……. 하지만 지렁이를 애도하는 사람은 아무도 없다.

빠르고 매서운 바람이 일곱 계절 위를 기세 좋게 휩쓸고 지나간다. 수목(樹木)이 좌우로 흔들리자 드디어 사태를 깨달은 사람들이 비명을 지르기 시작한다. 지면은 여전히 요동치고 있다. 너도 땅바닥과 함께 흔들리지만, 움직임의 패턴을 알기 때문에 기우뚱거리면서도 넘어지지 않는다. 그런 건 생각할 필요도 없이 간단히 할 수 있다. 왜냐하면 지금 네 머릿속에는 온통 한 가지 생각뿐이니까.

이 사람들이 우체를 죽였다. 이들의 혐오가, 두려움이, 이유 없는 폭력이. 바로 이들이.

(그가.)

네 아들을 죽였다.

(지자가 네 아들을 죽였다.)

사람들이 비명을 지르면서 왜 흔들 경보가 울리지 않았는지 의아해하며 길가로 뛰쳐나온다. 너는 멍청하거나 공포에 사로잡혀 너무 가까이 접근하는 이들을 가차 없이 처단한다.

지자. 이들이 바로 지자다. 삭아빠질 마을 전체가 지자다.

그때 두 가지 사실이 티리모를 구원한다. 적어도 대부분의 사람들을 구해 낸다. 첫 번째는 대다수 건물들이 붕괴하지 않았다는 것이다. 티리모는 석조 건물을 짓기에는 가난한 향이지만 많은 건축업자들이 양심적으로 일했고, 돌의 가르침이 권고하는 유일한 건축 기술인 중앙 보(堡)와 돌출보를 사용하도록 충분한 보수를 지급받았다. 두 번째는 계곡의 결함층(缺陷層)이다. 네가 정신의 힘으로 벗겨내고 있는 이것은 서쪽으로 몇 킬로미터 떨어진 곳에 있다. 이 두 가지 사실 덕분에 티리모의 대다수는 살아남을 것이다. 적어도 우물이 마르기 전까지는.

이 두 가지 사실과, 그리고 정신없이 요동치는 집에서 뛰쳐나온 아비의 품에 안겨 있는 어린 사내아이가 겁에 질려 지르는 비명 덕분에.

너는 그 소리를 포착하자마자 본능적으로 어미의 귀를 쫑긋 세우며 몸을 돌린다. 한 남자가 소년을 품에 꼭 부둥켜안고 있다. 그는 비상자루를 챙기지도 않았다. 집이 무너지는 순간 남자가 가장 먼저, 그리고 유일하게 챙긴 것은 바로 그의 자식이다. 소년은 우체와 전혀 닮지 않았다. 하지만 너는 아버지의 품에 안긴 어린아이가 집 안에 두고 온 뭔가를 향해 팔을 뻗으며 버둥거리는 모습을 멍하니 바라본다.(좋아하는 장난감일까? 아니면 아이의 어머니?) 그러다 불현듯, 마침내, 너는 생각한다.

그러고는 멈춘다.

왜냐하면, 오, 무자비한 대지여, 네가 무슨 짓을 저질렀는지 보라.

흔들이 멈춘다. 따뜻하고 축축한 공기가 다시 피식거리는 소리를 내며 네 주위로 밀려든다. 지면과 네 피부 위에 물방울이 송골송골 맺힌다. 골짜기에서 나던 우르릉 소리가 잦아들고, 남은 것은 오로지 사람들의 공포에 질린 비명과 무너지고 부러진 목재의 삐걱이는 신음뿐. 뒤늦게 흔들을 알리는 날카로운 사이렌 소리가 허망하게 울부짖기 시작한다.

너는 눈을 질끈 감는다. 비통한 가슴을 안고 앞뒤로 몸을 흔들며 생각한다. 아니야, 내가 우체를 죽였어. 내가 그 애의 어미라서. 눈물이 뺨 위로 흘러내린다. 퍼뜩 울면 안 된다는 생각이 떠오른다.

너와 향문 사이에는 이제 정말 아무도 없다. 도망칠 수 있는 보초들은 벌써 도망쳤고, 라스크와 카라 말고도 몇 명은 너무 굼떠서 달아나지 못했다. 너는 비상자루를 어깨에 지고, 한 손으로 얼굴을 문지르며 문을 향해 걸어간다. 하지만 너는 웃음 짓지 않을 수가 없다. 이 씁쓸하고 가슴 아픈 모순을 깨닫지 않을 수가 없다. 너는 죽음이 찾아올 때까지 기다리고 싶지 않았다. 그래, 퍽이나.

멍청하고 어리석은 여편네야, 죽음은 항상 여기에 있다. 네가 바로 죽음이다.

네가 무엇인지 명심하라.
— 첫 번째 석판, 「생존」, 제10절

4장

깎고 다듬은 시에나이트

진짜 거지같네. 얌전하고 순종적인 미소 뒤에서 시에나이트(섬장암, 閃長岩)는 생각한다.

하지만 그녀는 절대로 솔직한 감정을 드러내지 않는다. 조용히 앉아 손가락 하나도 까딱하지 않는다. 네 개의 손가락에 각각 카닐리언(홍옥수, 紅玉髓)과 백오팔, 황금과 오닉스로 만든 소박한 반지가 끼워져 있는 시에나이트의 손은 무릎 위에 얌전히 놓여 있다. 책상 맞은편에 앉아 있는 펠드스파(장석, 長石)에게는 보이지 않는 위치다. 그녀가 조금만 덜 현명하다면 펠드스파의 눈을 피해 주먹을 쥐기라도 할 테지만, 그녀는 그렇게 하지 않는다.

"산호초는 꽤 골칫거리란다." 펠드스파가 큼지막한 나무컵을 두 손으로 감싸 쥐고 입가에 대며 빙그레 웃는다. 그녀는 시에나이트가 미소 뒤에서 무슨 생각을 하는지 잘 알고 있다. "평범한 암석과는 달라. 산호는 다공성(多孔性)에 유연하거든. 쓰나미를 일으키지 않고 걷어 내거나 흐트러뜨리려면 정교한 솜씨가 필요하지."

시엔은 그 정도쯤은 자면서도 할 수 있다. 아마 두 반지도 할 수 있을 것이다. 아니, 심지어 잔모래도 할 수 있을 거다. 물론 그 경우에는 부수적인 피해가 상당히 수반되겠지만. 시에나이트는 안심차(安心茶)가 담긴 반구(半球) 형태의 나무 찻잔을 들어 침전물이 섞이지 않게 천천히 돌린 다음 홀짝인다.

"제게 조언자를 배정해 주셔서 감사해요, 상급자님."

"마음에도 없는 소리."

펠드스파도 미소를 짓더니 반지가 끼워진 새끼손가락을 살짝 들어 올리며 안심차를 한 모금 마신다. 마치 은밀한 시합이라도 벌이고 있는 것 같다. 속보이는 격식과 예의치레의 대결. 승리는 더 뻔뻔한 자의 몫이다.

"위안이 될지는 모르겠지만, 이 일로 너를 경시할 사람은 없을 거다."

왜냐하면 모두가 그게 실은 어떤 의미인지 알고 있기 때문이다. 모멸감이 드는 것과는 별개로 시엔은 실제로 다소 위안을 느낀다. 적어도 그녀의 새 "조언자"는 열 반지다. 그 사실도 조금은 달갑다. 그만큼 그녀가 높은 평가를 받고 있다는 뜻이기 때문이다. 이번 임무를 수행하려면 어떻게든 자존감을 탈탈 긁어모아야 한다.

"그 사람은 얼마 전에 남중위지방에서 돌아왔단다."

펠드스파가 점잖은 말투로 말한다. 점잖은 것과는 거리가 먼 대화지만 시에나이트는 상급자의 노력에 고마움을 느낀다.

"보통은 다음 순회를 떠날 때까지 휴식을 취할 시간을 넉넉히 주는 편인데, 주지사가 알리아 항(港)을 빨리 복구해야 한다고 하도

성화가 심해서 말이야. 실질적인 일은 네가 할 거야. 그 사람은 네가 잘 하나 지켜보고 감독하는 데 그칠 거고. 알리아까지는 일부러 늑장을 부리거나 길을 돌아가지만 않는다면 보통 한 달 남짓 걸리지. 하지만 산호초는 별로 시급한 문제가 아니니까 굳이 서두를 필요는 없어."

아주 짧은 순간이긴 했지만 펠드스파는 진심으로 짜증이 난 것 같다. 알리아의 사향주 지사, 아마도 알리아의 지도자이기도 할 그 사람이 상당히 귀찮게 군 모양이다. 펠드스파가 담당 상급자로 배정된 이래, 시엔은 이 나이 든 여인이 딱딱하고 싸늘한 미소 외에는 감정을 드러내는 모습을 본 적이 없다. 제국 오로진, 검은 옷, 죽여서는 안 되는 자들, 또는 그 외에 뭐라고 부르든 간에, 펄크럼 오로진은 항상 깍듯하고 사무적이고 이성적인 태도로 일관해야 한다. 펄크럼 오로진은 남들 앞에서 반드시 굳건한 자신감과 전문성만을 내비쳐야 하며, 절대로 감정이나 분노를 표출해서는 안 된다. 왜냐하면 둔치들이 불안해하니까. 펠드스파라면 둔치처럼 비하적인 표현을 사용하지 않겠지만. 하지만 바로 그런 이유로 펠드스파는 상급 관리직이고, 시에나이트는 아직도 모난 곳을 연마하고 있는 하급자인 것이다. 펠드스파와 같은 직위에 앉길 원한다면 그만큼 뛰어난 기량과 직업의식을 보여줘야 한다. 그리고 그 외에도 몇 가지 더.

"언제 그를 만나나요?"

시에나이트는 태연한 동작으로 안심차를 한 모금 더 들이켠다. 마치 오랜 친구들이 평범한 대화를 나누는 것처럼.

"언제든, 네가 원하는 때에." 펠드스파가 어깨를 으쓱한다. "그는 상급자 건물에 묵고 있어. 임무 설명은 이미 보내 놨고 오늘 회의에도 참석해 달라고 요청했지만……." 또다시 언짢은 표정. 펠드스파에게는 이 모든 상황이 그저 끔찍할 따름이다. "연락을 받지 못했을 수도 있어. 아까도 말했지만 막 돌아온 차라 많이 피곤할 테니까. 리케시 산맥을 혼자 여행하는 건 쉬운 일이 아니거든."

"혼자요?"

"다섯 반지 이상이면 펄크럼 외부를 여행할 때 수호자나 동반자를 동행할 필요가 없거든." 펠드스파는 시에나이트의 놀란 표정을 무시하고 안심차를 마신다. "그때쯤이면 조산술을 어느 정도 자율적으로 사용할 수 있을 만큼 안정적인 수준에 도달했다고 여겨지지."

다섯 반지. 시엔은 지금 네 반지의 소유자다. 반지의 숫자가 조산술 능력과 관계가 있다는 건 다 헛소리다. 만일 수호자가 어떤 오로진이 반항적이고 규칙을 따르지 않을 거라고 판단한다면 다섯 개는커녕 단 하나의 반지도 얻지 못할 것이다. 하지만……

"그럼 우리 둘이서만 가나요?"

"그래. 이런 상황에선 그게 가장 효율적인 구성이니까."

그렇겠지.

펠드스파가 말을 잇는다.

"그는 '홍염(紅焰)의 형상'에 있어." 그곳은 펄크럼 상급자 대다수가 머무르고 있는 건물 단지다. "주탑 꼭대기층이야. 원래는 아무리 상급 오로진이라도 숙소를 따로 비워 두지 않는데, 워낙 숫자가 적으니까 말이야. 하지만 그 사람은 지금 펄크럼에서 유일한 열 반지니까 돌아오면 언제든 자기 방을 사용할 수 있게 해 뒀지."

"알려 주셔서 고맙습니다." 시엔이 다시 컵을 돌리며 말한다. "이때 찾아가 볼게요."

펠드스파는 한동안 말이 없고, 평소보다도 더 온화한 표정 때문에 속을 알 수가 없다. 시에나이트에게 그건 일종의 경고와도 같다. 이윽고 펠드스파가 입을 연다.

"그 사람은 열 반지이니 비상사태가 선포되었을 경우를 제외하면 어떤 임무든 거절할 권리가 있단다. 그걸 알아 두렴."

잠깐. 컵을 돌리던 시엔의 손가락이 멈춘다. 번쩍 치켜든 그녀의 눈동자가 나이 든 여인의 시선과 마주친다. 방금 펠드가 한 말이 시에나이트가 생각하고 있는 그 의미가 맞나? 설마. 시엔이 두 눈을 가늘게 뜬다. 이제는 의아한 속내를 감추려는 노력도 하지 않는다. 하지만. 펠드스파는 시엔이 빠져 나갈 구멍을 마련해 주고 있다. 어째서?

펠드스파가 희미하게 웃는다.

"난 자식이 여섯이나 되지."

아.

더는 할 말이 없다. 시엔은 다시 차를 한 모금 마신다. 컵 밑바닥에 가라앉아 있는 텁텁한 가루가 입에 들어와 미간을 슬쩍 찌푸린다. 안심차는 영양소는 풍부할지 몰라도 맛은 정말 참아 주기가 힘들다. 불순물이(심지어 타액이라도) 섞이면 색이 변하는 식물의 유즙으로 만든 차로, 주로 회의 자리나 손님들을 접대할 때 내놓는데 그 이유는 짐작하다시피…… 안심할 수 있기 때문이다. 안심차는 난 당신을 독살할 생각 없어. 어쨌든 지금은 아니야라는 말을 좀 더 예의 바르게 표현하는 방법이다.

펠드스파와 헤어진 시엔은 본관을 나선다. 행정 업무를 주관하는 본관 주위에는 보다 작은 건물들이 무리지어 모여 있고, 그 주변은 수풀이 제멋대로 자라 반쯤 야생지에 가까운 반지(斑指) 정원이 에워싸고 있다. 반지 정원은 너비가 수 에이커에 달하는데, 펄크럼 부지를 몇 킬로미터에 걸쳐 둥글게 두르고 있다. 펄크럼은 그만큼 넓고 방대하다. 그보다도 더 크고 드넓은 유메네스 안에 자리 잡고 있는 또 하나의 도시. 마치…… 음, 시에나이트는 마치 여자 배 속에 든 태아처럼이라고 떠올리려다 멈춘다. 오늘따라 그 이미지가 더 역겹게 느껴진다.

시엔은 알고 지내는 동료 하급자를 지나칠 때마다 고개를 까딱이며 인사를 보낸다. 정원에 서거나 앉아서 대화를 나누고 있는 이들이 있는가 하면 몇몇은 풀밭이나 꽃밭 위에 아무렇게나 드러누워 책을 읽거나 낮잠을 자거나 시시덕거리고 있다. 반지 보유자의 삶은 쉽고 편안하다. 간혹 장벽 너머로 임무를 떠날 때도 있지만 자주 있는 일도 아니고 오래 걸리지도 않는다. 교관으로 자원한 하급자들의 지시에 따라 일렬로 구불구불한 자갈길을 걸어가는 잔모래들이 보인다. 잔모래는 정원을 이용할 수 없다. 그것은 첫 번째 반지 시험을 통과하고 수호자들로부터 입단을 허가받은 이들만의 특권이다.

호랑이도 제 말 하면 나타난다더니. 시엔은 반지 정원의 수많은 연못가 중 한곳에 모여 있는 진홍색 제복 한 무리를 발견한다. 연못

반대편 장미 덩굴에 둘러싸인 옴폭한 공간에서는 수호자 한 명이 작은 청중에게 둘러싸여 있는 한 어린 오로진 하급자의 노래에 조용히 귀를 기울이고 있는 것처럼 보인다. 어쩌면 진짜로 노래를 듣고 있는지도 모른다. 때로는 그들도 그러니까. 가끔은 그들도 숨 돌릴 여유가 필요하다. 하지만 시엔은 그 수호자의 시선이 노래를 듣고 있는 청중 중 한 명에게 유독 자주 머무른다는 사실을 눈치 챈다. 마르고 피부가 하얀, 노래를 듣고 있다기보다 딴 생각에 빠져 있는 듯한 젊은이다. 무릎 위에 놓인 자신의 손을 응시하고 있는데, 곧게 펴서 한데 묶은 두 손가락에 붕대가 칭칭 감겨 있다.

시엔은 관심을 두지 않고 지나친다.

그녀는 수백 명의 하급 오로진이 묵고 있는 숙소 건물 중 하나인 '둥근 방패'에 먼저 들른다. 방에 아무도 없어 누구에게도 들키지 않고 필요한 물건을 챙길 수 있어 어찌나 다행스러운지. 동기들은 시엔이 어떤 임무를 받았는지 나중에야 소문을 통해 알게 될 것이다. 시에나이트는 숙소를 빠져 나와 마침내 홍염의 형상에 도착한다. 이 탑은 펄크럼에서 가장 오래된 건물 중 하나다. 흰색의 육중한 대리석 건물이 유메네스에서 흔히 볼 수 있는 화려하고 엉뚱한 건축 양식과는 달리 낮고 넓게 견고한 모습으로 서 있다. 양쪽으로 열리는 거대한 문은 우아하고 널찍한 현관으로 이어지고, 벽과 바닥에는 산제 역사의 중요한 장면들이 양각으로 새겨져 있다. 시에나이트는 서두르지 않는다. 상급자들이 지나갈 때마다 아는 사람이든 아니든 고개를 꾸벅 숙여 인사하고(어쨌든 시에나이트는 펠드스파의 자리를 원한다.) 널따란 계단을 천천히 걸어 올라가면서 간혹 발을 멈추고 좁은 창문들이 만들어 내는 빛과 그림자의 예술을 감상한다. 그녀는 그 그림자 무늬가 뭐가 그리 특별한지 모르겠지만 어쨌든 모두가 예술적이라고 하니 감탄하는 척이라도 해야 한다.

꼭대기 층에 도착하니 복도 전체에 깔려 있는 고급 모직 러그 위로 햇살이 빗살무늬를 뿌리고 있다. 시에나이트는 발을 멈추고 잠시 숨을 가다듬은 다음, 이번에는 진심으로 마음속 깊이 지금을 만끽한다. 사방에 깔린 고요함. 홀로됨. 복도에는 아무도 없다. 세탁이나 잡일을 담당하는 최하급자들도 그림자 하나 보이지 않는다. 시엔은 소문을 들은 적이 있고, 드디어 그 소문이 사실이었음을 알게 되었다. 열 반지는 건물의 한 층 전체를 독차지하고 있다.

이것이야말로 가장 높은 자리에 오른 이들에게 주어지는 진정한 보상이자 선물이다. 나만의 공간과 선택의 자유. 눈을 감고 주체할 수 없는 간절한 열망에 몸을 떨던 시엔이 이윽고 고개를 들고 복도를 따라 걷기 시작한다. 잠시 후, 문 앞에 발깔개가 놓여 있는 유일한 방을 발견한다.

하지만 막상 이 순간에 이르자 그녀는 망설인다. 시엔은 이 남자에 대해 아무것도 모른다. 그는 펄크럼 조직 내에서 이를 수 있는 최고의 자리에 있다. 다시 말해 그가 밀폐된 방 안에서 아무리 추잡하고 지저분하게 굴더라도 아무도 신경 쓰지 않을 거라는 의미다. 게다가 그는 인생의 대부분을 무력한 상태로 살아왔고, 자유재량과 남들을 휘두를 수 있는 특권을 부여받은 지도 얼마 되지 않았다. 그가 시엔을 학대하든 변태적인 행위를 강요하든 그런 사소한 일 따위로는 아무도 그를 처벌하거나 강등시키지 않을 것이다. 그의 희생자가 그저 또 다른 미친한 오로진일 뿐이라면 말이다.

여기까지 와서 망설여 봤자 아무 소용도 없다. 그녀에게는 선택권이 없다. 시에나이트는 긴 한숨을 내쉬며 문을 두드린다.

그러고는 이 일련의 과정을 단지 견뎌야 할 시험으로만 여겼을 뿐 진짜 사람을 만날 것이라고는 전혀 기대하지 않았기에, 문 안쪽에서 짜증스러운 목소리가 들려오자 깜짝 놀란다.

"뭐야?"

뭐라고 대답해야 할지 몰라 망설이는 사이 돌바닥 위로 발소리가 자박자박 다가오더니(심지어 발소리마저 신경질적이고 날이 선 듯 들린다.) 문이 벌컥 열린다. 문 앞에서 시엔을 노려보는 사내는 구깃구깃한 로브를 입고 있고 한쪽 머리는 우스꽝스럽게 눌려 있으며 뺨 한쪽에는 아무렇게나 찍찍 그린 지도처럼 베개 자국이 나 있다. 남자는 시엔이 상상했던 것보다 젊다. 진짜로 젊은 건 아니다. 시엔보다 나이가 곱절은 많아 보이니까. 최소한 마흔은 될 것 같다. 하지만…… 흐음. 시엔은 육십에서 칠십 대 나이의 여섯 혹은 일곱 반지들을 무수히 봤고 그래서 열 반지라면 적어도 호호백발 노인네일 줄만 알았다. 그리고 좀 더 위엄 있고 중후하고 차분할 거라고 기대했다. 어쨌든 그런 비슷한 모습일 거라고 상상했다. 남자는 반지도 끼고 있지 않다. 성난 손짓 중간중간 손가락에 희미한 자국이 나 있는 게 보이긴 하지만 말이다.

"염병 빌어처먹을 대지새끼여, 이번에는 또 어떤 멍청한 자식이야?"

시엔이 멍하니 쳐다보자 그가 또 욕지거리를 내뱉는다. 시엔은 처음 듣는 언어다. 짐작컨대 해안지방 언어인 것 같고, 분명히 화가 단단히 나 있다. 남자가 손으로 머리카락을 쓸어 넘길 때는 웃음이 날 뻔한다. 워낙 빽빽하고 억센 곱슬머리라 깔끔하게 보이려면 상당한 노력이 필요한데 그가 머리에 손을 댈 때마다 점점 더 엉망이 되고 있다.

남자가 마침내 되도 않는 인내심을 쥐어짜 완벽하고 유창한 산제어로 말한다.

"펠드스파와 상급 자문위원회의 꽥꽥거리는 참견쟁이들한테 진즉에 말해 뒀단 말이다. 제발 나 좀 가만히 내버려 두라고. 돌아온 지 얼마나 됐다고 이러는 거야? 게다가 1년 동안 생판 얼굴도 모르는 사람이나 아니면 말[馬]하고 붙어 다니느라고 단 두 시간도 혼자 있을 시간이 없었단 말이다. 또 쓸데없는 명령을 들고 왔다면 지금 이 자리에서 널 얼음 덩어리로 만들어 버리겠다."

시엔은 그의 협박이 허세라고 확신한다. 하지만 그는 그런 허세를 부려서는 안 된다. 펄크럼 오로진이 농담거리로 삼지 않는 것들이 몇 가지 있다. 일종의 암묵적인 규칙인…… 하지만 열 반지라면 그런 걸 신경 쓸 필요가 없는지도 모른다.

"엄밀히 말하자면 명령은 아니지만요."

시엔이 응수하자 그의 얼굴이 뒤틀린다.

"그럼 네가 뭣 때문에 왔는지 듣고 싶지도 않다. 당장 꺼져."

그러고는 문을 닫으려 한다.

믿을 수가 없다. 대체 무슨 놈의…… 진짜야? 치욕도 이런 치욕이 없다. 이 일을 해야 한다는 것만으로도 수치스러운데 이런 굴욕까지 당해야 해?

문이 닫히기 직전, 시엔이 가까스로 발을 끼워 넣고 몸을 기울인다.

"난 시에나이트예요."

열 반지에게 그 이름은 아무 의미도 없다. 그의 격분한 눈빛을 보니 확실히 알 수 있다. 남자가 고함을 지르려고 숨을 들이켜지만 시엔은 그가 무슨 말을 하는지 듣고 싶지 않고, 그래서 서둘러 대꾸한다.

"당신이랑 씹질하러 왔어요, 불맞은 대지 같으니. 이 정도면 당신 꿀잠을 방해하기에 충분해요?"

시엔은 자신의 상스러운 말투와 거기 담긴 격렬한 분노에 스스로도 흠칫 놀란다. 다른 한편으로는 꽤나 흡족하다. 덕분에 그가 삭아빠질 입을 닫아 버렸기 때문이다.

남자는 시엔을 방 안으로 들인다.

이제는 정말로 어색해졌다. 시엔은 거실에 있는 작은 탁자 옆에 앉아(거실이라니, 세상에. 그는 가구까지 딸려 있는 방 몇 개를 전부 혼자서 사용하고 있다.) 안절부절못하고 있는 남자를 지켜본다. 그는 소파 가장자리에 불안하게 걸터앉아 있다. 시엔과 가까이 앉는 것마저 두려운지 제일 멀리 떨어진 자리에 말이다.

"이렇게 빨리 시작할 줄은 몰랐는데." 남자가 무릎 위에 깍지 낀 손을 내려다보며 말한다. "내 말은…… 항상 독촉이야 했지만, 그게…… 나는……." 그가 한숨을 내쉰다.

"그럼 처음이 아니군요."

그는 열 반지가 된 후에야 거절할 자격을 얻었다.

"그래, 맞다. 하지만……." 그는 마음을 정한 듯이 숨을 훅 들이켠다. "항상 알고 한 건 아니야."

"뭘 알아요?"

남자가 이맛살을 찌푸린다.

"처음에 만났던 몇몇은…… 나한테 관심이 있어서 그런 줄만 알았지."

"그게 무슨……."

그제야 시엔은 이해한다. 펄크럼은 늘 애매모호한 여지를 남겨 놓는다. 심지어 펠드스파마저 네 임무는 그 남자와 1년 안에 아이를 생산하는 거야라고 직설적으로 말하지는 않았다. 그런 종류의 정보는 적으면 적을수록 일을 완수하기가 쉬워진다. 시엔은 그런 짓을 하는 이유를 이해할 수가 없다. 왜 누구나 빤히 아는 사실을 눈 가리고 아닌 척하는 거지? 하지만 시엔은 깨닫는다. 이 남자는 척하는 게 아니다. 그녀는 경악한다. 사람이 어쩜 이렇게 순진할 수가 있담?

남자가 시엔을 흘깃 쳐다보더니 괴로운 표정을 짓는다.

"그래, 나도 안다."

그녀는 고개를 흔든다.

"그렇군요."

상관없다. 중요한 건 그의 지능이 아니니까. 시엔은 의자에서 일어나 벨트를 풀기 시작한다.

남자가 입을 벌리고 바라본다.

"지금? 난 네가 누군지도 모르는데?"

"알아서 뭐하게요."

"네가 마음에 들지도 않고."

그건 시엔도 마찬가지다. 하지만 당연한 사실을 괜히 말할 필요는 없다.

"월경이 일주일 전에 끝났으니 딱 좋은 때예요. 내키지 않으면 누워만 있어요. 내가 알아서 할 테니까."

시엔이라고 딱히 경험이 많은 건 아니지만 어차피 판구조론처럼 어려운 일도 아닌데 뭐 어떤가. 그녀는 제복 상의를 벗고 주머니에서 뭔가를 꺼내 그에게 보여 준다. 윤활유가 담긴 병이다. 아직 거의 가득 차 있다. 남자는 이제 공포에 질린 듯이 보인다.

"아냐, 그냥 안 움직이는 게 좋을 거 같네요. 충분히 민망하니까."

남자가 벌떡 일어나더니 엉거주춤 뒤로 물러난다. 얼굴 가득 당혹한 기색이 우스…… 뭐, 별로 우습지는 않다. 시에나이트는 그의 반응에 약간의 안도감을 느낀다. 아니다. 단순한 안도감이 아니다. 지금 이 상황에서 약자는 그다. 열 반지의 소유자임에도 불구하고, 실제로 원치 않는 아이를 임신해야 하는 건 시에나이트인데도 불구하고 말이다. 어쩌면 애를 낳다가 죽을지도 모르고 자신의 인생뿐만 아니라 신체적으로도 다시는 되돌릴 수 없는 변화를 겪게 되겠지만 적어도 지금, 바로 이 순간 힘과 권력의 무게 추는 시엔에게 있다. 그렇다고 해서 이 일이…… 옳은 게 되는 건 아니지만 어쨌든 그녀가 통제권을 쥐고 있다는 사실만으로도 기분이 나아진다.

"꼭 이래야 할 필요는 없다." 남자가 불쑥 말한다. "난 거부할 수 있어." 그가 얼굴을 찡그린다. "너는 못 해도 난 할 수 있지. 그러니까……."

"하지 마요." 시에나이트가 쏘아보며 말한다.

"뭐라고? 왜?"

"방금 당신 입으로 그랬잖아요. 난 이 일을 해야 해요. 당신은 그럴 필요가 없고. 당신이 거부하면 다른 사람한테 보내지겠죠."

자식이 여섯. 펠드스파는 자식이 여섯이라고 했다. 하지만 펠드는 유달리 뛰어나거나 촉망받는 오로진도 아니다. 시에나이트는 그렇다. 만일 그녀가 신중하게 굴지 않는다면, 자칫 잘못된 사람의 화를 돋우거나 말썽꾸러기 오로진으로 낙인찍힌다면, 그들은 그녀의 경력을 짓밟고 펄크럼에 영원히 가둬 놓은 채 하릴없이 침대에 누워 사내들의 신음과 방귀를 갓난아기로 바꿔 내놓는 기계로 전락시킬 것이다. 그렇게 될 경우 자식이 여섯뿐이라면 외려 감사할 일이겠지.

남자가 이해할 수 없다는 얼굴로 빤히 쳐다본다. 하지만 시에나이트는 그가 알고 있다는 걸 안다.

"빨리 끝내 버리죠."

이번에는 시엔이 놀랄 차례다. 시엔은 남자가 계속 고집을 부리며 저항할 줄만 알았다. 그러나 그의 옆구리 옆에 늘어진 손이 주먹을 말아 쥔다. 그가 이를 사리물며 고개를 홱 돌린다. 헝클어진 머리칼과 구깃한 로브는 여전히 볼품없지만 그의 표정만은…… 마치 스스로를 고문하라는 명령이라도 들은 사람 같다. 시엔은 자신이 그다지 미인이 아니라는 걸 안다. 적어도 적도권 기준에 따르면 그렇다. 그녀에게는 중위지방 피가 너무 많이 섞여 있다. 그러나 남자 역시 딱히 좋은 혈통은 아니다. 지독한 곱슬머리에 까맣다 못해 거의 푸른 기가 도는 피부. 키도 작은 편이다. 시엔은 남녀를 떠나 키가 큰 편이지만 그는 가늘고 말랐고 건장하지도 않고 위협적으로 생기지도 않았다. 조상 중에 산제인이 있었더라도 아주 먼 옛날 옛적 일이었을 테고, 그나마 우월한 신체적 특성은 아무것도 물려주지 않았다.

"끝내 버리자고." 그가 중얼거린다. "그래."

어찌나 이를 세게 갈고 있는지 턱 근육이 말 그대로 위아래로 불끈거린다. 그리고…… 하! 그는 심지어 시엔을 쳐다보지도 않는다. 하지만 그래서 다행이라는 생각도 든다. 왜냐하면 지금 그의 얼굴에 드러나 있는 건 증오이기 때문이다. 시엔은 다른 오로진에게서 그것을 본 적이 있다. 삭아빠질, 심지어 시엔 자신도 고독이라는 사치와 누구의 눈치도 볼 필요 없는 솔직함을 누릴 때면 그런 감정을 느낀 적이 있다. 하지만 그 감정을 이토록 적나라하게 내보인 적은 없다. 그가 쳐다보자 시엔은 당황한 걸 들키지 않으려고 마음을 가다듬는다.

"넌 여기서 태어난 게 아니군."

냉랭한 말투. 시엔은 뒤늦게야 그게 질문이 아니라는 걸 알아차린다.

"네." 그녀는 질문을 묻는 쪽이 아니라 받는 쪽이 되는 걸 좋아하지 않는다. "당신은요?"

"오, 난 여기서 태어나 자랐지." 남자가 싱긋 웃는다. 뜨겁고 격렬한 증오 위에 겹쳐 씌운 미소를 보는 건 묘한 기분이다. "미래에 있을 우리 아이처럼 무작위로 접붙인 것도 아니야. 난 펄크럼에서 가장 유서 깊고 촉망받는 혈통을 가진 두 사람이 결합해 만든 결과물이지. 어쨌든 내가 들은 바에 따르면 그렇다. 태어날 때부터 수호자가 붙어 있었고." 남자가 쭈글쭈글한 로브 주머니에 두 손을 찔러 넣는다. "넌 야생아구나."

웬 뜬금없는 소리람. 시엔은 그게 로가를 칭하는 또 다른 표현인지 고민하다 이내 그가 진심으로 한 말임을 깨닫는다. 이젠 한계다.

"이봐요, 당신이 반지를 몇 개나 갖고 있든 간에……!"

"그게 그들이 너 같은 아이를 부르는 말이다."

남자가 다시 미소 짓는다. 씁쓸하고도 냉소적인 태도에 묻어나온 감정에 그녀는 그만 입을 다물고 만다.

"몰랐던 거냐? 하긴 야생아들은 보통 그런 걸 잘 모르지. 바깥 출신들 말이다. 관심도 없고. 하지만 오로진 부모가 아닌 평범한 이들 사이에서, 이제껏 그 저주가 나타나지 않은 핏줄에서 태어난 오로진을 그렇게 부른다. 내가 신중하게 교배해서 만든 순종이라면 너는 굴러먹은 잡종인 거지. 내가 치밀한 계획의 산물이라면 너는 우연한 사고에 불과하다." 남자가 고개를 젓는다. 그의 목소리도 따라 흔들린다. "하지만 그 말의 진짜 의미는 그들이 너를 예측하지 못했다는 거야. 너는 그들이 조산력을 결코 이해할 수 없다는 살아 있는 증거다. 그건 과학이 아니라 뭔가 다른 거거든. 그리고 그들은 결코 우리를 통제하거나 제어할 수 없을 거다. 적어도 완벽하게는 할 수 없어."

시엔은 뭐라고 대꾸해야 할지 모르겠다. 그녀는 이 '야생아'라는 것에 대해, 다른 오로진들과의 차이점에 대해 전혀 모르고 있었다. 하지만 생각해 보면 그녀가 알고 있는 대부분의 오로진은 펄크럼

태생이다. 그렇다. 시엔은 그들이 그녀를 어떤 눈으로 보는지도 알고 있다. 전에는 그게 그들은 적도 출신이고 자신은 북중위 출신이라 그런 줄만 알았다. 아니면 그녀가 첫 번째 반지를 남들보다 훨씬 빨리 취득했기 때문이라고. 하지만 지금 그의 말을 듣고 보니…… 야생 출신이라는 게 나쁜 건가?

그런가 보다. 야생 오로진이 예측할 수 없는 존재라는 게 문제라면…… 오로진은 그들이 항상 안전하고 믿음직한 존재라는 것을 입증해야 한다. 펄크럼은 지켜야 할 명성과 평판이 있고, 오로진은 그 일부다. 그래서 그들은 훈련을 받고, 제복을 입고, 끝없는 규칙을 준수한다. 번식도 그러한 책임 중 하나다. 그게 아니라면 시엔이 지금 여기에 왜 와 있겠는가?

야생 출신인 그녀가 그들의 번식 계통을 개량하기 위해 선택됐다고 생각하니 왠지 우쭐해진다. 그러다 문득 이런 모욕과 멸시를 당하고 있는 주제에 왜 거기서 자랑스러워할 부분을 찾고 있는지 한심해진다.

상념에 빠져 있던 시엔은 항복을 선언하는 듯한 남자의 지친 목소리에 현실로 돌아온다.

"네 말이 맞다."

그가 퉁명스럽게 말한다. 이제 그는 철저하게 사무적이다. 일을 끝내려면 한 가지 방법밖에 없기 때문이다. 게다가 두 사람은 지극히 사무적이고 냉정한 태도를 유지할 때에나 그나마 존엄성 비슷한 것을 유지할 수 있다.

"미안하다. 너는…… 삭아빠질. 그래, 빨리 끝내 버리자."

그래서 그들은 침실로 향한다. 남자가 옷을 벗고 침대에 누워 그의 것을 세워 보려 애쓰지만 별 소용이 없다. 나이 든 남자와 하는 고충이라는 게 이렇지. 시엔은 생각한다. 하지만 성교를 하고픈 마음이 없는데도 억지로 해야 할 때면 피치 못할 결과이기도 하다. 시엔은 최대한 무표정한 얼굴로 옆에 앉아 그의 손을 잡아 치운다. 그는 민망해하는 것 같다. 그녀는 속으로 투덜거린다. 그가 이렇게 그녀를 의식한다면 하루 종일이 걸릴지도 모르겠다.

하지만 일단 시엔이 주도권을 쥐자 그에게도 변화가 나타난다. 어쩌면 눈을 감고 그녀의 손이 그가 원하는 다른 사람의 것이라고 상상하고 있기 때문인지도 모른다. 시엔은 이를 꽉 깨문 채 그의 몸에 올라타 허벅지가 저리고 가슴이 뻐근해질 때까지 위아래로 격렬하게 허리를 찧는다. 윤활유가 조금 도움이 되긴 한다. 그는 딜도나 그녀의 손가락만큼도 쾌락을 주지 못한다. 그렇지만 상상만으로도 충분했는지 잠시 후에 목이 졸린 듯한 신음을 내고, 모든 일이 끝난다.

시엔이 부츠를 신는 동안 그가 한숨을 쉬며 일어나 앉아 착잡한 표정으로 그녀를 내려다본다. 자신이 방금 그에게 한 짓을 떠올리자 시엔은 약간 부끄러워진다.

"네 이름이 뭐라고 했지?"

"시에나이트요."

"부모님한테 받은 이름이냐?"

그 말에 시엔이 그를 노려본다. 남자의 입술이 미소를 짓듯이 실룩거린다.

"미안, 부러워서 그런다."

"부럽다고요?"

"펄크럼에서 태어났다고 했잖니. 난 이름이 하나밖에 없거든."

아.

그가 잠시 주저한다. 그에게는 어려운 일인가 보다.

"나는, 어…… 내 이름은……."

시엔이 재빨리 그의 말을 가로막는다. 이름은 이미 알고 있을뿐더러 당신이라는 호칭 말고는 그를 달리 부를 생각도 없고, 그것만으로도 그들이 탈 말과 그를 구분하기엔 충분하다.

"펠드스파가 우리더러 내일 알리아로 출발하래요."

그녀는 발에 나머지 부츠 한 짝을 끼운 다음, 발뒤꿈치를 바닥에 콩콩 두드린다.

"벌써 임무가 내려왔어?" 그가 한숨을 내쉰다. "이럴 줄 알았어야 했는데."

그러게.

"당신 임무는 날 감독하는 거예요. 항구에서 산호초를 청소하는 것도 도와주고."

"그래." 그는 그게 얼마나 가소로운 임무인지 안다. 그들이 이런 사소한 일에 그를 보내는 이유는 한 가지뿐이다. "자료는 어제 받았다. 결국 읽어야 할 모양이군. 정오에 마구간 앞에서 볼까?"

"열 반지는 당신이잖아요."

남자가 두 손으로 얼굴을 문지른다. 조금 미안한 마음이 들긴 한다. 아주 조금.

"좋아." 그가 마침내 사무적으로 돌아온다. "정오에 보자."

그래서 시엔은 방에서 나간다. 온몸의 근육이 쑤시고, 몸에서 희미하게 그의 체향이 난다는 사실이 불쾌하고, 피곤하다. 어쩌면 스트레스 때문에 지친 건지도 모른다. 같이 있는 것도 참아 주기 힘든 사내와 한 달 동안이나 단둘이서 길에서 시간을 보내야 할뿐더러 그녀가 경멸하는 이들을 위해서 그와 하고 싶지도 않은 일을 해야 한다는 생각 때문에.

하지만 이런 게 바로 문명화라는 거지. 표면상 모두의 이익을 위해 윗사람들이 시키는 일을 하는 것. 그녀에게 이득이 없는 것도 아니다. 한 1년 정도 불편을 감수하고 나면 아이를 돌보거나 키울 필요도 없다. 아이는 태어나자마자 초급 보육학교에 보내지고 시엔은 더 높고 권력 있는 상급자 밑에서 더 중요한 임무를 받을 수 있다. 경험을 쌓고 신망을 얻으면 다섯 반지에 더 가까워질 수 있다. 그건 곧 독방을 쓸 수 있다는 의미다. 남들과 한 방에서 부대낄 필요가 없다. 더 좋은 임무를 부여받고, 바깥세상에 더 오랫동안 나가 있을 수 있고 또 개인적인 시간도 더 많이 누릴 수 있다. 그러니 충분히 가치 있는 일이다. 녹병들 대지불이여. 충분하고말고.

시엔은 이렇게 되뇌며 방으로 돌아간다. 짐을 꾸리고 여행을 떠날 채비를 한다. 돌아왔을 때 모든 게 어김없이 정돈되어 있도록 깔끔하게 정리한다. 그런 다음 샤워실에서 온몸을 구석구석 피부가 아릴 때까지 박박 문질러 닦는다.

"언젠가는 우리처럼 훌륭해질 수 있다고 말해 주어라.
어떤 대접을 받든 우리에게 속한 몸임을 알려 주어라.
다른 사람들과 똑같이 존중받고 싶다면 노력해 얻어야 한다고 말해 주어라.
인정받기 위해서는 기준을 충족해야 하며, 그 기준은 바로 완벽함이다.
이 모순을 조롱하는 자가 있다면 죽여라. 그리고 남은 자들에게
그들이 나약함과 의심 때문에 죽어 마땅했다고 말해 주어라.
그러면 그들은 불가능한 것을 이루기 위해 자진하여 망가질 것이다."
— 얼세트, 산제 적도 연맹의 제23대 황제, 이빨의 계절 열세 번째 해,
펄크림 설립 전에 열린 파티에서 기록된 발언

5장

너는 혼자가 아니다

밤이 내려앉았다. 너는 어둠 속에서 작은 언덕 아래 앉아 있다.

피곤하다. 한 번에 많은 사람을 죽이는 건 힘든 일이다. 실제 네 능력의 발끝에도 미치지 못하는 수준에서 멈추는 건 더 힘든 일이다. 조산술의 작동 원리는 이상하다. 주변의 열과 생명을 거둬 이를 집중력인지 촉매인지 아니면 반쯤 예측 가능한 가능성이라는 뭐라 정의하기 힘든 과정을 통해 증폭시킴으로써 대지의 움직임과 열기, 그리고 죽음을 이끌어 낸다. 힘을 투입해 힘을 발생시킨다. 하지만 그 힘을 제어하려면, 다시 말해 계곡의 지하수층을 간헐천으로 바꾸거나 지표면을 가루로 만들지 않으려면 안구가 튀어나오고 이가 빠개질 정도의 노고를 불어넣어야 한다. 흡수하고 남은 힘을 소모하기 위해 아주 오래도록 걸었다. 몸은 무겁고 발바닥은 욱신거리는데도 아직도 피부 밑에서 넘실대는 기운이 느껴진다. 너는 산도 움직일 수 있게 벼려진 무기다. 조금 걸은 것만으로는 그 힘을 가라앉힐 수가 없다.

그럼에도 너는 걷고 또 걸었다. 어둠이 내릴 때까지 걷고, 그런 후에도 조금 더 걸었다. 그래서 너는 지금 텅 빈 경작지 가장자리에 홀로 옹송그리고 있다. 기온이 내려가고 있지만 불을 피우기가 겁이 난다. 불을 피우지 않으면 아무것도 보이지 않지만 대신에 다른 이들도 너를 발견하지 못할 것이다. 너는 식량이 가득한 자루와 몸을 지킬 무기라곤 칼 한 자루밖에 없는 홀로 여행하는 여자다.(물론 너는 그런 무력한 존재가 아니지만 악당들이 진실을 알 즈음이면 너무 늦었을 테고, 너는 오늘은 더 이상 아무도 죽이고 싶지 않다.) 저 멀리 평원 위로 마치 비웃는 듯한 곡선을 그리며 솟아 있는 고가도로(高架道路)가 보인다. 고가도로는 산제 제국의 특별 취급에 힘입어 대개는 전깃불이 환히 밝혀져 있지만 오늘은 캄캄한 걸 봐도 별로 놀랍지 않다. 북쪽에서 흔들이 발생하지 않았더라도 필수적인 용도 외에 모든 수력 및 지력 전기를 차단하는 것은 계절에 대비하는 가장 기본적인 절차다. 어차피 저기까지 에둘러 가기는 너무 멀다.

너는 외투를 입고 있고, 쥐를 빼면 무서울 게 없다. 불을 피우지 않고 잠이 든대도 얼어 죽지는 않을 것이다. 게다가 너는 모닥불이나 등불 없이도 꽤 잘 볼 수 있다. 머리 위 하늘에서는 구름 무리가 예전에 너희 집 정원을 파서 만들던 고랑처럼 길게 이어져 물결치고 있다. 북쪽이 특히 잘 보이는데 구름 밑에서 뭔가가 불그스레한 빛과 그림자를 던지고 있기 때문이다. 자세히 살펴보니 지평선은 산등성이 때문에 우툴두툴하고, 오벨리스크의 뾰족한 청회색 모서리가 구름 밑으로 삐져 나와 깜박거리는 게 보인다. 하지만 이것만으로는 아무것도 알 수가 없다. 그리 멀지 않은 곳에서 박쥐 떼의 날갯짓 소리가 들린다. 아마 배라도 채우고 있는 중일 테지. 박쥐가 나와 있기엔 늦은 시간이지만 계절이 되면 모든 것이 변한다. 돌의 가르침에 따르면 그렇다. 모든 산 것들은 살아남기 위해 할 일을 해야 한다.

빛의 근원은 산맥 너머에 있다. 마치 태양이 잘못된 방향으로 떨어져 거기 갇혀 있는 것 같다. 너는 저 빛을 뿜어내는 것이 뭔지 안다. 아름답지만 끔찍한 대지의 찢어진 상흔에서 거센 화염과 용암이 하늘 높이 솟구치고 있을 것이다. 가까이서 본다면 장관일 테지만, 그런 광경 따위는 절대로 보고 싶지 않다.

그리고 볼 일도 없을 것이다. 너는 남쪽으로 가고 있으니까. 지자도 처음에는 아니었을망정 북쪽에서 큰 흔들이 일어난 뒤에는 방향을 틀었을 것이다. 제정신인 인간이라면 누구나 그랬을 테니까.

물론 제 자식을 때려죽인 사내를 제정신이라고 여길 순 없다. 그리고 자식의 시신을 발견하고 사흘 동안 정신을 놔 버린 여자는…… 흠, 너도 제정신이라고 하긴 힘들다. 하지만 어차피 네 광기를 따르는 것 외에는 할 일이 없으니까.

너는 비상자루에 든 식량으로 배를 채웠다. 지난 삶에서, 네게 가족이 있던 시절에 넣어 두었던 짭짤한 아카바 졸임을 저장빵에 발라 먹었다. 아카바 졸임은 쉽게 상하지 않지만 그렇다고 영원히 보관할 수 있는 음식도 아니다. 일단 밀봉되어 있던 단지를 열었으니 앞으로 몇 끼니는 줄곧 이걸로 때워야 할 것이다. 상관없다. 너는 아카바 졸임을 좋아하니까. 목이 마르면 몇 킬로미터 전에 들렀던 노변집 우물에서 채운 물통을 마셨다. 노변집에는 사람들이 꽤 많이 모여 있었다. 수십 명은 족히 될 것이다. 근처에서 야영을 하는 사람들도 있고 잠깐 들렀다가 금세 길을 재촉하는 사람들도 있었다. 모두의 얼굴에 조금씩 공포심이 드리우고 있었다. 왜냐하면 이제 모두가 거대한 흔들과 붉은 빛과 구름 덮인 하늘의 의미를 이해하고 있고, 지금 같은 시기에 향 밖에 장기간 나와 있다는 것은 생존을 위해 뭐든 필요한 일을 할 수 있을 만큼 타락하거나 잔악해질 수 있는 소수의 사람들을 제외하고는 사형 선고나 다름없기 때문이다. 그리고 그런 이들조차도 생존 확률이 아주 조금 올라가는 게 고작이다.

노변집에 모여든 사람들은 누구도 자기 안에 그런 기질이 숨어 있다고 믿고 싶어 하지 않았다. 그들의 얼굴과 옷과 몸짓을 보면 금방 알 수 있다. 누구도 생존 제일주의자나 투사로는 보이지 않았다. 네가 노변집에서 본 것은 평범한 사람들이었다. 산사태나 무너진 건물에서 빠져나오느라 아직도 먼지와 오물에 뒤덮여 있고, 몇몇 이들은 어설프게 맨 붕대나 환히 드러난 상처에서 피를 흘리고 있었다. 집을 떠나온 여행객들과 집을 잃은 생존자들. 너는 반쯤 찢어지고 흙먼지가 묻은 잠옷을 입은 노인과 그 옆에 긴 셔츠만 걸친 채 피 묻은 얼굴로 앉아 있는 젊은이를 보았다. 두 사람 모두 망연자실하여 텅 빈 눈빛을 하고 있었다. 서로 부둥켜안고 위로를 나누던 두 여인도 있었다. 너와 비슷한 연배의 완력꾼처럼 생긴 남자가 크고 두터운 손을 묵묵히 응시하며 자신을 받아 줄 향을 찾을 수 있을지, 아직 젊고 튼튼하다고 인정받을 수 있을지 고민하는 모습도 보았다.

돌의 가르침이 들려주는 비극적인 이야기는 바로 이런 것들이다. 남편이 자식을 죽이는 이야기가 아니라.

너는 누군가 언덕에 박아 놓은 오래된 말뚝에 기대 앉아 있다. 아마 여기서 끝난 울타리의 마지막 흔적일 것이다. 손을 겉옷 주머니에 찔러 넣고 무릎을 접은 채 꾸벅꾸벅 졸고 있다. 그러다 문득, 천천히, 뭔가가 변했음을 감지한다. 이상한 소리가 난 건 아니다. 들판에는 바람이 지나는 소리와 거기에 스쳐 바스락거리는 풀잎 소리밖에 없다. 이제는 익숙해진 희미한 유황 냄새가 갑자기 심해진 것도 아니다. 하지만 분명히 뭔가 있다. 뭔가 다른 것이. 바로 여기.

누군가 있다.

너는 두 눈을 번쩍 뜬다. 언제든 상대를 죽일 수 있게 의식을 반쯤 땅속에 흘려 넣는다. 그리고 나머지 절반은 석상처럼 얼어붙는다. 왜냐하면 몇 미터 앞 풀밭 위에 다리를 꼬고 앉아 너를 바라보고 있는 건, 아직 나이 어린 소년이기 때문이다.

처음에는 아이를 발견하지 못했다. 너무 어둡기 때문이다. 아이의 피부색은 어둡다. 동부해안 출신일까? 그러나 바람이 불어와 소년의 머리카락을 헤집자 너는 아이의 머리카락 일부가 주변에 가득한 수풀처럼 곧고 뻣뻣하다는 사실을 깨닫는다. 그렇다면 서부해안 출신? 바람에도 꿈쩍하지 않는 머리칼은…… 포마드 같은 것으로 머리에 붙어 있는 것 같다. 아니, 너는 어린아이를 키워 본 어머니다. 저건 흙이다. 아이는 온몸이 진흙투성이다.

우체보단 나이가 많지만 나쑨만큼은 아니다. 한 예닐곱 살쯤 될까. 실은 사내아이가 맞는지도 확실치 않다. 나중에 확인해 봐야겠지. 지금은 사내아이라고 생각하기로 한다. 소년은 어른이 보기엔 거슬리지만 아직 허리를 세우라는 꾸지람을 듣지 않은 어린아이답게 구부정한 자세로 앉아 있다. 너는 아이를 뚫어져라 응시한다. 아이도 너를 응시한다. 어둠 속에서 아이의 흰자위가 번득인다.

"안녕."

높고 쾌활한 사내아이의 목소리다. 네 짐작이 옳았다.

"안녕."

이윽고 네가 대답한다. 이런 식으로 시작하는 괴담이 있었던 것 같은데. 향 밖을 떠도는 야생 어린애들이 사람을 잡아먹는다는 이야기. 하지만 아직은 너무 이르다. 계절은 이제 막 시작되었을 뿐이다.

"어디서 왔니?"

소년이 어깨를 으쓱인다. 몰라서인지 아니면 관심이 없어서인지 모르겠다.

"이름이 뭐야? 난 호아야."

짧고 이상한 이름이다. 하지만 세상은 넓고 이상한 곳이니까. 그보다 더 이상한 점은 아이가 이름을 하나만 댄다는 것이다. 아직 어려서 향명은 받지 못했을지 몰라도 최소한 아버지의 쓰임새신분은 물려받았을 텐데.

"호아가 끝이니?"

"호응." 아이가 고개를 끄덕이더니 몸을 돌려 옆에 꾸러미 비슷한 것을 내려놓고는 잘 있는지 확인하려는 듯이 가볍게 토닥인다. "나 여기서 자도 돼?"

너는 주위를 둘러보고, 보니고, 귀를 기울인다. 바람결에 흔들리는 풀줄기 외에는 아무것도 움직이지 않는다. 소년을 제외하고는 아무도 없다. 아이가 어떻게 기척 하나 내지 않고 이렇게 가까이 접근했는지 모르겠다. 하지만 소년은 몸집이 작고, 네 경험에 의하면 어린아이들은 마음만 내킨다면 아주 조용하고 은밀하게 움직일 수 있다. 대개 꿍꿍이가 있을 때 얘기지만.

"같이 다니는 사람은 없니, 호아?"

"없어."

주변이 어두워 네가 미심쩍다는 듯 눈시울을 좁히는 걸 보지 못했을 텐데도 놀랍게도 호아가 다급하게 몸을 기울이며 말한다.

"진짜야! 나 혼자야. 길가에서 다른 사람들도 봤는데 그 사람들은 별로 마음에 안 들어서 일부러 가까이 안 갔어." 잠시 정적. "아줌만 좋아."

귀엽기도 하셔라.

너는 한숨을 내쉬며 주머니에서 손을 빼고 대지에서 의식을 거둔다. 소년이 긴장을 풀고(잘 안 보이지만 그런 것 같다.) 땅바닥에 눕는다.

"잠깐만."

너는 자루에 손을 넣어 침낭을 꺼내 던진다. 소년은 반사적으로 받아 들었다가 잠시 어리둥절해하는가 싶더니 곧 무슨 뜻인지 이해한다. 아이는 신나게 침낭을 펼쳐 그 위에 고양이처럼 몸을 말고 눕는다. 너는 구태여 바른 사용법을 가르쳐 주지 않는다.

어쩌면 저 아이는 거짓말쟁이인지도 모른다. 너를 위험에 빠트릴 수도 있다. 아침이 되면 쫓아내야겠다. 어린아이가 쫓아다니는 건 달갑지 않다. 발도 느려질 테고, 누군가 이 아이를 찾고 있을 가능성도 크다. 저 밖 어디선가, 누군가의 어미가, 아직 죽지 않은 아이의 어머니가.

하지만 하룻밤 정도는 인정을 베풀어도 되겠지. 그래서 너는 말뚝에 등을 기댄 채로 눈을 감고, 잠에 빠져든다.

아침이 되자 재가 날리기 시작한다.

그들은 불가사의한 존재, 연금술의 산물이다.
연금술은 조산술과 비슷하여 조산술이 산(山) 그 자체를 다룬다면
연금술은 물질의 미세한 구조를 조종하고 부린다. 그들은 인류와
일종의 인척 관계에 있으며 대부분 우리가 아는 석상 형태로 출현하지만
이는 동시에 그들이 다른 형태를 취할 수 있다는 의미이기도 하다.
정확한 사실은 밝혀지지 않았다.
— 움블, 알리아의 혁신자, 「지적 능력을 지닌 비인간에 관한 논문」,
제6대학, 제국력 2323년/산성의 계절 두 번째 해

6장

가루가 된 다마야

샤파와 함께 지낸 첫 며칠간은 평온하다. 지루한 것은 아니다. 가끔 심심한 때가 있긴 하지만. 가령 제국도로를 따라 한없이 펼쳐진 커가나 샤미셋 들판을 지나거나, 아니면 너무 크고 울창하고 소름 끼치도록 적막한 깊은 숲을 지날 때처럼 말이다. 다마야는 나무들이 화를 낼까 봐 무서워서 입도 달싹하지 못했다.(옛날이야기에서 나무들은 항상 화가 나 있다.) 하지만 다마야에게는 이것도 전부 신기한 경험이다. 그녀는 팔렐라 경계 밖으로는 한 번도 나가 본 적이 없기 때문이다. 아버지와 차가를 따라 브레바드에도 가 본 적이 없다. 다마야는 생전 처음 보는 신기한 문물을 볼 때마다 촌뜨기처럼 굴지 않으려고 애쓰지만, 가끔 저도 모르게 반응할 때마다 등 뒤에서 샤파가 쿡쿡 웃는 게 느껴진다. 그가 비웃고 있다는 걸 알면서도 신경 쓸 겨를조차 없다.

브레바드는 다마야에게는 이상할 만치 좁고 갑갑하고 높아서, 그녀는 양쪽 길가에서 굽어보는 건물들을 올려다보며 혹시 무너지지는 않을지 무서워 안장 위에서 어깨를 옴츠린다. 건물들이 터무니없이 높고 다닥다닥 비좁게 붙어 있는데도 아무도 신경 쓰지 않는 걸로 보아 아마 일부러 이렇게 만들어 놓은 모양이다. 더구나 해가 졌는데도 사람들이 거리에 돌아다닌다. 다마야가 알기론 지금쯤 모두 잠잘 준비를 하고 있어야 하는데.

하지만 아무도 자고 있지 않다. 샤파와 다마야는 기름등을 환하게 밝히고 요란한 웃음소리가 시끌벅적 터져 나오는 건물을 지난다. 다마야는 궁금증을 참지 못하고 결국 묻고 만다.

"일종의 여관이다." 샤파가 대답하더니 다마야의 마음을 읽기라도 한 양 웃으면서 덧붙인다. "우리가 묵을 곳은 아니야."

"하긴 너무 시끄럽네요." 다마야가 다 안다는 듯이 맞장구를 친다.

"흠, 그래, 그런 이유도 있지. 하지만 그보다 더 큰 문제는 어린애한테는 별로 좋은 곳이 아니라는 거란다." 다마야는 기다리지만 샤파는 더는 자세히 설명하지 않는다. "우린 내가 자주 묵는 여관에 갈 거다. 음식도 맛있고 침대는 깨끗하고, 소지품도 아침까지 무사히 남아 있을 곳이지."

그래서 다마야는 생전 처음으로 여관에서 밤을 보낸다. 그녀에게는 보고 듣는 모든 것이 충격적이다. 낯선 사람들과 같은 공간에서 밥을 먹고, 부모님이나 차가가 요리한 것과는 전혀 다른 맛이 나는 음식을 먹고, 부엌에서 기름 띄운 찬물 반 통으로 몸을 씻는 게 아니라 따뜻하게 불을 땐 커다란 자기 욕조에 몸을 담그고, 차가와 자신의 침대를 합친 것보다 더 크고 널따란 침대에서 잠을 잔다. 심지어 샤파의 침대는 그보다도 더 크지만 워낙 키가 크다 보니 별로 놀랍지도 않다. 그렇지만 샤파가 방으로 침구를 끌고 오는 모습을 봤을 땐 다마야도 입을 쩍 벌린다.(잠자리를 끌고 오는 건 익숙한 일이다. 가끔 마을 근처에 무향민이 어슬렁거린다는 소문이 들리면 아버지도 곧잘 그러곤 했다.) 샤파는 대형 침대를 사용하려고 비용을 추가로 지불한 것 같다.

"나는 지진처럼 잔단다." 그가 우스갯소리라도 되는 양 싱글거리며 말한다. "침대가 좁으면 굴러떨어지지."

다마야는 한밤중이 되어서야 그의 말이 무슨 뜻인지 이해한다. 샤파의 잠꼬대와 뒤척임 때문에 잠을 잘 수가 없다. 악몽이라도 꾸고 있는 거라면 보통 끔찍한 꿈이 아닐 것이다. 다마야는 그를 깨워야 할지 잠깐 고민한다. 다마야는 악몽이 싫다. 하지만 샤파는 어른이고, 어른들은 밤에 잠을 자야 한다. 어쩌다 그녀나 차가가 아버지를 깨우러 가면 아버지는 그렇게 말하곤 했다. 또 항상 화를 냈다. 다마야는 샤파가 그녀에게 화를 내는 게 싫다. 그는 이제 이 세상에서 그녀를 아끼는 유일한 사람이니까. 그래서 다마야는 계속 망설이며 누워만 있다. 갑자기 샤파가 죽어 가는 듯한 비명을 내지르기 전까지.

"깨셨어요?"

다마야가 나지막하게 속삭인다. 샤파가 아직 잠에서 깨지 않은 게 확실하기 때문이다. 하지만 그녀가 말을 걸자마자 그가 눈을 뜬다.

"왜 그러느냐?" 샤파가 잠 때문에 거칠어진 목소리로 묻는다.

"아저씨가……." 뭐라고 말해야 할지 모르겠다. 악몽을 꾸고 있었어요라고 하자니 어머니가 다마야에게 하던 말 같다. 샤파처럼 크고 힘센 어른에게 그런 말을 해도 될까? "잠꼬대를 했어요."

마침내 다마야가 말한다.

"코를 골던?" 샤파가 어둠 속에서 힘없이 한숨을 내쉰다. "미안하구나."

그러더니 몸을 돌려 눕고, 남은 밤은 조용히 지난다.

아침이 되자 다마야는 간밤의 일을 전부 잊어버린다. 적어도 한동안은 그렇다. 두 사람은 아침에 일어나 문 앞에 놓인 바구니에서 음식을 꺼내 먹고 나머지는 유메네스로 가는 길에 먹을 수 있게 챙긴다. 새벽빛 아래에서 본 브레바드는 어젯밤보다 덜 무섭고 덜 기괴하다. 길 옆 배수로에 쌓인 말똥 더미와 낚싯대를 들고 가는 소년들, 궤짝이나 여물 뭉치를 짊어지고 하품하는 마구간 일꾼들. 젊은 여자들은 수레를 끌고 공중목욕탕으로 물통을 배달하고, 건물 뒤 움막에서는 장정들이 웃통을 벗고 버터를 젓거나 쌀을 찧는다. 전부 다마야에게 익숙한 광경이다. 브레바드도 팔렐라 같은 작은 마을과 별다를 바가 없다. 이곳 사람들도 다마야의 할무니나 차가, 다른 주민들과 똑같다. 브레바드는 팔렐라만큼 친숙하고 따분한 곳일 테다.

그들은 반나절을 달린 후에 잠깐 숨을 돌렸다가 다시 길을 떠난다. 브레바드는 저 멀리 뒤편으로 사라지고, 바위투성이의 험난한 붕괴지대(崩壞地代)가 나타난다. 샤파가 이 근처에 활성 결함층이 있어 수십 년에 걸쳐 새로운 땅을 밀어내고 있다고 설명해 준다. 그래서 이곳의 땅이 약간 불룩하고 허허벌판인 것이다.

"10년 전만 해도 저 바위들은 존재하지 않았다." 샤파가 가장자리가 날카롭고 왠지 축축해 보이는 회녹색의 거대한 바위 무더기를 가리키며 말한다. "하지만 지독한 흔들이 일어났지. 진도가 9도는 되었다고 들었다. 난 그때 다른 사향주에 있었는데, 직접 와서 보니 그 말이 맞는 것 같구나."

다마야는 고개를 끄덕인다. 이곳에서 아버지 대지는 팔렐라보다 더 가까이 느껴진다. 흠, 가까이라는 표현은 어울리지 않는다. 정확히 뭐라고 형용해야 할지 모르겠다. 더 쉽게 만져진다고 해야 할까. 그리고…… 그리고 왠지…… 더 연약하고 금방 부서질 것 같다. 이 일대가 전부 그렇다. 마치 껍질 전체에 미세한 금이 가 있어서 안에 담긴 병아리가 죽지 않을 만큼만 간신히 형태를 유지하고 있는 달걀처럼.

샤파가 다리로 그녀를 툭 친다.

"하지 마라."

다마야는 깜짝 놀라 거짓말을 할 생각도 못 한다.

"아무것도 안 했어요."

"대지를 듣고 있었잖니. 그건 아무것도 아닌 게 아니다."

어떻게 알았지? 다마야는 안장 위에서 몸을 움츠린다. 사과를 해야 할까? 꼼지락거리면서 안장머리를 손으로 붙들지만, 왠지 더 무안해진다. 안장은 샤파가 가진 다른 모든 물건들처럼(다마야만 빼고) 아주 커다랗기 때문이다. 하지만 귀를 기울이지 않으려면 뭔가를 해야 한다. 잠시 후, 샤파가 한숨을 내쉰다.

"무리한 걸 바라면 안 되겠지." 그의 목소리에 묻어나는 실망감에 다마야는 불안에 휩싸인다. "네 잘못이 아니다. 훈련을 받지 않은 너는…… 바싹 마른 불쏘시개나 다름없고 지금 우리는 쉴 새 없이 불똥을 튀기는 커다란 불 옆을 지나는 중이니까.” 샤파는 잠시 생각에 잠긴다. “옛날이야기를 들려주면 좀 도움이 되겠느냐?”

옛날이야기라니 대환영이다. 다마야는 지나치게 기뻐하는 것처럼 보이지 않으려고 꾹 참으며 고개를 끄덕인다.

“좋아. 셈셰나에 대해 들어 본 적 있니?”

“누구요?”

샤파가 고개를 절레절레 젓는다.

“대지불이여, 중부 촌것들이란. 보육학교에서 가르쳐 주지도 않더냐? 돌의 가르침과 산수 말고는 안 가르쳤겠지. 산수도 기껏해야 씨 뿌릴 때 쓰는 곱셈 정도밖에 안 했을 거고.”

“시간이 없으니까요.” 저도 모르게 발끈한 다마야가 쏘아붙인다. “적도권 애들은 농사일을 도울 필요가 없는지 몰라도…….”

“안다, 나도 알아. 그래도 안타까운 건 마찬가지야.” 샤파가 자세를 편하게 고쳐 앉는다. “나는 전승가는 아니지만 셈셰나에 대한 이야기를 들려주마. 옛날 아주 먼 옛날 이빨의 계절에 있었던 일이다. 이빨의 계절은 산제 제국이 건설되고 세 번째로 맞이한 계절이란다. 아마 1200년 전쯤 될 거야. 미살렘이라는 한 오로진이 황제를 죽이려고 했다. 그때는 실제로 황제가 통치를 하던 시절이었거든. 펄크럼이 창설되기 한참 전이지. 당시에 오로진은 대부분 적절한 훈련을 받지 못했다. 그래서 대개 너처럼 순수한 감정과 본능에 따라 행동했고 성인이 될 때까지 살아남는 경우가 아주 드물었지. 하지만 미살렘은 살아남았어. 그뿐이냐, 혼자서 훈련도 했단다. 그는 아주 탁월한 제어력을 지니고 있었다. 넷, 아마 다섯 반지는 됐을 거다.”

"그게 뭐예요?"

샤파가 또 다마야의 다리를 툭 친다.

"펄크럼에서 사용하는 등급이다. 그만 좀 끼어들렴."

다마야는 얼굴을 붉히며 얌전히 그 말에 따른다.

"탁월한 제어력." 샤파가 말을 잇는다. "미살렘은 그 능력을 이용해 여러 마을과 도시에 사는 사람들을 학살하고 무향자들이 사는 마을도 쓸어버렸다. 수천 명은 족히 죽였을 거야."

다마야가 놀라 숨을 헉 들이켠다. 그녀는 한 번도 로가가…… 다마야는 생각을 멈춘다. 다마야. 다마야 자신이 바로 로가다. 왠지 그 단어가 신경에 거슬린다. 항상 들어서 익숙한 말인데도. 다마야는 그런 나쁜 말을 하면 안 됐지만 어른들은 아랑곳하지 않고 자주 입에 담곤 했다. 그런데도 갑자기 옛날보다 훨씬 더 기분 나쁘게 느껴진다.

그렇다면 오로진이라고 하자. 오로진이 그렇게 많은 사람들을 간단히 죽일 수 있다는 사실을 알고 나니 끔찍하다. 혹시 그래서 사람들이 그들을 싫어하고 미워하는 걸까?

그녀를. 그래서 사람들이 그녀를 그렇게 싫어하고 미워하는 걸까.

"왜 그런 짓을 했는데요?"

다마야는 끼어들면 안 된다는 걸 깜박 잊고 묻는다.

"글쎄다. 정말로 왜 그랬을까. 어쩌면 정신이 이상해졌는지도 모르지."

샤파가 허리를 구부리자 다마야의 눈에 그의 얼굴이 들어온다. 두 눈이 사시처럼 좁게 모이고 눈썹이 까닥인다. 그 모습에 다마야가 웃음을 터트리자 샤파가 빙그레 웃는다.

"어쩌면 그냥 나쁜 사람이었을 수도 있고. 어쨌든 그는 유메네스로 향하면서 전갈을 보냈다. 황제가 성문 밖으로 나오지 않는다면 도시 전체를 통째로 없애버리겠다고 말이야. 황제가 그 조건을 받아들이겠다고 하자 사람들은 슬픔에 잠겼지. 하지만 동시에 안도하기도 했어. 어차피 그들은 할 수 있는 일이 아무것도 없었거든. 누가 감히 그런 강력한 오로진에게 대적할 수 있겠니." 샤파가 한숨을 내쉰다. "하지만 황제는 혼자서 그를 만나러 가지 않았다. 그의 옆에는 한 여성이 있었지. 황제의 경호원인 셈세나였다."

다마야가 기대감에 온몸을 들썩인다.

"황제의 경호를 맡을 정도면 엄청나게 센 사람이었나 봐요!"

"아, 그래. 정말로 그랬다. 그녀는 가장 고귀한 산제 혈통을 타고난 이름 높은 전사였지. 게다가 혁신자 쓰임새신분이라서 오로진의 능력이 어떻게 작용하는지 알고 있었어. 그래서 미살렘이 도착하기 전에 그녀는 유메네스 주민들을 한 명도 빠짐없이 멀리 대피시켰지. 주민들은 가축과 농작물을 전부 가져갔단다. 심지어 나무를 베고 그루터기를 태우고 집도 태웠다. 불이 꺼진 후에 유메네스에 남은 건 축축한 검은 잿더미뿐이었지. 네가 가진 힘의 원리가 뭔지 아니, 다마야? 보님기관을 촉매로 이용해 운동에너지를 전이하는 거란다. 의지만으로 산을 움직이는 게 아니야."

"예? 그게 뭐……."

"아니, 안 돼." 샤파가 부드럽게 그녀의 말을 가로막는다. "너한테 가르칠 게 아주 많다, 아이야. 하지만 그 부분은 펄크럼에 가면 배우게 될 거야. 일단 내 이야기를 들으렴."

다마야는 하는 수 없이 입을 다문다.

"지금은 이것만 말해 주마. 네 능력을 올바로 사용하는 법을 배우고 나면 어느 정도 네 안에서 필요한 동력을 끌어 모을 수도 있다."

샤파가 헛간에서 그랬던 것처럼 다마야의 머리 뒤쪽, 머리선 바로 위를 두 손가락으로 지그시 누른다. 정전기가 튀듯 뭔가 뜨거운 게 확 치밀어 오르는 바람에 그녀는 흠칫 놀란다.

"하지만 대부분은 외부에서 끌어와야 해. 대지가 이미 움직이고 있다거나 지표면 가까운 곳에 땅불이 있다면 그 힘을 이용할 수 있다. 아니, 이용하게 되어 있지. 아버지 대지가 몸을 일으킬 때는 무지막지하게 큰 힘이 발생하기 때문에 그걸 약간 떼어 내 이용한다고 해도 너나 다른 사람에겐 해가 되지 않는단다."

"그럼 공기가 차가워지지도 않나요?"

다마야는 정말정말 열심히 노력했다. 호기심을 억누르려고 최대한 노력했다. 하지만 샤파의 이야기가 너무 재미있는 데다 조산력을 안전하게 사용할 수 있다는 것, 아무에게도 해를 끼칠 필요가 없다는 사실은 너무 유혹적이다.

"아무도 안 죽고요?"

샤파가 고개를 끄덕이는 게 느껴진다.

"네가 땅힘을 사용한다면 그렇다. 하지만 물론 아버지 대지는 우리가 원할 때 움직여 주는 법이 없지. 오로진은 주변에 땅힘이 없을 때에도 대지를 움직일 수 있지만, 그런 경우에는 주변에서 필요한 열과 힘과 운동력을 빼앗아 와야 한다. 움직이고 있거나 온기를 띤 거라면 뭐든 가능하지. 모닥불, 물, 공기, 심지어 바위도 가능하다. 살아 있는 것들도 마찬가지야. 셈셰나는 땅이나 공기를 없앨 수는 없었지만 그 외의 다른 모든 것을 치워 버렸지. 그녀와 황제가 유메네스의 흑요석 문 앞에서 미살렘을 만났을 때 온 주변을 통틀어 살아 있는 존재라곤 그들뿐이었고, 도시 안에는 장벽 말고는 아무것도 남아 있지 않았다."

다마야는 경외감에 사로잡혀 숨을 헐떡인다. 텅 빈 팔렐라를, 그 안에 존재하던 모든 관목과 염소 들이 사라지고 아무것도 남지 않아 황량한 고향 마을을 상상한다.

"그렇게 그냥…… 도시를 버리고 떠났어요? 셈셰나가 시켜서요?"

"셈셰나보다 황제가 그렇게 명했기 때문이지. 하지만 그래, 그랬다. 그때만 해도 유메네스는 지금처럼 크진 않았지만 그래도 상당히 힘든 일이었을 거야. 하지만 그렇게 하지 않았다면 괴물이 그들을 인질로 이용했을 테니까." 샤파가 어깨를 으쓱한다. "미살렘은 황제가 되어 나라를 다스릴 생각은 없다고 주장했다만, 누가 그 말을 믿겠니? 자기가 원하는 것을 위해 도시 전체를 겁박하는 사람을 어떻게 막을 수 있겠느냐?"

그건 맞는 말 같다.

"그런데 그 사람은 유메네스에 도착할 때까지 셈셰나가 어떻게 했는지 몰랐어요?"

"그래, 그는 몰랐다. 미살렘이 유메네스에 도착했을 즈음 불은 전부 꺼져 있었고 사람들은 저 멀리 피신해 있었다. 그래서 미살렘이 황제와 셈셰나를 만나 유메네스를 파괴하려고 감각을 펼쳤을 때 그는 아무것도 느낄 수가 없었단다. 이용할 힘도, 파괴할 도시도 없었지. 당황한 미살렘이 공기와 흙이라도 활용하려고 시도한 순간 셈셰나가 그의 고리를 향해 유리칼을 휘둘렀다. 미살렘을 죽이지는 못했지만 조산술을 방해하기에는 충분했지. 그런 다음 셈셰나는 즉시 다른 칼을 꺼내 남은 문제를 해결했다. 그렇게 구(舊) 산제 제국의, 아니지, 산제 적도 연맹의 가장 큰 위협이 사라졌단다."

다마야는 희열감에 몸을 떤다. 이렇게 재미있는 이야기를 듣는 것은 정말 오랜만이다. 게다가 진짜 있었던 일이라니 더욱 최고다. 다마야는 샤파에게 수줍게 웃어 보인다.

"재미있는 이야기예요."

샤파의 이야기 솜씨도 훌륭하다. 샤파는 낮고 부드러운 목소리를 지녔다. 그의 목소리를 듣고 있노라면 이야기 속 장면들이 눈앞에 생생하게 펼쳐지는 것 같다.

"네가 좋아할 줄 알았다. 그게 바로 수호자들이 결성된 계기란다. 펄크럼은 오로진으로 구성된 단체고 우리는 펄크럼을 감시하는 단체다. 셈셰나가, 그리고 우리가 아는 한 너희는 강력한 힘을 지녔지만 그렇다고 무적은 아니야. 굴복시킬 수 있는 존재지."

샤파가 안장머리에 놓여 있는 다마야의 손을 다독인다. 이제 그녀는 흠칫 놀라거나 손을 잡아 빼지 않는다. 그리고 아까만큼 이 이야기가 마음에 들지도 않는다. 샤파의 이야기를 들을 때 다마야는 자기가 셈셰나라고 상상했다. 뛰어난 기지와 무술 실력으로 강하고 무시무시한 나쁜 적을 물리친 사람. 그러나 샤파가 너희라는 단어를 사용한 순간, 다마야는 이해한다. 그는 다마야를 미래의 셈셰나로 여기는 게 아니다.

"그래서 우리 수호자는 훈련을 한다."

다마야가 갑자기 조용해졌다는 사실을 눈치 채지 못한 모양인지 샤파가 차분하게 말을 잇는다. 그들은 이제 붕괴지대 한가운데 들어와 있다. 뾰족하고 가파르고 브레바드의 건물들만큼이나 높은 바위 절벽이 길 양옆을 포위하고 있다. 어떻게 했는지는 몰라도 이 도로를 건설한 이들은 산을 깎아 길을 내야 했을 것이다.

"우리는 훈련을 한다." 샤파가 거듭 말한다. "셈셰나가 그런 것처럼 우리는 조산술이 어떻게 작용하는지 배우고 익히고 그 지식을 너희들을 막는 데 사용한다. 우리는 네 종족들 중에서 미살렘이 될지도 모르는 자들을 감시하고 제거한다. 그리고 나머지는 아끼고 보살피지."

샤파가 또다시 몸을 앞쪽으로 기울이며 그녀에게 웃어 보이지만, 다마야는 이번에는 미소로 답하지 않는다.

"이제부터 나는 너의 수호자란다. 그리고 네가 유용하고 해롭지 않은 존재가 되게 하는 게 내 임무지."

샤파는 이렇게 말하고 허리를 세워 앉는다. 다마야는 그에게 다른 이야기를 해 달라고 조르지 않는다. 그녀는 이제 그가 들려준 이야기를 좋아하지 않는다. 좋아할 수가 없다. 그리고 다마야는 왠지 모르게 확신할 수 있다. 그는 다마야가 좋아하라고 그 이야기를 해 준 게 아니다.

기나긴 침묵 속에서 마침내 붕괴지대가 조금씩 줄기 시작하더니 녹색의 구릉지대로 변한다. 여기엔 아무것도 없다. 농장도, 목초지도, 숲도, 마을도 없다. 한때 사람이 살았다는 흔적만 남아 있을 뿐이다. 저 멀리 부서지고 이끼가 잔뜩 끼어 있는 뭔가가 불쑥 솟아 있는 게 보인다. 무너진 곡식 저장고 같지만 크기가 무슨 산봉우리만 하다. 자연물이라기에는 너무 규칙적이고 들쑥날쑥한데 너무 오래되고 기괴해서 정체를 알 수 없는 이상한 구조물도 있다. 다마야는 그제야 깨닫는다. 저건 고대의 유적이다. 아주아주 여러 계절 전에 존재했던 도시의 잔재다. 하도 오래되어서 남아 있는 것도 없는 곳. 옛 문명의 폐허 저편에서는 구름 덮인 지평선 위에서 먹구름 같은 색을 띤 오벨리스크가 천천히 선회하며 깜박이고 있다.

산제는 다섯 번째 계절을 오롯이 버텨 낸 유일한 국가다. 한 번도 아니고 일곱 번이나. 다마야는 보육학교에서 그렇게 배웠다. 대지에 구멍이 뚫려 회색 재와 유독가스가 하늘 높이 분출되고 햇빛 한 점 들지 않는 겨울이 수년, 또는 수십 년 동안 이어진 일곱 번의 고비. 종종 향들도 계절을 견디고 살아남았다. 평소 제때에 준비를 게을리하지 않은 향들. 운 좋은 마을들. 다마야는 돌의 가르침을 안다. 팔렐라 같은 산간벽지 아이들도 돌의 가르침을 배운다. 가장 먼저 문을 지켜라. 비축고를 늘 청결하고 건조하게 유지하라. 돌의 가르침을 따르고 어려운 결정을 내려라. 그러면 계절이 끝났을 즈음 문명이라는 것이 무엇인지 기억하는 이들이 남아 있을 수도 있으리라.

그러나 지금껏 알려진 역사상 나라 전체가, 여러 개의 향이 함께 협력하여 살아남은 경우는 단 하나뿐이다. 그들은 몇 번이고 생존을 거듭하며 계속해서 번영했고, 대격변이 발발할 때마다 전보다 더 강하고 거대해졌다. 산제 국민들은 다른 어떤 종족보다 강인하고 영리했다.

다마야는 지평선 멀리에서 깜박이는 오벨리스크를 바라보며 생각한다. 저걸 만든 사람들보다도 더 똑똑했을까?

그렇고말고. 산제는 아직 건재하지만 오벨리스크는 멸망한 문명의 잔재니까.

"말이 없구나."

샤파가 안장머리 위에 놓인 다마야의 손을 토닥이자 그녀는 상념에서 깨어난다. 그의 손은 다마야의 자그마한 손보다 두 배는 크고, 그래서 따뜻하다.

"아직도 그 이야기를 생각하는 중이냐?"

그러지 않으려고 애썼지만 별 소용은 없었다.

"조금요."

"미살렘이 악당인 게 마음에 들지 않은 거구나. 네가 미살렘과 같은 존재니까. 너를 통제할 셈셰나가 없다면 언제든 위험한 존재가 될 수 있으니까 말이다."

묻는 게 아니라 그저 사실을 이야기하듯 샤파가 말한다.

다마야는 소심하게 꼼지락거린다. 샤파는 어떻게 그녀의 머릿속을 이렇게 환히 꿰뚫어 보는 거지.

"전 위험한 존재가 되고 싶지 않아요." 마침내 그녀가 조그맣게 말한다. 그러고는 이내 대담하게 덧붙인다. "하지만 전…… 누구한테 통제받는 것도 싫어요. 전……." 다마야는 적당한 표현을 찾다가 언젠가 오빠가 어른이 된다는 건 어떤 건지 설명했던 말을 기억해 낸다. "스스로를 책임지고 싶어요."

"기특한 생각이구나. 하지만 사실은 말이다, 다마야. 넌 스스로를 통제할 수가 없다. 네 본성이 그래. 너는 번갯불이다. 전선 안에 가두지 않으면 아주 위험하지. 너는 불이다. 어둡고 추운 밤에는 밝고 따뜻하지만 화재는 모든 걸 파괴하고 집어삼키지."

"난 아무것도 파괴하지 않을 거예요! 난 나쁜 애가 아니라고요!"

더는 참을 수가 없다. 다마야는 뒤에 앉은 샤파를 홱 돌아보다 균형을 잃는 바람에 안장에서 미끄러지고 만다. 샤파가 잽싸게 그녀를 밀어 제자리로 돌려놓고는 똑바로 앉아라라고 말하는 듯한 엄격한 태도로 손바닥으로 그녀의 얼굴을 정면을 향하게 돌려 민다. 다마야는 분한 마음에 안장머리를 잡은 손에 힘을 준다. 너무 피곤하고 화가 나고 사흘이나 말을 타고 달려 엉덩이가 쓰라린 탓에, 그리고 그녀의 삶이 망가졌으며 다시는 정상이 될 수 없다는 깨달음이 불현듯 머리를 망치처럼 거세게 강타한 까닭에, 의도한 것보다 훨씬 뾰족하게 말을 내뱉는다.

"어쨌든 아저씨가 날 통제할 필요는 없어요. 나 혼자서도 할 수 있으니까!"

샤파가 고삐를 확 잡아채자 말이 콧소리를 내며 발을 멈춘다.

다마야는 깜짝 놀라 몸을 굳힌다. 방금 그녀는 말대꾸를 했다. 집에서는 다마야가 말대꾸를 하면 어머니가 머리를 후려갈겼다. 샤파도 손찌검을 할까? 하지만 샤파는 평소와 다름없이 부드러운 말투로 말한다.

"정말로 할 수 있겠니?"

"뭘요?"

"너 자신을 통제할 수 있겠느냐? 이건 아주 중요한 질문이다. 실은 가장 중요한 질문이지. 할 수 있겠느냐?"

다마야가 가냘픈 목소리로 답한다.

"어…… 저는……."

샤파가 안장머리 위에 놓여 있는 다마야의 작은 손을 커다란 손바닥으로 덮는다. 다마야는 샤파가 말에서 내리는 줄 알고 그가 안장을 잡을 수 있게 손을 떼려 하지만, 샤파는 다마야의 왼손을 놓는 대신 오른손을 지그시 힘주어 쥔다.

"어쩌다 들켰느냐?"

무슨 뜻인지 물어볼 필요도 없다.

"보육학교에서요." 다마야가 풀죽어 대답한다. "점심시간에…… 남자애가 절 밀었어요."

"아팠느냐? 무서웠느냐? 아니면 화가 났니?"

다마야는 기억을 더듬는다. 그날 운동장에서 있었던 일이 까마득한 옛날처럼 느껴진다.

"화가 났어요." 하지만 그게 전부는 아니었다. 재브는 다마야보다 덩치가 컸다. 항상 그녀를 쫓아다녔다. 재브가 그녀를 밀어 바닥에 넘어뜨렸을 때는 조금이지만 아팠다. "무서웠어요."

"그래, 조산술은 본능이다. 생명의 위협에서 벗어나려는 본능에서 비롯되지. 그래서 위험한 거다. 괴롭힘에 대한 두려움, 화산 폭발에 대한 공포. 네가 지닌 힘은 그 두 가지를 구분하지 못한다. 강도의 차이를 구별하지 못하지."

다마야의 손을 쥔 샤파의 아귀힘이 점점 강해진다.

"네 능력은 인지된 위험이 강하든 약하든 똑같은 방법으로 너를 보호하려 든다. 네가 얼마나 운이 좋은 아이인지 알아야 한다, 다마야. 많은 오로진이 가족이나 친구를 죽인 후에야 자기가 무엇인지 깨닫는다. 보통 우리가 가장 사랑하는 사람들이 우리를 가장 아프게 하는 법이거든."

처음에 다마야는 샤파가 화가 났다고 생각한다. 아니면 옛날에 있었던 끔찍한 일이 기억났는지도 모른다. 그가 한밤중에 신음하고 몸부림치게 하는 그런 일들 말이다. 가족이나 친한 친구가 그렇게 죽은 걸까? 그래서 다마야의 손을 이렇게 아프게 누르고 있는 걸까?

"샤, 샤파……."

갑자기 다마야는 겁이 덜컥 난다. 이유는 모르지만 그냥.

"쉬이이이이이."

샤파가 손가락을 움직여 다마야의 손에 깍지를 낀다. 그러고는 거침없이 누르기 시작한다. 그의 손이 다마야의 손바닥뼈를 우악스럽게 짓뭉갠다. 의도적으로 하는 짓이다.

"샤파!"

다마야는 아프다. 샤파도 알고 있다. 그러나 그는 멈추지 않는다.

"자, 자, 진정하렴, 아이야. 괜찮다."

다마야가 끙끙거리며 손을 빼려 하자(아프다. 너무 아프다. 끈질기게 달라붙는 무거운 압력, 안장머리의 차가운 금속, 살을 파고드는 다마야 자신의 손바닥뼈.) 샤파가 한숨을 쉬더니 반대쪽 팔을 다마야의 허리에 두른다.

"가만히 있으렴. 마음 단단히 먹고. 이제 네 손을 부러뜨릴 거란다."

"네? 그게……."

샤파가 뭔가를 하자 그의 허벅지에 힘이 들어가고, 가슴이 튕기면서 다마야를 순간 앞으로 밀어낸다. 하지만 그녀는 아무것도 느끼지 못한다. 다마야의 온 신경은 오로지 자신의 손에, 샤파의 손에 쏠려 있고, 다음 순간 소름 끼치는 뚝 소리와 함께 이제껏 한 번도 움직인 적 없던 것이 떠밀려 제자리에서 어긋난다. 그 즉시 다마야가 뜨겁고 날카롭고 지독한 통증을 느끼고 비명을 지른다. 고통에서 벗어나려고 반대쪽 손으로 샤파의 손을 버둥버둥 긁는다. 샤파가 다마야의 왼손을 붙잡아 그녀의 허벅지에 대고 고정시킨다. 다마야가 아무리 발악해 봤자 본인의 몸뚱이만 아프도록.

참을 수 없는 고통 속에서, 다마야는 불현듯 말발굽 아래 평온하게 누워 있는 차가운 바위의 존재를 느낀다.

손을 누르던 압력이 사라진다. 샤파가 다마야의 부러진 손을 들어 올려 보라는 듯이 눈앞에 들이댄다. 그 끔찍한 몰골을 본 다마야가 아까보다 더 크고 새된 비명을 지른다. 다마야의 손은 불가능한 각도로 비틀려 있다. 뼈가 손등에서 새로 자라난 것처럼 세 군데가 볼록 튀어 나와 있고, 피부는 검붉게 물들었고, 아무 감각도 느껴지지 않는 손가락은 파들파들 경련을 일으키고 있다.

바위가 손짓한다. 저 깊은 곳에는 고통을 잊게 해 주는 힘이, 따스함이 있다. 다마야는 그 약속된 위안을 향해 손을 뻗으려다 문득 망설인다.

너 자신을 통제할 수 있겠느냐?

"너는 나를 죽일 수 있다." 샤파가 다마야의 귀에 대고 속삭인다. 다마야는 숨을 죽인 채 그의 목소리에 귀를 기울인다. "땅 아래 불길을 움직이거나 네 주변에 존재하는 것들로부터 힘을 빨아 들여라. 나는 네 고리 안에 있다."

다마야는 그게 무슨 뜻인지도 모른다.

"여긴 조산술을 발동하기에 별로 좋은 곳이 아니지. 특히 네가 훈련을 받지 않았다는 점을 감안하면 말이야. 아주, 아주 사소한 실수만으로도 발밑에 있는 결함층을 건드려 흔들이 일어날 수 있거든. 그러면 너도 똑같이 죽게 될 거다. 하지만 만약 살아남는다면 자유의 몸이 될 수 있지. 아주 멀리 떨어진 향으로 도망가 받아 달라고 빌거나 무향민들 무리에 끼어 열심히 살아 보렴. 네가 똑똑하다면 네 정체를 숨길 수도 있을 거다. 얼마 동안은 말이야. 하지만 오래가지는 못할 거야. 그런 건 환상에 불과해. 그래도 한동안은 네가 정상인 양 꿈을 꿀 수도 있겠지. 네가 바라는 게 그거지? 나도 안다."

다마야는 그의 목소리를 들을 수가 없다. 손에서 시작된 통증이 그녀의 팔을 타고 머리와 치아로 올라오며 그 밖의 다른 감각들을 전부 집어 삼켜 버린다. 샤파가 말을 멈춘 순간 신음하며 손을 빼내려 하지만 샤파가 경고하듯 다시 아귀에 강하게 힘을 주자 다마야가 즉시 동작을 멈춘다.

"아주 잘했다. 고통을 느끼면서도 스스로를 잘 통제하고 있구나. 훈련받지 않은 오로진은 대부분 못 하는 일이지. 자, 진짜 시험은 이제부터다."

샤파가 손을 고쳐 잡는다. 그의 커다란 손이 다마야의 자그마한 손을 감싼다. 다마야가 얼굴을 찡그리지만 샤파의 손길은 다정하다. 적어도 아직까지는.

“네 손은 최소한 세 군데가 부러졌다. 단순히 골절된 거라면 치료만 잘 하면 나을 수 있지만, 내가 가루가 되도록 짓이긴다면…….”

다마야는 숨을 쉴 수가 없다. 가슴 깊이 공포가 스며든다. 목구멍 안쪽에 남아 있던 공기를 짜내어 간신히 단어의 형태를 만들어 내뱉는다.

“싫어!”

“나한테 절대로 싫다고 하지 마라.” 다마야의 살갗 위로 느껴지는 그의 말이 뜨겁다. 샤파가 몸을 바짝 붙이고 귓가에 속삭인다. “오로진은 싫다고 말할 권리가 없다. 나는 너의 수호자다. 네게서 이 세상을 지키기 위해서라면 나는 네 손은 물론이요, 네 온몸의 뼈를 낱낱이 부러뜨릴 거다.”

샤파는 다마야의 손을 짓이기지 않을 거다. 도대체 왜 그러겠는가? 그는 그러지 않을 거다. 다마야가 소리 하나 내지 못하고 사시나무처럼 벌벌 떠는 동안, 샤파는 붓기 시작한 다마야의 손등을 엄지손가락으로 부드럽게 쓰다듬는다. 그의 동작에는 어딘가 생각에 잠긴 듯한, 아니면 호기심이 어린 데가 있다. 다마야는 차마 눈을 뜨고 볼 수가 없다. 그래서 두 눈을 질끈 감는다. 속눈썹 사이로 눈물이 흘러내리는 게 느껴진다. 속이 메슥거리고, 몸뚱이가 춥다. 귓가에서 자신의 심장이 뛰는 소리가 들린다.

“왜…… 도대체 왜 이러는 거예요?”

목소리가 갈라진다. 숨을 제대로 쉴 수가 없다. 이건 현실이 아니다. 이런 일이 일어날 리가 없다. 큰길 한가운데서, 이렇게 밝고 햇빛 찬란한 날에 이런 일이 일어날 리가 없다. 다마야는 이해할 수가 없다. 그녀의 가족들은 사랑이라는 게 실은 거짓이라는 걸 알려주었다. 사랑은 바위처럼 굳건하지 않다. 그것은 휘고, 바스라지고, 녹슨 금속처럼 연약하다. 하지만 다마야는 샤파가 그녀를 좋아한다고 생각했었다.

샤파는 아직도 다마야의 부러진 손을 만지작거리고 있다.

"나는 너를 사랑한다."

다마야는 움찔 놀란다. 샤파가 귓가에 부드러운 숨결을 불어넣으며 다독인다. 방금 자신이 무자비하게 부러뜨린 자리를 손가락으로 상냥하게 쓰다듬는다.

"내 사랑을 의심하지 말아라, 아이야. 가엾게도 어두운 헛간에 갇혀서 제대로 말도 못 하고 무서워 떨던 아이야. 그럼에도 네 안에는 훌륭한 분별력과 대지의 화염이 숨 쉬고 있으니, 비록 후자는 사악할망정 양쪽 모두에 탄복하지 않을 수 없구나." 샤파가 고개를 가로저으며 한숨을 내쉰다. "나도 네게 이런 짓을 하고 싶지 않단다. 마음이 찢어지지만 어쩔 수가 없구나. 이해해다오. 네가 다른 사람을 해치지 않게 하려면 너를 아프게 하는 수밖에 없단다."

손이 너무 아프다. 심장이 미친 듯이 두방망이질치고, 그때마다 지독한 통증이 엄습한다. 지끈 지끈, 지끈 지끈, 지끈 지끈. 이 타는 듯한 통증을 시원하게 식힐 수만 있다면 정말 좋을 거야. 발밑에서 바위가 속삭인다. 그것은 샤파를 죽이란 뜻이다. 하지만…… 하지만 그는 세상에서 그녀를 사랑하는 유일한 사람이다.

샤파가 고개를 끄덕인다.

"난 네게 절대로 거짓말을 하지 않을 거다, 다마야. 네 팔 밑을 보렴."

눈을 뜨는 데에는 엄청난 시간과 노력이 필요하다. 다치지 않은 팔을 움직이는 것도 그만큼 힘이 든다. 그리고 마침내, 다마야는 샤파의 손에 길고 날카로운 검은 유리 단검이 들려 있는 것을 본다. 뾰족한 날끝이 그녀의 옷을 누르고 있다. 갈비뼈 바로 아래에 있는 다마야의 심장을 겨냥한 채.

"반사적인 본능에 저항하는 것도 중요하지만 사람을 죽이고 싶다는 의도적인 욕구에 저항하는 것은 또 다른 문제지. 자기 방어를 위해서든 아니면 다른 이유에서든 말이다."

다마야를 자극하듯이 샤파가 단검으로 옆구리를 지그시 누르기 시작한다. 옷감 너머로 뾰족한 칼날의 감촉이 느껴진다.

"하지만 넌 네 말대로 스스로 통제할 수 있는 것 같구나."

그 말과 함께 샤파가 칼을 거두고 손가락 사이로 빙글 돌리더니 보지도 않고 벨트에 달린 칼집에 솜씨 좋게 끼워 넣는다. 그러고는 다마야의 상처 입은 손을 두 손으로 감싸 쥔다.

"준비해라."

다마야는 그럴 수가 없다. 그가 뭘 할지 알 수가 없기 때문이다. 그녀는 샤파의 부드럽고 상냥한 어조와 잔혹한 행동 사이의 괴리감이 너무나도 혼란스럽다. 그리고 다음 순간 다마야는 비명을 내지른다. 샤파가 능숙한 솜씨로 다마야의 뼈를 제자리에 맞춘다. 고작 몇 초도 안 되는 시간이지만 다마야에게는 전혀 그렇게 느껴지지 않는다.

다마야의 몸이 샤파의 가슴 위로 힘없이 늘어진다. 몸뚱이는 달달 떨리고, 정신은 혼미하다. 샤파가 고삐를 치자 말이 빠르게 걷기 시작한다. 고통의 물결이 한 차례 지난 후, 다마야는 샤파가 아직도 그녀의 상처 입은 손을 쥐고 혹시라도 말의 흔들림 때문에 통증이 배가되지는 않을까 몸을 딱 붙이고 그녀를 받치고 있다는 사실을 희미하게 깨닫는다. 다마야는 별로 이상하게 생각하지 않는다. 그녀는 아무것도 생각하지 않고, 아무것도 하지 않고, 아무 말도 하지 않는다. 다마야는 할 말이 없다.

두 사람의 등 뒤로 초록색 언덕이 지나간다. 땅이 다시 평평해진다. 다마야는 주변 풍경 따위에는 관심이 없다. 푸른 하늘과 그 위로 멀리 떠 있는 회색 오벨리스크만을 몽롱하게 바라볼 뿐. 벌써 수 킬로미터나 달렸는데 오벨리스크는 그 자리에서 꿈쩍도 하지 않는 것 같다. 하늘이 점점 파래지다가 짙고 어둡게 변하더니 마침내 하나씩 켜지는 별빛 속에서 오벨리스크가 희미한 검은 얼룩으로 변한다. 햇빛이 완전히 사라지자 샤파가 고삐를 당겨 말을 세운다. 그는 다마야를 안아 내려 주고, 그녀는 그 자리에 조용히 서서 기다린다. 샤파가 바닥을 쓸고 작은 돌을 모아 둥그렇게 자리를 만든 다음 모닥불을 피운다. 땔감은 없지만 가방에서 뭔가 덩어리 몇 개를 꺼내 그걸로 불을 피운다. 냄새로 보건대 석탄이나 토탄인 것 같다. 어차피 다마야는 별 관심도 없다. 그녀는 그저 가만히 선 채 샤파가 안장을 걷고 말에게 먹이를 주고 바닥에 침낭을 깔고 모닥불에 작은 솥을 얹는 모습을 지켜본다. 매캐한 연기 위로 음식 냄새가 피어오르기 시작한다.

"집에 가고 싶어요."

다마야가 불쑥 말한다. 그녀는 다친 손을 가슴 위에서 부여잡고 있다. 샤파가 저녁밥을 만들다 말고 고개를 들어 다마야를 쳐다본다. 날름거리는 불빛 때문에 그의 얼음색 눈동자가 춤을 추는 것처럼 보인다.

"넌 이제 집이 없다, 다마야. 하지만 유메네스에 가면 새 집을 갖게 될 거다. 스승과 친구들도 생길 테고. 새 삶을 시작하는 거야."

그가 싱긋 웃는다.

샤파가 뼈를 맞춘 후로 손에는 아무 감각도 없지만 아직도 희미하게 욱신거리는 통증이 느껴진다. 다마야는 눈을 감고 제발 이 통증이 사라지길 빈다. 전부 다 없어졌으면 좋겠다. 아픔도. 손도. 이 세상도 전부. 코끝에 맛있는 냄새가 스치지만 식욕이 당기지도 않는다.

"새 삶 같은 거 싫어요."

돌아오는 건 침묵뿐이다. 잠시 후 샤파가 한숨을 내쉬더니 몸을 일으켜 다가온다. 다마야는 주춤거리며 뒷걸음질 치지만 샤파는 무릎을 꿇고 그녀의 어깨에 두 손을 올린다.

"내가 무서우냐?"

거짓말을 하고 싶은 마음이 꿈틀댄다. 다마야는 생각한다. 사실대로 말하면 샤파는 좋아하지 않겠지. 하지만 그녀는 너무 아프고, 혼미하고, 아무 느낌도 없다. 무서워서, 혼란스러워서, 그리고 샤파를 만족시키고 싶어서. 그래서 다마야는 정직하게 말한다.

"네."

"다행이구나. 당연히 그래야지. 난 너를 아프게 한 게 미안하지 않단다, 아이야. 왜냐하면 너는 그 고통으로부터 가르침을 배워야 하거든. 자, 나에 대해 뭘 알게 되었느냐?"

다마야가 고개를 도리질 친다. 그러고는 안간힘을 짜내 대답한다. 그게 이 모든 소동의 핵심이니까.

"앞으로 샤파가 시키는 대로 해야 하고, 말을 듣지 않으면 날 아프게 할 거라는 거요."

"그리고?"

다마야는 두 눈을 질끈 감는다. 이러면 꿈속의 나쁜 괴물들은 금방 사라지는데.

"그리고……." 다마야가 말을 잇는다. "내가 말을 잘 들을 때도 아프게 할 거라는 거요. 샤파가 그래야 한다고 생각할 때는요."

"잘했다."

샤파의 미소 짓는 얼굴이 보이는 것 같다. 그가 다마야의 뺨에 붙은 땋은 머리 가닥을 자상하게 뒤로 넘겨 준다. 다마야의 피부 위로 그의 손가락이 스친다.

"내가 하는 일에는 다 이유가 있단다, 다마야. 바로 널 제어하기 위해서지. 내가 널 의심할 이유를 주지 않는다면 다시는 널 아프게 하지 않으마. 알겠니?"

다마야는 샤파의 말을 듣고 싶지 않지만 귀에 들리는 건 어쩔 수가 없다. 그래선지 자신도 모르게 긴장이 약간 풀린다. 하지만 그녀는 내색하지 않고, 그러자 샤파가 말한다.

"날 봐라."

다마야는 눈을 뜬다. 등 뒤에서 비치는 모닥불 때문에 샤파의 얼굴이 짙은색 머리카락을 두른 어두운 윤곽으로만 보인다. 다마야는 고개를 돌린다.

샤파가 다마야의 얼굴을 붙잡고 그를 향해 우악스럽게 돌린다.

"알겠느냐?"

그것은 경고다.

"네, 알겠어요."

대답에 만족한 샤파가 다마야의 턱을 놓는다. 그녀를 불 쪽으로 가까이 끌어당기더니 그가 놓아 둔 돌 위에 앉으라고 손짓한다. 다마야는 잠자코 그의 지시에 따른다. 샤파가 렌틸콩 수프가 담긴 작은 금속 접시를 내밀었을 때에도 얌전히 받아먹는다. 왼손잡이가 아니라서 조금 불편하긴 하지만. 다마야는 샤파가 건네준 수통에서 물을 마신다. 다친 손 때문에 볼일을 보기가 불편하다. 모닥불빛이 미치지 않는 어둠 속에서 더듬거리다 울퉁불퉁한 바닥에 걸려 넘어지는 바람에 또다시 손에 통증이 엄습하지만 어쨌든 무사히 볼일을 마치고 돌아온다. 침낭이 하나뿐이라 샤파가 옆자리를 손으로 토닥이자 다마야는 얌전히 거기 눕는다. 그가 자라고 명령하자 눈을 감는다. 그러나 다마야는 한동안 잠들지 못한다.

그리고 한참 후 잠결에 빠져들었을 때, 다마야의 꿈은 끔찍한 고통과 굽이치는 대지와 그녀를 집어 삼키려는 거대한 흰 빛을 내뿜는 구멍으로 가득하고, 다음 순간 샤파가 그녀를 흔들어 깨운다. 별들이 약간 움직이긴 했지만 아직도 한밤중이다. 몽롱한 잠기운에 다마야는 일순 샤파가 자신의 손을 부러뜨렸다는 사실을 깜박 잊고는 배시시 웃어 보인다. 샤파가 두 눈을 깜박이더니 순수한 만족감이 담긴 미소로 화답한다.

"잠꼬대를 하는구나."

다마야는 혀로 마른 입술을 축인다. 그녀는 더 이상 웃음 짓지 않는다. 무슨 일이 있었는지 이제야 기억났으니까. 얼마나 무서운 악몽을 꿨는지, 혹은 잠에서 깨어나는 게 얼마나 무서웠는지 샤파에게는 털어놓고 싶지 않다.

"코도 골던가요? 오빠는 내가 코를 곤다고 그랬거든요."

샤파가 조용히 다마야의 얼굴을 살핀다. 그의 얼굴에서도 미소가 사라진다. 다마야는 샤파가 간혹 보여 주는 이런 짧은 침묵이 마음에 들지 않는다. 이건 단순히 대화 도중에 생각을 정리하려고 말을 멈추는 게 아니다. 이건 전부 일종의 시험이다. 무엇을 위한 시험인지는 모르지만 그는 항상 그녀를 시험하고 있다.

"그래, 코도 골았다." 이윽고 샤파가 대답한다. "하지만 걱정 말렴. 네 오빠처럼 놀리진 않으마."

그러더니 재미있는 말이라도 했다는 듯이 피식 웃는다. 다마야에게는 이제 오빠가 없다. 악몽이 그녀의 삶을 삼켜 버렸다.

하지만 샤파는 이 세상에서 다마야가 사랑할 수 있는 유일한 사람이고, 그래서 그녀는 고개를 끄덕이고 눈을 감으며 다시 그의 옆에 몸을 누인다.

"잘 자요, 샤파."

"잘 자렴, 아이야. 평온한 꿈 꾸렴."

부글의 계절: 제국력 1842년~1845년. 테카리스 호수 밑에 위치한 열점(熱點)이 폭발하여 막대한 양의 수증기와 미세분진이 공기 중에 분출되었고, 그 결과 남중위지방과 남극권, 동부 해안지방의 일광이 차단되고 산성비가 내렸다. 적도권과 북위 지방은 해류와 탁월풍 덕분에 피해를 입지 않았기 때문에 이 시기를 '진정한' 계절로 분류할 수 있는지에 대해서는 역사학자들 사이에 의견이 분분하다.

—「산제 제국의 계절」, 보육학교 12학년 교재

7장

너 더하기 하나는 둘

아침이 되자 너는 일어나 다시 길을 걷기 시작하고, 소년도 너와 함께 걷는다. 너희 둘은 하늘에서 너울거리며 떨어지는 재를 맞으며 구릉지대를 가로질러 남쪽으로 터벅터벅 걷는다.

소년은 골칫거리다. 첫째, 그 아이는 지저분하다. 간밤에는 어두워서 미처 몰랐지만 전신에 바싹 마른 진흙이 처덕처덕 붙어 있고 그 위에는 잔가지가 가득 붙어 있으며, 그 외에 또 뭐가 묻어 있는지 아무도 모를 일이다. 산사태로 쓸려온 진흙탕에라도 빠진 거겠지. 흔들이 일어났을 때 자주 생기는 일이다. 그런 경우라면 살아 있는 게 용하다. 그렇지만 소년이 잠에서 깨어 기지개를 켰을 때 너는 네 침낭에 묻은 더러운 얼룩을 보고 얼굴을 찌푸린다. 그런 온갖 오물 아래에 소년이 실은 알몸이라는 사실을 깨닫는 데에는 20분이 걸린다.

아이에게 어쩌다 그렇게 된 거냐고 묻지만(그리고 다른 질문들도) 순순히 털어놓으려 하지 않는다. 아직 어른에게 비밀을 지킬 수 있는 나이가 아닌데도 아이는 솜씨가 좋다. 소년은 자신이 태어난 향의 이름도 모르고, 자기를 낳고 기른 사람들의 이름도 모르고, 그저 수가 "별로 많지 않았다"고만 한다. 부모도 없다고 한다. 자신의 쓰임새명도 모른다. 그러나 너는 그게 전부 새빨간 거짓말이라고 생각한다. 설사 소년의 어머니가 아이의 부친이 누군지 모른다 할지라도 아이는 어머니의 쓰임새신분을 물려받았을 것이다. 소년은 나이도 어리고 어쩌면 난리통에 부모도 잃었을지 모르지만, 세상에서 자신의 자리가 어딘지도 모를 정도로 어리진 않다. 호아보다 훨씬 어린아이도 그런 것쯤은 안다. 우체는 고작 세 살이었지만 자기가 아버지처럼 혁신자라는 걸 알았고, 그래서 우체의 장난감은 항상 책이나 연장, 또는 뭔가를 만들 수 있는 물건이었다. 그리고 우체는 어머니 말고는 다른 누구에게도 말하면 안 되는 것이 있다는 걸 알았고, 뿐만 아니라 단둘이 있을 때에만 말을 꺼내야 한다는 것도 알았다. 가령 아버지 대지라든가 그분의 속삭임이라든가 그리고 우체의 표현을 빌면 저 아래 깊은 곳에 있는 것들……

너는 아직 이런 생각을 할 준비가 안 됐다.

그래서 너는 호아의 비밀을 풀어 보기로 결심한다. 그 외에는 달리 생각할 게 없기 때문에. 소년은 작다. 너는 그걸 호아가 앉은 자리에서 일어났을 때 알게 됐다. 키가 120센티미터도 안 되는 것 같다. 하는 행동을 보면 열 살은 된 것 같은데. 나이에 비해 몸집이 작거나 나이에 비해 조숙한 것이겠지. 너는 후자일 가능성이 크다고 생각한다. 왜 그런 느낌이 들었는지는 모른다. 그 외에는 호아에 대해 알아낼 수 있는 게 별로 없다. 피부색이 밝을 것 같다는 정도?

아이의 몸에서 진흙이 떨어진 부분이 지저분한 갈색보다 지저분한 회색에 가깝기 때문이다. 그렇다면 호아는 남극권이나 서부해안처럼 피부색이 창백한 이들이 사는 곳에서 왔을 것이다.

그런데도 소년은 지금, 여기에 있다. 고향에서 수천 킬로미터나 떨어진 북중위지방 동북부에. 혼자서, 그것도 벌거벗은 채.

어쩌면 가족들이 큰일을 당했는지도 모른다. 향을 이주한 것일 수도 있다. 많은 사람들이 그렇게 한다. 뿌리박고 살던 곳에서 나와 수년, 또는 수개월 동안 대륙을 가로질러 새로운 향의 구성원이 되게 해 달라고 애원하지만, 그래 봤자 갈색 들판 한가운데 핀 새하얀 꽃송이처럼 항상 도드라지겠지……

어쩌면.

그래.

어쨌든 간에.

호아의 눈은 빙백색이다. 얼음처럼 희고 푸른 눈이다. 아침에 잠에서 깨어 호아와 눈이 마주쳤을 때에는 심장이 멈추는 줄 알았다. 짙은 갈색의 진흙덩이 속에서 하얗게 이글거리는 한 쌍의 은청색 눈동자. 거의 인간처럼 보이지가 않을 정도다. 하긴 빙백색 눈을 가진 사람들은 원래 다들 그렇다. 유메네스에서는 번식사 쓰임새신분으로 빙백의 눈을 선호한다고(선호했다고) 들었다. 산제인들은 빙백색 눈이 무섭고 섬뜩한 느낌을 준다며 좋아했고, 실제로도 그렇다. 하지만 호아가 왠지 꺼림칙한 이유는 그 눈 때문이 아니다.

호아는 지나칠 정도로 밝고 명랑하다. 네가 아침에 눈을 떴을 때 아이는 벌써 한참 전에 일어나 네 부싯깃 통을 갖고 놀고 있었다.

이 초원에는 불을 피울 만한 게 없다. 기껏해야 왕포아풀 정도인데, 바싹 마른 풀은 순식간에 잿더미로 변하고 자칫하면 들판 전체로 불이 번질 수도 있다. 그래서 어젯밤에 너는 아예 짐에서 부싯돌을 꺼내지도 않았다. 하지만 지금 그것은 호아의 손에 있고, 아이는 콧노래를 흥얼거리며 손가락 사이로 부싯돌을 빙글빙글 돌리고 있다. 그건 아이가 네 짐을 뒤졌다는 의미다. 별로 기분 좋은 일은 아니다. 하지만 묘하게도, 짐을 꾸리는데 소년이 혼자 놀던 모습이 머릿속에서 떨어지지가 않는다. 험한 꼴을 겪었을 게 분명한 어린 사내아이가 풀밭 한가운데 알몸으로 앉아 하늘하늘 떨어지는 낙진 속에서 콧노래를 부르며 해맑게 장난을 치고 있는 모습. 네가 잠에서 깨어난 걸 보자 소년이 반갑다는 듯이 미소 짓는다.

호아를 데려가기로 한 건 그 때문이다. 자기가 어디 출신인지도 모른다는 말이 거짓말이라고 생각하면서도. 어쨌든 호아는 어린애니까.

그래서 너는 자루를 챙겨 메고, 아이를 쳐다본다. 호아도 너를 쳐다본다. 아이는 어젯밤에도 봤던 꾸러미를 품 안에 꼭 붙들고 있다. 천 뭉치로 뭔가를 둘둘 싸매 놓은 것 같은데 아이가 손에 힘을 주자 안에서 덜그럭거리는 소리가 난다. 호아는 왠지 안절부절못하고 있다. 그런 눈으로는 아무것도 못 숨긴다. 동공은 크게 확장돼 있고, 한 발은 땅 위에서 쭈뼛거리고 다른 한 발은 반대쪽 허벅지를 긁적이고 있다.

"가자."

네가 말한다. 그러고는 몸을 돌려 제국도로로 향한다. 소년의 희미한 숨소리에, 그리고 잠시 뒤에 네 뒤를 따라오는 가벼운 발소리에 너무 귀를 쫑긋 세우지 않으려고 애쓴다.

제국도로에 진입하자 드문드문 무리지어 이동하는 사람들이 보인다. 대부분 남쪽으로 가고 있다. 사람들의 발바닥이 움직일 때마다 바닥에 덮여 있는 회색 재가 공중으로 날린다. 아직은 가볍고 고운 가루에 가깝다. 육안으로 확인할 수 있을 정도니 아직 코나 입가리개가 필요한 수준은 아니다. 그걸 챙겨 온 사람이 있다면 말이다. 한 남자가 반쯤 절룩이는 말이 끄는 낡은 수레 옆을 걷고 있다. 수레에는 가재도구와 노인들이 실려 있는데, 수레 옆을 걷는 사내도 딱히 젊다고 말하기는 힘들다. 언덕 뒤에서 네가 나타나자 사람들의 이목이 집중된다. 안전한 여행을 위해 뭉친 게 틀림없는 여자 여섯 명 무리가 너를 보고 뭐라 수군거린다. 그중 한 명이 일행에게 큰 소리로 말한다.

"삭아빠질, 저 여자를 보라고, 안 돼!"

아무래도 네가 꽤 위험해 보이나 보다. 아니면 무리에 끼워 줄 가치가 없거나. 둘 다일 수도 있다.

어쩌면 그들이 꺼리는 건 호아일지도 모른다. 너는 소년을 돌아본다. 아이가 발을 멈추고 걱정스러운 표정을 지어 보인다. 아무리 제 자식이 아니라지만 애를 그런 몰골로 남들 앞에 데리고 왔다니 갑자기 창피함이 확 밀려온다.

너는 주위를 둘러본다. 도로 건너편에 개울이 보인다. 다음 노변집이 나올 때까지 얼마나 더 가야 할지는 모른다. 제국도로에는 보통 40킬로미터마다 노변집이 있지만 북쪽에서 발생한 흔들 때문에 무너지지 않았으리라는 보장이 없다. 초원이 슬슬 끝나고 나무들이 점차 늘어나고 있긴 하지만 몸을 숨길 만한 곳도 없고 상당수 나무들이 흔들 때문에 부러지거나 바닥에 쓰러져 있다. 이럴 때는 낙진이 도움이 되기도 한다. 1.5킬로미터 너머로는 아무것도 보이지 않기 때문이다. 하지만 제국도로 주변의 평지가 점차 울퉁불퉁하고 험하게 바뀌고 있다는 건 알겠다. 너는 지도와 사람들의 이야기를 통해 티리마스 산 아래 아주 오래되고 지금은 아마 닫혀 있을 작은 결합층이 있다는 걸 안다. 지난 계절이 끝난 뒤 생긴 아직 어린 삼림이 자라고 있고, 150킬로미터쯤 지나면 초원은 소금평원이 될 것이다. 그 너머에는 사막이 있다. 사막 지역은 향의 숫자도 적고 향과 향 사이의 거리도 멀고 외지인에게 친절하기보다 경계심이 심하고 적대적인 곳이 훨씬 많다.

(지자가 사막 지역까지 갔을 리는 없어. 그래 봤자 바보짓이지. 어떤 향에서 그 사람을 받아 주겠어?)

여기서 소금평원까지 가는 길에는 분명히 향이 여럿 있을 테다. 호아를 그럭저럭 볼 만한 모습으로 만들어 놓는다면 어쩌면 그중 한 곳에서 아이를 받아 줄지도 모른다.

"따라오렴."

너는 호아에게 말한 다음 도로에서 벗어난다. 소년이 네 뒤를 따라 자갈밭으로 내려온다. 발바닥에 간혹 뾰족한 돌 모서리가 느껴진다. 너는 마음속으로 할 일 목록에 '소년에게 튼튼한 부츠를 사 줄 것'이라는 항목을 덧붙인다. 다행히도 호아는 발을 베지 않는다. 중간에 발이 미끄러지는 바람에 경사면에서 데굴데굴 굴러떨어지긴 했다. 황급히 달려가 보니 아이가 부루퉁한 얼굴로 멈춘 자리에 멍하니 앉아 있다. 하필 개울가 진창에 착지한 까닭이다.

"자, 잡아."

너는 호아에게 손을 내민다.

소년이 네 손을 쳐다본다. 너는 아이의 얼굴에 묘하게 걱정스러운 기색이 떠오른 걸 보고 약간 놀란다.

"괜찮아."

호아는 네 손을 무시하고 혼자 일어난다. 아이의 발밑에서 진득한 진창이 꿀렁거린다. 호아가 너를 지나치며 굴러떨어지다 손에서 놓친 천 꾸러미를 집어 든다.

맘대로 하라지, 배은망덕한 녀석.

"나더러 씻으라는 거구나." 아이가 묻듯이 말한다.

"알아차렸어?"

호아는 네 비아냥대는 말투를 알아채지 못한 것 같다. 아이는 개울가에 꾸러미를 내려놓고 허리 높이로 잠길 때까지 물속으로 천천히 걸어 들어간다. 그러고는 쪼그려 앉아 몸을 문지른다. 너는 자루를 뒤져 비누를 찾아낸다. 네 휘파람 소리에 아이가 돌아보자 비누를 던져 준다. 호아는 한 번에 받지 못하고 떨어뜨리지만 물속으로 자맥질하여 이내 손에 비누를 들고 나타난다. 너는 웃음을 터트린다. 호아가 비누를 신기하기라도 한 양 요리조리 살펴보고 있기 때문이다.

"몸에 대고 문지르지그래?"

너는 비누칠을 하는 몸짓을 해 보인다. 이번에도 빈정거리면서.

하지만 호아는 허리를 세우더니 알아들었다는 듯이 배시시 웃고는 네 말대로 한다.

"머리도 감고."

너는 다시 자루를 뒤지며 자세를 틀어 도로변을 감시한다. 호기심인지 아니면 못마땅한 건지, 간간이 지나가는 사람들이 너희를 쳐다보지만 대부분은 그다지 신경 쓰지 않고 지나친다. 그편이 더 마음에 든다.

네가 비상자루에서 찾던 건 셔츠다. 호아가 입으면 원피스처럼 보일 터라, 역시 자루에 챙겨 왔던 삼끈을 약간 잘라 낸다. 벨트처럼 셔츠의 허리에 감아 묶으면 보기에도 낫고 체온 유지에도 도움이 될 것이다. 물론 임시방편일 뿐이다. 전승가들은 계절이 시작되면 기온이 내려가고 금세 추워진다고 말한다. 다음에 향에 들르면 옷이나 다른 생필품을 구할 수 있을지 알아봐야겠다. 아직 계절령을 시행하고 있지 않다면 말이다.

그때 호아가 물 밖으로 걸어 나오고, 너는 두 눈을 크게 뜨고 아이를 바라본다.

어이가 없을 만큼 달라 보인다.

진흙이 씻겨 나간 호아의 머리칼은 굵고 거친 회발이다. 회발은 어떤 악천후에도 강해서 산제인들이 특히 귀하게 여기는 머리칼이다. 벌써 물기가 빠져 보송보송해지고 있다. 길이도 꽤 길어 목과 등까지 따스하게 덮을 수 있다. 하지만 호아의 머리는 회색이 아니라 흰색이다. 그리고 피부도 흰색이다. 색이 옅다는 게 아니라 하얗다. 남극 사람들도 저렇게까지 하얗지는 않다. 적어도 네가 아는 사람들은 그랬다. 빙백색 눈 위의 눈썹마저 하얗다. 하얗고, 하얗고 또 하얗다. 사방에 사락사락 날리는 잿가루를 맞으며 너를 향해 걸어오는 아이는 배경과 구분하기가 힘들 정도다.

백피증에라도 걸린 걸까? 어쩌면 그럴지도. 그러고 보니 얼굴도 어딘가 이상하다. 너는 한참 동안 고민하다 마침내 깨닫는다. 호아는 머리카락을 제외하면 산제 족의 특성이 거의 없다. 광대뼈는 판판하고 턱과 눈이 갸름한 것이 네게는 너무 낯설게 보인다. 입술은 도톰하지만 입이 너무 작다. 너무 작아서 음식을 먹을 수나 있을까 걱정스러울 정도다. 하지만 그럴 리는 없겠지. 그랬다면 이 나이가 되도록 살아남지 못했을 테니까. 작은 몸집도 마찬가지다. 아이는 작지만 뼈대가 옹골차다. 지난 1000년 동안 옛 산제인들이 부단히도 완성하고자 했던 이상적인 몸매와는 다른 부류의 건장하고 튼튼한 몸이다. 어디 출신인지는 몰라도 호아네 민족은 전부 저렇게 피부가 하얀 모양이다.

하지만 그럴 리가 없다. 오늘날 지상에 존재하는 모든 인종에는 산제인의 피가 섞여 있다. 산제 제국은 수 세기 동안 고요 대륙을 통치했고, 그러기 위해 수많은 수단을 동원했으며 그게 항상 평화로운 방법이었던 건 아니었다. 그래서 아무리 고립된 지역에 사는 민족이라도 그들의 조상이 원했든 그렇지 않든 산제인의 특질이 섞여 있기 마련이다. 고요 대륙의 모든 주민들은 산제인의 평균에 얼마나 부합하는지로 평가된다. 어디에 사는 어떤 민족인지는 몰라도 호아의 동족은 다른 이들과 섞이지 않고 외부인으로 남는 데 성공한 모양이다.

"대지불이여, 너 대체 정체가 뭐니?"

너는 아이가 상처받을지도 모른다는 생각은 까맣게 잊고 저도 모르게 내뱉는다. 너무 끔찍한 일을 겪다 보니 며칠 새에 어린애들을 대하는 방법조차 전부 잊어버렸다.

하지만 소년은 그저 조금 놀라고 마는 것 같다. 호아가 싱긋 웃는다.

"대지불? 너 이상하네. 이 정도면 깨끗해?"

너는 호아의 "너 이상하네"라는 말에 너무 놀란 나머지 한참 뒤에야 아이가 네 질문에 대답하지 않았다는 것을 깨닫는다.

너는 고개를 저으며 손을 내민다. 호아가 비누를 돌려준다.

"여기."

너는 호아가 팔을 꿰고 머리를 집어넣을 수 있게 셔츠를 머리 위에서 들어 준다. 아이는 누가 옷 입는 걸 도와주는 게 익숙지 않은 양 꼬물거리며 서툴게 옷을 입는다. 그래도 우체한테 입힐 때보단 쉽다. 적어도 호아는 꼼지락거리거나……

너는 멈춘다.

그리고 모든 게 사라진다.

잠시 후 정신을 차렸을 때에는 하늘이 훨씬 밝아져 있고 호아는 근처 풀밭에 팔다리를 넓게 펼친 채 드러누워 있다. 적어도 한 시간은 지난 것 같다. 어쩌면 그보다 더 많이 지났을지도.

너는 혀로 입술을 축이면서 조마조마한 심정으로 소년을 바라본다. 호아가 네…… 상태에 대해 뭐라고 할지 불안한 마음으로 기다린다. 아이는 네가 제정신을 차린 걸 보고는 그저 고개를 까딱이고는 일어나 앉는다.

흠, 그래. 어쩌면 저 아이와 잘 지낼 수 있을지도 모르겠다.

너는 다시 제국도로로 돌아간다. 호아는 맨발로도 곧잘 따라온다. 너는 아이가 절뚝거리거나 지쳐서 뒤처지지는 않는지 신경을 곤두세우며 혼자 걸을 때보다 더 자주 휴식을 취한다. 호아는 그때마다 달가워하는 것 같지만 그 외에는 꽤 잘 버티고 있다. 아직 나이는 어려도 노련하고 충실한 여행자다.

"너랑 계속 같이 다닐 순 없어." 길가에서 쉬던 중에 네가 말한다. 호아에게 괜한 희망을 심어 줄 수는 없다. "널 받아 줄 적당한 향을 찾아 줄게. 가는 길에 마을에 들를 일이 많을 테니까. 물물 거래도 해야 하고. 난 따로 갈 곳이 있어. 사람을 찾고 있거든."

"네 딸?"

소년이 말한다. 너는 얼어붙는다. 긴장된 시간이 지나고, 호아는 네가 받은 충격은 아랑곳하지도 않고 콧노래를 흥얼거리며 손에 든 천 꾸러미를 마치 애완동물이라도 되는 것처럼 가만가만 어른다.

"어떻게 알았니?" 네가 속삭인다.

"그 애는 강해. 네 딸이 맞는지는 모르겠지만." 호아가 빙긋 웃으며 너를 쳐다본다. 네가 험악하게 노려보고 있는데 신경도 쓰지 않는다. "저쪽에 네가 많아. 그래서 좀 어려워."

지금 네 머릿속에는 온갖 생각이 소용돌이치고 있다. 너는 간신히 그중 하나를 소리 내어 말한다.

"너 내 딸이 어디 있는지 아는구나."

호아는 딱히 대꾸하지 않고 다시 콧노래를 부르기 시작한다. 그게 얼마나 정신 나간 소리인지는 저 아이도 알고 있겠지. 저 순진해 뵈는 얼굴 뒤에서 너를 열심히 비웃고 있겠지.

"네가 그걸 어떻게 알지?"

소년이 어깨를 으쓱한다.

"그냥."

"어떻게?"

호아는 오로진이 아니다. 너는 동족을 알아볼 수 있다. 무엇보다 오로진은 멀리 떨어진 곳에서 냄새를 맡듯이 개처럼 동족을 추적하지 못한다. 그런 일을 할 수 있는 것은 오직 수호자뿐이며, 그나마 로가가 무지하거나 수호자에게 흔적을 흘리고 다닐 정도로 멍청할 때나 가능한 일이다.

소년이 눈을 들어 너를 본다. 너는 최대한 태연한 얼굴을 가장한다.

"그냥 알아. 내가 가진 능력이야." 소년이 시선을 돌린다. "항상 그랬어."

저게 정말일까. 하지만. 나쑨.

너는 딸을 찾을 수만 있다면 어떤 미친 짓이라도 할 각오가 되어 있다.

"좋아."

너는 말한다. 느릿느릿. 왜냐하면 이건 미친 짓이니까. 너는 미쳤다. 하지만 그건 저 소년도 마찬가지일 테고, 그건 그 아이를 조심해야 한다는 뜻이다. 그리고 아주 희박하나마 아이가 미치지 않았을 일말의 가능성도 있다. 어쩌면 호아는 미쳤기 때문에 그런 게 가능한지도 모른다…….

"그 애가…… 얼마나 먼 곳에 있는데?"

"아주 많은 날을 걸어야 해. 너보다 훨씬 빨리 가고 있거든."

지자가 말과 수레를 가져갔기 때문이다.

"나쑨이 살아 있어."

너는 잠깐 생각을 멈춰야 한다. 너무 강렬하고 다양한 감정들이 물밀듯이 밀려오고 있다. 라스크는 지자가 나쑨을 데리고 티리모를 떠났다고 했지만 솔직히 너는 나쑨이 지금까지 살아 있다고 믿기가 두려웠다. 지자가 친딸을 죽일 수도 있다는 걸 믿고 싶지는 않아도 내심 어느 정도는 그렇게 예상하고 있었다. 언제나 고통을 각오하는 것은 오랜 습관이다.

호아가 너를 보며 고개를 끄덕인다. 작은 얼굴이 기이할 정도로 엄숙하다. 이 아이에게는 아이다운 데가 없다. 너는 이제야 깨닫는다.

호아가 네 딸이 어디 있는지 찾을 수 있다면, 어쩌면 이 아이는 사악한 아버지 대지의 현신(現身)일지도 모른다. 하지만 그런 게 무슨 상관이란 말인가.

그래서 너는 비상자루를 뒤져 깨끗한 물이 담긴 수통을 꺼낸다. 개울물로 채운 다른 수통도 있지만 그 물은 끓여 마셔야 한다. 너는 물을 한 모금 마신 다음 소년에게 수통을 건넨다. 소년이 물을 마시고 나자 이번에는 건포도를 한 움큼 내민다. 호아가 고개를 저으며 건포도를 돌려준다.

"배 안 고파."

"아무것도 안 먹었잖아."

“난 원래 잘 안 먹어.”

호아가 옆에 놓인 꾸러미를 집어 든다. 어쩌면 그 안에 먹을 게 들어 있는지도 모른다. 상관없다. 너와는 관계없는 일이다. 어차피 이 아이는 네 자식이 아니다. 네 자식이 어디 있는지 알고 있을 뿐.

너는 야영지를 정리하고 다시 남쪽으로 걷기 시작한다. 호아도 네 옆에서 함께 걷는다. 이제 앞장서는 건 그 아이다.

들으라, 들으라, 들을지어다.
계절이 있기 전에 생명과 생명의 아비인 대지가 함께 번영하던
시대가 있었노라.(생명에게는 어머니도 있었으나 어머니에게는
끔찍한 일이 일어났다.) 아버지 대지께서는 영민한 생명을 원하셨고,
그리하여 계절을 이용해 동물로부터 우리를 창조하셨다. 도구를 만드는
섬세한 손과 문제를 해결하는 슬기로운 머리, 서로 협력하는 영리한 혀와
위험을 감지하는 명석한 보님기관을 주셨도다. 우리 인간은
아버지 대지가 바라시는 모습이 되었고 그분이 원하시는 것
이상이 되었으니, 우리는 아버지 대지에게 대적하였고
그 후로 그분은 우리에 대한 증오심에 불타게 되었도다.
기억하라, 기억하라, 기억할지어다.
— 전승가의 낭송문, 「세 가지 사람의 탄생」, 1부

8장

시에나이트는 도로 위에서

마침내 시에나이트가 조언자의 이름을 물어야 할 순간이 오고야 말았다. 그의 이름은 알라배스터(설화석고, 雪花石膏)다. 누군가 아이러니를 담아 지어 준 이름이 아닌가 싶다. 시엔은 그의 이름을 자주 불러야 한다. 여행 내내 그가 말 위에서 꾸벅꾸벅 졸곤 했기 때문이다. 결국 시엔은 그들이 지금 어디로 가고 있고 주변에 위험한 지형이나 장애물은 없는지 살펴보는 일을 도맡는 건 물론, 심심치 않게 혼자 시간을 보낼 방법마저 고안해야 했다. 처음에는 이름을 부를 때마다 알라배스터가 재깍재깍 깨어났기 때문에 그녀와 말을 섞고 싶지 않아 일부러 잠든 척을 하는 줄만 알았다. 하지만 시엔이 그렇게 말하자, 그가 짜증스러운 표정을 지으며 말한다.

"무슨 소리를 하는 거냐. 당연히 진짜 자는 거지. 오늘 밤에도 날 써먹고 싶으면 자게 내버려 둬."

시에나이트는 화가 난다. 제국과 대지를 위해 아이를 낳아야 하는 건 그가 아니다. 게다가 자기는 나무토막처럼 뻣뻣하게 누워 아무것도 안 하는 주제에.

그러나 길을 떠난 지 일주일쯤 되었을 무렵, 시에나이트는 알라배스터가 낮 동안에, 심지어 밤에 두 사람이 침낭 안에서 지치고 끈적이는 몸을 나란히 누이고 있을 때 무슨 일을 하는지 알게 된다. 이제껏 그녀가 눈치 채지 못한 데에는 이유가 있다. 왜냐하면 그건 항상 주변에 존재하는 것이기 때문이다. 사람들이 가득한 방 안에 울리는 나지막한 대화 소리처럼. 알라배스터는 놀랍게도 근방에 있는 모든 잔흔들[微小地震]을 잠재우고 있다. 단순히 사람이 느낄 수 있는 것뿐만 아니라 말 그대로 모조리, 전부, 하나도 빠짐없이. 지면 아래 흔들리는 모든 작고 미세한 수축과 이완, 그중에는 보다 거대한 꿈틀임으로 이어지는 준비 단계인 것도 있고 순전히 무작위로 발생하는 변칙적인 진동도 있다. 그녀와 알라배스터가 지나는 곳은 언제나 그런 땅울림이 한동안 사라졌다. 유메네스에서는 이런 무진동의 상태가 흔한 일이지만 노드 연결망이 느슨한 내륙 지역에서는 불가능한 일이다.

처음 이 사실을 알게 되었을 때, 시에나이트는…… 어리둥절하다. 왜냐하면 이런 잔흔들을 가라앉히는 건 아무 의미도 없기 때문이다. 사실 그러다 보면 나중에 더 큰 흔들을 유발할 수도 있다. 시엔이 잔모래 시절 기초 지하학과 지진학을 배울 때 펄크럼은 이 같은 사실을 매우 신중하게 주입시켰다. 대지 그 자체를 구속하거나 제지할 수는 없다. 흔들은 막거나 멈추는 게 아니라 다른 방향으로 우회시키거나 분산하는 것이다. 그게 바로 오로진의 목적이다.

시에나이트는 유메네스-알리아 고가도로를 지나는 내내 태양

빛을 받을 때마다 태산만 한 전기석(電氣石)처럼 반짝이며 회전하는 오벨리스크 아래서 머리를 싸매고 고민한다. 고가도로는 사향주 수도 사이를 오갈 수 있는 최단 경로로, 구 산제 제국의 기술력에 힘입어 최대한 일직선으로 건설돼 있다. 거대한 기둥 위에 세워진 이 기나긴 돌다리는 널찍한 계곡을 가로지르고 때때로 너무 높거나 험준한 산과 마주치면 아예 터널을 뚫어 산속을 관통한다. 즉 고가도로를 타면 평범한 저가도로를 사용할 때보다 시간을 절반으로 줄여 해안지방까지 겨우 몇 주일 만에 도착할 수 있다는 뜻이다.

하지만 빌어먹을 녹병삭을 대지여, 고가도로는 심심해 죽을 만큼 지루한 곳이다. 평범한 이들은 고가도로가 언제 폭삭 무너질지 모르는 죽음의 덫이라고 생각한다. 하지만 사실 고가도로는 지상 위 도로보다 훨씬 안전하다. 모든 제국도로는 최고의 지공학자(地工學者)와 오로진으로 구성된 팀이 신중하게 선택한 가장 안정적이고 흔들림 없는 장소에 건설되었고, 그중 일부는 여러 번의 계절을 거치고도 굳건히 살아남았을 정도다. 어쨌든 시에나이트와 알라배스터는 지난 며칠간 서둘러 달려가는 상업용 마차와 우편기수, 그리고 사향주 순찰대 외에는 아무도 만나지 못했다. 그리고 그들마저도 두 사람의 검은 펄크럼 제복을 힐끔거릴 뿐 말을 걸거나 알은척하지 않는다. 분기점에 위치한 향도 거의 없어 물자를 보급하기가 힘들지만 대신에 도로를 따라 지붕이 있는 야영 공간이나 쉼터가 딸린 노변집이 정기적으로 포진해 있다. 시엔은 매일 밤 불 옆에서 벌레를 쫓으며 알라배스터만 물끄러미 쳐다보는 것 말고는 아무 할 일이 없다. 그와 성관계를 맺기도 하지만 그건 고작 몇 분이면 충분하다.

그래서 새롭게 알게 된 이 사실은 몹시 흥미롭다.

"뭐하러 그런 짓을 해요?"

어느 날 호기심에 굴복한 시에나이트가 묻는다. 그가 잔흔들을 잠재우고 있다는 사실을 알게 된 지 사흘째의 일이다. 저녁 식사를 준비하는 중인 지금도 그는 그러고 있다.(저장빵 데운 것과 소고기 한 덩이, 그리고 말린 자두. 냠냠.) 보통 어려운 일이 아닌데 그 와중에 하품도 한다. 조산술을 행하려면 늘 뭔가를 희생해야 한다.

"뭘 해?"

알라배스터가 지표의 여진을 진정시킨 다음, 무료하다는 듯이 모닥불을 나무 막대기로 쿡쿡 찌르며 말한다. 정말 한 대 때려 주고 싶다.

"그거요."

알라배스터의 눈썹이 추켜 올라간다.

"아, 느낄 수 있나 보지?"

"당연하죠. 그렇게 맨날 하고 있는데!"

"여태까진 아무 말도 안 했잖아."

"당신이 뭘 하고 있는지 알아내야 했으니까요?'"

그가 어리둥절한 표정을 짓는다.

"그냥 물어보면 되잖아."

진심으로 저 자식을 죽여 버리고 싶다. 무거운 침묵 속에서 시엔의 생각이 전달되기라도 했는지 알라배스터가 얼굴을 찡그리며 설명한다.

"노드 관리자들에게 쉴 틈을 주는 거다. 잔흔들을 정리하면 짐을 덜어 줄 수 있으니까."

시엔도 노드 관리자들이 무슨 일을 하는지 안다. 제국도로가 유메네스와 구 제국의 속국들을 연결한다면 마찬가지로 노드는 펄크럼과 멀리 떨어져 있는 사향주들을 연결해 그들의 방호 체계가 최대한 널리 미치게 돕는다. 노드는 상급 오로진이 근역의 결함층이나 열점을 억제하기에 적절하다고 선정한 지점에 세운 일종의 감시소다. 대륙 전역에 걸쳐져 있는 이 감시소에는 펄크럼에서 훈련받은 오로진이 상주하는데, 이들의 유일한 임무는 해당 지역의 흔들을 안정시키는 것이다. 적도권에는 다수의 노드들이 조밀하게 세워져 있어 관할 구역이 서로 겹치기 때문에 아주 미세한 흔들조차 거의 발생하지 않는다. 이런 노드 연결망과 그 중앙에 있는 펄크럼의 존재야말로 유메네스가 작금과 같이 발전할 수 있었던 발판이기도 하다. 그러나 적도권에서 벗어나면 우선적으로 인구 밀도가 높은 지역을 보호하기 위해 노드의 관할 범위가 넓어지고, 따라서 연결망 중간에 공백 지대가 발생한다. 광활한 시골 지역에 퍼져 있는 모든 자잘한 농업 또는 채굴 향에 노드를 설치하는 건 효율적이지 못하고(적어도 펄크럼 상급자들의 견해에 따르면 그렇다.) 그런 지역에 거주하는 주민들은 최대한 알아서 살아남아야 한다.

시엔이 아는 사람 중에는 그런 따분한 임무를 맡고 있는 불쌍한 바보가 없지만 여하튼 자신에게 그런 임무가 떨어지지 않아 정말, 아주, 굉장히 기쁘다. 그건 평생 네 반지도 되지 못하는 무능한 오로진에게나 떨어지는 임무다. 강력한 힘을 타고났지만 제어 능력이 없는 이들. 어쨌든 그들은 세상과 단절되어 이름 없이 잊힌 삶을 살고 있긴 해도 다른 수많은 사람들을 구하고 보호하는 일을 하고 있다.

"그런 잔흔들은 노드 관리자한테 맡겨 둬요."

음식이 따뜻하게 데워졌다. 시에나이트는 막대기를 이용해 불 속에서 음식을 꺼낸다. 군침이 절로 돈다. 오늘은 정말 긴 하루였다.

"걔네들도 심심해 죽지 않으려면 할 일이라도 있어야죠."

시엔은 먹을 것에 정신이 팔려 알라배스터에게 그릇을 넘겨줄 때까지 그가 묘하게 조용하다는 사실을 눈치 채지 못한다. 그녀는 그의 표정을 보고 미간을 찌푸린다. 또 저 표정. 저건 증오와 적개심이다. 그리고 이번에는 어느 정도 그녀를 겨냥하고 있다.

"노드에 가 본 적이 없군. 그런 말을 하는 걸 보니."

이건 또 뭔 삭아죽을?

"없죠. 내가 뭐하러 그런 델 가요?"

"그래야 하니까. 로가라면 반드시 거길 가 봐야 한다."

시에나이트는 흠칫 놀란다. 아주 약간이지만. 그가 말한 로가라는 단어 때문에. 펄크럼에서는 그 단어를 입 밖에 내면 벌점을 받기 때문에 거의 들은 적이 없다. 가끔 말을 탄 외부인들이 쏜살같이 옆을 지나며 들으라는 듯이 중얼거리거나, 교관이 없는 자리에서 잔모래들이 허세를 부릴 때나 간혹 들을 수 있다. 그건 추악하고, 가혹하고, 잔인한 말이다. 그 발음조차 귀싸대기를 때리는 느낌을 준다. 하지만 알라배스터는 사람들이 오로진이라고 말하듯이 너무나도 태연하게 그 단어를 말한다.

그러고는 싸늘한 어조로 말을 잇는다.

"내가 뭘 하는지 느낄 수 있다면 너도 할 수 있다."

그 말에 시엔은 한층 더 놀라고, 한층 더 화가 난다.

"지랄땡불할, 내가 왜 잔흔들 같은 거에 신경 써야 하는데요? 그래 봤자……."

순간 시엔은 입을 다문다. 방금 그녀는 당신처럼 지쳐 빠져서 아무 짝에도 쓸모없어질 텐데라고 말하려 했고, 그건 무례한 언행이다. 그러다 문득 깨닫는다. 알라배스터는 이제까지 정말로 지쳐 빠져서 아무 짝에도 쓸모가 없었고 그건 아마도 줄곧 이 일을 했기 때문일 터다.

그가 이렇게 지쳐 나가떨어질 때까지 그 일을 한 건 어쩌면 그 정도로 중요한 일이라서가 아닐까. 그렇다면 싫다고 딱 잘라 말한 건 잘못한 게 아닐까. 어쨌든 오로진이라면 서로 돕고 살아야 하니까. 시에나이트는 한숨을 푹 쉰다.

"알았어요. 깡깡시골에 갇혀서 흔들이나 안정시키는 것 말고는 할 일 없는 불쌍한 애들을 도와주는 것도 나쁘진 않겠죠."

적어도 시간 때우기는 될 것이다.

알라배스터는 아주 약간이지만 안심하는 것 같다. 시에나이트는 그의 얼굴에 미소가 피는 것을 보고는 놀란다. 그는 원래 거의 웃지 않는다. 잠깐. 그의 턱 근육이 아직도 실룩, 실룩, 실룩이고 있다. 뭔진 몰라도 아직 화가 나 있는 게 틀림없다.

"다음 고가도로 분기점에서 이틀 거리에 노드 관리소가 하나 있다."

시엔은 그가 말을 잇기를 기다리지만 알라배스터는 음식이 맛있다기보다는 그저 허기져 있었다는 증거로 만족스러운 신음을 작게 흘릴 뿐이다. 시엔도 배가 고픈 건 마찬가지라 주저 없이 접시에 달려든다. 그러다 문득 눈살을 찌푸린다.

"잠깐. 거기에 가자고요? 그러자는 뜻이에요?"

"그래, 거기로 간다."

알라배스터가 시엔을 응시한다. 부탁이 아니라 명령임을 의미하는 표정이 반짝 스쳐 지나가자, 시엔은 그가 전보다도 더 미워진다.

알라배스터에 대한 시엔의 감정은 너무나도 비이성적이다. 알라배스터는 그녀보다 반지가 여섯 개나 더 많고, 만일 반지가 열 개로 제한되어 있지 않았다면 그보다 격차가 더 많이 벌어졌을 수도 있다. 시엔은 그의 능력에 대한 소문을 들은 적이 있다. 둘이 맞붙기라도 한다면 그는 시엔의 고리를 거꾸로 뒤집어 눈 깜짝할 새에 그녀를 얼려 버릴 것이다. 그것만으로도 시엔은 그에게 살갑게 굴어야 한다. 그의 호감을 살 경우 얻을 수 있는 것들을 위해서라도, 펄크럼에서 높은 자리에 오른다는 자신의 목표를 위해서라도, 시엔은 최소한 그를 좋아하려는 노력이라도 해야 한다.

시엔은 공손하게 굴어 보기도 했고 아첨을 떨어 보기도 했지만 알라배스터에게는 아무것도 통하지 않는다. 그는 시엔이 단념할 때까지 그녀의 의도를 모르는 척하거나 무례하게 대한다. 보통 펄크럼 상급자들이 하급자들에게서 원하는 존경 어린 태도나 소소한 배려도 시도해 봤지만 그건 그를 더 열 받게 할 뿐이다. 그래서 시엔은 지금 화가 잔뜩 나 있고, 이상하게도 그는 지금 이 상태가 가장 마음에 드는 듯하다.

그래서 시엔은, 다른 상급자들에게는 절대로 이러지 않겠지만 신경질적으로 대꾸한다.

"시키는 대로 합죠."

그러고는 남은 시간 내내 부루퉁하고 반항적인 기색을 내뿜는다.

잠자리에 들었을 때, 시엔은 여느 때처럼 그에게 손을 뻗지만 알라배스터는 등을 돌려 눕는다.

"꼭 해야 한다면 아침에 하자. 그러고 보니 달거리를 할 때가 되지 않았니?"

세상천지 바보가 된 느낌이다. 그가 시엔만큼이나 관계를 맺는 걸 싫어한다는 건 별문제가 안 된다. 하지만 그가 쉴 기회를 고대하고 있다는 건 충격적이다. 심지어 자신은 날짜를 세고 있지도 않았다. 시엔은 그제야 대충 머릿속으로 계산을 해 보지만 지난달 달거리를 언제 시작했는지 정확한 날짜가 기억나지 않⋯⋯ 그렇다. 시작할 날이 벌써 지났다.

놀란 시엔이 할 말을 잃자 알라배스터가 반쯤 잠든 중에 한숨을 내쉰다.

"달거리가 좀 늦는다고 너무 신경 쓸 필요 없다. 몸이 여행에 익숙하지 않아 힘들어서 그럴 수도 있어." 그가 하품을 쩍 한다. "그럼 아침으로 미루자꾸나."

그들은 아침에 성교를 한다. 이 단어 말고는 달리 표현할 길이 없다. 재미도 없고 따분하니 음란하지도 않고, 굳이 완곡하게 돌려 표현할 만큼의 친밀감도 없으니 완곡어법도 어울리지 않는다. 둘 사이에 그것은 말을 타기 전에 하는 준비운동처럼 의무적인 행위다. 다만 이번에는 평소보다 약간 더 활기차긴 하다. 그가 간밤에 휴식을 취한 덕분이다. 시엔은 하마터면 거의 즐길 뻔했고, 그는 사정을 할 때 신음을 낸다. 하지만 그게 다다. 할 일을 마친 후 알라배스터가 누워 있는 동안 시엔은 잠자리에서 일어나 불 옆에서 간단히 몸을 씻는다. 모든 게 너무 익숙한 절차라 그가 불쑥 말을 걸었을 때에는 화들짝 놀랐다.

"왜 나를 싫어하지?"

시엔은 거짓말을 할까 잠시 고민한다. 여기가 펄크럼이라면 그녀는 두 번 생각하지 않고 거짓말을 했을 것이다. 알라배스터가 다른 상급자처럼 예의범절에 집착하고 펄크럼 오로진이라면 언제나 훌륭하게 처신해야 한다고 읊어 대는 사람이라면 기꺼이 거짓말을 했을 것이다. 하지만 알라배스터는 설사 무례하더라도 정직하고 솔직한 걸 좋아한다. 그래서 그녀는 한숨을 내쉬고 대답한다.

"그냥요."

알라배스터가 몸을 돌려 똑바로 누워 하늘을 바라본다. 대화가 끝났나 보다 생각한 참에 그가 또 말을 건다.

"나는 네가 나를 싫어하는 이유가…… 네가 싫어할 수 있는 사람이라서 그런 줄 알았다. 지금 당장 옆에 있는 사람이라서 말이야. 하지만 네가 정말로 싫어하는 건 이 세상이구나."

그 말에 시엔은 대야에 수건을 집어 던지고 그를 매섭게 쏘아본다.

"세상은 당신처럼 허튼소리는 안 하는데요."

"나는 아첨꾼을 가르치는 데에는 관심 없어. 내 옆에 있을 땐 진짜 네 모습이 되길 바라지. 그런데 그때마다 너는 내게 호의적인 말을 단 한 마디도 않더구나. 내가 너를 얼마나 호의적으로 대하든 말이야."

그런 식으로 말하니 조금 죄책감이 든다.

"내가 세상을 싫어한다는 건 무슨 소리예요?"

"너는 우리가 살아가는 방식을 싫어해. 세상이 우리를 이렇게 살게 만들었지. 펄크럼의 소유가 되거나, 잘못해서 발각당하면 개새끼처럼 쫓겨 사냥당하거나. 아니면 괴물이 되어 다른 것들을 전부 죽여 버리거나. 펄크럼 안에서도 우리는 항상 그들이 우리에게서 무엇을 바라는지 눈치를 봐야 한다. 우린 절대로…… 우리 자신으로 존재할 수 없어." 그가 두 눈을 지그시 감으며 무거운 한숨을 내쉰다. "분명히 더 좋은 방법이 있을 텐데."

"그런 건 없어요."

"아니, 있을 거다. 산제가 여러 번의 계절을 살아남은 최초의 제국일 리가 없어. 다른 삶의 방식이 존재했다는 것, 그만큼 강인한 사람들이 존재했다는 증거는 어디에나 있다."

알라배스터는 고가도로와 주위에 펼쳐진 풍경을 넓게 손짓한다. 그들은 지금 동부 대삼림에 있다. 눈길이 미치는 곳에는 전부 하늘을 찌를 듯이 높게 솟은 수목림뿐이다. 다만……

다만, 시엔은 지평선 가장자리에서 뭔가를 발견한다. 금속으로 만든 손의 뼈대처럼 나무 꼭대기 위로 삐죽 내밀고 있는 것. 옛 문명의 폐허. 여기서 이렇게 보일 정도면 어마어마하게 크겠지.

"우리는 아이들에게 돌의 가르침을 가르친다." 알라배스터가 윗

몸을 일으켜 세우며 말한다. "하지만 그 전에 있었던 것들, 어쩌면 효과가 있었을지도 모르는 다른 것들에 대해서는 기억하지 않지."

"왜냐하면 그건 전부 쓸모 없었으니까요. 그런 걸 시도한 사람들은 죽었어요. 우린 아직 살아 있고요. 그러니까 우리 방식이 옳고, 그 사람들은 틀렸던 거예요."

알라배스터는 시엔에게 네가 얼마나 멍청한지 말하는 것 자체가 시간낭비다 정도로 해석할 수 있을 눈빛을 던진다. 아마 이런 식으로 표현하려는 의도는 아니었겠지만. 하지만 그가 옳다. 시엔은 그가 마음에 안 들어서 반항하는 것뿐이다.

"네가 펄크럼에서 받은 교육밖에 모른다는 건 알지만, 제발 그 머리로 생각이라는 걸 해 보지 않으련? 생존은 옳은 게 아니다. 난 지금 당장 널 죽여 버릴 수도 있지만 그렇다고 내가 너보다 나은 건 아니지."

거야 그렇지만 그래 봤자 시엔에게 뭐가 달라지는 것도 아니지 않은가. 그리고 시엔은 알라배스터가 잘 알지도 못하면서 그녀의 약점을 아는 체하는 게 싫다. 물론 그의 판단이 전적으로 옳긴 해도.

"알았어요." 시엔은 일어나서 옷을 입기 시작한다. 윗옷을 머리 위에 뒤집어쓰고 밑으로 잡아당긴다. "그럼 다른 방법이 뭐가 있는지 말해 봐요."

알라배스터는 한참 동안 아무 말도 않는다. 그녀가 몸을 돌려 쳐다보자 그제야 쭈뼛거리며 입을 연다.

"일단……." 억지로 문장을 밀어내듯이. "오로진이 주체적으로 결정권을 가질 수도 있겠지."

시엔은 웃음을 터트릴 뻔한다.

"그렇게 되면 10분도 안 돼서 고요에 있는 수호자들이 전부 나타나 우리를 두들겨 팰걸요. 대륙의 절반이 그걸 보고 환호할 거고요."

"사람들이 우리를 죽이는 건 돌의 가르침이 우리가 사악하고 불길한 존재라고 가르치기 때문이야. 아버지 대지의 수족, 인간이라 부를 수 없는 괴물들."

"하지만 돌의 가르침을 바꿀 순 없잖아요."

"돌의 가르침은 항상 바뀐다, 시에나이트." 알라배스터는 그녀의 이름을 자주 부르지 않는다. 그래서 그녀는 그의 말에 귀를 기울인다. "새로운 문명이 일어설 때마다 새로운 내용이 보태지고 당대인들에게 중요하지 않는 내용은 잊히지. 그래서 두 번째 석판에 손상된 부분이 그렇게 많은 거야. 누군가 과거의 어느 시점에서 그 부분이 중요하지 않거나 잘못됐다고 생각해서 별로 신경 쓰지 않은 거지. 아니면 고의로 지우려고 했을 수도 있고. 그래서 초기 기록물 중에 똑같은 방식으로 훼손된 내용이 그리도 많은 거다. 예전에 고하학자(考何學者)들이 타피타 고원에 있는 죽은 도시 중 하나에서 고대 석판을 발견한 적이 있지. 다음 세대에게 전달할 돌의 가르침을 따로 기록해 뒀던 거야. 그렇지만 거기 적힌 내용은 우리가 학교에서 배운 것과는 아주 많이 달랐어. 돌의 가르침을 바꾸거나 수정하지 말라는 경고는 비교적 최근에 덧붙여진 부분이다."

시엔은 전혀 몰랐던 사실이다. 그녀는 눈살을 찌푸린다. 알라배스터의 말을 믿고 싶지 않아서인지 아니면 그에 대한 탐탁지 않은 마음이 새어 나온 것인지. 하지만…… 돌의 가르침은 인류의 지성

만큼이나 오랫동안 전해 내려온 것이다. 인류가 수많은 다섯 번째 계절을 버티고 생존할 수 있게 해 주었고, 세상이 춥고 어두워졌을 때도 서로 뭉치고 보살필 수 있게 도와주었다. 전승가들은 늘 정치 지도자나 철학자, 오지랖 넓은 간섭쟁이 들이 돌의 가르침을 수정하려고 할 때마다 어떤 일이 일어났는지 들려주곤 한다. 그것은 필연적으로 대참사를 불러온다.

그래서 시에나이트는 믿지 않는다.

"타피타 석판에 관한 이야기는 어디서 들었어요?"

"난 펄크럼 바깥세상을 20년이나 돌아다녔다. 밖에도 친구들이 많지."

오로진과 가까이 지내는 친구들이라고? 그런 야사(野史)를 들려주는? 말도 안 되는 소리. 하지만……

"그렇다고 쳐요. 그럼 돌의 가르침을 어떻게 바꿀……."

시엔은 주변 지층에 대해 깜박 잊고 있었다. 인정하고 싶진 않지만 이 논쟁에 생각보다 깊이 몰두해 있었기 때문이다. 하지만 알라배스터는 시엔과 대화를 나누는 중에도 꾸준히 잔흔들을 진정시키고 있다. 게다가 그는 열 반지의 소유자다. 그래서 그가 불현듯 숨을 날카롭게 들이켜며 누가 줄로 잡아당기기라도 한 것처럼 벌떡 일어나 서쪽 지평선을 쳐다보는 건 그리 이상한 일이 아니다. 시에나이트는 얼굴을 찡그린 채 그의 시선을 좇는다. 고가도로 한쪽에 있는 숲은 곳곳에 나무를 베어 낸 빈 터가 있고 두 개의 저가도로가 가로지르고 있다. 죽은 문명의 잔해가 또 하나 눈에 들어온다. 무너진 돌 무더기에 가까운 둥근 지붕의 건물. 장벽에 둘러싸여 있는 작은 향도 서너 개쯤 보인다. 하지만 시엔은 그가 왜……

그리고 그때, 시엔도 보닌다. 빌어먹을 대지여, 커다란 흔들이다! 최소한 진도 8, 아니면 9도는 될 법하다. 아니, 그보다도 더 크다. 여기서 300킬로미터쯤 떨어진 메히라는 작은 도시 외곽에 열점이 있긴 하지만 그게 분출할 리는 없다. 메히는 적도권 가장자리에 있고, 다시 말해 촘촘한 노드 연결망 속에서 안전하게 보호받고 있기 때문이다. 그런데 어째서……

이유는 중요하지 않다. 시엔은 고가도로 주변의 땅이 요동치고 수목이 들썩거리는 것을 본다. 뭔가 잘못됐다. 연결망이 붕괴해 메히 아래의 열점이 지표면을 향해 부풀어 오르고 있다. 심지어 여기서조차 그 육중한 힘을 느낄 수 있을 정도다. 입안에 쓰고 오래된 쇠맛이 느껴지고 손톱과 살이 만나는 부위가 근질거린다. 세상에서 가장 무딘 둔치들도 느낄 수 있을 터다. 연달아 몰아치는 진동이 식탁 위에 놓인 접시를 뒤집고 나이 든 이들은 숨을 멈추고 머리를 부여잡을 것이며 갓난아기들은 갑자기 울음을 터트릴 것이다. 지금 이 열점의 용승(湧昇)을 멈추지 못한다면 화산이 분출하는 순간 둔치들은 이보다 더 처참한 충격을 느끼게 될 것이다.

"이게 뭐……."

고개를 돌려 알라배스터를 본 시에나이트는 놀라서 할 말을 잃는다. 그는 두 손과 무릎으로 쓰러져 바닥을 짚은 채 목구멍에서 그르렁거리는 소리를 내고 있다.

찰나의 시간이 지난 뒤, 그녀는 느낀다. 순수한 조산력의 파동이 고가도로의 기둥을 타고 내려가 지표면의 성긴 편암 사이로 스며든다. 물리적으로 실존하는 힘이 아니라 알라배스터의 의지와 그것이 만들어 낸 작용력일 따름이지만 시엔은 그의 조산력이 거세게 용솟음치고 있는 머나먼 진원(震源)을 향해, 그녀의 능력과는 비교도 안 될 만큼 전광석화 같은 속도로 달려가는 것을 지켜본다.

그리고 무슨 일이 일어난 건지 미처 깨닫기도 전에 알라배스터가 시엔을 붙잡는다. 이런 건 한 번도 경험해 본 적이 없다. 시엔은 자신이, 자신의 조산력이 대지와 연결되어 있는 것을 느낀다. 그리고 다음 순간 갑자기 의식이 잡혀 끌려가더니 누군가 다른 이가 그녀의 능력을 휘두르기 시작하고, 오, 그녀는 매 순간순간이 불쾌하다. 그러나 시엔이 힘을 다시 제 것으로 만들려 하자 타는 듯한 아픔이 엄습하고, 현실 세계에서 비명을 지르며 바닥에 무릎을 대고 쓰러진다. 이게 도대체 무슨 일인지 알 수가 없다. 알라배스터가 무슨 재주를 부렸는지 두 사람을 연결해 그녀의 힘으로 자신의 능력을 증폭시키고 있는데, 시엔은 아무 저항도 할 수가 없다.

두 사람은 함께, 나란히, 대지 속으로 추락한다. 펄펄 끓는 거대한 죽음의 우물 속으로, 빙글빙글 회전하며 하염없이 떨어진다. 여기는 열점이다. 어마무시하게 큰 열점이다. 수 킬로미터는 족이 되어 보이고 산보다도 더 거대하다. 알라배스터가 무언가를 하자 뭔가가 빠른 속도로 날아간다. 갑작스러운 통증에 시에나이트가 비명을 지르지만 통증은 즉시 사라진다. 방향을 돌려 딴 곳으로 빗겨간다. 그가 똑같은 일을 한 번 더 반복한다. 그제야 시엔은 알라배스터가 무엇을 하고 있는지 알아차린다. 그는 그녀를 열점의 열기와 압력과 마그마의 폭주로부터 보호하고 있다. 그에게 그런 것들은 아무 문제도 되지 않는다. 왜냐하면 그는 이미 열기와 압력과 마그마와 하나가 되어 있기 때문이다. 여태껏 시엔은 안정적인 지층에 있는 작은 마그마굄 정도밖에 손을 대 본 적이 없는데, 그게 모닥불이었다면 지금 그녀가 보고 있는 건 거대한 화염 폭풍이다. 시엔에게는 이 엄청난 존재에 대적할 힘이 없다. 그래서 그는 시엔의 능력을 이용하면서 동시에 그녀가 감당할 수 없는 힘을 휘고 구부려 그녀의 의식을 잡아먹기 전에 다른 곳으로 흘려보내고…… 그리고…… 솔직히 시엔은 그다음엔 어떻게 될지 모르겠다. 펄크럼은 오로진에게 능력의 한계를 시험하지 말라고 가르칠 뿐 그 결과에 대해서는 알려 주지 않는다.

시에나이트가 생각을 정리하기도 전에, 그에게서 달아날 수 없다면 그를 도와주기로 결심하기도 전에, 알라배스터가 뭔가 다른 일을 한다. 강하고 묵직한 압력이 뭔가를 강타하자 구멍이 뚫린다. 지상으로 탈출하려고 몸부림치던 마그마굄의 압력이 감소하기 시작한다. 알라배스터는 불구덩이 속에서 난폭하게 춤추는 마그마를 잡아 끌어당겨 아직도 부르르 떨고 있는 땅속으로 밀어 넣고, 여기서부터는 시엔도 무엇을 해야 하는지 안다. 왜냐하면 이제 남은 것은 단순한 흔들뿐, 아버지 대지의 노여움의 현신은 사라졌기 때문이다. 그때 눈 깜짝할 사이에 뭔가가 바뀌더니 그의 힘이 그녀의 손으로 넘어온다. 아, 이토록 크고 강대한 힘이라니. 대지여, 그는 괴물이다. 하지만 이제 남은 일은 간단하다. 주름을 펴고 갈라진 틈을 닫고 땅이 약해진 곳에 다시 결함층이 생기지 않게 끊어지고 부서진 지층을 두껍게 겹치고 다진다. 시엔은 이전이라면 보지 못했을 지표면 위의 뚜렷한 홈을 보닐 수 있다. 상처를 매끈하게 다듬은 다음 예전에는 불가능했던 수준의 정확한 솜씨와 집중력으로 대지의 피부를 닫고 봉합한다. 열점은 평소처럼 조용하게 웅크린 상태로 돌아가고, 위험은 지나간다. 마침내 제 몸으로 돌아왔을 때 시엔은 바닥에 쓰러져 몸을 공처럼 둥글게 말고 있는 알라배스터를 발견한다. 두 오로진의 주위에는 이미 수증기로 화한 차가운 서리 자국이 그을음처럼 둥글게 남아 있다.

시엔은 바닥에 손과 무릎을 짚은 채 부들부들 떨고 있다. 몸을 움직이려 해 보지만 바닥에 얼굴을 처박지 않고 버티는 정도가 고작이다. 팔꿈치가 파들거린다. 하지만 마침내, 그녀는 해낸다. 엉금엉금 조금씩 기어 알라배스터에게 다가간다. 그는 꼭 죽은 사람 같다. 팔을 만져 보니 힘이 빠져 흐물거리는 게 아니라 경련을 일으켜 단단하게 굳은 근육이 느껴진다. 시엔은 그게 좋은 신호라고 생각한다. 팔을 붙잡고 조금 더 가까이 다가가 보니 커다랗게 뜬 두 눈이 허공을 응시하고 있다. 생명이 빠져 나간 텅 빈 눈이 아니라 순수한 충격과 경악에 찬 눈이다.

"헤시오나이트가 말한 대로야."

알라배스터가 갑자기 중얼거린다. 그가 의식이 있을 거라곤 상상도 못 했던 시엔은 소스라치게 놀란다.

끝내주는군. 어딘지도 모를 고가도로 한복판에서 자신의 의지에 반해 남에게 조산력을 빼앗겨 이용당한 끝에 반죽음 상태가 됐는데, 그나마 도움을 청할 사람이라고는 애초에 그 짓을 저지른 터무니없게 강력하고 정신 나간 머저리뿐이라니. 어떻게든 빨리 정신을 추스른 다음에 방금 있었던 일을……

아니, 솔직히 말하자면 시에나이트는 방금 무슨 일이 있었는지 전혀 모르겠다. 있을 수가 없는 일이니까. 지진은 이런 식으로 갑자기 일어나지 않는다. 영겁의 세월 동안 존재했던 열점은 이런 식으로 갑자기 분출하지 않는다. 무언가가 폭발을 야기한 것이다. 어디선가 지각판이 이동했다거나 어디선가 화산이 분출했다거나, 아니면 열 반지가 발작을 일으켰다거나……. 하지만 그토록 강력한 원인이 있었다면 시엔 정도의 오로진이라면 충분히 보니고도 남았을 것이다. 알라배스터의 놀란 숨소리 말고도 다른 전조를 느낄 수 있어야 했다.

그리고 방금 알라배스터가 한 그 삭아죽을 짓은 대체 뭐란 말인가? 시에나이트는 이해할 수가 없다. 오로진은 힘을 합쳐 조산술을 행할 수가 없다. 그건 이미 오래전에 증명된 사실이다. 두 명의 오로진이 하나의 지진에 동일한 영향력을 미치려고 시도한다면 둘 중 더 강하고 정확한 통제력을 지닌 사람이 우선권을 갖게 된다. 약한 자는 계속 시도할 수는 있지만 결과적으로 두 사람의 힘을 전부 소진시켜 버리거나 아니면 더 강한 오로진이 고리를 침범해 두 사람은 물론 주변인들까지 전부 얼려 버릴 수 있다. 상급 오로진이 펄크럼을 운영하는 것도 이런 이유에서다. 경험이 더 풍부해서가 아니라 반항하는 이들을 언제든 죽여 버릴 수 있기 때문이다.(금지되어 있긴 해도.) 열 반지가 선택권을 가질 수 있는 것도 그 때문이다. 아무도 그들에게 싫은 것을 억지로 강요할 수 없다. 물론 수호자는 예외지만.

하지만 방금 알라배스터가 한 일은 말로 설명하긴 어려워도 의심의 여지가 없다.

삭아처죽을. 시에나이트는 자세를 고쳐 앉다 옆으로 풀썩 쓰러진다. 어그러진 세상이 눈앞에서 핑글핑글 돌아간다. 시엔은 접어 올린 무릎 위에 팔을 얹고 머리를 내려놓는다. 그들은 오늘 아무 데도 가지 못했고, 아무 데도 가지 못할 것이다. 시엔은 말을 탈 기력이 없고 알라배스터는 침낭에서 빠져나올 힘도 없어 보인다. 심지어 그는 아직 옷도 안 입은 상태다. 몸을 둥글게 말고 벌거벗은 엉덩이를 하늘로 치켜든 채 바들바들 떨고 있으니 아무 도움이 안 된다.

그러니 일어나서 봇짐을 뒤져 멜라를 찾아내는 건 시엔의 몫이다. 멜라는 껍질이 단단한 작은 멜론인데 계절이 오면 땅속으로 파고들어 땅 밑에서 열매를 맺는다. 어쨌든 지하학자들 말로는 그렇다. 시엔은 간밤에 모닥불을 피웠던 자리로 멜라를 굴려 간다. 불을 끄지 않은 게 얼마나 다행인지 모르겠다. 불쏘시개도 땔감도 없지만 멜라를 익히는 데에는 깜부기불만으로도 충분하니까 몇 시간 뒤면 저녁을 먹을 수 있을 거다. 시엔은 여물을 꺼내 말에게 던져주고 목을 축일 수 있게 천주머니에 물도 부어 준다. 도로 위에 수북이 쌓인 말똥 무더기를 보고는 길 옆으로 치워야 할까 잠시 고민한다.

그런 다음 시에나이트는 다시 침낭 속으로 기어 들어간다. 다행히도 물기는 벌써 말라 있다. 알라배스터의 등에 기대 눕자 정신이 가물가물해진다. 하지만 잠은 오지 않는다. 열점이 오므라드는 순간 땅이 미세하게 뒤틀리던 느낌이 아직도 보님기관 위를 희미하게 떠돌고 있어 긴장이 풀리지가 않는다. 그래도 가만히 누워 있는 것만으로 조금이나마 피로가 풀리는 것 같고, 서서히 마음이 고요해지고, 어느 순간 서늘한 기운에 퍼뜩 정신을 차리고 보니 해가 지고 있다.

시엔은 멍하니 눈을 깜박이다 자신이 알라배스터의 등을 껴안고 있다는 걸 깨닫는다. 그는 아직도 몸을 웅크리고 있다. 하지만 눈은 감겨 있고 몸의 근육도 부드럽다. 시엔이 일어나 앉자 그도 몸을 뒤척이는가 싶더니 윗몸을 일으켜 세운다.

"노드 관리소에 가야겠다."

알라배스터가 불쑥 갈라진 목소리로 말한다. 이젠 별로 놀랍지도 않다.

"안 돼요." 짜증을 내기에도 지친다. 시엔은 겉으로나마 예의를 차리려는 노력과 허식을 전부 내팽개친다. "몸 상태도 이런데 한밤중에 말을 탄다고요? 땔감으로 쓸 이탄도 떨어졌고 다른 물자도 전부 바닥났어요. 가까운 마을에서 물자 보급부터 해야 한다고요. 그리고 지금 나더러 삭아빠질 노드에 가라고 명령할 거면 차라리 나중에 명령 불복종으로 회부하지그래요?"

이제껏 한 번도 명령을 거부한 적이 없기 때문에 무슨 벌을 받을지는 모르겠지만 알 게 뭔가.

알라배스터가 길게 신음하더니 손바닥으로 이마를 꾹꾹 누른다. 두통을 없애고 싶은 건지 아니면 머릿속으로 더 깊숙이 밀어 넣고 싶은 건지 모르겠다. 그러고는 지난번처럼 시엔이 알아들을 수 없는 언어로 욕지거리를 내뱉는다. 어디 말인지는 몰라도 해안가에서 사용하는 혼성어라는 건 알겠다. 그가 펄크럼에서 나고 자란 오로진이라는 걸 생각하면 이상한 일이다. 하지만 문득 어린 알라배스터가 잔모래가 되기 전까지 키워 준 사람이 있었을 거라는 데 생각이 미친다. 동부해안인들이 알라배스터처럼 피부색이 짙다고 들은 적이 있다. 어쩌면 알리아에서도 저 언어를 쓸지도 모른다.

"네가 가지 않겠다면 나 혼자라도 가겠다."

이윽고 알라배스터가 산제어로 단호하게 내뱉는다. 그러고는 진심이라는 듯이 벌떡 일어나 옷을 찾아 꿰어 입기 시작한다. 시에나이트는 그를 물끄러미 쳐다본다. 알라배스터는 온몸의 경련이 너무 심해 지금 제대로 서 있지도 못한다. 저 상태로 말을 탔다간 얼마 가지도 못해 낙마할 게 뻔하다.

"저기요." 시에나이트가 말을 걸어도 알라배스터는 못 들은 척 여장을 꾸릴 뿐이다. "이봐요!"

그가 흠칫 놀라더니 고개를 돌려 시엔을 쳐다본다. 시엔은 그가 정말로 자신의 말을 듣지 못했음을 깨닫는다. 다른 것에 귀를 기울이고 있었기 때문이다. 대지의 소리, 자신의 내면에서 울부짖는 소리. 뭔지 누가 알겠는가.

"가면 죽을 거예요."

"상관없어."

"정말이지……." 시엔은 일어나 그에게 다가가, 막 안장을 집어 든 그의 팔을 잡아챈다. "멍청한 짓 하지 말아요. 당신 절대로……."

"나한테 이래라저래라 하지 마라."

시엔의 손 안에 잡혀 있던 팔이 접히고, 알라배스터가 얼굴을 바짝 들이대며 으르렁거린다. 깜짝 놀란 시엔은 화들짝 몸을 뒤로 젖히지만…… 그의 핏발 선 흰자위와 광기로 번들대는 확장된 동공이 눈에 들어온다. 뭔가 잘못됐다.

"넌 수호자가 아니다. 넌 나한테 명령할 권리가 없어."

"당신 미쳤어요?"

알라배스터를 만나고 처음으로 시엔은…… 불안하다. 그는 너무나도 쉽게 그녀의 능력을 제 것으로 만들었고, 그런 게 어떻게 가능한지 시엔으로서는 짐작도 가지 않는다. 워낙 말라빠져서 주먹다짐을 하면 어렵지 않게 때려눕힐 수 있을 것 같지만 시엔이 주먹을 날리자마자 그는 그녀를 얼려 버릴 것이다.

알라배스터는 바보가 아니다. 그러니 그녀는 그를 설득해야 한다.

"좋아요, 같이 갈게요." 시에나이트가 결심한 듯 말하자 알라배스터가 너무나도 안도한 표정을 지어서, 시엔은 방금 그에게 불손한 생각을 품은 데 대해 약간의 죄책감마저 든다. "하지만 동이 튼 후에 갈 거예요. 깜깜한 산중에 발을 헛디뎌서 우리들 목이든 말 다리든 부러뜨리고 싶진 않으니까요. 내 말 알아듣겠어요?"

알라배스터의 얼굴이 고뇌로 일그러진다.

"그때까지 기다릴 순 없……."

"우린 벌써 하루 종일 잤다고요. 게다가 거기까지 이틀이나 걸린다면서요. 대책 없이 서두르다가 말이라도 잃으면 얼마나 더 걸릴지 누가 알아요?"

그 말에 알라배스터가 어깨를 움찔한다. 느릿하게 두 눈을 끔벅이더니 비통한 신음을 흘리며 비칠비칠 뒷걸음질 친다. 세상은 온통 붉은색이다. 태양이 지평선 너머로 사라지고 있다. 알라배스터의 등 뒤로 저 멀리 높다랗게 솟아 있는 원통형의 바위기둥이 보인다. 그게 자연물이 아니라는 건 한눈에 알아볼 수 있다. 오로진이 땅을 밀어내 만들었거나 아니면 주변 환경에 자연스럽게 녹아든 고대 문명의 흔적일 것이다. 알라배스터는 그 낡은 유적을 등진 채 마치 늑대처럼 처량하게 울부짖고 싶기라도 한 표정으로 하늘을 노려보고 있다. 그의 손이 초조하게 쥐였다 풀렸다를 반복한다.

"노드." 마침내 알라배스터가 말한다.

"그게 왜요?"

시에나이트는 그가 자신의 목소리에 담긴 저 정신 나간 인간의 비위를 맞춰 줘야겠지를 눈치 채지 못하게 일부러 발음을 길게 뺀다.

알라배스터가 망설이며 숨을 크게 들이켠다. 그러고는 한 번 더.

"흔들과 불꽝이 그런 식으로 급작스럽게 발생하지 않는다는 건 너도 알지. 그 흔들을 일으킨 것, 열점의 평형을 깨트린 충격은 바로 노드에서 일어났어."

"그런 걸 어떻게……." 그래, 알라배스터라면 그러고도 남는다. 그는 열 반지니까. 다음 순간 시엔은 그 말의 의미를 깨닫는다. "잠깐만요. 그러니까 지금 노드 관리자가 그걸 일으켰단 뜻이에요?"

"그래." 알라배스터가 주먹 쥔 손에 힘을 주며 그녀를 향해 고개를 돌린다. "이제 내가 왜 노드에 가려고 하는지 알겠지?"

시에나이트는 멍청하게 고개를 주억거린다. 그렇다. 그녀는 이해한다. 오로진이 의도적으로 초화산을 촉발시켰다면 그의 고리 역시 마을 하나를 통째로 집어삼킬 정도로 거대했을 것이다. 그녀는 무심코 산림 저편 노드가 있는 곳을 향해 시선을 돌린다. 여기서는 아무것도 보이지 않지만 저 너머 어디선가에서 펄크럼 오로진이 수 킬로미터 반경에 존재하는 모든 생명체를 하나도 남김없이 쓸어 버렸을 것이다.

하지만 그보다도 더 중요한 의문이 있다. 도대체 왜?

"좋아." 알라배스터가 불쑥 내뱉는다. "내일 아침 동이 트자마자 떠난다. 전속력으로 달릴 거야. 보통은 이틀 거리지만 말을 최대한 빨리 달리면……." 시엔이 딴지를 걸려는 듯이 입술을 달싹이지만, 알라배스터는 마치 귀신이라도 씐 사람처럼 속사포처럼 말을 끝낸다. "열심히 채찍질하고 동이 트기 전에 출발하면 밤중엔 도착할 수 있을 거다."

이 정도면 그도 최대한 양보한 거겠지.

"그럼 새벽에 떠나요."

시에나이트는 머리를 긁적인다. 두피에 먼지와 모래가 쌓여 간지럽고 텁텁하다. 벌써 사흘이나 머리를 감지 못했다. 원래 두 사람은 내일 중간 크기의 항인 아데아 하이츠에 들를 예정이었다. 그러니 오랜만에 여관에 묵자고 강력하게 우길 생각이었지만…… 하지만 알라배스터가 옳다. 그들은 노드에 가야 한다.

"하지만 그전에 개울이나 노변집에 들러야 해요. 말한테 먹일 물이 떨어졌거든요."

알라배스터는 욕구를 충족시켜야 하는 육신의 나약함이 짜증난다는 듯이 탄식하지만 하는 수 없이 굴복한다.

"알았다."

그는 꺼진 불 옆에 쪼그려 앉아 차갑게 식은 멜라를 꺼내 쪼갠 다음 손가락으로 파서 기계적으로 씹기 시작한다. 맛을 느끼는 것이 아니라 그저 체력을 유지하기 위한 의무적인 행동이다. 시엔도 옆에 앉아 하나를 집어 든다. 그렇게 평화로운 침묵 속에서 남은 시간이 흘러간다.

다음 날(이라기보다는 그날 밤 늦게라고 해야 할지도) 그들은 말에 안장을 얹고 구불구불 휘어진 도로를 조심스레 달리기 시작하고 얼마 후에는 고가도로에서 벗어나 지상으로 내려간다. 저가도로에 이르렀을 즈음에는 해가 지평선 위로 완연히 떠올라 있다. 선두에 선 알라배스터는 말을 구보로 채근하다가도 가끔은 너무 지치지 않게 속도를 늦춰 걷게 한다. 시엔은 내심 감탄한다. 그가 마음만 급해 무조건 말을 다그치다 죽일지도 모른다고 생각했기 때문이다. 하지만 그는 그렇게 멍청하지 않다. 잔인한 사람도 아니고.

두 사람은 고가도로에 비해 행인도 많고 갈림길도 많은 저가도로를 따라 꽤 오랫동안 달린다. 중간에 가벼운 짐마차와 여행객, 지역 민병대를 지나치기도 했지만 시엔과 알라배스터가 시야에 들어오자 모두가 황급히 옆으로 비켜서며 길을 내준다. 시엔은 웃기는 일이라고 생각한다. 평소라면 오로진의 검은 옷을 보자마자 꺼림칙해하거나 멀리 피했을 것이다. 오로진을 좋아하는 사람은 없으니까. 하지만 오늘은 다들 열점이 폭발할 뻔한 일을 느꼈는지 열성적으로 두 사람의 앞길을 비워 주고, 심지어 얼굴에는 안도감과 기대감이 깃들어 있다. 펄크럼이 우리를 구해 줄 거야. 시엔은 큰 소리로 그들을 비웃고 싶다.

밤이 되자 말을 세우고 몇 시간쯤 눈을 붙인 다음 새벽녘에 다시 길을 재촉한다. 마침내 노드 관리소가 모습을 드러냈을 즈음에는 아직도 사방이 깜깜하다. 노드 관리소는 야트막한 두 언덕 사이 굴곡진 길 꼭대기에 자리 잡고 있다. 흙먼지로 뒤덮인 샛길에는 겨우 문명의 흔적이라고 할 수 있을 법한 오래되고 금 간 아스팔트가 깔려 있다. 관리소의 행색도 겨우 구색을 맞춘 정도다. 여기까지 오는 길에 지나친 열 개가 넘는 향들은 각각 다양하고 독특한 건축 양식을 뽐내고 있었다. 근방에 구할 수 있는 건축 재료를 총동원하거나 부유하고 영향력 있는 향에서 유행하는 양식을 모방하거나, 유메네스의 건물들을 조잡하게 흉내 낸 곳도 있었다. 그러나 이 노드 관리소는 전형적인 구 제국의 유산이다. 붉은색의 스코리아[火山岩滓] 벽돌을 쌓아 올린 높고 널찍한 방벽 안쪽에는 작은 피라미드 건물 세 채와 가장 큰 중앙 피라미드 건물이 서 있다. 문은 쇠와 비슷한 금속으로 만들어져 있다. 시엔은 얼굴을 찡그린다. 뭔가를 철저하게 보호하고 방어하고 싶다면 문을 금속으로 만들어선 안 된다. 하지만 노드 관리소에는 여기 상주하는 오로진과 그를 돌보는 직원들뿐이다. 심지어 노드에는 비축고도 없어서 모든 생필품을 인근 향에서 정기적으로 찾아오는 보급 상인들에게 의존한다. 어차피 노드 관리소의 방벽 안쪽에서 뭔가를 훔쳐 갈 사람도 없다.

알라배스터가 문에 다다르기도 전에 갑자기 말고삐를 확 잡아채는 바람에 시엔도 같이 기겁한다.

"왜 그래요?"

"왜 아무도 안 나오지?" 그가 혼잣말처럼 중얼거린다. "문 안쪽에 움직임이 없다. 소리도 안 나고. 너는 들리니?"

시엔의 귀에 들리는 것은 정적뿐이다.

"여기 몇 명이나 있는데요? 관리자와 수호자, 그리고 또……."

"노드 관리자에게는 수호자가 필요 없다. 대개는 관리자를 보호하기 위해 여섯에서 열 명 정도의 제국 병사들이 주둔하고 있지. 요리사처럼 가사를 돌보는 직원도 있고, 또 항상 한 명 이상의 의사가 상주한다."

몇 안 되는 문장에 의아한 점이 너무 많다. 오로진에게 수호자가 필요 없어? 노드 관리자는 네 반지 이하다. 반지의 수가 적은 오로진은 수호자, 아니면 최소한 상급자를 동반하지 않으면 펄크럼 밖으로 나갈 수 없다. 병사들을 배치한 이유는 시엔도 이해할 수 있다. 미신을 믿는 지역 주민들이 펄크럼 오로진과 다른 오로진을 구분하지 못하는 경우가 왕왕 있으니까. 하지만 의사는 왜 필요하지?

상관없다.

"다 죽었을 거예요."

하지만 그렇게 말하는 시엔도 당혹스럽다. 이 주변 숲은 전부 다 죽었어야 한다. 적어도 수 킬로미터 반경에 있는 모든 나무와 동물과 토양도 꽁꽁 얼었다가 녹아 흐물거리고 있어야 한다. 여기까지 오는 길에 지나친, 주변 도로를 지나던 행인들도 전부 죽었어야 한다. 그게 아니라면 노드 관리자가 어떻게 그 열점을 뒤흔들 힘을 얻었겠는가? 그런데도 모든 게 평소와 다름없이 평온해 보인다. 휑한 적막감이 감도는 노드 관리소만 빼면 말이다.

알라배스터가 말에 박차를 가한다. 질문을 던질 새도 없다. 그들은 언덕을 올라 굳게 잠긴 문 앞으로 다가간다. 안에서 문을 열어 주지 않으면 들어갈 방도가 없다. 하지만 알라배스터가 잇새로 숨소리를 내며 앞으로 몸을 기울이자 갑자기 가늘고 하얀 고리가 문 주위에 번뜩 휘감긴다. 시엔은 이런 일을 할 수 있는 사람은 처음 봤다. 자신의 주위에 고리를 만드는 게 아니라 다른 물체를 향해 고리를 던지다니. 하지만 열 반지는 이런 것도 가능한 모양이다.

시엔이 탄 말이 갑자기 허공에서 흩날리는 차가운 서릿발에 놀라 겁을 먹었는지 나지막이 흥흥거린다. 황급히 고삐를 당기자 말이 몇 발짝 더 뒤로 물러난다. 다음 순간 가느다란 소리와 함께 문 뒤에서 뭔가 쩍 하고 갈라진다. 알라배스터가 고리를 거두자 커다란 금속 문이 스르르 열린다. 그는 벌써 말에서 내리는 중이다.

"잠깐만요. 기온이 올라갈 시간을 줘야죠."

알라배스터는 시엔의 말을 무시한 채 문으로 다가간다. 아스팔트 도로 위에 얇은 얼음이 깔려 미끄러운데도 신경조차 쓰지 않는다.

삭아빠질 대지불자식. 시엔은 말에서 내려 비스듬히 기울어 있는 어린 나무에 말을 비끄러맨다. 만 하루가 넘게 쉴 새 없이 전력으로 달렸으니 말에게도 몸을 식힐 시간과 먹이와 물을 줘야 한다. 그리고 몸을 문질러 마사지도 해 줘야 하고. 하지만 이 크고 조용한 건물은 어딘가 불길하고 불안하다. 정확한 이유는 모르겠지만. 그래서 시엔은 말에서 안장을 내리지 않는다. 만일을 위해서. 그런 다음 알라배스터를 따라 문 안으로 들어간다.

관리소 부지는 적막하고 어둡다. 이런 오지에는 전기가 들어오지 않기 때문에 기름등을 사용하는데, 전부 꺼진 지 오래다. 철문 뒤에는 넓게 트인 뜰이 있고, 장벽과 가까이 있는 건물에는 비계와 발판이 연결되어 있어 달갑지 않은 손님들을 몰래 포위하거나 저격할 수 있다. 규모는 작지만 참으로 외부인에 대한 환대가 넘치는 항이 아닐 수 없다. 하지만 뜰에는 아무도 없다. 시엔은 한쪽 구석에 놓여 있는 탁자와 의자들을 발견한다. 얼마 전까지 경비병들이 앉아 카드놀이를 하거나 새참을 먹던 자리일 것이다. 부지 전체가 고요하다. 스코리아로 포장된 바닥은 오랫동안 많은 사람들의 발길에 채여 곳곳에 팬 자국과 흠집이 나 있다. 하지만 지금은 누구의 발소리도 들리지 않는다. 마당 한쪽에 있는 마구간은 칸막이 문이 전부 닫혀 있고, 역시 아무 소리도 들리지 않는다. 대문 옆 벽에는 진흙이 말라붙은 부츠가 여러 켤레 늘어서 있다. 가지런하게 정돈되어 있는 게 아니라 몇 짝은 넘어지고 몇 짝은 아무렇게나 쌓여 있다. 제국 병사들이 주둔하고 있다는 알라배스터의 말이 사실이라면 불시 점검에 대해서는 별로 걱정하지 않는 부대인 모양이다. 하긴 그럴 만도 하다. 이런 시골 벽지에 배치된다는 건 승진이나 포상과는 거리가 머니까.

시엔은 무심코 고개를 젓다가 갑자기 마구간 쪽에서 훅 끼쳐 오는 동물 냄새를 맡는다. 순간 온몸의 신경이 곤두선다. 냄새는 나지만 말은 보이지 않는다. 조금씩 다가가(문득 정신을 차려 보니 저도 모르게 주먹을 꽉 쥐고 있어서 손에 힘을 뺀다.) 첫 번째 칸막이 안쪽을 조심스럽게 들여다본 다음, 칸막이를 하나씩 차례대로 점검하기 시작한다.

죽은 말이 세 마리. 모두 짚단 위에 널브러져 있다. 아직 몸뚱이에 가스가 차지 않았다. 생명과 함께 신선함이 빠져나간 건 짐승의 머리와 다리뿐이기 때문이다. 몸통은 아직 얼음과 물기에 덮여 있고 조직도 대부분 딱딱하게 얼어 있다. 녹으려면 이틀은 꼬박 걸릴 것이다.

부지 중앙에는 스코리아 벽돌을 쌓아 만든 작은 피라미드 건물이 서 있는데 이번에는 돌문이 달려 있다. 문은 내내 열려 있었던 것 같다. 시에나이트는 알라배스터가 아마 저 건물 안으로 들어갔으리라 짐작한다. 노드 관리자가 있을 법한 곳이기 때문이다.

시엔은 의자 위로 기어 올라가 근처에서 발견한 성냥돌로 기름등에 불을 붙인 다음, 등불을 들고 피라미드 건물 안으로 들어간다. 안에서 무엇을 보게 될지 이미 알고 있기 때문에 망설임 없이 걸음을 재촉한다. 예상대로다. 시엔은 어두침침한 복도에서 군인들과 한때 여기 살고 있었을 고용인들을 발견한다. 몇몇은 달리다 만 자세로, 몇몇은 벽에 찰싹 달라붙은 채, 그리고 일부는 건물 중앙을 향해 팔을 뻗은 자세로 바닥에 쓰러져 있다. 누군가는 사태를 파악하고 도망치려 했고 누군가는 원인을 찾아 막으려 했다. 그리고 그들 모두가 실패했다.

시엔은 노드 관리실을 발견한다.

발견해야 했다. 그 방은 건물 한가운데 옅은 장밋빛 대리석과 나무뿌리 무늬로 장식된 우아한 아치 입구 안쪽에 있다. 높고 둥근 천장을 이고 있는 방은 어둡고 텅 비어 있다. 방 중앙에 놓여 있는 커다란…… 물건을 제외하고 말이다. 그것은 의자처럼 보이지만 철사와 가죽끈으로 만들어져 있다. 편안함과는 거리가 멀어도 한참 멀어 보인다. 앉는 사람이 뒤로 비스듬히 기대 누울 수 있다는 점만 빼면. 어쨌든 노드 관리자가 거기 앉아 있는 것 같으니까 의자가 맞……

오. 오.

저주받아 녹병들 대지여.

알라배스터가 철사 의자가 놓인 연단 위에 서서 노드 관리자의 시신을 내려다보고 있다. 시엔이 가까이 다가가는데도 눈길 하나 주지 않는다. 그의 얼굴은 차분하다. 슬프지도 않고 비참하지도 않다. 이건 가면이다.

"우리 중에 가장 하찮은 이도 대의를 위해 봉사해야 하나니."

그가 비꼬는 기색 하나 없이 내뱉는다.

노드 관리자의 의자에 앉아 있는 시신은 자그맣고, 벌거벗고 있다. 가느다란 팔다리는 근육이 없어 말라 위축되어 있다. 머리에는 머리카락도 한 올 없다. 대신 온갖 장치들이(튜브와 파이프와 장치들. 도대체 이걸 뭐라고 불러야 할지 모르겠다.) 꼬챙이처럼 가는 팔에, 힘없이 벌어진 목구멍 속에, 좁다란 사타구니에 꽂혀 있다. 배 위에는 신축성 있는 주머니가 놓여 있는데, 무슨 조화인지 배와 연결되어 있고 그 안에는…… 으웩. 빨리 갈아 줘야 할 것 같다.

시엔은 이 모든 것들에, 사소한 세부 사항에만 오롯이 집중한다. 왜냐하면 그래야만 하기 때문이다. 왜냐하면 지금 그녀의 일부가 정신줄을 놓고 횡설수설 헛소리를 지껄이고 있고, 그 소리가 밖으로 새어 나오지 못하게 틀어막고 침묵시키려면 눈이 보고 있는 것에 집중하는 수밖에 없기 때문이다. 실로 그들이 해 놓은 일은 독창적이고도 기발하다. 시엔은 이런 식으로 사람의 목숨을 붙여 놓는 게 가능하다는 것을 처음 알았다. 움직이지도 못하고 의식도 없이 영원토록 말이다. 그래서 시엔은 그들이 해 놓은 일에 집중한다. 철사로 만든 뼈대 의자는 특히 천재적인 발상이다. 옆에 L자형 손잡이가 붙어 있어 그걸 돌리면 의자를 그대로 거꾸로 뒤집어 청소할 수 있다. 철사로 의자를 만든 건 환자의 욕창을 줄이거나 예방하기 위해서인지도 모르겠다. 공기 중에 역한 냄새가 떠돌고 있지만 가까이 있는 선반 위에 팅크제와 알약이 담긴 병들이 즐비하다. 사람을 이런 상태로 유지하려면 향에서 제조하는 평범한 페니실린보다 더 효능이 뛰어난 항생제가 필요할 것이다. 저 튜브 중 하나가 그런 약물을 주입하는 용도일 수도 있고. 그리고 저건 음식을 공급하는 튜브고, 저건 소변을 빼는 줄일 것이다. 아, 저 천 쪼가리는 침을 흡수하기 위한 거로군.

그러나 작고 사소한 것들에만 집중하려는 각고의 노력에도 불구하고 시엔은 큰 그림을 보고야 만다. 노드 관리자는 어린애다. 수개월, 어쩌면 수년 동안이나 이 상태로 살았을 어린아이. 알라배스터처럼 새까만 피부. 그리고 저렇게 마르지만 않았다면 알라배스터와 꼭 닮았을 생김새.

"이건……." 시엔은 차마 입 밖으로 말하지 못한다.

"간혹 제 능력을 제어하지 못하는 로가들이 있지."

이제 시엔은 그가 왜 그런 비하적인 단어를 사용하는지 이해한다. 인간이 아니라 물건으로 전락한 이들을 부르는 인간성을 거세한 단어. 그렇게 생각해야 그나마 견딜 수 있다. 알라배스터의 목소리는 무미건조하고 아무 감정도 느껴지지 않지만, 그가 선택한 단어 안에 모든 게 담겨 있다.

"그리고 가끔 훈련을 시키기엔 나이가 너무 많지만 그렇다고 죽이기엔 아까운 야생 오로진이 발견되기도 한다. 잔모래 중에 너무 예민하거나 능력을 제어하지 못하는 아이들도 있고. 한동안은 펄크럼에서 훈련을 시키지만 수호자가 판단하기에 적절한 속도로 훈련을 따라오지 못하면 어머니 산제는 늘 그들을 사용할 다른 쓰임새를 찾아내시지."

"이런……." 시엔은 시신에서, 소년의 얼굴에서 시선을 뗄 수가 없다. 아이는 두 눈을 크게 부릅뜨고 있다. 갈색 눈동자는 죽음에 덮여 희뿌옇다. 그녀가 아직 토악질을 하지 않았다는 게 용할 따름이다. "이런 식으로요? 맙소사, 알라배스터. 난 노드로 배정된 애들을 알아요. 나는 전혀…… 이럴 줄은……."

알라배스터는 꼼짝도 하지 않는다. 시엔은 뒤늦게야 그가 얼마나 팽팽하게 경직되어 있는지 깨닫는다. 알라배스터가 허리를 굽혀 소년의 목 뒤로 손을 집어넣더니 말라비틀어진 몸에 비해 커다래 보이는 머리를 살짝 옆으로 돌린다.

"이걸 봐라."

시엔은 내키지 않지만 시키는 대로 한다. 민둥민둥한 소년의 머리 뒤쪽에는 길고 구불구불하고 약간 불룩 튀어 나온 흉터가 바느질 자국으로 장식되어 있다. 두개골과 척추가 만나는 자리다.

"로가의 보님기관은 평범한 사람들의 것보다 더 크고 복잡하다."

알라배스터는 시엔에게 흉터 자국을 충분히 보여 준 다음 손을 탁 놓는다. 그의 무심한 행동 때문에 소년의 뒤통수가 철사 요람에 부딪쳐 텅 하는 소리가 나자 시엔이 어깨를 움찔한다.

"간단히 말해 이건 로가의 자율적인 통제 능력을 제거하고 본능적인 능력만 남겨 놓는 방법이다. 로가가 수술에서 살아남는다면 말이지."

천재적인 발상이다. 그렇다. 오로진은 세상에 태어난 순간부터 땅을 움직이고 지진을 막을 수 있다. 그것은 선천적으로 타고난 능력이며, 젖꼭지를 빠는 갓난아기의 본능보다 더욱 강하고 절대적이다. 그리고 오로진 아이들이 생명을 잃는 가장 큰 이유이기도 하다. 탁월한 능력을 지니고 있을수록 자신의 위험성을 인지할 나이가 되기 전에 절로 능력을 드러내기 때문이다.

하지만 아이들을 본능만 남은 껍데기로 만드는 건, 오로지 흔들을 억누를 능력만을 남기고 다른 모든 걸 제거하는 건……

욕지기가 올라온다.

"그다음은 간단하지." 알라배스터가 펄크럼에서 따분한 강의를 늘어놓듯이 한숨을 길게 내쉰다. "약품으로 상처의 감염을 막고 상태를 유지하면서 필요한 기능을 할 수 있게 목숨만 붙여 놓는다. 그러면 심지어 펄크럼에서도 제공할 수 없는 완벽한 물건이 만들어지지. 전혀 무해하고, 믿음직하고, 언제나 유용하게 써먹을 수 있는 조산력 덩어리 그 자체지." 자신이 왜 지금 토악질을 하지 않는지 이해할 수 없는 것처럼, 그가 왜 지금 당장 울부짖으며 절규하지 않는지 이해할 수가 없다. "한데 누가 실수로 이 아이를 깨운 것 같구나."

알라배스터의 눈이 번득인다. 시엔은 그의 시선을 따라 반대쪽 벽면에 기대 있는 한 사내의 시신을 발견한다. 복장으로 보아 군인은 아니다. 민간인이고 꽤 값비싸 보이는 옷을 입고 있다.

"의사일까요?"

시엔은 알라배스터처럼 침착하고 냉정한 목소리를 내는 데 성공한다.

"아마도. 어쩌면 돈을 내고 들어온 지역 주민일 수도 있고."

알라배스터가 어깨를 으쓱하며 소년의 허벅지에 아직도 선명하게 나 있는 멍 자국을 가리킨다. 손 모양의 멍 자국이다. 검은 피부 위에서도 또렷하게 보일 만큼 짙은 손자국이 나 있다.

"종종 저런 걸 즐기는 사람이 있다고 들었다. 일종의 성적 이상 행위지. 저런 작자들은 피해자가 당한다는 자각이 있을 때 더 흥분하는 경향이 있고."

"오, 대지여, 알라배스터, 그거 설마……."

그는 이번에도 그녀의 말을 듣지 못한 양 무시한다.

"문제는 노드 관리자가 조산술을 쓸 때마다 끔찍한 고통을 느낀다는 거다. 보님기관이 손상됐으니까. 하지만 그들은 인근에서 흔들이 발생할 때마다, 심지어 잔흔들이라도 자신의 의지와는 상관없이 무조건적으로 반응하게 되지. 그러니 차라리 진정제를 투여하는 편이 그들에겐 자비에 가깝다. 한데 오로진은 신체에 위험을 감지하면 본능적으로 반응하고……."

아, 그렇게 된 거로군.

시엔은 비틀거리며 주춤주춤 뒷걸음질 친다. 벽에 등이 닿자마자 오는 길에 말 위에서 먹었던 말린 살구와 육포를 게워 낸다. 이건 잘못됐어. 전부 잘못됐어. 시엔은 생각한다. 설마 이럴 거라고는 생각하지 못했…… 않았…… 그녀는 몰랐다…….

시엔은 입가를 문질러 닦은 다음 고개를 들어 알라배스터를 바라본다.

"내가 전에도 말한 것처럼." 그가 부드럽게 말한다. "모든 로가는 노드를 직접 봐야 한다. 반드시, 단 한 번만이라도 말이다."

"난 몰랐어요." 시엔이 손등으로 입을 덮은 채 웅얼거린다. 아무리 말도 안 되는 문장이라도 이 말만은 꼭 해야 할 것 같다. "몰랐어."

"그게 과연 중요할까?"

거의 잔인하기까지 한, 아무 감정도 드러나지 않는 그의 표정과 목소리.

"나한테는 중요해요!"

"하지만 과연 네가 중요할까?" 알라배스터가 피식 웃는다. 빙원(氷原) 위에 아른거리는 하얀 증기처럼 냉랭하고 심술궂은 미소다. "그들이 과연 우리들 자체를 중요하게 여길까? 우리가 하는 일이 아니라? 우리가 명령에 따르든 말든 말이다." 알라배스터는 학대받고 또 살해당한 가엾은 어린아이의 시신을 고갯짓으로 가리킨다. "저 아이를 저렇게 만들면서 놈들이 신경이나 썼을 것 같으냐? 그들이 우리 모두에게 이런 짓을 하지 않는 건 우리가 스스로를 제어할 수 있을 때 더 유용하고 쓸모가 많기 때문이다. 하지만 우리는 그들에게 단순한 무기에 지나지 않아. 마음껏 부릴 수 있는 괴물, 종자를 개량할 새로운 핏줄일 뿐이지. 염병할 로가일 뿐이다."

시엔은 단 하나의 단어에 그토록 맹렬한 증오가 담긴 것을 본 적이 없다.

하지만 여기 차갑게 죽어 악취를 풍기고 있는, 온 세상의 증오를 입증하는 궁극적인 증거 앞에서 그녀는 놀라지도 충격을 받지도 않는다. 만일 펄크럼이 이런 짓을 할 수 있다면, 혹은 수호자가, 유메네스의 지도자가, 또는 지하학자가, 아니면 다른 누군가가 이런 끔찍한 악몽을 고안해 냈다면, 그렇다면 시에나이트와 알라배스터 같은 이들이 실은 무엇인지 아닌 척해 봤자 아무 의미도 없기 때문이다. 그들은 사람이 아니다. 오로진도 아니다. 방금 그녀가 목격한 현실 앞에서 고상한 척, 품위 있는 척하는 것은 오히려 모독이다. 로가. 그들은 그런 존재다.

잠시 후, 알라배스터가 몸을 돌려 방에서 나간다.

* * *

그들은 안뜰에 야영지를 마련한다. 노드 관리소는 그동안 시엔이 갈구했던 모든 편의 시설을 전부 갖추고 있다. 온수, 푹신한 침대, 말린 고기와 딱딱한 저장빵이 아닌 진짜 음식. 하지만 이곳 안뜰에 있는 시체들은 사람이 아니다.

알라배스터는 묵묵히 앉아 시엔이 지핀 모닥불을 물끄러미 쳐다본다. 어깨에는 담요를 두르고 손에는 그녀가 끓여 준 찻잔을 들고 있다. 이게 다 시엔이 관리소를 털어 물자를 보충한 덕분이다. 하지만 아무리 봐도 알라배스터는 차를 마시는 것 같지 않다. 시엔은 차보다 더 독한 걸 줄 수 있으면 좋을 텐데 하고 생각한다. 아니, 그러면 안 될지도. 시엔은 알라배스터만큼 강력한 오로진이 술에 취하면 무슨 일을 할지 모르고, 바로 그런 이유 때문에 그들은 술을 마시는 게 금지되어 있다. 하지만…… 규율 따위 녹슬어 삭아 버리라지. 염병, 전부 삭아 부스러져 버려라.

"아이들은 우리를 무너뜨리지."

두 눈 가득 일렁이는 불길을 담은 알라배스터가 말한다.

시에나이트는 그게 무슨 뜻인지도 모른 채 그저 고개를 끄덕인다. 알라배스터가 말을 하고 있다. 그러니 어쨌든 이건 좋은 징조일 것이다.

"난 자식이 열두 명쯤 될 거다." 그가 담요를 바짝 잡아당기며 말한다. "정확히는 나도 잘 몰라. 나한테 항상 말해 주는 게 아니니까. 아이의 모친을 다시 만날 수 있는 것도 아니고. 하지만 최소한 열둘은 될 거야. 그리고 그 애들 중 대부분은 지금 어디 있는지 모른다."

그는 저녁 내내 이런 단편적인 정보들을 툭툭 던져 주고 있다. 대다수는 시엔이 대답할 수 있는 내용이 아니라 딱히 대화라고 할 수도 없다. 그러나 이 주제만큼은 그녀도 끼어들 수 있다. 시엔도 줄곧 생각하고 있었기 때문이다. 의자에 앉아 있던 소년이 알라배스터와 얼마나 닮았는지.

시엔이 운을 뗀다.

"우리 아이는……."

알라배스터가 눈을 들어 시선을 마주치고는 빙그레 웃는다. 상냥한 미소지만 시엔은 그 미소를 액면가 그대로 받아들여야 할지 아니면 그 아래 증오가 숨어 있는지 알 수가 없다.

"아, 저건 수많은 가능성 중 하나일 뿐이야." 알라배스터가 노드 관리소의 붉은 벽을 고갯짓으로 가리킨다. "우리 둘의 아이는 나처럼 계속 반지를 늘려서 조산술의 새로운 기준을 세우고 펄크럼의 전설이 될 수도 있고, 아니면 능력이 미천하여 눈에 띄지 않게 조용히 살아갈 수도 있다. 아니면 네 반지나 다섯 반지가 되어 산호초가 덮인 항구를 청소하고 남는 시간엔 아이를 생산할 수도 있지."

알라배스터의 빌어먹게 명랑한 말투 때문에 말의 의미에 집중하기가 어렵다. 비아냥거리는 말투도 누그러졌고 시엔의 갈망도 이젠 다소 가라앉았지만, 그의 말은 여전히 시엔을 신경질적으로 만들고 매끄러운 유리구슬 사이에 섞인 뾰족한 파편처럼 날카롭게 찌른다.

"아니면……." 시엔이 입을 연다. "로가와 로가가 결합해도……." 이 단어를 소리 내어 말하는 건 아직도 어색하지만 오로진이라는 단어를 내뱉는 건 그보다 더 고통스럽다. 위해 주는 양 점잖은 척하는 단어는 위선과 기만에 불과하기에. "둔치가 태어날 수 있죠."

"그건 아니었으면 좋겠군."

"아니었으면 좋겠다고요?"

그건 시엔이 둘 사이에 난 자식에게 바랄 수 있는 최고의 삶이다.

알라배스터가 모닥불에 손을 데운다. 시엔은 문득 그의 손에 반지가 끼워져 있는 것을 발견한다. 알라배스터는 평소에 반지를 끼지 않는다. 하지만 노드 관리소에 도착하기 직전 자신의 피붙이가 스스로를 불사르고 있을지도 모른다는 두려움 속에서도, 그는 마땅한 격식을 차리고자 손가락에 반지를 끼웠다. 모닥불 빛에 눈부시게 반짝이는 반지가 있는가 하면 어떤 것은 어둡고 투박하다. 엄지손가락을 포함해 열 손가락마다 하나씩. 아직 비어 있는 시에나이트의 손가락 여섯 개가 근질거린다.

"두 반지 이상의 펄크럼 오로진의 자식은 오로진이 되어야 한다. 하지만 세상일이란 그런 식으로 돌아가지 않지. 우리는 과학적인 존재가 아니니까. 오로진이 태어나는 데에는 규칙이 없어." 알라배스터가 희미하게 웃는다. "그래서 펄크럼은 로가 사이에 태어나는 아이들을 일단 무조건 로가로 취급한다. 그렇지 않다는 사실이 밝혀질 때까지는 말이야."

"하지만 로가가 아니라는 게 밝혀지면 그 아이들은…… 사람이 될 거예요." 그것은 시엔이 품을 수 있는 유일한 희망이다. "운이 좋으면 좋은 향에 입양되거나 진짜 보육학교에도 갈 수 있을 거고요. 쓰임새명을 받을 수도 있고……."

알라배스터가 커다랗게 한숨을 내쉰다. 거기 담긴 안타까움을 감지한 시엔이 공포와 혼란에 빠져 입을 다문다.

"어떤 향도 우리 자식을 받아 주진 않을 거다." 그가 말한다. 천천히, 신중하게. "조산 능력은 한 세대, 혹은 두세 세대를 건너뛰더라도 항상 다시 돌아온다. 아버지 대지는 우리가 진 빚을 결코 잊지 않으시거든."

시에나이트는 얼굴을 찌푸린다. 알라배스터는 전에도 그런 이야기를 한 적이 있다. 전승가의 노래에 나오는 오로진에 대한 전설들. 오로진은 펄크럼의 무기가 아니라 그들의 발밑에 있는 증오심 가득한 이 행성 자체의 무기라고. 한때 순수하고 깨끗했던 이 땅을 오염시킨 생명들을 괴멸하기를 갈망하는 잔혹한 행성. 알라배스터가 하는 말들은 그가 그런 옛날이야기들을 진심으로 믿고 있다는, 적어도 조금은 그렇다는 인상을 준다. 어쩌면 정말 그럴지도 모른다. 어쩌면 알라배스터는 그들 종족이 비록 끔찍하긴 해도 이 세상에 존재하는 이유가 있다고 믿는 데서 위안을 느끼는지도 모른다.

시엔은 그런 말도 안 되는 공상과 신비주의를 참아 줄 여유가 없다.

"아무도 우리 딸을 입양하지 않을 거라고요? 알았어요." 그녀는 멋대로 아직 태어나지도 않은 두 사람의 아이를 여자아이라고 생각하기로 한다. "그럼 어떻게 되는데요? 펄크럼이 둔치를 데리고 있진 않을 거잖아요."

알라배스터의 눈동자는 꼭 그의 손가락에 끼워져 있는 반지들 같다. 한순간 불빛을 반사해 밝게 번득이는가 싶더니 다음 순간 어둡고 생기 없는 모습으로 변한다.

"그 아이는 수호자가 될 거다."

삭아죽을. 이제야 많은 게 이해가 된다.

시엔이 조용해지자 알라배스터가 고개를 든다.

"오늘 본 건 전부 잊어라. 그런 일은 없었다."

"뭐라고요?"

"그 의자에 앉아 있던 건 어린아이가 아니다." 이제 그의 눈은 검게 죽어 있다. "그건 내 아이도 아니고, 누구의 아이도 아니었다. 아무것도 아니다. 아무것도 아니었다. 우리는 열점을 안정화시킨 다음, 대재앙을 일으킬 뻔한 원인이 무엇이었는지 알아냈다. 그리고 여기 와서 생존자가 있는지 찾아봤지만 아무도 발견하지 못했다.

그게 우리가 유메네스에 보낼 전보의 내용이다. 유메네스로 귀환한 후에 조사를 받게 된다면 그게 바로 우리가 대답할 내용이다."

"나, 난…… 할 수 있을지 모르겠어요……."

소년의 반쯤 벌어진 입, 퀭하고 초점 없는 눈동자. 끝없는 악몽 속에 갇힌다는 건 얼마나 괴롭고 끔찍할 것인가. 지독한 고통을 느끼며 깨어났을 때 벌레 새끼처럼 더러운 놈의 음흉하고 추악한 눈빛과 마주친다는 건 얼마나 절망스러울 것인가. 시엔은 소년에게 연민한다. 그가 해방되었다는 데 안도한다.

"내가 시키는 대로 해라." 알라배스터의 목소리가 매섭게 후려치고, 시엔은 뜨겁게 치미는 노여움에 그를 홱 노려본다. "슬퍼할 거라면 자원이 낭비된 것을 애석해해라. 혹시 누가 묻거든 그가 죽어서 다행이라고 대답해라. 그렇게 느끼고, 그렇게 믿어라. 실제로 그 아이는 수많은 사람들을 죽였다. 그리고 만약에 누가 거기에 대해 어떻게 생각하느냐고 묻는다면, 우리가 왜 이런 취급을 당하는지 이해할 수 있게 됐다고 대답해라. 전부 우리 자신을 위한 일이라고, 모두를 위한 일이라고 말이다."

"삭아죽을 새끼, 나는 정말 몰랐……."

알라배스터가 너털웃음을 터트리자, 시엔은 움찔 놀란다. 왜냐하면 그의 서글픈 분노와 이글거리는 증오가 언제 그랬냐는 듯이 다시 돌아왔기에.

"오, 지금 나를 자극하는 건 좋지 않을 거다, 시엔. 제발 그만두렴." 그는 아직도 웃고 있다. "너까지 죽여 버린다면 나도 견책을 받을 테니까."

이것은 협박이다. 드디어. 뭐, 그렇다면야. 그가 잠들 때까지 기다려야지. 그를 찔러 죽일 때는 얼굴을 무엇으로든 덮어야 할 것이다. 아무리 치명적인 상처를 입힌대도 사람의 숨통이 완전히 끊어지려면 몇 초는 걸릴 테니까. 그 사이에 알라배스터가 시엔에게 조산술을 쓴다면 그녀도 죽을 테지만 시야를 가리면 정확하게 조준하기가 어렵고, 아니면 목을 졸라서라도……

하지만 알라배스터는 아직도 웃고 있다. 미친 사람처럼, 격렬하게. 그제야 시에나이트는 주변을 떠도는 불안정한 진동을 느낀다. 발아래 지층을 거의 감돌고 있다. 그녀는 찌푸린 얼굴로 또다시 열점에 문제가 생긴 건 아닌지 고민하다가 문득 그것이 자연스러운 떨림이 아니라 규칙적으로 맥동하고 있음을 깨닫는다. 알라배스터가 거친 숨을 몰아쉬며 웃음을 뱉을 때마다 조였다 풀리는.

시엔은 등골이 오싹해진다. 알라배스터를 쳐다보니 이제는 심지어 즐거워서 견딜 수가 없다는 듯이 한 손으로 무릎을 팡팡 치며 폭소하고 있다. 그는 웃음을 그치지 않는다. 왜냐하면 그는 지금 눈에 보이는 모든 것을 파괴하고 싶은 충동에 시달리고 있으니까. 반쯤 죽은, 반쯤 자란 그의 아들이 초화산을 분출시킬 수 있다면 그 소년의 아비가 정신을 놓을 때 무슨 일이 벌어질지는 아무도 알 수 없다. 아니면 우연찮은 사고라도 일어나거나, 아니면 그가 잠깐이라도 통제력을 잃는 실수라도 저지른다면.

시엔은 무릎 위에 놓여 있는 두 손을 굳게 말아 쥔다. 손톱이 조금씩 손바닥을 파고드는 내내, 그녀는 가만히 앉아 알라배스터가 제정신을 추스를 때까지 기다린다. 꽤 오랜 시간이 흐른다. 알라배스터는 웃음이 잦아든 후에도 손바닥에 얼굴을 묻고 가끔 쿡쿡거리며 어깨를 들썩인다. 어쩌면 울고 있는지도 모른다. 그녀는 알 수 없다. 관심도 없다.

이윽고 알라배스터가 고개를 쳐들고 숨을 한번 크게 들이마신다. 또다시 한 번 더.

"미안하구나." 그가 마침내 말한다. 웃음은 그쳤지만 여전히 이상하게 명랑한 모습이다. "다른 이야기를 하자. 그게 좋겠지?"

"녹병들 당신 수호자는 어디 있어요?" 시엔은 아직도 주먹을 꼭 쥐고 있다. "당신 완전히 미쳤잖아."

그가 키득거린다.

"아, 그녀는 몇 년 전에 처리했지."

시엔은 고개를 끄덕인다.

"죽였군요."

"아니야. 내가 그렇게 멍청해 보이니?"

숨소리 한 번이 지나기도 전에 키득거림이 짜증스러움으로 변한다. 시엔은 그가 무섭고, 이제는 거리낌 없이 그 사실을 인정할 수 있다. 그러나 시엔의 변화를 알아차린 순간 알라배스터의 태도가 급변한다. 그는 숨을 한 번 더 깊이 들이마시고는 풀이 죽어 어깨를 늘어뜨린다.

"젠장, 어…… 미안하다."

시엔은 아무 말도 하지 않는다. 알라배스터는 대답을 기대하지도 않았다는 듯 희미하게 애달픈 미소를 짓는다. 그러고는 불 옆에서 일어나 침낭으로 향한다. 시엔은 알라배스터가 몸을 돌려 모닥불을 등지고 눕는 모습을 지켜본다. 그의 숨결이 차분하고 느려질 때까지 시선을 떼지 않다가, 그제야 비로소 긴장을 푼다.

하지만 갑자기 들려온 부드러운 목소리에 하마터면 그 자리에서 펄떡 뛰어오를 뻔한다.

"네 말이 맞다. 미쳐 버린 지 꽤 오래됐지. 나와 같이 다니다 보면 너도 그렇게 될 거다. 이런 것들을 수없이 보고 듣고, 이해하게 되면 말이다." 알라배스터가 길게 한숨을 내쉰다. "네가 날 죽인다면 세상을 위해 좋은 일을 하는 셈이 되겠지." 그러고는 입을 다문다.

시에나이트는 오랫동안, 그래서는 안 될 정도로 아주 오랫동안 그의 마지막 말을 골똘히 곱씹는다.

차고 딱딱한 돌바닥 위에서 몸을 작게 웅크린 채 담요를 둘둘 말고 안장을 불편한 베개 삼아 잠을 청한다. 말들이 전전긍긍하며 끊임없이 들썩거린다. 사방에서 나는 죽음의 냄새 때문이다. 그렇지만 시간이 흐르자 결국에는 말들도 잠들고, 시엔도 잠이 든다. 부디 알라배스터도 잠들었길 바란다.

그들이 지나온 고가도로 위, 두 사람의 눈길이 미치지 않는 산봉우리 뒤에서 전기석 오벨리스크가 어디론가 두둥실 흘러간다.

겨울, 봄, 여름, 가을. 다섯 번째 계절은 죽음이자 모든 계절의 군주다.

— 남극권 속담

쉬어 가는 노래

패턴 속의 어긋남. 가지런한 씨줄 사이에 뒤엉킨 실뭉치 하나. 눈에 띄는 것들이 있다. 있어야 하는데 없는 것, 없기 때문에 도리어 선명하게 보이는 것.

예를 들어 고요 대륙에 사는 사람들은 아무도 섬에 대해 이야기하지 않는다. 섬이 존재하지 않는 것도 아니요, 아무도 거기 살지 않기 때문도 아니다. 오히려 그 반대다. 사람들이 섬에 대해 이야기하길 꺼려하는 것은 대부분의 섬이 결함층 혹은 열점 위에 형성되며, 그것은 곧 섬의 수명이 짧고 불광이나 쓰나미가 발생하면 형체도 없이 사라져 버린다는 뜻이기 때문이다. 그러나 인간 또한 행성에 비하면 눈 깜짝할 사이에 사라지는 덧없는 존재. 말 그대로 천문학적인 숫자가 존재한 적도 없는 것처럼 사멸해 간다.

고요에 사는 사람들은 다른 대륙에 대해서도 이야기하지 않는다. 어딘가에 분명 다른 대륙이 존재하고 있을 법도 한데 세상을 한 바퀴 돌아 다른 대륙이 있다는 사실을 직접 확인한 사람은 아무도 없다. 항해는 위험하다. 끝없는 망망대해 위에서 태산만 한 파도를 직접 경험하느니 해안가에서 겨우 30미터 높이의 파도나 쓰나미를 목격하는 것만으로 충분하다. 그래서 그들은 용맹하고 과감한 다른 문명들로부터 저 너머에는 아무것도 없다는 전승을 물려받는 쪽을 택한다. 마찬가지로 그들은 하늘에 떠 있는 존재에 대해서도 이야기하지 않는다. 하늘에는 항상 뭔가가 빼곡하게 들어차 있고 이 세상 다른 어떤 곳만큼이나 바삐 북적이고 있는데도 말이다. 그것은 사람들이 하늘이 아니라 땅에만 집중하기 때문이다. 그들은 하늘에 무엇이 있는지 안다. 태양과 별, 그리고 때때로 혜성이나 유성이 지나간다. 그들은 뭐가 없는지 알지 못한다.

하지만 그들이 어찌 알겠는가. 본 적도 없고 상상한 적도 없는 것이 부재한다는 사실을 누가 알 수 있겠는가. 인간은 본시 그런 존재가 아닌 것을. 아, 세상에 인간이 아닌 다른 존재가 있다는 건 얼마나 다행한 일인가.

9장

시에나이트는 적들 사이에서

그들은 일주일 뒤에 알리아에 도착한다. 구름 한 점 없는 맑고 푸른 하늘에는 저 멀리 바다 위에 떠 있는 자줏빛 오벨리스크만이 깜박이고 있을 뿐이다.

알리아는 해안지방 항치고는 꽤 큰 편이다. 물론 유메네스와는 비교할 수 없지만 대체로 그렇다는 얘기다. 도시라고 불러도 무난할 정도다. 오래된 분화구 한쪽이 무너져 자연스레 형성된 움푹한 항구의 가파른 사면에 주택가와 상점가, 상업지구가 몰려 있다. 알리아로 들어가기 전에 시에나이트와 알라배스터는 도시 언저리에 처음으로 눈에 띈 분주한 촌락에서 말을 세우고, 그들이 입은 검은 제복에 쏟아지는 시선과 힐끔거림을 외면한 채 근처에 숙박시설이 있는지 탐문한다. 그들은 첫 번째 여관을 그냥 지나친다. 농가에서 만난 한 젊은이가 들키지 않을 거라 생각했는지 일정한 간격을 유지하며 몇 킬로미터가 넘도록 끈질기게 뒤를 따라오고 있기 때문이다. 혼자일 뿐이고 딱히 접촉해 오지도 않았지만 한 명이 폭도로 불어나는 건 순식간이다. 두 사람은 청년의 따분함이 증오를 압도하기만을 기다리고, 결국 그는 기수를 돌려 오던 길로 돌아간다.

두 번째 여관은 첫 번째만큼 깔끔하지는 않지만 그렇다고 형편없는 수준도 아니다. 몇 번의 계절을 거친 듯한 상자 모양의 벽토 건물은 튼튼하고 관리도 잘 되어 있다. 모서리마다 장미 관목이 심겨 있고 벽에는 담쟁이 넝쿨이 감겨 있다. 그건 다음번 계절이 오면 이 건물이 무너질 거라는 의미지만 어쨌든 지금 시엔의 걱정거리는 그게 아니다. 두 사람이 묵을 방 하나와 말 두 마리를 하룻밤 맡기는 데 제국 자개 2편이라니. 기가 막힐 정도로 황당한 가격이라 시엔은 저도 모르게 여관 주인 앞에서 허탈한 웃음을 흘리고 만다.(주인장은 두 사람을 노려보았다.) 다행히도 펄크럼은 오로진이 현지에 파견되었을 때 주민들이 예의 바르게 행동하도록 때때로 뇌물을 줘야 한다는 사실을 이해하고 있다. 시에나이트와 알라배스터는 여행 자금을 꽤 넉넉하게 받았고 필요하다면 추가 비용을 사용할 수 있는 신용장도 갖고 있다. 그래서 그들은 여관 주인이 부르는 값을 치르고, 하얀 자개돈의 아름다운 자태는 적어도 한동안 그들의 검은 제복을 용인해 준다.

알라배스터의 말은 노드 관리소를 향해 전력으로 달렸던 때부터 다리를 절었다. 그래서 그들은 여장을 풀기도 전에 상인을 찾아가 더 건강하고 상태가 좋은 말을 구하기로 한다. 그들이 고른 패기 넘치는 작은 암말이 알라배스터를 미심쩍은 눈길로 쳐다보자 시에나이트는 웃음을 터트리고 만다. 기분 좋은 날이다. 두 사람은 오랜만에 진짜 침대에서 하룻밤을 푹 쉰 다음 계속 전진한다.

알리아의 향문은 거대하다. 허세라도 부리는지 심지어 유메네스보다도 더욱 크고 화려하게 장식되어 있다. 하지만 문이라면 응당 그래야 하는 돌이 아니라 금속으로 만들어져 있어 경박한 가짜 모방품처럼 보인다. 시엔은 이런 삭아빠질 것으로 어떻게 마을을 안전하게 지키겠다는 건지 이해할 수가 없다. 15미터 높이의 크롬 강판에 약간의 누금세공을 덧붙이긴 했지만 계절이 오고 산성비가 내리면 볼트는 녹슬어 떨어질 테고 힘센 장정들 여섯만 있으면 정밀하게 맞춰 짠 판금을 구부리고 망가뜨려 저 거대한 문이 제대로 닫히지 않게 만들 수 있다. 알리아의 문은 이 도시가 자본은 넘치지만 지도층 신분에게 올바른 이야기를 들려줄 전승가들이 없는 신흥 향임을 온몸으로 소리 높여 외치고 있다.

문을 지키는 것은 몇 안 되는 완력꾼들로, 전부 멋들어진 녹색 제복을 입고 있다. 대부분 주변에 둘러 앉아 책을 읽거나 카드놀이를 하고 있어 향문을 오가는 상인들에겐 관심도 두지 않는다. 그들의 형편없는 기강을 본 시엔은 입꼬리가 절로 말려 올라가는 것을 참을 수가 없다. 여기가 유메네스였다면 문지기들은 무장을 하고 언제나 경계 태세를 갖추고 있을 것이며, 최소한 향에 입장하는 모든 여행객의 이름과 신분을 기록할 것이다. 완력꾼 하나가 두 사람의 제복을 보고 퍼뜩 놀라 거듭 확인하지만 손을 흔들어 무사통과시킨다. 시선은 반지가 끼워져 있는 알라배스터의 손에 못 박혀 있지만 말이다. 그는 시엔의 손은 쳐다보지도 않는다. 그녀는 빈정이 상한 상태로 미로처럼 복잡한 자갈길을 거쳐 사향주 지사의 관저로 향한다.

알리아는 이 사향주 전체에서 유일한 대도시다. 시엔은 사향주를 구성하는 나머지 세 개 향의 이름이 뭔지, 혹은 산제 제국에 합병되기 전에는 무슨 나라였는지 기억이 나지 않는다. 역사가 오래된 몇몇 국가들은 제국의 통치권이 완화되자 다시 옛 이름으로 돌아갔지만 그 뒤로도 사향주 제도는 더할 나위 없이 완벽하게 작동하고 있기 때문에 이름 따위는 별문제가 되지 않는다. 알리아 사향주의 향들이 해안지방답게 농업이나 어업을 주업으로 삼고 있다는 정도는 알고 있다. 하지만 그럼에도 주지사의 관저는 깜짝 놀랄 정도로 아름답다. 유메네스 건축 특유의 섬세한 예술미가 처마처럼 소소한 곳까지 스며들어 있고 창문은 유리로 만들어져 있으며, 오, 그리고 건물 밖으로 튀어나온 발코니가 널찍한 앞뜰을 굽어보고 있다. 정말 쓰잘데기 없는 장식이다. 작은 흔들이 발생할 때마다 수리를 해야 한다는 뜻이니까. 그리고 건물 전체를 꼭 이렇게 밝은 노란색으로 칠할 필요가 있었을까? 크고 네모난 과일 같다.

그들은 저택 정문에서 말에서 내려 말지기에게 고삐를 건넨다. 앞뜰에 무릎을 꿇고 앉자 허드렛일을 하는 내항자 하인이 두 사람의 손에 비누를 묻혀 씻어 준다. 외부인이 향의 지도자에게 질병을 퍼트릴 확률을 낮추기 위한 이 지방 특유의 풍습이다. 그러고 나자 알라배스터만큼이나 피부가 검고 흰색 민병대 제복을 입은 키 큰 여성이 다가와 절도 있는 동작으로 따라오라고 몸짓한다. 여자는 두 사람을 저택 안쪽에 위치한 작은 응접실로 안내한 다음, 문을 닫고 방 안에 있는 책상 앞에 앉는다.

"여기까지 오는 데 오래도 걸렸군요."

그녀가 인사말이랍시고 건넨 말이다. 여자는 책상 위에 놓여 있는 뭔가를 유심히 들여다보며 두 사람에게 앉으라고 명령조로 손짓한다. 그들은 책상 반대편에 놓여 있는 의자에 앉는다. 알라배스터가 한쪽 다리를 꼬고 앉아 양손 끝을 모아 세운다. 그의 표정은 읽을 수가 없다.

"한 주 전에 도착했어야 했는데. 지금 당장 항구에 갈 건가요, 아니면 여기서 할 건가요?"

시에나이트는 항구에 가고 싶다고 대답하려 한다. 왜냐하면 그녀는 한 번도 산호층을 제거해 본 적이 없고 물리적인 거리가 가까울수록 그 구조를 이해하기가 쉽기 때문이다. 그러나 그녀가 입을 열기도 전에 알라배스터가 잽싸게 끼어든다.

"실례지만 그쪽은 누구요?"

시에나이트의 입이 턱 닫히고, 놀란 그녀가 그를 빤히 쳐다본다. 알라배스터는 예의 바른 미소를 띠고 있지만 그 밑에는 시엔을 긴장시키는 날선 기운이 숨어 있다. 여자가 모욕이라도 당한 듯이 그를 쏘아본다.

"나는 아사엘, 알리아의 지도층입니다."

여자가 어린아이에게 설명하는 것처럼 느릿느릿 말한다.

"나는 알라배스터." 알라배스터가 가슴에 손을 올리고 고개를 까딱인다. "여기 있는 내 동료는 시에나이트요. 하지만 용서하시길, 내가 원하는 건 당신의 이름이 아닙니다. 난 알리아 지사가 남자라고 들었는데요."

시에나이트는 알라배스터가 무엇을 하려는지 뒤늦게 깨닫고 장단을 맞춰 주기로 한다. 사실 그녀는 그가 왜 이런 식으로 접근하려 하는지는 이해하지 못한다. 하지만 그를 이해하기란 원체 불가능하니까. 여자는 아직 눈치 채지 못했다. 그녀의 턱 근육이 요란하게 실룩거린다.

"난 지사보예요."

대부분의 사향주에는 지사와 부지사, 그리고 향지기가 있다. 적도권에 도전장을 내밀고 싶어 안달 난 신생향의 관료주의에는 더 많은 직급이 필요한지도 모른다.

"지사보가 몇 명이나 되나요?"

시엔이 묻자 알라배스터가 혀를 찬다.

"예의 바르게 행동해야지, 시엔." 얼굴에는 은은한 미소가 떠올라 있지만 지금 그는 불같이 화가 난 상태다. 저렇게나 치아를 많이 드러내고 있는 걸 보니 의심의 여지가 없다. "우리는 미천한 오로진이잖니. 이분은 고요에서 가장 존경받는 쓰임새신분이시고. 우린 그저 이분이 책임지고 있는 지역 경제를 살리기 위해 이분이 이해할 수 있는 수준 이상의 막강한 힘을 휘두르러 온걸. 반면에 이분은……." 그가 앞에 앉은 여자를 향해 손가락을 흔든다. 빈정거림을 숨기려는 노력은 애저녁에 그만뒀다. "잘난 척 콧대만 높은 하급 공무원에 지나지 않지. 하지만 난 이분이 아주, 아주 중요한 콧대 높은 하급 공무원이라고 확신한단다."

여자는 얼굴이 달아오르는 것도 보이지 않을 정도로 피부색이 짙지만, 상관없다. 돌처럼 딱딱하게 굳은 자세와 벌름거리는 콧구멍만으로도 어떤 심정인지 짐작하기 충분하다. 여자가 알라배스터와 시에나이트를 번갈아 쳐다보더니 이내 알라배스터에게 시선을 고정한다. 그럴 만도 하다. 시엔의 조언자만큼 사람의 신경을 박박 긁을 수 있는 작자는 없으니까. 시엔은 돌연 삐딱한 자부심을 느낀다.

"지사보는 전부 여섯 명이에요." 마침내 여자가 시에나이트의 질문에 대답한다. 하지만 눈은 아직도 알라배스터의 미소 띤 얼굴을 뚫어져라 노려보고 있다. "그리고 내가 지사보라는 건 중요하지 않아요. 지사님은 아주 바쁘신 분이고, 당신들이 해결할 문제는 아주 사소한 거니까. 그러니 하급 공무원만으로도 충분히 처리할 수 있지. 알겠어요?"

"이건 사소한 문제가 아닐 텐데요." 알라배스터는 더는 웃고 있지는 않지만 여전히 느긋한 태도로 얼굴 앞에 손가락을 세워 맞대고 있다. 화를 낼까 말까 고민하고 있는 것처럼 보이지만 시엔은 그가 이미 한계치에 이르렀음을 느낄 수 있다. "난 여기서도 산호층을 보닐 수 있거든. 당신네 항구는 거의 막혀 있는 상태요. 벌써 한 10년쯤 대형 상선을 다른 해안가 향에게 빼앗기고 있지요? 그래서 거금을 들여 펄크럼에 의뢰한 거고. 내가 그 사실을 아는 이유는 내가 지금 여기 와 있기 때문이오. 당신들은 항구를 깨끗하게 밀어서 거래처를 되찾고 경제가 부활하길 바라지. 그러지 않으면 도시가 쓰나미에 밀려 사라지기도 전에 부채를 갚다 망할 판이니까. 그래서 우리가 뭐냐고? 우리 둘?" 알라배스터가 시엔을 가리켰다가 다시 손가락을 맞댄다. "우리가 바로 삭아빠질 당신네들의 미래요."

여자는 침묵한다. 표정을 읽을 수는 없지만 몸은 잔뜩 긴장해 있고 등을 미묘하게 뒤로 물린다. 겁을 먹은 걸까? 어쩌면. 그보다는 알라배스터의 날카로운 언어에 정곡을 찔렸을 공산이 크다. 분명 아프겠지.

알라배스터가 말을 잇는다.

"그러니 먼저 그쪽에서 우리에게 호의를 보여 주는 게 좋을 거요. 당신네 사소한 문제를 해결하라고 우리를 수천 킬로미터나 달려오게 만든 장본인도 소개시켜 줘야 할 거고. 그게 바로 도리라는 거지. 안 그렇소? 중요한 사람이 오면 자고로 그렇게 대접하는 거요. 그렇게 생각하지 않습니까?"

오, 시엔은 환호성이라도 내지르고 싶다.

"좋아요." 여자가 무뚝뚝하게 대답한다. "그쪽의…… 요청을…… 지사님께 전해 드리지요." 그러고는 씨익 웃는다. 하얀 치아가 위협적으로 빛난다. "평상시 우리가 손님을 접대하는 방식에 대해 그쪽이 느낀 실망감도 확실히 전해 드리도록 하지요."

"당신들이 평소에도 이런 식으로 손님을 접대한다면……." 알라배스터가 유메네스 토박이만이 가질 수 있는 거만함을 유감없이 드러내며 응수한다. "당연히 우리가 얼마나 실망했는지 전해야 할 거요. 만나자마자 이렇게 불쑥 일 이야기부터 한다고? 먼 길을 쉴 새 없이 달려온 우리에게 안심차 한 잔도 권하지 않고?"

"어젯밤에 도시 외곽에서 하룻밤 묵었다고 들었는데요."

"그랬지요. 그래서 그나마 이 정도지요. 그리고 숙소도 사실…… 좋았다고는 할 수 없었고."

저건 너무한걸. 시엔은 속으로 생각한다. 왜냐하면 그들이 묵은 여관은 따뜻했고 침대도 편안했기 때문이다. 주인도 돈을 손에 쥐고 나자 꽤 양심적으로 친절하게 굴었다. 하지만 누가 알라배스터를 말리랴.

"2500킬로미터를 꼬박 달려 본 적 있소, 지사보? 여관에서 하룻밤 쉬는 것 정도로는 여독을 풀기엔 택도 없지요."

여자는 그저 콧구멍을 벌름거릴 뿐이다. 그러나 그녀는 지도자다. 그녀의 가족들은 폭풍우가 몰아칠 때 어떻게 휘어지고 굽혀야 하는지 정성 들여 훈련시켰을 것이다.

"미안합니다. 그 생각은 못 했군요."

"당연히 그랬겠지."

갑자기 알라배스터가 의자에서 벌떡 일어난다. 물처럼 유연하고 위협적인 것과는 전혀 거리가 먼 동작인데도 아사엘은 마치 그가 자신을 한 대 치기라도 할 것처럼 흠칫 놀라며 몸을 젖힌다. 알라배스터의 행동을 전혀 예측하지 못했던 시엔도 뒤늦게 따라 일어난다. 아사엘은 그녀 쪽은 쳐다보지도 않는다.

"우린 여기 오는 길에 봤던 여관에 묵도록 하지요." 알라배스터가 왠지 조바심을 내고 있는 여자를 무시하고 말한다. "바로 두 길 건너에 있는 집이오. 앞에 커다란 커쿠사 석상이 있었는데, 이름은 기억나지 않는군요."

"'계절의 끝'이라고 합니다." 여자가 거의 속삭이듯 말한다.

"그랬던 것 같군요. 청구서는 여기로 보내면 되겠지요?"

아사엘은 이제 거칠게 콧김을 몰아쉬고 있다. 책상 위에 놓여 있는 손이 주먹을 쥔다. 시엔은 조금 놀란다. 왜냐하면 숙박 시설을 요청하는 건 완벽하게 합리적인 요구이기 때문이다. 살짝 비쌀 수야 있겠지만…… 아, 그게 문제로군. 지사보는 그들의 체재 비용을 승인할 권한이 없다. 아사엘의 상관이 이 결정을 마음에 들어 하지 않는다면 그녀의 급여에서 비용을 제할지도 모른다.

그러나 아사엘, 알리아의 지도층은 예의 바르고 품위 있는 태도를 벗어 던지지도, 그들에게 고함을 지르지도 않는다. 사실 시엔은 반쯤 기대하고 있었건만.

"물론입니다." 그녀는 심지어 가벼운 미소까지 띤다. 거의 존경스러울 지경이다. "내일 같은 시간에 다시 들러 주시죠. 자세한 논의는 그때 하도록 합시다."

그래서 시엔과 알라배스터는 집무실을 나와 알라배스터가 말한 고급 여관으로 향한다.

그들이 묵는 방(이번에도 둘은 같은 방을 쓴다. 두 사람은 과한 요구를 한다는 인상을 주지 않기 위해 너무 비싼 음식은 주문하지 않으려 한다.) 창가에 서서, 시에나이트는 알라배스터의 옆모습을 유심히 뜯어보며 그가 왜 아직도 용광로처럼 부글거리고 있는지 헤아려 보려 애쓴다.

"브라보. 하지만 꼭 그랬어야 했나요? 나라면 그냥 임무나 빨리 끝내고 돌아갈 텐데."

알라배스터는 빙긋 웃지만 아직도 턱 근육이 실룩이고 있다.

"너라면 한 번쯤은 사람 대접을 받는 걸 좋아할 줄 알았는데."

"그건 좋죠. 하지만 그래 봤자 뭐가 달라지는데요? 지금은 잘해 줄지 몰라도 어차피 우리에 대한 생각은 변하지 않을 텐데……."

"그렇겠지. 하지만 난 저들이 우리를 어떻게 생각하는지에 대해서는 관심 없다. 우리를 좋아해 주길 바라지도 않고. 중요한 건 저들이 어떻게 행동하느냐야."

이 정도면 알라배스터치곤 무난한 거겠지. 시엔은 한숨을 내쉬며 엄지와 집게손가락으로 콧등을 지그시 누른다.

"펄크럼에 항의서를 보낼 거라고요."

엄밀히 말해 이번 임무는 시엔의 책임이니 이 일로 문책을 받는 것도 시엔일 것이다.

"그러라지." 알라배스터가 몸을 돌려 욕실로 향한다. "식사가 오면 알려 주렴. 난 몸이 퉁퉁 불어 터질 때까지 욕조에 앉아 있을 테니."

시엔은 이 정신 나간 인간을 싫어하는 게 과연 무슨 의미가 있을지 고민한다. 어차피 본인은 눈치 채지도 못할 텐데.

룸서비스가 도착한다. 소박하지만 푸짐한 향토 음식이 쟁반 가득 담겨 있다. 해안지방 향에서는 생선이 저렴하기 때문에 시엔은 템티르 필레를 주문하는 사치를 누리기로 했다. 유메네스에서는 매우 비싼 고급 요리로 펄크럼에서 아주 드물게 먹어 본 적이 있다. 알라배스터가 몸에 수건을 두르고 욕실에서 나온다. 원했던 대로 피부가 퉁퉁 불었다. 시엔은 지난 몇 주 사이에 그가 얼마나 야위었는지 깨닫는다. 뼈와 말라빠진 근육뿐이면서 알라배스터는 수프 한 그릇밖에 주문하지 않았다. 푸짐한 해산물 스튜가 커다란 그릇 가득 담겨 있고 누군가 그 위에 크림과 비트 처트니 한 덩어리도 얹어 주긴 했지만, 그래도 알라배스터는 더 많이 먹어야 한다.

시엔의 음식에는 마을 얌과 볶은 실바비가 따로 작은 접시에 딸려 왔다. 그녀는 그것을 알라배스터의 접시에 덜어 준다.

알라배스터가 접시를 물끄러미 쳐다보더니 고개를 들어 그녀를 바라본다. 그의 표정이 돌연 부드러워진다.

"아하. 너는 뼈에 살점이 붙은 남자가 취향이구나."

알라배스터가 우스갯소리를 하다니. 설사 시엔이 그가 매력적이라고 생각한다 한들 그와 자는 것을 좋아하지 않는다는 정도는 두 사람 다 아주 잘 알고 있다.

"거야 누구나 그렇죠."

알라배스터가 한숨을 내쉬더니 얌전히 얌을 먹기 시작한다. 그는 음식을 씹으며(배가 고픈 것 같지는 않다. 그저 의무감에 먹고 있는 것 같다.) 말한다.

"잘 느껴지지가 않는다."

"뭐가요?"

알라배스터가 어깨를 으쓱한다. 모르겠다는 뜻이 아니라 어떻게 표현해야 할지 난감하다는 의미다.

"뭐든. 배고픔. 고통. 대지의 품에 있을 때는……."

그가 미간을 찌푸린다. 이게 문제다. 표현력이 부족한 게 아니라 언어 그 자체가 정확하게 대응하지 않는다는 것. 시엔은 자기도 안다는 표시로 고개를 끄덕인다. 어쩌면, 언젠가, 누군가, 오로진이 사용할 수 있는 언어를 발명할지도 모른다. 어쩌면 그런 언어가 이미 과거에 존재했었고 다만 잊힌 것인지도 모른다.

"대지의 품에 있을 때는 오직 땅만 보녀지지. 이런 건……." 그는 방 안을, 자신을, 그녀를 손짓한다. "느낄 수 없어. 그리고 나는 대지 안에서 너무 많은 시간을 보낸다. 어쩔 수가 없어. 그러다 지상으로 돌아오면 마치…… 대지의 일부가 나를 따라 함께 올라온 것 같다. 그리고……." 그는 말끝을 흐리지만 시엔은 그가 무슨 말을 하는지 알 것 같다. "일곱 반지나 여덟 반지쯤 되면 겪는 현상인 것 같다. 사실 펄크럼에서 식단을 엄격하게 지정해 주긴 했는데, 내가 잘 지키지 않아."

시엔은 고개를 끄덕인다. 누가 봐도 확연한 사실이기에. 그녀가 알라배스터의 접시에 당초빵을 얹어 주자, 그가 재차 한숨을 내쉰다. 그러고는 접시 위에 놓인 것을 전부 먹어 치운다.

그들은 잠자리에 든다. 한밤중에 시엔은 더럽고 지저분한 물처럼 탁하게 일렁이며 굴절하는 빛의 기둥을 타고 위쪽으로 떨어지는 꿈을 꾼다. 기둥 꼭대기에서 뭔가가 희미하게 어른거리며 나타났다 사라졌다 나타났다 사라졌다를 반복한다. 마치 실은 거기 존재하지 않는 환영에 불과한 것처럼.

시엔은 눈을 뜬다. 왜 불현듯 뭔가 잘못됐다는 느낌이 드는지는 모르지만 빨리 문제를 해결해야 할 것만 같다. 그녀는 침대에서 일어나 앉아 잠에서 덜 깬 눈을 비빈다. 몽롱하게 남아 있던 꿈의 파편들이 사라졌을 즈음에야 그녀는 비로소 방 안 가득 감도는 죽음의 기운을 감지한다.

시엔은 당혹한 나머지 옆에 누워 있는 알라배스터를 황급히 돌아본다. 그도 잠에서 깨어나 있다. 뻣뻣하게 몸을 굳힌 채, 두 눈을 부릅뜨고 초점 없이 허공을 응시하고 있다. 입은 헤 벌어져 있고 목구멍에서는 그렁거리는 소리가 난다. 입을 헹구는 것처럼, 아니면 코를 골려다 처참하게 실패한 것처럼. 삭을, 왜 이러는 거야? 그는 그녀를 쳐다보지도 않고 움직이지도 않고 괴상한 소리만 내고 있다.

알라배스터의 조산력이 한곳으로 모이고, 모이고, 응집된다. 시엔의 두개골 안쪽이 찌릿하게 울릴 정도다. 팔을 건드려 보니 피부가 차고 끈적이고 근육은 경직되어 있다. 그제야 시엔은 그가 움직이지 못한다는 사실을 깨닫는다.

"배스터!"

시엔은 몸을 굽혀 그의 눈을 들여다본다. 배스터는 그녀를 보고 있지 않다. 그러나 그녀는 그의 눈동자 안에서 뭔가를 보닌다. 무언가가 깨어나고, 반응한다. 몸의 근육은 꼼짝도 않지만 그의 조산력이 꿈틀댄다. 배스터가 힘겹게 그르렁거리며 목을 울릴 때마다 더 높이 휘돌고, 더 빠르게 모여들어, 금세라도 폭발할 것처럼 쿵쿵 약동한다. 녹병삭을, 그는 몸을 움직일 수 없다. 그리고 극심한 공황상태에 빠져 있다.

"알라배스터!"

오로진은 절대로, 절대로, 절대로 공황에 빠지면 안 된다. 열 반지 오로진은 더더욱 그렇다. 알라배스터는 대답하지 않는다. 시엔은 부디 그가 이성을 되찾길 빌며 여기 있다고, 도와주겠다고 끊임없이 속삭인다. 어쩌면 배스터는 일종의 발작을 일으키고 있는지도 모른다. 시엔은 이불을 걷고 다리를 양쪽으로 벌려 알라배스터의 몸을 깔고 앉은 다음, 그의 입에 손가락을 넣어 혓바닥을 빼낸다. 입안 가득 침이 고여 있다. 그는 자기 침에 익사하는 중이다. 황급히 배스터의 몸을 옆으로 누이고 고개를 기울여 침을 흘려 빼낸다. 다행히도 숨소리가 또렷해진다. 하지만 호흡은 여전히 얕고 가냘프고, 마시고 뱉는 데 시간이 너무 오래 걸린다. 그는 호흡 곤란을 겪고 있다. 원인이 뭔지는 몰라도 몸과 폐가 마비되고 있다.

방이 우르르 흔들린다. 약하긴 하지만 여관 여기저기서 놀란 목소리들이 터져 나온다. 하지만 금세 그친다. 아무도 심각하게 생각하지 않기 때문이다. 흔들이 임박했다는 징조가 없기 때문이다. 사람들은 어쩌다 몰아친 강풍에 건물이 잠깐 흔들렸다고 여길 것이다. 어쨌든 지금은.

"젠장, 젠장, 젠장." 시에나이트는 알라배스터의 관심을 끌기 위해 상체를 가까이 기울여 붙인다. "배스터, 이 멍청하고 대책 없는 인간아, 참아요. 최대한 눌러 참으라고. 내가 도와줄게요. 하지만 그 전에 당신이 우릴 전부 죽여 버리면 나도 어쩔 수가 없다고요!"

눈썹 하나도 미동하지 않고 쌕쌕거리는 숨소리도 여전하지만, 방 안을 떠돌던 절망과 불길한 기운이 스르르 사라진다. 좋아, 됐어. 그럼 이제……

"가서 의사를 불러 올……."

아까보다 더 크고 갑작스럽게 건물이 출렁인다. 방 한쪽에 치워 둔 룸서비스 수레에서 식기들이 시끄럽게 짤랑인다. 안 된다는 뜻이다.

"난 당신 못 도와줘요! 왜 이러는지 모른다고요! 이러다 죽으면 어떡해요?"

배스터의 몸뚱이가 팔딱인다. 의도적으로 움직인 것인지 아니면 경련에 불과한 건지는 알 수가 없다. 하지만 잠시 후 시엔은 그게 일종의 경고였음을 알게 된다. 그때와 똑같은 일이 벌어지고 있다. 배스터의 힘이 그녀의 힘을 커다랗고 힘센 바이스처럼 힘껏 움커쥐고 조여든다. 시엔은 이를 악문 채 그가 그녀를 이용하길 기다리지만…… 아무 일도 일어나지 않는다. 그는 그녀를 손에 넣었고, 시엔은 그가 뭔가를 하고 있음을 느낄 수 있다. 그는 발버둥치고 있다. 말하자면 그렇다. 뭔가를 다급히 찾고 있다. 하지만 아무것도 찾지 못한다.

"뭐예요?" 시에나이트가 알라배스터의 죽어 가는 얼굴에 대고 묻는다. "뭘 찾고 있는 거예요?"

아무 반응도 없다. 그러나 그가 움직일 수 없는 상태에서는 찾을 수 없는 것을 찾고 있는 것만은 분명하다.

하지만 말도 안 된다. 오로진은 능력을 펼치는 데 눈이 필요하지 않다. 오로진 갓난아기들은 요람에 누워서도 조산술을 쓸 수 있다. 그러나…… 하지만……. 시엔은 열심히 기억을 더듬는다. 전에 고가도로에서 배스터는 제일 먼저 혼란의 근원지를 바라보았다. 시엔은 그때의 장면을 머릿속에 그리며 그가 무엇을 어떻게 했는지 되새겨 보려 애쓴다. 아니, 틀렸어. 노드 관리소는 북서쪽에 있지만 그는 정서쪽을, 지평선을 응시하고 있었다. 시에나이트는 자신의 멍청함을 책망하며 침대에서 뛰어내려 창가로 달려가 밖을 내다본다. 보이는 것이라곤 경사진 도로와 벽토 건물, 늦은 밤 아무도 없는 적막한 거리뿐이다. 어둠 속에 움직이는 것이라곤 아래쪽에 내다보이는 항구와 그 너머에 있는 바다가 유일하다. 사람들이 배에 화물을 옮겨 싣고 있다. 하늘에는 군데군데 구름이 끼어 있고 해가 뜨려면 아직 멀었다. 바보가 된 기분이다. 그리고 그때……

가슴을 쥐어짜는 충격. 등 뒤에 있는 침대에서 알라배스터가 내는 거친 숨소리가, 그의 힘의 진동이 느껴진다. 뭔가 그의 관심을 사로잡은 게 있다. 언제지? 그녀가 하늘을 올려다봤을 때다. 시엔은 긴가민가 싶은 심정으로 다시 하늘에 시선을 집중한다.

거기. 바로 거기. 알라배스터의 달가운 마음이 시엔에게까지 느껴질 정도다. 다음 순간 그의 힘이 그녀를 감싸 안고, 시엔은 더 이상 눈으로 보고 있지 않다.

그것은 방금 시엔이 꾼 꿈과 비슷하다. 그녀는 위쪽으로 추락하고 있고 이상하게도 그것은 모순되지 않는다. 빛을 사방으로 산란하며 아지랑이처럼 어른거리는 이상한 색깔의 물질이 그녀를 둘러싸고 있다. 물과 비슷하지만 파란색이 아니라 옅은 자줏빛이고, 투명하지도 않다. 마치 질 낮은 자수정에 불투명한 석영이 섞여 있는 느낌이다. 시엔은 숨이 막히는 느낌에 격렬하게 버둥대지만 이건 보님기관이 느끼는 감각이지 피부나 폐의 감각이 아니다. 시엔은 버둥거릴 수 없다. 왜냐하면 그녀는 물속에 있는 것도 아니요, 실제로 지금 여기 있는 것도 아니기 때문이다. 그녀는 익사할 수 없다. 왜냐하면, 어떻게 한 건지는 몰라도, 알라배스터가 그녀를 붙잡고 있기 때문이다.

시엔이 어찌할 바를 모르고 황망해하는 사이, 그는 무엇을 해야 할지 알고 있다. 알라배스터가 그녀를 끌어 올린다. 위로, 위로, 더 빨리 추락하게 끌어당긴다. 그는 뭔가를 찾고 있고 그녀는 그 무언가의 아우성이, 압력과도 같은 무거운 인력이 느껴지는 것 같다. 기온이 점차 차가워지고 피부가 따끔거린다.

뭔가가 찰칵 맞물린다. 다른 것이 옆으로 밀려나며 스르륵 열린다. 뭔가 그녀를 초월한 것, 그녀가 인지하고 파악하기엔 너무 복잡하고 어려운 것. 어디선가 무언가가 쏟아져 들어오고, 따뜻해진다. 시엔의 안에 있는 뭔가가 풀려나고, 격렬해지고, 발화한다.

다음 순간, 시엔은 다른 곳에 있다. 얼음처럼 차고 시린 거대한 것들 사이를 둥둥 떠다니고 있다. 그것들에, 그것들 사이에, 뭔가가 있다.

오염 물질.

이건 그녀의 생각이 아니다.

그리고 모든 게 사라진다. 시엔은 갑자기 자신의 몸으로, 진짜 세계로, 시각과 소리와 청각과 미각과 후각과 보님의 세계로 돌아온다. 알라배스터가 방금 한 뭔지 모를 짓거리가 아니라 지극히 익숙하고 당연한 방식의 평범한 보님, 그리고 알라배스터는 침대 위에서 한창 토악질 중이다.

시에나이트는 기겁하며 몸을 피하다 배스터가 온몸이 마비되어 있었다는 사실을 기억해 낸다. 토하는 건 둘째치고 움직일 수조차 없던 사람이 배 속을 게워 내고 있다. 효율적으로 웩웩거릴 수 있게 침대에서 상체를 반쯤 일으킨 채 말이다. 마비 증세가 사라진 게 분명하다.

구토량은 많지 않다. 티스푼 한두 개 분량의 역겨워 보이는 맑은 액체다. 저녁을 먹은 지 벌써 여러 시간이 지났기 때문에 그의 위에는 남은 게 없어야 한다. 시엔은 떠올린다.

오염 물질.

그러고는 알라배스터가 게워 내고 있는 게 무엇인지 깨닫는다.

뿐만 아니라 그가 어떻게 그런 일을 할 수 있는지도 깨닫는다.

배 속에 든 것을 전부 내보낸 알라배스터가 마지막으로 침을 몇 번 뱉더니 침대에 털썩 드러누워 힘겹게 숨을 몰아쉰다. 어쩌면 그저 자유롭게 숨을 쉴 수 있게 된 걸 즐기고 있는지도 모른다.

시에나이트가 속삭인다.

"방금 무슨 땅불 태워 먹을 짓을 한 거예요?"

알라배스터가 피식 웃더니 슬며시 눈을 뜨고 눈동자를 굴린다. 평소에 그가 표면과 다른 속내를 내비칠 때마다 짓는 미소다. 이번에는 자기 신세가 처량해서, 아니면 그저 힘들어서 짓는 쓴웃음인지도 모르겠다. 그는 늘 냉소적이고 신랄하다. 다만 내비치는 정도가 다를 뿐.

"지…… 집중." 그가 숨을 헐떡이며 말한다. "제어. 강도의 문제다."

그것은 조산술을 배울 때 제일 처음 배우는 것들이다. 갓난아기도 산을 움직일 수 있다. 그것은 본능이다. 그러나 오로지 체계적으로 훈련받은 펄크럼 오로진만이 바윗돌 하나를 의도적으로, 원하는 대로 움직여 들어 올릴 수 있다. 그리고 오로지 열 반지만이 몸속 혈관과 신경 체제 안에 침투한 극소량의 독극물을 분리할 수 있나 보다.

하지만 그런 건 불가능하다. 시에나이트는 알라배스터가 그런 일을 했다는 걸 믿을 수가 없다. 그러나 그를 도운 것은 그녀 자신이고, 따라서 그런 불가능한 일이 가능하다는 걸 믿을 수밖에 없다.

빌어먹을 대지여.

진정해. 시에나이트는 심호흡을 하며 마음을 가다듬는다. 자리에서 일어나 물 한 잔을 따른 다음 알라배스터에게 건넨다. 그는 아직도 움직일 힘이 없다. 시엔은 그를 부축해 일으켜 앉히고 물잔을 입에 대 준다. 그는 처음 입속에 머금은 물을 마룻바닥에, 그녀의 발 옆에 뱉는다. 시엔은 그것을 물끄러미 바라본다. 그러고는 알라배스터의 등 뒤에 베개를 받치고 조심스럽게 눕힌 다음, 오물이 묻지 않은 담요 자락을 그러모아 발과 무릎 위에 덮어 준다. 그런 후에야 비로소 침대 맞은편에 놓여 있는 하룻밤을 보내기에 충분히 크고 푹신한 의자에 털썩 주저앉는다. 알라배스터의 체액을 처리하는 건 이제 진절머리가 난다.

이윽고 그의 호흡이 평온해지고 약간의 기운을 되찾자(시엔은 그렇게 인정머리가 없는 사람이 아니다.) 그녀가 조용히 말한다.

"무슨 삭아빠질 짓을 한 건지 말해 봐요."

알라배스터는 시엔의 질문에 별로 놀라지도 않고 베개 위에 힘없이 늘어져 있는 머리만 살짝 움직일 뿐이다.

"살기 위한 발악이지."

"고가도로에서 있었던 일. 그리고 방금 있었던 일. 설명하라고요."

"할 수…… 있을지 모르겠군. 그래도 되는지도 모르겠고."

시엔은 화를 억누른다. 너무 무서워서 그러지 않을 수가 없다.

"그래야 되는지도 모르겠다니, 그게 무슨 뜻이에요?"

알라배스터는 천천히, 숨을 크고 깊게 들이마신다. 음미한다.

"너는…… 아직 통제력이 부족해. 능력이 안 되는데 내가 방금 한 걸 하려 든다면…… 죽을 거다. 그리고 내가 어떻게 했는지 설명해 주면……." 그는 거듭 숨을 깊이 들이마시고 다시 내쉰다. "못 참고 시도하려 들 테고."

눈에 보이지도 않을 만큼 미세한 걸 조종하는 능력이라니. 정말 말도 안 되는 소리다. 그래야만 한다.

"그렇게까지 정교한 수준으로 힘을 조절하는 건 불가능해요. 아무리 열 반지라도요."

시엔도 열 반지가 엄청난 일을 할 수 있다는 이야기는 들은 적이 있다. 그렇지만 불가능한 일을 할 수 있는 건 아니다.

"그들은 사슬에 묶여 있는 신이다."

알라배스터가 가냘픈 숨소리를 낸다. 슬슬 잠에 빠져들고 있다. 살기 위해 발악하느라 지친 건지 아니면 기적을 행하는 게 보기보다 훨씬 더 힘들었는지도 모르겠다.

"사나운 대지를 길들이는 자들, 그러나 그들 자신도 굴레를 쓰고 있나니."

"그게 뭐예요?"

어디선가 인용한 문구다.

"돌의 가르침이다."

"거짓말. 세 번째 석판에 그런 구절은 없어요."

"다섯 번째 석판이야."

개소리만 늘어놓는 거짓말쟁이. 게다가 가물가물 졸고 있다. 오, 대지여, 저 자식을 진짜 죽여 버리고 말 테다.

"알라배스터! 내 질문에 대답이나 해요!" 돌아오는 건 정적뿐이다. 빌어먹을. "나한테 무슨 짓을 한 거예요?"

그가 한숨처럼 무겁게 숨을 내뱉는다. 시엔이 그가 잠들었다고 생각한 순간 알라배스터가 입을 연다.

"이른바 병렬 처리라고 한다. 가축 한 마리가 수레를 끌면 힘들어서 멀리 가지 못하지. 두 마리를 앞뒤로 세워서 끌게 하면 앞에 있는 녀석이 먼저 지치고. 하지만 나란히 매서 동시에 움직이게 하면, 그래서 둘 사이의 마찰 손실을 줄이면 두 마리가 각자 움직일 때보다 더 큰 힘을 얻을 수 있지." 알라배스터가 다시 한숨을 내쉰다. "어쨌든 이론은 그래."

"그럼 당신은 뭐예요? 두 마리를 잇는 멍에?"

농담이었는데 그가 고개를 끄덕인다.

멍에라니. 그건 더 나쁘다. 그는 그녀를 동물 취급하고 있다. 자신이 지쳐 나가떨어지지 않게 그녀를 채찍질해 억지로 일하게 시킨 것이다.

"그걸 어떻게……." 시엔은 어떻게라는 단어를 거부한다. 왜냐하면 그건 있을 수 없는 가능성을 인정하는 것이나 다름없으니까. "오로진은 힘을 합칠 수 없어요. 한 고리가 다른 고리를 포섭해 버리니까요. 통제력이 뛰어난 쪽이 그렇지 않은 쪽을 압도하죠."

시엔은 펄크럼의 잔모래 도가니에서 그렇게 배웠다.

"뭐, 그렇다면." 알라배스터가 눈을 감고 졸음이 가득한 목소리로 웅얼거린다. "그런 일은 없었나 보지."

순간 눈앞이 보이지 않을 정도로 화가 폭발한다. 온 세상이 하얗게 변한다. 오로진은 이렇게 격분해서는 안 된다. 그래서 시엔은 이글거리는 분노를 언어로 바꿔 화르륵 내뿜는다.

"허튼수작 할 생각 말아요! 한 번만 더 그런 짓을 했다간……." 하지만 그녀가 어떻게 그를 막을 수 있을까. "진짜로 죽여 버릴 거야. 알겠어요? 당신한텐 그럴 권리가 없어!"

"네가 내 목숨을 구해 주었지." 거의 속삭임에 가까운 목소리였지만, 시엔은 들었다. 그리고 그 말에 그녀는 허를 찔린 것처럼 노여움을 사그라뜨린다. "고맙다."

왜냐하면, 왜냐하면, 죽어 가던 사람이 지푸라기라도 잡겠다고 옆 사람을 다급히 부여잡은 것을 비난할 수는 없지 않은가.

수천 명의 사람을 살리기 위해서.

자기 아들을 살리기 위해서.

알라배스터는 잠든다. 자신이 게워 낸 역겨운 구토물 옆에서. 시엔이 누워 있던, 누워 있어야 할 자리다. 그녀는 안락의자 위로 다리를 끌어 올려 어떻게든 편한 자세를 만들어 보려고 애쓴다.

그나마 가장 적당하고 안정적인 자세를 잡은 후에야 그녀는 깨닫는다. 지금 중요한 건 알라배스터가 불가능한 일을 했다는 게 아니다.

잔모래 시절에 시에나이트는 때때로 부엌일을 배정받곤 했다. 간혹 상한 과일이나 야채 병조림을 열어 내용물을 확인하고 버려야 할 때가 있었는데, 뚜껑이 잘못 닫혔거나 병에 금이 가면 음식물이 고약하게 썩어서 악취를 날리느라 창문을 활짝 열고 옆에서는 연신 부채질을 해야 했다. 하지만 그보다 더 나쁜 건 겉으로 보기에 아무 이상도 없는 병조림이었다. 뚜껑을 열었을 때 이상한 냄새가 나지도 않았다. 유일한 위험 신호가 있다면 금속 뚜껑이 살짝 부풀어 있다는 것뿐이다.

"스왑스리스크보다도 더 위험하지." 요리장을 맡고 있는 희끗희끗한 머리의 내항자가 의심스러운 단지를 들어 보여 주며 설명했다. "그야말로 순수한 독극물이야. 조금이라도 먹으면 근육이 굳고 온몸이 마비된다. 숨도 쉴 수 없게 되지. 효과도 아주 강력해. 이 단지 하나만으로 펄크럼 사람을 전부 죽일 수 있을걸."

그러고는 재치 있는 말을 했다는 듯이 낄낄거렸다. 스튜 그릇에 몇 방울만 섞으면 주변 사람들의 짜증을 돋우는 중년의 로가 정도는 간단히 죽여 버릴 수 있을 것이다.

단순한 사고일 수도 있을까? 실력 있는 요리사라면 뚜껑이 부푼 병조림을 사용할 리가 없다. 하지만 계절의 끝 여관이 형편없는 요리사를 고용하고 있을 가능성도 있다. 음식을 주문한 건 시에나이트였고, 필요한 게 더 없는지 물으러 온 아이와 대화를 나눈 것도 시에나이트다. 어떤 요리가 누구 건지 말한 적이 있던가? 시엔은 자신이 한 말을 떠올려 본다. 난 생선과 얌으로 하겠어요. 그렇다면 스튜가 알라배스터의 몫이라는 걸 대충 짐작할 수 있었을 터다.

만약 여관 사람 중 누군가 로가를 죽이고 싶을 정도로 미워한다면 왜 두 사람 다 독살하지 않은 걸까? 알라배스터의 스튜뿐만 아니라 수레에 담긴 음식 접시 전부에 독이 든 야채즙을 떨어뜨리는 편이 훨씬 간단했을 텐데. 아니면 실제로 그랬는데 그녀에겐 아직 효력이 나타나지 않은 걸지도. 하지만 시엔의 몸은 아무렇지도 않다.

다 망상이야. 시엔은 속으로 중얼거린다.

하지만 모든 사람들이 그녀를 싫어한다는 건 망상이 아니다. 그녀는 로가니까.

답답해진 시엔은 무릎을 껴안고 이리저리 몸을 뒤치며 어떻게든 잠을 자려 해 보지만 도저히 그럴 수가 없다. 머릿속은 해답을 알 수 없는 의문으로 가득하고 몸은 차고 딱딱한 바닥에 침낭을 덮고 자는 데 너무 익숙해져 있다. 결국 시엔은 의자에서 일어나 앉아 창밖에 펼쳐진, 생각하면 할수록 터무니없고 이해할 수 없는 세상을 바라보며 앞으로 어찌 해야 할지 밤새도록 고민한다.

그러다 아침이 오고, 시엔은 머리를 맑게 하려는 헛된 시도의 일환으로 창밖으로 몸을 내밀어 이슬 내음이 어린 상쾌한 공기를 가슴 깊이 들이마시다 무심코 고개를 들어 하늘을 본다. 저기, 동틀 녘의 여명 속에 거대한 자수정 조각이 부유하고 있다. 오벨리스크다. 어제 알리아로 오는 길에도 봤던 기억이 어렴풋이 난다. 오벨리스크는 늘 아름답지만 그건 밤하늘의 별빛도 마찬가지고, 그래서 여느 때처럼 신경 쓰지 않았다.

하지만 저 오벨리스크는 왠지 심상치가 않다. 왜냐하면 어제보다 훨씬 가까이 다가와 있기 때문이다.

모든 건축물의 중앙에는 신축성이 있는 수평부재를 얹는다.
나무를 믿어라. 돌을 믿어라. 그러나 금속은 녹이 슬고 삭아 부스러진다.
— 세 번째 석판, 「구조」, 제1절

10장

너는 짐승과 함께 걷는다

너는 생각한다. 어쩌면 지금과는 다른 사람이 되어야 할지도 몰라.

누가 될지는 아직 모른다. 예전의 너는 냉철하고 강인하거나 친절하고 나약했다. 둘 중 어떤 조합이든 작금의 골치 아픈 상황을 헤쳐 나가기엔 더 나을 것이다. 지금의 너는 냉철하고 나약하다. 그리고 그건 누구에게도 도움이 되지 않는다.

아니면 완전히 새로운 사람이 되어야 할지도. 전에도 해 봤는데, 신기할 정도로 쉽고 간단했다. 새로운 이름, 새로운 특성, 그런 다음 새 가면과 성격을 뒤집어쓰고 거기에 어울릴 만한 곳을 찾는다. 며칠만 지나면 과거에 다른 네가 존재했다는 사실조차 까맣게 잊어버릴 수 있다.

하지만 분명하고 유일하게 존재하는 네가 있다면, 그건 나쑨의 어머니다. 그것만이 지금껏 너를 지탱해 왔고, 너를 궁극적으로 결정짓는 유일한 요소다. 이 모든 일이 끝나고, 지자가 죽고, 마침내 네 아들을 진정 애도할 수 있게 되면…… 그리고 그때도 나쑨이 살아 있다면 그 아이에겐 평생 알아 왔던 변함없는 모친이 필요할 것이다.

그래서 너는 계속 에쑨이어야 하고, 에쑨은 지자가 산산조각 내버린 자아의 불완전한 파편만으로 버텨야 한다. 어떻게든 그 수많은 조각들을 이어 붙이고 모서리가 맞지 않을 때에도 정신력으로 빈틈을 메워서 가끔 깨지고 갈라지는 소리가 들려도 무시해야 한다. 어쨌든 중요한 부분만 망가지지 않으면 된다. 그렇지? 너는 살아남을 것이다. 네게는 선택의 여지가 없다. 네 딸이 살아 있을지도 모르는 동안에는.

* * *

너는 전투 소리에 눈을 뜬다.

너와 호아는 너희와 똑같은 생각을 가진 다른 수백 명의 여행객들과 함께 노변집에서 밤을 보냈다. 사실 노변집 안에서는 아무도 잠을 자지 않는다. 노변집은 창문 하나 없이 작두샘만 덜렁 있는 돌오두막일 뿐이고, 그 안은 무조건 중립 지대라는 암묵적인 규칙 때문이다. 노변집 주변에 흩어져 있는 수십 개의 야영지와 야영객들도 대화를 하거나 친분을 나누려는 노력 따위는 하지 않는다. 일단 칼부터 휘두른 다음 질문은 나중에 한다는 암묵적인 규칙 때문이다. 세상은 너무나도 빨리, 그리고 너무나도 많이 바뀌었다. 돌의 가르침은 구체적이고 현실적인 변화에 대비하게 해 주지만 계절을 앞둔 공포와 불안감이라는 감정적인 변화에 쉽게 적응할 수 있는 사람은 없다. 고작 일주일 전만 해도 모든 게 정상이지 않았던가.

너와 호아는 초원 한가운데 있는 공터에 자리를 잡고 불을 피웠다. 너는 어쩔 수 없이 소년과 번갈아 불침번을 서기로 한다. 아이가 잠들까 봐 걱정스럽긴 하지만 주변에 이렇게 사람들이 득시글거릴 때에는 잠깐만 한눈을 팔아도 위험하다. 가장 큰 골칫거리는 도둑이다. 네 비상자루는 아직도 빵빵하고 너희는 홀로 여행하는 여자와 어린아이일 뿐이니까. 실은 불을 피우는 것도 위험하다. 바싹 마른 들판에서 성냥돌 끝을 어떻게 쓰는지도 모르는 이들과 밤을 보내는 건 불안한 일이다. 그러나 너는 지금 지쳐 있다. 편안하고 식상한 일상과 멀어진 지는 일주일밖에 되지 않았고 여행에 익숙한 몸으로 돌아오려면 시간이 꽤 걸릴 것이다. 그래서 너는 소년에게 이탄이 다 타면 깨워 달라고 일러 둔다. 적어도 네다섯 시간은 잘 수 있을 것이다.

그러나 아주 많은 시간이 흘러 새벽녘이 다 되었을 즈음, 반대쪽 들판에서 놀란 비명이 터져 나온다. 사람들이 깜짝 놀라 울부짖자 이쪽에서도 소란이 일어난다. 너는 침낭을 발딱 젖히고 일어난다. 누가 소리를 지르고 있는지는 모르겠다. 왜 그런지도 모르겠다. 하지만 상관없다. 너는 한 손으로는 비상자루를, 다른 한 손으로는 호아의 손을 움켜잡고 뛰기 시작한다.

아이가 갑자기 손을 홱 잡아 빼더니 항상 갖고 다니던 천 꾸러미를 채어 든다. 그런 다음에야 다시 네 손을 잡는다. 호아의 얼음색 눈동자가 어둠 속에서 휘둥그렇다.

그리고 너, 너희들 모두, 너와 소년과 주변 사람들은 전부 도망치기 시작한다. 초원 깊숙이 길에서 최대한 멀리 떨어진 곳으로 뛰고 뛰고 또 달린다. 왜냐하면 비명이 처음 들려온 곳은 도로변이고, 강도든 도둑이든 무항민 패거리든 민병대든 이 소동을 일으킨 범인들은 볼일이 끝나면 도로를 따라 자취를 감출 것이기 때문이다. 회색 잿가루가 날리는 희미한 새벽빛 속에서 다른 사람들은 모두 그저 앞뒤 다퉈 지나가는 어두운 그림자에 불과하다. 한동안은 호아와 등에 진 자루와 발밑에 느껴지는 대지만이 세상에 존재하는 유일한 것처럼 느껴진다. 한참 시간이 흐른 뒤에야, 너는 기진맥진해 비틀거리며 발을 멈춘다.

"방금 뭐야?"

호아가 묻는다. 아이는 숨이 찬 것 같지도 않다. 애들이란. 물론 너도 잠시도 쉬지 않고 줄곧 달린 것은 아니다. 그러기에 너는 너무 통통하다. 어쨌든 중요한 건 계속 움직여야 한다는 것이고, 그래서 너는 그렇게 한다. 뛰지 못한다면 걷기라도 해야 한다.

"나도 몰라."

네가 대답한다. 사실 그게 뭔지는 중요하지 않다. 너는 당기는 옆구리를 쓰다듬는다. 목이 마르다. 물을 마시려 수통을 꺼내 들었다가 얼굴을 찌푸린다. 수통이 거의 비어 있다. 노변집에서 물을 채울 기회가 없었다. 원래는 아침에 물을 보충할 계획이었다.

"나도 못 봤어." 호아가 몸을 돌려 목을 길게 빼고 내다본다. "사방이 고요했는데 그러다 갑자기……."

소년이 어깨를 으쓱한다.

너는 아이를 노려본다.

"혹시 깜박 존 건 아니지?"

너는 도주하기 전에 불을 확인했다. 모닥불은 까맣게 꺼져 있었다. 호아는 몇 시간 전에 너를 깨웠어야 했다.

"아니."

너는 네 자식 둘과 다른 사람들의 자식 여럿을 움찔거리게 만들었던 눈빛으로 소년을 쏘아본다. 호아가 주눅 든 표정으로 뒷걸음질 친다.

"안 잤다니까."

"왜 땔감이 다 탔을 때 나를 안 깨웠지?"

"넌 자야 하고 난 안 졸렸거든."

제기랄. 그건 호아가 나중에 졸 거라는 의미다. 대지에 잡아먹힐 놈!

"옆구리가 아파?" 호아가 걱정이 되는 듯 다가와 묻는다. "다쳤어?"

"숨이 차서 결리는 것뿐이야. 금방 없어져."

너는 주위를 휘휘 둘러보지만 낙진 때문에 5미터 밖으로는 보이는 게 없다. 근처에 다른 사람의 기척도 없고 노변집 쪽에서도 아무 소리도 들리지 않는다. 풀잎 위로 재가 사박거리며 쌓이는 소리뿐이다. 논리적으로 생각해 봐도 노변집 근처에서 야영하던 사람들이 그렇게 멀리 있을 리가 없는데도 왠지 세상에 혼자가 된 기분이다. 물론 호아는 빼고.

"노변집으로 다시 돌아가야겠다."

"짐을 가지러?"

"그래, 물도 받아야 하고."

너는 눈을 가늘게 뜨고 노변집 쪽을 바라보지만 조금만 멀어져도 세상이 온통 흐리고 희뿌예져서 아무 소용도 없다. 다음에 만날 노변집이 과연 쓸 만할지도 확신할 수 없다. 벌써 군벌 지망생이 점령했을지도 모르고 이성을 잃은 폭도들이 때려 부쉈을지도 모른다. 어쩌면 너무 오래되어서 제 기능을 하지 못할 수도 있다.

"가도 돼." 너는 호아를 휙 돌아본다. 소년은 풀밭에 앉아 있다. 그리고 놀랍게도 입안에 뭔가를 물고 있다. 저 애한텐 먹을 게 없을 텐데……. 아. 호아가 천 꾸러미를 단단히 묶더니 입안에 든 것을 잽싸게 삼킨다. "내가 목욕했던 개울로 가."

그것도 괜찮은 방법이다. 개울은 네가 들렀던 곳에서 별로 멀지 않은 지점에서 지하로 숨어들어 사라진다. 겨우 한나절만 걸으면 되는 거리다. 하지만 왔던 길을 하루나 되돌아간다는 건 결국……

아니다. 냇가로 돌아가는 건 지금 상황에서 가장 안전한 선택이다. 망설이는 건 어리석은 짓이다.

하지만 나쑨이 저 앞에 있는데.

"그 애에게 무슨 짓을 하고 있을까?" 너는 나지막이 중얼거린다. "지금쯤이면 그 애가 뭔지 알았을 텐데."

호아는 너를 잠자코 지켜보고 있을 뿐이다. 설령 너를 걱정하고 있다 할지라도 아이는 겉으로 드러내지 않는다.

하지만 너는 이제 소년에게 걱정거리를 던져 줄 참이다.

"노변집으로 돌아가자. 시간도 꽤 지났으니 도적 떼든 뭐든 지금쯤 원하는 걸 챙겨서 사라졌을 거야."

그들의 목적이 노변집 그 자체가 아니라면 말이다. 고요 대륙에서 가장 유서 깊은 몇몇 향들은 그 근방에서 가장 강력한 세력이 수원을 점령하고 계절이 끝날 때까지 이방인들을 배척함으로써 탄생했다. 지금처럼 향들이 새로운 입향민을 거부하는 시기에 무향민 무리의 가장 큰 희망은 그들만의 새 향을 건설하는 것이다. 하지만 실제로 그런 희망을 현실로 옮길 만큼 체계적이고 사회화되고 강력한 무향민 집단은 매우 드물다.

그리고 물을 구하기 위해 혈안이 된 오로진에게 대항할 수 있는 이들 역시 드물다.

"물을 독차지할 작정이라면 그 전에 나한테 조금이라도 내놓는 게 그놈들 신상에도 좋을 거야."

너는 진심이다. 별로 큰일은 아니지만 너는 지금 물을 원하고, 태산처럼 거대한 장애물이 앞을 가로막고 있다 할지라도 오로진은 산맥 정도는 아침식사로 씹어 먹을 수 있다.

너는 네 말에 소년이 비명을 지르며 도망갈지도 모른다고 생각하지만 아이는 조용히 바닥에서 일어날 뿐이다. 너는 전에 들른 향에서 이탄을 사면서 호아에게 옷을 사 주었다. 이제 소년은 튼튼한 여행용 부츠와 두껍고 따뜻한 양말, 갈아입을 옷 두 벌, 그리고 네 것과 신기할 정도로 닮은 짧은 외투가 있다. 옷차림 덕분에 호아의 특이한 생김새만 빼면 너희 둘은 꽤 비슷해 보인다. 동질한 겉모습은 남들에게 너희 둘이 일행이며 같은 목표를 지향하고 집단을 구성하고 있다는 무언의 메시지를 전달한다. 대단한 건 아니지만 작은 억지력이라도 없는 것보단 있는 게 낫다. 우리는 무적의 한 쌍이야. 정신 나간 미친 여자랑 까칠한 애새끼란 말이야.

"가자."

너는 걷기 시작한다. 호아가 뒤를 따라온다.

노변집으로 가는 길은 조용하다. 바닥이 어수선하고 너저분해질수록 노변집에 가까워지고 있다는 걸 알 수 있다. 누군가 버리고 간 야영지에는 깜부기불이 타고 있다. 찢어진 비상자루도 있고 다투던 중에 쏟아졌는지 안에 든 물건들이 점점이 흩어져 있다. 원형으로 풀을 뜯어 만든 자리와 타고 남은 모닥불, 네 것일지 모를 침낭도 발견한다. 너는 지나치면서 침낭을 주워 들어 돌돌 만 다음 비상자루의 어깨끈 사이로 쑤셔 넣는다. 나중에 단단하게 묶어야지. 네가 예상한 것보다 더 빨리 노변집이 나타난다.

처음에는 아무도 없는 줄 알았다. 네 발소리와 숨소리밖에 들리지 않기 때문이다. 소년은 아무 말도 없지만 도로 위로 올라서자 아스팔트 위로 퍼지는 아이의 발소리가 묘하게 크고 무겁다. 네가 곁눈질로 흘겨보자 소년도 뭔가 잘못했다는 걸 알아챈다. 호아는 발을 멈추고 앞에서 네가 걸어가는 모습을 지그시 눈여겨본다. 아이는 네가 발끝을 말아 뒤꿈치부터 순차대로 지면에 대는 모습을, 턱하고 내려놓기보다 발바닥을 지면에서 벗겨 내듯이 들어 올렸다가 다시 내려놓는 동작을 뚫어져라 주시하다가 똑같이 따라 하기 시작한다. 네가 신경을 바짝 곤두세우고 주변을 경계할 필요가 없었다면, 격렬하게 방망이질치는 네 심장 소리에 정신이 팔리지 않았다면, 호아의 쿵쿵거리는 발소리가 사라졌을 때 그 작은 얼굴에 떠오른 표정을 보고 웃음을 터트렸을지도 모르겠다. 아이는 거의 귀여울 정도다.

하지만 노변집 안으로 들어간 너는 혼자가 아님을 깨닫는다.

제일 먼저 눈에 들어온 건 작두샘과 그 밑의 시멘트 받침이다. 사실 노변집은 원래 그게 전부다. 우물과 보호용 지붕. 네가 여자를 발견한 건 그때다. 여자는 콧노래를 흥얼거리며 커다란 수통을 옆으로 내려놓고 이번에는 그보다도 더 큰 수통을 작두샘 주둥이 아래 놓는다. 부산스럽게 물을 퍼 올릴 준비를 하고 막 손잡이를 잡고 내리누르려는 순간, 너의 존재를 발견한다. 여자는 즉시 얼어붙는다. 너와 여자는 말없이 서로를 응시한다.

여자는 무향민이다. 최근에 집을 잃은 사람이라면 저렇게까지 지저분할 리가 없다.(속으로 나랑 같이 다니는 꼬마애를 제외하면 하고 덧붙이지만 천재지변으로 진흙투성이가 된 것과 씻지 않아서 더러운 것은 천지차이다.) 여자의 머리카락은 둘둘 말려 엉클어져 있는데, 너처럼 정성 들여 꼰 게 아니라 전혀 손을 보거나 다듬지 않았기 때문이다. 머리카락이 아무렇게나 뭉쳐 흉한 혹 덩어리처럼 두피에 매달려 있다. 피부도 단순히 흙먼지가 쌓인 게 아니다. 마치 피부와 합체라도 한 것 같다. 흙에 철분이 많이 섞여 있는지 피부의 습기 때문에 녹이 슬어 모공이 붉게 물들었다. 걸치고 있는 옷가지 중 몇몇은 아직 새것이고(방금 노변집 주변에 온갖 물건들이 흩어져 있는 걸 봤기에 어디서 그런 옷들을 구했는지 짐작하기는 그리 어렵지 않다.) 발치에는 자루가 세 개나 놓여 있다. 모두 뚱뚱할 정도로 먹을 것과 생필품으로 가득 차 있고 물을 가득 채운 수통이 달랑거린다. 하지만 여자의 몸에서 나는 악취가 너무 고약해서 차라리 저 물로 목욕이나 좀 했으면 좋겠다는 생각이 든다.

여자의 시선이 너와 호아 사이를 번갈아 오가며 잽싸게, 그리고 세심하게 훑는다. 잠시 후에 어깨를 으쓱하더니 천연덕스럽게 단 두 번의 팔 운동으로 커다란 수통을 가득 채운다. 수통을 집어 뚜껑을 잠근 다음, 발치에 놓여 있는 커다란 자루에 매달고(이 모든 과정이 어찌나 민첩하고 거침없이 진행되는지 경탄스러울 정도다.) 자루 세 개를 한꺼번에 등에 짊어지더니 뒤로 물러난다.

"어디 덤벼 보시든지."

너는 전에 무향민을 본 적이 있다. 누구나 그렇다. 그들은 완력꾼보다 값싼 노동력을 원하는 도시나 완력꾼 조합의 위세가 약한 곳에서 변두리 빈민가에 살며 길거리에서 구걸을 한다. 그 외의 다른 곳에서는 향과 향 사이, 숲이나 사막 언저리에서 야생동물을 사냥하거나 도시에서 버린 찌꺼기 자재로 살 곳을 마련한다. 말썽을 피하고 싶어 하는 무리는 향 외곽에 있는 창고나 농장을 습격하고, 싸우기를 좋아하는 무리는 규모가 작고 방어 시설이 미흡한 향을 습격하거나 비교적 한적한 사향주 도로를 오가는 여행객들을 습격한다. 사향주 지사들은 그런 일이 생겨도 별로 크게 신경 쓰지 않는다. 주민들이 경계를 바짝 세우게 자극할 수 있고 말썽꾸러기들에게도 까불면 무슨 일이 생기는지 본보기를 보여 줄 수 있기 때문이다. 그러나 도적 떼가 너무 늘거나 지나치게 폭력적이 되면 가끔 민병대를 파병해 무향민 무리를 토벌하기도 한다.

하지만 이제 그런 것은 중요하지 않다.

"말썽을 일으키고 싶진 않아." 네가 말한다. "너처럼 물을 뜨러 온 것뿐이야."

호기심 가득한 눈빛으로 호아를 관찰하던 여자가 네게로 시선을 돌린다.

"나도 먼저 건드릴 생각은 없어." 여자가 조심스럽게 수통의 마개를 잠근다. "하지만 물을 더 받아야 해." 그녀는 네가 메고 있는 자루와 거기 달려 달랑거리는 수통을 턱짓으로 가리킨다. "네 건 금방 끝나겠네."

여자의 수통은 정말 기겁할 정도로 크다. 무겁기도 통나무만큼 무거울 것 같다.

"일행을 기다리는 거야?"

"아니." 여자가 씨익 웃자 신기할 정도로 튼튼한 치아가 드러난다. 지금은 떠돌이 신세일지 몰라도 처음부터 무향민은 아니었을 것이다. 영양 부족을 겪어 본 적이 없는 잇몸이다. "날 죽일 거야?"

솔직히 그런 질문을 들을 거라곤 기대하지 않았다.

"근처에 은신처가 있는 게 틀림없어."

호아가 말한다. 너는 소년이 문 앞에서 바깥을 경계하고 있는 걸 보고 뿌듯함을 느낀다. 긴장을 푸는 법이 없다. 똑똑한 녀석.

"맞아." 여자가 명랑한 목소리로 맞장구를 친다. 두 사람이 그녀의 비밀을 알아냈는데도 전혀 동요하는 기색이 없다. "날 따라 올 거야?"

"아니." 너는 단호하게 대꾸한다. "너한텐 관심 없어. 우릴 내버려 두면 너한테도 똑같이 할게."

"나도 찬성이야."

너는 자루에서 수통을 풀어 작두샘 주둥이에 대고 기울인다. 곤란하다. 이건 한 사람이 펌프질을 하는 동안 다른 사람이 수통을 잡고 있어야 물을 받을 수 있다.

여자가 말없이 손잡이에 손을 올려놓는다. 네가 고개를 끄덕이자 여자가 물을 퍼 올린다. 너는 물을 마시고, 수통이 차는 동안 긴장 어린 침묵이 내려앉는다. 참다못한 네가 결국 말을 건다.

"여기 오다니 너무 위험하지 않아? 조금만 있으면 사람들이 돌아올 텐데."

"그래 봤자 몇 명 되지도 않을 텐데 뭘. 금방 오지도 않을 거고. 그러는 너도 마찬가지잖아."

"그건 그래."

"그래서."

여자가 고갯짓으로 그녀의 수통이 모여 있는 곳을 까딱까딱 가리킨다. 너는 그제야 알아챈다. 저게 뭐지? 수통 입구에 뭔가 작고 기묘한 장치가 끼워져 있다. 막대기 몇 개와 돌돌 꼰 얇은 금속박, 그리고 구부러진 철사로 만들어져 있다. 장치에서 작게 딸깍거리는 소리가 난다.

"시험 중이야."

"뭐?"

여자가 너를 지그시 바라보며 어깨를 으쓱인다. 너는 깨닫는다. 네가 둔치가 아닌 것처럼 이 여자도 평범한 무향민이 아니다.

"북쪽 흔들 말이야. 최소 9도짜리 지진이었어. 지표에서 느껴지는 것만 그 정도였다고. 진원이 깊기도 했고." 여자가 갑자기 말을 뚝 그치더니 고개를 돌리고 이상한 소리라도 들은 양 얼굴을 찡그린다. 하지만 거기에는 벽밖에 없다. "그런 흔들은 처음 봤어. 파형도 이상하고." 여자가 다시 잽싸게 네 얼굴을 살펴본다. "지하대수층도 피해가 심각했을 거야. 물론 시간이 지나면 조금씩 회복되겠지만 어쨌든 단기적으로는 물이 오염됐을지도 모르잖아. 내 말은, 여긴 도시를 세우기에 완벽한 입지잖아. 안 그래? 널따란 평지에 근처에 결합층도 없지. 그렇다는 건 정말로 과거에 도시가 있었을 가능성이 크다는 뜻이야. 너, 도시가 멸망한 뒤에 얼마나 고약한 것들이 남는지 알아?"

너는 이제 노골적으로 여자를 뚫어져라 쳐다본다. 호아도 마찬가지다. 하지만 그 아이는 원래 모든 걸 그런 식으로 바라보는 버릇이 있다. 마침 수통에서 딸깍거리던 소리가 멈추자 여자가 허리를 숙여 장치를 잡아 빼낸다. 물에 잠겨 있던 끝부분에 뭔가 가느다란 조각이(나무껍질인가?) 달려 있다.

"안심해도 돼." 네가 열심히 지켜보는 걸 알았는지 여자가 설명한다. 그녀는 가느다란 조각을 빼내며 눈살을 조금 찌푸린다. "안심차하고 똑같은 식물로 만든 거야. 뭔지 알지? 손님맞이용 차 말이야. 하지만 난 그걸 좀 변형시켜서 안심차가 못 잡아내는 것까지 잡아낼 수 있지."

"그런 건 없어." 너는 퉁명스럽게 내뱉었다가 퍼뜩 입을 다문다. 여자가 너를 예리한 시선으로 뜯어보고 있어 영 불안해진다. 빨리 이 대화를 끝내야 한다. "내 말은…… 사람한테 해로운 것 중에 안심차가 잡아낼 수 없는 건 없다는 뜻이야."

사람들이 안심차를 마시는 이유는 오직 그것뿐이다. 왜냐하면 안심차는 맛이 엄청 지독하니까.

여자는 울화통이 치미나 보다.

"틀렸거든? 그런 말은 어디서 들었어?"

그건 네가 티리모의 보육학교에서 아이들에게 가르치던 지식이다. 하지만 미처 대답을 하기도 전에 여자가 사납게 쏘아붙인다.

"안심차는 차가울 때는 효과가 없어. 그건 누구나 아는 거잖아. 적어도 실온 정도는 되거나 미지근해야 하지. 그리고 몇 분이 아니라 몇 달에 걸쳐 사람을 천천히 죽이는 성분 같은 건 검출하지 못한다고. 오늘 당장 목숨을 부지하는 덴 유용할지 몰라도 내년까지 살아남고 싶을 땐 전혀 쓸모가 없지!"

"넌 지하학자구나."

불쑥 말이 튀어나온다. 이런 일이 가능한가? 지하학자를 만나다니. 지하학자는 사람들이 오로진에 대해 그나마 동정심을 느낄 때 떠올리는 것들의 총체다. 이상하고, 난해하고, 속을 알 수가 없고, 평범한 사람들은 모르는 신비한 지식을 갖고 있고, 불쾌하고 혼란스럽다. 지하학자가 아니고서야 이렇게 쓸모없는 잡지식을 이토록 폭넓고 정확하게 알고 있을 리가 없다.

"아니야." 여자가 화를 내며 가슴을 부풀린다. "대학에서 다른 멍청이들보다 수업을 열심히 들었을 뿐이야. 난 바보가 아니라고."

너는 어안이 벙벙한 얼굴로 그녀를 바라본다. 때마침 네 수통에 물이 흘러넘치는 바람에 허둥지둥 뚜껑을 닫는다. 여자가 펌프질을 멈추고 펑퍼짐한 치마 주머니에 작은 나무껍질 장치를 집어넣더니 발치에 놓여 있는 작은 꾸러미 중 하나를 풀어 헤치기 시작한다. 빠르고 능률적인 동작이다. 네 것과 비슷한 크기의 수통을 하나 꺼내 옆으로 팽개쳐 버린다. 자루가 비자 그것도 옆으로 내던진다. 너는 두 물건을 뚫어져라 응시한다. 호아가 저 자루에 물건을 담아 갖고 다닐 수 있으면 꽤 편리할 것이다.

"갖고 싶으면 가져도 돼." 여자는 너를 쳐다보지도 않고 말하고, 너는 그녀가 일부러 네 앞에서 물건을 버렸다는 걸 깨닫는다. "난 이제 갈 거야. 너도 빨리 떠나는 게 좋을걸."

너는 슬금슬금 빈 자루와 수통을 향해 다가간다. 여자가 일어나 네가 새 수통에 물을 받는 것을 도와주더니 다시 물건을 뒤지기 시작한다. 너는 수통과 오는 길에 주운 침낭을 잘 갈무리한 다음 비상자루에서 몇 가지 물건을 꺼내 소년의 자루에 나눠 담으며 묻는다.

"아까 무슨 일이 있었는지 알아? 누가 뭘 한 거야?"

너는 잠에서 깨운 비명이 들렸던 방향을 몸짓으로 가리킨다.

"누구였을 거 같진 않은데." 여자가 상한 음식 몇 개와 호아에겐 너무 헐렁해 보이는 아동용 바지를 팽개친다. 그리고 책도. 누가 비상자루에 책을 넣어 둔담? 하지만 여자는 책을 버리기 전에 제목을 일일이 훑어본다. "자연은 인간보다 훨씬 빨리 적응하지."

너는 네 비상자루에 두 번째 수통을 매단다. 호아의 짐을 너무 무겁게 할 수는 없다. 아이는 아직 어리고 몸집도 작다. 무향민 여인이 버린 것들을 챙기지 않을 게 확실해지자 너는 계속 불어나고 있는 물건 더미에서 아동용 바지를 집어 든다. 여자도 별로 신경 쓰지 않는다.

"사람이 아니라 동물이었다는 거야?"

"시체가 어떤 지경인지 못 봤어?"

"시체가 있다는 것도 몰랐는데. 사람들이 비명을 지르며 뛰길래 무작정 같이 따라 뛰었거든."

여자가 한숨을 내쉰다.

"바보 같다고는 못 하겠지만 그러다 좋은…… 기회를 놓치기 십상이지."

여자가 방금 비운 비상자루를 옆으로 던지고 일어나더니 자기 말이 옳다는 걸 강조하려는 듯이 남은 두 개를 어깻짓으로 가리킨다. 자루 하나는 더 낡았고 확실히 다른 것보다 쓰기가 편해 보인다. 다른 하나는 여자의 것이다. 그녀는 삼끈을 꼬아 크고 무거운 수통 두 개를 한데 묶어 번거롭게 달랑거리지 않도록 꽤 튼실해 보이는 그녀의 볼록한 엉덩이 위에 안정적으로 걸칠 수 있게 해 놓았다. 갑자기 여자가 너를 노려보며 말한다.

"따라올 생각 마."

"전혀."

호아에게 줄 작은 자루가 완성됐다. 너는 네 자루를 어깨에 메고 모든 게 잘 정리돼 있는지 등이 불편하지는 않은지 확인해 본다.

"농담 아냐." 무향민 여자가 몸을 가깝게 기울이며 말한다. 야생동물처럼 사나운 얼굴이다. "넌 내가 어디로 가는지 몰라. 나 같은 도둑놈들 수십 명이랑 장벽을 올린 마을에서 살고 있을지도 모르지. 쇠줄과 멍청하고 나긋나긋한 인간들을 요리할 조리법을 갖고 있을지도 모르고."

"알았어, 알았어."

네가 한 발짝 뒤로 물러나자 여자가 약간 누그러진다. 험악한 얼굴에서 긴장이 풀리고 자루를 편하게 지기 위해 다시 짐 정리를 시작한다. 너도 원하는 것을 손에 넣었으니 이젠 떠나야 할 시간이다. 호아에게 자루를 건네주니 좋아하는 것 같다. 너는 아이가 자루를 제대로 어깨에 메게 도와준다. 그러는 사이 여자가 너희 둘의 옆을 지나간다. 저도 모르게 예전의 네가 말한다.

"어쨌든 고마웠어."

"천만에."

무향민 여자가 가볍게 대꾸하고는 문 밖으로 향한다. 그러고는…… 돌연 발을 멈춘다. 뭔가를 뚫어져라 바라보고 있다. 여자의 얼굴에 떠오른 표정에 너도 갑자기 소름이 오싹 끼치며 목덜미에 털이 곤두선다. 너는 재빨리 문 밖으로 달려 나가, 여자가 보고 있는 것을 발견한다.

거기 있는 것은 커쿠사다. 몸뚱이가 길쭉하고 중위지방에서 개 대신에(돈 많은 적도인들이라면 몰라도 개는 너무 비싸다.) 애완동물로 자주 키우는 털 짐승이다. 커쿠사는 개보다 육지에 사는 수달과 더 비슷하게 생겼다. 개처럼 훈련을 시킬 수도 있고, 키 작은 관목과 거기 붙어사는 곤충을 주식으로 삼기 때문에 돈도 덜 든다. 그리고 새끼 때는 강아지보다 더 귀엽다……. 하지만 이 커쿠사는 귀엽지 않다. 50킬로그램은 족히 나가 보이는 큰 덩치에 털은 반들반들하다. 누군가 정성스레 애정을 퍼부어 키운 게 틀림없다. 적어도 얼마 전까지는 말이다. 목에 아직도 고급 가죽 목걸이가 채워져 있다. 놈이 으르렁거리며 풀밭에서 어슬렁어슬렁 걸어 나오더니 도로 위에서 멈춘다. 주둥이 털이, 길쭉한 발가락이, 그리고 그 끝에 달린 발톱이 붉게 물들어 있다.

커쿠사는 이게 문제다. 누구든 쉽게 기를 수 있고 먹이도 나뭇잎을 먹는다. 다만…… 낙진을 맛보기 전까지는 말이다. 화산재는 평상시에 잠자고 있던 녀석들의 본능을 일깨운다. 그러면 녀석들은 변한다. 계절에는 모든 게 변한다.

"젠장." 네가 중얼거린다.

무향민 여자가 옆에서 혀를 차는 소리가 들린다. 본능적으로 의식이 대지를 파고드는 바람에 너는 바짝 긴장한다.(너는 재빨리 힘을 거둬들인다. 나름의 버릇이다. 옆에 남들이 있을 때에는 안 된다. 다른 선택의 여지가 없는 한에는 절대로 안 된다.) 여자가 아스팔트 가장자리로 살금살금 움직인다. 아마 빈틈을 노려 재빨리 들판을 가로지른 다음 저편 숲으로 가려는 생각인 것 같다. 하지만 사람들이 처음 비명을 질렀던 도로와 가까운 곳 근처의 수풀이 가볍게 흔들리고 있고, 부드러운 발소리와 커쿠사가 낑낑대는 소리가 들린다. 몇 마리인지는 알 길이 없다. 하지만 지금 녀석들은 바쁘다. 식사를 하고 있기 때문이다.

눈앞의 커쿠사는 한때 누군가의 애완동물이었다. 어쩌면 옛 주인에 대한 애틋한 기억을 갖고 있는지도 모른다. 그래서 다른 커쿠사들이 사람을 공격할 때 망설였거나, 계절이 끝날 때까지 주식으로 삼아야 할 고기를 차지하는 데 실패했는지도 모른다. 녀석은 몸에 배어 있는 문명의 방식을 잊어버리지 않는 한 앞으로 계속 허기질 것이다. 녀석이 아스팔트 위를 서성이며 어찌 해야 할지 모르겠다는 듯이 이빨을 따닥인다. 그러나 자리를 뜨지는 않는다. 녀석은 너와 호아와 무향민 여자를 몰아 세워 놓고 자신의 양심과 말다툼을 하고 있다. 딱하고도 가엾은 것.

너는 발에 힘을 준 채 호아에게, 그리고 여자에게 속삭인다. 그녀가 들을지는 모르겠지만 말이다.

"움직이지 마."

하지만 네가 주변에 해를 끼치지 않고도 이용할 만한 것, 공기 중의 열을 흡수하거나 저 몸집만 커다란 다람쥐 같은 놈의 목숨을 빼앗지 않고도 움직일 수 있는 광물이나 지하수를 찾기도 전에, 호아가 너를 힐끔 보더니 앞으로 한 발짝 나선다.

"내 말 못 들었어?"

너는 소년의 어깨를 잡고 당기려 하지만…… 아이는 끌려오지 않는다. 마치 옷을 입은 바윗덩이를 흔드는 것 같다. 네 손은 가죽옷 위에서 미끄러지고, 그 밑에 있는 소년의 몸은 꿈쩍도 하지 않는다.

호아는 한 발짝씩 앞으로 꾸준히 걸어 나가고, 너는 그만 할 말을 잃는다. 아이는 단순히 네 말을 듣지 않는 것이 아니다. 호아의 행동에는 뚜렷한 목적이 담겨 있다. 어쩌면 그 애는 네가 말리려 했다는 사실을 알아차리지 못한지도 모르겠다.

드디어 호아가 짐승과 약간 떨어진 곳에서 놈과 마주 보고 선다. 녀석은 분주하게 서성이던 발을 멈추고 마치…… 기다리듯이 잔뜩 긴장한 채 서 있다. 어떻게 된 거지? 공격을 하려는 기색이 아니다. 녀석이 머리를 낮추고 짤막한 꼬리를 한 번 실룩인다. 꼭 망설이듯이. 방어적으로.

호아는 네게 등을 돌리고 서 있어서 얼굴이 보이지 않는다. 갑자기 호아의 작고 옹골찬 몸뚱이가 덜 작게, 덜 무해하게 보인다. 호아가 손을 들어 올려 커쿠사를 향해 뻗는다. 마치 냄새를 맡아 보라는 듯이, 순한 애완동물을 대하듯이.

커쿠사가 뛰어오른다.

녀석은 빠르다. 커쿠사는 아주 빨리 움직이는 동물이다. 녀석의 근육이 수축하자마자 벌써 호아의 눈앞에 도달해 커다랗게 벌어진 입이, 날카로운 이빨이 호아의 손부터 팔꿈치까지 한입에 물어 삼킨다. 오, 대지여, 너는 도저히 볼 수가 없다. 네 앞에서 또다시 어린아이가 죽다니, 비록 우체가 네가 보는 앞에서 죽은 건 아니지만 또다시 이런 일이 벌어지게 하다니, 너는 세상에서 가장 나쁜 사람이다.

그렇지만 어쩌면…… 네가 집중력을 충분히 발휘할 수만 있다면 호아는 놔두고 저 짐승만 얼릴 수 있을지도 모른다. 땅바닥을 노려보며 정신을 집중하려는 순간 무향민 여자가 갑자기 숨을 헉 들이켜고, 아스팔트 위로 소년의 선혈이 흩뿌려진다. 호아가 짐승에게 끌려가지 않으려고 애쓰는 모습을 보는 것은 상황을 더 어렵게 만들 뿐이다. 중요한 건 아이의 목숨을 구하는 것이다. 설사 아이가 한쪽 팔을 잃는다고 해도. 하지만 그때……

그때 정적이 내려앉는다.

너는 고개를 든다.

커쿠사가 움직이지 않는다. 놈은 네가 본 모습 그대로 멈춰 서 있다. 크게 벌린 아가리에 호아의 팔을 문 채, 두 눈은 사납고 흥분되어 있지만…… 흉포하다기보다는 공포심에 가까운 감정이다. 심지어 희미하게 떨고 있기조차 하다. 너는 순간이나마 녀석이 구슬프게 낑낑거리는 소리를 듣는다.

그러더니 커쿠사의 털이 움직이기 시작한다.(뭐?) 너는 이맛살을 찌푸리며 눈을 가늘게 뜬다. 거리가 멀지 않아 보는 것은 어렵지 않다. 커쿠사의 터럭 한 가닥 한 가닥이 꼬물거리기 시작한다. 한꺼번에 온갖 방향으로 중구난방 춤을 춘다. 그러더니 희미하게 빛을 발한다.(뭐?) 뻣뻣하게 굳는다. 너는 문득 놈의 근육뿐만 아니라 그 위를 덮고 있는 피부까지 전부 뻣뻣하게 경직돼 있다는 것을 깨닫는다. 아니, 경직된 게 아니다…… 딱딱해지고 있다.

그리고 너는 본다. 커쿠사의 몸뚱이 전체가 딱딱하게 굳어 가는 것을.

이게 무슨.

너는 지금 무슨 일이 일어나고 있는지 이해할 수가 없다. 그래서 놀란 눈으로 망연하게 쳐다볼 뿐이다. 조금씩, 단편적으로만 정보를 받아들이면서. 커쿠사의 두 눈은 유리가 되었고 발톱은 수정, 이빨은 일종의 황토빛 섬유질로 변했다. 방금 전까지 움직임이 있던 곳에 지금은 가만한 정적만이 있을 뿐이다. 커쿠사의 근육은 돌처럼 딱딱해졌고, 이건 비유가 아니다. 제일 마지막으로 변한 것은 털이다. 모낭이 뭔가 다른 것으로 변화하자 거기 붙은 털들이 비비 뒤틀린다.

너와 무향민 여성은 입을 쩍 벌리고 그 모습을 바라본다.

와.

세상에. 지금 떠올릴 수 있는 말은 정말로 그것뿐이다. 그 외에는 달리 표현할 길이 없다. 와.

너는 조금씩 움직이기 시작한다. 현장을 더 자세히 볼 수 있는 위치를 확보했지만 변한 것은 아무것도 없다. 호아는 커쿠사의 식도에 팔을 반쯤 집어넣고도 아무렇지 않은 것 같다. 커쿠사는 삭을, 죽은 게 확실하다. 겉으로 보기에는 예쁜데, 삭을, 확실히 죽었다.

호아가 너를 쳐다본다. 아이는 몹시 언짢아 보인다. 거의 수치스러워하는 것처럼 보일 정도다. 왜지? 아이는 방금 네 목숨을 구했다. 방법이 다소…… 뭐라고 해야 할지는 너도 모르겠지만.

"네가 그런 거니?" 너는 호아에게 묻는다.

소년이 시선을 내리깐다.

"아직은 이런 모습 보여 주고 싶지 않았는데."

흠, 이건…… 나중에 생각해 봐야겠다.

"어떻게 한 거야?"

아이가 입을 앙다문다.

이제 호아는 시무룩하다. 하지만 아이의 팔이 아직도 유리괴물의 아가리 안에 들어 있으니 지금은 이런 대화를 할 때가 아닐지도 모른다. 짐승의 이빨이 소년의 피부에 파고들어 생명 없는 아래턱을 타고 핏방울이 뚝뚝 떨어지고 있다.

"너 팔이…… 내가……." 너는 주변을 두리번거린다. "팔을 빼낼 도구를 찾아볼게."

호아는 그제야 자신의 팔이 어떤 처지인지 깨달은 모양이다. 아이는 네가 저를 쳐다보는 눈빛이 영 마뜩잖은지 너를 올려다보고는 체념하듯이 한숨을 내쉰다. 그러고는 네가 미처 말리기도 전에 팔을 휙 구부린다.

커쿠사의 머리가 산산조각 난다. 큼지막한 돌덩이가 바닥으로 쿵 소리를 내며 떨어지고 사방에 돌가루가 흩날린다. 호아의 팔은 상처투성이가 됐지만 대신에 자유로워졌다. 아이가 손가락을 꿈지럭거린다. 괜찮은 것 같다. 소년이 두 팔을 밑으로 늘어뜨린다.

너는 호아의 상처를 향해 손을 뻗는다. 이해할 수가 없어서, 치료를 하려고. 하지만 호아는 네 손을 뿌리치고 다른 쪽 손으로 상처를 감싸 쥔다.

"호아, 내가……."

"난 괜찮아." 소년이 차분한 목소리로 말한다. "우린 빨리 가야 해."

다른 커쿠사들이 아직 근처에 있다. 지금은 들판에 쓰러져 있는 다른 희생자들을 씹어 먹느라 바쁘지만 눈앞의 먹이가 그들을 영원히 잡아 두지는 못할 것이다. 그보다 더 최악은 절박한 피난민들이 나쁜 것들이 몽땅 사라졌길 바라며 노변집으로 다시 몰려들 때까지 시간이 얼마 남지 않았다는 것이다.

하나는 남아 있겠지. 너는 윗턱이 사라진 커쿠사의 주둥이를 바라보며 생각한다. 수정으로 변한 혀뿌리 위에서 까칠한 결절들이 하얗게 반짝인다. 너는 처량한 표정으로 피투성이 팔을 붙들고 서 있는 호아를 돌아본다.

네 두려움과 공포를 마음속 깊숙한 곳으로 몰아내고 그 자리를 더 익숙한 감정으로 채운 건 아이의 그 처량한 얼굴이다. 호아가 저런 짓을 한 건 네가 네 한 몸 정도는 충분히 지킬 수 있다는 걸 몰랐기 때문일까, 아니면 다른 알 수 없는 이유가 있는 걸까? 뭐든 상관없다. 너는 산 것을 돌로 변하게 만드는 괴물은 몰라도 샐쭉한 어린아이를 다루는 방법에 대해서는 아주 잘 알고 있다.

무엇보다 너는 자신이 괴물이라는 비밀을 간직한 어린아이를 다루는 데엔 풍부한 경험이 있다.

그래서 너는 손을 내민다. 호아는 놀란 것 같다. 아이는 네 손을, 그다음엔 너를 멀뚱히 바라본다. 아무렇지도 않게 대하는 네가 고마운 듯이, 너무나도 인간적인 감정이 담긴 눈빛이다. 왠지 너도 약간 더 인간적이 된 것 같은 느낌을 받는다.

호아가 네 손을 잡는다. 팔에 심한 상처를 입었는데도 손힘이 좋다. 무향민 여성이 아무 말도 없이 너희 뒤를 따라온다. 어쩌면 그 여자도 같은 방향으로 가는지도. 아니면 같이 뭉치는 게 낫다고 생각한 건지도 모른다. 세 사람은 한 마디도 하지 않는다. 별로 할 말이 없으니까.

등 뒤로 멀어져 가는 들판 속에서 커쿠사는 여전히 식사를 하느라 여념이 없다.

지반이 불안정한 땅을 조심하라. 건장한 낯선 이들을 조심하라.
갑작스러운 정적을 조심하라.
— 첫 번째 석판, 「생존」, 제3절

11장

다마야는 펄크럼에서

펄크럼의 삶에는 질서가 있다.

동이 트면 기상한다. 이건 집에서 농장일을 할 때도 그랬기에 다마야에게는 별로 어렵지 않은 일이다. 하지만 다른 잔모래들에게 (다마야는 이제 잔모래다. 하찮은 돌가루, 앞으로 유용하게 쓰일 수 있게 다듬고 연마하거나 아니면 최소한 다른 이들을 유용하게 만들게 돕는 도구.) 아침 기상이란 기숙사 교관이 귀청이 떨어질 정도로 종소리를 마구 울려 대는 것을 뜻하고, 일찍 깬 아이들조차 그 소리에는 깜짝깜짝 놀라곤 한다. 모두가 괴로운 듯 신음하고 다마야도 예외는 아니다. 그녀는 이게 마음에 든다. 다 같이 결속력을 다지는 기분이다.

종소리가 울리면 잔모래들은 일어나 침대를 정리하고 군대식으로 시트를 접는다. 그런 다음에는 샤워실로 가는데, 샤워실은 눈부신 하얀 타일이 새하얀 전깃불 아래서 반짝반짝 빛나고 약초 세정제 냄새가 난다. 펄크럼에서 완력꾼과 유메네스 빈민가에 사는 무향민들을 고용해 늘 청결을 유지하고 있기 때문이다. 더불어 다른 수많은 이유들 때문에 샤워를 하는 건 정말 기분 좋은 일이다. 다마야는 이렇게 날마다 뜨거운 물을 아낌없이 써 본 적이 없다. 천장에 뚫린 작은 구멍에서 온수가 완벽한 소나기처럼 떨어진다. 다마야는 너무 좋아하는 내색을 하지 않으려고 늘 조심한다. 적도권 출신인 다른 잔모래들이 이렇게 간단하고 편리한 시설을 처음 보는 시골뜨기를 비웃을까 봐 걱정되기 때문이다. 하지만 뭐, 그건 사실인걸.

샤워를 마친 잔모래들은 기숙사로 돌아가 옷을 갈아입고 몸단장을 마친다. 제복은 뻣뻣한 회색 바지와 검은 가두리 장식이 있는 회색 튜닉으로 남녀 모두 동일하다. 머리가 길거나 꼰 머리 가닥을 했거나 아니면 머리카락이 얇고 가는 아이들은 빗으로 빗어 뒤로 잡아 묶어야 한다. 회발이나 곱슬머리거나 머리가 짧은 아이들은 반드시 단정하게 정리해야 한다. 그런 다음 각자의 침대 앞에 서서 대기하고 있으면 교관들이 시찰을 시작한다. 그들은 잔모래가 깨끗하고 단정하기를 바란다. 그들은 침대가 말쑥하게 정돈되어 있는지 확인하고, 오줌을 싸지는 않았는지 또는 시트 모서리를 반듯하게 접었는지 점검한다. 몸을 잘 씻지 않은 잔모래는 다시 샤워실로 보내지는데, 이번에는 찬물을 써야 하고 구석구석 깨끗이 씻는지 옆에서 교관의 감시를 받는다.(다마야는 이것만은 피하고 싶어 늘 정성 들여 씻는다. 듣기만 해도 별로 기분 좋은 일은 아닐 것 같다.) 제복을 규정에 맞춰 입지 않았거나 머리가 단정하지 못하거나 침대를 제대로 정리하지 못한 잔모래는 징벌실로 보내져 각각의 위반 사항에 해당하는 처벌을 받는다. 머리를 단정하게 간수하지 못하면 짧게 깎인다. 규정을 여러 번 위반하면 삭발을 당한다. 이를 닦지 않으면 비누로 입을 헹궈야 한다. 복장 규정을 어기면 등이나 엉덩이에 회초리질 다섯 대, 침대를 각 잡아 정돈하지 못하면 회초리질 열 대다. 회초리를 맞으면 심한 상처가 나진 않지만(교관들은 모두 고도의 훈련을 받았다.) 피부에 자국이 남는데, 아마 까칠하고 뻣뻣한 제복 천에 쓸릴 때마다 아프게 만들기 위한 것일 테다.

너는 우리 모두를 대표한다. 누가 이런 처사에 항의라도 할라치면 교관들은 이렇게 말한다. 네가 지저분하면 모든 오로진이 지저분한 것이다. 네가 게으르면 우리 모두가 게으른 것이다. 네가 우리 모두에게 해를 끼치지 않게 너를 아프게 하는 거다.

예전이라면 다마야도 그런 체벌은 불공평하다고 반항했을 것이다. 펄크럼에는 아주 다양한 아이들이 산다. 나이도, 피부색도, 체형도 모두 다르다. 각자 다양한 지방 출신이기에 산제어의 억양도 다르다. 한 여자아이는 부족의 풍습 때문에 치아를 줄로 날카롭게 갈았다. 어떤 남자아이는 성기가 없어서 샤워를 끝내고 나면 속옷에 양말을 뭉쳐 집어넣는다. 또 다른 여자아이는 지금껏 제대로 된 식사를 해 본 적이 없는지 식사 시간만 되면 허기진 것처럼 음식을 허겁지겁 집어 삼킨다.(그 아이는 항상 침대에 먹을 것을 숨겨 놓는데, 교관들은 그걸 적발할 때마다 다른 학생들 앞에서 숨겨 놓은 음식을 전부 먹게 하고 그때마다 아이는 배앓이를 한다.) 이렇게 제각각의 아이들에게서 획일성을 기대하는 것은 합리적이지 못하다. 다마야가 생각하기에 조산 능력이라는 저주만 빼면 천차만별인 아이들을 똑같은 행동으로 판단한다는 것은 말도 안 되는 일이다.

그러나 다마야는 이제 세상이 공정하지 않다는 것을 안다. 그들은 오로진, 저주를 달고 태어난 미살렘이다. 이건 그들 자신의 안전을 보장하기 위한 규칙이다. 어쨌든 시키는 대로만 한다면 예상치 않은 일은 일어나지 않을 것이다. 다마야의 침대는 항상 완벽하고, 다마야의 이는 항상 하얗고 깨끗하다. 진짜 중요한 게 뭔지 상기해야 할 때면 오른손을 본다. 부러진 뼈는 몇 주일도 안 돼 붙었지만 아직도 추운 날이면 새로 붙은 뼈마디가 욱신거린다. 다마야는 그 때 느꼈던 고통과 그때 배운 중요한 교훈을 떠올린다.

침대와 복장 검사가 끝나면 아침 식사를 할 차례다. 약간의 과일과 산제식으로 요리한 소시지 한 조각. 잔모래들은 기숙사 입구에서 식사를 받아 즉시 먹어 치운다. 그러고는 소집단별로 나뉘어 수업을 들으러 간다. 수업은 펄크럼 부지 곳곳에서 진행되는데, 나이 많은 잔모래들은 그곳을 도가니라고 부른다. 물론 원래는 그런 이름이 아니다.(잔모래들은 어른들이 보지 않는 곳에서 수많은 이야기를 주고받는다. 어른들도 알고 있긴 하지만 모르는 척해 준다. 세상은 공평하지도 않고 때로는 참 이상하다.)

하루를 시작하는 첫 번째 수업은 지붕이 있는 도가니에서 의자에 앉아 커다란 석판을 쳐다보며 펄크럼 교관의 강의를 듣는 것이다. 때로는 구두시험도 치러야 하는데, 잔모래 각자에게 무작위로 질문을 던지는 식이다. 대답을 하지 못한 잔모래는 석판을 닦아야 한다. 그래서 아이들은 압박감 속에서 조용히 공부하는 법을 배운다.

"구 산제의 초대 황제의 이름은 뭐지?"

"에트라에서 발생한 흔들은 6시 35분에 종파(縱波)가 7초간 지속되었고, 횡파는 6시 37분에 27초 동안 지속되었다. PS시는 얼마인가?"

나이가 많은 잔모래일수록 어려운 질문에 답해야 하고 로그와 함수를 계산해야 한다.

"돌의 가르침은 '원의 중심을 찾아라.'라고 말한다. 이 문장의 오류는 무엇인가?"

어느 날 도가니에서 이 질문을 받은 다마야는 일어서서 대답한다.

"그 문장은 지도를 이용하면 오로진의 위치를 파악할 수 있다는 뜻입니다. 하지만 그건 틀린 말입니다. 사실을 지나치게 단순화했기 때문입니다. 오로진이 소모하는 영역은 엄밀히 말해 원이 아니라 고리입니다. 그래서 많은 사람들이 오로진이 영향을 끼칠 수 있는 영역이 위나 아래로 확장이 가능하며 숙련된 오로진은 해당 영역을 3차원적으로 변형할 수 있다는 사실을 간과합니다."

마카사이트(백철석, 白鐵石) 교관이 고개를 끄덕이자 다마야는 뿌듯함을 느낀다. 다마야는 자기가 옳은 게 좋다. 마카사이트가 말을 잇는다.

"하지만 돌의 가르침이 '원추형 고리의 역전된 중심축을 찾아라.' 같은 표현으로 가득하다면 기억하기가 어려우니 우리는 원이나 중심 같은 단어를 사용한다. 시적인 표현을 위해 정확성을 희생한 거지."

학생들이 와르르 웃음을 터트린다. 별로 웃기지는 않지만 시험을 볼 때는 늘 신경이 곤두서 있다.

강의가 끝나면 식당으로 사용되는 널찍한 옥외 공터에서 점심식사를 한다. 식당에는 널조각에 기름 먹인 캔버스천을 씌운 지붕이 설치되어 있어 평소엔 접어 두었다가 비가 오는 날이면 펼칠 수 있는데, 사실 내륙 지역인 유메네스에는 비가 오는 경우가 아주 드물다. 그래서 잔모래들은 맑고 푸른 하늘 아래 긴 벤치 테이블에 앉아 서로 까륵거리고 발로 차 대고 놀리고 장난을 치면서 점심을 먹는다. 가벼운 아침 식사와는 달리 점심때는 푸짐한 음식이 제공된다. 종류도 많고 맛있고 영양가도 풍부한 기름진 요리들. 상당수가 먼 지방에서 온 재료로 만든 것이라 다마야가 이름을 모르는 음식들도 있다.(하지만 다마야는 개의치 않고 먹어 치운다. 할무니가 음식을 낭비하면 못쓴다고 했다.)

점심시간은 다마야가 하루 중에서 가장 좋아하는 시간이지만, 그녀는 보통 텅 빈 테이블에 홀로 앉는 잔모래 중 한 명이다. 많은 아이들이 다마야처럼 홀로 앉아 있다. 친구를 못 사귀어서 그렇다고 하기엔 지나치게 많은 숫자다. 얼마 안 가 다마야는 그런 잔모래들이 다들 뭔가 독특한 특징을 지니고 있다는 것을 눈치 챈다. 어딘가 은밀하고 조심스러운 행동거지와 소심함, 눈빛과 턱선에서 느껴지는 긴장. 몇몇 아이들은 과거의 삶을 보여 주는 뚜렷한 흔적을 달고 있다. 회색 머리의 서부 해안지방 소년은 한쪽 팔이 팔꿈치 아래부터 없지만 누구에게도 지지 않을 만큼 날래고 능숙하다. 다마야보다 다섯 살쯤 많은 산제인 여자아이는 얼굴 반쪽이 오래된 화상 흉터에 덮여 있다. 다마야보다 나중에 들어온 한 잔모래는 왼손에 손가락 없는 장갑처럼 생긴 가죽 구속구를 차고 있다. 다마야는 그게 뭔지 안다. 다마야도 펄크럼에 도착하고 몇 주일 동안 손이 나을 때까지 똑같은 것을 차고 있었다.

아이들은 서로에게 관심을 두지 않고, 다마야도 다른 아이들도 각자 거리를 두고 앉는다.

점심식사를 마치면 길게 줄지어 조용히 반지 정원으로 향한다. 교관들은 잔모래들이 떠들거나 성인 오로진들을 너무 빤히 쳐다보지 않도록 철저하게 감독한다. 반지를 습득한 후에 어떤 삶이 기다리고 있는지 아는 것은 매우 중요하다. 반지 정원은 아름답고 경이로운 곳이고, 그곳을 이용하는 오로진들도 마찬가지다. 온갖 직급의 어른들과 중후한 초로의 인물들. 하나같이 아름답고 건강하고 자긍심이 넘치고, 그렇기 때문에 더욱 아름답다. 한 사람도 빠짐없이 새까만 제복을 입고 잘 닦인 부츠를 신은 모습이 오싹할 정도로 단정하고 엄격하다. 그들이 자유롭게 손을 놀리거나, 읽을 필요가 없는 책장을 넘기거나, 또는 연인의 머리카락을 귀 뒤로 쓸어 넘길 때마다 손가락에 끼워진 반지가 드러난다.

처음에 다마야는 그들에게서 본 게 무엇인지 이해하지 못한다. 당혹스러울 정도로 절실하게 그것을 원하면서도 말이다. 그러나 일주일이 지나고 몇 달이 지나고 펄크럼의 일상에 익숙해지자 다마야는 나이 많은 오로진들이 발산하는 것이 무엇인지 깨닫는다. 그것은 자제력이다. 그들은 자신의 힘을 어떻게 다룰지 알고 있다. 반지를 가진 오로진은 어린 사내아이가 등을 밀쳤다는 이유로 주변을 얼음밭으로 만들지 않을 것이다. 우아하고 맵시 있게 검은 옷을 차려입은 저 전문가들은 강력한 지진이 일어나더라도, 혹은 가족들이 자신을 거부하더라도 눈썹 하나 까딱하지 않을 것이다. 그들은 자기 자신이 어떤 존재인지 알고 그것이 의미하는 바를 인정하고 수용했으며, 그리하여 아무것도 두려워하지 않는다. 둔치들도, 그들 자신도, 나아가 아버지 대지마저도.

그렇게 될 수만 있다면 다마야는 뼈 몇 대가 부러지거나 아무도 사랑해 주는 사람이 없는 곳에서 몇 년을 버티는 정도는 기꺼이 감수할 수 있다.

그래서 다마야는 오후에 듣는 응용 조산술 훈련에 심혈을 기울인다. 둥그런 반지 모양의 펄크럼 부지 가장 안쪽에 위치한 실습 도가니에 수준이 비슷한 다른 잔모래들과 나란히 선다. 교관의 엄격하고 예리한 시선을 받으며 호흡법과 심상법, 그리고 대지의 움직임이나 감정에 본능적으로 반응하기보다 의도적으로 의식을 펼치고 확장하는 법을 배운다. 다마야는 불안과 심적 동요를 제어하는 법을 배우고, 그녀 안에 내재된 힘이 존재하지도 않는 위험에 반응하게 만드는 모든 감정을 통제하는 법을 배운다. 잔모래는 아직 제어력이 정교하지 못해 실제로는 아무것도 움직여서는 안 된다. 잔모래가 저도 모르게 그런 짓을 하려 할 때면 신기하게도 교관들은 즉시 알아차릴 수 있다. 그리고 모두 반지를 보유하고 있기 때문에 다마야는 아직 알 수 없는 방식으로 아이들의 고리를 재빨리 파쇄시키고, 경고하듯이 얼음장처럼 차가운 공기를 날려 보낸다. 그것은 이 수업이 얼마나 진지하고 위험한지 일깨울 뿐만 아니라 소등 후에 나이 든 잔모래들이 어둠 속에서 속닥이는 이야기에 신빙성을 더해준다. 수업 중에 실수를 너무 많이 하면 교관들이 널 얼려 버릴 거야.

그로부터 수년이 지나서야 다마야는 교관들이 도를 벗어난 학생들을 처리하는 것이 괴롭히거나 잔인하게 굴기 위해서가 아니라 반대로 자비를 베푸는 행위라는 것을 깨닫는다.

조산술 응용 수업이 끝난 뒤에는 저녁 식사와 자유 시간이 기다리고 있다. 자유 시간에 학생들은 원하는 대로 시간을 보낼 수 있다. 신참 잔모래들은 눈에 보이지도 않고 반쯤 자유의지를 지닌 새로운 근육을 제어하는 법을 배우느라 지친 몸을 끌고 일찍 잠자리에 든다. 그보다 나이 많은 학생들은 아직 체력과 활력이 남아 있어 교관이 소등 시간을 알릴 때까지 침실을 휘젓고 돌아다니며 즐거운 시간을 보낸다. 그리고 다음 날이 되면 똑같은 일과가 시작된다.

그렇게 6개월이 흐른다.

***

점심시간에 나이 많은 잔모래가 다마야를 찾아온다. 소년은 키가 크고 적도권 출신이지만 순혈 산제인 같지는 않다. 머리카락은 복슬한 회발의 느낌이 있지만 어두운 금색이다. 어깨가 넓고 완력 꾼다운 체격을 지니고 있어 단번에 다마야의 경계심을 자극한다. 그녀는 아직도 사방에서 재브를 본다.

하지만 소년은 다마야에게 웃음을 지어 보이고, 그녀가 혼자 차지하고 있는 테이블 옆에 멈춰 설 때에도 악의나 거리낌은 보이지 않는다.

"여기 앉아도 돼?"

다마야는 어깨를 으쓱한다. 소년이 앉는 건 별로지만 호기심이 이는 건 어쩔 수가 없다. 소년이 테이블 위에 쟁반을 내려놓고 의자에 앉는다.

"난 아케테라고 해."

"네 이름은 그게 아니잖아."

다마야의 말에 소년의 미소가 다소 흔들린다.

"부모님이 주신 이름이야." 소년이 진지한 어조로 대답한다. "그리고 저들이 뺏어 갈 방법을 찾기 전까진 내가 계속 간직할 이름이고. 어차피 뺏어 가지도 못할걸. 왜냐하면 이름이잖아. 하지만 네가 굳이 알고 싶다면 내 공식적인 이름은 마시시야."

마시시는 흔히 예술 작품에 사용되는 고급 아쿠아마린을 부르는 말이다. 그에게 잘 어울린다. 소년은 남극권이나 북극권 혈통을 물려받았는데도(다마야는 아무렇지도 않지만 적도권 사람들한테는 그게 중요한 문제 같다.) 무척 잘생겼고, 잘생기고 나이 많은 소년들이 그렇듯 그것은 그를 여러모로 위험하게 만든다. 그래서 다마야는 그를 마시시라고 부르기로 한다.

"원하는 게 뭐야?"

"이야, 너 정말 인기 있을 타입이구나?" 마시시가 테이블에 팔꿈치를 괸 채 음식을 씹는다.(하지만 그 전에 주위에 교관이 있진 않은지 조심스럽게 둘러본다.) "어떻게 흘러갈지 뻔하잖아. 잘생기고 인기 있는 남자애가 갑자기 시골뜨기 여자애한테 관심을 갖고 친해지려 하는 거야. 다른 여자애들은 질투심에 그 애를 미워하지만 여자애는 자신감을 얻게 돼. 그러다 남자애가 여자애를 배신하고 나중에 후회하게 되지. 여자애는 그런 고비를 거쳐 진정한 자신을 찾고, 남자애 따위는 필요하지 않다는 걸 깨닫게 되고, 또 중간에 이런저런 일들도 막 일어나고……." 소년이 공중에 손가락을 세우고 흔든다. "어쨌든 마지막엔 여자애가 자존감을 키워 자기를 사랑하게 돼서 예빠지는 거야. 하지만 네가 얼굴을 붉히거나 말을 더듬지도 않고 나를 안 좋아하는 척하면 그런 일은 안 일어나겠지."

다마야는 소년이 무슨 소리를 하는지 도통 알 수가 없다. 짜증이 인 다마야가 말한다.

"난 너 안 좋아해."

"이런." 소년이 과장된 동작으로 칼에 찔린 척 가슴을 부여잡는다. 잔뜩 신경을 곤두세우고 있는 다마야지만 소년의 익살스러운 행동에 긴장이 약간 풀리는 것 같다. 그러자 소년이 씨익 웃는다. "이제 좀 낫네. 뭐야, 너 책 같은 거 안 읽어? 고향에 전승가도 없었어?"

다마야는 책을 읽지 않는다. 아직 글을 읽는 게 익숙하지 않기 때문이다. 부모님은 일상생활에 불편하지 않을 정도만 글을 가르쳤고 교관들이 그녀의 읽기 능력을 향상시키기 위해 매주 따로 숙제를 내주고 있지만 다마야는 소년에게 그런 이야기까지 시시콜콜 하고 싶지는 않다.

"당연히 있었지. 돌의 가르침도 가르쳐 주고 계절에 어떻게 대비해야 할지 알려……."

"아, 진짜 전승가 말이구나." 소년이 고개를 휘젓는다. "내가 자란 곳에선 보육학교 선생들이랑 재미없는 지하학자들 말고는 그런 사람들 이야기는 아무도 안 들어. 다들 대중 전승가를 좋아했지. 극장이랑 술집 같은 데서 노래하는 사람들 있잖아. 그 사람들은 아무것도 안 가르쳐. 그냥 재미있는 이야기를 들려주지."

다마야는 그런 건 처음 들어 봤다. 어쩌면 적도권에서 유행한 게 북중위까지는 못 올라왔는지도 모른다.

"하지만 전승가는 돌의 가르침을 들려주는 사람들이잖아. 그게 중요한 거 아냐? 그걸 하지 않으면 그 사람들은…… 그러니까 전승가라고 부르지 말아야 하는 거 아니야?"

"어쩌면."

소년이 어깨를 으쓱하더니 다마야의 접시에서 치즈 한 조각을 훔쳐간다. 다마야는 대중 전승가라는 말에 정신이 팔려 그걸 보고도 아무 말도 하지 않는다.

"진짜 전승가들이 유메네스 지도자에게 항의를 하긴 했다더라. 그렇지만 내가 아는 건 거기까지야. 2년 전에 여기로 왔거든. 그래서 그 뒤론 어떻게 됐는지 몰라." 소년이 한숨을 푹 내쉰다. "하지만 대중 전승가가 사라지지 않았으면 좋겠어. 좀 한심하고 진부하긴 해도 그 사람들 이야기를 좋아했거든. 이런 데가 아니라 진짜 보육학교가 배경이고."

주위를 둘러보는 소년의 입술 끝이 축 처지며 희미한 불만의 기색이 비친다.

다마야는 마시시가 한 말이 무슨 뜻인지 알지만 그의 입에서 직접 듣고 싶다.

"이런 데라니?"

마시시의 눈동자가 슬며시 다마야를 주시한다. 싱긋 웃는 입술 사이로 하얀 치아가 빛난다. 사람을 여럿 홀릴 미소다.

"왜 알잖아. 아름답고 근사하고 사랑과 희망이 넘치는 완벽한 곳 말이야."

다마야는 자신의 웃음소리에 깜짝 놀라 입을 다문다. 그녀는 자신이 왜 웃었는지, 그리고 왜 웃음을 그쳤는지 모르겠다.

"알아." 소년이 음식을 씹으며 말한다. "나도 여기 와서 웃을 수 있게 되기까지 꽤 오래 걸렸지."

그 말에 다마야는 아주 약간 마시시가 마음에 든다.

한참 뒤에야 다마야는 마시시가 그녀에게서 뭘 바라는 게 아니라는 걸 깨닫는다. 소년은 시시한 이야기를 하면서 간혹 다마야의 음식을 뺏어 먹는데, 어차피 식사를 거의 끝마친 터라 별로 신경도 쓰이지 않는다. 소년은 다마야가 마시시라고 불러도 별로 개의치 않는다. 그를 완전히 믿는 건 아니지만, 마시시는 다만 누군가와 이야기를 나누고 싶은 것뿐인 듯하다. 다마야도 그건 충분히 이해할 수 있다.

마침내 마시시가 의자에서 일어난다.

"재밌는 대화 즐거웠어."

대화라고 해 봤자 소년이 거의 일방적으로 떠든 것에 불과하지만. 그런 다음 마시시는 친구들이 앉아 있는 테이블로 사라진다. 다마야는 소년을 잊어버리고 다시 평범한 일과로 돌아간다.

다만. 다음 날부터 뭔가가 바뀐다.

그 일은 다음 날 아침 샤워 시간에 일어난다. 누군가 다마야에게 세게 부딪치는 바람에 다마야는 수건을 떨어뜨린다. 재빨리 주위를 둘러보지만 샤워실에 있는 어떤 아이도 그녀를 쳐다보거나 사과하지 않는다. 다마야는 우연한 일이겠거니 생각한다.

하지만 샤워를 마치고 나와 보니 누군가 그녀의 신발을 훔쳐갔다. 다마야는 샤워실에 들어가기 전에 시간을 절약할 수 있게 침대 위에 옷과 신발을 나란히 놓아두었다. 이제까지 항상 그렇게 했고 오늘 아침도 예외는 아니다. 하지만 옷 옆에 있어야 할 신발이 없다.

다마야는 침착하게 신발을 찾는다. 아니라는 걸 알면서도 혹시 다른 곳에 놓아둔 건 아닌지 곰곰이 생각해 본다. 다른 잔모래들을 둘러보지만 다들 일부러 이쪽을 보지 않고 딴청만 부릴 뿐이고, 결국 교관이 아침 점검을 하러 왔을 때 다마야는 흠잡을 데 없는 복장을 하고도 맨발로 서 있을 수밖에 없다. 다마야는 그 대가가 뭔지 안다.

다마야는 규정 위반으로 세탁용 솔로 발바닥을 문지르는 벌을 받고 하루 종일 새로 지급 받은 신발 안에서 화끈거리는 발바닥으로 돌아다닌다.

그건 시작일 뿐이다.

저녁 식사 시간에는 누군가 다마야의 주스에 뭔가를 집어넣는다. 식사 예절을 지키지 못한 잔모래는 부엌일을 해야 하는데 그건 즉 다른 이들의 음식에 손을 댈 수 있다는 뜻이다. 다마야는 그 사실을 깜빡 잊어버렸고, 그래서 주스에서 이상한 맛이 난다는 것도 눈치 채지 못한다. 왠지 정신을 집중하기가 어렵고 머리가 깨질 것처럼 아파 올 때까지는. 심지어 그때조차 다마야는 무슨 일이 일어나고 있는지 깨닫지 못한다. 그러다 기숙사로 돌아가는 길에 발을 헛디뎌 넘어지자 교관 중 한 명이 그녀를 일으켜 세우다 미간을 찌푸리고 다마야의 숨결을 킁킁거린다.

"얼마나 마신 거냐?" 남자 교관이 묻는다.

처음에 다마야는 질문을 이해하지 못해 얼굴을 찡그린다. 평소와 똑같은 양의 주스를 마셨을 뿐이니까. 한참 뒤에야 그의 질문을 알아들은 건 그녀가 취했기 때문이다. 누군가 다마야의 주스에 몰래 술을 탄 것이다.

오로진은 술을 마셔서는 안 된다. 절대로 안 된다. 산을 들었다 놨다 할 수 있는 자가 술을 마신다면 결과는 파국뿐이다. 다마야를 일으켜 세운 갈레나(방연석, 方鉛石) 교관은 네 반지 중에서도 가장 어린 축으로, 오후의 조산술 연습 수업을 맡고 있다. 갈레나는 다마야를 줄 밖으로 내보내 마침 가까이 있는 그의 숙소로 데려간다. 소파에 앉히고 거기서 잠을 자라고 일러 준다.

아침에 눈을 뜬 다마야는 물을 마시며 입안에서 느껴지는 끔찍한 맛에 얼굴을 찌푸린다. 갈레나가 그녀를 일으켜 앉히고 말한다.

"문제가 있다면 빨리 해결하도록 해라. 네가 한 짓이 상급자에게 들키기라도 하면……."

그가 고개를 가로젓는다. 음주는 딱히 정해진 징벌이 없을 정도로 무겁고 심각한 죄다. 분명한 것은 그 벌이 끔찍하리라는 것이다. 두 사람은 그것만 알면 된다.

다른 잔모래들이 왜 다마야를 괴롭히는지는 알 필요가 없다. 중요한 건 그들이 그녀를 괴롭히고 있다는 것이고, 이건 아이들끼리의 사소하고 무해한 장난이 아니다. 누군지는 몰라도 그들은 그녀를 얼려 버리고 싶어 한다. 갈레나의 말이 맞다. 다마야는 이 문제를 해결해야 한다. 최대한 조속히.

다마야는 동맹이 필요하다는 판단을 내린다.

외톨이들 가운데 다마야의 눈에 띈 소녀가 있다. 모두가 그 아이를 알고 있다. 그 애는 뭔가 잘못됐기 때문이다. 그 아이의 조산력은 불안정하고 위태로우며, 언제든 대지에 꽂힐 준비가 되어 있는 날선 단도 같다. 훈련은 상태를 더 악화시킬 뿐이다. 왜냐하면 이제 칼날이 더 날카롭게 벼려졌기 때문이다. 원래 그래서는 안 되는데. 소녀의 이름은 셀루, 아직 오로진 이름을 받지는 못했지만 다른 잔모래들이 그녀를 크랙이라는 별명으로 부르기 시작하자 금세 그 별명이 굳어졌다. 다른 아이들을 말릴 수가 없으니 본인조차 크랙이라는 이름에 익숙해졌다.

모두가 크랙이 이곳에서 오래 버티지 못할 것이라고 수군댄다. 그녀는 다마야에게 완벽한 선택이다.

다마야는 다음 날 아침 식사 시간에 크랙에게 접근한다.(다마야는 이제 자신이 직접 떠 온 수돗물만 마신다. 음식을 먹을 때도 입에 넣기 전에 반드시 주의 깊게 살펴보는 버릇이 생겼다.)

"안녕." 다마야가 쟁반을 내려놓으며 말한다.

크랙이 그녀를 빤히 쳐다본다.

"진심이야? 내가 필요할 정도로 상황이 나빠?"

눈치 볼 필요 없이 서로에게 정직할 수 있다는 건 좋은 징조다.

"그래." 다마야가 대답한다. 크랙이 별로 거부하는 것 같지 않아 옆에 앉는다. "너도 괴롭힘 당하고 있지?"

그렇고말고. 직접 본 적은 없지만 그래야 말이 된다. 펄크럼의 삶에는 질서가 있다.

크랙이 한숨을 내쉰다. 방 안이 어렴풋이 함께 진동한다. 어쨌든 적어도 그런 느낌이 든다. 다마야는 최대한 모르는 척한다. 바람직

한 협력 관계를 맺으려면 두려움을 내색해서는 안 되기 때문이다. 크랙이 그런 다마야의 노력을 알아차렸는지 약간, 아주 약간 긴장을 푼다. 눈앞까지 다가왔던 대참사의 기운이 사라진다.

"그래."

크랙이 나지막하게 대답한다. 다마야는 크랙이 고개도 들지 않고 쟁반만 응시하고 있지만 실은 화가 나 있음을 깨닫는다. 크랙의 손은 부들부들 떨릴 정도로 포크를 꽉 쥐고 있고 표정은 공허하다. 궁금하다. 크랙은 정말로 제어력이 형편없는 것일까, 아니면 괴롭히는 이들이 정성을 다해 그녀를 깨트려 버린 것일까.

"그래서 어떻게 할 건데?"

다마야는 계획을 털어놓는다. 처음에는 다소 놀란 듯한 크랙도 조금 지나자 그녀가 진지하다는 사실을 깨닫는다. 크랙이 다마야의 계획을 면밀히 숙고하는 동안 두 소녀는 묵묵히 식사를 마친다. 마침내 크랙이 말한다.

"좋아."

계획은 무척 단순하다. 그들은 뱀의 머리를 찾아야 하고, 가장 좋은 방법은 미끼를 던지는 것이다. 그들은 마시시를 미끼로 쓰기로 결정한다. 왜냐하면 그가 관련되어 있는 게 틀림없으니까. 다마야가 겪고 있는 모든 말썽은 그가 갑자기 다마야에게 친근하게 굴면서 시작되었다. 어느 날 아침, 두 소녀는 마시시가 샤워실로 들어갈 때까지 기다린다. 마시시가 친구들과 장난치며 웃고 떠드는 사이에 다마야는 제 침대로 돌아간다.

"내 신발 어딨지?" 그녀가 큰 소리로 묻는다.

잔모래들이 시선을 피한다. 몇 명은 말썽꾸러기들이 두 번이나 똑같은 수법을 쓸 정도로 창의력이 부족한 게 한심하다는 듯이 신음한다. 다마야보다 몇 개월 먼저 펄크럼에 들어온 재스퍼가 험악한 얼굴로 노려본다.

"네 신발 같은 거 아무도 안 가져갔어." 그가 말한다. "네 궤짝 안에 있겠지."

"그걸 어떻게 알아? 네가 가져갔어?"

다마야가 똑바로 다가서 마주 보고 묻자 재스퍼가 자존심이 상했는지 가슴을 쑥 내밀면서 성질을 부린다.

"한심해서 못 들어 주겠어서 그런다. 네가 잃어버린 주제에!"

"난 물건 같은 거 안 잃어버려."

다마야가 손가락 끝으로 소년의 가슴을 쿡쿡 찌른다. 재스퍼는 다마야처럼 북중위 출신이지만 마르고 창백하다. 어쩌면 북극권에 가까운 향에서 왔는지도 모르겠다. 그는 화가 나면 얼굴이 빨개진다. 다른 잔모래들이 자주 그걸 놀려 대긴 하지만 심할 정도는 아니다. 왜냐하면 보통은 재스퍼가 더 커다란 목소리로 맞받아치기 때문이다.(훌륭한 조산술은 상대의 힘을 가로막거나 멈추는 게 아니라 방향을 바꿔 빗나가게 하는 것이다.)

"네가 안 그런 거면 누가 그랬는지 알겠네?"

다마야가 다시 재스퍼를 찌르자, 소년이 손을 탁 쳐낸다.

"만지지 마, 이 돼지새끼야. 빌어먹을 손가락을 부러뜨려 버릴 테니까."

"이게 무슨 일이지?"

깜짝 놀란 아이들이 입을 다물고 동시에 몸을 돌린다. 문간에 야간 점호를 하러 온, 교관 중에 몇 안 되는 상급자 중 한 명인 카넬리안(홍옥수, 紅玉髓)이 서 있다. 턱수염이 덥수룩한 덩치 큰 사내로 나이가 많고 엄격한 여섯 반지다. 잔모래들은 모두 그를 무서워한다. 그 사실을 입증하듯이 잔모래들이 황급히 각자의 침대 앞으로 달려가 차렷 자세로 선다. 다마야도 조금 겁이 난다. 하지만 크랙과 시선이 마주치자 소녀가 고개를 끄덕인다. 이제 더는 주의를 끌지 않아도 된다.

"무슨 일이냐고 물었다!"

잔모래들이 모두 제자리에 서자 카넬리안이 방 안으로 들어온다. 그는 아마도 분노보다 두려움 때문에 사과처럼 시뻘건 얼굴을 하고 있는 재스퍼를 노려본다.

"무슨 문제라도 있나?"

재스퍼가 다마야를 노려본다.

"저는 아무 문제도 없습니다, 교관님."

카넬리안이 다마야를 돌아봤을 즈음에는 다마야도 준비가 되어 있다.

"누가 제 신발을 훔쳐갔습니다, 교관님."

"또?" 이건 좋은 징조다. 지난번에 카넬리안은 다마야가 신발을 잃어버려 놓고 핑계를 댄다고 야단쳤다. "재스퍼가 범인이라는 증거가 있나?"

제일 까다로운 부분이다. 다마야는 거짓말을 잘하는 편이 아니다.

"범인이 남자라는 것만 압니다. 제가 샤워를 할 때 사라졌는데 여자애들은 전부 저랑 같이 있었거든요. 제가 세어 봐서 압니다."

카넬리안이 한숨을 쉰다.

"네가 잘못해 놓고 다른 사람을 탓하는 거라면……."

"재는 맨날 그래요." 동부해안 출신의 빨강머리 소녀가 말한다.

"한두 가지가 아니죠."

빨강머리 소녀와 친척이 아니라면 같은 향 출신처럼 보이는 소년이 옆에서 맞장구를 친다. 잔모래들이 키득거린다.

"저 애 짐을 뒤져 보세요." 다마야가 웃음소리를 뚫고 외친다. 지난번에는 그런 제안을 하지 않았다. 신발이 어디 있을지 몰랐으니까. 하지만 이번에는 안다. "갖다 버릴 시간이 없었으니까 아직 방에 있을 거예요. 남자애들 궤짝을 뒤져 보세요."

"그건 불공평해."

유아원을 겨우 졸업했을까 말까 한 어린 적도권 소년이 말한다.

"그래, 불공평하지." 카넬리안이 잔뜩 찌푸린 얼굴로 다마야에게 말한다. "동료 훈련생들의 사생활을 침범해 달라고 요청하려면 그만한 확신이 있어야 할 거다. 네가 틀렸다면 이번에는 간단히 넘어갈 수 없을 거야."

다마야는 벌을 받은 발바닥이 얼마나 아프고 쓰라렸는지 아직도 기억한다.

"네, 알겠습니다, 교관님."

카넬리안이 한숨을 내쉰다. 그러고는 소년들의 침대 쪽으로 몸을 돌린다.

"궤짝을 열어라. 빨리 끝내 버리자."

여기저기서 투덜거리는 소리와 함께 남자아이들이 사물함으로 사용하는 궤짝을 연다. 다마야는 아이들의 불만스러운 시선을 온몸으로 맞으며 자신이 사태를 더 불리하게 만들었음을 실감한다. 아이들은 이제 그녀를 더욱 싫어할 것이다. 하지만 상관없다. 어차피 미움 받을 거라면 차라리 확실한 이유가 있는 게 낫다. 하지만 곧 상황은 반전될 것이다.

마시시가 한숨을 쉬며 궤짝을 열자 곱게 접힌 제복 위에 다마야의 신발이 놓여 있다. 그의 표정이 짜증에서 혼란, 그리고 억울함으로 변해 가는 걸 보자 약간 미안해진다. 다마야는 사람들에게 피해를 주는 걸 좋아하지 않는다. 하지만 그녀는 소년의 얼굴을 신중하게 관찰한다. 마시시의 표정이 순식간에 노여움으로 바뀌고, 몸을 돌려 누군가를 노려본다. 다마야는 그의 시선을 따라간다. 가슴을 두근거리며, 이제 곧……

마시시는 재스퍼를 보고 있다. 그래. 바로 이게 다마야가 원하던 거다. 그렇다면 재스퍼가 범인이로군.

재스퍼의 얼굴에서 핏기가 가신다. 그는 마시시의 비난하는 눈길을 떨쳐 버리려는 듯이 고개를 격렬하게 흔든다. 하지만 헛된 시도다.

카넬리안 교관이 빠짐없이 지켜보고 있다. 그가 턱 근육을 실룩거리며 다마야를 노려본다. 지금 교관은 그녀에게 화가 난 것 같다. 왜? 다마야가 왜 이런 짓을 했는지는 그도 이해할 텐데.

"알겠군." 교관이 다마야의 생각에 대답하듯이 말한다. 그러고는 마시시를 쳐다본다. "변명할 말이라도 있나?"

마시시는 결백을 주장하지 않는다. 소년의 어깨가 힘없이 처지고 굳게 쥔 주먹이 바르르 떨린다. 그는 소용없다는 것을 알고 있다. 하지만 혼자 당하지는 않을 작정이다. 마시시가 고개를 푹 숙인 채 중얼거린다.

"지난번에 신발을 숨긴 건 재스퍼예요."

"내가 안 그랬어!" 재스퍼가 고함을 내지르며 침대 앞에서 뛰쳐나와 방 가운데 선다. 온몸을 격렬하게 떨고 있고 눈동자는 동요하고 있다. 금방이라도 울먹일 것 같은 기색이다. "거짓말이에요. 남한테 뒤집어씌우려는 거라고요……." 그러나 카넬리안이 재스퍼를 쏘아보자 소년은 흠칫 몸을 굳히며 입을 다문다. 그는 거의 씹듯이 말을 내뱉는다. "재가 신발을 팔았어요. 청소하는 무향민한테 팔아서 술을 사 왔다고요."

재스퍼가 가리킨 것은 크랙이다.

다마야는 뜻밖의 사실에 놀라 숨을 헉 들이켠다. 세상이 멈춘 것 같은 거센 충격이 내려친다. 크랙?

크랙.

"더러운 고자질쟁이 창놈 새끼!" 크랙이 주먹을 불끈 쥐며 악을 지른다. "넌 그 변태 자식이 몸을 더듬게 했잖아! 술이랑 편지랑…… 그 인간이 그걸 다 신발 하나 때문에 준 줄 알아?"

"엄마한테 온 편지였단 말야!" 재스퍼는 이제 흐느끼고 있다. "나도, 나도 싫었, 싫었지만…… 그치만…… 엄마한테 편지를 못 쓰게 하니까……."

"좋아서 질질 쌌던 주제에." 크랙이 비웃는다. "한마디라도 하면 내가 다 이른다고 했지? 다 봤거든? 그 자식이 네 구멍에 손가락을 넣으니까 좋다고 앙앙거렸잖아. 쪼그만 게 벌써 번식사라도 되고 싶은 것처럼. 번식사는 적어도 기준이라도 있지……."

이게 아니다. 잘못됐다. 모든 게 잘못됐다. 모두가 어안이 벙벙한 얼굴로 우왕좌왕 시선을 돌린다. 크랙을, 다마야를, 펑펑 울고 있는 재스퍼를, 그리고 카넬리안을. 이제 방 안은 충격과 공포로 인한 헐떡임과 웅성거림으로 가득하다. 그리고 익숙한 그 느낌. 팽팽하게 억눌려 있다 터질듯이 부풀어 오르는, 되울림이라고 할 수 없는 이 진동은 크랙의 조산력이다. 방 안의 모든 이들이 그것을 느끼고 움찔거린다. 어쩌면 크랙이 내뱉은 말과 그 의미 때문인지도 모른다. 왜냐하면 그건 잔모래들이 알아서도 안 되고 해서도 안 되는 것들이기 때문이다. 물론 잔모래들은 늘 말썽을 피운다. 잔모래는 어린애들이고, 어린애들은 늘 그러니까. 하지만 이런 종류의 말썽은 아니다. 절대 아니다.

"아니야!" 재스퍼가 구슬프게 울부짖는다. "내가 말하지 말랬지!"

이제 재스퍼는 큰 소리로 통곡하고 있다. 달싹이는 입술 사이로 알아들을 수 있는 말이 아니라 낮고 절망에 찬 신음이 새어 나온다. 안 돼라는 단어가 쉴 새 없이 반복되고 있는 것 같기도 하다. 다마야는 알 수가 없다. 왜냐하면 이제 방 안의 아이들이 전부 시끌시끌 한마디씩 내뱉고 있기 때문이다. 어떤 아이는 크랙에게 닥치라고 소리 지르고, 일부는 재스퍼와 함께 훌쩍이고 있고, 또 어떤 아이들은 눈물을 흘리는 재스퍼를 쳐다보며 신경질적으로 피식거리고, 어떤 아이들은 알고는 있었지만 믿지는 않았다고 서로 쑥덕거리고……

"그만." 카넬리안의 날카로운 명령에 방 안이 삽시간에 고요해진다. 남은 것은 재스퍼가 나지막하게 울먹이는 소리뿐이다. 카넬리안의 턱 근육이 움찔거린다. "너, 너, 그리고 너." 그가 마시시와 재스퍼, 그리고 크랙을 손가락으로 가리킨다. "따라와라."

카넬리안이 몸을 돌려 나간다. 세 잔모래는 서로 시선을 교환한다. 어찌나 서로를 무섭게 노려보는지 다들 펑 하고 폭발하지 않는 게 신기할 정도다. 마시시가 욕지거리를 내뱉고는 카넬리안의 뒤를 따라간다. 재스퍼가 팔뚝으로 얼굴을 문질러 닦고 고개를 푹 숙인 채 두 주먹을 꽉 쥐고 그 뒤를 따라 나간다. 크랙은 반항적인 표정으로 방 안을 한 바퀴 빙 둘러본다. 다마야와 시선이 마주치자 순간 움찔한다.

다마야는 그녀를 노려본다. 시선을 피하기에는 너무 놀랐고, 또 스스로에게 너무 화가 났기 때문이다. 이게 바로 누군가를 신뢰했을 때 일어나는 일이다. 크랙은 다마야의 친구가 아니었고 다마야는 심지어 그 애를 좋아하지도 않았다. 그저 둘이 서로에게 도움이 될 거라고 생각했을 뿐이다. 다마야는 자신을 잡아먹으려 했던 뱀의 머리를 찾아냈지만 그건 벌써 다른 뱀의 목구멍에 반쯤 먹혀 있었다. 죽이는 건 차치하고 두 눈을 똑바로 뜨고 보기에도 너무 음란한 광경이다.

"나보단 네가 당하는 게 낫지."

무겁게 가라앉은 정적 속에서 크랙이 나지막이 속삭인다. 다마야는 대꾸하지 않는다. 변명이나 해명을 요구하지도 않았건만 크랙이 자진하여 모두의 앞에서 자백하고 있다. 아무도 입을 열지 않는다. 숨소리 하나 나지 않는다.

"그게 계획이었어. 나는 한 번만 실수해도 끝장이지만 너는, 넌 범생이잖아. 시험에서도 만점만 받고 응용 수업에서도 완벽하고 흠잡을 데가 없지. 교관들은 너한테는 심하게 안 굴 거야. 적어도 얼마간은 말이야. 너처럼 잘난 우등생이 갑자기 왜 이러는지 알아내려고 애쓰는 동안에는 내가 언제 산을 폭발시킬지 두근거리며 기다리는 걸 그만두지 않겠어? 아니면 그렇게 만들려고 부추기는 거라도 멈추겠지. 어쨌든 얼마간은." 크랙의 미소가 잦아들고, 그녀가 고개를 돌린다. "그게 계획이었어."

다마야는 아무 말도 하지 않는다. 아무 생각도 하지 않는다. 잠시 후 크랙이 고개를 높이 쳐들고, 한숨을 내쉬고, 두 소년들처럼 카넬리안의 뒤를 따라간다.

방 안은 고요하다. 누구 하나 다른 사람을 쳐다보려 하지 않는다.

문 앞이 소란스러워지더니 교관 두 명이 들어와 크랙의 침대와 궤짝을 검사하기 시작한다. 여성 교관이 매트리스를 들어 올리자 다른 교관이 침대 밑으로 기어 들어간다. 뭔가 찢어지는 소리가 나고 침대 밑 교관이 반쯤 차 있는 커다란 갈색 플라스크를 손에 들고 나타난다. 여자 교관이 뚜껑을 열고 냄새를 맡아 보더니 이맛살을 찌푸리며 다른 여성 교관에게 고개를 끄덕여 보인다. 두 사람이 방을 떠난다.

그들의 발소리가 멀어지자 다마야는 마시시의 궤짝으로 다가가 신발을 꺼낸다. 뚜껑을 닫는다. 조용한 방 가득 커다란 소리가 울려 퍼진다. 아무도 꼼짝하지 않는 가운데, 다마야는 자신의 침대로 돌아가 앉아 신발을 신는다.

그게 신호라도 되는 양 방 안 곳곳에서 참은 숨을 내쉬는 소리가 터지며 몇몇 아이들이 움직이기 시작한다. 다음 수업을 위해 책을 꺼내고, 도가니로 이동하고, 아침 식사가 기다리고 있는 탁자로 향한다. 다마야가 식사를 하러 다가가자 한 여자아이가 빤히 쳐다보다 재빨리 시선을 피한다.

"미안." 그녀가 중얼거린다. "샤워실에서 민 건 나야."

다마야는 소녀의 눈망울에 두려움이 스며드는 것을 본다.

"괜찮아." 다마야가 조용히 대답한다. "신경 쓰지 마."

그 후로 잔모래들은 다마야를 건드리지 않는다. 며칠 뒤에 마시시가 부러진 손과 퀭한 눈으로 돌아온다. 그는 다시는 다마야에게 말을 걸지 않는다. 재스퍼는 돌아오지 않는다. 카넬리안은 그가 북극에 있는 펄크럼 위성지부로 보내졌다고 말한다. 유메네스 펄크럼에는 그에게 나쁜 기억이 너무 많기 때문이라고 한다. 그게 나름 재스퍼에게 친절을 베푼 처사라 할지라도, 다마야는 그게 추방이라는 걸 안다.

하지만 그보다 더 나쁜 경우도 있다. 그 뒤로는 크랙을 본 사람도, 그 이름을 꺼내는 사람도 없다.

곰팡이의 계절: 제국력 602년. 우기철 적도권 동부에서 일련의 해저 화산이 분화하여 해당 지역의 습도가 급증하고 6개월 동안 일조량이 감소했다. 비교적 온화한 계절에 속하나, 시기상 곰팡이 번식에 완벽한 조건이 형성되어 적도권을 비롯해 북부 및 남부 중위지방에 곰팡이가 급속도로 번식해 당시 중요 작물이었던 미로크(현재는 멸종)가 큰 피해를 입는다. 그로 인한 기근이 공식 지하학 역사에 기록되었고, 이후 4년간 계절이 지속되었다(곰팡이균 병충해가 지속된 2년, 이후 농업 및 식량 공급 체제가 회복되기까지 2년). 이 기간 동안 곰팡이균의 피해를 입은 거의 모든 향이 생존에 성공해 제국의 개혁안 및 계절 대비책이 효과적임을 입증했다. 그 결과 다수의 남중위 및 북중위 향들이 자발적으로 제국에 편입하여 제국의 황금기가 시작되었다.

— 산제의 계절

12장

시에나이트가 새 장난감을 발견하다

"내 동료가 아픕니다." 시에나이트는 책상 맞은편에 앉은 아사엘, 알리아의 지도층에게 말한다. "돕지 못해 죄송하다는 사과의 말씀을 전한다는군요. 그러니 내가 여러분 도시의 항구 문제를 해결하도록 하겠지요."

"상급자가 몸이 편찮으시다니 유감이군요."

아사엘의 희미한 미소를 본 시엔은 하마터면 목덜미 털을 쭈뼛 세울 뻔한다. 하마터면인 이유는 그런 반응을 다소 예상하고 있었고, 그래서 마음의 준비를 할 수 있었던 덕분이다. 그래도 영 꺼림칙한 건 매한가지다.

"하지만 묻고 싶은 게 있습니다만." 아사엘이 신경에 거슬릴 정도로 심각하고 걱정스러운 표정으로 묻는다. "당신 혼자서…… 할 수 있겠나요?"

그녀의 눈길이 시엔의 손가락 위에 멎는다. 시엔은 일부러 네 개의 반지를 누구나 볼 수 있게 잘 드러내 놓았다. 두 손을 얌전히 겹쳐 올려놓은 탓에 엄지손가락은 손바닥 밑에 가려져 있다. 아사엘은 거기 다섯 번째 반지가 있는지 심히 궁금할 것이다. 하지만 아사엘과 시선을 마주쳤을 때 거기 담긴 것은 오로지 회의와 미심쩍음뿐이다. 아사엘은 네 반지, 심지어 다섯 반지에도 별 감흥이 없다.

앞으로 다시는 절대로 열 반지와 같이 일하지 말아야지. 마치 그녀에게 그런 선택권이라도 있는 양. 그래도 이렇게 투덜대니 조금은 기분이 나아진다.

시에나이트는 억지로 웃음을 띠어 보려 하지만, 그녀는 알라배스터처럼 과장되고 냉소적으로 예의 바른 척하는 데에는 소질이 없다. 그녀의 미소는 확실히 열 받은 사람처럼 보일 것이다.

"내가 이전에 맡은 임무는 가까이 붙어 있는 다섯 채의 건물 중에 세 채를 해체하는 거였지요. 평소에 7000명이 오고 가는 디바스의 중심 지역으로 제7대학에서도 그리 멀지 않은 곳이었습니다." 시엔은 한쪽 다리를 풀었다가 다시 꼰다. 그때 지하학자들은 진도 5.0보다 더 큰 흔들은 절대로 안 된다고 끊임없이 잔소리를 퍼부어서 그녀를 반쯤 미치게 했다. 민감한 설비가 있다느니 중요한 측정 실험을 해야 한다느니. "그 일을 처리하는 데 5분도 안 걸렸고 해체 구역 밖으로는 자갈 하나 빠져나가지 않았어요. 내가 네 번째 반지를 얻기 전의 일이고요."

그래서 시엔은 흔들을 4.0도로 유지했고, 지하학자들은 매우 만족해했다.

"그렇게 유능한 분이라니 다행이군요." 아사엘이 말한다. 잠시 끼어든 공백에 시엔은 무슨 말을 들을지 재빨리 마음의 준비를 한다. "하지만 동료분이 참여하지 않으신다면 알리아가 오로진 두 명분의 서비스 비용을 지불할 이유를 모르겠군요."

"그건 당신네와 펄크럼 사이에 해결해야 할 일이죠." 시엔이 퉁명스레 일축한다. 솔직히 그런 건 시엔이 알 바가 아니다. "하지만 펄크럼 측에서는 상당한 논거가 있습니다. 왜냐하면 알라배스터가 이 임무에서 나를 계속 지도해 왔고, 또 실제로 보조하지는 않더라도 옆에서 날 감독할 테니까요."

"하지만 그는 여기 없……."

"그건 상관없어요." 울컥 화가 치밀지만 시엔은 차분하게 설명하기로 한다. "그는 열 반지의 소유자입니다. 내가 하는 일을 멀리서 지켜보고 필요하다면 여관방에 앉아서도 개입할 수 있어요. 그 정도는 무의식 상태에서도 할 수 있죠. 뿐만 아니라 그는 지난 며칠 동안 이 지역에서 발생하는 잔흔들을 끊임없이 가라앉히고 잠재웠습니다. 지역 노드 관리자에게 베푸는 작은 호의인 셈이죠. 아니면 당신 향을 위해서라고 해야겠군요. 이 근방은 시골이라 노드 관리소가 꽤 멀리 있으니까요." 시엔은 그 말을 모욕으로 받아들인 아사엘의 표정이 일그러지는 걸 보고 손바닥을 펼친다. "그와 나의 가장 큰 차이점은, 나는 직접 현장을 확인해야 하는 사람이라는 겁니다."

"그렇……군요."

아사엘은 불편한 기색이 역력하고, 마땅히 그래야 한다. 펄크럼 오로진은 둔치들의 두려움과 경계심을 최대한 덜어 줘야 하는데 시엔은 오히려 부추기고 있으니 말이다. 하지만 시엔은 누가 알라배스터를 죽이고 싶어 하는지 대충 짐작하고 있는 마당에 아사엘이나 그와 관련된 인물들에게 물러나는 게 좋을 거라는 경고를 하는 게 낫겠다고 생각한다. 이 콧대 높은 하급 공무원은 간밤에 이 도시가 눈 깜짝할 사이 폐허가 될 뻔한 고비를 얼마나 아슬아슬하게 피했는지 상상도 못 할 것이다.

어색한 침묵이 이어지자 시에나이트는 그동안 품고 있던 몇 가지 의문을 풀기에 좋은 때라고 판단한다. 흙탕물을 휘저어 수면 위로 뭐가 떠오르는지 알아보자.

"지사님은 오늘도 못 오시나 보군요."

"네." 그 즉시 아사엘이 게임을 재개한다. 정중한 미소와 텅 빈 눈동자. "동료분의 요청을 전달했습니다만, 지사님께서는 시간을 내지 못하셨습니다."

"유감이군요." 이제 시에나이트는 알라배스터가 왜 이 부분에 있어 유독 까다롭게 굴었는지 알 것 같다. 그녀는 손을 포갠다. "안타깝게도 그건 요청이 아니었습니다. 여기 전신기가 있나요? 펄크럼에 전갈을 보내서 일이 조금 지연될 거라고 알려야겠군요."

아사엘이 눈가를 좁힌다. 그들에겐 당연히 전신기가 있고, 시에나이트는 당연히 그들의 속을 뒤집어 놓기 위해 그런 말을 한 것이다.

"지연된다고요?"

"네, 당연하죠." 시엔이 눈썹을 추켜세우며 대답한다. 순진한 척하는 연기에는 젬병이지만 그녀는 열심히 노력 중이다. "언제쯤 지사님을 뵐 수 있을까요? 펄크럼에서 알고 싶어 할 겁니다."

그런 다음 그녀는 이야기가 끝났다는 듯이 의자에서 일어난다.

아사엘이 고개를 언뜻 기울인다. 하지만 시엔은 그녀의 어깨가 잔뜩 긴장해 있는 걸 눈치 챈다.

"동료분보다는 더 합리적인 분인 줄 알았는데. 자존심이 좀 상했다고 저희가 의뢰한 일을 하지 않겠다는 건가요?"

"자존심이 좀 상했다고요?"

시엔은 이제 진짜로 부글부글 끓고 있다. 더는 참을 수가 없다. 그녀는 커다란 책상 맞은편 큼지막한 의자에 몸을 파묻고 앉아 비아냥거리고 있는 아사엘을 내려다본다. 주먹을 쥐지도, 이를 갈지도 않고 태연한 모습을 유지하기가 너무 힘들다.

"그쪽이 같은 입장이라면 이런 모욕적인 처사를 견딜 수 있을 것 같습니까?"

"당연하죠." 아사엘이 처음으로 진솔하게 반응하며 허리를 곧추 세운다. "지사님께서는 그럴 시간이 없……."

"아뇨, 당신은 절대 참지 않을 겁니다. 만일 당신이 우리와 같은 입장이라면 당신은 흔하디흔한 시골뜨기 하급 공무원이 아니라 대단히 강력한 독립적인 기관을 대표하고 있을 테니까요. 당신은 어린 시절부터 고유한 능력과 기술을 꾸준히 수련한 유능한 전문가다운 대접을 받길 바랄 겁니다. 아주 중요하고 귀한 능력을 갖추고 있는 사람, 당신 향의 생존이 달린 문제를 해결하러 온 사람에게 걸맞게 말입니다."

아사엘이 그녀를 멍하니 응시한다. 시에나이트는 잠시 말을 멈추고 숨을 깊이 들이마신다. 그녀는 끝까지 흠잡을 데 없이 행동해야 하며, 정중하고 예의 바른 태도를 예리한 유리칼처럼 휘둘러야 한다. 그녀는 차분하고 냉철하게 분노하되, 괴물이라서 자제력이 부족하다는 험담을 듣지 않도록 노력해야 한다. 시신경 뒤에서 끓어오르던 분노가 조금 잠잠해지자 그녀는 한 발짝 앞으로 다가선다.

"아직 우리한테 악수도 청하지 않았지요, 지도자 아사엘? 당신은 처음 만났을 때 우리 눈을 쳐다보지도 않았어요. 심지어 어제 알라배스터가 이미 지적했는데도 아직도 나한테 안심차도 권하지 않았습니다. 제7대학에서 온 학자들한테도 똑같이 대하나요? 알리아의 수도관을 수리하러 온 지공학자들한테도 그래요? 당신네 완력꾼들 조합 대표한테는요?"

아사엘은 쉼 없이 쏟아지던 비유가 마침내 자신에게 이르러서야 움찔거린다. 시에나이트는 침묵 속에서 상대가 무언의 압력에 굴복하기를 말없이 기다린다. 마침내 아사엘이 입을 연다.

"알겠습니다."

"그런가요?"

시엔은 계속 기다린다. 아사엘이 한숨을 내쉰다.

"원하는 게 뭡니까? 사과를 받고 싶나요? 그렇다면 사과드리죠. 하지만 이걸 알아야 합니다. 대부분의 평범한 사람들은 오로진과 사업에 대해 논하기는커녕 실제로 마주치는 경우도 드뭅니다. 그리고……." 그녀가 두 손을 펼친다. "우리가 불편함을 느끼는 건…… 이해할 만하지 않나요?"

"불편하게 느끼는 건 이해할 수 있습니다. 하지만 무례하게 구는 건 다른 문제죠." 삭아빠질. 저 여자한테는 설명하는 것 자체가 시간낭비다. 시엔은 나중에 만날 더 중요한 인물을 위해 자신의 시간과 기력을 아끼기로 한다. "정말 형편없는 사과군요. '미안해요. 하지만 당신이 비정상이라서 인간 대접을 할 수가 없네요.'라니."

"당신은 로가잖아."

아사엘이 냉큼 받아치더니 뻔뻔스럽게도 스스로도 놀란 표정을 짓는다.

"흠." 시에나이트는 싱긋 웃는다. "적어도 솔직하긴 하네요." 그녀는 손을 흔들며 문으로 향한다. "내일 다시 찾아오지요. 그때까지는 지사의 일정을 확인할 시간이 있겠죠."

"우린 계약을 했어요." 아사엘이 거의 부들부들 떨리는 목소리로 말한다. "당신들은 우리가 지불한 대가에 맞는 서비스를 해야 합니다."

"그럴 겁니다." 시에나이트는 문 앞에서 손잡이를 잡은 채 발을 멈추고 어깨를 으쓱한다. "하지만 그 계약에는 우리가 도착한 후 얼마나 빠른 시일 내에 일을 마쳐야 하는지는 명시돼 있지 않지요." 시엔은 지금 무리수를 두고 있다. 그녀는 계약서에 뭐라고 적혀 있는지 전혀 모른다. 하지만 그건 아사엘도 마찬가지이리라 확신한다. 지사보는 그런 상세한 사항까지 알고 있을 정도로 중요한 직책이 아니다. "그건 그렇고 계절의 끝에 숙소를 마련해 줘서 감사합니다. 침대가 아주 푹신하더군요. 음식도 맛있고요."

결정적인 한 방이었다. 아사엘이 의자에서 일어난다.

"여기 있어요. 가서 지사님과 이야기를 해 볼 테니."

그래서 시엔은 기쁜 듯이 미소 짓고 의자에 앉아 기다린다. 아사엘은 시엔이 꾸벅거리며 졸기 시작할 때까지도 돌아오지 않는다. 문이 열리고, 시엔이 눈을 뜬다. 나이가 더 많고 약간 뚱뚱한 해안인 여자가 풀 죽은 모습의 아사엘과 함께 들어온다. 지사는 남자라고 들었다. 시엔은 속으로 한숨을 내쉬고 아까보다 더 공격적이고 정중한 독설을 날릴 준비를 한다.

"오로진 시에나이트."

여자가 입을 연다. 뱃속에서 들끓는 열불에도 불구하고 시에나이트는 여자의 존재감에 깊은 인상을 받는다. "오로진"이라는 말 뒤에 이름을 덧붙일 필요가 없는데도 그토록 바라던 존중 어린 태도를 약간이나마 맛보는 것은 기쁜 일이다. 그래서 시엔은 자리에서 일어난다. 여자가 곧장 앞으로 다가와 손을 내밀며 악수를 청한다. 그녀의 손은 서늘하고 건조하고, 시엔이 상상했던 것보다 더 단단하다. 굳은살이 박히지는 않았어도 일상적인 노동에 익숙한 손이다.

"나는 헤레스미스, 알리아의 지도층입니다. 알리아의 부지사예요. 오늘 지사님은 정말로 너무 바쁘셔서 만나 뵐 수 없지만 나는 시간을 낼 수 있으니 나로 만족할 수 있으면 좋겠군요. 특히…… 지금까지 두 분께 대접이 미흡했던 걸 사과드리는 입장에서 말이지요. 아사엘은 잘못된 행동에 대해 충분한 문책을 받을 것이며, 다른 사람들을, 모든 사람들을 깍듯하게 대하는 것이 훌륭한 지도자의 자질임을 배우게 될 것입니다."

오, 이 여자는 정치라는 게임에 굉장히 통달해 있거나 아니면 부지사라는 게 거짓말일지도 모르겠다. 어쩌면 아사엘이 끝내주게 잘 차려입은 청소부를 데려와 부지사 흉내를 내라고 시켜 먹고 있는지도. 하지만 어쨌든 이것만으로도 충분히 양보한 셈이니 시엔은 기회를 붙잡기로 한다.

"감사합니다." 시엔이 진심을 담아 대답한다. "부지사님의 사과 말씀을 제 동료 알라배스터에게 전하도록 하지요."

"좋아요. 우리 알리아가 펄크럼과 상호 동의한 계약에 따라, 항구의 산호초를 제거하기 전 사흘부터 임무를 끝낸 후 사흘까지 두 사람의 체류 비용에 대해서도 기꺼이 부담하겠다고 전해 주십시오."

이제 그녀의 미소에는 비수가 서려 있고 시에나이트는 자신이 그런 대접을 받아 마땅하다는 것을 안다. 이 여자는 실제로 계약서를 읽은 게 틀림없다.

하지만 상관없다.

"확인해 주셔서 감사합니다."

"우리 향에 머무르는 동안 달리 필요하신 건 없나요? 시내 구경을 원한다면 아사엘이 기꺼이 책임지고 안내해 드릴 겁니다."

젠장, 시엔은 이 여자가 정말 마음에 들기 시작한다. 그녀는 저절로 떠오르는 미소를 억지로 참으며 아사엘을 돌아본다. 아사엘은 기특하게도 아무렇지도 않은 척 냉담한 표정으로 시에나이트를 마주 본다. 시엔은 알라배스터라면 했을 짓을 하고 싶은 유혹을 느낀다. 아사엘에게 치욕을 안겨 주라는 무언의 제안을 헤레스미스에게 하고 싶지만, 그녀는 피곤한 데다 지금까지 경험한 모든 게 끔찍하고, 한시라도 빨리 집으로, 펄크럼으로 돌아가고 싶다.

"괜찮습니다." 시엔이 대답한다. 방금 아사엘의 얼굴이 조금 펴진 건가? "괜찮다면 항구 상태가 얼마나 심각한지 직접 살펴보고 싶군요."

"물론이죠. 하지만 먼저 다과라도 드시는 게 어떨까요? 안심차라도 한잔하시지요."

더는 참을 수가 없다. 입가가 절로 실룩거린다.

"저는 사실 안심차를 좋아하지 않는답니다."

"다들 그렇죠." 저건 진심에서 우러나온 미소다. "우리가 출발하기 전에 더 필요하신 건 없나요?"

이번에는 시엔이 깜짝 놀랄 차례다.

"같이 가실 건가요?"

헤레스미스가 쓴웃음을 짓는다.

"향의 생사가 당신에게 달려 있으니까요. 그러니 당연히 함께 가야죠."

오, 시엔은 정말이지 이 여자가 마음에 든다.

"그렇다면 앞장서시지요, 헤레스미스 지도자."

시에나이트가 문을 향해 몸짓하자, 세 사람은 출발한다.

* * *

항구는 매우 잘못됐다.

그들은 호선을 그리고 있는 항구의 서쪽 해안을 빙 두르고 있는 일종의 산책로 위에 서 있다. 물가를 둘러싼 비탈진 칼데라 꼭대기에 있다 보니 알리아의 전경이 환히 내려다보인다. 알리아는 아름다운 도시다. 날도 좋다. 기온은 따뜻하고 하늘은 높고 맑다. 아마 밤하늘도 이만큼 아름답겠지. 그러나 시에나이트를 소름 돋게 한 것은 그녀가 볼 수 없는 곳, 수면 아래 항구의 바닥이다.

"이건 산호가 아니에요." 시엔이 말한다.

헤레스미스와 아사엘이 어리둥절한 표정으로 그녀를 바라본다.

"뭐라고요?" 헤레스미스가 말한다.

시에나이트는 난간 앞으로 걸어가 팔을 뻗는다. 사실 이런 몸짓은 할 필요가 없다. 그저 자신이 뭔가를 하고 있다는 걸 보여 주기 위한 겉치레일 뿐이다. 펄크럼 오로진은 항상 고객에게 현 상황을 올바로 인식하고 있다는 걸 보여 주어야 한다. 고객들이 그들이 무엇을 하고 있는지 전혀 이해하지 못할 때조차도 말이다.

"저건 항구의 바닥이에요. 그 위에 산호가 깔려 있을 뿐이고요."

시엔은 생각한다. 산호를 보니는 건 처음이지만 상상했던 것과 비슷한 느낌이다. 필요하다면 조산술에 사용할 수 있는 밝고 꿈틀거리는 생명. 그 중심에는 오래전에 석화된 죽은 것이 있다. 그러나 이 산호층은 불쑥 튀어나온 해저 바닥 꼭대기에 놓여 있다. 자연스러운 융기처럼 보이긴 해도(바다와 육지가 만나는 곳에는 간혹 이렇게 접힌 층이 있다고 들었다.) 그게 아니라는 것을 느낄 수 있다.

일단 융기선이 지나치게 곧다. 그리고 거대하다. 널찍한 항구를 거의 완전히 가로지르고 있다. 그리고 무엇보다, 그것은 실제로 거기에 없다.

부풀어 오른 모래와 토사층 아래 암석층이 있어야 하건만 시엔은 느낄 수가 없다. 해저 바닥이 융기한 것이라면 당연히 느껴져야 하는데, 느낄 수가 없다. 그 위에서 넘실대는 해수도, 위에서 누르는 중량과 압력 때문에 뒤틀린 아래쪽 암반도, 주위의 지층도 느껴지지만 이 모든 것을 만들어 낸 원인 자체를 느낄 수가 없다. 혹시 항구 아래 바닥에 크고 텅 빈 구멍이라도 있는 걸까? 그리고 알리아 항이 그 주위에 생겨난 것일까?

시에나이트는 미간을 찌푸린다. 앞으로 내민 손가락을 움찔거리며 감각을 더 멀리, 넓게 펼쳐 보닌다. 부드럽고 느슨한 편암과 모래, 유기체들, 서늘하고 단단한 기반암, 그 모든 흐름과 굴곡. 시엔은 한참을 탐색하다 문득 자신이 알아낸 것을 남들에게도 알려야 한다는 사실을 기억해 낸다.

"산호층 아래 뭔가가 있어요. 항구 바닥에 묻혀 있는데 별로 깊지는 않고 그 아래 암반이 짓눌려 있는 걸 보니 꽤 무겁고……." 그런데 왜 그것 자체는 느낄 수가 없는가. 왜 그것이 주변에 미치는 간접적 영향만이 감지되는가. "이상하군요."

"그게 중요한가요?" 아사엘이 헤레스미스의 총애를 되찾으려 애써 이성적이고 사무적인 말투로 묻는다. "우리가 원하는 건 선박의 통행을 방해하는 산호초를 제거하는 것뿐인데요."

"그렇죠. 하지만 산호가 그 위에 자라고 있어요." 산호층을 더듬어 본 시에나이트는 항구 가장자리에도 산호가 뒤덮여 있음을 발견한다. 어떻게 된 건지 알 것 같다. "그래서 수심이 깊은 곳에서도 이 부근만 산호초가 방해가 된 거예요. 바닥이 융기해 있으니까요. 원래 산호는 수심이 얕은 곳을 좋아하는데, 햇볕 때문에 수온이 오르면 융기선을 따라 더 빠르게 번식하겠죠."

"삭아죽을, 그럼 지금 산호를 제거해도 나중에 또 자랄 거라는 소립니까?" 아사엘과 헤레스미스를 따라온 일행 중 누군가 말한다.

한 무리의 공무원들인데, 시엔은 그가 말을 걸 때까지 그들이 있다는 것조차 깜박 잊고 있었다. "지금 이 일을 하는 이유가 항구를 막고 있는 산호초를 완전히 제거하려는 건데요."

시에나이트는 깊은 숨을 내쉬고, 보님기관을 가라앉힌 다음, 두 눈을 뜬다. 이제 그만 할 일을 마쳤다고 주변에 알려 주기 위해서다.

"네, 결국엔 그렇게 되겠지요." 그녀는 몸을 돌려 공무원들에게 설명한다. "보세요. 말하자면 지금 이런 상황인 거죠."

시엔은 왼손을 둥그렇게 모아 끝이 열려 있는 원 모양을 만든다. 실제로 알리아 항은 이보다 더 삐뚤빼뚤하지만 이 정도면 대충 이해가 갈 것이다. 사람들이 주위로 모여든다. 시엔이 오른손 엄지손가락으로 왼손으로 만든 원의 열린 입구 위를 느슨하게 막는다.

"이게 그 융기선이고요. 한쪽 끝이 살짝 높지만……." 그녀는 엄지손가락 끝을 흔든다. "그건 하부 기층(基層)의 원래 성질로 보입니다. 산호의 대부분이 여기 모여 있어요. 반대쪽은 수심이 깊고 수온이 낮은데……." 시엔이 어색하게 손을 흔들어 엄지손가락 뿌리 쪽을 암시한다. "지금 알리아 항의 배들은 이쪽 길을 사용하고 있죠. 산호가 갑자기 찬 해수를 좋아하게 되거나 다른 종류의 산호가 출현하지 않는다면 이쪽이 막힐 일은 없을 겁니다."

하지만 말은 이렇게 하면서도 시엔은 내심 생각한다. 산호는 계속해서 자란다. 선조들이 죽고 남긴 뼈대 위로 새로운 생명이 계속 붙어 성장한다. 오랜 시간이 지나면 수온이 낮은 지역마저 산호의 생장에 적합한 환경으로 바뀔 것이다. 그때 아사엘이 완벽한 타이밍에 얼굴을 찌푸리며 핵심을 지적한다.

"그 길이 지금도 천천히 착실하게 막히고 있지 않다면 말이죠. 겨우 수십 년 전만 해도 알리아 항은 선박들이 중앙으로도 자유롭게 출입할 수 있었어요. 하지만 지금은 불가능하죠."

빌어먹을. 펄크럼에 돌아가고 나면 시엔은 잔모래의 교육 커리큘럼에 바위에 붙어 성장하는 해양생물에 대한 내용을 반드시 포함시켜야 한다고 강력히 건의할 것이다. 이런 걸 가르치지 않는다니 믿을 수가 없다.

"알리아가 여러 계절을 거쳤고 이제야 이런 문제가 발생한 거라면 산호층이 그렇게 빨리 성장한 건 아니겠지요."

"알리아는 고작 두 계절밖에 안 된 향이랍니다."

헤레스미스가 시엔에게 서글픈 미소를 지으며 말한다. 사실 그건 꽤 경탄할 만한 업적이다. 중위도와 극지방에서는 많은 향들이 한 번의 계절도 버티지 못하는 경우가 허다하고 해안지방은 그보다도 더 취약하다. 헤레스미스가 그렇게 말한 건 시에나이트가 당연히 유메네스에서 나고 자랐을 거라고 여긴 탓이다.

시엔은 역사 시간에 졸지 않고 들었던 내용을 떠올려 본다. 가장 최근에 있었던 계절은 약 100년 전에 있었던 질식의 계절이다. 아주 혹독하진 않았지만 아콕 산이 폭발했을 때 남극권 인구의 대다수가 사망했다. 그 전엔 뭐였지? 산성의 계절이었나, 아니면 부글의 계절? 그녀는 항상 이 두 가지가 헷갈렸다. 어쨌든 그건 질식의 계절보다 200~300년쯤 전에 일어났고 굉장히 지독했다. 그래, 그 계절이 끝났을 무렵 해안가 향이 전멸했으니 알리아는 산성화됐던 물이 중화되고 다시 해안지방에 거주가 가능해졌을 즈음인 그로부터 수십 년쯤 후에 탄생했을 것이다.

"그렇다면 산호층이 항구를 막을 때까지 한 400년쯤 걸린 거군요." 시에나이트가 중얼거린다. "질식의 계절 때 잠시 생장을 멈췄다가……." 산호초는 다섯 번째 계절에 어떻게 생존하는 걸까? 그녀는 모른다. 하지만 산호는 따뜻한 수온과 빛을 필요로 하고 그러니 계절 중에는 동면해 있었을 것이다. "좋아요. 대충 100년쯤 걸린다고 가정하죠."

"대지불이여." 한 여자가 겁에 질린 표정으로 탄식한다. "이 일을 100년 뒤에 또 해야 한다는 겁니까?"

"100년 뒤에도 돈을 내고 펄크럼을 불러야겠군요." 헤레스미스가 한숨을 내쉰다. 그녀가 시엔에게 던지는 눈빛은 원망보다 체념에 가깝다. "당신들 상관은 꽤 높은 액수를 부를 거고요."

시에나이트는 어깨를 으쓱하고 싶은 충동에 저항한다. 그건 사실이니까.

공무원들이 잠시 시선을 서로 교환하는가 싶더니 이윽고 다 같이 시엔을 바라본다. 시엔은 알 수 있다. 지금 그들은 그녀에게 뭔가 멍청한 짓을 부탁하려는 참이다.

"그건 아주 나쁜 생각입니다." 시에나이트가 두 손을 들어 올리며 선수를 친다. "진심으로 하는 말이에요. 난 물 밑에 있는 걸 움직여 본 경험이 없어요. 그래서 상급자와 같이 온 거고요." 참 많은 도움이 되는 인간이었지. "그보다 더 중요한 건 저 밑에 뭐가 있는지 내가 모르겠다는 겁니다. 커다란 가스층이나 유전이 있어서 항구를 완전히 오염시킬 수도 있어요." 그건 사실이 아니다. 왜냐하면 어떤 가스층이나 유전도 완벽한 직선을 이루지는 않으며, 가스나 기름이라면 너도 보닐 수 있기 때문이다. "어떤 멍청한 고대 문명이 항구에 심어 놓은 폭탄일 수도 있고요."

오, 거참 끝내주는 변명이다. 이제 그들은 공포에 질린 표정으로 그녀를 쳐다보고 있다. 시엔은 다시 시도한다.

"먼저 저기 뭐가 있는지 조사를 의뢰하는 게 어떤가요." 시엔이 제안한다. "해저층을 전문으로 연구하는 지하학자와 지공학자 들을 불러서……." 그녀는 주변을 크게 손짓한다. "해류를 조사해 보세요. 장단점을 파악한 후에 저 같은 사람을 다시 부르면 됩니다." 부디 자신이 다시 불려오지 않기만을 바랄 뿐이다. "조산술은 언제나 처음이 아니라 마지막 수단이 되어야 합니다."

조금은 분위기가 나아진 것 같다. 그들이 귀를 기울이고 있다. 시엔은 누군지 모르는 두 사람이 나지막한 목소리로 대화를 나누고 있고 헤레스미스는 조용히 생각에 잠겨 있다. 아사엘은 분개한 듯 보이지만 별로 나쁜 징조는 아니다. 그녀는 똑똑한 편이 아니니까.

"그 점은 생각을 좀 해 봐야 할 것 같군요." 이윽고 헤레스미스가 입을 연다. 그녀의 표정이 너무나도 절망적이라 시엔이 측은함을 느낄 정도다. "우린 펄크럼과 다시 계약을 할 만큼 경제 사정이 넉넉하지 않고 연구 비용을 댈 수 있을지도 확실치 않습니다. 제7대학과 전문 지공학자들을 부르려면 거의 펄크럼만큼이나 비싼 비용이 들어가니까요. 가장 중요한 건 이대로 항구를 계속 사용하지 못한다면 우리가 버틸 수가 없다는 겁니다. 앞서 지적하셨다시피 이미 다른 항구에 대형 화물선을 빼앗기고 있거든요. 알리아 항이 완전히 막혀 사용할 수 없게 되면 알리아도 존재할 이유가 사라지게 되지요."

"안타깝군요."

시엔이 입을 열자 뒤에서 수군거리던 두 남자 중 한 명이 그녀를 노려본다.

"당신은 펄크럼을 대표하지 않습니까. 우리가 요청한 일을 하라고 고용됐고요."

어쩌면 이 남자는 평범한 하급 공무원이 아닌지도 모르겠다.

"그래요. 원하신다면 지금 당장 일을 시작할 수도 있습니다." 시엔은 해저 바닥을 보넜고, 이제 산호층이 별게 아니라는 걸 안다. 항구에 정박한 선박들은 거의 건드리지도 않고 산호초를 깨끗이 걷어 낼 수도 있다. "내가 지금 산호초를 제거하면 내일 당장 항구를 사용하실 수 있을 겁니다……."

"그렇지만 당신은 항구를 깨끗이 청소하기 위해 고용됐어요." 아사엘이 말한다. "단순히 임시 조치를 취하는 게 아니라 문제를 완벽하게 해결하기로 말입니다. 예상했던 것보다 문제가 더 크고 심각하다고 해서 계약을 완수하지 못한 데 대한 변명은 있을 수 없습니다." 아사엘의 눈이 가늘어진다. "하기 싫어하는 다른 이유가 있다면 모를까."

시엔은 아사엘에게 온갖 창의적인 욕설을 퍼붓고 싶은 마음을 마지못해 참는다.

"방금 설명하지 않았나요? 내가 당신들을 속일 생각이었다면 항구가 막힌 진짜 원인이 뭔지 숨겼겠지요. 나중에 똑같은 문제가 발생하더라도 당신들끼리 알아서 해결하라고 모르는 척 산호초만 건어냈을 겁니다."

그 말은 효과가 있다. 두 남자는 더 이상 의심스러운 표정을 짓지 않는다. 심지어 아사엘마저 비난의 기색을 접고 초조하게 자세를 고쳐 선다. 헤레스미스가 고개를 끄덕이며 일행을 돌아본다.

"지사님께 의견을 여쭤 봐야 할 것 같습니다." 헤레스미스가 말한다. "우리에게 어떤 선택지가 있는지 전부 알려 드리도록 하지요."

"외람되지만 지도자 헤레스미스." 한 여성이 얼굴을 찡그리며 말한다. "다른 선택지가 있을 것 같지 않군요. 어쨌든 우리가 할 수 있는 건 항구를 임시로 청소하거나 문제를 완전히 해결하거나 둘 중 하나니까요. 그리고 양쪽 다 펄크럼에 지불할 비용은 같고요."

"아니면 아무것도 안 하는 방법도 있죠."

시에나이트의 말에 모두가 그녀를 돌아본다. 시엔은 한숨을 쉰다. 이런 걸 알려 주다니 바보 같은 짓이다. 그녀가 임무를 고의적으로 망친 걸 알면 상급자들이 뭐라고 할지. 하지만 이대로 가만히 있을 수는 없다. 이들의 항은 곧 망가질 것이다. 지금은 계절이 아니니 다른 항으로 이주해 새 삶을 시작할 수 있다. 아니면 알리아 항을 아예 해체해 모든 거주민들에게 새 항을 찾아 주는 것도……

물론 가난하거나 몸이 약하거나 나이 많은 사람들에게는 아무 소용도 없는 방법이지만. 삼촌이나 형제, 부모가 오로진이라는 사실이 밝혀진 가족에게도 별 쓸모가 없을 것이다. 그런 이들을 받아들일 항은 없을 테니까. 또 그들이 속한 쓰임새신분을 이미 넉넉하게 보유한 항도, 혹은……

젠장.

"나와 동료가 이대로 귀환할 수도 있습니다." 그럼에도 시에나이트는 말한다. "아무 일도 하지 않고요. 그러면 우리는 계약을 불이행한 셈이 되고 여러분은 지불한 비용을 돌려받을 수 있죠. 물론 우리의 여비와 체류비는 제외하고요." 이렇게 말하며 아사엘을 똑바로 바라보자 그녀의 턱 근육이 팽팽해지는 것이 보인다. "앞으로 몇 년간은 항구를 사용할 수 있을 테니 그렇게 아낀 시간과 자금으로 해저를 조사하거나…… 아니면 알리아 항을 더 좋은 위치로 이전할 수도 있지요."

"그런 건 선택지가 아니에요." 아사엘이 끔찍하다는 표정으로 말한다. "여긴 우리들 집이라고요."

시엔은 퀴퀴한 곰팡내가 나는 담요를 떠올린다.

"집이란 사람이지요." 그녀는 아사엘에게 부드럽게 말한다. 아사엘이 두 눈을 깜박인다. "집은 당신과 함께 가져가는 것이지, 두고 가는 게 아닙니다."

헤레스미스가 한숨을 내쉰다.

"아주 시적인 표현이군요, 오로진 시에나이트. 하지만 아사엘의 말이 맞습니다. 항을 이전하게 되면 알리아의 정체성도 잃고 인구도 분산될 겁니다. 또 우리가 지금까지 투자한 모든 것을 잃는다는 의미이기도 하고요."

헤레스미스가 두 팔을 펼쳐 주변을 가리키자 시엔은 그녀가 말하는 바를 이해한다. 사람은 옮길 수 있을지 몰라도 건물은 불가능하다. 사회 기반 시설도 마찬가지다. 그것들은 전부 부(富)와 재산을 의미하고, 계절이 아닐 때도 부는 곧 생존을 의미한다.

"그리고 다른 곳으로 옮기더라도 이보다 더 나쁜 문제가 없으리라는 보장도 없고요. 하지만 솔직한 의견을 말해 주셔서 감사드립니다. 진심이에요. 그렇지만…… 그래도 차라리 아는 화산이 터지는 게 낫다죠."

시에나이트는 한숨을 내쉰다. 어쨌든 시도는 했다.

"그럼 어떻게 하실 건가요?"

"결론은 하나뿐이잖아요?"

그렇다. 빌어먹을 대지불이여. 정말 그렇다.

"할 수 있겠나요?"

이번에는 아사엘이 묻는다. 어쩌면 그렇게 도발적으로 말할 의도는 아니었을지도 모르지만. 아니면 그저 불안해서 그런지도 모른다. 왜냐하면 지금껏 그들은 아사엘이 나고 자라고 통치하고 보호하도록 평생 교육받은 향의 종말에 대해 이야기하고 있기 때문이다. 지도층에서 태어난 아사엘이 자신의 향에 대해 아는 것이라곤 이곳의 잠재력과 포근함뿐이다. 그녀는 자신이 속한 지역 공동체를 경멸이나 증오, 또는 두려움을 통해 볼 이유를 알지 못한다.

시엔은 아사엘에게 화를 낼 생각이 없다. 하지만 시엔은 이미 기분이 좋지 않고, 어젯밤 독극물에 중독된 알라배스터를 구하느라 잠도 제대로 자지 못했으며, 아사엘은 그녀를 무시하고 있다. 이젠 지겹다. 이 길고도 끔찍한 여행 내내 겪은 일이 너무 많다.

"좋습니다." 시에나이트가 몸을 빙글 돌리며 두 팔을 뻗는다. "다들 3미터 이상 멀리 물러나세요."

공무원들이 놀라 숨을 들이켜며 뭐라 중얼거리지만 시엔은 그들이 서둘러 의식의 지도 밖으로 사라지는 것을 느낀다. 밝고 뜨겁게 빛나는 점들이 그녀가 간단히 미칠 수 있는 영역 밖으로 이동한다. 물론 완전히 닿지 않는 것은 아니다. 알리아도 마찬가지다. 시엔의 주변에 떠다니는 수많은 생명과 움직임들. 그저 감각을 뻗어 집어삼켜 사용하기만 하면 된다. 그러나 그들은 이 사실을 몰라도 된다. 어쨌든 시엔은 전문가니까.

그래서 시엔은 힘의 축을 땅속 깊이 힘차게 내리꽂는다. 그녀의 고리는 크고 치명적이라기보다는 작고 두껍다. 시엔은 알리아의 기반층을 탐색해 가장 근저에 있는 결함층, 또는 과거에 알리아라는 칼데아를 만들어 낸 사화산의 희미한 열기를 찾는다. 항구 바닥에 있는 그 무언가는 매우 무겁다. 그것을 움직이려면 단순히 주변 환경에 내포된 것보다 더 큰 힘이 필요하다.

그러나 탐색을 하면 할수록 뭔가 굉장히 이상한, 그리고 동시에 익숙한 일이 발생한다. 그녀의 의식이 이동한다.

시엔은 지금 땅 위에 없다. 뭔가가 그녀를 밖으로, 위로, 아래로, 그리고 안으로 잡아당긴다. 다음 순간 시엔은 검고 차가운 공간 속에 있고 그녀의 내부로 흘러드는 힘은 열기도, 움직임도, 잠재력도 아닌 뭔가 완전히 이질적인 것이다.

어젯밤 알라배스터가 그녀의 조산력을 강제로 빼앗아 갔을 때와 비슷한 느낌. 하지만 이번에는 알라배스터가 아니다.

게다가 시엔은 아직 자신의 능력을 부릴 수 있다. 어떤 면에서는 그렇다. 다만 멈출 수가 없다. 내부에 힘이 너무 충만하여 이걸 발산하면 알리아의 절반은 얼음덩어리가 되고, 항구를 추상적인 형태로 둔갑시킬 거대한 흔들을 일으키게 될 것이다. 하지만 이 힘의 흐름을 이용할 수는 있다. 말하자면 이 힘을 그녀가 볼 수 없는 바닷속 그것을 밑에서 떠받치고 있는 기반암으로 흘려보낼 수 있다. 그녀는 암석층을 밀어 올린다. 섬세함은 다소 부족해도 어쨌든 시엔의 목적은 달성되었고 다음 순간 그녀는 정체 모를 그 거대한 암흑이 부상하는 것을 느낀다. 알라배스터가 여관방에서 이 광경을 지켜보고 있다면 시엔의 실력에 큰 감명을 받았으리라.

하지만 이 힘은 도대체 어디서 나오는 거지? 내가 어떻게……?

그제야 시엔은 현실을 깨닫고, 공포에 질린다. 급작스럽게 주입된 운동 에너지 때문에 암반층과 함께 바닷물이 솟구친다. 모든 일이 너무 순식간에 벌어져 어떻게 손쓸 도리가 없다. 하지만 더욱 놀라운 것은 시엔이 지금 그 어느 때보다도 신속하게 사태에 대응할 수 있다는 것이다. 왜냐하면 그녀는 지금 거대하고 순수한 힘 덩어리 그 자체이고, 온몸의 땀구멍에서 힘이 줄줄 흘러넘치고, 오, 대지불이여, 정말 터무니없을 정도로 기분이 좋다. 알리아 항을 집어삼키려는 집채 같은 파도를 멈춰 세우는 건 어린애 장난만큼 쉽고 간단하다. 어디선가 거침없이 밀려오는 막강한 힘의 물결을 휘젓고 흐트러뜨려 일부는 바다로 돌려보내고 나머지는 파도를 진정시키는 데 사용하면 될 뿐. 그리고 그때, 해저 바닥 밑에 묻혀 있던 미지의 물체가 거치적거리는 토사와 퇴적물을 밀어내고 산호층을 가르며 수면을 향해 솟구친다.

그러나.

그러나.

그 물체는 시엔의 의지대로 움직이지 않는다. 그녀는 그것을 항구의 가장자리로 이동시키려 했다. 산호가 다시 자라나도 뱃길이 막히지 않게, 그래서…… 그런데……

오, 사악한 대지여, 그런데 이 삭아빠질 것이……

스스로 움직이고 있다. 시엔은 막을 수가 없다. 안간힘을 다해 보지만 방금 전까지 충만했던 힘이 그녀를 채웠을 때만큼이나 순식간에 밖으로, 어디론가 빨려나간다.

시엔은 자신의 몸으로 돌아온다. 나무 난간에 기대 거칠게 숨을 몰아쉰다. 시간은 고작 몇 초밖에 지나지 않았다. 자존심 때문에 바닥에 쓰러질 수는 없지만 지금 그녀가 서 있을 수 있는 건 순전히 난간에 기대 버티고 있기 때문이다. 하지만 그녀가 졸도하기 직전이라는 걸 눈치 채는 사람은 아무도 없다. 왜냐하면 발아래 보도의 널빤지가, 그녀가 몸을 기대고 있는 난간이, 불길하게 흔들리고 있기 때문이다.

시엔의 등 뒤에 있는 탑에서 흔들을 알리는 사이렌이 울부짖기 시작한다. 보도 아래 선창으로, 도로로, 사람들이 물밀듯이 쏟아져 나온다. 사이렌 소리가 없었다면 사방이 그들의 비명으로 가득했으리라. 시엔은 가까스로 고개를 들고 아사엘과 헤레스미스를 비롯한 일행들이 건물과 멀찍한 거리를 벌리기 위해 황급히 보도 밖으로 달아나는 모습을 바라본다. 그들의 얼굴은 공포로 얼어붙어 있다. 그리고 당연하지만 시엔이 어찌되는지는 안중에도 없다.

하지만 자기 상념에 빠져 있던 시엔을 현실로 끌어올린 건 그런 게 아니다. 그녀를 일깨운 것은 선창 건너편에서 갑자기 소나기처럼 쏟아진 바닷물과 뒤이어 나타난, 항구의 절반을 덮을 정도로 커다랗고 어두운 그림자다. 시엔은 몸을 돌린다.

거기, 물속에서 서서히 떠오르며 대지의 남은 껍질을 벗어 던지고 있는 것이 있다. 웅웅 낮게 울리는 소리와 함께 천천히 회전하는 그것은 다름 아닌 오벨리스크다.

간밤에 시엔이 본 것과는 다르다. 그 자줏빛 오벨리스크는 아직도 해안가 저편 몇 킬로미터 밖에 떠 있을 테지만 시엔은 굳이 고개를 돌려 확인하지 않는다. 눈앞에 있는 오벨리스크가 그녀의 시야를, 머릿속을, 전부를 차지하고 있다. 왜냐하면 이 오벨리스크는 녹병삭도록 무지막지하게 거대하기 때문이다. 물 밖으로 다 올라오지도 않았는데! 색깔은 가넷과 비슷한 짙은 붉은색이고 양쪽 끝이 뾰족한 육방체 기둥 모양이다. 신기루처럼 희미하게 어른거리거나 깜박이면서 반쯤 환영처럼 보이는 다른 오벨리스크와는 달리, 또렷하고 분명한 실체를 지니고 있다. 너비는 커다란 선박 몇 척을 합친 것보다 훨씬 넓고, 길이는 어마어마하다. 느릿하게 돌면서 계속 떠오르는 중인데 아직도 끝이 보이지 않는다. 알리아 항을 꽉 채울 정도다. 끝에서 끝까지 1.5킬로미터는 될 것 같다.

하지만 점차 모습을 드러낼수록 뭔가 잘못되어 있다는 게 확실해진다. 기둥 한가운데, 밝고 투명하고 아름다워야 할 그곳이 깨져 금이 가 있다. 상처는 크고 흉측하고 해저에 누워 있던 수 세기 동안 더러운 오염 물질이라도 새어 나왔는지 검게 물든 실금들이 거미줄처럼 표면 전체에 방사형으로 넓게 퍼져 있다. 시에나이트는 오벨리스크의 웅웅거리는 진동이 그곳에서는 마치 고장이라도 난 듯이 덜걱거리는 것을 느낄 수 있다. 정체를 알 수 없는 에너지가 손상된 부분에서 빠져나오려고 애쓰고 있다.

그리고 그 균열이 시작된 거미줄 중앙에서 그녀는 뭔가를 발견한다. 뭔가 자그마한 것. 시에나이트는 두 눈을 가늘게 뜨고 난간 너머로 몸을 내민 채 목을 길게 빼고 거기 있는 작고 어두운 점을 눈으로 뒤쫓는다. 그 순간 오벨리스크가 마치 그녀를 마주 보려는 듯이 몸을 돌리고, 그게 뭔지 알게 된 순간 온몸의 피가 오싹하게 얼어붙는다.

사람이다. 오벨리스크의 수정기둥 한가운데 사람이 박혀 있다. 꼭 호박 속에 갇힌 벌레처럼. 넓게 펼쳐진 팔다리는 꼼짝도 않고, 머리카락은 허공에서 언 눈보라처럼 수정 속에서 흩날린다. 얼굴은 잘 보이지 않지만 시엔의 상상 속에서 눈은 커다랗게 뜨여 있고 입은 비명을 지르듯 벌어져 있다.

암적색 수정 위에 퍼져 있는 거무스름한 얼룩 너머로, 시엔은 그 사람의 피부에 기묘한 대리석 무늬 같은 게 있다는 것을 발견한다. 햇빛이 반짝 반사되었을 때에는 그의 머리카락이 투명하다는 사실도 깨닫는다. 적어도 가넷 결정 속에서 순간적으로 보이지 않을 정도로 반투명하다. 시엔이 지금 보고 있는 그것은 뭔가…… 이상하다. 어쩌면 그녀는 그게 뭔지 벌써 알고 있는지도 모른다. 왜냐하면 시엔은 잠시나마 이 오벨리스크와 하나가 되었으니까. 이것이 바로 방금 그녀를 가득 채우고 충만하게 했던 힘의 원천이니까. 하지만 그에 대해 너무 깊이 생각해서는 안 된다, 왜냐하면, 대지여, 그녀는 감당할 수가 없다. 깨달음은 이미 그녀의 머릿속에 있고 아무리 간절히 원한들 이미 아는 것을 부정하는 것은 불가능하다. 아무리 이성적이고 합리적인 사람도 불가능한 것을 몇 번이고 거듭해서 마주하고 경험하게 된다면 인정하고 받아들이는 도리밖에 없다.

그래서 시엔은 자신이 지금 보고 있는 것이 부서지고 망가진 오벨리스크이며, 대지만이 알 정도로 오랜 세월 동안 알리아의 항구 밑에 누워 있었다는 사실을 받아들인다. 그리고 어찌된 일인지 그 중앙에 갇혀 있는 것, 이 거대하고 아름답고 신비한 존재를 망가뜨린 것이…… 스톤이터라는 사실을 받아들인다.

그리고 그것은 죽어 있다.

아버지 대지는 아주 오랫동안 생각하지만
절대로, 절대로 잠들지 않으며,
망각하지도 않는다.
— 두 번째 석판, 「불완전한 진실」, 제2절

13장

너는 추적 중이다

이것이 바로 너다. 길 위의 작고 초라한 존재. 네 삶의 기반이란 이런 것이다. 아버지 대지는 너를 경멸할 자격이 있으나 이를 부끄러이 여기지 마라. 너는 괴물일지 모르지만 또한 위대하다.

* * *

무향민 여자의 이름은 통키라고 한다. 그녀가 알려 준 이름은 그게 다다. 쓰임새명도 없고 향명도 없다. 통키는 아니라고 부인하지만 너는 그녀가 지하학자라고 확신한다. 사실 어느 정도 스스로 인정하기도 했다. 왜 네 뒤를 따라오느냐고 묻자, 통키는 턱짓으로 호아를 가리키며 "저 애가 너무 신기해서."라고 대답한다.

"재 정체를 알아내지 못하면 옛날 내 대학 스승들이 암살자를 보내 날 죽이려고 할걸. 벌써 시도하지 않은 것도 아니고." 통키가 크고 하얀 이를 드러내고 말처럼 흥흥대며 웃는다. "피를 좀 뽑을 수 있으면 진짜 좋을 텐데 어차피 분석 장비가 없으면 소용없으니까 그냥 관찰만 하려고."

(그 말을 들은 호아는 뾰로통하여 대놓고 너를 방패 삼아 통키를 멀리하고 있다.)

통키가 말하는 "대학"이란 디바스에 있는 제7대학이 틀림없다. 고요 대륙 전역에서 지하학자와 전승가 들을 위한 가장 유명한 배움의 전당으로, 적도권에서 두 번째로 큰 도시에 위치하고 있다. 통키가 성인들을 위한 지방 보육학교나 이른바 현지 유명인사에게서 귀동냥으로 배운 게 아니라 진짜로 그런 명망 있는 교육 기관에서 수학했다면 처지가 보통 비참하게 전락한 게 아니다. 하지만 너는 그 말을 입 밖에 낼 정도로 무례하지 않다.

통키가 네게 매우 창의적인 위협을 가하긴 했어도, 실은 식인종 마을에 살지는 않는다. 그날 오후에 통키는 너희를 자신의 거처로 데려간다. 통키는 바위 속 천연 동굴에 살고 있다. 오래된 용암 기공(氣孔)이 남긴 흔적으로 한때는 작은 언덕만큼이나 커다랬을 테지만 지금은 작고 외딴 협곡 구석에 숨겨져 있다. 수목들 사이에 매끄러운 검은 유리기둥이 점점이 박혀 있고, 제일 큰 동굴 주변에는 괴상하게 생긴 자그마한 동굴들이 다닥다닥 붙어 있는데 아마 커다란 거품 옆에 있던 작은 거품들의 흔적일 것이다. 통키는 자신이 살고 있는 동굴 반대편에 있는 몇몇 작은 동굴이 산고양이와 다른 동물들의 둥지라고 미리 경고한다. 별로 위험한 동물들은 아니지만 계절이 되면 모든 게 변하기 때문에 너는 군말 없이 조심스레 통키의 뒤를 따른다.

통키가 살고 있는 큰 동굴은 이상하고 진기한 기계 장치와 서적,

그리고 어디선가 주워 온 잡동사니가 수북하게 쌓여 있고 간혹 등잔이나 비축 식량 같은 유용한 물건들도 섞여 있다. 불을 피울 때 사용하는 송진 냄새가 코끝을 진동하는데 통키가 안으로 들어가자마자 그녀의 몸에서 나는 악취가 동굴을 장악한다. 너는 불쾌한 티를 내지 않으려고 용을 쓰지만 호아는 고약한 냄새를 알아차리지 못했거나 아니면 상관하지 않는 것 같다. 소년의 자제력이 부러울 지경이다. 다행히도 통키가 그렇게 많은 물을 길어 온 것은 목욕을 하기 위해서다. 그녀는 부끄럼도 없는지 네 앞에서 주저 없이 옷을 벗고는 커다란 나무 욕조 옆에 쭈그려 앉아 겨드랑이와 가랑이와 다른 곳을 문지르기 시작한다. 너는 그녀에게 음경이 있는 것을 보고 조금 놀라지만, 뭐, 어디 향에서 그녀를 번식사로 쓸 것도 아니니까. 통키는 직접 만든 항진균제라고 우기는(너는 못 믿겠지만) 탁한 초록색 액체로 머리와 옷을 빨고 헹군다.

통키가 목욕을 마치자 동굴 속 악취도 어느 정도 가셨고, 너는 그날 밤 오랜만에 침낭 속에서 푸근하고 만족스러운 밤을 보낸다. 통키에게도 예비용 침낭이 있긴 하지만 이가 옮을 위험을 무릅쓰고 싶지는 않다. 오늘 밤에는 호아가 네 옆에 누워 잘 수 있게 허락도 해 준다. 소년이 잠결에 엉겨 붙지 못하게 일부러 등을 돌려 눕지만 아이는 시도하지 않는다.

다음 날 너는 남쪽으로 여행을 계속한다. 무향민 지하학자 통키와 정체를 알 수 없는 호아가 너의 동행이다. 너는 이제 호아가 인간이 아니라고 확신한다. 하지만 별로 개의치 않는다. 엄밀히 말하자면 너도 인간이 아니기 때문이다.(거의 1000년 전에 공표된 제2차 유메네스 전승 협의회의 「'조산 능력을 잃는 이들의 권리'에 대한 선언문」에 따르면 그렇다.) 네가 신경 쓰이는 지점은 호아가 아무 설명도 하지 않는다는 것이다. 너는 호아에게 커쿠사를 어떻게 한 건지 묻지만 아이는 대답하기를 거부한다. 어째서 대답하지 않느냐고 묻자 이번에는 뚱한 얼굴로 대꾸한다.

"네가 날 좋아했으면 하니까."

이 두 사람과 여행하다 보니 네가 정상인처럼 느껴질 지경이다. 어쨌든 지금 너에게 가장 중요한 건 도로 사정이다. 며칠 사이에 낙진이 점점 심해져 결국 너는 비상자루에서 가리개를 꺼내(다행히도, 아니, 끔찍하게도 네가 가진 가리개는 네 개다.) 일행에게 나눠 준다. 아직은 잿가루가 비교적 큰 편이고 돌의 가르침이 경고하는 죽음의 연무는 아니지만, 미리 조심하지 않는 건 바보짓이다. 간혹 뿌연 회색 세상 속에서 마주치는 사람들도 모두 코와 입을 가리고 있다. 온통 잿빛으로 변한 피부와 머리카락, 옷은 재투성이 주변 풍경과 구분하기가 힘들고, 무심코 네게 닿은 시선들도 재빨리 딴 곳으로 사라진다. 얼굴 가리개는 모든 사람들을 똑같은 얼굴로 만들고, 그것은 좋은 일이다. 더는 아무도 너나 호아, 통키에게 관심을 기울이지 않는다. 너는 무관심한 인파 속에 흔쾌히 섞여 든다.

일주일쯤 지나자 도로 위에 넘치던 사람들이 몇 개의 무리로 줄어들고 때때로 마주치던 사람들도 드문드문해진다. 소속된 향이 있는 향민들은 모두 집으로 돌아갔고 길 위에 여행객이 줄었다는 것은 대부분 정착할 곳을 찾았다는 의미다. 이젠 갈 길이 먼 이들과 돌아갈 곳이 없는 자들만 남아 배회하고 있을 뿐이다. 지난번에 네가 본 공허한 눈빛의 적도인들처럼. 그들 중 상당수가 보기 흉한 화상이나 무너지는 건물을 피하지 못해 입은 부상을 달고 있다. 이런 적도인들은 골칫거리다. 길 위에서 감염 때문에 심하게 앓거나 목숨을 잃는 이들이 많기 때문이다.(너는 매일같이 그렇게 길가에 앉아 있는 사람들을 지나친다. 핏기 없이 창백한 얼굴이나 아니면 열 때문에 벌게진 얼굴로 작게 옹송그리고 달달 떨면서 마지막 순간이 오기만을 기다리는 이들.) 아직 몸이 튼튼한 사람들도 많지만 그들은 이제 전부 떠돌이 무항민이다. 그건 정말 골칫거리다.

너는 다음에 들른 노변집에서 작은 무리에게 말을 건다. 나이 대가 다양한 다섯 명의 여자와 불안한 표정의 젊은 남성으로 구성된 집단이다. 이들은 적도권에서 멋들어진 유행으로 통하는 예쁘고 하늘거리기만 한 쓸모없는 옷가지를 대부분 처분한 상태다. 여기까지 오는 중에 도둑맞았거나 아니면 튼튼하고 유용한 여행용 의복과 교환했을 것이다. 하지만 아직도 예전 삶의 잔재를 간직하고 있다. 가장 나이 많은 여성은 다소 지저분하긴 해도 푸른색 새틴 주름 장식이 달린 머리쓰개를 하고 있다. 가장 어린 여자가 입은 두껍고 실용적인 튜닉 밑으로는 얇고 투명한 소맷자락이 삐쳐 나와 있다. 젊은 남성은 허리에 복숭아색의 가벼운 장식띠를 두르고 있는데, 네가 보기에는 그저 치장용이다.

다만 그것이 단순한 치장용이 아니라는 점만 제외하면 말이다. 너는 걸어가면서 그들이 너를 면밀히 관찰하고 있다는 걸 눈치 챈다. 찬찬히 쓸고 지나가는 시선, 네 손목과 목, 발목을 자세히 훑어보고는 못마땅하다는 듯이 눈살을 찌푸린다. 비실용적인 복장은 매우 실용적인 목적을 지닌다. 그것은 새로 탄생하는 과정에 있는 신생 부족을 상징한다. 너는 끼지 못할 새로운 집단.

아직은 문제가 되지 않는다. 아직은.

너는 그들에게 북쪽에서 무슨 일이 일어난 거냐고 묻는다. 이미 알고 있긴 하지만 지학적인 사건을 아는 것과 그 사건이 실제 사람들에게 어떤 의미를 지니는지 아는 것은 완전히 다른 문제다. 네가 두 손을 들어 올려 (눈에 보이는) 위해를 가하지 않을 것임을 보여 주자 그들이 입을 연다.

"공연을 보고 집에 가는 길이었어요."

젊은 여성이 말한다. 자기소개를 한 건 아니지만 틀림없이 번식사일 것이다. 그녀는 전형적인 산제 여성의 귀감처럼 생겼다. 키가 크고 강인하며 구릿빛 피부에 거의 모욕감이 느껴질 정도로 건강하다. 반반한 이목구비, 넓은 골반, 밝은 색의 펑퍼짐한 회발이 모피처럼 어깨를 두텁게 덮고 있다. 그녀가 젊은 남성을 향해 고개를 까딱이자 그가 새초롬하게 시선을 내리깐다. 그녀만큼이나 어여쁜 사내다. 아마도 똑같은 번식사일 것이다. 좀 마르긴 했지만 봉사해야 할 여자가 다섯이나 있다면 금세 몸이 불겠지.

"저 사람이 셈세나 가에 있는 즉흥 공연관에서 연주를 했거든요. 알레비드에서요. 정말 근사했죠……."

여자가 말끝을 흐린다. 너는 여자가 현실감을 잃고 과거 속으로 침전하는 모습을 지켜본다. 너는 알레비드를 안다. 그곳은 예술 공연으로 유명한 중간 크기의 도시다. 아니, 도시였다. 여자는 재빨리 현실로 돌아온다. 현명한 산제 여자답다. 산제인 중에는 몽상가가 드물다.

그녀가 이야기를 잇는다.

"북쪽에서 뭔가…… 일종의 균열이 일어나는 걸 봤어요. 지평선 너머에서요. 갑자기…… 한곳에서 붉은 빛이 번쩍하는가 싶더니 동쪽과 서쪽으로 번져 나가더군요. 얼마나 멀리서 일어난 건지는 몰라도 구름에 붉은 빛이 반사되는 게 보였죠."

여자는 다시 회상에 잠기지만 이번에는 뭔가 끔찍한 것을 떠올리는지 표정이 굳고 침울해진다. 방금 보였던 고향에 대한 그리움보다 사회적으로 더 쉽게 용납될 만한 반응이다.

"순식간에 퍼져 나갔어요. 길가에 서서 우리가 지금 보고 있는 게 뭔지, 보니고 있는 게 뭔지 멍하니 쳐다보고 있는데 갑자기 땅이 흔들리기 시작하더라고요. 그러다 뭔가…… 잿구름이 붉은 빛을 덮었고 그때야 그게 우리 쪽으로 몰려오고 있다는 걸 깨달았죠."

그것은 화산재 폭풍이 아니었다. 만약 그랬다면 여자는 지금 이렇게 네게 이야기를 들려주고 있지 못했을 테니까. 그러니 단순한 낙진이었을 것이다. 알레비드는 유메네스보다 한참 남쪽에 있고, 그들이 겪은 일은 더 북쪽에 있는 향에 비하면 약과에 불과하다. 하지만 그건 좋은 일이다. 왜냐하면 그런 하찮은 흔들조차 훨씬 남쪽에 있는 티리모를 거의 쓸어 버릴 뻔했으니까. 그러니 알레비드는 원래라면 모래 더미가 되어야 했다.

오로진이 그녀를 구했다. 그런 게 틀림없다. 알레비드 인근에는 노드 관리소가 있다. 혹은 있었다.

"그래도 아무것도 무너지지 않았어요." 여자가 네 짐작을 사실로 확인해 준다. "하지만 그 뒤에 덮친 잿구름은 도저히 숨을 쉴 수가 없었죠. 재가 사람들 입과 폐에 들어가 안에서 걸쭉하게 굳었어요. 나는 얼굴에 블라우스를 둘렀죠. 얼굴 가리개와 같은 재질이거든요. 그래서 산 것 같아요. 우리 둘 다요."

여자가 옆에 있는 젊은 남성을 돌아본다. 너는 그제야 그의 손목에 색깔로 보아 한때 여성용 옷이었던 천 쪼가리가 묶여 있는 것을 본다.

"저녁 때 일어난 일이었어요. 날씨도 좋았고요. 그래서 아무도 비상자루 같은 것도 안 갖고 있었죠."

이야기가 끝나자 정적이 감돈다. 이번에는 모두가 여자와 함께 침묵을 공유한다. 그때의 기억이 그만큼 힘든 탓이다. 너는 많은 적도권 사람들이 집에 비상자루를 준비해 두지도 않는다는 사실을 기억해 낸다. 노드가 대도시를 수백 년간 지켜 왔기 때문이다.

"그래서 우린 도망쳤어요." 여자가 한숨을 쉬며 서둘러 이야기를 마무리한다. "아직도 계속 도망치는 중이고요."

너는 그들에게 고맙다고 인사하고 그들이 질문 공세를 던지기 전에 서둘러 자리를 뜬다.

날이 갈수록 너는 그와 비슷한 이야기를 거듭해서 듣는다. 네가 만난 적도인들 중 유메네스나 그와 비슷한 위도 지역에서 온 사람은 한 사람도 없다. 생존자가 존재할 수 있었던 최북단 지역은 알레비드다.

사실 그런 건 중요하지 않다. 너는 북쪽으로 가는 중이 아니니까. 그리고 실제로 무슨 일이 일어났고 그게 무슨 의미든 간에, 그 일에 얼마나 신경이 쓰이든 간에, 너는 너무 깊이 생각하지 않는 게 좋다는 걸 안다. 네 머릿속은 이미 기억하고 싶지 않은 것들로 가득하다.

그래서 너와 네 일행은 잿빛의 낮과 불그스름한 밤을 지나 계속해서 걷고 너는 수통은 가득 차 있는지, 식량은 충분한지, 바닥이 닳은 신발을 교환할 수 있는지 등등의 걱정에만 전념한다. 아직까지는 별로 힘들지 않다. 사람들이 이번 계절이 짧게 끝날지도 모른다는 희망을 품고 있기 때문이다. 여름 없는 1년, 2년, 혹은 3년 정도. 대부분의 계절이 그렇다. 계절 동안에도 기꺼이 교역을 하거나 물물교환을 하는 향들은 보통 다른 향들의 (대개 부유한 탓에 생긴) 준비 부족을 이용해 돈을 번다. 그러나 너는 알고 있다. 이번 계절은 그들이 예상하고 대비한 것보다 훨씬, 그보다 훨씬 오랫동안 지속될 것이다. 그렇지만 너도 그들의 착각을 이용해 이득을 보는 것을 그만둘 생각은 없다.

가끔씩 너는 도로변에 있는 향에 들른다. 크고 높은 화강암 장벽의 보호를 받는 향이 있는가 하면 끝이 뾰족한 말뚝과 철조망 울타리만 두른 채 완력꾼 몇 명이 허술한 경비를 서고 있는 곳도 있다. 물건의 가격은 제멋대로다. 아직 화폐를 받고 있는 마을에서 호아의 침낭을 사는 데 가진 돈을 거의 전부 써 버린다. 다음에 들른 향에서는 화폐를 받지는 않지만 물물교환이 가능해 비상자루 밑바닥에 처박혀 있던 지자의 오래된 망치를 팔았다. 그 덕에 너는 몇 주일 분에 해당하는 저장빵과 달콤한 견과 페이스트 세 단지를 손에 넣는다.

너는 이렇게 구한 음식을 나머지 두 명과 나눠 먹는다. 이것은 매우 중요한 일이다. 돌의 가르침은 집단 내에서 물자를 이기적으로 독차지해서는 안 된다는 엄중한 경고로 가득하다. 그리고 네가 인정하든 그렇지 않든, 너희는 지금 하나의 집단이다. 호아도 밤에 불침번을 서는 것으로 제몫을 다하고 있다. 아이는 별로 잠을 자지 않는다.(별로 먹지도 않는다. 하지만 너는 거기에 대해 신경 쓰지 않으려 한다. 호아가 커쿠사를 돌로 바꾼 일에 대해서도 마찬가지다.) 통키는 이제 깨끗한 옷차림과 평범한 체취 덕분에 무향민이 아니라 평범한 여행객처럼 보이지만, 향에 들어가는 것은 좋아하지 않는다. 그래서 향에 출입하는 것은 네 역할이다. 그런 통키도 제 할 몫은 다 한다. 네 신발바닥이 다 닳았는데 중간에 들른 향에서 신발을 구할 수가 없자 통키는 네게 나침반을 내민다. 너는 조금 놀란다. 나침반은 지금처럼 하늘이 어둡고 낙진 때문에 시야를 확보하기가 어려운 때 값을 매길 수가 없을 정도로 귀한 물건이다. 원래라면 부츠 열 켤레는 받을 수 있다. 하지만 향의 물물교환 책임자는 네게 선택의 여지가 없다는 사실을 잘 알고 있고, 그래서 너는 겨우 두 켤레에 만족하기로 한다. 한 켤레는 네 것, 다른 한 켤레는 호아의 것이다. 아이의 신발도 부쩍 닳았다. 나중에 네가 바가지를 썼다고 불평하자 아직 자루에 예비용 부츠가 달랑거리고 있는 통키가 일축한다.

"다른 방법도 많아."

그러고는 네가 불편함을 느낄 정도로 너를 뚫어져라 응시한다.

그녀는 네가 로가라는 사실을 모를 것이다. 하지만 통키가 그 머릿속에서 무슨 생각을 하는지 누가 어찌 알겠는가?

길은 끝없이 이어진다. 갈래갈래 여러 줄기로 뻗어 있다. 중위지방에서도 이 근방은 대규모 향이 많고 제국도로는 향 도로와 가축들이 사용하는 길, 강과 멸망한 고대 문명들이 운송이나 다른 용도로 사용하던 오래된 철길과 자주 교차한다. 제국도로를 하필 이곳에 건설한 것도 이런 길들이 많기 때문이다. 도로는 구 산제 제국의 생명줄이다. 하지만 불행히도 이건 목적지를 모를 때 길을 잃기 쉽다는 의미이기도 하다. 나침반이나 지도가 없다면, 또는 자식 살해범은 이쪽이라는 표지판이 없다면.

네 구세주는 호아다. 너는 소년이 나쑨의 냄새를 맡을 수 있다고 말한대도 믿을 수 있을 것 같다. 아이는 나침반보다도 낫고, 갈림길과 마주칠 때마다 가야 할 길을 정확하게 가리킨다. 지금 걷고 있는 도로는 유메네스-케테커 도로다. 케테커는 남극권에 있고 너는 그렇게까지 멀리 가야 하지는 않길 바라지만. 한번은 호아가 제국 행정 구역을 가로지르는 향도(鄕道)로 안내했는데, 만일 지자가 계속 큰 도로만 이용하고 있다면 꽤 따라잡을 수 있을 것이다.(하지만 이 지름길도 순탄한 건 아니다. 도로를 건설한 향에 너희를 보자마자 고함을 지르며 석궁 세례를 퍼붓는 무장한 완력꾼들이 우글대고 있기 때문이다. 물물교환을 하러 문을 열지도 않는다. 향을 지나고 한참 뒤까지도 그들의 시선이 따라오는 것을 느낄 수 있다.) 그러나 정남(正南)에서 멀어질수록 길은 심하게 굽이치고 호아도 자신감을 잃는다. 네가 왜 그러느냐고 묻자 아이는 나쑨이 가고 있는 방향만을 알 뿐, 나쑨과 지자가 걷고 있는 특정한 길은 모른다고 말한다. 호아는 네가 그들에게 닿을 가능성이 가장 높은 길만을 알려 줄 수 있을 뿐이다.

수 주일이 지나자 이제 소년은 그조차 혼란을 느끼기 시작한다.

한번은 교차로 앞에 우두커니 서서 5분이 넘도록 입술만 짓씹고 있어서 뭐가 잘못되었느냐고 묻는다.

"네가 너무 많아."

호아가 이상한 말을 해서 너는 재빨리 화제를 바꾼다. 이제까지 통키가 네 정체를 몰랐다 하더라도 그 대화를 들으면 알아차릴 테니까.

하지만 네가 너무 많다니, 사람을 뜻하는 건가? 아니, 그건 말이 안 된다. 그럼 로가? 로가들이 한곳에 모여 있다고? 그건 더더욱 말이 안 된다. 펄크럼은 유메네스와 함께 사라졌다. 위성지부가 북극권(머나먼 북쪽, 이제는 건너갈 수 없는 중위지방 건너편이다.)과 남극권에 있긴 하지만 후자의 경우 아직 수개월이나 더 가야 하는 거리다. 이제 길 위의 오로진은 **그녀** 같은 사람뿐이다. 정체를 숨기고 다른 이들과 똑같이 생존을 위해 투쟁하는 이들. 그러므로 로가가 무리지어 모여 있다는 건 말이 안 된다. 발각될 확률만 높아지니까.

교차로에서 호아가 한쪽 길을 선택하자 너는 그 뒤를 따른다. 그러나 소년의 찌푸린 표정으로 보아 확신은 없는 듯하다.

"가까워."

어느 날 저녁, 호아가 네게 말한다. 너는 저장빵과 견과 페이스트를 씹으며 맛있는 음식을 먹고 싶다는 헛된 희망을 떨치려 애쓰는 중이다. 신선한 야채가 먹고 싶어 죽을 것 같지만 구하기도 힘들뿐더러 어쩌면 이제는 아예 구할 수 없을지도 모른다. 그래서 너는 녹색 채소에 대한 갈망을 잊어버리려고 노력한다. 통키는 어디론가 사라졌다. 아마 면도를 하고 있겠지. 며칠 전에 통키가 상비하고 다니던 생화학 약품이 떨어졌다. 그녀가 네 눈에 띄지 않게 몰래 마시던 액체였다. 사실 너는 별로 신경 쓰지도 않는데. 어쨌든 그게 떨어진 탓인지 요즘 며칠마다 턱에 수염 자국이 나타나고 있어서 통키는 몹시 과민한 상태다.

"오로진이 가득한 곳이야." 호아가 말을 잇는다. "거길 지나면 찾을 수가 없어. 마치…… 작은 불빛 같아. 혼자 있으면 찾기 쉬운데, 나쑨처럼 말이야. 그치만 한 군데 모여 있으면 크고 밝은 불빛이 되어 버려서 알 수가 없어. 그 애는 그 근처를 지나고 있거나 통과한 거야. 그래서 이젠……." 소년은 적당한 어휘를 찾느라 잠시 말을 더듬는다. 세상에는 정확하게 표현할 말이 없는 것들이 있다. "나는…… 어……."

"보닐 수가 없다?" 네가 말한다.

소년이 찌푸린다.

"아니, 난 그걸 하는 게 아냐."

그렇다면 뭘 하는지 묻지 않기로 한다.

"나는…… 다른 것들을 모르겠어. 밝고 커다란 빛 때문에 다른 작은 불빛들에 집중할 수가 없어."

"거기……." 너는 통키가 언제 돌아올지도 몰라 단어를 삼킨다. "몇 명이나 있는데?"

"나도 몰라. 하나보단 많아. 마을보다는 작아. 하지만 점점 더 많이 모여들고 있어."

그 말을 듣자 걱정이 된다. 그 사람들이 전부 납치된 딸과 살인자 남편을 쫓고 있을 리는 없다.

“왜? 어떻게 알고 거기로 모이는 건데?”

“나도 몰라.”

거참 좋은 대답이네.

네가 아는 건 지자가 남쪽으로 가고 있다는 것뿐이다. 하지만 “남쪽”은 아주 넓다. 대륙의 3분의 1이상을 차지하고 있으니까. 수천 개에 달하는 향. 수십만 제곱킬로미터에 달하는 면적. 지자는 어디로 향하고 있는 거지? 너는 모른다. 만약 그가 동쪽이나 서쪽으로 가고 있다면 어쩌지? 만일 그가 어디선가 멈췄다면?

문득 생각이 하나 떠오른다.

“혹시 거기 있는 건 아닐까? 지자와 나쑨이 거기 있는 건 아냐?”

“그건 몰라. 하지만 그쪽으로 가긴 했어. 여기까진 따라올 수 있었거든.”

그래서 너는 조금 후에 돌아온 통키에게 앞으로 어디로 갈지 말해 준다. 너는 이유를 말해 주지 않고, 그녀도 묻지 않는다. 너는 그곳에 무엇이 있는지도 말해 주지 않는다. 왜냐하면 너도 모르기 때문이다. 어쩌면 누군가 새로 펄크럼을 세우고 있는지도 모른다. 거기로 모이라는 메시지가 있었는지도 모른다. 어찌됐건 목적지가 있다는 건 좋은 일이다.

너는 바라건대 나쑨이 지나갔을 길 위로 발을 내디디며 불안감을 애써 떨친다.

모두를 쓰임새에 따라 판별하라. 지도자와 용감한 자,
다산(多産) 능력을 지닌 자와 손재주가 좋은 자, 현명한 자와 위험한 자,
그리고 그들 모두를 지킬 몇 명의 완력꾼.
— 첫 번째 석판, 「생존」, 제9절

14장

시에나이트가 장난감을 부수다

현 위치 고수. 지시를 기다릴 것. 유메네스에서 날아온 전보의 내용이다.

시에나이트가 전보 용지를 말없이 알라배스터에게 내밀자 그가 슥 훑어보고 웃음을 터트린다.

"이런, 방금 반지를 하나 더 받게 된 것 같구나, 오로진 시에나이트. 아니면 사형 선고를 받았거나. 어쨌든 돌아가고 나면 알 수 있겠지."

두 사람은 계절의 끝 여관방에 그날 몫의 관계를 마치고 알몸으로 누워 있다. 시엔은 침대에서 일어나 벌거벗은 채로 방 안을 왔다 갔다 초조하게 거닌다. 일주일 전에 묵던 곳보다는 작은 방이다. 알리아와의 계약이 이행되어 더 이상 체류비를 지원받지 못하기 때문이다.

"언제쯤 돌아갈 수 있죠?"

시엔이 알라배스터를 쏘아보며 말한다. 그는 침침한 조명 아래

하얗게 빛나는 침구 위에서 편안하게 몸을 뻗고 누워 있다. 그를 볼 때마다 가넷 오벨리스크가 떠오른다. 알라배스터는 오벨리스크만큼이나 있어서는 안 될 존재, 진짜 같지 않은 존재, 시엔에게 좌절감을 안겨 주는 존재다. 그녀는 왜 그가 짜증을 내거나 조바심을 내지 않는지 이해할 수가 없다.

"'현 위치를 고수하라'는 건 무슨 개소리예요? 왜 우리더러 오지 말라는 거예요?"

알라배스터가 혀를 쯧쯧 찬다.

"말조심해야지. 펄크럼에선 그렇게 깍듯하게 굴더니, 어쩌다 이렇게 된 거냐?"

"당신을 만났죠. 대답이나 해요!"

"휴가를 주려나 보지."

알라배스터가 하품을 쩍 하더니 침대 옆 협탁에 놓여 있는 봉지에서 과일을 하나 집어 든다. 지난주부터 그들은 먹을 것을 직접 구입하고 있다. 적어도 이제 그는 딴 생각을 하지 않고도 음식을 먹을 수 있게 됐다. 알라배스터에게 지루함이란 좋은 것이다.

"여기서 시간을 낭비하든 유메네스로 돌아가든 뭐가 다른데? 최소한 여기선 편하게 지낼 수 있잖아. 침대로 들어와라."

시엔이 으르렁거리며 이를 드러낸다.

"싫어요."

배스터가 한숨을 내쉰다.

"누워서 자란 소리다. 오늘 할 일은 마쳤잖니. 대지불이여, 내가 자리를 비켜 줄 테니 자위라도 하련? 그러면 기분이 좀 나아지겠니?"

솔직히 말하면 그렇다. 하지만 그걸 인정하고 싶진 않다. 시엔은 결국 침대로 들어간다. 그것 말곤 할 일이 없기 때문이다. 알라배스터가 오렌지 조각을 내밀었을 때도 잠자코 받아먹는다. 오렌지는 시엔이 제일 좋아하는 과일이고 여기서는 아주 저렴하게 구할 수 있다. 시엔은 해안가 향에 산다는 것에 대해 하고 싶은 말이 아주 많다. 알리아에 도착한 후로 하루에도 몇 번이고 여기서 살면 어떨지 생각한다. 온화한 기후, 맛있는 식재료, 저렴한 생활비, 항구를 이용하는 장사치와 여행객, 온갖 다양한 땅과 지역에서 온 다양한 사람들을 만나는 즐거움. 뿐만 아니라 바다는 아름답고 매혹적이다. 그녀는 창가에서 몇 시간이고 하염없이 바다만 바라볼 수도 있다. 해안지방 향들이 몇 년에 한 번씩 쓰나미 때문에 지도에서 사라질 위험만 없다면……

"이해할 수가 없어요." 벌써 수천 번은 말한 것 같다. 배스터도 시엔의 투덜거림이 지겨울 법하지만 그 역시 달리 할 일이 없으니 참고 들어 줘야 할 것이다. "이건 벌을 주는 거예요? 평범하게 산호만 제거하면 되는데 항구 바닥에 가라앉아 있던 염병녹슬 거대한 돌덩어리를 들어 올렸다고 벌을 주는 거냐고요!" 시엔이 기가 막힌다는 듯이 팔을 휘두른다. "누가 알기나 했냐고요."

"그보다는." 알라배스터가 말한다. "지하학자가 도착할 때까지 너를 잡아 두고 있는 편에 가깝다. 펄크럼이 개입할 일이 발생할 경우에 대비해서 말이지."

그가 전에도 같은 말을 한 적이 있는 걸로 보아 아마도 그게 사실일 것이다. 이미 지하학자들이 알리아로 모여들고 있다. 고하학자들도, 전승가들과 생물하학자들, 그리고 도시에 근접해 있는 오벨리스크가 알리아 주민들에게 어떤 영향을 미칠지 몰라 염려하는 의사들도 와 있다. 더불어 사기꾼과 정신 나간 미치광이, 쇠전승가와 천측학자(天測學者), 다른 쓰레기 유사과학자 들도 몰려왔다. 알리아 사향주와 근방 다른 사향주에 속한 모든 향에서 조금이라도 교육을 받았거나 취미 삼아 떠들어 보던 이들까지 전부 달려왔다. 시엔과 알라배스터가 방을 얻을 수 있었던 유일한 이유는 그들이 바로 이 화제의 중심을 발견한 장본인이며 따라서 다른 이들보다 일찍 여관에 찾아왔기 때문이다. 알리아의 모든 여관과 하숙집이 예상치 못한 손님들도 북적대고 있다.

사실 지금까지는 아무도 오벨리스크에 이렇게 진지한 관심을 기울이지 않았다. 하지만 엄밀히 말해 하늘 높이 부유하는 오벨리스크를 이렇게 가까이서 육안으로 생생하게 목격할 수 있는 기회도 없었다. 심지어 그 중앙에 죽은 스톤이터가 갇혀 있고 대도시의 머리 꼭대기에 떠 있으니 말이다.

하지만 오벨리스크를 띄워 올린 장본인이라는 이유로 면담을 요청하는 것 외에 학자들은 시엔에게 아무것도 바라지 않는다.(이제 시엔은 처음 보는 사람이 다가와 '어디어디에서 온 멍청한 혁신자'라고 소개할 때마다 얼굴이 절로 찌푸려질 정도다.) 그건 좋은 일이다. 그녀는 펄크럼을 대신해 뭔가를 협상하거나 거래할 권리를 갖고 있지 않기 때문이다. 알라배스터라면 또 모르겠지만. 하지만 그가 그녀의 서비스를 두고 모르는 사람과 거래하는 건 싫다. 그리고 알라배스터라면 그녀가 원치 않는 일을 억지로 시킬 거라고도 생각하지 않는다. 그는 그 정도로 못된 인간이 아니다. 이건 원칙의 문제다.

문제는, 시에나이트가 알라배스터의 말을 믿지 못하겠다는 거다. 정치적 이유 때문에 여기 잡혀 있다는 건 말이 되지 않는다. 반대로 펄크럼은 한시라도 빨리 그녀를 불러들여야 한다. 그래야 시엔이 제7대학의 학자들과 면담을 할 수 있고, 그래야 상급자들이 학자들에게 그녀를 만나는 비용을 협상할 수 있기 때문이다. 게다가 그들 또한 그녀를 직접 신문하고 싶을 것이다. 시엔이 이제까지 세 번이나 접촉한, 오벨리스크가 원천인 그 이상한 힘에 대해 연구하기 위해서라도 말이다.

(그리고 수호자들도. 그들은 늘 그들만의 비밀을 갖고 있다. 수호자가 아무 관심도 보이지 않고 있다는 게 시엔으로서는 가장 신경 쓰이는 일이다.)

알라배스터는 그 부분만큼은 절대 입 밖에 내서는 안 된다고 신신당부했다. 네가 오벨리스크와 연결되어 있다는 사실을 아무에게도 알려선 안 된다. 사건이 일어난 다음 날에 그렇게 말했다. 그는 그때까지도 침대에서 나오지도 못할 만큼 몸 상태가 엉망이었다. 나중에야 알았지만 시엔이 오벨리스크를 깨웠을 때도 기운이 너무 없어 조산술을 행할 수도 없었다. 시엔이 아사엘에게 그의 능력에 대해 그렇게나 허풍을 떨었는데. 하지만 알라배스터는 금방이라도 쓰러질 것 같은 몸으로 시엔의 손을 꼭 쥐며 간절하게 타일렀다. 그냥 지층을 들어 올렸는데 갑자기 그게 떠올랐다고 해라. 물 밑에 가라앉아 있던 코르크처럼 혼자 저절로 움직였다고 해. 그러면 동족들도 네 말을 믿을 거다. 그건 우리가 이해할 수 없는 죽은 문명의 산물일 뿐이야. 네가 빌미를 주지 않는다면 아무도 너를 추궁하지 않을 거다. 그러니 말하지 마

라. 나한테도 안 돼.

그런 말을 들으니 시엔은 더더욱 털어놓고 싶어 안달이 난다. 배스터가 건강을 회복한 뒤 어느 날 스리슬쩍 말을 꺼내 보려 했지만 그가 말없이 노려보자 무언의 압력을 눈치 채고는 결국 딴청을 부릴 수밖에 없었다.

시에나이트는 그때만큼 화가 난 적이 없다.

"산책 갔다 올게요." 참다못한 시엔이 일어나며 말한다.

"그래." 알라배스터가 기지개를 펴며 허리를 세운다. 그의 관절에서 뚝 하는 소리가 울린다. "같이 가자."

"같이 가자고는 안 했는데요."

"그랬지." 배스터가 싱긋 웃는다. 그녀가 싫어하는 서늘하고 진지한 웃음이다. "하지만 캄캄한 밤에 벌써 누군가 우리 중 한 명을 죽이려고 시도한 낯선 항을 돌아다닐 거면 다른 사람을 데리고 가는 편이 좋을 거다."

그 말에 시에나이트는 조금 움찔한다.

"아."

그것은 그들이 입 밖에 올리지 않는 또 다른 화제다. 알라배스터가 금지했기 때문이 아니라 두 사람 모두 심증 외에는 딱히 다른 정보나 증거가 없기 때문이다. 시에나이트는 가장 간단한 설명이 제일 그럴듯하다고 믿고 싶다. 주방에서 일하는 누군가 무능했다. 그러나 알라배스터는 그 이론의 허점을 지적한다. 같은 여관에 묵고 있는 손님 중 누구도, 혹은 알리아의 어떤 주민도 같은 증상을 앓지 않았다. 시에나이트는 그에 대해서도 역시 간단한 이유가 있다고 믿는다. 아사엘이 주방 일꾼들에게 알라배스터의 음식에만 독을 넣으라고 지시했다면 어떨까. 노여움이 극에 달한 지도자가 할 만한 짓이다. 적어도 꽁꽁 숨기고 에두른 악의와 은밀한 독살이 난무하는 지도층에 관한 옛날이야기들을 생각하면 그렇다. 시엔은 내항자가 불가능한 확률을 극복하거나 번식사가 정략 결혼과 전술적 재생산에 현명하게 대처하는 이야기, 또는 완력꾼이 정직하고 유능한 폭력으로 사태를 해결하는 이야기들을 더 좋아한다.

알라배스터는 알라배스터답게 자신이 죽을 뻔한 사건에 뭔가 다른 음모가 존재한다고 생각하고 싶어 한다. 그리고 시엔은 그가 옳을지도 모른다는 사실을 인정하고 싶지 않다.

"좋아요, 그럼." 그녀는 옷을 입는다.

쾌적한 저녁이다. 그들은 노을을 받으며 항구로 이어지는 비탈진 큰길을 따라 걷는다. 그림자 두 개가 그들의 앞쪽으로 길게 늘어지고, 밝은 모랫빛 벽토로 치장된 건물들이 붉은색과 보라색과 금빛으로 보석처럼 빛난다. 큰길은 구부러진 샛길과 만나는데 그 길을 따라가면 항상 분주하고 북적이는 항구와 조금 떨어져 있는 작은 만으로 이어진다. 거기서 경치를 구경하던 시엔은 검은 모래사장에서 웃고 떠드는 십 대 아이들을 발견한다. 모두 늘씬하고 건강한 몸매에 갈색으로 그을려 있다. 그리고 행복해 보인다. 시엔은 멍하니 그들을 바라보며 만일 자신이 정상적으로 자랐더라면 저런 모습이었을지 상상한다.

그리고 저기, 오벨리스크가 있다. 그들이 서 있는 도로 끝에서도 항구의 수면으로부터 4~5미터 위에 떠 있는 오벨리스크가 보인다.

시에나이트가 처음 그것을 띄웠을 때부터 느껴졌던 낮고 거의 감지할 수도 없을 만큼 미약한 기이한 파동이 맥동하고 있고, 그걸 보자 해변에서 노는 아이들은 금방 머릿속에서 날아가 버린다.

"저건 뭔가 잘못됐어." 알라배스터가 아주 작은 목소리로 말한다.

시에나이트는 울컥 화가 치미는 것을 느끼며 그를 노려본다. 왜, 이젠 얘기하고 싶어요?라고 쏘아붙이기 일보 직전에 그녀는 배스터가 오벨리스크를 보고 있지 않다는 걸 깨닫는다. 그는 두 손을 주머니에 넣은 채 한쪽 발로 소심하게 땅바닥을 헤치고 있다. 오, 시엔은 하마터면 웃음을 터트릴 뻔한다. 순간적으로나마 그가 옆에 있는 예쁜 여성 동행에게 뭔가 무례하고 야한 제안을 하려는 수줍은 젊은이처럼 보였기 때문이다. 그가 젊지도 수줍지도 않고 어차피 둘은 이미 잠을 같이 자는 사이이니 그녀가 예쁘든 그가 응큼하든 상관없다는 사실을 차치하고라도, 어쨌든 낯선 이들은 그가 오벨리스크에 대해 이야기하고 있다는 걸 전혀 눈치 채지 못할 것이다.

그래서 시에나이트는 불현듯 깨닫는다. 우리들 말고는 아무도 저 맥동을 보니지 못해. 그것은 엄밀히 말해 맥동이 아니다. 짧지도 않고 주기적으로 고동치지도 않는다. 그보다는 간간이 불규칙적으로 울리는 불길한 기운에 가깝다. 꼭 치통처럼. 만일 알리아의 주민들이 저 진동을 보냈다면 이렇게 웃고 떠들며 아름다운 날을 즐기고 있지 못하리라. 아마 모두들 여기 나와 머리 위에 떠 있는 저 거대한 것을 바라보고 있겠지. 시에나이트는 자신도 모르게 저것에 위험한이라는 형용사를 덧붙이고 있다.

배스터의 의도를 눈치 챈 시엔은 그의 팔을 붙잡고 정말로 좋아하는 사이라도 되는 듯이 몸을 바짝 들이댄다. 그가 누구를 경계하고 있는지도 모르면서 은밀하게 속닥인다. 하루 일과가 끝날 시간이라 거리에는 사람들이 꽤 많지만 주변에는 아무도 없고 그들에게 관심을 기울이는 사람들도 없다.

"난 저게 다른 것들처럼 높이 날길 기다리고 있어요."

왜냐하면 이것은 지상에, 아니 이 경우에는 수면에 지나치리만큼 너무 가까이 떠 있기 때문이다. 시엔이 아는 다른 모든 오벨리스크는(아직도 몇 킬로미터 밖에서 떠다니고 있는 알라배스터의 목숨을 구한 자수정을 비롯해) 구름층 속에서 또는 그 위에서 부유한다.

"한쪽으로 기울어져 있어. 균형 잡기가 힘든 것처럼."

뭐라고? 시엔이 무심코 고개를 쳐들자 알라배스터가 그녀의 팔을 꽉 쥐며 다시 시선을 떼게 만든다. 그러나 그 짧은 순간만으로도 배스터의 말을 확인할 수 있다. 이 오벨리스크는 정말로 기울어 있다. 아주 조금이긴 하지만 꼭대기가 살짝 남쪽으로 기우뚱하다. 천천히 회전하는 와중에도 불안정하게 흔들리고 있겠지. 아주 미세한 수준으로 기울어 있어 주변이 수직으로 우뚝 솟은 건물로 둘러싸여 있지 않았다면 알아차리지 못했을지도 모른다. 하지만 한번 깨닫고 나니 눈에 띄지 않을 수가 없다.

"이쪽으로 가요."

시엔이 말한다. 한곳에 너무 오래 있었다. 알라배스터도 같은 생각인지 두 사람은 후미 쪽으로 걷기 시작한다.

"그래서 우릴 여기 잡아 둔 거다."

배스터가 이렇게 말했을 때 시엔은 듣고 있지 않았다. 그녀는 아름다운 석양과 알리아의 길고 우아한 길에 정신이 팔려 있다. 그리고 보도를 걷는 다른 커플에게도. 키가 큰 여인이 시엔과 배스터가 검은 옷을 입고 있는데도 고개를 까딱이며 인사를 건넨다. 낯설고 이상한 느낌이다. 그리고 동시에, 왠지 마음이 포근해진다. 유메네스는 인류의 위대한 업적이자 인간의 창의력과 공학이 이룬 최고봉의 결실이다. 유메네스가 열두 번의 계절을 버텼다면 이 작고 하찮은 해안지방 향은 그 발끝에도 미치지 못할 만큼 초라한 곳이다. 그러나 유메네스에서는 아무도 로가에게 고개를 끄덕여 인사하지 않는다. 아무리 아름답고 행복한 날에도.

그때 배스터의 말이 그녀의 의식을 뚫고 들어온다.

"뭐라고요?"

그는 긴 다리로 일부러 그녀와 속도를 맞춰 걷고 있다.

"여관방에서는 이런 이야기를 할 수 없다. 사실은 여기도 위험하지. 그렇지만 너는 그들이 왜 우리더러 여기 남아 있으라고 하는지, 귀환하지 말라고 하는지 알아 둘 필요가 있어. 저게 바로 그 이유다. 저 오벨리스크는 어딘가 잘못됐어."

그건 누가 봐도 명백하지만……

"그게 우리랑 무슨 상관인데요."

"네가 저걸 깨웠잖니."

시엔은 얼굴을 찌푸리려다 겉으로 티를 내서는 안 된다는 사실을 떠올린다.

"저게 스스로 떠오른 거죠. 난 저게 움직이지 못하게 막고 있던 걸 치운 것뿐이고. 어쩌면 그래서 깨어난 걸지도 모르고요."

이상하게도 그것이 자고 있었다는 느낌이 드는 이유에 대해서는 너무 깊이 파고들지 말자.

"그것만으로도 넌 3000년 제국 역사에서 오벨리스크에 가장 큰 영향력을 행사한 사람이다." 배스터가 어깨를 살짝 으쓱한다. "아무튼 내가 그 전보를 읽은 모범적인 다섯 반지라면 그렇게 생각했을 거야. 그리고 지금 같은 지시를 내렸을 거고. 제어할 수 있는 자를 제어하는 거지." 그의 시선이 힐긋 오벨리스크로 향한다. "하지만 우리가 걱정할 건 펄크럼에 있는 우쭐한 다섯 반지가 아니야."

시엔은 그가 대체 무슨 소리를 하고 있는지 모르겠다. 황당하다는 게 아니다. 펠드스파 같은 사람이라면 그렇게 행동하는 게 충분히 상상이 되니까. 하지만 왜? 주민들을 안심시키려고? 열 반지를 현지에 머무르게 해서? 하지만 배스터가 여기 있다는 걸 아는 건 몇몇 고위 공무원들뿐이고 그들은 지금 물밀듯이 몰려드는 학자들과 관광객들을 처리하느라 정신이 없다. 그리고 두 사람이 뭔가를 하려면 일단 오벨리스크가…… 뭔가를 해야 하지 않나? 하지만 그런 일이 일어날 리가 없다. 게다가 지금 누구를 걱정하는 거람? 만약에……

시엔이 미간을 찌푸린다.

"아까 말한 거요." 뭔가…… 오벨리스크와 연결되어 있다는 말. 그게 무슨 뜻이지? "그리고…… 그날 밤에 당신이 한 일 말이에요."

시엔이 배스터를 쭈뼛거리며 쳐다봐도 그는 꿈쩍도 하지 않는다. 배스터는 풍경에 넋을 잃은 것처럼 작은 후미를 응시하고 있다. 그러나 눈빛만큼은 진지하고 예리하다. 그는 그녀가 무슨 이야기를 하는지 알고 있다. 시엔이 머뭇거리며 입을 연다.

"당신은 저것들을 이용할 수 있는 거죠?" 오, 대지여. 그녀는 바보 멍청이였다. "당신은 저걸 움직일 수 있는 거죠? 펄크럼도 그걸 아나요?"

"아니. 그리고 너도 모른다."

검은 눈동자가 잠시 그녀를 똑바로 응시하다가 이내 멀어진다.

"도대체 왜 그렇게……." 이제 그건 비밀이 아니다. 지금 그는 그녀에게 털어놓고 있다. 하지만 마치 누군가 그들의 대화를 엿듣고 있는 것처럼 행동하는 이유는 뭘까. "방에서도 우리를 엿들을 사람은 없거든요."

시엔이 왁자지껄 옆을 지나는 아이들을 향해 고개를 까딱거린다. 그중 하나가 우연히 알라배스터에게 부딪치더니 미안하다고 사과한다. 길은 좁다. 세상에, 로가에게 사과라니.

"그건 알 수 없지. 그 건물의 중심 기둥은 통째로 다듬은 화강암이다. 알고 있었느냐? 기반도 마찬가지일 테지. 만일 기둥이 기반암 위에 정확하게 얹혀 있다면……."

그의 표정이 일순 불안하게 흔들리는가 싶더니 금세 태연하게 돌아온다.

"그게 대체 무슨 상관……." 그리고 그녀는 이해한다. 오. 오. 하지만…… 아니야. 그럴 리가 없다. "지금 벽을 통해 우리 말을 들을 수 있단 뜻이에요? 돌을 통해서요?"

그런 얘기는 한 번도 들어 본 적이 없다. 하지만 이론상으로는 가능하다. 왜냐하면 그게 바로 조산술의 이치니까. 땅에 의식을 꽂아 고정할 때, 시엔은 그 의식이 묶여 있는 바위를 보닐 수 있을 뿐만 아니라 그것과 접하고 있는 다른 모든 것을 같이 보닐 수 있다. 저 오벨리스크처럼 대상 자체를 인식하지 못할 때조차도 그렇다. 그렇지만 지질 구조상의 진동을 느끼는 것을 넘어 소리 그 자체를 듣는다고? 그건 불가능하다. 로가가 그 정도로 섬세한 감각을 다룰 수 있다는 얘기는 한 번도 들은 적이 없다.

알라배스터가 그녀를 물끄러미 바라본다.

"나는 할 수 있다." 시엔이 놀라 쳐다보자 그가 한숨을 내쉰다. "항상 할 수 있었지. 아마 너도 할 수 있을 거야. 아직은 안 될 뿐이지. 지금은 미세한 진동으로만 느껴질 거다. 나는 여덟, 아홉 반지를 받았을 때쯤 진동 속에서 패턴을 잡아내기 시작했다. 세부적인 것들을 말이야."

시엔이 고개를 젓는다.

"하지만 열 반지는 당신뿐이잖아요."

"내 자식들 대부분은 열 반지가 될 잠재력이 있다."

시에나이트는 메히 근처 노드 관리소에서 죽어 있던 아이를 떠올리고 몸서리를 친다. 잠깐. 펄크럼은 모든 노드 관리자를 통제한다. 만일 그 불쌍하고 망가진 아이들에게 타인의 말을 엿듣고 들은 내용을 보고하게 시켰을 수도 있을까? 그들을 살아 있는 전신기처럼 이용하지는 않았을까? 그게 지금 배스터가 의심하고 있는 걸까? 펄크럼이 유메네스의 심장부에 앉아 있는 음흉한 거미처럼 노드를 거대한 거미줄처럼 이용해 고요 대륙 구석구석에서 벌어지는 모든 대화를 엿듣고 있다는 건가?

그러나 그녀의 마음 한 켠에서 스물스물 올라오는 다른 의심이 이내 그 생각을 밀어낸다. 알라배스터가 방금 말한 것. 망할 알라배스터, 그는 늘 그녀가 안고 있는 모든 생각에 의문을 던지게 한다. 내 자식들 대부분은 열 반지가 될 잠재력이 있다고 그는 말했다. 하지만 그는 펄크럼에서 유일한 열 반지다. 로가 아이들은 스스로를 제어할 수 없을 때에만 노드로 보내진다. 그렇지 않나?

오.

아니야.

그녀는 방금 깨달은 사실을 소리 내어 말하지 않기로 한다.

알라배스터가 시엔의 손등을 두드린다. 다시 연기를 할 시간이라고 말하는 것일 수도 있고 아니면 그녀를 달래려는 의도일 수도 있다. 물론 그는 알고 있다. 그녀보다 더 잘 알고 있을 것이다. 그들이 그의 자식들에게 무슨 짓을 했는지.

알라배스터는 아까와 똑같은 말을 되풀이한다.

"우리가 걱정할 건 펄크럼의 상급자들이 아니야."

그럼 누구를 말하는 거지? 상급자들은 엉망진창이다. 시엔은 오랫동안 그들의 정치적 이해관계와 암투를 유심히 지켜보았다. 언젠가는 그녀도 그들 중 하나가 될 것이며, 그러자면 누가 진짜 권력을 갖고 있고 누가 겉으로만 그럴싸하게 보이는지 파악해야 했기 때문이다. 시엔이 아는 한 펄크럼 상부층에는 최소한 열 개 이상의 파벌이 존재한다. 어느 쪽에도 끼지 않은 외톨이들도 있다. 아첨꾼과 이상주의자, 출세를 위해서라면 친어미에게도 유리칼을 박아 넣을 작자들까지. 그러나 배스터의 말을 듣고 시엔이 떠올린 것은 그들보다도 위에 있는 자들이다.

수호자들. 왜냐하면 더럽고 상스러운 로가가 제 일을 스스로 해결할 수 있다고 믿는 이는 아무도 없기에. 셈세나가 미살렘을 신뢰할 리가 없기에. 펄크럼에 있는 그 누구도 수호자들의 정치 구조에 대해서는 이야기하지 않는다. 아무도 알지 못하기 때문일 것이다. 수호자는 독자적인 조직을 갖추고 있고 어떠한 조사도 탐문도 거부한다. 매우 격렬한 태도로.

시엔이 수호자들에 대해 의문을 품은 건 이번이 처음이 아니다. 대체 수호자들은 누구를 위해 일하는가?

시에나이트가 고민하는 사이, 두 사람은 작은 후미에 이르러 바닥에 판자가 깔려 있는 산책로에 다다른다. 큰 길은 여기서 끝난다. 자갈길은 모래 밑으로 자취를 감추고 널빤지가 깔린 산책로가 시작된다. 그리 멀지 않은 곳에 방금 봤던 것과는 또 다른 모래사장이 펼쳐져 있다. 어린아이들이 나무 계단을 오르내리며 높은 소리로 깔깔대고, 그 뒤에는 나이 많은 여자들이 나체로 물놀이를 즐기고 있다. 몇 미터 떨어진 곳 난간 위에는 한 남자가 앉아 있다. 시엔이 그를 바라본 건 남자가 웃통을 벗고 있을 뿐만 아니라 그들을 빤히 쳐다보고 있기 때문이다. 그녀는 잠시 그의 보기 좋은 가슴을 멍하니 응시하다 퍼뜩 정신을 차리고는 고개를 돌린다. 그가 시엔의 눈에 들어온 첫 번째 이유는 알라배스터의 몸매는 감상하기에 별로 적절하지 않은 데다 실제로 즐길 만한 성관계를 한 지가 너무 오래된 까닭이다. 그리고 후자의 경우, 유메네스에서라면 평소에 그런 시선을 받는 게 너무 익숙해서 무시했을 것이다.

하지만.

시에나이트는 알라배스터와 함께 산책로 난간에 기대서서 이젠 기억나지도 않을 만큼 오랜만에 가볍고 편안한 마음으로 아이들의 웃음소리를 듣고 있다. 이런 중에 골치 아프고 영문도 알 수 없는 수수께끼 따위에 신경을 써야 하다니. 유메네스의 정치 상황은 그녀와는 너무 요원하고, 이해할 수도 없고 중요하지도 않고 실체도 알 수 없는 먼 이야기처럼 느껴진다. 마치 저 오벨리스크처럼.

하지만.

하지만. 시엔은 뒤늦게 배스터가 온몸을 바짝 긴장하고 있음을 눈치 챈다. 시선은 해변에서 놀고 있는 아이들에게 꽂혀 있지만 정신은 딴 데 팔려 있다. 시엔은 그제야 알리아 사람들이 저녁에 산책 나온 검은 제복의 사람들을 빤히 쳐다보지 않는다는 사실을 기억해낸다. 아사엘이라면 또 모르겠지만 그녀가 알리아에서 만난 사람들은 대부분 그런 짓을 하기엔 너무 예의 바르다.

그래서 시엔은 난간 위에 앉아 있는 사내를 쳐다본다. 그가 씨익 웃는다. 꽤 보기 좋은 미소다. 시엔보다 나이는 열 살 정도 많아 보이지만 몸매가 끝내준다. 떡 벌어진 어깨, 우아한 삼각근, 매끄러운 피부와 가는 허리.

진홍색 바지. 난간에 걸려 펄럭이는(표면상으로는 햇볕을 쬐기 위해 걸쳐 놓은) 셔츠도 똑같은 진홍색이다. 시엔은 그제야 보님기관 안쪽에서 울리는, 수호자의 존재를 알리는 독특하고도 익숙한 진동을 느낀다.

"네 담당이냐?"

시엔은 혓바닥으로 입술을 축인다.

"당신 담당이길 바랐는데요."

"아니야." 알라배스터가 한 걸음 앞으로 다가가 난간에 손을 올리고 어깨를 펴려는 듯 상체를 숙인다. "맨살이 닿지 않게 조심해라."

들리지도 않을 만큼 작은 속삭임이다. 알라배스터가 허리를 펴고 남자 쪽으로 몸을 돌린다.

"뭔가 생각 중입니까, 수호자?"

수호자가 빙그레 웃더니 난간에서 뛰어 내린다. 해안지방 출신이다. 전체적으로 갈색에 가까운 고수머리에 피부도 옅은 편이다. 하지만 그 외에는 알리아 주민이라고 해도 통할 것 같다. 아니, 틀렸다. 그래 봤자 얄팍한 흉내 내기에 불과할 것이다. 그에게는 이제껏 시엔이 내키지 않아도 교류해야 했던 다른 모든 수호자들과 똑같은 뭔가 설명하기 어려운 것이 있다. 유메네스에서는 아무도 수호자를 오로진과 혼동하지 않는다. 심지어 둔치들조차도 그렇다. 그들은 뭔가 다르다. 누구나 알 수 있을 정도다.

"사실은 그래." 수호자가 대답한다. "열 반지 알라배스터, 네 반지 시에나이트."

시에나이트는 치를 떨며 이를 으드득 간다. 그녀는 자신의 이름 외에 다른 것으로 불릴 거라면 차라리 평범한 오로진 쪽을 선호한다. 당연하지만 수호자는 네 반지와 열 반지의 차이를 정확하게 알고 있다.

"나는 에드키, 워런트의 수호자다. 보아하니 두 사람 다 그동안 꽤 바쁘게 보냈던 것 같군."

"그래야 하니까요."

알라배스터가 대답한다. 시에나이트는 흠칫 그를 올려다본다. 배스터가 이렇게 긴장한 모습은 처음 본다. 목에는 힘줄이 솟아 있고 손은 허리 근처에 비스듬히 펼쳐져 있다. 마치…… 뭔가를 준비하고 있는 것처럼. 뭘 준비하고 있는 거지? 왜 갑자기 준비라는 단어가 떠올랐는지 모르겠다.

"보다시피 펄크럼에서 받은 임무를 완수했지요."

"아, 그건 사실이야. 아주 잘 해냈지."

에드키가 거의 무관심에 가까운 태도로 고개를 돌려 수면 위에서 맥동하는 오벨리스크를 바라본다. 그러나 시엔은 그의 얼굴에서 시선을 떼지 않는다. 수호자의 얼굴에서 언제 그랬냐는 듯이 미소가 사라진다. 이건 좋은 징조가 아니다.

"하지만 지시받은 일만 한 건 아니지. 넌 정말 약삭빠른 놈이란 말이야, 알라배스터."

시에나이트는 기분이 팍 상했다. 여기서까지 무시당해야 하나?

"이 일을 한 건 난데요, 수호자. 내가 한 일에 불만이라도 있나요?"

수호자가 놀란 얼굴로 그녀를 돌아본다. 그제야 시엔은 자신이 실수를 저질렀음을 깨닫는다. 아주 커다란 실수다. 왜냐하면 수호자의 얼굴에 미소가 돌아오지 않기 때문이다.

"그래?"

알라배스터가 잇새로 날카로운 소리를 낸다. 대지여, 시엔은 그가 지층 속에 의식을 찔러 넣는 것을 느낄 수 있다. 믿을 수 없을 만큼 깊다. 그의 힘은 시엔의 보님기관을 넘어 몸 전체가 덜덜 떨릴 만큼 강력하다. 그녀는 도저히 흉내 낼 수도 없다. 배스터는 눈 깜짝할 사이에 그녀가 인지할 수 있는 범위를 넘어 수 킬로미터 아래를 흐르는 마그마 층을 꿰뚫는다. 순수한 땅힘에 대한 그의 통제력은 말 그대로 완벽하다. 경이롭다. 그는 거대한 산도 정말 이렇게 간단히 움직일 수 있을 것이다.

하지만 왜?

수호자가 돌연 미소를 띤다.

"수호자 레셰트가 안부를 전한다, 알라배스터."

시에나이트는 이게 다 무슨 일인지 이해하려고 애쓰는 중이다. 그리고 알라배스터가 수호자와 싸우려 한다는 사실에 대해서도. 그 말에 알라배스터가 몸을 경직시킨다.

"그녀를 찾았나?"

"당연하지. 네가 그녀에게 한 짓에 대해 조만간 아주 진지한 대화를 나눠야 할 거야."

에드키의 손에 검은 유리칼이 들려 있다. 언제 꺼내 들었는지, 어디서 뽑아 들었는지 모르겠다. 칼날은 너비는 넙적하지만 길이가 이상할 정도로 짧다. 5센티미터도 안 될 것 같다. 단도라고 부르기도 애매하다.

저걸로 뭘 하겠다는 거지? 우리 손톱이라도 다듬을 건가?

게다가 제국 오로진 두 명 앞에서 무기를 꺼내 들어?

"수호자." 시에나이트가 입을 연다. "잘은 모르지만 오해가 있는 것 같……."

그 순간 수호자가 뭔가를 한다. 시에나이트는 두 눈을 깜박인다.

풍경은 바뀌지 않았다. 그녀와 알라배스터는 여전히 에드키와 마주 보고 서 있다. 해변가 판잣길 위에, 그림자와 핏빛 석양 속에, 저 멀리 바닷가에서 놀고 있는 아이들과 물놀이 중인 여자들을 뒤로 하고. 하지만 분명히 뭔가가 변했다. 그녀는 그게 뭔지 모른다. 갑자기 알라배스터가 목이 졸리는 소리를 내더니 시엔에게 달려들어 옆으로 확 밀쳐 낸다.

저렇게 빼빼 마른 사내가 어디서 그런 힘이 났는지 시엔은 영원히 알지 못할 것이다. 바닥에 너무 세게 부딪친 나머지 숨이 턱 막힌다. 흔들리는 시야 속에서 시엔은 근처에서 놀던 아이들이 그들을 물끄러미 지켜보고 있는 걸 발견한다. 어린애 하나가 웃음을 터트린다. 시엔은 버둥거리며 일어나려 했다. 알라배스터에게 미쳤냐고 욕을 퍼부으러 입을 벌리려 했다.

하지만 알라배스터도 바로 옆 바닥에 나동그라져 있다. 배를 깔고 엎드려 그녀를 뚫어져라 쳐다보며…… 이상한 소리를 내고 있다. 소리라고 하기에도 민망하다. 그의 벌어진 입에서 나오는 소리는 어린애 장난감이 찍찍대는 소리, 또는 쇠전승가들이 갖고 다니는 공기주머니에서 나는 소음과 비슷하다. 몸뚱이는 부들부들 떨리고 있다. 꼭 움직이고 싶은데 움직일 수가 없는 사람처럼. 하지만 그건 이상하다. 왜냐하면 그는 아무 데도 다치지 않았으니까. 영문을 알 수 없어 어리둥절해하던 시엔은 잠시 후에야 비로소…… 깨닫는다.

그는 비명을 지르고 있다.

"내가 왜 저 여자를 겨냥하고 있다고 생각한 거지?"

에드키가 알라배스터를 노려본다. 수호자의 표정을 본 시에나이트는 몸서리를 친다. 그는 지금 신이 나 있다. 즐거워하고 있다. 알라배스터는 바닥에 누워 꼼짝도 못하고 괴로워하고 있는데…… 에드키가 쥐고 있던 단도가 알라배스터의 어깨에 꽂혀 있다. 시엔은 그것을 멍청하게 쳐다본다. 내가 왜 저걸 못 봤지? 같은 검은색이라도 배스터의 튜닉 위에 저렇게 선명하게 꽂혀 있는데……

"넌 항상 어리석었지, 알라배스터."

에드키가 손에 다른 유리칼을 쥐고 있다. 이번에는 사악할 정도로 좁고 가늘고 기다란 칼이다. 소름이 끼칠 정도로 익숙한 모습의 비수.

"왜……."

시에나이트는 생각할 수가 없다. 등 뒤에 깔린 나무판자를 손가락 끝이 아리도록 까드득 긁으며 몸을 일으키는 동시에 도망치려고 준비 태세를 갖춘다. 본능적으로 대지를 향해 힘을 뻗는다. 그러고는 수호자가 무슨 짓을 했는지 깨닫는다. 아무것도 닿는 것이 없다. 손바닥과 등 밑에 있는 지표면 아래 몇 미터까지 아무것도 보녀지지 않는다. 전혀. 아무것도. 모래와 소금기 어린 흙과 지렁이뿐이다. 더 멀리 뻗으려 하자 보님기관이 찌르르 울리며 불쾌한 통증이 느껴진다. 마치 팔꿈치를 단단한 곳에 부딪쳤을 때 손가락 끝까지 찡 하고 감각이 멍해지는 것처럼, 마치 그 부분을 관장하는 정신이 저려서 마비된 것처럼 얼얼하다. 시간이 지나면 감각이 돌아올 테지만 지금은 거기에 아무것도 없다.

옛날 잔모래 시절에 어두운 밤중에 아이들끼리 수군거리던 이야기들이 있다. 모든 수호자는 이상하지만 이게 바로 수호자가 수호자인 이유다. 어떻게 가능한지는 몰라도 그들은 원한다면 조산술을 멈추거나 무효화시킬 수 있다. 그리고 그들 중 몇몇은 유독 이상하고 다른 수호자들보다도 더 이상하게 특화되어 있다. 어떤 이들은 담당 오로진을 배정받지도 않고 훈련받지 않은 어린 오로진 근처에 가는 것도 금지되어 있다고 들었다. 가까이 있는 것만으로도 위험하니까. 그런 수호자들은 강한 힘을 가진 떠돌이 오로진을 추적하는 임무를 맡는데 만약 그들을 발견하면…… 시에나이트는 수호자가 그들에게 무슨 짓을 하는지 별로 알고 싶지 않다. 적어도 지금까지는 그랬다. 하지만 그녀도 곧 진상을 알게 되려는 모양이다. 대지불이여, 시엔은 머리가 삭아빠진 노인들처럼 대지를 느낄 수가 없다. 이게 둔치들이 항상 느끼는 기분일까? 그들은 평생 이러고 사는 걸까? 그녀는 한평생 그들의 정상적인 삶을 부러워했었다. 지금까지는 그랬다.

그러나. 비수를 들고 그녀를 향해 천천히 다가오는 에드키의 눈시울은 팽팽하게 경직되어 있고 입매는 완강하게 다물려 있다. 마치 지독한 두통을 앓고 있기라도 한 것처럼. 그래서 시엔은 엉겁결에 내뱉는다.

"어, 저기…… 어, 괜찮아요?"

왜 그렇게 물었는지는 그녀도 모르겠다.

그 말에 에드키가 고개를 한쪽으로 갸웃 기울인다. 수호자의 얼굴에 미소가 돌아온다. 부드럽고, 약간은 뜻밖이라는 듯한 웃음이다.

"착하기도 하지. 난 괜찮다, 아이야. 괜찮아."

그러나 발을 멈추지는 않는다.

시엔은 손가락을 바르작대며 뒤로 피하려고, 발을 버둥거리며 일어나려고, 이용할 힘을 찾으려고 의식을 뻗지만, 세 가지 다 실패한다. 그녀가 설사 성공하더라도 에드키는 수호자다. 그에게 복종하는 게 그녀의 의무다. 그가 원한다면 죽는 것이 그녀의 의무다.

이건 옳지 않아.

"제발." 시엔은 간절하게, 다급하게 호소한다. "제발, 우린 잘못한 게 없어요. 난 이해할 수가 없어, 나는……."

"이해할 필요 없다." 에드키가 더할 나위 없이 다정하고 친절한 말투로 대꾸한다. "넌 한 가지만 하면 돼."

그가 비수를 쳐들고 그녀의 가슴을 향해 달려든다.

시엔은 나중에서야 사건이 일어난 순서를 이해할 것이다.

시엔은 나중에서야 그 짧은 시간 동안 무슨 일이 있었는지 알게 될 것이다. 하지만 지금은, 세상 모든 게 갑자기 느릿해진다. 시간의 흐름은 무의미하다. 그녀의 눈에 보이는 건 유리칼뿐. 크고 예리하고 어둑한 석양 속에서 번득이는 칼날이 그녀를 향해 천천히, 우아하게 다가오며 두려움과 공포심을 의무감에 옭아맨다.

이런 건 옳은 적이 없어.

손가락 밑에는 모래로 뒤덮여 까슬한 널빤지뿐, 그리고 그 아래 보녀지는 쓸모없는 미세한 양의 온기와 움직임. 그걸로는 모래알 하나도 움직일 수가 없다.

시엔은 알라배스터를 느낀다. 그는 경련을 일으키고 있다. 왜 진즉 깨닫지 못했을까. 그는 몸을 움직일 수가 없다. 어깨에 박힌 유리칼이 배스터의 힘을 전부 무(無)로 되돌렸고 그의 얼굴은 고통과 두려움에, 절망에 젖어 있다.

시엔은 자신이 화가 나 있다는 것을 깨닫는다. 뱃속에서 들불처럼 들끓는 노여움. 오로진의 의무 따위 개한테나 주라지. 이 수호자가 하는 일, 모든 수호자가 하는 일은 옳지 않다.

그리고 그때……

그리고 그때……

그리고 그때……

그녀는 오벨리스크를 느낀다.

(알라배스터가 갑자기 더 심하게 몸부림치며 입을 벌린다. 자신의 육신을 주체하지도 못하면서 시선만은 그녀에게 깊숙이 못 박혀 있다. 전에 그가 했던 경고가 마음속에 울려 퍼진다. 정확히 뭐라고 했는지는 기억나지 않지만.)

수호자가 손에 쥔 비수가 그녀의 심장을 향해 절반쯤 다가왔다. 시엔은 그 사실을 아주, 아주, 아주, 잘 알고 있다.

우리는 사슬에 묶여 있는 신이지만 저건 아니지. 삭아죽을, 그래.

그래서 그녀는 의식을 다시 뻗는다. 이번에는 아래쪽이 아니라 위로, 곧게 뻗는 게 아니라 옆으로……

안 돼. 알라배스터가 경련에 몸을 떨면서도 입을 뻐끔거린다.

오벨리스크가 불규칙하게 진동하는 붉은 빛 속으로 시엔을 끌어당긴다. 그녀는 위로 떨어지고 있다. 안으로 끌려올라 가고 있다. 그녀는 아무것도 통제할 수 없고 아무것도 조종할 수 없다. 오, 아버지 대지여, 알라배스터가 옳았어. 이건 그녀에게 너무 크고 거대해서…… 시엔이 비명을 지른다. 이 오벨리스크가 망가졌다는 것을 깜박 잊고 있었다. 그녀가 손상된 부위에 부딪치자 모든 금과 균열이 그녀와 하나가 되어, 부서지고 깨지고 무수한 조각으로 산산이 흩어져……

멈춘다. 시엔은 참을 수 없는 고통에 몸을 둥글게 만 채 둥둥 부유한다. 잔뜩 금이 간 붉은 빛기둥 속에서.

이건 현실이 아니다. 현실일 수가 없다. 시엔은 지금도 자신의 몸뚱이가 사그라지는 햇살 아래 모래투성이 판잣길 위에 누워 있는 것을 느낀다. 수호자의 유리칼은 느껴지지 않는다. 아직까지는 그렇다. 하지만 그와 동시에 그녀는 지금, 여기에 있다. 그녀는 눈이 아니라 보님기관을 통해 보니고 있다. "눈에 보이는 것"은 그저 그녀의 머릿속 상상일 뿐이다.

오벨리스크에 갇혀 있던 스톤이터가 그녀의 눈앞에 떠 있다.

스톤이터를 이렇게 가까이서 본 건 처음이다. 책에서는 전부 스톤이터가 남성도 여성도 아니라고 말하지만 이것은 호리호리한 남성의 모습을 하고 있다. 흰색 무늬가 퍼져 있는 검은 대리석 몸뚱이에 각도에 따라 무지갯빛으로 변하는 오팔 로브를 걸치고 있다. 반질반질 윤기가 흐르는 대리석 팔다리는 추락하다 중간에 얼어붙은 것처럼 넓게 벌어져 있다. 머리는 뒤쪽으로 젖혀 있고 그 뒤로는 반투명한 머리카락이 화려하게 물결친다. 그의 피부에, 딱딱한 환상에 지나지 않는 의복에, 그리고 그의 몸 안에, 무수한 균열이 퍼져 있다.

너 괜찮아? 시엔은 속으로 생각한다. 그녀 자신도 금이 가 부서지고 있는 마당에 왜 그런 생각을 했는지 모르겠다. 살짝이라도 건드리면 즉시 깨질 것처럼 만신창이라 그를 다치지 않게 하려면 숨도 쉬지 말아야 할 것 같다. 하지만 그건 말도 안 되는 생각이다. 왜냐하면 지금 시엔은 여기 있는 게 아니고 이건 현실이 아니니까. 그녀는 지금 저 아래 바닷가 산책로 위에서 죽기 직전에 처해 있고 이 스톤이터는 벌써 오래전에 죽었다.

스톤이터가 입을 다물고, 눈을 뜨고, 고개를 기울여 그녀를 본다.

"난 괜찮아." 그가 말한다. "걱정해 줘서 고마워."

다음 순간,

오벨리스크가

산산이 부서진다.

15장

너는 친구들과 함께 있다

너는 "오로진들로 가득한 곳"에 도착하고, 이곳은 네가 기대했던 것과 다르다. 첫째, 여긴 아무도 살지 않는 폐허다. 둘째, 이곳은 향이 아니다.

아무튼 엄밀히 말해 진짜 향은 아니다. 도로는 마을에 가까워질수록 점차 고르고 넓어지다가 마을 한복판에 이르러 감쪽같이 사라진다. 실은 많은 향들이 이렇다. 여행자들에게 마을에 들러 물건을 사라고 부추기는 것이다. 그러나 그런 향은 보통 들어가 거래를 할 장소가 마련되어 있는데 여기는 가게나 시장, 심지어 여관처럼 보이는 곳도 없다. 그보다 더 나쁜 건 방벽이 없다는 것이다. 마을 주변에는 돌 무더기도 철조망도 뾰족하게 깎아 세운 말뚝조차 없다. 공동체를 주변 부지와 경계 짓고 분리하는 표식이 아무것도 없다. 주변에 공격자들이 완벽한 엄폐물로 활용할 수 있는 숲과 덤불이 무성한데도.

그러나 버려진 게 분명하다. 방벽이 없다는 점 외에도 이상한 점은 또 있다. 주위를 둘러보니 한두 개가 아니다. 일단 목초지가 부족하다. 크기로 미뤄 보아 이렇게 수백 명 이상이 거주하는 향에는 초야 줄기가 심어진 1헥타르 이상의 (벌목된) 들판이 있어야 한다. 마을 중앙 근처에 있는 좁고 앙상한 녹지대보다 더 넓은 들판이 필요하다. 지상이든 지하든 비축고도 보이지가 않는다. 그래, 어쩌면 보이지 않는 곳에 잘 숨겨 뒀는지도 모른다. 많은 향이 그러니까. 하지만 너는 이곳의 건물들이 정말로 대중없이 다채롭다는 사실을 발견한다. 어떤 건물은 도시에서 흔히 보는 것처럼 좁고 높고, 어떤 집은 온화한 지역에서처럼 옆으로 낮게 퍼져 있다. 또 어떤 건물은 티리모에 있던 네 집처럼 반쯤 땅을 파서 둥근 지붕에 잔디를 덮었다. 향의 주택들이 주로 한 가지 유형을 고수하는 데에는 이유가 있다. 통일성은 외부에 시각적인 메시지를 보낸다. 잠재적인 공격자들에게 향의 구성원들이 자기 방어라는 목적과 의지를 중심으로 서로 동등하게 단결되어 있음을 보여 준다. 이 향의 시각적 메시지는…… 혼란스럽다. 거의 무신경할 정도다. 해석할 수가 없다. 차라리 적대적인 사람들로 가득한 편이 이보다 덜 불안할 것이다.

너와 일행은 천천히, 그리고 조심스럽게 텅 빈 도로를 따라 전진한다. 통키는 더 이상 여유 있는 척하는 태도를 버렸다. 그녀는 두 손에 검고 살벌한 유리칼 한 쌍을 쥐고 있다. 어디다 그런 무기를 숨겨 두고 있었는지는 모르겠지만 그녀가 입은 펑퍼짐한 치마는 커다란 군대도 숨길 수 있을 정도니까. 호아는 차분해 보이지만 그 애가 실은 어떤 상태인지 누가 알겠는가. 커쿠사를 석상으로 바꿀 때조차 침착하고 여유로워 보였는데.

너는 칼을 꺼내지 않는다. 만약 정말로 여기 로가들이 많다면 그들이 너를 반기지 않을 경우 스스로를 보호할 무기는 단 하나뿐이다.

“여기가 확실해?” 너는 호아에게 묻는다.

호아가 고개를 열심히 끄덕인다. 그렇다는 것은 이곳에 사람들이 많다는 뜻이다. 그저 숨어 있을 뿐. 하지만 왜? 그리고 어떻게 이렇게 뿌연 낙진 속에서도 네가 접근하는 것을 알아차린 걸까?

“버려진 지 얼마 안 된 것 같은데.” 통키가 중얼거린다. 그녀는 집 옆에 딸린 황량한 정원을 바라보고 있다. 여행자들의 짓인지 아니면 전에 살던 사람이 몽땅 거둬 간 것인지 비틀어 빠진 줄기에는 먹을 수 있는 게 하나도 없다. “집들도 보존이 잘 돼 있고. 정원도 몇 달 전까진 생생했을 것 같아.”

너는 여행을 시작한 지 벌써 두 달이나 됐다는 것을 깨닫고 흠칫 놀란다. 우체가 죽은 지 두 달. 낙진이 떨어지기 시작한 지는 그보다 조금 덜 됐다.

그때, 너는 재빨리 한곳에 시선을 집중한다. 너희 세 사람이 마을의 풍경을 보고 당황해서 공터에 멈춰 있던 사이, 근처 한 건물의 문이 열리더니 세 여자가 나타났기 때문이다.

네가 처음으로 주목한 여자는 손에 석궁을 들고 있다. 한동안 네 눈에는 그것밖에 보이지 않는다. 꼭 티리모를 떠나온 날 같다. 네가 그 여자를 즉시 얼리지 않은 것은 석궁이 너를 겨냥하고 있지 않기 때문이다. 그녀는 한쪽 팔 위에 무기를 비스듬히 얹어 두고 있을 뿐이다. 여자의 표정은 언제든 그것을 사용할 수 있다고 경고하고 있지만 네가 딱히 도발하지 않는 이상 공격하지는 않을 것 같다는 생각이 든다. 여자의 피부는 호아와 비슷할 정도로 하얗지만 다행히도 머리칼은 노랗고 눈은 평범하고 예쁜 갈색이다. 몸집이 작고 뼈대는 섬세하며 살집도 별로 없다. 평범한 적도 사람들 사이에서는 저래서 어디 애를 낳겠냐고 험담을 들을 정도로 골반도 작다. 남극 지방 출신일 것이다. 먹을 것이 부족한 향에서 자랐을 테지. 고향에서 참으로 멀리도 왔구나. 다음으로 네 시선을 사로잡은 여자는 첫 번째 여자와는 거의 정반대에 가깝고, 네가 이제까지 만난 사람 중에서 가장 무섭고 살벌하다. 외모 때문이 아니다. 생긴 건 평범한 산제인이다. 풍성하게 부푼 회색 머리칼과 짙은 갈색 피부, 산제인다운 강인한 체격과 근육질 몸매. 눈은 기겁할 만큼 검고 까맣다. 눈 색깔이 그렇다는 게 아니라, 눈가에 회색 아이섀도를 잔뜩 칠하고 거기에 검은색 아이라인까지 그려 넣어 짙은 색 눈을 더욱 강조하고 있기 때문이다. 세상이 멸망하고 있는데 화장이라니. 너는 감탄을 해야 할지 화를 내야 할지 모르겠다.

여자는 검게 칠한 눈을 위협적인 무기처럼 휘두르며 너희들 각자의 시선을 받아 내고는 이내 네 차림새와 장비들을 찬찬히 살펴본다. 그녀는 보통 산제 여자만큼 키가 크지는 않지만(너보다도 작다.) 발목까지 오는 두꺼운 갈색 모피 조끼를 입고 있어 길고 치렁치렁한 옷자락 때문에 작은 멋쟁이 곰처럼 보인다. 하지만 그녀의 얼굴에는 너를 움칠거리게 하는 뭔가가 있다. 그게 뭔지는 확실치 않다. 여자가 이를 드러내며 씨익 웃는다. 눈빛은 안정되고 흔들림이 없다. 너희를 반가워하는 것도 아니고 저어하는 것도 아니다. 그리고 마침내, 너는 전에도 본 적이 있는 그러한 안정감의 정체가 무엇인지 알아차린다. 그것은 자신감이다. 그처럼 남에게 위축되지 않고 자신을 온전하게 인정하고 받아들이는 자신감은 둔치들에게서는 흔히 볼 수 있는 것이지만, 여기서 볼 수 있으리라고는 상상치도 못했다.

왜냐하면 그 여자는 로가이기 때문이다. 너는 동족을 보면 금세 알아볼 수 있다. 그 여자도 마찬가지다.

"좋아." 여자가 허리춤에 손을 얹으며 말한다. "몇 명이지? 세 명? 아마 서로 헤어지고 싶진 않겠지?"

너는 여자를 빤히 바라본다. 한 번, 두 번의 호흡이 지난다. 그러고는 입을 연다.

"안녕. 어……."

"이카." 여자가 말한다. 너는 그게 이름임을 깨닫는다. 여자가 덧붙인다. "이카, 카스트리마의 로가야. 환영해. 그쪽은?"

너는 무심결에 내뱉는다.

"로가?"

일상적으로 사용되는 단어지만 이런 식으로, 쓰임새명으로, 상스러움을 한껏 드러내며 사용하는 건 처음 들었다. 자신에게 로가라는 이름을 붙이는 것은 개새끼라는 이름을 붙이는 것과 같다. 귀싸대기를 갈기는 것과 같다. 그건 일종의…… 선언이다. 무엇을 선언하는지는 모르겠지만.

"그건, 어, 일곱 개 기본 쓰임새명이 아닌데." 통키가 말한다. 어딘가 삐딱한 말투다. 불안감을 숨기려고 농을 던지는 모양이다. "그보다 덜 흔한 다섯 개 중 하나도 아니고."

"새로 만든 거라고 생각하면 되겠네." 이카의 시선이 너희를 평가하듯 한 명씩 차례대로 훑다가 다시 네게로 돌아온다. "네 친구들은 네가 뭔지 아는군."

너는 깜짝 놀라 통키를 돌아본다. 그녀는 호아가 네 뒤에 숨어 있지 않을 때 호아를 보는 눈빛으로 이카를 뜨겁게 응시하고 있다. 이카가 새로 발견한 진기한 연구 대상이고 빨리 혈액 샘플을 얻고 싶다는 표정으로 말이다. 너와 눈이 마주친 통키가 전혀 놀라거나 무서워하지 않는 걸 보고 너는 이카의 말이 옳다는 걸 깨닫는다. 아마 꽤 오래전부터 알고 있었을 것이다.

"로가를 쓰임새명으로 사용하다니." 통키가 생각에 잠긴 표정으로 다시 이카를 쳐다본다. "그것만으로도 꽤 많은 걸 시사하는걸. 게다가 제국에 등재되어 있는 남중위 향 중에 카스트리마라는 곳은 없어. 물론 내가 모르고 있을 수도 있지, 향이 수백 개나 되니까. 하지만 그런 이름의 향은 한 번도 들어 본 적이 없는걸. 그리고 난 기억력이 꽤 좋은 편이고. 여긴 신생향이야?"

이카가 고개를 갸웃 기울인다. 반쯤은 수긍의 표시로, 그리고 반쯤은 통키의 열렬한 반응이 뜻밖이기 때문이다.

"엄밀히 말하자면 그래. 이 카스트리마는 한 50년쯤 됐어. 공식적으로는 향이라고 하기 힘들지만. 그냥 유메네스-메세메라와 유메네스-케테커 도로 중간에 잠시 들러 쉬는 곳에 불과하지. 그래도 근방에 광산이 있어서 형편은 괜찮은 편이야."

여자가 문득 말을 멈추더니 호아를 가만히 쳐다본다. 표정이 긴장하며 굳는다. 너는 영문을 알 수 없어 호아에게로 시선을 돌린다.

아이는 확실히 특이한 외모를 하고 있다. 하지만 그게 뭐라고 처음 만나는 사람이 저런 과도한 반응을 보이는지 모르겠다. 그제야 너는 호아가 미동도 없이 얼어붙어 있는 것을 본다. 평소의 명랑한 표정은 씻은 듯이 사라지고 분노와 날 선 경계심이 거의 흉포해 보일 정도다. 그는 이카를 금방이라도 죽일 듯이 노려보고 있다.

아니, 이카가 아니다. 너는 호아의 시선을 따라 이카의 세 번째 동료를 발견한다. 그녀는 이제껏 계속 두 여자의 뒤쪽에 서 있었지만 이카의 모습이 워낙 이색적이라 딱히 너의 관심을 끌지 못했다. 키가 크고 호리호리한 여자…… 다음 순간 너도 얼굴을 찌푸린다. 과연 그 호칭이 적합한지 확신할 수가 없기 때문이다. 그래, 여성처럼 보이는 외모를 하고 있긴 하다. 머리칼은 남극지방 특유의 직모에 짙은 붉은색이고, 긴 머리카락이 감싸고 있는 얼굴 역시 여성처럼 섬세하다. 남들에게 여성으로 인식되고 싶다는 의도를 가진 건 명백해 보이지만, 그녀는 지금처럼 추운 날씨엔 너무 얇은 길고 헐렁한 소매 없는 드레스만을 달랑 걸치고 있다.

그리고 여자의 피부는. 너는 무례한 걸 알면서도 뚫어져라 쳐다본다. 처음 만난 낯선 사람들과 우호적인 관계를 맺기에 그리 좋은 방법이라고 할 수는 없지만, 어쩔 수가 없다. 여자의 피부는. 그냥 매끄러운 게 아니다. 반질반질하다. 광이 날 정도다. 여태껏 네가 본 중에 가장 이상하고 신기한 혈색을 지녔거나 아니면…… 아니면 저건 피부가 아닐지도.

붉은 머리 여자가 싱긋 웃는다. 입술 사이로 드러난 치아가 뼛속까지 전율케 하는 깨달음을 재차 확인해 준다.

여자의 미소를 본 호아가 성난 고양이처럼 쉭쉭거린다. 그리고 마침내, 끔찍하게도, 너는 소년의 이빨을 처음으로 확실하게 목격한다. 아이는 네 앞에서 절대로 먹지 않는다. 미소를 지을 때조차 입을 벌리지 않는다. 여자의 치아가 투명한 것에 비해 소년의 이는 색깔이 있지만(위장칠이라도 한 것처럼 하얀색 에나멜질이다.) 형태는 붉은 머리 여인과 별반 다르지 않다. 인간의 치아처럼 네모난 게 아니다. 다면체다. 다이아몬드처럼 여러 면을 지닌.

"씨발대지여." 통키가 중얼거린다. 너도 같은 심정이다.

이카가 여자를 재빨리 돌아본다.

"안 돼."

붉은 머리 여성의 시선이 이카를 향한다. 다른 부분은 움직이지 않는다. 눈동자를 제외한 다른 신체 부위는 전혀 움직이지 않는다. 마치 석상처럼.

"너나 네 동행에게는 해 안 끼치고 해치울 수 있어."

입술도 움직이지 않는다. 여자의 목소리는 마치 가슴 속에 있는 텅 빈 동굴에서 메아리치는 것처럼 기이하게 울린다.

"난 네가 해치우는 걸 바라지 않아." 이카가 허리에 손을 얹으며 말한다. "여긴 내 집이고, 넌 내 규칙을 따르기로 약속했어. 물러나."

금발 여성이 몸을 움직거린다. 석궁을 들어 올리지는 않았지만 너는 그녀가 당장이라도 준비되어 있다는 걸 느낄 수 있다. 그래 봤자 무슨 소용이 있겠냐마는. 붉은 머리 여자가 잠시 미동도 않고 굳어 있더니 입을 다물어 끔찍한 다이아몬드 치아를 감춘다. 너는 여러 가지 사실을 한꺼번에 깨닫는다. 첫째, 사실 그 여자는 미소를 지은 것이 아니다. 그것은 커쿠사가 입술을 말아 올려 이빨을 드러내는 것 같은 위협의 표시였다. 두 번째는 여자가 입을 닫자 평온한 표정 때문인지 훨씬 덜 거슬린다는 것이다.

네가 깨달은 세 번째 사실은 호아가 여자와 똑같은 위협을 가하고 있었다는 것이다. 하지만 소년은 붉은 머리 여성이 물러나자 긴장을 풀고, 입을 닫는다.

이카가 한숨을 내쉰다. 그러고는 다시 네게로 관심을 돌린다.

"내 생각엔 안으로 들어오는 게 좋겠어."

"별로 좋은 생각 같지 않은데."

통키가 쾌활한 목소리로 네게 충고한다.

"내 생각도 그래." 금발 여성이 이카의 머리를 노려보며 말한다. "확실해, 이크?"

이카가 어깨를 으쓱한다. 너는 그녀가 겉으로 보이는 만큼 태평한 심정은 아니라고 생각한다.

"세상에 확실한 게 있겠어? 하지만 지금은 그게 제일 좋은 생각 같아."

글쎄, 너는 그녀의 말에 별로 동의하지 않는다. 하지만 이곳이 흔치 않은 독특한 향이든 아니든 전설 속의 생명체가 있든 말든, 별로 달갑지 않은 예상치 못한 사건이 생기든 말든, 네가 이곳을 찾아온 데에는 이유가 있다.

"성인 남자와 어린 여자아이가 여길 지나간 적이 있어?" 너는 묻는다. "아버지랑 딸이야. 남자는 나와 비슷한 나이고 여자애는 여덟 살……." 두 달이 지났다. 하마터면 잊을 뻔했다. "아홉 살이야.

그 애는…….” 너는 멈칫 동요한다. 말을 더듬는다. “그…… 그 애는 나랑 닮았어.”

이카가 눈을 깜박인다. 너는 그녀가 진심으로 놀랐음을 깨닫는다. 그녀는 전혀 다른 질문을 기대하고 있었던 것 같다.

“아니.” 이카가 대답한다. 그리고……

그리고…… 쿵 하고 가슴이 떨어져 내린다.

아프다. “아니”라는 짧은 대답을 들었을 뿐인데 너무 아프다. 크고 무거운 주먹을 세게 맞은 것 같다. 당혹감으로 가득한 이카의 눈빛이 상처에 소금을 뿌린다. 그것은 그녀가 거짓말을 하지 않았다는 뜻이다. 경련이 일고, 온몸에 힘이 빠지면서 무너진다. 너의 모든 희망이 죽었다. 생각이라고 하기 힘든 몽롱한 의식 속에서 호아가 이곳에 대해 말한 뒤로 네가 실은 기대라는 것을 품고 있었음을 깨닫는다. 너는 여기서 그들을 찾을 수 있을 줄만 알았다. 다시 딸을 되찾을 수 있을 거라고, 다시 어머니가 될 수 있을 거라고 생각했다. 하지만 이제 너는 사실을 안다.

“어…… 에쑨?” 손이 하나 불쑥 나타나 네 팔을 그러쥔다. 누구야? 통키. 힘겨운 삶을 사느라 거칠어진 손. 가죽 재킷 너머로도 손에 박힌 굳은살을 느낄 수 있다. “에쑨…… 아, 삭아빠질, 안 돼.”

너는 이렇게 한심한 사람이 아니었다. 어떻게 그런 멍청한 기대를 할 수가 있지? 너는 미천하고 더러운 로가, 사악하고 악랄한 대지의 대행자, 재생산 과정에서 태어난 우연한 실수, 잘못된 곳에 놓인 도구일 뿐이다. 애초에 자식을 갖는 게 아니었다. 애초에 그들을 곁에 두고 키울 수 있다고 믿는 게 아니었다. 그건 그렇고 통키는 왜 네 팔을 이렇게 잡아당기는 거야?

왜냐하면 네가 얼굴을 손바닥으로 감싸고 있기 때문이다. 오, 그리고 네가 흐느끼고 있기 때문이다.

너는 지자에게 말했어야 했다. 결혼하기 전에, 그와 잠을 자기 전에, 그를 보며 어쩌면, 어쩌면 가능할지도 모른다고 주제넘은 생각을 하기 전에. 그러고도 로가를 죽이고 싶었다면 그는 그 분노를 너에게 풀었을 것이다. 우체가 아니라. 죽어 마땅한 건 너다. 두 향의 인구의 만 배가 넘도록.

어쩌면 넌 지금 절규하고 있는지도 모르겠다.

너는 절규하고 있으면 안 된다. 너는 죽었어야 한다. 네 자식들보다 먼저 죽었어야 한다. 태어날 때 죽었어야 한다. 아이를 갖지 말았어야 했다.

너는……

너는……

뭔가가 너를 휩쓸고 지나간다.

그것은 마치 그날 북쪽에서 내려온 거대한 힘의 파동과 비슷한 느낌이다. 세상이 송두리째 바뀐 날, 네가 옆으로 비틀어 보낸 그 흐름. 조금 힘겨운 하루를 보내고 집에 돌아왔는데 바닥에 네 자식이 죽어 누워 있는 것을 보았을 때의 기분과도 비슷하다. 한 줄기 스쳐 지나가는 날것의 무엇. 만질 수는 없지만 뭔가 의미심장하고 중요한 것, 한순간 거기 있었다가 다음 순간 반짝 사라져 버리는 무언가, 처음 나타났을 때만큼이나 사라지고 난 뒤에 충격적인 것.

너는 눈을 깜박이며 손을 내린다. 시야가 흐릿하고 눈알이 쑤신다. 손바닥이 젖어 있다. 이카가 현관 앞 문간에서 내려와 네 앞에 몇 미터 떨어진 곳에 서 있다. 네게 손을 대지는 않지만 너는 그녀를 빤히 쳐다본다. 방금 그녀가 뭔가를 했다. 네가 이해할 수 없는 무언가를. 조산술의 일종이지만 이제껏 네가 한 번도 경험한 적 없는 방식으로.

"이봐." 이카의 얼굴에 연민과 비슷한 감정은 없다. 그래도 아까보단 훨씬 부드러운 목소리다. 어쩌면 아까보다 더 가까이 있어서 그렇게 느껴지는지도 모른다. "이제 괜찮아?"

너는 마른침을 삼킨다. 목구멍이 아프다.

"아니." 네가 말한다.(또다시 그 단어라니! 너는 하마터면 웃음을 터트릴 뻔하지만 꾹 눌러 참고, 충동은 사라진다.) "아니. 하지만…… 버틸 수 있을 것 같아."

이카가 천천히 고개를 주억인다.

"그런 것 같네."

그녀의 등 뒤에서 금발의 여자가 의심스러운 눈초리로 쳐다보고 있다.

이카가 무거운 한숨을 내쉬며 통키와 호아에게 몸을 돌린다. 호아는 이상할 정도로 얌전하고 정상적으로 돌아왔다. 어쨌든 호아의 기준에서 정상적으로 말이다.

"좋아." 이카가 말한다. "그럼 이렇게 하자. 너희는 여기 머무를 수도 있고 그냥 떠날 수도 있어. 머무르고 싶다면 우리 향에서 받아주지. 하지만 먼저 이 점을 명심하도록 해. 카스트리마는 독특한 곳이야. 너희들이 여태껏 알던 것과는 몹시 다른 방식을 시도하고 있지. 만약에 이번 계절이 예상보다 짧다면 우린 산제가 쫓아오기 전에 용암호(熔岩湖)로 올라갈 거야. 그렇지만 난 이번 계절이 짧을 거라고 생각 안 해."

이카가 곁눈질로 너를 쳐다본다. 동의를 얻으려는 게 아니다. 확인도 그리 적절한 표현은 아니다. 왜냐하면 그녀의 판단에는 의심의 여지가 없기 때문이다. 로가라면 누구나 자신의 이름만큼 확신할 수 있다.

"짧지 않을 거야." 너는 맞장구를 친다. 거칠고 갈라진 목소리가 나오지만 너는 조금씩 추스르고 있다. "적어도 수십 년은 될 테지." 이카가 눈썹을 추켜세운다. 그래, 그녀가 옳다. 이제껏 네 일행이 충격을 받을까 봐 조심스럽게 굴었지만 지금 그들에게 필요한 건 그런 게 아니다. 그들에겐 진실이 필요하다. "수백 년일 수도 있고."

그조차 줄잡은 것이다. 너는 이번 계절이 최소한 1000년은 갈 것이라고 확신한다. 어쩌면 수천 년일 수도 있다.

통키가 얼굴을 찌푸린다.

"모든 사실을 감안할 때, 거대한 조륙운동으로 지형이 변형되었거나 아니면 대륙판 전체의 지각평형이 무너진 것으로 보이긴 해. 하지만 그처럼 어마어마한 관성을 능가할 수 있는 조산운동이라면…… 정말 상상도 못 할 수준이어야 했을 텐데. 정말 확실해?"

너는 비통한 심정마저 깜박 잊어버리고 통키를 물끄러미 바라본다. 이카와 금발 여인도 마찬가지다. 통키는 못마땅하다는 듯이 얼굴을 찌푸리고, 특히 너를 쏘아본다.

"아, 삭아죽을, 놀란 척하지 마. 피차 이렇게 된 마당에. 너도 내가 뭔지 알고 나도 네가 뭔지 알잖아. 언제까지 모르는 척할 건데?"

너는 고개를 젓는다. 통키의 질문에 대답을 하는 게 아니다. 너는 그녀의 다른 질문에 답하기로 한다.

"그래, 확실해. 수백 년. 그 이상일 수도 있고."

통키가 움찔 놀란다.

"그렇게 오랫동안 버틸 물자를 비축해 둔 향은 없어. 심지어 유메네스라도."

전설처럼 전해 내려오는 유메네스의 거대한 비축고는 용암굴의 찌꺼기로 변했을 것이다. 마음 한 켠으로 너는 그 모든 음식과 물자가 낭비된 데 안타까움을 느낀다. 그리고 다른 한편으로는, 글쎄 오래 버티느니 차라리 빨리 멸망하는 게 인류로서도 더 좋은 일이 아닐까.

네가 고개를 끄덕이자 통키가 선뜩한 침묵에 빠져든다. 이카가 너와 통키를 번갈아 보더니 화제를 바꾸기로 결정한다.

"지금 여기엔 스물두 명의 오로진이 살고 있어." 그녀가 말한다. 너는 움찔 놀란다. "시간이 지날수록 더 늘겠지만. 그래도 괜찮겠어?"

이카가 통키를 똑바로 응시하며 묻는다.

모두의 관심을 끌기에 완벽한 화제다.

"어떻게?" 통키가 잽싸게 묻는다. "그 사람들이 어떻게 여기로 오게 할 건데?"

"그건 신경 쓰지 말고 묻는 말에 대답이나 해."

이카에게 쓸데없는 짓이라고 말해 줄 걸 그랬다.

"난 괜찮아."

통키가 즉답한다. 너는 그녀가 군침을 질질 흘리지 않는 것만으로도 장하다고 생각한다. 인류의 멸망 따위 뭐 그리 대단하다고.

"좋아." 이제 이카는 호아에게로 고개를 돌린다. "네가 남았구나. 여기 네 종족도 몇 명 있어."

"네가 생각하는 것보다 더 많이." 호아가 나지막이 응수한다.

"흠, 그렇군." 이카는 놀랍도록 태연하게 그 사실을 받아들인다. "아까 한 말 들었지? 여기 머무를 거면 규칙을 따라야 해. 싸움 금지. 그리고 이것도 안 돼." 그녀가 이를 드러내 보이며 손가락을 가로로 흔든다. 금방 이해할 수 있다. "그리고 내 지시를 따를 것. 알겠어?"

호아가 고개를 살짝 치켜든다. 소년의 눈이 순수한 적의로 빛나고 있다. 그건 아이의 다이아몬드 이빨만큼이나 충격적이다. 너는 호아가 조금 특이하긴 해도 착하고 상냥한 아이라고 생각했다. 하지만 이제는 그 애를 어떻게 생각해야 할지 모르겠다.

"넌 나에게 명령할 수 없어."

그러자 놀랍게도 이카가 상체를 기울이며 호아에게 얼굴을 바짝 들이댄다.

"그럼 이런 식으로 말해 주지. 지금까지 하던 대로만 해, 네 종족이 할 수 있는 한 최대로 얌전한 척 구는 거야. 그렇지 않으면 네 진짜 꿍꿍이가 뭔지 모두에게 폭로해 버릴 테니까."

그러자 호아는…… 흠칫 놀란다. 그의 눈동자가, 오직 눈동자만이 현관에 서 있는 여자 아닌 존재에게 향한다. 문간에 서 있는 여자가 다시 빙그레 웃는다. 이번에는 이빨이 드러나지 않고 어딘가 서글픈 기색이 어려 있다. 그게 무슨 뜻인지 너는 전혀 모르겠지만 호아는 약간 기가 죽었다.

"좋아." 호아가 이상하게 정중한 태도로 대답한다. "네 조건을 받아들일게."

이카가 고개를 끄덕이고 허리를 펴더니, 잠시 호아를 관찰하다가 몸을 돌린다.

"네가 어, 작은 소동을 일으키기 전에 내가 하려던 말은 우리가 새로운 사람들을 몇 명 받아들였다는 거야." 이카가 네게 말한다. 그녀는 몸을 돌려 집 쪽으로 걸어가며 어깨 너머로 말을 잇는다. "여자애와 같이 다니는 남자는 없었어. 하지만 머물 장소를 찾고 있던 여행객들은 있었지. 세박 사향주에서 온 사람들도 있고. 우린 그중에서 유용할 것 같은 이들을 받아들였어."

지금 같은 시기에 현명한 향이라면 당연히 취해야 할 자세다. 필요치 않은 이들을 쫓아내고 유용한 기술이나 능력을 가진 이들을 받아들이는 것. 강력한 수장이 이끄는 향은 이를 체계적이고 냉정하게, 어떤 면에서는 거의 무정할 정도로 빈틈없이 실천한다. 티리모가 너를 쫓아냈듯이 말이다.

지자는 돌쇄공인이었다. 쇄공인은 유용하긴 하지만 그다지 희귀하진 않다. 하지만 나쑨은 너와 이카와 같다. 그리고 왠지 모르지만 이 향은 오로진을 원하는 것 같다.

"그 사람들을 보고 싶어."

네가 말한다. 가능성이 희박하긴 해도 지자와 나쑨이 정체를 숨기고 섞여 있을 수도 있다. 아니면 그 둘을 길에서 목격한 사람이라도 있을지도. 혹은…… 어쨌든 아주 실낱같은 가능성이긴 하지만.

그래도 너는 지푸라기라도 잡아야 한다. 나쑨은 네 딸이다. 그 아이를 찾기 위해서라면 무슨 짓이든 할 것이다.

"좋아." 이카가 몸을 돌리고 손짓한다. "들어와. 내가 굉장한 걸 보여 줄 테니까."

마치 지금까지는 안 그런 것처럼. 그러나 너는 그녀를 따라간다. 왜냐하면 아무리 굉장한 신화도 전설도 수수께끼도, 아무리 작다 한들 희망의 불씨에는 비할 수가 없으니까.

육신은 사라진다. 오랜 세월 통치하는 지도자는
그보다 더 많은 것에 의존한다.
— 세 번째 석판, 「구조」, 제2절

16장

시엔은 숨겨진 땅에서

시에나이트는 눈을 뜬다. 몸 한쪽이 차다. 왼쪽 엉덩이와 어깨, 그리고 등 대부분이다. 원인은 얼음장처럼 차고 매서운 바람이다. 뒤통수와 머리카락 사이로 거의 아플 정도로 세차게 불고 있다. 그건 시엔이 펄크럼 규정에 따라 둥글게 말아 올린 머리카락이 풀어졌다는 의미다. 입안에서는 꺼끌꺼끌한 모래 맛이 나고 혀는 메말라 있다.

몸을 움직여 보려 하지만 온몸의 근육이 쑤신다. 통증치고는 이상하다. 어디가 아픈지 꼭 짚어 말하기도 힘들고 욱신거리는 것도 아니고 쓰린 것도 아니고, 뭐라 표현하기가 힘들다. 그보단 몸 전체가 멍이 들어 있는 느낌에 가깝다. 신음을 삼키며 손에 힘을 주자 손바닥에 단단한 땅바닥이 느껴진다. 팔을 쭉 뻗어 몸이 말을 듣는지 확인해 보지만 일어날 수가 없다. 실제로 그녀가 성공한 것은 두 눈을 뜬 것뿐이다.

손바닥 아래, 얼굴 앞쪽에 은빛으로 반짝이는 부서진 돌조각이 느껴진다. 몬조나이트, 아니면 그보다 흔한 편암인 것 같다. 시엔은 화산암의 종류를 잘 모른다. 펄크럼에서 잔모래 시절에 배운 지하학 수업은 고통스러울 정도로 지루하고 재미가 없었기 때문이다. 그 앞쪽으로는 무슨 종류인지는 몰라도 부서진 바위 무더기와 토끼풀과 잔디 한 줌, 관목처럼 생긴 잡초가 보인다.(그녀는 생물하학에는 더 관심이 없었다.) 잎사귀가 바람에 흔들리지만 심하게 나부끼지는 않는다. 그녀의 몸뚱이가 바람을 가로막고 있기 때문이다.

에라, 모르겠다. 시엔은 생각한다. 그러고는 자신의 얼빠지고 허술한 정신 상태에 충격을 받는다.

시엔은 몸을 일으켜 앉는다. 아프고 쑤시고 힘들지만 어떻게든 해 낸다. 이제 그녀는 비스듬한 바위 윗면에 기대어 아까보다 더 풍성한 잡초 밭에 누워 있다. 뒤쪽에는 하얀 구름이 떠다니는 광활한 하늘이 끝없이 펼쳐져 있다. 코끝에 바다 내음이 물씬 느껴지지만 지난 몇 주 동안 익숙해진 냄새와는 조금 다르다. 소금기가 적고 더 상쾌하다. 공기는 건조하다. 태양의 위치로 미뤄 보건대 시간은 늦은 아침, 계절은 늦겨울 같다.

그러나 지금은 저녁 시간이어야 한다. 그리고 알리아는 적도권이니 이보다 더 따뜻해야 한다. 그녀의 몸이 누워 있는 차갑고 딱딱한 지면도 더 따뜻하고 모래 바닥이어야 한다. 그렇다면 대체 이곳은 녹슬어죽을 어디란 말인가?

좋아. 시엔은 이 문제를 해결할 수 있다. 보니건대, 시엔이 등을 대고 누워 있는 바위는 해수면보다 높고 그녀에게 익숙한 경계면과 가깝다. 고요 대륙을 구성하고 있는 두 개의 주요 지각판 중 하나인 극대판(極大板)의 가장자리다. 다른 지각판인 극소판(極小板)은 훨씬 더 북쪽에 있다. 그리고 그녀는 전에도 이 판의 언저리를 보닌 적이 있다. 여기는 알리아에서 그리 멀리 떨어져 있지 않다.

그러나 그녀는 알리아에 있는 것이 아니다. 대륙에 있는 것도 아니다.

시에나이트는 반사적으로 단순히 보니는 것을 넘어 지각판의 가장자리를 향해 의식을 뻗어 본다. 전에 그랬던 것처럼……

하지만 아무 일도 일어나지 않는다.

시엔은 망연자실하게 앉아 있다. 그녀가 진저리를 치는 이유는 단순히 바람이 차기 때문이 아니다.

하지만 시엔은 혼자가 아니다. 바로 옆에 알라배스터가 몸을 웅크리고 누워 있다. 긴 팔과 다리는 태아처럼 접혀 있고, 죽었거나 아니면 의식을 잃은 것 같다. 아니야, 그의 옆구리가 천천히 부풀었다 꺼지는 게 보인다. 그래, 이건 좋은 소식이다.

알라배스터의 뒤쪽, 경사면 꼭대기에 키가 크고 늘씬한 인영이 새하얀 로브를 휘날리며 서 있다.

시엔은 깜짝 놀라 얼어붙는다.

"안녕하세요?" 그녀의 목소리는 거칠고 쉬어 있다.

여자인 듯한 그 형상은 돌아보지 않는다. 그녀는 지평선 너머에 있는, 시에나이트에게는 보이지 않는 무언가를 내다보고 있다.

"안녕."

시작이 좋다. 시엔은 애써 긴장을 내려놓는다. 대지가 느껴지지 않아 힘을 끌어 모을 수 없을 때는 벅찬 일이지만, 겁낼 필요는 없다고 스스로를 타이른다. 저 여자가 누군지는 몰라도 그들을 해치고 싶었다면 진즉에 할 수 있었다.

"여기가 어디죠?"

"섬이야. 동해안까지 수백 킬로미터는 된다."

"섬이라고요?"

덜컥 겁이 난다. 섬은 죽음의 덫이다. 섬보다 더 최악인 곳이 있다면 결함층 바로 위나, 잠시 잠들었지만 아직 죽지 않은 화산 분화구 정도가 고작일 것이다. 하지만, 맞다. 이제 시엔은 바위에 부딪치는 파도 소리를 들을 수 있다. 그들이 누워 있는 경사면 아래쪽에서 들려오는 것 같다. 만약 그들이 극대판 가장자리에서 몇백 킬로미터 떨어진 곳에 있다면 그건 해저 결함층에 너무 가까이 있다는 얘기다. 간단히 말해 지금 그들은 결함층선 바로 위에 있다. 이게 바로 보통 사람들이 섬에 살지 않는 이유다. 언제든 쓰나미에 형체도 없이 휩쓸릴 수 있기 때문이다.

시엔은 상황이 얼마나 나쁜지 확인하고 싶은 급박한 마음에 발에 힘을 주고 일어난다. 바윗돌 위에 누워 있어서 뻣뻣해진 다리를 억지로 움직여 아직도 바닥에 쓰러져 있는 알라배스터의 옆을 돌아 여자 옆에 선다. 그리고 그녀는 발견한다.

바다. 시야가 닿는 모든 곳에 바다가 하염없이 펼쳐져 있다. 시엔이 서 있는 곳에서 몇 발짝 떨어지지 않은 지점에서부터 깎아지른 듯한 바위 절벽이 시작되고, 수십 미터 아래에서는 파도가 찰랑거린다. 절벽 가장자리로 걸어가 밑을 내려다보자 하얀 포말 사이로 창날처럼 날카롭고 뾰족한 바위들이 드러난다. 여기서 떨어진다면 틀림없이 목숨을 잃겠지. 그녀는 재빨리 뒤로 물러선다.

"우리가 어떻게 여기 왔죠?" 시엔이 겁에 질린 목소리로 묻는다.

"내가 데려왔다."

"당신이……."

시에나이트는 여자를 향해 몸을 휙 돌린다. 놀라움을 넘어 분노가 치밀어 오른다. 하지만 뒤이어 밀려든 거센 충격이 분노를 압도한다.

여자의 모습을 한 석상을 상상해 보라. 보통 키, 단정하게 말아 올린 머리카락, 기품 있는 용모와 우아한 자태. 피부와 의복은 따뜻한 상아색이지만 홍채와 머리카락(둘 다 검은색), 그리고 손가락 끝에는 다소 짙은 음영이 드리워져 있다. 거칠게 바래고 퇴색한 느낌. 마치 흙처럼. 피처럼.

스톤이터.

"대지여."

시에나이트가 탄식한다. 여자는 아무 반응도 하지 않는다.

그때 등 뒤에서 들려온 신음이 시에나이트의 입에서 나올 말을 방해한다.(하지만 지금 그녀가 무슨 말을 하겠는가? 뭐라고 하겠는가?) 시엔은 스톤이터에게서 눈길을 떼고 알라배스터를 바라본다. 그는 시엔만큼이나 혼란스럽고, 그녀만큼 동요한 것 같다. 하지만 시엔은 그를 무시한 채 마침내 자신이 할 수 있는 말을 떠올린다.

"왜? 왜 우리를 여기 데려왔지?"

"그를 안전하게 보호하려고."

전승가의 말이 맞았다. 스톤이터는 말을 할 때 입을 달싹이지 않는다. 눈동자도 움직이지 않는다. 그녀는 겉모습과 더불어 다른 모든 면에 있어서 석상과 같다. 퍼뜩 정신을 추스른 시에나이트가 그제야 여자가 뭐라고 했는지 깨닫는다.

"그……를 안전하게 보호한다고?"

스톤이터는 대답하지 않는다.

알라배스터가 다시 신음한다. 시엔은 그에게 다가가 휘청거리는 몸을 부축해 일으켜 앉힌다. 어깨 쪽 셔츠 깃이 흘러내리자 그가 숨을 날카롭게 들이켠다. 그제야 시엔은 수호자가 단도를 던졌다는 것을 기억해 낸다. 칼은 없어졌지만 얕은 상처에 셔츠 천과 피가 말라붙어 있다. 배스터가 욕설을 내뱉으며 눈을 뜬다.

"데카예, 쉬섹스 운렐라베멧."

전에도 그가 말한 적이 있는 이상한 언어다.

"산제어로 말해요."

시엔은 딱히 거슬리는 것도 아니면서 냉큼 쏘아붙인다. 곁눈질로 스톤이터를 주시하지만, 스톤이터는 여전히 꼼짝도 하지 않는다.

"씨발, 삭아문드러질!" 알라배스터가 상처 부위를 붙잡으며 말한다. "더럽게 아프네!"

시엔이 그의 손을 찰싹 때린다.

"하지 마요. 그러다 상처 벌어져요."

그리고 그들은 문명 세계로부터 수백 킬로미터 떨어진 곳에, 눈길 미치는 어디에도 망망대해밖에 없는 낯선 곳에 있다. 신비롭고 불가사의하지만 동시에 굉장히 위험한 종족의 손아귀 안에.

"우리만 있는 게 아니에요."

알라배스터가 두 눈을 깜박이며 시에나이트를 쳐다보다 그녀의 등 뒤로 시선을 옮긴다. 스톤이터를 본 그의 눈이 휘둥그레진다. 그가 신음하듯이 말한다.

"젠장. 젠장. 이번엔 또 무슨 짓을 한 거야?"

이유는 모르겠지만, 시에나이트는 알라배스터가 이 스톤이터와 구면이라는 사실이 별로 놀랍지 않다.

"네 목숨을 살렸지." 스톤이터가 말한다.

"뭐라고?"

스톤이터의 팔이 천천히 공중으로 올라가기 시작한다. 너무 한결같은 속도로 움직이고 있어 우아하기보다 부자연스럽게 느껴진다. 몸의 다른 부위는 여전히 미동조차 하지 않는다. 스톤이터의 팔이 뭔가를 가리키고 있다. 시에나이트는 고개를 들어 그것이 가리키고 있는 서쪽 지평선을 바라본다. 그쪽 수평선은 다른 곳과 달리 중간이 끊어져 있다. 왼쪽과 오른쪽에는 하늘과 바다가 만나는 평편하고 고른 선이 있지만, 중간 지점에 뾰루지처럼 볼록 튀어나온 점이 붉은 빛을 내며 연기를 뿜고 있다.

"알리아." 스톤이터가 말한다.

***

알고 보니 섬에는 마을이 있다. 완만한 구릉지대와 풀밭, 바위 말고는 아무것도 없는 황량한 섬이다. 나무도 없고 표토도 없다. 정착하기에는 전혀 쓸모없는 땅이다. 이곳과 반대쪽에 있는 절벽은 그나마 덜 험준한 편이고 알리아에 있는 것과 비슷한 반원형의 작은 만이 있다.(정확히는 알리아에 있었던 만과 비슷하다.) 그러나 닮은 곳은 거기까지다. 항구는 알리아보다 훨씬 작고 마을은 절벽을 파서 만든 구멍 안에 있기 때문이다.

언뜻 봐서는 발견하기가 힘들다. 처음에 시엔은 울퉁불퉁한 바위면에 불규칙하게 나 있는 동굴을 보고 있다고 생각한다. 그러다 동굴들의 입구가 크기는 다양할망정 전부 동일한 형태를 띠고 있음을 깨닫는다. 바닥은 직선으로 뻗어 있고, 옆면은 수직으로 올라가다 꼭대기에서 활 모양으로 우아하게 곡선을 그린다. 각각의 입구 주변에는 건물처럼 보이려고 노력한 장식이 새겨져 있다. 아름다운 기둥, 비스듬한 사각형 현관, 휘어 감긴 꽃 덩굴과 겅중거리며 뛰노는 동물들이 조각된 정교한 받침 장식. 시엔은 이보다 더 이상한 것들도 본 적이 있다. 경험이 아주 많은 것은 아니지만 유메네스에, 흑성 피라미드와 그 꼭대기에 앉아 있는 제국 궁성의 그림자 밑에, 펄크럼과 흑요석으로 만든 벽 속에 산다는 것은 기이한 예술품이나 건축물에 익숙해진다는 의미다.

"그녀는 이름이 없다."

알라배스터가 마을로 이어지는 것 같은 돌계단을 내려가며 시엔에게 말한다. 계단 위쪽에서 그들을 두고 사라져 버린 스톤이터를 말하는 것일 테다.(시엔이 다른 곳을 보다 고개를 돌아 봤을 때 스톤이터는 이미 자취를 감추고 없었다. 알라배스터는 그녀가 아직 근처에 있을 거라고 말해 주었다. 그가 그런 걸 어떻게 알고 있는지는 별로 알고 싶지 않다.)

"나는 안티모니라고 부르지. 봤다시피 워낙 하얗잖니. 그리고 안

티몬은 돌이 아니라 금속에 가까운데 그녀는 로가가 아니고, 어쨌든 알라배스터는 다른 사람이 사용 중이니까."

깜찍하기도 해라.

"그렇게 부르면…… 알아듣나요?"

"그래."

알라배스터가 시엔을 돌아본다. 그들이 내려가고 있는 돌계단이 매우, 매우 가파르다는 사실을 감안하면 대단히 위험한 짓이다. 난간이 있긴 하지만 누구든 여기서 발을 헛디디기라도 한다면 난간 밖으로 떨어져 저 뾰족한 바위 위에서 지저분한 죽음을 맞이하게 될 것이다.

"별로 신경 쓰는 것 같지도 않아. 그렇더라도 별로 싫어하지 않을 것 같고."

"우릴 왜 여기로 데려왔죠?"

그들을 구하기 위해서라고 했다. 그건 그렇다. 그들은 알리아가 수평선 너머에서 뿜어내는 연기를 볼 수 있다. 하지만 안티모니의 동족들은 인간이 그들을 귀찮게 하지 않는 이상 대개 인간을 무시하거나 피해 다닌다.

알라배스터가 조심스럽게 발을 내딛으며 고개를 흔든다.

"그들이 하는 일에는 왜가 없다. 이유가 있다고 해도 우리한테는 말해 주지 않아. 난 진즉에 포기했다. 호흡 낭비야. 안티모니가 처음 날 찾아온 건 흠, 한 5년쯤 됐나? 보통은 나 혼자 있을 때 찾아오지." 그가 탄식하는 듯한 소리를 낸다. "처음에는 내가 환각을 보는 줄 알았다."

하긴 그럴 수도 있겠다.

"무슨 말을 하진 않았고요?"

"그저 날 위해서 찾아왔다고만 했다. 이런 거 있잖느냐. '널 위해서야, 배스터. 난 널 항상 사랑할 거야. 내가 예쁜 여자처럼 생긴 살아 있는 석상이라는 건 신경 쓰지 마. 내가 널 지켜 줄게.' 나에게 힘이 되어 주겠다는 건지 아니면 다른 나쁜 의미가 있는 건지는 모르겠지만. 하지만 그게 무슨 상관이냐? 어쨌든 우리 목숨을 구해 줬잖니?"

시엔도 그렇게 생각한다.

"지금은 어디 있죠?"

"갔다."

배스터의 엉덩이를 발로 뻥 차서 절벽 아래로 떨어뜨리고 싶다.

"그러니까……." 시엔도 책에서 읽은 내용이 기억나긴 하지만 그걸 입 밖으로 소리 내어 말하면 우스꽝스럽지 않을까. "땅속으로요?"

"아마도. 저들은 땅속을 자유롭게 이동할 수 있거든. 난 직접 본 적도 있다." 배스터가 계단참에서 갑자기 멈춰 서는 바람에 시엔은 그의 등에 부딪칠 뻔한다. "너도 알겠지만 우리도 그렇게 데려왔을 거야."

거기에 대해선 생각하지 않으려고 부단히 애썼건만. 스톤이터가 몸을 만진다는 생각만으로도 소름이 끼치는데 몸소 이렇게 멀리까지, 단단한 바위와 바다 밑으로 수백 킬로미터를 끌고 왔다고 상상하면 몸서리를 치지 않을 수 없다. 스톤이터는 이성과 합리로는 설명할 수 없는 존재다. 조산술처럼, 혹은 멸망한 고대 문명의 유물처럼, 과학이나 이성으로 예측하거나 판단할 수 없는 다른 수많은 것들처럼 말이다. 하지만 조산술은 (어느 정도) 이해할 수 있고 (노력하면) 제어할 수 있으며 고대 문명의 유물은 갑자기 바닷물 속에서 불쑥 떠오르지만 않는다면 피해 다닐 수 있지만, 스톤이터는 그들이 하고 싶은 대로 행동하고 가고 싶은 곳으로 간다. 전승가들의 노래는 이들에 대한 경고로 가득하다. 아무도 스톤이터를 가로막거나 방해하려 들지 않는다.

시엔이 생각에 잠겨 발을 멈춘 사이에도 앞서가던 알라배스터는 그녀가 따라오지 않는다는 사실을 눈치 채지 못했는지 계속 계단을 내려간다.

"그 스톤이터 말인데요." 그가 고개를 돌리고 짜증스러운 눈빛으로 그녀를 쳐다보자 시엔이 말을 잇는다. "오벨리스크 안에 있던 거요."

"같은 스톤이터가 아니다." 알라배스터가 멍청하지만 그렇다고 대놓고 너는 멍청해라는 소리를 들을 정도는 아닌 사람들을 위해 아껴 놓은 인내심을 발휘하며 대꾸한다. 어쨌든 그들은 무척 힘든 하루를 보냈으니까. "내가 말했잖니. 안티모니를 알고 지낸 지 몇 년 됐다니까."

"그 말을 하려는 게 아니거든요." 이 멍청아. "오벨리스크에 있던 스톤이터가 날 쳐다봤어요. 그러고는…… 그러고는 움직였죠. 죽은 게 아니었어요."

알라배스터가 그녀를 뚫어져라 응시한다.

"언제?"

"어……." 시엔은 뭘 어찌 해야 할지 모르겠다는 듯이 팔을 휘젓는다. 적당한 표현을 찾을 수가 없다. "그게…… 내가…… 어…… 그걸 봤다고 생각했을 때요."

어쩌면 그녀의 환각이었는지도 모른다. 수호자의 비수가 만들어 낸 헛된 환상, 일종의 주마등인지도 모른다. 하지만 정말 진짜처럼 생생하게 느껴졌는데.

알라배스터는 한참 동안 그녀를 찬찬히 뜯어본다. 다양한 표정으로 움직이던 얼굴이 근래 시엔이 못마땅한 심경이라고 분류하고 있는 무표정으로 변한다.

"하마터면 죽을 뻔한 짓을 했구나. 네가 죽지 않은 건 순전히 운이 좋았기 때문이야. 만약 네가…… 봤다면…… 놀랍지도 않다."

시에나이트는 그의 말에 불만 없이 고개를 끄덕인다. 그때 그녀는 오벨리스크의 힘을 느꼈다. 만일 그것이 손상되지 않고 온전한 상태였다면 정말로 그녀를 죽였을 것이다. 그것이 깨어났을 때, 시엔은…… 불타오르는 듯한, 온몸이 저리는 듯한 감각을 느꼈다. 그게 지금 그녀가 조산력을 사용할 수 없는 이유일까? 아니면 수호자가 남긴 상흔인 걸까?

"무슨 일이 있었던 거죠?"

시엔은 답답해 죽을 것 같다. 도대체 말이 되는 일이 하나도 없다. 누가 대체 왜 알라배스터를 죽이려 한 거지? 왜 수호자가 그 일을 마무리 지으러 왔지? 오벨리스크랑은 무슨 상관이고? 두 사람은 왜 여기에, 삭아죽을 바다 한가운데 동동 떠 있는 외딴 섬에 와 있는 거야?

"이젠 어떡해요, 배스터? 젠장, 당신 나한테 숨기는 거 있잖아."

배스터는 괴로운 표정을 짓지만 이윽고 한숨을 내쉬며 가슴 앞에 팔짱을 낀다.

"나도 모른다. 네가 왜 그렇게 생각하는지 몰라도 나도 모든 문제의 해답을 알고 있진 않아. 왜 그렇게 생각하는 거냐."

왜냐하면 그는 그녀가 모르는 것들에 대해 이미 많은 걸 알고 있기 때문이다. 그리고 열 반지이기 때문이다. 그는 시엔이 상상조차 하지 못하는 일들을, 심지어 설명하지조차 못하는 일들을 할 수 있고 그녀는 그가 자신은 이해하지 못하는 것들을 이해하고 있다고 생각한다.

"그 수호자에 대해 알고 있었죠."

"그래." 이제 알라배스터는 화가 난 것 같다. 시엔에게 화가 난 것은 아니다. "전에도 그런 부류를 만난 적이 있다. 하지만 그가 왜 거기 있었는지는 모르겠다. 짐작만 할 뿐이지."

"그래도 아무것도 모르는 것보단 낫죠!"

알라배스터도 폭발한다.

"좋아. 그럼 내 짐작을 말해 주마. 누군가, 또는 많은 사람들이 알리아 항구 바닥에 망가진 오벨리스크가 잠자고 있다는 걸 알고 있었다. 그리고 열 반지가 항구 주변을 보닌다면 그 존재를 쉽게 알아차릴 거라는 것도 알고 있었지. 그리고 겨우 네 반지가 보닌 것만으로도 그게 가동됐다는 걸 생각하면 그 정체 모를 누군가들은 그 오벨리스크가 실제로 얼마나 예민한지, 아니면 얼마나 위험한지 전혀 몰랐다고 추측할 수 있다. 그들이 그걸 알았더라면 너나 나나 애초에 알리아까지 살아서 도착하지 못했을 테니까."

시에나이트는 얼굴을 찌푸리며 절벽 사이로 솟구친 드센 소용돌이 바람에 몸이 날려갈까 봐 난간을 꼭 붙든다.

"누군가들요?"

"집단, 파벌, 분파, 우리가 모르는 갈등 관계에 있는 이들. 우리가 그들과 충돌한 건 순전히 운이 더럽게 없어서야."

"수호자들의 파벌요?"

배스터가 조소하듯 코웃음을 친다.

"그게 불가능하다는 양 말하는구나. 모든 로가가 똑같은 목적을 갖고 있던? 둔치들은 어때? 심지어 스톤이터들조차 동족끼리 옥신각신하는데."

그 광경이 어떠할지는 오직 대지만이 알리라.

"그래서 그중 하나가, 어, 분파가, 우리를 죽이려고 그…… 수호자를 파견한 거군요." 아니다. 시엔이 수호자에게 오벨리스크를 깨운 장본인이 그녀라고 밝히고 나서였다. "나를 죽이려고요."

알라배스터가 침울한 표정으로 고개를 끄덕인다.

"내 생각엔 나를 독살하려 한 것도 그자인 것 같다. 내가 오벨리스크를 깨울까 봐 그랬겠지. 수호자들은 둔치들이 보는 곳에서 우리를 훈육하는 것을 좋아하지 않아. 가급적 그런 일은 피하려 하지. 자칫 대중이 우리에게 불필요한 동정이나 연민을 느낄 수 있으니까. 백주대낮에 공격한 건 최후의 수단이었을 거다." 그 일을 떠올리는지 알라배스터가 얼굴을 찌푸리며 어깨를 으쓱한다. "그가 너까지 독살하려 하지 않은 게 정말 천만다행이었다. 원래는 나한테도 통했어야 했어. 몸이 마비되면 보님기관도 제 기능을 못하게 되니까 나도 속수무책으로 당했을 테지. 만약에."

만약에 그가 자수정 오벨리스크로부터 힘을 소환하지 못했더라면, 시에나이트의 보님기관을 이용해 그가 할 수 없는 일을 하지 않았더라면. 시엔은 그날 밤 그가 무엇을 했는지 이제 확실히 알게 되었고, 이상하게도 전보다 더 불쾌감을 느낀다. 그녀는 고개를 들어 그를 똑바로 바라본다.

"당신이 무슨 일을 할 수 있는지 제대로 아는 사람이 아무도 없는 거죠?"

알라배스터가 나지막이 한숨을 내쉬더니 시선을 피한다.

"나 자신조차 내가 무슨 일을 할 수 있는지 모른다, 시엔. 펄크럼에서 배운 것들……은 어느 시점이 지나자 전부 버려야 했다. 혼자서 새롭게 훈련하고 익히는 수밖에 없었지. 그리고 때때로, 만일 내가 다른 식으로 생각할 수만 있다면, 그들이 나에게 가르친 것에서 탈피해 새로운 것을 시도할 수만 있다면, 어쩌면 나는……." 그가 말꼬리를 흐리며 상념에 젖는다. "모르겠다. 정말 모르겠어. 하지만 그러지 않은 게 다행인 것 같다. 그랬다면 벌써 오래전에 수호자들 손에 죽었을 테니까."

시엔은 혼잣말에 가까운 웅얼거림을 알아듣고 한숨을 쉰다.

"그럼 수호자를 암살자로 보낼 수 있는 건 누구죠?"

열 반지를 죽이기 위해. 네 반지가 오줌을 지릴 정도로 겁을 주기 위해.

"모든 수호자는 살인자다." 알라배스터가 씁쓸하게 쏘아붙인다.

"수호자에게 명령을 내릴 수 있는 사람에 대해서는 나도 모르겠다." 그가 어깨를 으쓱인다. "소문에 의하면 수호자들은 오직 황제의 명만 받든다고도 한다. 황제에게 남은 마지막 권력이라고 하더군. 아니면 그건 헛소문일 뿐이고 유메네스의 지도층 가문이 다른 모든 것들과 마찬가지로 그들을 부리고 있는지도 몰라. 어쩌면 펄크럼이 그 위에 있는지도 모르고. 전혀 모르겠다."

"수호자는 독립적인 기관이라고 들었는데요."

물론 잔모래들끼리 수군거리는 소문일 수도 있다.

"어쩌면. 수호자들은 그들의 비밀을 지키기 위해서라면 로가는 물론이요 둔치들도 주저 없이 없애버릴 거다. 둔치들이 눈치 없이 끼어들거나 방해한다면 말이야. 설령 그들 사이에 계급이 존재하더라도 그걸 아는 건 수호자들뿐이야. 그리고 그들이 어떻게 그런 능력을 갖고 있는가 하면……." 알라배스터가 숨을 깊이 들이마신다. "일종의 시술을 받기 때문이다. 수호자들은 모두 로가의 자식이지만 로가는 아니야. 그런 시술이 그들에게 유독 효과가 좋은 건 보님기관 때문이다. 뭔가를 뇌에 삽입한다고 들었어. 어디서 그런 방법을 배웠는지, 아니면 언제부터 그런 걸 시행했는지는 오직 대지만이 알 거다. 하지만 그렇게 해서 조산술을 무효화시키는 능력을 얻었지. 그리고 다른 능력들도. 훨씬 나쁜 능력들이지."

시에나이트가 움찔 몸서리를 친다. 힘줄이 찢어지는 소리가 귓전에 울리는 것 같다. 손바닥이 욱신거린다.

"하지만 당신을 죽이려고 한 건 아니잖아요."

시에나이트가 배스터의 어깨를 바라본다. 상처 부위의 천은 아직도 짙은 색을 띠고 있지만 몸을 움직인 탓인지 더 이상 상처에 달라붙어 있지는 않다. 축축한 걸로 보아 다시 피가 배어 나오고 있는 것 같다. 다행히 심하지는 않지만.

"그 칼은……."

알라배스터가 어두운 표정으로 고개를 끄덕인다.

"수호자들의 무기다. 겉으로 보기엔 평범하게 불어 만든 유리칼 같지만 실상은 달라. 수호자와 비슷한 힘을 가진 무기지. 어떤 이치인지는 몰라도 그건 우리를 오로진으로 만드는 우리 내부에 있는 뭔가를 봉쇄한다." 알라배스터가 온몸을 부르르 떤다. "이런 느낌인지는 몰랐다. 대지불처럼 고통스러웠어. 그리고, 아니." 그는 시엔이 묻기도 전에 재빨리 덧붙인다. "그자가 왜 나를 그걸로 공격했는지는 모른다. 놈은 이미 우리 둘의 능력을 모두 봉쇄한 상태였는데. 나도 너만큼이나 무력했지."

그래, 그거. 시에나이트는 입술을 축인다.

"혹시…… 당신도…… 아직……?"

"그래. 며칠 후면 돌아올 거다." 그는 시엔의 안도 어린 표정을 보고 피식 웃는다. "말했잖니. 그런 부류와 전에도 마주친 적이 있다고."

"왜 그 사람이랑 닿지 말라고 했어요? 맨살이 닿으면 안 된다고 했잖아요."

알라배스터가 입을 다문다. 처음에 시에나이트는 그가 또 고집을 부리고 있다고 생각한다. 하지만 이내 그의 표정을 면밀히 살펴보고는 어두운 그늘을 발견한다. 잠시 후 그가 두 눈을 깜박인다.

"어렸을 때, 열 반지를 만난 적이 있다. 내가…… 그는 나의 스승이었다. 너한테 펠드스파처럼 말이야."

"펠드스파가 무슨…… 신경 쓰지 마요."

배스터는 추억을 되새김질하느라 시엔의 반론에도 대꾸하지 않는다.

"어쩌다 그런 일이 일어났는지 모르겠다. 어쨌든 어느 날, 우리는 반지 정원을 걷고 있었다. 상쾌한 밤공기를 즐기면서……." 그가 멈칫거리더니, 왠지 괴로워하는 듯한 비틀린 표정으로 그녀를 쳐다본다. "우리 둘만 있을 장소를 찾고 있었지."

아. 그렇다면 몇 가지 의문이 풀리는군.

"그렇군요." 그녀가 공연히 중얼거린다.

그도 공연스레 고개를 주억거린다.

"어쨌든 그때 수호자가 나타났다. 우리를 공격한 자처럼 웃통을 벗고 있었고, 왜 우리를 찾아왔는지 이유를 설명하지도 않았다. 그저…… 다짜고짜 공격했다. 난 무슨 일이 일어났는지 제대로 보지도 못했어. 너무 순식간에 일어났거든. 알리아에서 그랬던 것처럼 말이다." 배스터가 손바닥으로 얼굴을 문지른다. "그자는 헤시오나이트의 목을 잡고 졸랐지만 그가 질식할 정도로 세게 쥐지는 않았다. 수호자는 맨 피부를 접촉해야 한다. 그자는 헤스를 그렇게 붙잡은 채 그 짓을 하는 동안 활짝 웃고 있었지. 마치 그게 세상에서 가장 멋지고 근사한 일이라는 듯이 말이야. 얼어 죽을 미친 자식."

"뭘 해요?" 시엔은 알고 싶지 않으면서도 동시에 궁금하다. "수호자의 피부에 닿으면 어떻게 되는데요?"

알라배스터의 턱 근육이 실룩거린다.

"놈들은 조산력을 네 내부로 향하게 한다. 내 짐작이긴 하지만. 다른 식으로는 설명할 방도가 없구나. 하지만 지각판을 가르고 결함층을 봉합할 수 있는 우리 내부의 힘, 우리가 선천적으로 갖고 태어난 그 힘을…… 놈들은 우리의 내부로 향하게 할 수 있다."

"나, 난 이해가……."

조산술은 생명체에는 통하지 않는다. 적어도 직접적으로는 그렇다. 하지만 만일 그렇다면……

……오.

알라배스터는 더 이상 아무 말도 하지 않는다. 시에나이트도 이번에는 그를 재촉하지 않는다.

"그래. 그래서." 그가 고개를 흔들며 돌 절벽 안쪽에 있는 마을을 바라본다. "갈까?"

그런 이야기를 들은 후에는 뭐라 말을 걸기가 힘들다.

"배스터." 시엔은 자신의 가슴을, 입고 있는 옷을 가리킨다. 먼지투성이긴 해도 제국 오로진의 검은 제복이라는 건 금방 알아볼 수 있다. "우리 둘 다 지금은 자갈 하나 움직이지 못해요. 저기 어떤 사람들이 사는지도 모르고요."

"나도 알아. 하지만 어깨는 아프고 목도 말라. 주변에 시냇물이 하나라도 있던?"

없다. 그리고 먹을 음식도 없다. 저토록 넓은 바다를 헤엄쳐 건너 본토로 돌아가는 것도 불가능하다. 게다가 그건 시에나이트가 헤엄을 칠 수 있을 때나 가능한 이야기인데 그녀는 할 줄 모르고, 너른 바다에 옛날이야기에 나오는 괴물들이 없을 때나 가능한 일이지만 실제로는 그런 괴물들이 득시글거릴 것이다.

"좋아요, 그럼." 시엔이 그를 밀치고 성큼성큼 앞장서 걷기 시작한다. "내가 먼저 말을 걸 거예요. 당신한테 맡겼다간 우리 둘 다 죽을지도 모르니까."

정신 나간 작자 같으니.

알라배스터가 그녀의 생각을 듣기라도 한 양 키득거리지만 별다른 저항 없이 그녀의 뒤를 따라간다.

마침내 계단이 끝나고 절벽 옆을 따라 휘돌고 있는 평평하게 다듬은 길이 나타난다. 저 아래 해수면까지 높이가 몇십 미터는 좋이 되어 보인다. 이렇게 높은 곳에 위치한 덕분에 그나마 쓰나미를 피할 수 있는 거겠지.(하지만 확신할 수는 없다. 시엔에게는 물이라는 것 자체가 생소하다.) 또 이 향에는 없는 방벽의 대용으로 쓰일 수도 있을 것 같다. 다만 모든 정보를 고려할 때 바다 그 자체가…… 향 주민과 외부인들 사이를 막아 주는 방벽으로서 기능하고 있겠지만. 이걸 향이라고 부를 수 있다면 말이다. 절벽 아래에는 부두에 정박된 열 척 남짓한 자그마한 배들이 파도에 넘실대고 있다. 돌 무더기와 판자때기를 아무렇게나 쌓아 놓은 것 같은 부두는 알리아의 깔끔하고 체계적인 선창과 방파제에 비하면 조잡하고 원시적이지만, 효율적이다. 배의 모양도 특이하다. 적어도 시엔이 알고 있는 다른 배들과는 다르다. 개중 일부는 나무줄기를 통으로 깎아 만든 것처럼 단순하지만 우아하고, 양쪽 가장자리에는 일종의 버팀대가 세워져 있다. 어떤 것들은 크기가 더 크고 돛대도 있지만 그녀가 알고 있는 배들과는 완전히 다른 생소한 디자인이다.

그리고 배 주변에는 사람들이 있다. 수레에 바구니를 담아 운반하는 사람도 있고 돛의 정교한 삭구를 손보고 있는 사람도 있다. 아무도 이 위를 올려다보지는 않는다. 시에나이트는 그들을 소리쳐 부르고 싶은 마음을 꾹 참는다. 그들은 이미 그녀와 알라배스터가 이 섬에 와 있다는 사실을 알고 있을 것이다. 머리 위에 있는 동굴 입구에(하나같이 큼지막한 데다 두 사람이 이제 "지상" 높이로 내려왔기 때문에 훨씬 잘 보인다.) 벌써 사람들이 삼삼오오 모여들기 시작했다.

사람들이 가까워지자 시에나이트는 입술을 핥고 심호흡을 한다. 그들은 적대적으로 보이지는 않는다.

"안녕하세요."

과감하게 인사를 건넨 다음, 기다린다. 아직은 아무도 그녀를 죽이려 하지 않는다. 여기까진 잘 되고 있다.

스무 명쯤 되어 보이는 이들은 시엔과 알라배스터를 보고 신기해하는 것 같다. 대부분 연령층이 다양한 아이들과 몇몇 젊은이, 노인들, 그리고 짧은 꼬리를 왕성하게 흔드는 걸로 보아 성격 좋은 커쿠사들로 구성되어 있다. 동부해안인들로 대다수는 키가 크고 알라배스터처럼 피부가 검지만, 그보다 피부색이 옅은 사람들도 군데군데 섞여 있다. 풍성하게 부푼 회발을 바닷바람에 휘날리는 사람도 한 명 이상 보인다. 두 사람을 보고도 별로 놀라거나 경계하는 것 같지도 않다. 역시 좋은 징조다. 비록 그들이 뜻밖의 방문객이 찾아오는 데 그리 익숙하지 않다는 인상을 받긴 했지만 말이다.

지도층의 분위기를 풍기는, 어쩌면 정말로 지도층일지도 모를 나이 많은 사내가 사람들을 헤치고 앞으로 걸어 나온다. 그러더니 전혀 알아들을 수 없는 언어로 뭐라 말한다.

시엔은 멍하니 그를 쳐다본다. 그게 도대체 무슨 언어인지도 모르겠다. 이상하게 친숙한 느낌이 들긴 하는데. 하지만 그때(오, 삭아 빠질, 당연하지.) 알라배스터가 고개를 약간 기울이는가 싶더니 같은 언어로 대꾸한다. 모두가 와르르 웃음을 터트리고 웅성거리며 분위기가 누그러진다. 시에나이트만 빼고. 그녀는 알라배스터를 노려본다.

"통역하시죠?"

"네가 혹여 내가 먼저 말을 걸었다간 우리가 죽을지도 모른다고 걱정한다고 말했다."

시엔은 지금 당장 이 자식을 죽여 버릴까 고민한다.

어쨌든 그렇게 된다. 그들, 즉 이 이상한 마을 주민들과 알라배스터가 이야기를 주고받는 동안 시엔은 아무 불만도 없는 척 옆에 가만히 서 있는 것 외에는 할 일이 없다. 알라배스터가 때때로 대화를 멈추고 통역을 해 주긴 하지만, 때로는 더듬거리며 그들이 뭐라고 하는지 제대로 설명하지 못한다. 그들의 말이 너무 빠른 탓이다. 시엔은 배스터가 대화 내용을 압축해서 설명하고 있다는 인상을 받는다. 그것도 아주 많이. 어쨌든 이 향의 이름은 메오브, 대표처럼 나선 남자의 이름은 할라스이고 이 향의 향장이다.

그리고 이들은 해적이다.

* * *

"이 섬에서는 식량을 재배할 수가 없다." 알라배스터가 설명한다. "그러니 먹고살기 위해 할 수 있는 일을 하는 거지."

나중에 메오브 주민들이 두 사람을 둥근 지붕 아래 있는 마을 회관으로 초대했을 때의 일이다. 메오브 향을 구성하는 모든 시설과 공간들은 절벽 안에 있다. 섬 전체가 바다 위에 수직으로 솟은 커다란 바위 기둥에 가깝다는 사실을 생각하면 별로 놀라운 일도 아니다. 동굴 중 일부는 자연적으로 생긴 것이고, 나머지는 어떻게 한 건지는 몰라도 인공적으로 파낸 것이다. 하나같이 눈이 절로 크게 뜨일 정도로 아름답다. 정교하게 다듬은 둥근 천장, 무수한 벽들을 따라 흐르는 구부러진 수도관, 폐소공포증을 느끼지 않게 넉넉하게 걸어 놓은 횃불과 등불. 시엔은 사방이 바위로 포위돼 흔들이 일어나면 언제든 깔려 죽을 수 있을 것 같은 이런 갇혀 있는 느낌을 좋아하지 않지만, 만일 반드시 죽음의 덫에 갇혀야 한다면 최소한 이곳은 아늑하다.

메오브 주민들은 그들에게 손님용 숙소를 내주었다. 한동안 아무도 사용하지 않았지만 폐가는 아닌 집이라고 해야 할지도 모르겠다. 시엔과 알라배스터는 공동 화덕에서 만든 음식을 받고, 공동 목욕탕을 사용하고, 복장도 현지 취향에 맞춰 몇 가지 수정을 거쳤다. 심지어 약간의 사생활도 보장받을 수 있다. 비록 호기심 가득한 어린아이들이 커튼 없는 둥근 창문 밖을 기웃거리다 자기들끼리 꺄르륵거리며 깡충깡충 달아나곤 하긴 해도. 거의 귀여울 정도다.

시엔은 방석으로 사용하는 개어 놓은 담요 더미 위에 앉아, 알라배스터가 깨끗하고 기다란 헝겊 조각으로 어깨에 난 상처를 감는 모습을 지켜본다. 그는 헝겊의 한쪽 끝을 이로 물고 야무지게 잡아당긴다. 시엔에게 도움을 청할 수도 있지만 본인이 그러지 않으니 그녀도 굳이 도와주지 않는다.

"본토와 교류도 없어." 알라배스터가 붕대를 묶으며 이야기를 잇는다. "교환할 수 있는 물건이라고 해 봐야 생선뿐인데 해안지방 향은 어차피 생선이라면 넘쳐나니까. 그래서 메오브 사람들은 습격을 한다. 주로 교역 항로를 지나는 선박을 습격하거나 공격을 막기 위해 해안가 향을 노리지. 그래, 그들의 공격 말이다. 그게 무슨 뜻인지는 나한테 묻지 마라. 향장이 말한 걸 그대로 옮긴 것뿐이니까."

그것은 매우…… 위험한 삶처럼 들린다.

"애초에 여기서 뭐하는 거래요?" 시엔이 거칠고 조잡한 벽과 천장을 둘러보며 말한다. "여긴 섬이잖아요. 내 말은, 동굴집이 아늑하긴 하지만 쓰나미나 흔들이 오기라도 하면 지도에서 사라져 버릴 거라고요. 당신이 말한 대로 식량을 재배하거나 조달할 방법도 없고요. 비축고는 있대요? 계절이 오면 어떻게 해요?"

"아마 죽겠지." 배스터가 어깨를 으쓱하며 붕대가 잘 감겼는지 시험해 본다. "나도 그렇게 물었다. 그랬더니 웃으면서 흐지부지 넘겨 버리더라. 이 섬 바로 아래 열점이 있다는 건 느꼈니?"

시엔은 눈을 깜박인다. 아니, 몰랐다. 하지만 그녀의 조산력은 현재 망치에 맞은 손가락처럼 얼얼하게 마비되어 있다. 그도 마찬가지일 테지만 아무래도 정도의 차이가 있는 모양이다.

"얼마나 깊이요?"

"아주 깊게. 금방 터질 정도는 아니다. 아예 터지지 않을 수도 있고. 하지만 그게 분출한다면 이곳엔 섬 대신에 분화구가 생길 거야." 배스터가 얼굴을 찡그린다. "물론 그 전에 쓰나미가 이곳을 쓸어버리지 않는다면 말이다. 가까운 곳에 지각판 경계도 있거든. 이 섬은 여러모로 위험하다. 주민들도 전부 알고 있고. 한데도 내가 아는 한 이들은 전혀 상관하지 않아. 죽더라도 자유의 몸으로 죽을 거라고 하더라."

"무슨 자유요? 생활의 자유?"

"산제 제국 말이야." 알라배스터는 시엔의 입이 쩍 벌어지는 걸 보고 빙그레 웃는다. "할라스의 말에 따르면, 이곳은 다도해를 따라 퍼져 있는 소도(小島) 향들 중 하나라고 한다. 혹시나 해서 덧붙이는데 다도해란 여러 개의 섬이 모여 있는 걸 말해. 여기서부터 거의 남극에 이르기까지 길게 이어져 있는데, 열점에 의해 생긴 거지. 이곳을 포함해서 소도 향들 중 몇몇은 지금까지 열 번, 혹은 그 이상의 계절을 버텼다고 한다."

"헛소리 그만하라고 해요!"

"메오브가 언제 세워졌는지, 아니면 음, 언제 깎아 만든 건지는 몰라도 어쩌면 그보다 더 오래되었을 수도 있어. 그들은 산제 제국보다도 더 오래전부터 여기 있었다. 그리고 그들이 아는 한 산제는 이들이 여기 있는지 모르거나 아니면 관심도 없어. 여긴 한 번도 제국에 병합된 적이 없는 곳이다." 배스터가 고개를 젓는다. "해안지방 향들은 항상 서로가 해적들을 비호하고 있다고 비난하고 제정신 박힌 인간이라면 이렇게 멀리까지 배를 몰고 나오지 않지. 어쩌면 아무도 이런 향이 존재한다는 걸 모르고 있을지도 몰라. 여기 섬이 있다는 건 알아도 거기 터전을 잡고 살 정도로 멍청한 인간들이 존재할 거라곤 상상도 못 하고 있을 거란 소리다."

당연하지. 시엔은 이곳 사람들의 터무니없는 담력에 기가 막혀 고개를 젓는다. 하지만 꼬마 아이 하나가 창문으로 고개를 들이밀고 두 사람을 빤히 쳐다보는 걸 보고는 웃음을 짓지 않을 수가 없다. 소녀의 눈이 접시만 해지더니 깔깔 웃으며 음절이 뚝뚝 끊어지는 이곳 언어로 뭐라 재잘거리다 친구들 손에 끌려 나간다. 용감하고 활달한 애네.

알라배스터가 피식 웃는다.

"저 애가 방금 뭐라고 했는지 아니? '못된 여자가 웃었어!'라고 했다."

저 버릇없는 애새끼가.

"저 사람들이 여기 살 정도로 미쳤다는 걸 못 믿겠어요." 시엔이 고개를 저으며 말한다. "이 섬이 흔들에 무너지거나 용암에 파묻히거나, 아니면 수백 번이나 가라앉지 않았다는 것도 믿을 수 없고요."

시엔은 알라배스터가 뭔가 은밀한 말을 하려는 듯이 자세를 고쳐 앉는 것을 보고 마음의 준비를 한다.

"이들이 지금까지 살아남을 수 있었던 건 주로 물고기와 해초 덕분이다. 계절이 오더라도 바다는 육지나 민물처럼 쉽게 죽거나 산성화되지 않거든. 낚시만 할 수 있으면 식량은 구할 수 있지. 그래서 아마 비축고도 없을 거고." 배스터는 생각에 잠긴 눈빛으로 주변을 둘러본다. “흔들과 불광에 버틸 수만 있다면 꽤 살기 좋은 곳일 거야.”

“하지만 어떻게…….”

“로가 덕분이다.” 배스터가 시엔을 바라보며 씨익 웃는다. 그제야 시엔은 그가 이 사실을 폭로할 순간만을 고대하고 있었다는 걸 깨닫는다. “그게 바로 그들이 지금껏 버틸 수 있었던 비결이야. 이들은 로가를 죽이지 않아. 반대로 그들에게 커다란 책임을 맡기지. 그래서 그들은 우리가 온 걸 정말로, 진심으로 기뻐하고 있단다.”

스톤이터의 육신은 가짜다. 그것이 어떻게 창조되었는지 배우라,
그리고 그들의 능력을 조심하라.
— 두 번째 석판, 「불완전한 진실」, 제7절

17장

완성된 다마야

세상만사는 변한다. 펄크럼의 삶에는 질서가 있지만, 세상은 한 자리에 얌전히 머무르지 않는다. 1년이 지난다.

크랙이 사라진 후, 마시시는 다마야에게 다시는 말을 걸지 않는다. 복도에서 다마야를 마주치거나 숙소 점호가 끝난 뒤에도 말없이 외면한다. 다마야가 자신을 쳐다보는 걸 느끼면 얼굴을 찌푸린다. 하지만 그런 경우는 거의 없다. 다마야도 그를 거의 쳐다보지도 않기 때문이다. 다마야는 마시시가 자기를 싫어해도 별로 개의치 않는다. 그는 잠재적인 친구였을 뿐이다. 이제 다마야는 전처럼 어리석지 않다. 그녀는 친구를 바라거나 언젠가는 친구가 생길 거라는 게 헛된 희망이라는 걸 아주 잘 알고 있다.

(친구란 존재하지 않는다. 펄크럼은 학교가 아니다. 잔모래는 평범한 아이들이 아니다. 오로진은 인간이 아니다. 무기에게는 친구가 필요 없다.)

그래도 친구가 없다는 건 힘든 일이다. 심심하기 때문이다. 교관들은 다마야의 부모와 달리 읽고 쓰는 법을 가르치지만, 글을 읽다 보면 흔들이 일어날 때 자갈이 흔들리는 것처럼 종이 위에 적힌 글자가 뒤집히거나 덜덜 떠는 것처럼 보인다. 도서관에는 실용적인 목적 말고 재미로 읽을 책이 거의 없다.(무기에게는 오락이 필요 없다.) 다마야가 할 수 있는 일이라곤 응용 시간에 조산술을 연마하는 것뿐이고, 때로는 침대에 누워 수업 내용을 복습하거나 머릿속으로 연습을 한다. 어쨌든 오로진의 힘은 집중력에 달려 있으니까. 그것 말곤 할 일이 거의 없다.

그래서 다마야는 자유 시간이나 달리 할 일이 없거나 잠이 오지 않을 때면 펄크럼 내부를 탐험한다.

아무도 잔모래가 돌아다니는 것을 막지 않는다. 자유 시간이나 수업 시간이 끝나면 아무도 기숙사를 감시하지 않는다. 통행금지 시간도 없다. 다음 날 수면 부족으로 피곤한 몸을 감당할 수만 있다면 밤 시간도 자유롭게 보낼 수 있다. 숙소 건물을 나가지 못하게 막지도 않는다. 아직 반지가 없는 잔모래에게는 금지돼 있는 반지 정원에 몰래 숨어 들어가거나 바깥세상과 이어진 문에 접근했다가 들키면 상급자에게 불려 가지만, 그 외의 일탈 행동에 대해서는 처벌도 소소하고 견딜 만하다. 각각의 잘못에 해당하는 평범한 벌을 받는 게 다다. 그게 전부다.

펄크럼에서는 아무도 추방되지 않는다. 제대로 작동하지 않는 무기는 창고에서 퇴출된다. 그리고 작동하는 무기는 알아서 앞가림을 할 수 있을 만큼 머리를 굴릴 줄 알아야 한다.

그래서 다마야는 펄크럼에서 가장 재미없는 장소들을 기웃거린다. 그래도 탐험할 장소는 무궁무진하다. 펄크럼은 무지막지하게 넓기 때문이다. 정원과 잔모래 훈련소 외에도 반지 보유자들이 머무는 숙소 건물이 있고, 도서관과 극장, 병원, 성인 오로진이 외부에 파견되지 않는 때 시간을 보낼 온갖 장소들이 있다. 흑요석으로 포장된 수 킬로미터에 달하는 산책로와 다섯 번째 계절에 대비하거나 비워 놓지 않은 녹지 구역도 있다. 펄크럼은 그곳을 근사하게 꾸며 놓았다. 그냥 보고 예쁘라고 만들어 놓은 것이다. 그러니 누군가 보고 즐겨 줘야 하지 않을까.

그래서 다마야는 늦은 밤 시간에 이런 장소들을 어슬렁거리며 반지를 얻게 되면 어디서 뭘 하고 살지 상상의 나래를 펼친다. 어른들은 대부분 그녀를 무시하거나 쳐다보지도 않고, 혼잣말을 중얼거리거나 일행과 대화를 나누며 바쁜 걸음으로 지나친다. 가끔 다마야를 힐끔거리는 사람도 있지만 이내 어깨를 으쓱하고는 멀어져간다. 그들도 한때는 모두 잔모래였다. 딱 한 번, 한 여성이 다마야를 불러 세워 묻는다. "너 여기 있어도 되는 거니?" 다마야는 고개를 끄덕이고 태연하게 지나친다. 여자는 막지 않는다.

행정 건물은 흥미롭다. 다마야는 반지를 가진 오로진들이 사용하는 커다란 연습실에도 들어가 본다. 커다란 원형극장처럼 생긴 공간에는 지붕이 없고, 바닥에는 반지 모양의 모자이크가 여러 개의 동심원으로 새겨져 있다. 간혹 바닥에 커다란 현무암 덩어리가 굴러다니기도 하고, 바닥이 파헤쳐져 있거나 현무암 덩어리가 사라져 있기도 한다. 어른들이 연습을 하고 있을 때도 있다. 그들은 몸 주위를 전광석화처럼 회전하는 치명적인 냉기의 고리를 두른 채 커다란 바윗덩이를 어린애 장난감처럼 가볍게 굴리거나 정신력만으로 땅속 깊이 처박았다가 다시 공중으로 띄우기도 한다. 그것은 무시무시하면서도 가슴이 두근거리는 광경이고, 다마야도 재주껏 그들을 따라해 보려 하지만 아직은 역부족이다. 다마야가 그와 비슷한 일을 하려면 앞으로 엄청나게 먼 길을 가야 한다.

본관은 가장 매혹적인 장소다. 커다란 돔 지붕을 씌운 육각 건물은 펄크럼에 있는 다른 모든 건물들을 합친 것보다도 크다. 왜냐하면 이곳이야말로 펄크럼과 관련된 모든 업무를 다루는 곳이기 때문이다. 여기서 반지 오로진들은 사무실에 앉아 서류를 보내고 청구서를 지불한다. 당연하지만 펄크럼 내부에서 이 모든 일들을 처리할 수 있어야 하기 때문이다. 감히 누구도 오로진들이 유메네스의 자원을 축내는 쓸모없는 존재라고 치부할 수는 없을 것이다. 펄크럼은 재정적으로든 아니면 다른 모든 측면에 있어서든 자급자족이 가능하다. 잔모래의 자유 시간은 본관의 주요 업무 시간이 끝난 후이기 때문에 낮 시간대보다는 훨씬 한가하지만 다마야가 이곳에 들를 때마다 아직도 많은 사무실에 불이 밝혀져 있고 때로는 전깃불도 켜져 있다.

수호자들은 본관에 붙어 있는 별채를 사용한다. 간혹 까만색 무리들 사이에서 진홍색 제복을 발견할 때가 있는데, 다마야는 그때마다 몸을 돌려 반대쪽으로 향한다. 무서워서가 아니다. 수호자들도 그녀를 봤을 테지만 딱히 신경 쓰지 않는다. 왜냐하면 다마야는 그들이 하지 말라는 일을 하지는 않았으니까. 샤파가 말한 대로다. 일부 한정된 특정 상황만 아니라면 수호자를 무서워할 필요는 없다. 하지만 다마야는 가급적 그들을 피해 다닌다. 왜냐하면 그녀의 실력이 향상될수록 수호자가 근처에 있으면 이상한 느낌을 받기 때문이다. 굳이 설명하자면…… 뭔가 웅웅 울리는 듯한, 따끔하고 얼얼한 느낌이다. 보닌다기보다 소리가 들리고 혀끝에 맛이 느껴지는 감각이다. 그게 뭔지는 몰라도 다마야는 수호자를 피하는 오로진이 자기 혼자만이 아니라는 사실을 금세 눈치 챈다.

본관에는 사용하지 않아 폐기된 별관이 있다. 펄크럼이 필요한 것보다 훨씬 넓은 공간을 차지하고 있기 때문이다. 어쨌든 다마야가 물었을 때 교관들의 대답에 의하면 그렇다. 펄크럼이 창설되기 전에는 세상에 얼마나 많은 오로진이 있는지 몰랐고, 어쩌면 이곳의 설계자들은 시간이 지나면 더 많은 오로진 어린이들이 살아남아 펄크럼에 오게 될 것이라고 여겼을지도 모른다. 여하튼 다마야가 오랫동안 사용하지 않은 듯 보이는 화려한 문을 밀어 젖혔을 때 나타난 어둡고 텅 빈 복도는 즉시 그녀의 호기심을 자극한다.

워낙 어두워서 안쪽이 보이지가 않는다. 다마야는 주변에 가구나 보관용 바구니 같은 것들이 버려져 있는 걸 보고 일단은 탐험을 포기하기로 한다. 무턱대고 들어갔다간 다칠지도 모른다. 대신에 그녀는 숙소로 후퇴해 그 뒤로 며칠간 필요한 물건들을 조금씩 준비한다. 식사 시간에 고기 자르는 작은 유리칼을 훔치는 건 간단하다. 기숙사에는 누구 하나 관심 두지 않는 기름등잔이 수없이 굴러다니고 있어 그중 하나를 슬쩍한다. 세탁실 당번일을 하다 훔쳐온 베갯잇으로는(가장자리가 해진 데다 "폐기"라고 적힌 바구니에 들어 있었다.) 가방을 만든다. 그리고 드디어 만반의 준비가 갖춰졌다는 판단이 서자, 다마야는 모험을 떠난다.

처음에는 속도가 붙지 않는다. 다마야는 길을 잃지 않도록 때때로 벽에 칼로 표시를 새기다가 이 별관이 다른 본관과 완전히 동일한 구조를 띠고 있음을 깨닫는다. 중앙 복도에는 일정한 간격으로 계단이 있고, 복도 양쪽에 위치한 문들은 각각의 방으로 연결된다. 다마야가 가장 좋아하는 것도 이런 방들이다. 대부분은 심심하고 별것도 없지만. 회의실, 사무실, 가끔은 강의실처럼 널찍한 곳도 있지만 대개는 오래된 옷이나 책을 쌓아 놓는 창고로 쓰이고 있는 것 같다.

하지만 그 방대한 양의 책이라니! 상당수가 도서관에서는 찾아보기 힘든 경박한 이야기들이다. 연애물과 모험물, 그리고 부적절한 옛 전승까지. 그리고 간혹 문들은 놀라운 곳으로 이어지기도 한다. 다마야는 예전에 숙소로 사용됐던 게 분명한 곳을 발견한다. 펄크럼의 전성기 시절, 오로진이 너무 많아 숙소 건물에 다 수용하지 못하던 시절의 흔적인지도 모른다. 이유야 어찌됐든 많은 거주자들이 소지품을 남겨 두고 몸만 떠났다. 다마야는 썩고 벌레 먹은 옷장에서 길고 우아한 드레스를 찾아낸다. 유아용 장난감과 아이의 모친들이 군침을 흘렸을 장신구와 보석도 있다. 다마야는 그중 몇 개를 걸치고 파리똥이 가득 묻은 거울을 보며 키득거리다 자신의 웃음소리에 흠칫 놀란다.

이상한 곳들도 있다. 호화롭게 장식된 고급 의자들이 가득한 방. 천은 해지고 좀이 먹었지만 앉은 사람들이 서로를 마주 볼 수 있게 원형으로 놓여 있다. 왜 그렇게 해 놓았는지는 그저 짐작만 할 수 있을 뿐이다. 그리고 아주 나중에, 다마야가 펄크럼의 연구시설동을 보기 전까지는 아무리 둘러봐도 이해할 수 없었던 방도 있다. 그때가 되어서야 다마야는 자신이 이전에 발견한 방이 이상한 용기와 장치 들로 가득한 일종의 연구실이고 에너지를 분석하거나 화학약품을 조제하는 데 사용되는 곳이었다는 사실을 알게 된다. 어쩌면 지하학자들만 조산술을 연구하는 게 아니라 오로진도 직접 동족에 대해 연구하는 걸지도? 이 역시 다마야는 짐작만 할 수 있을 뿐이다.

그 외에도 수없이 많다. 끝없이 많다. 얼마 지나지 않아 본관 탐험은 다마야가 응용 수업 다음으로 세상에서 가장 고대하는 시간이 된다. 심지어 요즘에는 보육학교 수업을 들을 때 곤란을 겪기도 한다. 탐험 중에 발견한 것들에 대해 이런저런 공상을 하다 교사의 질문을 듣지 못하는 경우가 왕왕 있기 때문이다. 하지만 다마야는 교사들이 추궁하지 않게, 너무 자주 실수를 하지 않도록 최대한 노력한다. 하지만 왠지 그들이 이미 그녀가 밤중에 무엇을 하는지 알고 있다는 생각이 든다. 가끔은 기웃거리다가 근무 외 시간에 황당할 정도로 인간적인 모습으로 빈둥대고 있는 몇몇 교관들을 만난 적도 있다. 하지만 그들은 다마야를 귀찮게 굴지 않고, 그래서 그녀는 안심한다. 교사들과 비밀을 공유한다는 것은 기분 좋은 일이다. 물론 실제로는 그게 사실이 아닐지라도 말이다. 펄크럼의 삶에는 질서가 있다. 하지만 이건 다마야의 질서다. 그녀 자신이 만들고 구축했으며, 누구도 그것을 침해할 수 없다. 오롯이 자신만의 무언가를 가진다는 것은 근사한 일이다.

하지만 어느 날, 모든 것이 변한다.

* * *

낯선 소녀가 슬그머니 줄 속에 끼어든다. 하도 솜씨가 좋아 하마터면 다마야도 눈치 채지 못할 뻔했다. 잔모래들은 응용 수업을 끝내고 반지 정원을 가로질러 숙소로 돌아가는 중이고, 다마야는 피곤하긴 해도 굉장히 기분이 좋다. 마카사이트 교관이 다마야가 얼음 고리를 50센티미터 규모로 유지하면서 중심축을 땅속으로 거의 30미터 깊이까지 내리뻗은 데 대해 칭찬을 아끼지 않았기 때문이다.

"첫 번째 반지 시험을 치를 준비가 거의 다 된 것 같구나."

수업이 끝난 후에 교관은 다마야에게 이렇게 말했다. 그게 사실이라면 다마야는 다른 잔모래보다 거의 1년이나 빨리, 그리고 펄크럼에 함께 들어온 동기들 중에서 처음으로 시험을 치르게 된다.

다마야는 반지 시험에 대한 생각에 골똘해 있고, 길고 피곤한 하루였다 보니 모두들 지쳐 있고, 오늘따라 정원에는 사람이 드물고 교관들도 잡담을 나누는 데 정신이 팔려서, 낯선 소녀가 다마야의 앞에 슬쩍 끼어들었을 때 그걸 본 사람은 거의 없다. 심지어 다마야마저 모르고 넘어갈 뻔했다. 소녀는 잔모래들이 울타리를 따라 모퉁이를 도는 순간을 기다리고 있었던 게 틀림없다. 눈 깜짝할 사이에 나타나 다른 잔모래들과 발걸음을 맞춰 정면을 주시하며 걷고 있다. 하지만 그녀는 1초 전만 해도 거기 없었다.

다마야는 망설인다. 다른 잔모래들을 잘 알지는 못하지만 최소한 얼굴은 다 알고 있고 이 소녀는 그중 한 명이 아니다. 그럼 얘는 누구지? 다마야는 말을 할지 말지 고민한다.

그때 소녀가 뒤를 돌아보고는 다마야와 시선을 마주친다. 그녀가 씨익 웃더니 한쪽 눈을 찡긋한다. 다마야는 멍하니 두 눈을 깜박인다. 낯선 소녀가 다시 고개를 돌려 태연하게 앞 잔모래를 따라가고, 이제 다마야는 혼란스럽다.

잔모래들이 정원을 지나 숙소로 돌아가자 교관들은 자리를 뜬다. 이제부터는 불이 꺼질 때까지 자유 시간을 만끽할 수 있다. 아이들이 무리지어 흩어진다. 간식을 가지러 가는 아이, 침대로 직행하는 신참들. 아직 힘이 남아도는 잔모래들은 침대 주위에서 쫓고 쫓기며 실없는 장난을 치기 시작한다. 그들은 평소와 마찬가지로 다마야를, 다마야가 뭘 하든 신경 쓰지 않는다.

그래서 다마야는 몸을 돌려 잔모래가 아닌 잔모래를 쏘아본다.

"넌 누구야?"

"그게 네가 묻고 싶은 거야?"

소녀는 진심으로 당황한 듯 보인다. 다마야와 비슷한 나이에 키가 크고 빼빼 말랐으며 대부분의 산제 아이들보다 약간 누르스름한 피부를 지녔다. 머리카락은 뻣뻣하고 회색이 아니라 검고 곱슬거린다. 잔모래 제복을 입고 있고 다른 잔모래들과 똑같은 방식으로 머리를 단정하게 뒤로 잡아 묶었다. 오직 낯선 얼굴만이 그녀가 그들 중 한 명이라는 환상을 깨트릴 뿐이다.

"내가 누구든 넌 관심도 없잖아." 소녀가 자존심이라도 상한 것처럼 다마야의 질문에 응수한다. "내가 너라면 내가 여기서 뭘 하고 있는지가 더 궁금할 텐데."

다마야는 할 말을 잃고 소녀를 빤히 응시한다. 그새를 틈타 소녀는 얼굴을 찌푸리고 주변을 둘러본다.

"금방 들킬 줄 알았는데. 몇 명 되지도 않잖아. 한 서른 명? 우리 학교보다도 더 작네. 그래도 나라면 교실에 처음 보는 애가 들어오면 금방 알아차렸을 거야."

"너 누구야?"

다마야는 반쯤 씩씩대며 대답을 요구한다. 하지만 본능적으로 목소리를 낮추고 소녀의 팔을 붙잡고 다른 아이들의 눈에 띄지 않게 서둘러 방구석으로 데려간다. 다른 잔모래들은 오래전부터 다마야에게 관심을 두지 않는 법을 터득한 탓에 두 사람이 뭘 하는지 알아채지도 못한다.

"당장 말하지 않으면 교관님을 부를 거야."

"아, 이제 좀 낫네." 소녀가 배시시 웃는다. "내가 바라던 게 이런 거야. 하지만 아직도 너 말곤 아무도 나를 알아채지 못했다는 게 너무 이상해……." 다마야가 숨을 들이마시며 고함을 지를 준비를 하자 소녀의 표정이 다급하게 바뀐다. 그녀가 재빨리 털어놓는다. "내 이름은 비노프야. 비노프! 넌 누군데?"

그것은 다마야가 펄크럼에 오기 전에 몸에 배어 있던 상식이자 예절이었다. 다마야는 미처 생각할 틈도 없이 반사적으로 대답한다.

"다마야 완력꾼……." 그리고 너무나 오랫동안 자신의 쓰임새명에 대해, 또는 자신에겐 그런 게 더 이상 적용되지 않는다는 사실을 생각해 본 적이 없기에, 다마야는 자신의 입에서 나온 대답에 일순 충격을 받는다. "다마야라고 해. 여기서 뭐하는 거야? 어디서 온 거야? 왜……?"

다마야는 이게 뭐냐는 듯이 낯선 소녀의 제복과 머리, 비노프의 존재 자체를 가리킨다.

"쉬. 이젠 알고 싶은 게 너무 많은 거 아냐?" 비노프가 고개를 흔든다. "여기 오래 있을 생각은 아냐. 너를 곤란하게 하지도 않을 거고. 단지…… 알고 싶은 게 있어서 그래. 요 근처에서 이상한 거 못 봤니?" 다마야가 그녀를 뚫어져라 쳐다보자 비노프가 이맛살을 찌푸린다. "이상한 장소 말이야. 이상하게 생긴, 일종의 커다란……."

소녀가 뭔가를 설명하려는 듯이 잇달아 복잡한 동작을 취한다. 다마야로서는 이해할 수 없는 동작이다.

사실은 그렇지 않다는 점을 제외하면. 적어도 완전히는 아니다.

펄크럼 부지는 둥그런 원형을 이루고 있다. 다른 잔모래들과 반지 정원을 통과할 때마다 대충 짐작만 할 따름이지만 하여튼 다마야가 느끼기엔 그렇다. 펄크럼 서쪽에는 흑성 피라미드가 있고, 북쪽의 흑요석 벽 너머로는 높다란 고층 건물들이 내다보인다.(다마야는 거기 사는 사람들이 창문으로 그녀와 그녀의 동족을 내려다보며 무슨 생각을 할지 궁금하다.) 하지만 그보다 더 중요한 건 본관 건물도 전체적으로 원형을 띠고 있다는 것이다. 뭐, 어쨌든 대충은. 다마야는 등불과 손가락과 그녀를 인도하는 보님기관만으로 본관의 어두운 복도들을 수없이 돌아다녔고, 비노프가 손으로 육각형을 그리는 것을 보자 그녀가 무슨 말을 하는지 즉시 알아차린다.

본관의 벽과 복도는 건물의 규모에 비해 이상하게 좁다. 본관 중앙에는 지붕이 덮여 있는데 건물 안 사무실과 복도는 거기까지 뻗어 있지 않다. 그러니 중앙에 넓게 비어 있는 공간이 있는 게 틀림없다. 안뜰이라든가, 극장이라든가. 펄크럼에는 이미 극장이 따로 있긴 하지만. 다마야는 그 공간을 에워싸고 있는 벽을 발견한 적이 있고 주변을 따라 돌아봤는데, 그건 원형이 아니었다. 벽은 평면과 모서리로 이뤄져 있었다. 여섯 개의 면, 여섯 개의 모서리. 만일 어딘가 그 육각형 방에 들어갈 수 있는 문이 있다면 그건 버려진 별관에는 없다. 그랬다면 다마야가 찾아냈을 테니까.

"문 없는 방."

다마야는 무심코 중얼거린다. 그녀가 본관 건물에 숨겨진 방이 있다는 사실을 알았을 때 붙인 이름이다. 비노프가 숨을 헉 들이켜더니 몸을 바짝 기울인다.

"그래, 그거. 그게 이름이야? 펄크럼 한가운데 있는 그 커다란 건물에 있어? 그럴 거라고 생각하긴 했어. 그렇지?"

다마야는 눈을 깜박이고 사납게 노려본다.

"너. 누구야."

소녀의 말이 옳다. 사실 다마야가 묻고 싶은 건 그게 아니다. 하지만 이 질문은 다른 모든 질문을 내포하고 있다.

비노프가 얼굴을 찌푸린다. 주변을 둘러보고 잠시 생각에 잠기더니 이를 꽉 깨물고, 마침내 털어놓는다.

"비노프, 유메네스의 지도층."

그 이름은 다마야에게 아무 의미도 없다. 펄크럼에서는 쓰임새명이나 향명을 사용하지 않는다. 수호자에게 끌려오기 전에는 지도자였을지 몰라도 일단 여기에 들어오고 나면 더는 아니다. 여기서 태어난 잔모래나 어렸을 적에 들어와 로가 이름을 갖고 있는 아이들도 첫 번째 반지를 획득하는 순간 새 이름을 부여받는다. 그들이 가진 이름은 그것뿐이다.

하지만 이내 머리가 돌기 시작하고 다양한 단서들이 맞물리자 다마야는 비노프가 펄크럼에서는 더 이상 적용되지 않는 사회적 풍습을 쓸데없이 따르고 있는 게 아님을 깨닫는다. 비노프는 아직 그런 관습의 적용을 받고 있다. 왜냐하면 비노프는 오로진이 아니니까.

그리고 평범한 둔치도 아니다. 그녀는 지도자고, 유메네스 출신이다. 다시 말해 고요 대륙에서 가장 강력한 가문 중 하나에 속해 있다는 의미다. 그리고 그런 그녀가 지금 오로진인 척 변장하고 펄크럼에 몰래 숨어 들어왔다.

너무나도 터무니없고 정신 나간 짓이라, 다마야의 입이 저도 모르게 쩍 벌어진다. 다마야가 자신의 말을 이해했다는 걸 알아챈 비노프가 조금 더 가까이 다가와 목소리를 낮춘다.

"내가 말했지? 널 곤란하게 하진 않을 거라고. 난 이제 그 방을 찾으러 갈 거야. 아무한테도 날 봤단 말을 하면 안 돼. 알았지? 하지만 내가 왜 여기 왔는지 알고 싶다면 그게 이유야. 난 그 방을 찾고 있어."

다마야가 입을 다문다.

"왜?"

"그건 말 못 해." 다마야가 째려보자 비노프가 두 손을 들어 올린다. "네 안전을 위해서야. 나를 위해서이기도 하고. 세상엔 지도자들만 알아야 하는 것들이 있는데 사실은 나도 아직 알면 안 되거든.

내가 너한테 말한 게 들키기라도 하면……." 비노프가 망설인다. "무슨 일을 당할지는 잘 모르지만, 별로 알고 싶지도 않아."

크랙. 다마야는 무심결에 고개를 끄덕인다.

"너 틀림없이 들킬걸."

"그러겠지. 하지만 그땐 내가 누군지 밝히면 되니까." 비노프가 진짜 무서운 게 뭔지 경험한 적 없는 사람 특유의 무심함으로 어깨를 으쓱해 보인다. "어차피 내가 왜 여기 숨어 들어왔는지 이유를 알 사람은 없을 거야. 부모님이 불려오고 야단도 좀 맞겠지만 난 원래 말썽꾸러기로 유명하거든. 궁금증을 해소할 수만 있다면 그 정도는 감수해야지. 그래서, 그 문 없는 방은 어디 있어?"

다마야는 고개를 가로젓는다. 함정 따위는 보면 금세 알 수 있다.

"너를 도와주면 내가 곤란해져." 다마야는 지도자가 아니다. 심지어 인간도 아니다. 아무도 그녀를 구해 주지 않을 것이다. "어떻게 들어왔는지는 몰라도 당장 나가. 그러면 아무한테도 말 안 할 테니까."

"싫어." 비노프가 샐쭉하게 대꾸한다. "여기까지 오는 데만도 엄청 고생했단 말이야. 그리고 넌 이미 곤란해졌는걸. 내가 잔모래가 아니라는 걸 알면서도 교관한테 안 일렀잖아. 이제 너도 공범이라고."

다마야는 움찔 놀란다. 비노프의 말이 맞다는 사실을 깨닫자 가슴이 철렁 내려앉는다. 동시에 화가 난다. 비노프가 그녀를 조종하려 하고 있고 다마야는 그런 건 정말 질색이기 때문이다.

"네가 기웃거리다 잡히는 것보단 지금 이르는 게 낫겠지."

다마야가 일어나 문 쪽으로 향한다.

비노프가 기겁하더니 다급히 다마야를 따라와 팔을 붙잡고 거칠게 속삭인다.

"그러지 마! 제발……. 있잖아, 나한테 돈이 좀 있는데, 붉은 다이아몬드 칩 세 개랑 알렉산드라이트야! 이거 받을래?"

다마야는 점점 더 화가 난다.

"내가 돈이 왜 필요한데?"

"그럼 나중에 내가 딴 걸로 갚아 줄게. 다음에 펄크럼에서 나오면……."

"우린 펄크럼에서 못 나가."

다마야가 으르렁거리며 비노프의 손에서 팔을 거칠게 빼낸다. 이런 멍청한 둔치 주제에 어떻게 여기 숨어 들어왔지? 외부와 연결된 문은 전부 민병대 경비병들이 지키고 서 있다. 하지만 경비병은 오로진이 바깥으로 나가지 못하도록 지킬 뿐, 둔치들이 들어오지 못하게 막는 것은 아니다. 그리고 어쩌면 이 지도층 소녀는 그 돈과, 특권과 무서운 걸 모르는 대범함으로 경비병들을 피해 들어올 길을 찾았는지도 모른다.

"우리가 여기 있는 건 너 같은 사람들한테서 우릴 지킬 수 있는 곳이 여기뿐이기 때문이야. 이제 꺼져."

다마야는 몸을 홱 돌리고, 두 주먹에 힘을 준 채 심호흡을 하며 마음을 가라앉힌다. 너무 분개한 나머지 결합층을 움직이는 방법을 알고 있는 그녀의 정신 일부가 땅 밑을 더듬거리기 시작했기 때문이다. 통제력을 잃는다는 것은 치욕스러운 일이고, 다마야는 부디 교관들이 눈치 채지 못하기를 빌 뿐이다. 들킨다면 첫 번째 반지

시험을 치를 기회가 날아간다. 지금 자칫하면 이 소녀를 꽁꽁 얼려 버릴지도 모른다는 건 말할 필요도 없고.

짜증스럽게도, 그때 비노프가 다마야에게 몸을 바짝 기울이며 말한다.

"아! 너 화났어? 지금 조산술 하려는 거야? 그거 어떤 느낌이야?"

비노프의 질문이 너무 황당하고 무서운 걸 모르는 천진난만함이 기가 막혀서, 다마야의 조산력마저 피시시 꺼지고 만다. 다마야는 이제 화가 나지도 않는다. 그저 놀라울 따름이다. 지도자들은 모두 다 이런 어린애 같은 걸까? 팔렐라는 워낙 작은 향이라 지도자 쓰임새신분이 없었다. 지도자 쓰임새신분을 가진 이들은 대부분 그들이 다스리고 통솔할 수 있는 곳에 사는 것을 선호한다. 어쩌면 유메네스의 지도자만 이런 건지도 모른다. 아니면 이 아이의 성격이 특이한지도.

다마야의 침묵이 대답이라도 되는 듯이 비노프가 생긋 웃더니 앞에서 덩실거리며 춤을 추기 시작한다.

"난 오로진을 만난 적이 한 번도 없거든. 그러니까 검은 옷에 반지를 낀 어른 오로진들 말이야, 나 같은 어린애가 아니라. 너는 듣던 거랑 다르게 하나도 안 무서워. 하지만 전승가들은 원래 거짓말을 많이 하니까."

다마야는 고개를 가로젓는다.

"네가 하는 말은 하나도 못 알아듣겠어."

놀랍게도 비노프는 갑자기 풀이 죽는다.

"꼭 우리 엄마처럼 말하네." 그녀는 잠시 시선을 돌리더니, 입을 꼭 다물고 비장한 표정으로 다마야를 돌아본다. "그 방을 찾게 도와줄 거야 말 거야? 도와주지 않을 거면 적어도 다른 사람들한테 안 이른다고 약속해."

신기하게도 다마야는 마음이 동한다. 이 낯선 소녀가 문 없는 방에 들어갈 방법을 알지도 모른다는 생각에, 새로이 샘솟는 자신의 호기심에. 다마야는 누군가와 같이 건물을 탐험해 본 적이 없다. 그건…… 가슴 뛰는 일이다. 다마야는 망설이듯이 꼼지락거리며 소심하게 주위를 둘러보지만, 사실 마음 한구석으로는 벌써 결정을 내렸다.

"좋아. 하지만 거기 들어가는 방법은 나도 몰라. 본관을 몇 달간이나 뒤져 봤는데 말이야."

"그 커다란 건물이 본관이야? 그래, 그럴 거 같았어. 거기 들어갈 방법을 알아내기가 쉽진 않을 거야. 어쩌면 옛날에 있던 문이 지금은 폐쇄됐는지도 모르고." 비노프는 다마야의 시선을 무시한 채 턱을 문지른다. "나한테 한 가지 생각이 있긴 해. 오래된 건물 구조도를 본 적이 있거든……. 내 생각엔 건물 남쪽에 입구가 있을 거 같아. 1층에."

하지만 불행히도 그곳은 버려진 별관이 아니다. 하지만 다마야는 말한다.

"내가 길을 알아."

비노프의 얼굴이 환해지는 걸 보자 가슴이 벅차오른다.

다마야는 평소에 자주 사용하는 길로 비노프를 안내한다. 오늘따라 신경이 곤두서 있어 그런지 이상하게도 사람들이 평소보다 더 자주 힐끔거리는 것 같다. 뒤돌아보는 사람도 많고 분수대 옆에서 우연히 갈레나 교관과 마주쳤을 때는(술에 취한 다마야를 발견하고 도와줬던 교관이다.) 그녀를 보고 빙긋 웃더니 다시 수다스러운 동료와 잡담을 하기 시작한다. 그제야 다마야는 사람들이 왜 자신을 쳐다보는지 깨닫는다. 그들은 늘 이곳저곳을 쑤시고 다니는 이 조용하고 특이한 잔모래를 알고 있기 때문이다. 모두 어른들 사이에 도는 소문이나 다른 경로로 다마야에 대해 알고 있고, 마침내 그녀가 누군가를 데려온 게 기특한 모양이다. 그들은 그녀에게 친구가 생겼다고 생각한다. 이렇게 웃으면 안 되는 상황만 아니었다면 큰 소리로 폭소를 터트렸을 텐데.

"이상하네."

작은 정원에 난 흑요석 길을 따라 걷는데 비노프가 말한다.

"뭐가?"

"난 내가 금방 들킬 줄 알았거든. 그런데 아무도 관심이 없는 것 같아. 심지어 여기에 애들이라곤 우리뿐인데 말이야."

다마야는 어깨를 으쓱하고 계속 발을 놀린다.

"여기서 뭐하냐고 꼬치꼬치 물어볼 줄 알았지. 우리가 지금 하려는 거, 위험할 수도 있잖아."

다마야가 고개를 가로젓는다.

"우리가 다치면 병원으로 데려갈 거야."

그리고 다마야는 벌점을 받을 테고 반지 시험도 치르지 못할 것이다. 이제껏 공들인 것들이 전부 수포로 돌아갈 수도 있다. 다마야는 한숨을 내쉰다.

"그거 좋네." 비노프가 말한다. "하지만 애들이 다칠 일을 하기 전에 미연에 방지하는 게 낫지 않아?"

다마야는 잔디밭을 가로지르는 길 한가운데 발을 멈추고 비노프를 돌아본다.

"우린 어린애가 아니야." 신경질적인 말투다. 비노프가 눈을 끔벅인다. "우린 잔모래야. 수련 중인 제국 오로진이지. 그게 지금 네 모습이고, 모두가 생각하는 너야. 아무도 염병할 오로진 몇 명이 다친다고 눈 하나 깜짝하지 않는다고."

비노프가 멍하니 다마야를 바라본다.

"아."

"그리고 넌 말이 너무 많아. 잔모래들은 안 그래. 우린 숙소에 있을 때나 긴장을 풀고 교관들이 없을 때만 말을 해. 그러니 잔모래 흉내를 내려면 제대로 하는 게 좋을 거야."

"알았어, 알았다고!" 비노프가 그녀를 달래려는 듯 두 손을 치켜든다. "미안해. 난 그냥……." 다마야가 노려보자 그녀가 미간을 찌푸린다. "알았어, 지금부터 아무 말도 안 할게."

비노프가 입을 다물고, 다마야는 다시 걷기 시작한다.

본관에 도착하자 그들은 다마야가 항상 이용하는 길을 따라 안으로 들어간다. 오른쪽으로 도는 대신 왼쪽으로 돌고, 올라가는 대신 내려갈 뿐이다. 천장은 낮고 벽은 다마야가 처음 보는 미술 양식으로 장식되어 있는데, 훈훈하고 감동적인 장면들이 묘사된 작은 프레스코화가 일정한 간격으로 그려져 있다. 시간이 지나니 슬슬 걱정이 된다. 그들은 다마야가 가 본 적 없고 가고 싶지도 않은 구역에 점점 가까워지고 있다. 수호자들이 있는 별관이다.

"건물 남쪽이 어디야?"

"응?" 고개를 쳐들고 사방을 둘레둘레 살펴보던(끝없이 수다를 떨 때보다도 더 눈에 띈다.) 비노프가 놀라 눈을 끔벅이며 다마야를 쳐다본다. "아, 그냥…… 그냥 남쪽이야." 다마야가 쏘아보자 그녀가 얼굴을 찌푸린다. "나도 정확하게 어딘지는 몰라. 그냥 거기 문이 있다는 것만 안다고. 지금은 없을지도 모르지만. 혹시 네가……." 그녀가 손가락을 흔든다. "오로진은 그런 걸 할 수 있잖아."

"뭐, 문을 찾는 거? 못 해. 그게 땅 밑에 있다면 모를까."

하지만 다마야는 그렇게 말하면서 얼굴을 찡그린다. 왜냐하면…… 흠. 사실 다마야는 대충 문이 어디 있는지 보닐 수 있다. 하중이 가해진 벽은 기반암과 비슷하고 문틈은 지층에 난 공백처럼 느껴질 것이다. 지면을 누르는 건물의 압력이 덜할 테니까 말이다. 만일 이 층 어딘가에 문이 있고 폐쇄되어 있다면, 혹시 문틀도 제거됐을까? 아마도. 하지만 그래도 역시 주변의 다른 벽들과는 다르게 느껴지지 않을까?

다마야는 몸을 돌리고 손가락을 넓게 펼친다. 제어 영역을 보다 멀리 뻗을 때 사용하는 방법이다. 응용 수업 도가니 지하에는 일종의 표석이 묻혀 있다. 표면에 문자가 새겨진 작은 대리석 조각들인데, 돌조각을 찾는 것은 물론 거기 적힌 글자를 알아내려면 매우 정밀한 수준의 제어술이 필요하다. 마치 책장을 혀로 핥아 글씨가 적힌 곳과 그렇지 않은 곳을 구분하고 뭐라고 적혀 있는지 읽는 것과 비슷하다. 하지만 다마야는 교관들의 빈틈없는 감독 밑에서 그 방법을 연습하고 또 거듭 연습했기에 어쩌면 이번에도 같은 방법을 사용하면 될지도 모른다.

"지금 조산술 하는 거야?" 비노프가 기대감에 들떠 묻는다.

"그래. 그러니까 실수로 널 얼려 버리기 전에 입 다물어."

고맙게도 비노프는 얌전히 그 말을 따른다. 그냥 보니기만 하는 건 조산술이 아니고 누군가를 얼릴 위험도 없지만, 다마야는 주변이 조용해져서 기쁘다.

건물 벽을 따라 더듬는다. 바위의 편안하고 둔탁한 느낌에 비하면 그림자처럼 희미하지만, 신중하고 세심하게 만진다면 벽면을 따라갈 수 있다. 거기와 거기, 그리고 거기, 건물 안쪽의 벽면을 따라, 중앙에 있는 숨겨진 방을 둘러싸고 있는 벽, 그녀는 벽이 어디 있는지 느낄 수 있…… 저기다. 다마야가 숨을 들이켜며 눈을 뜬다.

"어떻게 됐어?" 비노프가 말 그대로 군침을 흘리며 묻는다.

다마야는 몸을 돌려 벽을 따라 걷는다. 문제의 장소에 도달해 발을 멈춘다. 여기다. 여기 문이 있다. 사람들이 북적거리는 건물의 문을 여는 것은 아주 위험한 일이다. 어쩌면 이곳은 누군가의 사무실인지도 모른다. 복도는 적막하고 텅 비어 있지만 몇몇 문틈 사이로 불빛이 새어 나오고 있고, 그건 아직까지 남아 일하고 있는 사람이 있다는 의미다. 그래서 다마야는 문을 두드린다. 아무도 대답하지 않자 숨을 깊이 들이마시고 당겨 본다. 잠겨 있다.

"기다려." 비노프가 주머니를 뒤지며 말한다. 잠시 후에 다마야가 가족들과 농장에서 살던 시절에 커지 열매의 껍질을 벗길 때 쓰던 것과 비슷해 보이는 뭔가를 꺼내 든다. "어떻게 하는지 책에서 본 적이 있어. 단순한 자물쇠면 좋겠는데."

비노프가 열쇠 구멍에 그 도구를 집어넣고 낑낑대기 시작한다. 진지한 표정으로 열중해 있다.

다마야는 일부러 태평한 모습으로 벽에 기댄 채 발자국의 진동이나 소리가 접근하지는 않는지 보님기관과 두 귀를 쫑긋 세운다. 그리고 물론 수호자의 낌새가 없는지 신경을 곤두세운다. 하지만 지금은 자정이 지난 시간이고 아무리 헌신적인 일벌레라도 지금쯤은 숙소로 돌아가거나 사무실에서 잠을 자고 있을 것이다. 비노프가 문에 낑낑거리며 매달려 있는 고통스러울 정도로 오랜 시간 동안, 다행히 아무도 접근하는 기미는 없다.

"그만 됐어." 영원과도 같은 시간이 흐른 후에 다마야가 말한다. 여기 있다가 누군가에게 들키기라도 하면 다마야는 끝장이다. "내일 다시 와 보자."

"안 돼." 비노프가 말한다. 땀은 쏟아지고 손은 떨리는데 자물쇠를 따는 데에는 하등도 도움이 안 된다. "유모들한테 딱 하룻밤만 나갔다 온다고 했단 말이야. 다음부턴 안 통할 거야. 아까 된 것도 같았는데. 조금만 기다려 봐."

그래서 다마야는 기다린다. 시시각각 초조함이 밀려오는 가운데 마침내 찰칵 하는 소리와 함께 비노프가 숨을 몰아쉰다.

"된 건가? 내 생각엔 된 거 같은데." 그녀가 문을 잡아당기자, 활짝 열린다. "불똥쌀 대지여, 감사합니다. 열렸어!"

문 뒤에 있는 방은 누군가의 사무실이다. 책상과 높은 등받이가 달린 의자 두 개, 벽에는 책장이 즐비하게 늘어서 있다. 책상은 생전 처음 볼 정도로 커다랗고 의자는 화려하고 정교하다. 누구 사무실인지 몰라도 굉장히 중요한 사람임이 틀림없다. 오랫동안 황폐하고 버려진 장소만을 쑤시고 다녔던 다마야에게 누군가 실제 일하고 있는 사무실을 본다는 것은 무척 낯선 경험이다. 먼지도 더께도 없고 불도 환하게 밝혀져 있다. 정말 이상한 느낌이다.

비노프가 찌푸린 얼굴로 주변을 돌아본다. 사무실 안에는 문의 흔적이 없다. 다마야가 그녀의 옆을 지나 벽장처럼 보이는 것을 향해 걸어간다. 활짝 연다. 빗자루와 대걸레, 검은 제복이 걸려 있다.

"이게 끝이야?" 비노프가 욕설을 퍼붓는다.

"아니."

왜냐하면 다마야는 사무실이 너무 작다는 것을 보닐 수 있기 때문이다. 건물의 너비를 생각하면 문에서 맞은편 벽까지의 거리가 너무 짧다. 벽장이 있다는 걸 고려해도 그렇다.

다마야는 혹시나 하는 심정으로 빗자루 뒤쪽의 벽을 눌러 본다. 아무 일도 일어나지 않는다. 튼튼한 벽돌뿐이다. 뭐, 시도해서 나쁠 건 없으니까.

"맞아!" 비노프가 옆에서 어깨를 들이밀더니 벽을 더듬더듬 만져 보며 검은 제복을 옆으로 밀친다. "오래된 건물에는 항상 비밀 문이 있어. 비축고로 이어지거나 아니면……."

"펄크럼엔 비축고가 없어."

다마야는 두 눈을 깜박인다. 이제까지는 그런 걸 한 번도 생각해 본 적이 없었다. 만약 계절이 오면 그들은 어떻게 되는 거지? 유메네스 주민들이 식량을 오로진에게 나눠 줄 것 같지는 않다.

"그렇지." 비노프가 이맛살을 찡그린다. "하지만 그래도 유메네스잖아. 아무리 펄크럼이라도 항상……."

갑자기 그녀가 입을 다문다. 두 눈이 휘둥그레진다. 손가락에 헐렁한 벽돌 모서리가 걸린 것이다. 비노프가 씨익 웃더니 한쪽 귀퉁이를 힘주어 누르자 반대쪽 귀퉁이가 불거져 나오고, 그녀는 벽돌을 잡아 뺀다. 안쪽 구멍에 주철로 만든 것처럼 보이는 걸쇠가 나타난다.

"항상 겉으로 보이는 것 아래 다른 게 있기 마련이라니까."

비노프가 흥분해서 숨을 헐떡인다.

다마야도 몸을 기울인다.

"당겨 봐."

"이제야 관심이 생겨?" 하지만 비노프는 걸쇠를 잡고 잡아당긴다.

벽장 안쪽 벽 전체가 활짝 열리더니 역시 벽돌로 만든 입구가 드러난다. 옆으로 휘어진 좁다란 통로가 어둠 속으로 뻗어 있다.

다마야와 비노프는 넋을 잃고 그것을 바라본다. 두 아이 다 선불리 안으로 발을 떼려 하지 않는다.

"저 안에 뭐가 있는 거야?" 다마야가 속삭인다.

비노프가 컴컴한 통로를 응시하며 입술을 핥는다.

"나도 잘 몰라."

"지랄." 상스러운 말을 하는 것은 부끄러우면서도 흥분되는 일이다. 꼭 반지를 낀 어른이 된 것 같은 기분이다. "찾고 있는 게 있다며."

"그럼 가서 확인해……."

비노프가 통로 안으로 들어가려 하자 다마야가 팔을 잡아챈다.

비노프가 놀라 펄쩍 뛰어 오르고, 다마야의 손 안에 잡힌 팔 근육이 팽팽하게 긴장한다. 비노프는 모욕이라도 당한 것처럼 다마야의 손을 내려다보지만 다마야는 무시한다.

"안 돼. 뭘 찾고 있는지부터 말해. 안 그러면 네가 들어간 후에 문을 닫아 버린 다음에 흔들을 일으켜서 벽을 무너뜨려 버릴 테니까. 그런 다음 수호자를 불러올 거야."

허풍이다. 허락 없이 수호자의 코앞에서 조산술을 쓴 다음에 자수하는 건 아버지 대지 위에서 할 수 있는 일 중에 가장 멍청하고 바보 같은 짓이다. 하지만 비노프는 그 사실을 모른다.

"내가 말했잖아. 그걸 아는 건 지도자뿐이라니까?"

비노프가 팔을 잡아 빼려 버둥거린다.

"네가 지도자잖아. 규칙을 바꿔. 그게 네가 하는 일 아냐?"

비노프가 두 눈을 끔벅이며 다마야를 쳐다본다. 한참 동안 조용하다. 그러고는 한숨을 내쉬며 눈가를 문지른다. 가느다란 팔에서 힘이 빠진다.

"좋아, 알았어." 비노프가 숨을 깊이 들이마신다. "펄크럼의 중심에 고대 유적 같은 게 있어."

"무슨 유적?"

"그건 나도 몰라. 진짜라니까!" 비노프가 잽싸게 팔을 들어 다마야의 손을 뿌리친다. 하지만 다마야는 비노프를 다시 붙들지 않는다. "내가 아는 거라곤…… 역사에 빠진 부분이 있다는 거야. 구멍처럼, 공백 말이야."

"뭐?"

"역사 말이야." 비노프는 그게 아주 중요한 것이라도 된다는 양 다마야를 뚫어져라 쳐다본다. "가정교사들이 가르치는 거 있잖아. 유메네스가 어떻게 세워졌더라 같은 이야기."

다마야는 고개를 젓는다. 그녀는 유메네스가 구 산제 제국의 첫 번째 도시라는 것만 어렴풋이 기억한다. 유메네스가 세워진 사연에 대해서는 들은 적이 없다. 어쩌면 지도자들은 더 자세한 교육을 받는지도 모른다.

비노프가 눈동자를 굴린다.

"계절이 있었어. 제국이 세워지기 직전에 있었던 방랑의 계절 말이야. 북점(北點)이 갑자기 이동하는 바람에 새랑 곤충들이 방향 감각을 잃고 곡식들이 말라 죽었지. 그 뒤로 군벌들이 일어나서 세력을 형성했어. 원래 계절이 일어나고 나면 흔히 그러잖아. 의지할 거라곤 돌의 가르침이랑 떠도는 소문들, 그리고 미신밖에 없지. 그리고 그런 소문들 때문에 이 지역엔 오랫동안 아무도 정착하지 않았고." 비노프가 발밑을 가리킨다. "유메네스는 도시를 건설하기에 완벽한 조건을 갖추고 있어. 온난한 기후에 대륙판 한가운데 있어서 안정적이고, 물도 풍부하고 근처에 바다도 없지. 하지만 사람들은 이곳에 향을 세우길 꺼려했어. 자그마치 수백 년 동안이나 말이야. 왜냐하면 여기에 뭔가가 있었거든."

다마야는 생전 처음 듣는 이야기다.

"뭐가 있었는데?"

비노프는 짜증이 난 것 같다.

"그게 내가 찾으려는 거잖아! 그 부분이 역사 기록에 없다니까.

제국의 역사는 방랑의 계절 이후부터야. 얼마 뒤에 광기의 계절이 오고 베리쉬 장군이 산제 제국을 세웠지. 제국의 초대 황제인 베리쉬 황제 말이야. 그녀는 바로 여기에, 모두가 두려워하는 것 위에 도시를 세웠어. 그리고 그건 건국 초기에 유메네스를 유지하는 데 큰 도움이 됐지. 나중에 제국이 안정적인 기반을 다지고 이빨의 계절과 질식의 계절 사이에 이 자리에 펄크럼이 세워졌고. 사람들이 두려워하던 것의 바로 위에 말이야. 의도적으로 그런 거지."

"하지만 뭐가……." 그제야 다마야는 깨닫는다. "그러니까 역사에선 사람들이 뭘 두려워했는지 안 알려 주는 거구나."

"바로 그거야. 그리고 난 저 안에 그게 있다고 생각해."

비노프가 통로 안쪽을 가리킨다.

다마야는 얼굴을 찡그린다.

"왜 지도자들만 그런 걸 알고 있는 거야?"

"나도 모른다니까. 그래서 내가 여기 들어온 거잖아. 자, 같이 갈 거야 말 거야?"

다마야는 아무 대꾸도 없이 비노프의 옆을 지나 벽돌이 깔린 통로 안으로 들어간다. 비노프가 욕설을 중얼거리며 재빨리 그녀의 뒤를 따라간다. 그렇게, 두 소녀는 함께 안으로 걸어 들어간다.

통로는 크고 넓은 공간으로 이어진다. 다마야는 넉넉한 공간과 공기의 흐름을 느끼자마자 발을 멈춘다. 칠흑처럼 깜깜한 속에서도 그녀는 앞에 놓인 땅을 보닐 수 있다. 다마야는 앞이 안 보인다면 벽을 더듬거려서라도 전진하겠다는 굳은 의지를 발휘하고 있는 비노프를(멍청이 같으니.) 잡아 세운다.

“기다려. 바닥이 눌려서 압축돼 있어.”

다마야가 속삭인다. 왠지 어둠 속에선 작게 말해야 할 것 같다. 다마야의 목소리가 벽에 부딪쳐 메아리친다. 한참 동안 울리는 걸로 보아 이곳은 아주 넓다. 크다.

“압…… 뭐라고?”

“땅이 압축되어 있다고.” 다마야는 설명하려 하지만 둔치들에게 이런 걸 설명하기는 항상 어렵다. 오로진이라면 금방 알 텐데. “꼭…… 꼭 아주 무거운 게 있는 것처럼 말이야.” 산처럼 무거운 것. “지층이 뒤틀려 있고, 그리고…… 움푹하게 파인 곳이 있어. 아주 커다란 구멍이야. 잘못하면 떨어질 거야.”

“씨발삭을.” 비노프가 내뱉는다. 다마야는 움찔 놀랄 뻔한다. 주변에 교관들이 없을 때 입이 걸걸한 잔모래들이 그런 말을 하는 걸 들은 적은 있지만. “등불이 있어야겠다.”

다음 순간, 저 앞에서부터 불빛이 차근차근 순서대로 나타나기 시작한다. 하나씩, 차례대로. 불빛이 하나하나 켜질 때마다 희미하게 찰칵거리는 소리가 난다.(그리고 메아리도.) 두 아이가 한 발짝씩 앞으로 걸어갈수록 통로 양옆 발밑에서 작고 둥글고 하얀 것들이 빛을 발하기 시작하더니 잠시 후에는 그보다 더 크고 네모난 노란색 불빛이 통로 바깥쪽으로 퍼져 나간다. 노란색 판들에 순차적으로 불이 밝혀지면서 천천히 거대한 육각형이 형성되고, 마침내 두 아이들이 서 있는 공간이 환하게 밝아진다. 이곳은 여섯 개의 벽으로 둘러싸인 널찍한 중앙 홀이다. 머리 위에 있는 것은 본관 지붕일 것이다. 천장이 까마득하게 높아 여기서는 천장을 받치고 있는 받침살조차 보이지 않는다. 벽은 아무 무늬도 없이 밋밋하고 본관의 다른 부분과 똑같은 돌로 만들어져 있지만, 바닥의 대부분은 아스팔트나 아니면 그것과 유사한 무언가로 덮여 있다. 평평하고 돌처럼 보이지만 돌은 아닌, 다소 거칠고 단단한 재질이다.

그리고 그 중앙에는, 정말로 움푹 파인 곳이 있다. 아니, 그렇게 표현하는 건 적합하지 않다. 그것은 밑으로 내려갈수록 끝부분이 점점 좁아지는 구덩이다. 경사면은 고르고 매끄러우며 구멍을 구성하고 있는 여섯 개의 벽면은 세공한 다이아몬드처럼 정교하게 다듬어져 있다.

"대지여."

다마야가 바닥에 표시된 길을 따라 노르스름한 조명이 비치고 있는 구덩이의 가장자리로 다가간다.

"그러게." 비노프도 경탄하고 있다.

몇 층짜리 건물도 들어갈 수 있을 정도로 깊다. 그리고 가파르다. 자칫 저 안에 떨어지기라도 한다면 바닥에 닿을 즈음에는 온몸의 뼈가 가루가 될 것이다. 다마야를 유독 괴롭히는 건 구멍의 형태다. 어째서 다각형이지? 각각의 면은 좁아진 바닥에서 뾰족하게 만나고 있다. 아무도 구덩이를 이런 식으로 파지는 않는다. 그럴 이유가 어디 있겠는가. 게다가 설사 바닥까지 닿는 아주 긴 사다리가 있다고 해도 저기서 빠져나오는 건 거의 불가능할 것이다.

그러나 이 구덩이는 아무도 파지 않았다. 다마야는 보닐 수 있다. 뭔가 무지막지 무거운 것이 땅에 이 자국을 남겼고, 흙과 바위가 눌려 이런 형태로 굳을 때까지 오래도록 여기 있었다. 그리고 그게 무엇이든, 어떻게 그랬는지는 몰라도 마치 프라이팬에서 버터 바른 빵을 들어내듯 매끈한 흔적만을 남긴 채 고스란히 빠져나간 것이다.

아니, 잠깐. 구멍의 벽면은 처음 생각했던 것처럼 완전히 매끄러운 건 아니다. 다마야는 가장자리에 쪼그려 앉아 조심스럽게 구덩이 안을 들여다본다. 비노프는 뒤에서 그런 다마야를 멍하니 바라보고 있다.

저기. 부드럽고 반질반질한 벽면 위에 눈에 띄지 않을 정도로 가늘고 날카로운 물체들이 솟아 있다. 바늘 같은 건가? 경사면에 나 있는 미세한 틈새 사이로 삐쭉삐쭉 튀어나와 있는데, 식물 뿌리처럼 높이나 간격이 제멋대로다. 이 침들은 쇠로 만들어진 것 같다. 공기 중에 녹 냄새가 감돌고 있기 때문이다. 아까 다마야가 한 생각은 틀렸다. 만약 이 구덩이 속에 떨어진다면 바닥에 닿기도 한참 전에 몸이 갈기갈기 찢어질 게 틀림없다.

"이걸 기대한 건 아닌데." 비노프가 숨을 크게 내쉰다. 경외감이 담긴 어조로, 혹은 두려운 듯이 속삭인다. "여러 가지를 상상했지만…… 이건 아니었어."

"이게 뭔데? 어디다 쓰는 거야?"

비노프가 천천히 고개를 가로젓는다.

"이건……."

"아무도 몰랐어야 하는 거지."

등 뒤에서 목소리가 들려온다. 두 소녀는 소스라치게 놀라 소리가 난 쪽으로 몸을 홱 돌린다. 다마야는 구멍의 가장자리에 서 있다. 그래서 몸이 한쪽으로 기울어지는 그 끔찍하고도 아찔한 순간 자신이 저 밑으로 추락한다고 확신한다. 그래서 그녀는 온몸의 힘을 뺀 채, 상체를 반대쪽으로 기울이거나 균형을 잡거나 추락하지 않기 위해 해야 할 일을 굳이 시도하지 않는다. 어차피 그녀는 속수무책으로 기울어지고 있고 등 뒤에는 거대한 구덩이가 입을 벌리고 있다.

다음 순간 비노프가 재빨리 그녀의 팔을 붙들고 끌어당긴다. 이제 다마야는 구덩이와 약간 떨어진 곳에 서 있다. 다마야가 떨어질 뻔한 것은 그녀 자신이 싸우기를 포기했기 때문이다. 너무나도 이상한 일이라 다마야가 애초에 왜 밑으로 떨어질 뻔했는지 깜박 잊어버렸을 즈음, 수호자가 통로를 따라 그들에게 다가온다.

그녀는 키가 크고 어깨가 넓으며 짙은 갈색 피부에, 마치 조각으로 새긴 것처럼 어여쁘다. 머리 꼭대기에는 짧게 깎은 회발이 얹혀 있다. 샤파보다 나이가 조금 많은 것 같지만 확실치는 않다. 피부는 매끄럽고 흉터 하나 없으며 벌꿀빛 눈 주변에는 주름살 하나 없다. 그녀는…… 존재감만으로도 이미 무겁게 느껴진다. 그리고 그녀의 미소는 다마야가 아는 다른 모든 수호자들과 마찬가지로 조용하고 평온하면서도 어딘가 위험한 기운을 띠고 있다.

다마야는 생각한다. 수호자가 나를 위험하다고 여기지만 않으면 겁먹을 필요 없어.

하지만 문제는 이거다. 들어와선 안 될 곳에 들어온 오로진은 위험한 존재인가 아닌가? 다마야는 입술을 축이며 겁을 먹은 것처럼 보이지 않으려고 애쓴다.

비노프는 신경 쓰지 않는다. 그녀는 다마야와 여자와 구멍과 문을 번갈아 쳐다본다. 다마야는 비노프에게 지금 머릿속에 든 것을 실행에 옮기면 절대로 안 된다고 악이라도 지르고 싶다. 가령 줄행랑을 친다거나 말이다. 수호자 앞에서는 그러면 안 된다. 하지만 비노프는 오로진이 아니다. 어쩌면 그게 비노프한테는 도움이 될지도 모르겠다. 비노프가 정말로 바보 같은 짓을 하더라도.

"다마야." 수호자가 입을 연다. 다마야는 그녀를 처음 보는데도. "샤파가 실망하겠구나."

"앤 나랑 같이 왔어요." 다마야가 대답하기도 전에 비노프가 불쑥 끼어든다. 다마야가 놀라 쳐다보지만 비노프는 벌써 재잘거리기 시작했고, 이제 그녀를 막을 수 있는 것은 아무것도 없다. "내가 데려왔어요. 명령했어요. 얘는 문이랑 이거…… 여기에 대해 내가 말하기 전엔 아무것도 몰랐다고요."

그건 사실이 아니다. 다마야는 사실을 폭로하고 싶다. 다마야는 이런 장소가 존재하리라는 것을 예전부터 짐작하고 있었다. 그저 어떻게 찾아야 할지를 몰랐을 뿐. 하지만 수호자는 재밌다는 표정으로 비노프에게 관심을 집중하고 있고 그건 긍정적인 신호다. 아직 누구의 손도 부러지지 않았으니까.

"넌 누구지?" 수호자가 미소를 띤다. "제복을 입고 있지만 오로진이 아니군."

비노프는 이제껏 길 잃은 잔모래인 척하고 있었다는 사실을 깜박했는지 움찔 놀란다.

"어, 음." 그녀가 허리를 세우고 턱을 치켜든다. "나는 비노프, 유메네스의 지도층입니다. 이곳에 무례하게 침입한 걸 용서해 주기

바랍니다, 수호자. 난 의문에 대한 해답을 찾고 있었어요."

비노프의 말투가 변했다. 단어와 단어가 일정한 간격을 띄고 목소리는 차분하고 흐트러짐 없으며 그렇다고 너무 오만하지도 않다. 마치 그녀가 품은 의문에 대한 해답에 온 세상의 운명이라도 달린 것처럼, 충동적으로 엄청나게 멍청한 짓을 저지른 세도가 집안의 말썽꾸러기가 아닌 것처럼.

수호자가 고개를 기울이더니 두 눈을 깜박인다. 미소가 희미해진다.

"유메네스의 지도층?" 그러더니 갑자기 얼굴이 환하게 밝아진다. "굉장하군요! 이렇게 어린데 벌써 향명을 부여받다니. 환영합니다, 지도자 비노프. 오신다고 미리 연락했다면 원하시는 걸 보여드렸을 텐데요."

꾸중을 기다리고 있던 비노프는 뜻밖의 반응에 주춤 놀란다.

"직접 보고 싶었습니다. 지금 생각해 보니 그리 현명한 행동이 아니었을런지도 모르겠네요. 지금쯤이면 부모님께서도 내가 여기 있는 걸 알게 되셨을 테니 그분들께도 그렇게 전해 주십시오."

현명한 대응이다. 다마야는 이제까지 비노프가 똑똑하다는 생각은 해 본 적이 없었기에 꽤 놀랐다. 그녀가 여기 있다는 걸 다른 사람들도 알고 있다고 넌지시 암시하다니.

"그러지요." 순순히 대답한 수호자가 이번에는 다마야에게 미소를 지어 보인다. 뱃속이 뒤틀리는 것 같다. "그리고 네 수호자에게도 알리도록 하겠다. 이 일에 대해 함께 이야기를 나눠 보자꾸나. 아주 즐거운 시간이 될 거야. 그렇지? 자, 이쪽으로."

그녀가 한 발짝 뒤로 물러나 절을 하듯 고개를 숙이며 따라오라는 몸짓을 해 보인다. 겉으로는 매우 정중해 보이지만, 그게 부탁이 아니라는 건 두 소녀도 안다.

수호자는 두 사람을 방 밖으로 데리고 나온다. 벽돌 통로에 다시 발을 내딛자 등 뒤에서 불이 꺼진다. 문이 닫히고, 사무실 문이 잠기고, 이제 그들은 수호자용 별관으로 가고 있다. 수호자가 다마야의 어깨를 건드려 멈추라고 신호하지만 비노프는 못 알아들었는지 계속 발을 옮긴다. 그러다 잠시 후 어리둥절한 표정으로 멈춰서 돌아본다. 수호자가 다마야에게 말한다.

"여기서 기다려라." 그러고는 비노프를 향해 다가간다.

비노프가 앞으로 무슨 일이 생길지 단서라도 달라는 듯이 다마야를 힐끔 쳐다본다. 다마야는 시선을 돌리고, 메시지는 실패한다. 수호자는 비노프를 복도 쪽으로, 닫힌 문 뒤로 데려간다. 비노프는 이미 해를 끼칠 만큼 끼쳤다.

다마야는 기다린다. 그녀는 바보가 아니다. 다마야는 사람들이 분주하게 오가는 복도에, 문 앞에 서 있다. 밤늦은 시간인데도 수호자들이 여럿 오가며 그녀에게 눈길을 보낸다. 하지만 다마야는 그들을 바라보지 않고 그들도 그런 태도가 만족스러운지 그녀를 귀찮게 굴지 않는다.

잠시 후, 구덩이가 있던 방에서 그들을 찾아낸 수호자가 돌아와 다마야의 어깨에 손을 얹은 채 방 안으로 데려간다.

"자, 이제 우리끼리 대화를 해 보자꾸나. 샤파에게도 와 달라고 부탁했다. 마침 순회에 안 나가고 시내에 있더구나. 하지만 그가 올 때까지는…….”

문 뒤에는 카펫이 깔린 널찍한 공간이 있고 구획별로 작은 책상들이 여러 개 놓여 있다. 사람이 앉아 있는 책상도 있고 비어 있는 책상도 있다. 책상 사이를 오가는 사람들은 검은색과 진홍색이 섞인 제복을 입고 있고, 드물게 제복이 아니라 민간인 복장을 한 사람도 있다. 다마야는 넋을 잃고 그 광경을 멍하니 바라본다. 수호자가 그녀의 머리 위에 손을 얹더니 부드럽게, 그러나 단호한 손길로 머리를 다른 방향으로 돌린다.

다마야는 안쪽에 있는 작은 개인실로 안내된다. 텅 빈 책상이 놓여 있고, 한동안 사용되지 않은 듯 퀴퀴한 냄새가 난다. 책상 양쪽에는 의자가 놓여 있다. 다마야는 손님용 의자에 앉는다.

“죄송해요.” 수호자가 반대쪽에 앉자마자 다마야가 말한다. “생각이 짧았어요.”

수호자가 상관없다는 듯이 고개를 흔든다.

“그걸 만지지는 않았느냐?”

“뭘요?”

“단자(端子) 안쪽 말이다.” 수호자는 여전히 웃는 얼굴을 하고 있다. 하지만 그들은 항상 웃고 있으니, 이것만으론 아무것도 알 수가 없다. “단자 벽에 돌출되어 있는 것들을 봤지? 호기심이 들진 않던? 네가 팔만 뻗으면 닿을 곳에도 하나 있었는데.”

단자? 아. 그리고 벽면에서 튀어 나와 있던 그 바늘 같은 쇳조각 말인가?

“아뇨, 만지지 않았어요.”

뭐 하는 단자지?

수호자가 허리를 세운다. 돌연 그녀의 얼굴에서 미소가 사라진다. 희미해진 게 아니다. 얼굴을 찡그린 것도 아니다. 얼굴에서 모든 표정이 씻은 듯이 사라진다.

"그것이 너를 부르더냐? 대답했니?"

뭔가 잘못됐다. 다마야는 본능적으로 이를 감지한다. 입안이 바싹 마른다. 수호자의 목소리조차 평소와 다르다. 더 낮고, 부드럽고, 거의 속삭이듯이, 마치 다른 사람들은 들어서는 안 될 비밀을 말하는 것처럼 은밀하다.

"그게 너한테 뭐라고 했지?"

수호자가 손바닥을 내밀자 다마야는 복종의 표시로 즉시 그 위에 자신의 손을 내려놓는다. 그러기는 싫지만, 그래야만 한다. 그녀는 수호자에게 복종해야 한다. 수호자가 다마야의 손을 잡고 뒤집더니 엄지손가락으로 손바닥 위의 긴 손금을 어루만진다. 생명선이다.

"말해 보렴."

무슨 소린지 몰라 어리둥절한 다마야가 고개를 가로젓는다.

"뭐가 뭘 말해요?"

"그것은 화가 났다." 여자의 목소리가 더 낮고, 무미건조해진다. 더 이상 비밀스럽게 속삭이지도 않는다. 수호자의 말투가 평소와 다른 이유는 지금 말하고 있는 존재가 그녀가 아니기 때문이다. "분노하고…… 두려워하고 있지. 그 두 가지 감정이 모여 점점 불어나는 소리가 들린다. 분노와 두려움. 귀환의 때를 준비하면서."

마치…… 마치 수호자 안에 다른 사람이 들어 있는 것 같다. 그것이 수호자의 얼굴과 목소리와 다른 모든 것을 사용해 말하는 것 같다. 다마야의 손을 쥐고 있는 여자의 손아귀에 점점 힘이 들어간다. 수호자의 엄지손가락이 1년 하고도 반년 전에 샤파가 부러뜨렸던 바로 그 뼈를 지그시 압박하고, 다마야는 생각한다. 다시는 아프고 싶지 않아.

"전부 다 말씀드릴게요."

다마야가 이렇게 말해도 수호자의 손은 멈추지 않는다. 다마야의 말이 들리지도 않는 것처럼.

"지난번에 그것은 해야 할 일을 했다." 더 세게, 더 아프게. 이 수호자는 샤파와 달리 손톱이 길다. 뾰족한 손톱이 다마야의 손가락 살을 파고든다. "벽 속을 침투해 그들의 순수한 창조물을 더럽혔다. 이용당하기 전에 이용했다. 접속이 이뤄졌을 때 그것을 제어하는 자들을 변화시켰다. 사슬로 묶어 맸다. 운명과 운명을."

"제발 하지 마요."

다마야가 속삭인다. 손바닥에서 피가 나기 시작한다. 누군가 문을 두드린다. 수호자는 두 가지를 전부 무시한다.

"그들을 일부로 만들었다."

"무슨 말인지 모르겠어요."

다마야가 호소한다. 아프다, 정말 아프다. 그녀는 부들부들 떨며 손뼈가 부러지길 기다린다.

"소통을 원했다. 타협을 원했다. 그러나 전투는…… 계속 격화됐지."

"무슨 말인지 모르겠어요. 대체 무슨 소리를 하는 거예요?"

뭔가 잘못됐다. 수호자에게 목소리를 높이거나 반항하면 안 된다는 건 알지만, 이건 옳지 않다. 샤파는 정당한 이유가 있을 때만 그녀를 아프게 하겠다고 약속했다. 모든 수호자는 원칙에 따라 행동한다. 다마야는 수호자가 다른 잔모래나 반지 오로진를 어떻게 대하는지 본 적이 있고, 그게 그 사실을 입증한다. 펄크럼의 삶에는 질서가 있고, 이 여자는 그 질서를 위반하고 있다.

"놔요! 원하는 대로 다 할 테니까 놔 줘!"

문이 열리고, 샤파가 뛰어 들어온다. 다마야가 숨을 들이켜지만 그는 그녀를 쳐다보지도 않는다. 샤파의 시선은 다마야의 손을 쥐고 있는 수호자에게 못 박혀 있다. 그가 잔뜩 굳은 얼굴로 여자의 뒤쪽으로 다가간다.

"티메이, 정신 차려."

하지만 그건 티메이가 아닌걸. 다마야는 생각한다.

"이제 남은 것은 경고뿐이다." 그녀가 여전히 높낮이 없는 어조로 말한다. "다음에는 어떤 타협도 없을 것이다……."

샤파가 작게 한숨을 내쉬며 티메이의 뒤통수 아래에 손가락을 찔러 넣는다.

다마야가 앉은 자리에서는 그가 무엇을 하는지 분명하게 보이지 않는다. 그저 격렬한 동작으로 뭔가 하고 있다는 걸 알 수 있을 뿐이다. 그러더니 티메이의 머리가 갑자기 앞으로 덜컥 움직인다. 목구멍에서 거의 욕에 가까운 거칠고 쉰 바람 소리가 흘러나오고 두 눈이 부릅뜨듯 커진다. 샤파가 무표정한 얼굴로 팔을 움직인다. 그의 팔이 접히고, 티메이의 목둘레에 둥근 핏자국이 나타나더니 그녀의 튜닉이 붉게 물들며 무릎 위로 피가 뚝뚝 떨어진다. 다마야의 손을 쥐고 있던 티메이의 손이 스르륵 힘을 잃고 얼굴에서 생기가 빠져나간다.

그제야 다마야는 비명을 지르기 시작한다. 계속, 계속 비명을 지른다. 샤파가 콧구멍을 벌름거리며 다시 손을 비틀자 뼈가 부러지고 인대가 으스러지는 소리가 울린다. 샤파가 손을 들어 올린다. 엄지와 집게손가락 사이에 뭔가 작고 피로 뒤덮여 정체를 알 수 없는 것이 끼워져 있다. 티메이가 상체를 수그리며 앞으로 풀썩 쓰러진다. 두개골 아래쪽이 엉망진창으로 파헤쳐져 있다.

"조용히 해라, 아이야."

샤파가 온화한 말투로 타이르자 다마야가 즉시 입을 다문다.

다른 수호자가 들어와 티메이를 보고, 샤파를 쳐다보더니, 한숨을 내쉰다.

"불행한 일이군."

"아주 불행하지." 샤파가 피투성이 물체를 남자 수호자에게 내밀자 그가 손바닥을 펼쳐 조심스럽게 받아 든다. "치워 주면 좋겠는데."

샤파가 티메이의 시체를 향해 고개를 까딱인다.

"그래."

남자가 샤파가 티메이에게서 끄집어낸 것을 갖고 사라지자 수호자 두 명이 더 들어와 첫 번째 사람처럼 한숨을 내쉬며 의자에서 티메이의 시신을 끌어내린다. 그들이 시체를 끌고 나간다. 한 명이 손수건을 꺼내 티메이가 탁자 위에 남긴 핏자국을 문질러 닦는다.

모든 절차가 신속하고 효율적이다. 샤파가 티메이가 앉았던 자리에 앉는다. 다마야가 눈을 들어 그를 본다. 그래야만 해야 하기 때문에. 쥐 죽은 듯한 정적 속에서 두 사람의 시선이 만난다.

"어디 보자."

샤파가 다정하게 말하자 다마야가 손을 내민다. 다마야는 용케도 손을 떨지 않는다.

샤파가 왼손으로 다마야의 손을 잡는다. 티메이의 뇌간을 헤집지 않은 깨끗한 손이다. 다마야의 손을 요리저리 뒤집으며 살펴보다 티메이가 낸 초승달 모양의 손톱자국을 보고 얼굴을 찌푸린다. 피 한 방울이 손 가장자리로 흘러내려 방금 전까지 티메이의 피가 묻어 있던 탁자 위로 떨어진다.

"다행이구나. 심하게 다쳤을까 봐 걱정했다."

"저게……."

다마야는 입을 열지만 더 이상 말을 잇지는 못한다. 샤파가 빙그레 웃는다. 약간의 서글픔이 담겨 있긴 하지만.

"너는 봐서는 안 될 것이지."

"뭐죠."

이 말을 내뱉기 위해서는 열 반지에 버금가는 노력이 필요하다.

샤파가 잠시 생각에 잠겼다가 대답한다.

"우리가…… 수호자가 다르다는 건 알고 있겠지?"

그러고는 수호자가 얼마나 다른 존재인지 상기시키듯이 샤파가 또다시 미소를 띤다. 수호자들은 모두 자주 웃는다.

다마야는 말없이 고개를 끄덕인다.

"우리가 받는…… 시술이 있다." 샤파가 다마야의 손을 놓고 긴 검은 머리카락 안쪽 뒤통수 아랫부분을 살짝 만진다. "그게 우리를 우리로 만들어 주지. 뭔가를 삽입하는데 때때로 그게 잘못되면 방금 네가 본 것처럼 제거해야 한다." 샤파가 어깨를 으쓱한다. 오른손은 아직도 피범벅이다. "배정된 오로진과의 연결이 최악의 상황을 피하게 해 주는데 불행히도 티메이는 잠식되고 만 거다. 어리석게도."

북중위지방에 있던 냉기가 도는 헛간. 명백한 애정의 순간. 따뜻한 두 손가락이 다마야의 두개골 아래쪽을 누른다. 해야 할 일부터 해야지. 그는 이렇게 말했다. 나를 편안하게 만들어 주는 것.

다마야가 혀로 입술을 축인다.

"그…… 티메이가 이상한 말을 했어요."

"나도 들었다."

"그녀가 말하는 게 아니었어요." 이제 헛소리를 하는 건 다마야다. "그녀가 아니었어요. 다른 사람이었어요. 마치…… 마치 다른 사람이 몸 안에 들어간 것 같았어요." 그녀의 머릿속에 들어가, 그녀의 입을 통해 말했다. "무슨 단자에 대해 말했어요. 그것이 화가 났다고도 했어요."

샤파가 고개를 옆으로 기울인다.

"아버지 대지를 말하는 거다. 흔한 망상이지."

다마야는 눈을 깜박인다. 뭐라고? 그것은 화가 났다. 뭐?

"네 말이 옳다. 티메이는 티메이가 아니었어. 널 아프게 해서 미안하구나. 그런 장면을 보게 해서 미안하다. 정말로 미안하다, 아이야."

그의 목소리는 안타까움으로 가득하고 얼굴은 순수한 연민으로 가득하여, 다마야는 그날 북중위지방에 있는 헛간에서 춥고 어두운 밤을 보낸 이래 지금껏 줄곧 참아 왔던 것을 한다. 다마야는 흐느끼기 시작한다.

샤파가 의자에서 일어나 탁자를 돌아오더니 다마야를 안아 올린다. 다마야가 앉아 있던 의자에 앉아 어깨에 매달려 서러움을 터트리는 아이의 등을 가만히 다독인다. 펄크럼의 삶에는 질서가 있고, 그 질서는 이렇다. 심기를 거스르지 않는 한 수호자는 로가에게 가장 안전한 존재다. 그래서 다마야는 아주 오랫동안 흐느낀다. 오늘밤 본 것 때문이 아니라 그동안 감당할 수 없을 만큼 너무 외로웠기 때문에. 그리고 샤파는…… 샤파는 그녀를 사랑한다. 그만의 독특한, 다정하고도 무서운 방식으로. 다마야는 샤파의 피에 젖은 오른손이 엉덩이에 붉은 자국을 남겨도, 그의 손가락이 그녀를 죽일 수도 있을 만큼 머리 아래쪽을 거세게 짓눌러도 상관하지 않는다. 그런 건 중요하지 않다.

한 차례 격렬한 감정의 폭풍이 지나가고 나자 샤파가 깨끗한 손으로 다마야의 등을 문지른다.

"기분이 어떠냐, 다마야?"

다마야는 샤파의 어깨에 고개를 묻고 꼼짝도 않는다. 샤파에게서는 땀과 가죽, 쇠, 그리고 평생 그녀에게 편안함과 두려움을 동시에 연상시킬 내음이 난다.

"괜찮아요."

"다행이구나. 네가 날 위해 해 줄 게 있다."

"뭔데요?"

샤파가 다마야를 안은 팔에 지그시 힘을 준다.

"나는 이제 여기서 나가서 너를 도가니로 데려갈 작정이다. 그리고 넌 첫 번째 반지 시험을 치르게 될 거다. 날 위해 그 시험을 통과해 주렴."

다마야는 멍하니 두 눈을 깜박이다 얼굴을 찡그리며 고개를 든다. 샤파가 부드럽게 웃어 준다. 다마야는 본능적으로 그 의미를 이해한다. 그것은 단순히 그녀의 조산 능력을 시험하는 게 아니다. 반지 시험을 치르는 로가는 대부분 그 소식을 사전에 미리 통보받는다. 그래야 시험에 대비하고 연습할 수 있기 때문이다. 지금 아무 예고도 통보도 없이 시험을 치른다는 것은, 이게 다마야에게 주어진 유일한 기회이기 때문이다. 다마야는 불복종의 죄를 저질렀다. 그녀는 신뢰할 수 없는 오로진이다. 따라서 다마야는 자신이 쓸모 있는 존재라는 사실을 입증해야 한다. 만약 실패한다면……

"나는 네가 살길 바란다, 다마야." 샤파가 다마야의 이마에 자신의 이마를 맞대며 말한다. "가엾은 내 아이야, 내 삶은 이미 죽음으로 가득하단다. 제발, 날 위해서 시험에 통과해다오."

다마야는 알고 싶은 것이 너무 많다. 티메이의 말은 무슨 뜻인지, 비노프는 앞으로 어떻게 되는지, 단자란 무엇이고 어째서 비밀로 감춰져 있는지, 작년에 크랙은 어떻게 됐는지. 그리고 샤파는 왜 다마야에게 이토록 큰 기회를 주는지. 그러나 펄크럼의 삶에는 질서가 있고, 다마야의 의무는 수호자의 지시에 의문을 제기하지 않는 것이다.

하지만……

하지만……

하지만. 다마야는 고개를 돌려 탁자 위에 묻어 있는 자신의 핏자국을 본다.

이건 옳지 않아.

"다마야?"

이건 옳지 않다. 그들이 그녀에게 하는 일. 펄크럼이 벽 안에 존재하는 모든 이들에게 하는 일. 샤파가 그녀에게 살아남기 위해 하라고 시키는 일.

"그렇게 해 주겠니? 날 위해서?"

다마야는 샤파를 사랑한다. 하지만 이건 옳지 않다.

"내가 통과하면 말인데요." 다마야는 눈을 질끈 감는다. 샤파를 쳐다보며 이 말을 할 수는 없다. 그녀의 눈빛 속에 담긴 이건 옳지 않아를 들키면 안 된다. "내 로가 이름을 정했어요."

샤파는 그녀가 잘못된 단어를 선택했다고 꾸짖지 않는다.

"그러니?" 흡족한 목소리. "뭐라고 지었느냐?"

다마야는 입술을 핥는다.

"시에나이트."

샤파가 의자 뒤로 깊숙이 몸을 기대며 나지막하게 중얼거린다.

"마음에 드는구나."

"그래요?"

"당연하지. 네가 직접 골랐잖니?"

샤파가 웃음을 터트린다. 기분 좋은 웃음이다. 그녀를 비웃는 게 아니라 즐거워서 웃는 웃음이다.

"섬장암(시에나이트)은 지각판 가장자리를 구성하는 암석이지. 열과 압력에도 분해되기는커녕 더 단단해질 뿐이고."

샤파는 진짜로 이해하고 있다. 다마야는 입술을 꽉 사려 문다. 눈가에서 다시 뜨거운 기운이 치밀어 오른다. 다마야가 그를 사랑하는 건 옳은 일이 아니다. 하지만 이 세상엔 옳지 않은 것들이 수없이 많다. 그래서 다마야는 눈물이 고이는 걸 참으며, 결정을 내린다. 운다는 것은 나약함의 징표다. 우는 것은 다마야나 하는 짓이다. 시에나이트는 그보다 훨씬 더 강할 것이다.

"할게요." 시에나이트가 부드럽게 대답한다. "샤파를 위해 시험에 통과할게요. 약속해요."

"착한 아이다."

샤파가 미소 띤 얼굴로 시에나이트를 더욱 다정하게 껴안는다.

(해독 불가) 대지를 너무 가까이 품은 자들. 그들은 스스로의 주인이 아니다. 그들이 다른 자들의 주인이 되지 못하게 하라.

— 두 번째 석판, 「불완전한 진실」, 제9절

18장

너는 밑에서 놀라운 것을 발견한다

이카는 너를 그들이 나온 오두막 안으로 데려간다. 가구는 거의 없고 벽도 황량하다. 바닥과 벽에는 흠집이 가득하고 음식 냄새와 퀴퀴한 체취가 코끝을 떠돈다. 얼마 전까지 누군가 살던 집이다. 어쩌면 계절이 시작되기 전에는 평범한 집이었는지도 모른다. 하지만 이제 이곳은 껍데기일 뿐, 너와 일행은 지하 저장고로 이어진 문으로 향한다. 그리고 계단 밑에서 횃불이 밝혀진 널찍하고 텅 빈 방을 발견한다.

그제야 너는 이곳이 단순히 인간과 인간 아닌 이들로 구성된 특이한 공동체가 아니라 그 이상임을 깨닫는다. 지하실 벽은 단단한 화강암이다. 겨우 지하실을 짓겠다고 화강암 기반까지 깨부술 사람은 없다. 그리고…… 실제로 누가 땅을 판 것 같지도 않다. 다들 발을 멈추고 섰지만 너만은 벽으로 다가가 손으로 쓸어 본다. 눈을 감고 뻗어 본다. 그래, 여기엔 뭔가 익숙한 느낌이 있다. 네가 예상한 것보다 훨씬 세밀하고 정교한 의지와 집중력으로(네가 지금껏 보닌

중에서 제일 정교한 건 아니지만) 로가들이 이 반질반질한 벽을 만들었다. 누가 조산술로 이런 일을 했다는 이야기는 들어 본 적이 없다. 조산술은 뭔가를 만들고 창조하기 위한 것이 아니다.

몸을 돌리자 이카가 너를 가만히 쳐다보고 있다.

"네가 한 거야?"

그녀가 빙긋 웃는다.

"아니. 이거랑 다른 숨겨진 입구는 내가 발견하기 훨씬 전에 수백 년 전부터 여기 있었어."

"이곳 사람들이 조산술을 그렇게 오래전부터 사용해 왔다고?"

이카는 카스트리마 향이 겨우 50년밖에 되지 않았다고 했다.

이카가 웃음을 터트린다.

"아니. 내 말은 이 세상이 수많은 사람들의 손을 빌어 계절을 버텨 왔다는 거야. 그리고 그들이 전부 우리처럼 멍청하게 조산술을 쓸모없는 걸로 치부하지는 않았다는 거고."

"우린 멍청하지 않아. 다들 우리를 어떻게 사용해야 하는지 완벽하게 알고 있으니까."

"으엑." 이카가 불쌍하다는 듯이 얼굴을 찌푸린다. "펄크럼 출신이구나? 거기서 살아남은 애들은 다 너같이 말하더라."

너는 이카가 펄크럼 오로진을 얼마나 많이 만났는지 궁금하다.

"그래."

"그럼 너도 우리가 마음만 먹으면 얼마나 대단한 일을 할 수 있는지 알겠네."

이카가 등 뒤를 가리킨다. 몇 발자국 떨어진 벽에 커다란 입구가 있다. 지하실을 구성하고 있는 암석에 정신이 팔린 나머지 그런 게 있다는 것도 눈치 채지 못했다. 구멍 안쪽에서 희미한 외풍이 불어오는 게 느껴진다. 구멍 입구에서는 사람들 셋이 서성이며 적의와 불안, 놀라움이 뒤섞인 다양한 표정으로 너를 보고 있다. 무기를 갖고 있진 않지만(저쪽 벽에 기대 세워져 있다.) 크게 티는 나지 않아도 이들이 문 없는 향의 문지기임을 알 수 있다. 여기, 지하실에 말이다.

금발 여자가 문지기 중 한 명과 나지막이 대화를 나누고 있다. 그러고 있으니 그녀의 몸집이 얼마나 작은지 새삼 알 수 있다. 문지기 중에 가장 작은 사람보다 최소 30센티미터는 작고, 체중은 50킬로그램은 덜 나갈 것 같다. 그녀의 조상이 불쌍한 자손에게 자비를 베풀기 위해서라도 한두 명의 산제인과 잤어야 했는데. 어쨌든 너는 계속 움직이고 문지기들은 뒤에 남는다. 두 명은 근처에 놓여 있는 의자에 앉고, 세 번째 사람은 계단 위로 올라간다. 아마 머리 위에 있는 빈 건물을 지키기 위해서일 것이다.

그 순간 사고의 틀이 전환된다. 지상의 버려진 마을이 바로 향의 장벽이다. 방어를 위한 위장이다.

하지만 무엇을 위해? 너는 이카를 따라 입구 안으로, 그 너머에 있는 검은 공간으로 들어간다.

"이 마을의 중심지는 항상 여기였어."

길고 어두컴컴한 통로를 따라 걸으며 이카가 설명을 시작한다. 이곳은 버려진 탄광로처럼 보인다. 수레를 운반하는 철로가 있지만 너무 오래된 데다 모래와 자갈 사이에 묻혀 눈에 잘 보이지도 않는다. 발바닥에 부자연스러운 굴곡이 느껴질 뿐이다. 터널 천장을 받치고 있는 목재 기둥은 낡았고, 헐렁한 전선을 늘어뜨린 벽등들도 마찬가지다. 원래는 횃불을 거는 용도였던 것을 지공학자들이 전기등에 맞게 새로 설치한 것 같다. 전등이 아직 작동하는 걸로 보아 카스트리마는 수력이나 지력을 이용하나 보다. 그것만으로도 티리모보다 훨씬 낫다. 통로 안은 따뜻한데 난방관은 어디에도 보이지 않는다. 완만한 내리막길을 따라 걸을수록 훈훈한 공기가 점점 더 따뜻해진다.

"근처에 광산이 있다는 건 말했지? 그래서 여길 찾아낸 거야. 옛날에 누군가 실수로 벽을 부쉈는데 처음 보는 새로운 터널이 나타난 거지."

그 말을 끝으로 이카는 한동안 입을 다문다. 이제 너희는 위험하고 가파른 철제 계단을 따라 밑으로 내려가는 중이다. 계단이 아주 많고 길다. 무척 오래되어 보이는데…… 이상하게도 뒤틀리거나 녹이 슬지도 않았다. 아직도 반질하고 반짝반짝 윤이 나고, 부서진 곳도 없다. 흔들리거나 삐걱거리지도 않는다.

한참 뒤에 너는 붉은 머리의 스톤이터가 보이지 않는다는 걸 깨닫는다. 그녀는 너희와 함께 통로로 내려오지 않았다. 이카가 모르는 것 같아 너는 팔을 건드리며 묻는다.

"네 친구는 어디 있어?"

하지만 대략 짐작은 간다.

"내…… 아, 걔. 걔네들은 우리처럼 움직이는 게 더 힘들어서 자기네들 방식대로 이동해. 난 짐작도 안 가는 방법도 포함해서."

이카가 호아를 힐끔 곁눈질한다. 그는 너와 함께 한 발짝씩 계단을 걸어 내려오고 있다. 호아가 싸늘한 눈빛으로 이카를 쏘아보자 그녀가 피식 웃는다.

"재밌네."

계단 밑에서 또 다른 터널이 나타난다. 아까 지나온 통로와는 무척 다른 모습이다. 천장은 평평하지 않고 둥그스름한 곡선을 그리고, 은빛으로 반짝이는 석재 기둥이 천정을 받치고 있는데 마치 갈비뼈처럼 벽 위쪽을 감싸 안으며 휘어진다. 얼마나 오래된 곳인지 피부로도 느껴질 정도다.

이카가 말한다.

"이 근방은 기반암 위에 온갖 구멍과 통로와 광산 들이 겹겹이 쌓여 있어. 세월이 지나면서 문명 위에 새로운 문명을, 과거 위에 계속 쌓아 올린 거지."

"아리터시드." 통키가 불쑥 말한다. "쟈마리아. 남부 오테이 합중국."

쟈마리아에 대해서는 너도 보육학교에서 역사를 가르칠 때 들은 적이 있다. 옛날에 존재했던 커다란 국가로, 그들이 처음 구축하기 시작한 대대적인 도로 체계는 후에 산제 제국의 토대가 되었다. 한때 지금 남중위지방의 거의 대부분을 차지했던 나라다. 쟈마리아는 약 열 계절 전쯤에 멸망했다. 다른 이름들도 고대 사문명의 이름일 것이다. 지금은 아무도 관심 없는, 지하학자들이나 흥미를 느낄 만한 것들.

"위험하네." 너는 불안감을 내비치지 않으려고 조심스레 말한다. "바위가 너무 많이 침식됐다면……."

"그래, 그래. 하지만 그건 어느 탄광이든 마찬가지잖아. 흔들에 무력한 것도 그렇고."

통키는 눈에 보이는 걸 전부 소화하려고 정신없이 주변을 두리번거리고 있지만 용케도 아직 아무와도 부딪치지 않았다. 그녀가 말한다.

"이번에 북쪽 흔들은 워낙 엄청나서 여기도 무너졌어야 하는데."

"그 말이 맞아. 우린 이번 흔들을 유메네스 열개(裂開)라고 부르고 있는데 아직 적당한 이름을 생각해 낸 사람은 없는 거 같아. 요 100년 새에 일어난 것 중에 최악이었지. 과장이 아냐." 이카가 어깨를 으쓱하며 너를 돌아본다. "하지만 이 통로는 무너지지 않았어. 왜냐하면 내가 있었거든. 내가 막았어."

너는 천천히 고개를 끄덕인다. 그건 네가 티리모에서 한 일과 별반 다르지 않다. 다만 이카는 지상뿐만 아니라 그보다 더 많은 것을 보호해야 했다. 어쨌든 이 지역은 기반이 꽤 안정적인 게 틀림없다. 그렇지 않다면 이미 수 세기 전에 무너졌을 것이다.

하지만 너는 말한다.

"네가 늘 근처에 있진 못할 텐데."

"내가 없으면 누군가 딴 사람이 하겠지." 이카가 어깨를 으쓱한다. "아까도 말했지만 여긴 우리 같은 사람이 꽤 많으니까."

"말이 나왔으니 말인데……."

통키가 한 발로 빙그르르 돌더니 열렬한 눈빛으로 이카를 쳐다본다. 이카가 웃음을 터트린다.

"넌 정말 한 가지 생각뿐이구나?"

"당연하지."

너는 통키가 이 와중에서도 지나치는 모든 기둥과 벽의 구조물을 관찰하고 분석하고 심지어 걸음 수까지 세고 있었을 거라고 생각한다.

"어떻게 한 거야? 어떻게 오로진들을 여기로 꾀어냈어?"

"꾀어내?" 이카가 고개를 젓는다. "그렇게 음흉한 건 아냐. 설명하기도 힘들고. 그건 그냥…… 내 능력이야. 말하자면……."

그녀는 침묵에 빠진다.

그리고 다음 순간, 너는 휘청 발을 헛디딘다. 바닥에 걸려 넘어질 만한 것도 없는데, 그저 갑자기 똑바로 걷기가 힘들어졌다. 마치 보이지 않는 내리막길이라도 생긴 것 같다. 이카를 향해서.

너는 발을 멈추고 그녀를 노려본다. 이카도 너를 쳐다보며 히죽 웃는다.

"어떻게 한 거야?" 네가 묻는다.

"나도 몰라." 이카가 의심과 불신으로 가득한 네 표정을 보고는 체념하듯이 손바닥을 펼친다. "몇 년 전에 시험 삼아 그냥 해 봤는데, 얼마 뒤에 한 남자가 마을에 찾아왔더라고. 몇 킬로미터 밖에서 날 느꼈대. 그다음엔 애들 둘이 나타났는데 자기들이 왜 이쪽으로 왔는지도 모르더라. 그다음에도 또 다른 남자가 찾아왔고. 그래서 그 뒤로 계속 이걸 하고 있어."

"뭘 해?" 통키가 너와 이카를 번갈아 쳐다보며 묻는다.

"오직 로가들만 느낄 수 있지." 이카가 덧붙이지만 너도 그쯤은 당연히 알 수 있다. 이카가 미동도 하지 않은 채 너희 둘을 응시하고 있는 호아를 흘깃 눈짓한다. "그리고 저들도. 그건 나중에야 알았지만."

"맞아, 그거 말인데." 통키가 불쑥 끼어든다.

"녹슬어빠질 대지불이여, 너 정말 알고 싶은 게 더럽게도 많구나?"

그 말을 한 건 금발 여자다. 그녀가 고개를 절레절레 저으며 계속 걸으라고 손짓한다.

슬슬 앞쪽에서 간간이 희미한 소리가 들리기 시작하고 공기의 움직임도 느껴진다. 하지만 그게 어떻게 가능하지? 지하로 최소한 1.5킬로미터나 아니면 두 배는 내려온 것 같은데. 공기는 따스하고, 수 주 동안 얼굴 가리개를 통해 유황가스와 잿가루를 마신 터라 거의 잊어버린 냄새가 풍겨 온다. 음식을 조리하는 냄새, 썩은 쓰레기 냄새 약간, 나무 타는 냄새. 그리고 사람들. 너는 사람들의 냄새를 맡고 있다. 아주 많은 사람들. 눈앞에 일렬로 벽에 붙어 있는 전깃불보다 훨씬 밝고 강한 불빛이 나타난다.

"지하향이라니!" 통키가 네가 머릿속으로 떠올린 단어를 크게 외친다. 하지만 네가 하려고 했던 말보다 더 미심쩍은 말투다.(너는 말도 안 되는 불가능한 것들에 대해 그녀보다 훨씬 더 많이 알고 있다.) "설마 이렇게 멍청한 인간들이 있을라고."

이카는 잠자코 웃을 뿐이다.

갑자기 이상한 불빛이 나타나더니 주변이 눈부시게 환해지고, 공기의 흐름이 급격해지며 웅성거리는 소음이 확 불어난다. 통로가 넓어지고 안전장치용 철제 난간이 둘러진 널찍하고 평평한 암반이 나타난다. 일종의 전망대다. 이걸 만든 지공학자나 혁신자가 처음이 향을 방문한 사람들이 어떻게 반응할지 정확하게 알고 있었던 탓이리라. 너는 이곳을 설계한 자들이 의도했던 대로 정확히 반응한다. 입을 쩍 벌리고 눈앞에 펼쳐진 경이로운 광경에 굴복한다.

이곳은 거대한 정동(晶洞)이다. 너는 이 공간을 둘러싸고 있는 암석이 급작스럽게 다른 것으로 변하는 것을 보닐 수 있다. 시냇물 속을 구르는 조약돌, 천을 짜다가 뭉친 실 엉킴. 영겁의 세월 전에 아버지 대지 속을 흐르던 녹은 암석에 거품이 생겼다. 그리고 그 거품 안에서 원인을 알 수 없는 압력의 손길을 받아, 물과 불의 담금질을 거쳐 수정이 자라난다. 그리하여 도시 하나를 세울 만큼 거대한 정동이 탄생한다.

그래서 누군가 이 안에 도시를 세웠다.

너는 광활한 지하 동굴 앞에 서 있다. 커다란 나무줄기 같은 수정 기둥이 사방에서 솟아 자라고 있다. 아름드리 나무만 한. 아니, 건물만 한 기둥들이다. 크고 높은 건물만 한 기둥들이다. 두서없이 벽에서 삐쭉삐쭉 제멋대로 튀어나와 있다. 길이도 둘레도 제각각이다. 어떤 것들은 반투명한 하얀색이고 어떤 것은 뿌연 우유색이고 어떤 것은 보라색이다. 어떤 것들은 짧고 뭉툭하고 겨우 몇십 센티미터에 불과한가 하면, 한쪽 벽에서는 끝이 보이지 않을 정도로 길고 높은 기둥들이 수없이 자라나 있다. 이 모든 수정기둥들이 마을의 버팀목과 오르기엔 너무 가파른 길을 이루며 중구난방 뻗어 있다. 마치 누군가 건축가를 고용해 세상에서 구할 수 있는 가장 아름다운 재료로 도시를 세우라고 명한 다음, 그렇게 만든 건물들을 상자 안에 쑤셔 넣고 아무렇게나 흔들어 놓은 것 같다.

이 안에 사람들이 살고 있다. 눈길 닿는 곳마다 좁은 밧줄다리와 목재 발판이 설치돼 있다. 전등이 매달린 전선들이 호선을 그리며 늘어져 출렁거리고, 밧줄과 도르래에 연결된 작은 승강기가 발판과 발판 사이를 오간다. 저 멀리 한 남자가 다소 기울어진 거대한 흰색 기둥 주위를 나선으로 돌고 있는 목재 계단을 따라 내려오고 있다. 까마득히 보이는 아래 바닥에서는 집채만 한 크기의 짧고 통통한 수정기둥 사이에서 어린애 둘이 장난을 치며 놀고 있다.

수정기둥 중 일부는 진짜로 집이다. 문과 창문 역할을 하는 구멍도 뚫려 있다. 사람들이 들락날락하는 것도 보인다. 뾰족한 수정 끝을 잘라 만든 굴뚝 구멍에서 연기가 하늘하늘 피어오른다.

"씹어먹을 대지여." 네가 중얼거린다.

이카는 허리춤에 두 손을 올린 채 의기양양한 표정으로 네 반응을 기다리고 있다.

"사실 우린 거의 아무것도 안 했어. 주변을 조금 손보고 다리 몇 개를 보탠 정도? 집에 난 구멍들도 원래 다 있던 거야. 수정을 깨트리지 않고 어떻게 그렇게 만들었는지는 우리도 몰라. 길에는 금속이 덮여 있는데, 방금 우리가 지나온 통로에 있던 계단하고 같은 재질이야. 지공학자들도 어떻게 만들었는지 모르더라고. 쇠전승가와 연금술사들은 처음에 이걸 보고 거의 숨이 넘어가더라. 저 위에 기계 장치가 있는데……."

이카가 머리 위로 수십 미터가 넘게 솟아 있어 잘 보이지도 않는 천장을 가리킨다. 그녀의 목소리가 아득하게 멀어진다. 정신은 몽롱하고 하도 오랫동안 눈을 깜박이지 않아 눈꺼풀에 경련이 이는 것 같다.

"더러워진 공기를 빨아들여서 다공성 흙을 거쳐 정화한 다음 다시 지면으로 배출해. 신선한 공기를 내부로 유입하는 다른 펌프도 있고. 정동 바깥쪽에는 좀 떨어진 곳에 있는 물을 우회해서 가져오는 장치도 있는데, 중간에 터빈이 있어서 그걸로 전기도 공급해. 이걸 알아내는 데 한 100만 년은 걸렸다니까. 날마다 쓸 물도 얻을 수 있어." 이카가 한숨을 내쉰다. "하지만 솔직히, 우리가 사용하는 시설 중에 아직도 절반은 원리를 이해하지 못했어. 전부 오래전에 만들어진 거야. 구 산제 제국이 세워지기 훨씬 전에."

"정동은 외부 껍질이 조금이라도 손상되면 끝장인데." 통키마저도 눈앞의 광경에 압도된 것 같다. 곁눈질로 살펴보니 그녀를 알게 된 지 처음으로 촐싹거리지 않고 얌전하다. "이 안에 뭘 지을 생각을 했다는 것 자체만으로도 황당하다. 그리고 수정에서 왜 빛이 나는 거야?"

통키의 말이 맞다. 수정기둥이 정말로 빛나고 있다.

이카가 내가 알겠냐는 듯이 어깨를 으쓱하고는 팔짱을 낀다.

"나도 몰라. 하지만 여길 건설한 사람들은 이곳이 흔들이 와도 무사하길 바랐으니까 뭔가 조치를 취해 뒀겠지. 결론적으로 성공하긴 했는데…… 본인들은 살아남지 못했어. 카스트리마 사람들이 여길 발견했을 때는 해골이 그득하게 쌓여 있었대. 어떤 건 너무 오래돼서 만지자마자 가루처럼 바스라졌다고 하더군."

"그래서 네 향 조상들은 마을 전체를 고대 문명이 남긴 유적으로 옮기기로 결심한 거군. 예전에 똑같은 선택을 했던 사람들이 몽땅 죽어 버린 곳으로 말이야." 너는 중얼거리지만 별로 빈정거리는 투로 들리지가 않는다. 제대로 비꼬기엔 너무 심한 충격을 받은 탓이다. "하긴, 그런 참극을 다시 겪고 싶지 않은 사람이 누가 있겠어?"

"아, 걱정 마. 그 문제라면 아직도 현재진행형이니까."

이카가 한숨을 내쉬며 난간에 몸을 기댄다. 너는 저도 모르게 어깨를 움찔한다. 만일 그녀가 발이라도 헛디딘다면 저 밑으로 아주 오래도록 추락하게 될 테고, 바닥에 삐죽삐죽 솟아 있는 수정들은 매우 뾰족하고 날카로워 보인다.

"원래 여기서 오래 살려는 사람은 없었어. 처음에 카스트리마는 여기랑 여기로 이어지는 통로를 비축고로 사용했어. 음식이나 의약품처럼 필수 물자를 넣어 두진 않았지만 말이야. 하지만 어쨌든 이곳엔 오랫동안 금 하나 가지 않았어. 흔들이 닥쳤을 때도 말이야. 가장 결정적인 계기가 된 건 옛날에 있었던 사건이었지. 지난 계절에 이 지역에 있던 향은 문도 장벽도 갖추고 있는 진짜 향이었는데 무향민 무리의 공격을 받고 무너졌어. 마을은 불에 타고 중요한 물자도 전부 도둑맞았지. 여기로 내려오거나 아니면 지상에서 장벽도 불도 없이 호시탐탐 기회만 노리는 약탈자들이 언제 습격할까 벌벌 떨며 살거나 둘 중 하나밖에 선택의 여지가 없었어. 그래서 그들은 우리의 선조가 됐지."

필요는 유일한 법(法)이다. 돌의 가르침은 말한다.

"그렇다고 전부 순조로웠던 건 아니지만."

이카가 몸을 세우더니 따라오라고 손짓한다. 너희는 넓고 완만한 경사로를 따라 동굴 바닥으로 내려간다. 잠시 후 너는 그 길이 사실은 수정이며, 네가 수정기둥의 옆면을 따라 걷고 있다는 사실을 깨닫는다. 누군가 콘크리트로 포장하긴 했지만 회색 길 가장자리가 은은한 흰색으로 빛나고 있다.

“여기로 이주한 사람들 중 대부분이 계절을 나지 못하고 죽었어. 공기 순환 장치를 작동하는 법을 몰랐거든. 당시에 여기서 며칠 이상 있는다는 건 숨이 막혀 죽는다는 뜻이었지. 식량도 없었고. 그래서 따뜻하고 안전하고 마실 물은 풍부했지만 햇빛이 비치기 전에 대부분이 굶어 죽었지.”

특유의 환경적인 특성이 가미되어 있을 뿐, 그것은 아주 익숙한 이야기다. 너는 멍하니 고개를 끄덕이지만 사실은 동그랗게 묶은 밧줄 위에 걸터앉아 도르래와 케이블을 이용해 저 공중을 가로지르고 있는 나이 많은 남자에게 온 시선과 정신이 팔려 있다. 이카가 발을 멈추고서 손을 흔든다. 남자도 손을 흔들더니 계속 미끄러져 사라진다.

“그 악몽과도 같은 경험에서 살아남은 사람들은 교역소를 열었고 그게 카스트리마가 됐어. 그리고 후대에 이곳에 대한 이야기를 전했지만 아무도 여기서 살려 하지 않았지……. 우리 증조모께서 왜 기계 장치가 작동하지 않았는지 알아낼 때까지는 말이야. 그분이 여길 어떻게 작동시켰는지 알아? 그냥 저 입구로 걸어 들어온 게 다야.” 이카는 방금 네가 걸어온 방향을 가리킨다. “나 때도 통했지. 내가 여기 처음 내려왔을 때 말이야.”

너는 걸음을 뚝 멈춘다. 처음에는 아무도 눈치 채지 못한다. 가장 먼저 알아차린 사람은 호아다. 그가 발을 멈추고 고개를 돌려 너를 본다. 호아의 얼굴에는 뭔가를 숨기는 듯한 전에 없던 신중함이 떠올라 있고, 너는 두려움과 궁금증 사이로 그것을 넌지시 알아본다. 나중에, 일단 지금 일을 처리한 후에 호아와 이야기를 해 봐야겠다. 지금은 그보다 더 중요한 게 있다.

"그 기계 장치." 네가 말한다. 입안이 바짝 탄다. "조산력으로 작동하는군."

이카가 반쯤 웃는 얼굴로 고개를 주억인다.

"지공학자들 가설은 그래. 지금 이렇게 작동하고 있다는 게 그 방증이고."

"그런……." 너는 알맞은 말을 고르려 하지만 실패한다. "어떻게?"

이카가 웃음을 터트리며 고개를 젓는다.

"모르지. 그냥 되더라고."

그것은 지금까지 이카가 보여 준 그 무엇보다도 너를 두렵게 한다.

이카가 한숨을 푹 내쉬더니 허리에 손을 올린다.

"에쑨." 그녀가 말하자, 너는 움찔 떤다. "그게 네 이름이지?"

너는 입술을 핥는다.

"에쑨 내항……." 그러고는 멈춘다. 왜냐하면 너는 방금 수년 전에 티리모 사람들에게 알려 준 이름을 말하려 했고, 그것은 거짓이기 때문이다. "에쑨."

너는 말한다. 그리고 거기서 멈춘다. 불완전한 거짓말.

이카가 네 일행을 돌아본다.

"통키, 디바스의 혁신자."

통키가 말한다. 왠지 부끄러운 표정으로 너를 쳐다보다 시선을 떨군다.

"호아."

호아가 말한다. 이카는 뭔가 그 이상을 기다리듯이 한참 동안 물끄러미 쳐다보지만, 호아는 아무 말도 하지 않는다.

"좋아, 그럼." 이카가 마을 전체를 껴안듯이 두 팔을 크게 벌린다. 턱을 치켜들고 거의 도전적인 눈빛으로 너희들을 한 명씩 주시한다. "우리는 카스트리마에서 그저 살아남으려는 것뿐이야. 다른 사람들과 똑같아. 다만 조금 더 혁신적일 뿐이지." 이카가 통키를 향해 고개를 까딱이자 통키가 다소 신경질적으로 푸흡 웃는다. "이러다 죽을 수도 있지만 어쨌든 결과는 똑같을 텐데, 뭐. 망할 계절이 진짜 오고야 말았다고."

너는 입술을 핥는다.

"우리 그만 가도 돼?"

"벌써 가다니 뭔 녹슬 소리야? 아직 제대로 보지도 못……." 통키가 버럭 화를 내더니 이내 네가 무슨 말을 하는지 깨닫는다. 그녀의 누르스름한 얼굴이 파리해진다. "아."

이카의 미소는 다이아몬드처럼 예리하다.

"오, 바보는 아니네. 잘됐어. 따라와, 만날 사람이 있어."

이카가 따라오라고 재촉하며 경사로를 내려가기 시작한다. 네 질문에는 대답하지 않은 채.

뇌간 하단에 위치한 한 쌍의 보님기관은 근저(近低)의 지진 활동
및 기압 변화에 민감하게 반응하는 것 이상의 역할을 하는 것으로
밝혀졌다. 실험 결과, 보님기관은 포식자의 존재와 타인의 감정,
극단적인 열과 냉기, 그리고 천체의 이동에 반응한다.
그 반응 원리에 대해서는 아직 밝혀진 바가 없다.
— 난드비드, 머켓시의 혁신자, 「다양한 수준의 과발달된 보님기관에 관한 고찰」, 제7대학 생물하학 학습향, 시신을 기증한 펄크럼에 사의를 표하며

19장

경계 중인 시에나이트

메오브에 머문 지 사흘이 되었을 때, 뭔가가 변한다. 시에나이트는 지난 사흘간 여러 가지 면에서 소외감을 느꼈다. 첫 번째 문제는 그녀가 이곳의 언어를 모른다는 사실이다. 알라배스터의 말에 따르면 이들이 사용하는 언어는 에텁어다. 아직도 꽤 많은 해안지방 향에서 이 토속어를 사용하지만 대부분은 교역을 위해 산제어도 같이 배운다. 알라배스터는 이곳 주민들이 대부분 해안인의 후손이라고 짐작하고 있다. 피부색과 고수머리를 보면 의문의 여지가 없는 듯하지만, 교역보다 해적질을 주업으로 삼고 있다 보니 이들은 산제어를 배울 필요가 없었다. 알라배스터는 시엔에게 에텁어를 가르치려 하지만 솔직히 시엔은 지금 "새로운 걸 배울" 기분이 아니다. 그들이 이곳에 처음 도착했을 때 겪어야 했던 어려움에서 벗어났을 즈음 알라배스터가 지적한 두 번째 문제 때문이다. 그들은 이 섬을 떠날 수가 없다. 그보다 그들은 이제 갈 곳이 없다.

"수호자들은 앞으로도 계속 우릴 죽이려 할 거다."

알라배스터가 말한다. 그들은 이 바위섬에 있는 황량한 언덕 중 하나를 오르고 있다. 남들의 시선을 피해 두 사람만의 시간을 가질 수 있는 유일한 방법이기 때문이다. 그렇지 않을 때면 어린애들이 하루 종일 두 사람 뒤를 졸졸 따라다니면서 우스꽝스러운 산제어 흉내를 재재거린다. 메오브에는 할 일은 많지만(낮 동안에는 남녀노소 할 것 없이 낚시와 게잡이를 하고, 저녁 때가 되면 아이들은 보육학교에 간다.) 놀거리는 거의 없는 게 분명하다.

"수호자들이 우리에게 왜 화가 났는지 모르는 상태에서 펄크럼으로 돌아가는 건 자살행위야. 어쩌면 문 안에 들어가기도 전에 칼을 맞을 수도 있다."

생각해 보면 그의 말에는 틀린 곳이 없다. 하지만 수평선 저편에서 검은 연기를 뿜고 있는 알리아의 남은 잔해를 보면 분명한 사실이 하나 있다.

"그들은 우리가 죽었다고 생각해요."

시엔은 지평선 가운데 찍혀 있는 작은 점을 보다 이내 시선을 돌린다. 기억 속에 있는 아름다운 해안가 항이 지금은 어떤 모습일지 상상하고 싶지 않다. 알리아의 모든 경보 체제와 비상 대응책은 화산이 아니라 쓰나미에 대처하기 위한 것이었고, 결국은 불가능한 일이 일어나고 말았다. 가엾은 헤레스미스. 심지어 아사엘도 그렇게 죽을 사람은 아니었는데.

시에나이트는 그들에 대해 생각하고 싶지 않다. 그래서 그 대신에 알라배스터에게 온 관심을 집중한다.

"그 말을 하고 싶은 거죠? 우리가 알리아에서 죽은 덕분에 여기서 자유롭게 살 수 있다는 거죠?"

"바로 그거야!"

알라배스터는 얼굴 가득 환한 웃음을 짓고 있다. 거의 덩실거리며 춤을 추고 있을 정도다. 시엔은 그가 이렇게 신나 하는 모습을 처음 본다. 마치 그들이 자유를 얻은 대신 무슨 대가를 치렀는지 잊어버린 것처럼……. 아니면 관심이 없는 걸까.

"이 섬은 본토와 아무 교류도 없고, 설사 있다 하더라도 우호적인 관계가 아니야. 수호자들은 우리를 가까운 거리에서 감지할 수 있지만 여기까진 절대 오지 않을 거다. 더구나 이곳 섬들은 지도에도 나와 있지 않아!" 그러더니 돌연 침울해진다. "하지만 육지에선 우리가 펄크럼을 탈출했다고 확신하고 있을 거다. 유메네스 동쪽에 있는 모든 수호자가 폐허가 된 알리아를 킁킁거리며 우리가 살아 있다는 흔적을 찾고 있겠지. 우리 얼굴이 담긴 전단지를 제국도로 순찰대와 지역 민병대에 뿌릴 테고. 나는 현대의 미살렘이 되고 너는 공범이 될 거다. 어쩌면 드디어 네가 능력을 인정받아서 사실은 네가 이 모든 음모의 흑막이라고 생각할지도 몰라."

잘도 그러겠네.

하지만 알라배스터가 옳다. 향 하나가 그토록 처참하게 파괴되었으니 펄크럼은 비난을 뒤집어씌울 희생양이 필요할 것이다. 그렇다면 현장에 있던 두 로가, 지진 활동을 마땅히 막았어야 할 이들이 적절하지 않겠는가. 알리아의 소멸은 펄크럼이 이제껏 고요 대륙에 약속한 모든 것을 저버렸다는 증거다. 순종적으로 잘 길들인 오로진, 최악의 흔들과 불광으로부터의 보호와 안전의 보장, 다음

번 다섯 번째 계절이 오기까지 불안과 두려움에서의 해방. 펄크럼은 가능한 모든 방법으로 두 사람을 헐뜯고 비방할 것이다. 그러지 않는다면 사람들이 펄크럼의 흑요석 벽을 무너뜨리고 가장 나이 어린 잔모래에 이르기까지 그 안에 있는 모든 이들을 도륙할 테니까.

시엔이 이제 보닐 수 있게 되었다는 사실은 아무 도움도 되지 않는다. 보님기관이 회복되고 나니 알리아가 얼마나 끔찍한 상황에 있는지 뚜렷하게 보닐 수 있다. 항상 그녀의 의식 가장자리에서 일렁이고 있다. 이건 솔직히 조금 놀라운 일이다. 왜냐하면 어찌된 일인지 시엔은 이제 예전보다 훨씬 멀리까지 의식을 뻗을 수 있게 되었기 때문이다. 어쨌든 상황은 분명하다. 평평한 극대판의 동쪽 경계면에 맨틀 깊숙한 곳까지 아래로, 아래로, 또 더 아래로 기둥처럼 곧게 뻗어 있는 활활 타는 길쭉한 공간이 있다. 그 밑에 뭐가 있는지는 시엔도 보닐 수 없고, 사실 그럴 필요도 없다. 왜냐하면 그녀는 그것이 어떻게 생겨났는지 이미 알고 있기 때문이다. 이 기다란 공간은 육각형 형태를 띠고 있고, 둘레의 크기는 가넷 오벨리스크와 정확하게 일치한다.

그런데도 알라배스터는 행복감에 들떠 있다. 그것만으로도 그가 미워질 것 같다.

시에나이트의 표정을 본 그의 얼굴에서 미소가 사라진다.

"녹병삭을, 넌 도대체 기분이 좋은 때가 있긴 하니?"

"우릴 찾아낼 거예요. 우리 수호자들이 우릴 찾아낼 거라고요."

그가 고개를 젓는다.

"내 수호자는 못 해." 너는 알리아에서 만난 낯선 수호자의 말을 떠올린다. "그리고 네 수호자의 경우에는 네 조산력이 봉쇄됐을 때 너를 잃어버렸을 거다. 그건 수호자와의 연결도 전부 끊어 버리거든. 단순히 우리의 능력만 차단하는 게 아니야. 다시 연결을 만들려면 너를 만져야 한다."

너는 처음 듣는 이야기다.

"그 사람은 포기하지 않을 거예요."

알라배스터가 우뚝 동작을 멈춘다.

"그렇게까지 펄크럼이 좋으냐?"

시엔은 그 질문에 놀란다. 그리고 화가 난다.

"적어도 거기선 진짜 내가 될 수 있었으니까요. 내가 누군지 숨길 필요가 없었으니까요."

알라배스터가 천천히 고개를 끄덕인다. 그의 표정에 담긴 뭔가가, 그가 그녀의 말을 너무도 잘 이해하고 있음을 말해 준다.

"그럼 거기 있을 때 너는 뭐였지?"

"씹할. 새끼."

시엔이 갑자기 폭발한다. 자신이 왜 화가 났는지 알기 때문에.

"벌써 했는걸." 그의 능글거리는 웃음이 시엔의 얼굴을 알리아만큼 뜨겁게 달군다. "기억 안 나니? 우린 대지나 알 만큼 수없이 씹질을 했다. 서로를 싫어하면서도 오직 명령을 받았다는 이유 때문에 말이야. 아니면 설마 네가 진심으로 그걸 원한다고 믿었느냐? 그 정도로 좆을 원했어? 나처럼 작고 재미없는 좆도 간절할 정도로?"

시엔은 언어로 대답하지 않는다. 생각하지도 않고, 말하지도 않는다. 대지가 그녀와 한 몸이 되어 그녀의 분노에 호응하고, 함께 몸서리치고, 진동을 증폭한다. 그녀를 감싼 고리는 높고 정교하다. 3센티미터 굵기의 고리가 매서운 냉기를 내뿜자 주변 공기가 날카롭게 신음하며 순식간에 새하얀 흔적이 그려진다. 시엔은 그를 북극까지, 아니 그 너머까지 얼려 버릴 것이다.

하지만 알라배스터는 작게 한숨 쉬며 몸을 조금 움츠릴 뿐이다. 그의 고리가 마치 손가락으로 촛불을 눌러 끄듯이 너무나도 간단하게 시엔의 고리를 덮어 버린다. 그가 마음만 먹으면 할 수 있는 일에 비하면 꽤 너그러운 처사지만, 그가 그녀의 노여움을 이토록 빠르고 쉽게 진정시킬 수 있다는 사실에 담긴 의미를 깨달은 시엔은 경악스러움에 몸을 휘청인다. 알라배스터가 부축을 하려고 한 발짝 다가서지만 시엔이 으르렁거리며 몸을 휙 피한다. 그가 화해를 청하듯이 두 손을 들어 올리며 물러난다.

"미안." 알라배스터가 말한다. 진심인 것 같아서 시엔도 더 이상은 몰아붙이지 않는다. "요점을 강조하고 싶었을 뿐이다."

그래, 그의 의도는 충분한 효과를 발휘했다. 몰랐던 건 아니다. 시엔은 노예고, 모든 로가는 노예고, 펄크럼이 제공하는 안전과 자부심은 삶에 대한 그녀의 권리를 사슬처럼 옭아매고 있을 뿐이며, 심지어 제 몸에 대한 권리마저도 그렇다. 사실을 아는 것과 그것을 시인하는 것은 완전히 다른 문제지만, 그래도 진실을 그런 식으로 들이밀면 안 된다. 아무리 요점을 강조하고 싶을 때에도 그렇다. 왜냐하면 그건 너무 잔인하니까. 그럴 필요가 없으니까. 그래서 시엔은 알라배스터를 증오한다. 그가 더 강하기 때문도 아니고, 그가 미쳤기 때문도 아니고, 지난 수년간 그녀를 편안하고 안전하게 보호해 왔던 관습적 거짓과 암묵적인 진실을 적나라하게 발가벗기기 때문에.

두 사람은 그 뒤로도 한참 동안 마주 보며 서 있다. 이윽고 알라배스터가 고개를 흔들며 몸을 돌려 떠난다. 시에나이트도 그 뒤를 따라간다. 달리 갈 곳이 없기 때문이다. 두 사람은 나란히 동굴로 돌아간다. 계단을 내려가는 도중 시에나이트는 메오브에서 벗어나고 싶은 세 번째 이유를 마주한다.

항구에 다른 소형 배들을 전부 합친 것보다 훨씬 크고 멋들어진 범선이 한 척 정박되어 있다. 구축함? 갈레온 선이라고 부르나? 시엔은 그런 배들의 차이점을 모른다. 선체는 검은색에 가까운 짙은 색인데 곳곳에 밝은 색 널빤지가 덧대져 있다. 돛은 황갈색 캔버스 천으로 여기저기 기운 자국이 있고 햇볕에 바래고 물 얼룩이 져 있다. 그런데도…… 저 지저분한 얼룩과 덕지덕지 기운 흔적에도 불구하고 그 배는 이상하게 아름답고 근사하다. 선박의 이름은 클랄수, 어쨌든 그녀의 귀에는 그렇게 들린다. 이 배는 시엔과 알라배스터가 메오브에 떨어진 지 이틀 뒤에 도착했다. 꽤 많은 메오브 주민들과 몇 주일 동안 해안가 항들을 약탈하고 빼앗아 온 전리품을 가득 실은 채였다.

클랄수 호의 선장도 배와 함께 귀환했다. 그는 향장의 오른팔로, 그가 마을의 2인자인 까닭은 그저 섬보다 바다에서 더 많은 시간을 보내기 때문이다. 심지어 시엔이 그 사실을 몰랐던 때에도, 이 사내가 배의 건널판 위에 내려선 순간 항구 가득 몰려든 환영 인파와 우렁찬 환호성을 보건대 그가 진정한 지도자임은 자명했다. 언어는 이해할 수 없지만 마을 사람 모두가 그를 사랑하고 우러러본다는 것을 피부로 느낄 수 있었다. 그의 이름은 이논이다. 본토식으로 말하자면 이논, 메오브의 내항자. 위풍당당한 풍채, 대부분의 메오브인처럼 짙고 검은 피부, 내항자보다 완력꾼에 가까운 체격을 지니고 있고 그 어떤 유메네스의 지도자보다도 훌륭한 인품의 소유자다.

하지만 그는 사실 내항자도 완력꾼도 지도자도 아니며, 산제인의 풍습을 거부하는 메오브 향에서는 쓰임새명이 아무 의미도 없다. 그는 오로진이다. 야생에서 자유의 몸으로 태어나 할라스가 키운 로가이다. 할라스 자신도 로가이다. 이곳 향의 모든 지도자는 로가다. 그것이 바로 이 섬이 헤아릴 수 없이 수많은 계절을 겪고도 지금껏 살아남을 수 있었던 이유다.

그리고 또…… 시엔은 이논을 어떻게 대해야 할지 모르겠다.

그 사실을 증명이라도 하듯이 중앙 동굴로 들어가자마자 이논의 목소리가 귀에 들어온다. 누구나 들을 수 있다. 왜냐하면 그는 배의 갑판에서 그렇듯이 동굴 안에서도 늘 크고 우렁차게 말하기 때문이다. 하지만 여기선 그럴 필요가 없다. 동굴에서는 작은 소리도 반향되어 크게 울리니까. 이논은 그저 자제할 줄을 모르는 부류의 사내일 뿐이다. 심지어 그게 필요한 때조차도.

이를테면 지금처럼 말이다.

"시에나이트, 알라배스터!"

향 주민들이 공동 화덕 주위에 둘러앉아 저녁 식사를 나누는 중이다. 모두들 나무나 돌 벤치에 앉아 느긋하고 편안하게 잡담을 나누고 있는데 이논의 주위에는 유달리 사람이 많다. 뭔가…… 그들을 즐겁게 해 주고 있는 모양이다. 이논은 곧장 산제어로 바꿔 말하지만, 향에서 산제어를 할 줄 아는 몇 안 되는 사람 중 하나긴 해도 억양이 꽤 심한 편이다.

"두 사람을 기다리고 있었습니다. 일부러 좋은 이야기를 남겨 뒀지요. 자자, 이리 와요!"

목청껏 이름을 부르는 것만으로는 부족한지 아예 자리에서 일어나 커다란 동작으로 손짓을 한다. 키는 2미터에 육박하고 갈기처럼 땋은 풍성한 머리숱을 휘날리며 하나같이 지나치게 화려한 세 종류의 민속 의상을 걸친 주제에, 사람들 속에서 그를 발견하기가 힘들기라도 한 것처럼 말이다.

하지만 시엔은 저도 모르게 웃음을 지으며 둥글게 모여 앉은 사람들 사이를 지나 이논이 비워 놓은 게 분명한 벤치로 다가간다. 마을 주민들이 이제는 시엔도 알아들을 수 있는 환영의 말을 중얼거린다. 시엔도 예의를 차려 비슷한 말로 화답해 보지만 뭔가 잘못 말했는지 와르르 폭소가 터진다. 이논이 씨익 웃으며 정확한 발음을 가르쳐 준다. 시엔이 재차 시도했을 때는 그 정도면 됐다는 듯이 여기저기서 고개가 끄떡거린다.

"잘했어요."

이논이 말한다. 힘 있는 말투 덕분에 그를 믿을 수밖에 없게 된다.

이논이 이번에는 그녀의 옆에 있는 알라배스터를 향해 웃어 보인다.

"아주 훌륭하신 선생님이시군요."

알라배스터가 고개를 살짝 수그린다.

“전혀요. 제자가 날 싫어하는 걸 막을 수도 없는걸요.”

“흠.” 이논의 목소리는 굵고 그윽하며, 깊은 흔들처럼 장엄하게 울려 퍼진다. 그의 미소는 용암 속 기공이 터지는 것처럼 밝고 뜨겁고 충격적이다. 가까이서 볼 때는 더욱 그렇다. “그렇다면 우리가 뭔가 조치를 취할 수 있을지 알아봐야겠는데요.”

그러고는 뻔뻔스럽고 노골적인 눈빛으로 시엔을 지그시 바라본다. 마을 사람들이 낄낄대는 것도 전혀 개의치 않고.

이게 문제다. 이 목소리 크고 낯짝 두껍고 저속한 사내는 시에나이트를 원한다는 사실을 감추려 들지 않는다. 그리고 불행히도(그렇지 않았다면 모든 게 간단했겠지.) 시엔 역시 그에게 어느 면에서 끌리고 있는 게 사실이다. 아마 길들여지지 않은 야성적인 면모 때문일 것이다. 시엔은 지금껏 이런 종류의 남자를 본 적이 없다.

문제는, 이논이 알라배스터도 같이 원하는 것처럼 보인다는 것이다. 그리고 알라배스터도 관심이 없는 것 같지 않다.

시엔은 조금 혼란스럽다.

두 사람을 홀리는 데 성공하자 이논은 다시 마을 주민들에게 무한한 매력을 발산하기 시작한다.

“자! 이렇게 전부 모였군. 풍족한 음식과 남들이 우리를 위해 대신 돈을 내거나 만들어 준 수많은 근사한 물건들도 함께.”

그러고는 마을 사람들을 위해 다시 에텁어로 말한다. 주민들이 웃음을 터트린다. 실제로 상당수의 사람들이 배가 들어온 뒤로 새 옷과 장신구를 걸치고 있다. 이논이 방금 전까지 하던 이야기로 돌아가도 시엔은 알라배스터의 통역이나 설명이 필요하지 않다. 이논이 몸 전체를 활용해 이야기를 하고 있기 때문이다. 그가 몸을 앞으로 기울이며 목소리를 낮추면 모두가 아슬아슬하고 긴장된 순간 속으로 빠져든다. 손발을 휘저으며 누군가 어디선가 추락하는 장면을 묘사하더니 두 손바닥을 꼭 붙였다 떼며 물이 첨벙 튀기는 소리를 낸다. 잔뜩 긴장해 이야기에 몰두해 있던 어린아이들이 자지러지고, 그보다 더 나이 많은 아이들은 낄낄거리고, 어른들은 미소를 짓는다.

알라배스터가 시엔을 위해 간단히 통역해 준다. 이논은 지금 배로 열흘쯤 떨어진 곳에 있는 북쪽의 작은 해안가 마을을 습격한 이야기를 들려주고 있는 모양이다. 시엔은 배스터의 설명을 반쯤 한 귀로 흘려듣는다. 이논의 몸과 근육이 움직이는 모양새에 매료되어 저 몸이 다른 목적으로 움직인다면 어떨까 한참 공상에 빠져 있는데 갑자기 알라배스터가 말을 뚝 그친다. 시엔이 고개를 들자 알라배스터가 그녀를 뚫어져라 바라보고 있다.

"저 남자를 원하는 거냐?"

시엔은 미간을 찌푸린다. 당황스럽다. 배스터는 작게 속삭였지만 이논은 바로 옆에 있고, 그가 우연히 이 대화를 듣기라도 한다면…… 흠, 하지만 뭐 어때? 이왕 이렇게 된 거 아예 터놓고 이야기하는 편이 나을지도. 하지만 시엔은 그 문제에 대해 스스로 선택을 하고 싶었고, 알라배스터는 늘 그렇듯이 그녀에게 선택의 여지를 주지 않는다.

"정말이지 섬세함이라곤 눈 씻고 봐도 없는 인간이네요, 당신."

"그건 사실이지. 대답하렴."

"그러면 어쩔 건데요. 나한테 도전장이라도 던지려고요?"

왜냐하면 시엔은 알라배스터가 이논을 어떤 눈길로 보는지 알기 때문이다. 거의 귀여울 정도다. 마흔이나 먹은 남자가 숫처녀처럼 수줍어하는 꼴이라니.

"내가 물러나 줘요?"

알라배스터가 움찔 놀라더니 고통스러운 표정을 짓는다. 그러고는 스스로도 당혹했는지 이맛살을 찌푸리며(그건 시엔도 마찬가지다.) 머뭇거린다. 한쪽 입술 끝이 휘어 올라간다.

"내가 그래라고 대답하면 그럴 거냐? 정말로?"

시엔은 눈을 끔벅인다. 먼저 말을 꺼낸 건 자신이지만, 과연 그녀가 정말로 그럴까? 불현듯 궁금해진다.

시엔이 대답하지 않자 알라배스터의 얼굴이 낙담한 듯 일그러진다. "신경 쓰지 마라"처럼 들리는 말을 웅얼거리고는 의자에서 일어나 모여 앉아 있는 사람들을 조심스럽게 피해 돌아 어디론가 사라진다. 그건 이제 시엔이 이논이 무슨 이야기를 하는지 이해하지 못한다는 뜻이지만, 상관없다. 이논은 그냥 보고 있는 것만으로도 재밌으니까. 게다가 어차피 이야기에는 관심도 없다. 알라배스터의 질문을 곱씹어 봐야 하니까.

한참 뒤에 이논의 이야기가 끝나고 박수갈채가 쏟아진다. 뒤이어 다른 일화를 들려 달라는 요청이 쇄도한다. 사람들이 자리에서 일어나 양념한 새우와 쌀, 훈제한 해초가 담긴 커다란 솥에서 음식을 가져다 먹는 동안 시에나이트는 알라배스터를 찾으러 가기로 한다. 그에게 무슨 말을 해야 할지는 모르겠지만…… 어쨌든 알라배스터는 그녀의 대답을 들을 자격이 있다.

알라배스터는 그들이 묵고 있는 숙소에 있다. 평소에 잠자리로 쓰고 있는 말린 해초와 모피로 만든 침대에서 약간 떨어진 방 한쪽 구석에 작게 쪼그리고 앉아 있다. 등불을 켜지 않아 어두침침한 속에서 그는 짙고 검은 얼룩 덩어리로만 보인다.

"들어오지 마라."

시엔이 방 안에 발을 들이자 그가 쏘아붙인다.

"나도 여기 살거든요." 그에게 질 시엔이 아니다. "질질 짤 거면 딴 데 가서 해요."

오, 대지여, 하지만 제발 질질 짜지는 말았으면.

알라배스터가 한숨을 길게 내쉰다. 울고 있던 것 같지는 않다. 다리를 접고 두 팔로 무릎을 감싼 채 머리를 손바닥에 반쯤 묻고 있긴 하지만. 아냐, 어쩌면 울고 있었는지도 모르겠다.

"넌 정말 차가운 아이다, 시엔."

"그건 당신도 마찬가지잖아요. 마음만 먹으면요."

"내가 원해서 그런 게 아냐. 항상 그러지도 않고. 젠장, 시엔, 넌 지겹지도 않니?" 알라배스터가 몸을 뒤척인다. 눈이 어둠에 익자 그가 그녀를 빤히 쳐다보고 있는 게 보인다. "그냥…… 사람답게 살고 싶었던 적이 한 번도 없어?"

시엔은 방 안으로 들어가 팔짱을 끼고 발목을 교차한 채 문 옆 벽면에 몸을 기대선다.

"우린 사람이 아니에요."

"왜 아니야. 우리도 인간이다." 배스터의 목소리에 날이 선다. "무슨 얼어죽을 위원회가 이런저런 중요한 선언을 했다느니, 아니면 빌어먹을 지하학자들이 뭘 기준으로 분류를 했다느니 하는 헛소리는 집어치우라고 해. 우리가 인간이 아니란 말은 그들이 우리에게 하는 짓에 죄책감을 느끼지 않으려고 지어낸 거짓말에 불과하다."

이 또한 로가들이라면 다 아는 사실이다. 그저 알라배스터만이 이렇게 커다란 소리로 대놓고 말할 수 있을 뿐. 시에나이트는 한숨을 쉬며 벽에 머리를 콩 찧는다.

"멍청이, 그 사람을 원하면 그냥 가서 말하면 되잖아요. 당신 마음대로 해도 된다고요."

그렇게 그의 질문은 해결된다.

알라배스터가 말문을 잃고 우두커니 그녀를 바라본다.

"하지만 너도 그를 좋아하잖니."

"그래요." 시인한다고 손해 볼 건 없으니까. "하지만 난 괜찮아요." 시엔은 어깨를 으쓱한다. "정말로."

알라배스터가 숨을 크게 들이켠다. 한 번 더. 그리고 다시 한 번 더. 시엔은 그게 무슨 뜻인지 알 수가 없다.

"나도 너와 똑같이 행동해야겠지." 이윽고 그가 입을 연다. "바르고 정정당당하게, 아니면 적어도 그런 척이라도 해야겠지. 하지만 난……." 알라배스터가 어둠 속에서 몸을 더 작게 움츠리며 무릎을 단단히 감싼다. 목소리가 거의 들리지도 않는다. "너무 긴 시간이었다, 시엔."

연인 없이 보냈던 시간을 말하는 것이리라. 원하는 사람과 연인이 될 수 없었던 시절.

중앙 동굴에서 시끌벅적한 웃음소리가 터진다. 모임이 파했는지 사람들이 삼삼오오 짝을 지어 재잘거리며 내려온다. 별로 멀지 않은 곳에서 이논의 커다란 목소리가 울린다. 이논은 평범한 대화를 나눌 때조차도 온 마을에 쩌렁쩌렁 울리게 말한다. 부디 침대에서도 그러지만 않기를 바랄 뿐이다.

시엔이 심호흡을 한다.

"가서 불러올까요?" 그러고는 더 정확하게 덧붙인다. "당신을 위해서?"

알라배스터는 아주 오랫동안 침묵한다. 그녀를 향한 시선이 느껴진다. 뭐라 해석해야 할지 모를, 강렬하고 무거운 감정이 방 전체를 짓누른다. 어쩌면 그는 수치심을 느끼고 있는지도 모른다. 대체 언제쯤이나 이 남자를 이해하게 될는지…… 그리고 젠장할, 대체 그녀는 왜 이런 쓸데없는 짓을 하고 있는지.

알라배스터가 고개를 끄덕인다. 머리칼을 쓸어 올리며 고개를 떨군다.

"고맙다."

냉랭하게 느껴질 정도로 짧은 대답이지만, 시엔은 그 말투를 안다. 자신도 사용하는 말투니까. 주먹을 불끈 쥐고 숨을 꾹 눌러 참으며 자존감을 지켜야 할 때 사용하는 말투.

그래서 시엔은 집에서 나와 웅성거리는 소리를 따라, 요리용 불 옆에서 할라스와 대화를 나누고 있는 이논을 발견한다. 주변에는 아무도 없고 동굴 안에는 유난스러운 어린애들이 자기 싫다고 보채는 소리, 웃음소리, 수군거리는 대화 소리, 그리고 항구에 정박된 선박들이 물결 위에서 흔들리며 삐걱대는 소리들이 겹쳐 단조롭게 울리고 있을 뿐이다. 그리고 그 모든 소음들 위로 부드럽게 가릉거리는 바다의 소리가 들린다. 시엔은 이 낯설고 이질적인 소리를 음미하며 벽에 등을 기대서서 기다린다. 10분쯤 지나고 대화를 마친 이논이 자리에서 일어난다. 이논이 뭐라고 했는지 할라스가 낄낄대며 자리를 뜬다. 정말 매력적인 사내라니까. 시엔이 예상한 대로, 이논이 옆으로 다가와 역시 벽에 등을 기대선다.

"선원들이 나더러 당신을 쫓아다녀 봤자 헛수고라더군요." 이논이 천장에 뭔가 흥미로운 것이라도 붙어 있는지 시선을 위로 돌린다. "당신은 날 안 좋아한다면서요."

"모두들 내가 아무도 안 좋아한다고 생각하죠." 솔직히 그 말은 대부분 사실이다. "난 당신 좋아해요."

이논이 그녀를 신중한 눈빛으로 찬찬히 살펴본다. 시엔은 그게 마음에 든다. 장난처럼 가볍게 집적대는 건 불안하다. 차라리 이렇게 직설적으로 접근하는 게 낫다.

"당신과 비슷한 사람을 만난 적이 있지요. 펄크럼이 데려간 사람들요." 그의 발음은 '풀(fool)크럼'에 가깝다. 아주 정확한걸. "당신은 내가 본 중에 가장 행복한 사람이에요."

시에나이트는 코웃음을 친다. 그러고는 냉소적으로 뒤틀리는 그의 입술과 측은함이 가득한 눈빛을 본 후에야 그게 농담이 아니었다는 것을 눈치 챈다.

"알라배스터도 꽤 행복한데요."

"그렇지 않아요."

그렇다. 그는 행복하지 않다. 이래서 시에나이트는 농담을 좋아하지 않는다. 그녀는 한숨을 내쉰다.

"사실…… 당신을 찾아온 것도 그 사람 때문인데요."

"오, 그러면 당신도 함께하기로 한 거군요?"

"그 사람은……." 시엔은 잠시 후에야 이논이 뭐라고 했는지 깨닫는다. "뭐라고요?"

이논이 어깨를 으쓱한다. 그의 거대한 몸집을 생각하면 꽤 인상적이다. 그의 땋은 머리채가 크게 들썩인다.

"당신 둘은 이미 연인 사이 아닌가요? 그런 줄 알았는데."

뭐가 어쨌다고?

"어…… 아뇨. 우린…… 어, 아뇨." 때때로 시엔이 생각할 생각조차 하지 못한 것들이 있다. "어쩌면 나중에는 그렇게 될지도 모르지만요."

아주, 아주 먼 나중에.

이논이 재미있다는 듯이 웃음을 터트린다.

"그래요. 그럼 무슨 일로 찾아온 겁니까? 당신 친구를 돌봐 달라고요?"

"그 사람은 내 친구가 아……." 하지만 그녀는 오늘 밤 그에게 연인을 만들어 주기 위해 일부러 이논을 찾아오지 않았던가. "녹슬."

이논이 웃으며(그렇게 커다란 사람치고는 온화하고 상냥한 웃음이다.) 몸을 돌려 벽에 어깨를 기댄 채 그녀를 본다. 부담스러운 정도는 아니지만 몸의 열기가 느껴질 정도로 가깝다. 덩치 큰 사내들이 상대방에게 겁을 주는 게 아니라 조심스럽게 배려할 때 하는 행동이다. 시엔은 이논의 사려 깊은 태도에 호감을 느낀다. 알라배스터를 위한답시고 이미 선택을 해 버린 자신이 원망스럽다. 왜냐하면, 오, 지옥불이여, 이 남자는 심지어 냄새마저 관능적인걸.

"당신, 정말 좋은 친구네요."

"그래요, 젠장맞을 좋은 친구죠." 시엔은 눈을 문지른다.

"두 사람 중에 당신이 더 강하다는 건 누구나 알아요."

시에나이트는 놀라 눈을 깜박이지만 이논은 진지하다. 그가 손가락 하나를 세우더니 그녀의 관자놀이에서부터 턱으로, 약을 올리듯이 천천히 미끄러뜨린다.

"그는 망가졌어요. 독설과 끊임없는 미소로 어떻게든 제정신을 유지하고 있긴 하지만 조금만 건드리면 깨질 것처럼 심하게 금이 가 있다는 건 누구나 알 수 있죠. 하지만 당신은, 여기저기 상처 나고 흠집이 있긴 해도 깨진 곳은 없어요. 당신은 정말 착한 사람이에요. 그를 그렇게 보살펴 주다니."

"날 보살펴 주는 사람은 아무도 없는데 말이죠."

시엔은 이가 부딪치는 소리가 날 정도로 입을 텁 다문다. 그런 말을 하려는 게 아니었는데.

이논이 부드럽게 미소 짓는다.

"내가 해 주죠."

그러고는 허리를 구부려 입을 맞춘다. 약간은 따끔한 입맞춤이다. 입술은 건조하고 턱에는 수염이 까칠하다. 대부분의 해안지방 남자들은 턱수염이 잘 나지 않는데 이논의 혈관에는 산제인의 피가 흐르고 있나 보다. 특히 그 머리카락이 그렇다. 어쨌든 그의 입맞춤은 까슬하면서도 가벼워서 그녀를 유혹하려는 것보다는 감사 인사에 가볍게 느껴진다. 어쩌면 정말로 그런 의도인지도 모르고.

"나중에 그런다고 약속하지요."

그리고 그는 떠난다. 시엔이 알라배스터와 함께 사용하고 있는 집을 향해서. 그녀는 멍하니 이논의 뒷모습을 바라보다 뒤늦게 깨닫는다. 빌어먹을, 그럼 난 오늘 밤에 어디서 자란 말이야?

하지만 그건 쓸모없는 질문이다. 그녀는 졸리지 않기 때문이다. 시엔은 동굴 밖에 돌출되어 있는 평평한 널바위로 나간다. 다른 주민들도 나와 선선한 밤공기를 즐기거나 남들이 듣지 못하는 곳에서 수다를 떨고 있고, 난간에 위험하게 기대서서 밤바다를 내려다보는 건 그녀 혼자만이 아니다. 쉼 없이 밀려오는 파도에 작은 배들과 클랄수 호가 신음하며 흔들리고, 엷게 산란된 하얀 별빛이 바다 위로 끝없이 뻗어 있다.

이곳은 평화롭다. 나를 온전히 인정하고 받아들여 주는 곳에서 산다는 건 기분 좋은 일이다. 아무것도 두려워할 필요가 없다는 것을 아는 것은 더더욱 기분 좋은 일이다. 시엔이 목욕을 하다 만난 여인이(클랄수 호의 선원으로, 선원들은 대부분 산제어를 약간 할 줄 알았다.) 화덕에 구운 돌로 데운(마을 어린이들이 맡은 일과 중 하나다.) 뜨끈한 물에 몸을 담그고 있을 때 이렇게 설명한 적이 있다. 사실 이유는 아주 간단하다.

"당신들이 있으면 우리는 살 수 있어."

그녀는 이렇게 말하고 어깨를 으쓱하고는 목욕통 가장자리에 머리를 뻗어 기댔다. 자기가 한 말이 얼마나 낯설고 이상하게 들리는지 생각도 해 본 적이 없는 모양이었다. 육지 사람들은 로가가 옆에 있으면 죽을 거라고 생각한다.

하지만 여자가 그다음에 한 말은 시엔을 불안하게 만든다.

"할라스는 늙었어. 이논은 습격, 위험하다고 생각해. 당신이랑 그 웃기는 사람." 그건 주민들이 알라배스터를 부르는 말이다. 산제어를 모르는 사람들은 그의 이름을 발음하는 데 애를 먹었다. "애 낳으면 우리 줘. 알았어? 아니면 우리, 육지 가서 하나 훔쳐 와야 해."

그것이 이들의 계획이었다. 스톤이터처럼 눈에 띄게 특이한 메오브인들이 펄크럼에 잠입해 잔모래를 납치하거나 아니면 수호자들보다 먼저 야생 오로진을 데려온다는 생각은 시엔을 몸서리치게 한다. 그녀가 임신하기만을 침 흘리며 기다리고 있다는 사실 역시 마음에 들지 않는다. 그런 그들이 펄크럼과 무엇이 다르단 말인가? 하지만 여기서라면 그녀와 알라배스터의 자식들은 적어도 노드 관리소에 보내지지는 않겠지.

그 뒤로 몇 시간 동안 시엔은 파도 소리에 취해 일종의 몽롱하고 피곤한 상태에 빠져 있다. 그러다 문득 등이 쑤시고 발바닥이 아프고 바닷바람이 차다는 사실을 깨닫는다. 밤새도록 이러고 있을 순 없다. 그래서 그녀는 다시 동굴로 들어간다. 어디로 가야 할지 몰라 그저 발길 닿는 대로 걷는다. 결국 시엔이 도착한 곳은 "그녀"의 집 앞이다. 시엔은 사생활을 보호하기 위해 문 대신 쳐 놓은 커튼 앞에 서서, 알라배스터가 흐느끼는 소리를 듣는다.

그래, 알라배스터가 틀림없다. 시엔은 저 목소리를 안다. 울먹임 때문에 쉬고 갈라지긴 했지만. 문과 창문이 없는데도 너무 가냘파서 잘 들리지도 않지만……. 그렇지만 시엔은 그가 왜 저렇게 우는지 안다. 펄크럼에서 자란 이들은 조용히, 아주 조용히 숨죽여 우는 법을 배운다.

그 때문에, 그리고 뒤이어 몰려온 동지 의식 때문에, 시엔은 천천히 손을 들어 커튼을 살며시 옆으로 걷는다.

그들은 매트 위에 누워 있고 다행히도 모피로 몸을 반쯤 가린 상태다. 하지만 그래 봤자다. 방 안 곳곳에 옷가지가 널려 있고 공기 중에 성교의 냄새가 떠돌고 있으니 두 사람이 지금껏 무엇을 했는지는 의심의 여지가 없다. 알라배스터는 옆으로 누워 등을 보인 채 몸을 말고 메마른 어깨를 떨고 있다. 이논이 한쪽 팔꿈치를 세우고 누워 그의 머리칼을 쓰다듬고 있다. 시에나이트가 커튼을 열자 이논의 눈동자가 번득인다. 하지만 화가 나거나 놀란 것 같지는 않다. 심지어 손을 들어 그녀를 부른다. 이논과 나눴던 대화를 생각하면 별로 뜻밖도 아니지만 시엔은 조금 놀란다.

시엔은 자신이 왜 이논의 손짓에 따르는지 알 수가 없다. 왜 침대로 다가가며 옷을 벗었는지, 왜 그들이 덮고 있는 모피를 들추고 따뜻한 몸뚱이 옆으로 미끄러져 들어갔는지 모르겠다. 왜 배스터의 등 뒤에 달라붙어 한쪽 팔로 그의 허리를 감싸 안고, 왜 서글픈 환영의 미소를 지으며 바라보는 이논의 얼굴을 올려다봤는지도 이해할 수 없다. 하지만 그녀는 그렇게 한다.

시엔은 그 상태로 잠이 든다. 그녀가 아는 한 알라배스터는 밤새도록 흐느끼고 이논은 내내 그를 위로한다. 그래서 다음 날 아침 그녀가 눈을 뜨고 침대에서 빠져나와 요강이 놓인 곳으로 걸어가 요란한 소리를 내며 토악질을 했을 때까지도, 두 남자는 깊이 잠들어 있다. 시엔이 외로이 앉아 혼자서 몸을 떨고 있을 때에도 곁에서 위로해 주는 사람은 아무도 없다. 하지만 그런 건 처음 있는 일도 아니다.

어쨌든 메오브 주민들은 이제 어린아이를 훔쳐 올 필요가 없을 것이다.

육신에 가격을 매기지 마라.

— 첫 번째 석판, 「생존」, 제6절

그렇게 네 생애에서 가장 행복한 시간이 지나지만 거기에 대해선 이야기하지 않겠다. 별로 중요한 게 아니니까. 어쩌면 너는 내가 고통과 괴로움에 관한 이야기만 한다고 나무랄지도 모르지만 그러한 고통, 고통이야말로 우리를 만들고 빚어내는 것이다. 우리는 열과 압력과 마찰, 그리고 끝없는 활동을 통해 태어나는 존재다. 움직이지 않고 정체되는 건…… 살아 있는 게 아니다.

가장 중요한 건 그러한 과정이 처음부터 끝까지 전부 끔찍하지는 않았다는 것을 아는 것이다. 장기적으로 보면 각각의 사건과 위기 사이에는 늘 평화로운 시기가 있었다. 연마질을 하기 전에 열기를 식히고 견고함을 다질 수 있는 기회가.

이 점을 이해해 주기 바란다. 어떤 전쟁이건 여러 개의 분파가 존재한다. 평화를 원하는 자들, 여러 가지 이유로 더 많은 전쟁을 바라는 자들, 그리고 양쪽 모두를 이기고자 하는 자들. 게다가 이건 단순한 쌍방이 아니라 여러 분파들이 충돌하는 전쟁이다. 둔치와 오로진 사이의 싸움이라고 생각했는가? 오, 아니야. 스톤이터와 수호자를 생각해 보라. 그리고 계절도. 아버지 대지를 잊어서는 안 되지. 그는 너희를 잊지 않았다.

그리하여 그녀가, 네가 쉬는 동안, 여러 세력들이 모여들었다. 그러고는 진군을 시작했다.

20장

제자리로 돌아온 시에나이트

시에나이트는 남은 생을 이렇게 쓸모없이 가만히 앉아 보내고 싶지 않다. 그래서 어느 날 이논을 찾아간다. 클랄수 호에서는 또다시 습격을 나가기 위한 준비가 한창이다.

"안 돼." 이논은 미쳤냐는 눈빛으로 시엔을 쳐다본다. "방금 애를 낳은 몸으로는 해적이 될 수 없어."

"벌써 2년이나 됐거든?"

시엔은 그동안 수없이 기저귀를 갈고, 에텝어를 가르쳐 달라고 주변을 성가시게 하고, 그물 수리에 일손을 보탰고, 지금은 정말로 미쳐 버리기 일보 직전이다. 젖도 뗐다. 그건 이논이 지금껏 그녀의 부탁을 거절할 때마다 써먹던 변명이었는데, 어차피 사실 그건 별 의미도 없다. 메오브에서 어린애의 양육이란 다른 모든 일과 마찬가지로 공동체 전원의 협력으로 이뤄지니까. 시엔이 없을 때면 알라배스터가 아이를 다른 여인에게 데려가고, 다른 여자들의 아기가 배고파 우는데 마침 시엔이 옆에 있고 젖이 돌고 있다면 시엔이 다른 아기들에게 젖을 먹였다. 더구나 배스터가 코런덤의 기저귀를 갈고 자장가를 불러 주고 함께 놀아 주고 산책에 데려가는 등등을 거의 다 도맡고 있기 때문에 시에나이트는 따로 시간을 보낼 일을 찾아봐야 한다.

"시에나이트."

이논이 선창과 클랄수 호의 짐칸을 잇고 있는 널빤지 한가운데서 발을 멈춘다. 선원들은 물과 식량, 그 외에 그녀가 모르는 물건들이 담긴 바구니를 배에 싣고 있다. 투석기용 사슬 뭉치, 검고 끈적이는 기름찌기와 생선유가 담긴 주머니. 무거운 천 두루마기는 돛이 찢어지거나 상할 경우에 수선을 위한 것이다. 이논이 시에나이트 때문에 하던 일을 멈추자 주변에서 벌어지고 있던 모든 움직임이 중단되고 부두에서 불평과 항의가 쏟아지지만, 이논이 고개를 들고 으르렁거리자 모두가 입을 다문다. 물론 거기서 시에나이트는 제외다.

"심심하단 말이야." 시엔이 하소연한다. "여기선 물고기를 잡거나 당신과 선원들이 돌아오길 기다리거나 아니면 알지도 못하는 사람들에 대해 수다를 떨고 관심도 없는 것에 대해 이야기하는 거 말곤 할 일이 아무것도 없다고! 난 한평생 훈련을 하거나 일을 하면서 살아온 사람이야, 젠장! 그러니까 나더러 가만히 앉아서 하루 종일 파도나 쳐다보고 있으란 소리는 하지 마!"

"알라배스터는 그러잖아."

시에나이트는 눈동자를 굴린다. 사실이긴 하다. 알라배스터는 코런덤을 돌보지 않을 때면 하루 종일 섬 꼭대기에 서서 하염없이 바같세상을 바라보며 도대체 뭘 생각하는지 멍하니 상념에 빠져 있다. 그녀도 안다. 자주 봤으니까.

"난 그 사람이랑 달라, 이논. 날 써먹으면 되잖아."

이논의 얼굴이 일그러진다. 왜냐하면, 오, 그래. 그 말은 직격탄이니까.

아무도 말을 꺼내진 않지만 시에나이트는 바보가 아니다. 솜씨 좋은 로가가 클랄수 선원들을 돕기 위해 할 수 있는 일은 무궁무진하다. 흔들이나 분출을 일으킨다는 게 아니다. 시엔은 그런 일을 하지 않을 거고 이논도 그런 걸 요구하지는 않을 것이다. 하지만 열을 빼앗아 수면 위의 기온을 낮추는 간단한 재주만으로도 안개를 일으켜 배가 접근할 때 상대에게 들키지 않게 하거나 적들의 추격을 피할 수 있다. 지하에 미세한 진동을 일으켜 해안가에 늘어선 숲을 조금 흔들기만 해도 놀란 새 떼나 들쥐 떼가 가까운 마을로 몰려가 훌륭한 교란 작전이 될 수 있다. 그 외에도 방법은 수없이 많다. 조산술은 단순히 흔들을 가라앉히는 것 말고도 빌어먹게 유용한 기술이다. 이제는 시에나이트도 알겠다.

만일 이논이 그렇게 능력을 활용할 수만 있다면 유용할 수 있을 것이다. 하지만 독보적인 용맹심과 카리스마에도 불구하고, 이논은 야생 오로진이고 할라스에게서 약간의 훈련을 받은 게 전부다.(할라스도 야생 출신이라 훈련을 거의 받지 못했다.) 시엔은 이논이 가벼운 흔들을 막을 때 그의 힘을 느낀 적이 있는데, 너무 조잡하고 비효율적이라 가끔은 거의 경악스러울 정도다. 이논을 가르치려 해본 적도 있고 이논도 배운 대로 열심히 시도해 보지만 도무지 실력이 늘지 않는다. 시엔은 이해할 수가 없다. 클랄수 호의 선원들은 조산술을 활용하지도 않고 전통적인 노략질로 약탈품을 가져온다. 뭔가를 얻을 때마다 그들은 싸우고, 또 죽는다.

"알라배스터가 하면 돼." 이논이 쭈뼛거리며 대꾸한다.

"알라배스터는." 시엔은 최대한 인내심을 발휘하며 말한다. "저걸 보기만 해도 속이 뒤집히잖아." 시엔이 클랄수의 우아한 선체를 가리킨다. 메오브에서 유명한 우스갯소리 중 하나는 "배스터를 배에 태우려고만 하면 신기하게도 시꺼먼 얼굴이 새하얘진다"이다. 적어도 시엔은 입덧을 하는 것보단 차라리 배에 타는 게 낫다. "내가 배를 숨기는 일만 하는 건 어때? 아니면 당신이 시키는 일만 한다거나."

이논이 손을 허리춤에 올린다. 그의 얼굴에 조소가 어린다.

"당신이 내 명령에 따르는 척하겠다고? 잠자리에서도 안 그러면서?"

"이 후레자식."

이제 이논은 정말로 심술을 부리고 있다. 그는 잠자리에서 절대로 그녀에게 명령하지 않기 때문이다. 메오브 사람들은 평상시에도 야한 농을 던지는 이상한 버릇이 있는데, 시엔이 그들의 말을 알아들을 수 있게 되면서부터 대화의 절반은 그녀가 메오브에서 가장 잘생긴 남자 둘의 침대를 독차지하고 있다는 내용이다. 이논은 마을 노파들이 체위와 밧줄 매듭에 대한 저속한 농을 할 때마다 시엔의 얼굴색이 변하는 게 재밌어서 악의 없이 놀리는 것뿐이란다. 시엔은 아직도 거기 익숙해지려고 노력 중이다.

"그건 전혀 상관없는 얘기잖아!"

"그래?"

이논이 크고 굵은 손가락으로 그녀의 가슴을 쿡쿡 찌른다.

"연인들은 배에 안 태워. 그건 불변의 규칙이야. 일단 바다에 나가면 친구 사이도 존재하지 않거든. 내가 시키는 대로 하지 않으면 모조리 죽을 테니까. 하지만 당신은 모든 것에 의문을 제기하잖아, 시에나이트. 바다에선 당신 질문에 대답해 줄 시간이 없다고."

그건…… 사실 납득할 수 있는 반론이다. 시엔이 우물쭈물한다.

"나도 군말 없이 명령에 따를 수 있어. 내가 평생 하던 일인걸. 이논……." 그녀는 숨을 깊이 들이마신다. "제발, 잠시만이라도 섬에서 떠날 수만 있다면 뭐든 다 할게."

"그게 또 문제야." 이논이 한 발짝 다가서더니 목소리를 낮춘다. "코런덤은 당신 아들이야, 시에나이트. 계속 그 애와 떨어져 있으려고 하는데, 당신은 걔한테 아무 감정도 없는 거야?"

"부족한 것 없게 잘 보살피고 있는걸."

정말로 그렇다. 코런덤은 언제나 깨끗하고 늘 배부르게 먹는다. 시엔은 아이를 바란 적이 없지만 지금은 자식이 있고, 품에 안고 젖을 먹이고 그 모든 것들이……. 그녀는 일종의 성취감을 느낀다. 아마 그게 맞을 거다. 그리고 약간의 서글픈 뿌듯함도. 왜냐하면 그녀와 알라배스터는 참으로 아름답고 사랑스러운 아이를 창조했기 때문이다. 시엔은 가끔 아들의 얼굴을 들여다보며 이 애가 존재한다는 사실에, 그토록 망가진 두 부모 사이에서 이토록 올바르고 완전한 아이가 나왔다는 사실에 경이로움을 느낀다. 젠장, 변명은 해서 뭐한담? 그래, 그것은 사랑이다. 그녀는 아들을 사랑한다. 하지만 그렇다고 1년 내내 하루 종일 그 애와 시간을 보내고 싶다는 뜻은 아니다.

이논이 고개를 젓고 손을 휘저으며 몸을 돌린다.

"그래! 알았어, 알았다고, 이 여자야. 대신에 알라배스터한테 우리 둘 다 떠날 거라고 말하는 건 당신 몫이야."

"좋……."

하지만 이논은 벌써 경사로를 따라 선창 안으로 사라지고 없다. 이논이 누군가에게 뭐라 알아들을 수 없는 말을 소리치는 게 들린다. 시엔은 메아리치듯 희미하게 울리는 에텝어를 알아들을 만큼의 실력은 아직 없다.

이논의 승낙에 신이 난 시엔은 다소 언짢은 듯 보이는 선원들에게 애매한 사과의 말을 중얼거리며 깡총깡총 널빤지를 뛰어 내려간다. 그러고는 메오브 향으로 향한다.

알라배스터는 집에 없고 코런덤도 셀시한테 없다. 셀시는 부모님이 바쁠 때 애들을 제일 자주 돌봐주는 여자다. 시엔이 고개를 삐쭉 내밀자 셀시가 눈썹을 치켜 올린다.

"허락해 줬어?"

"응."

시엔은 웃음을 참을 수가 없다. 셀시가 너털웃음을 터트린다.

"그럼 다시는 널 못 보겠네. 파도는 오로지 그물만을 기다리지." 일종의 메오브 속담 같긴 한데 무슨 뜻인지는 모르겠다. "알라배스터랑 코루는 언덕에 갔어. 오늘도 말이야."

오늘도.

"고마워."

시엔은 고개를 절레절레 흔든다. 아들에게 날개가 돋지 않은 게 용할 지경이다.

시엔은 섬에서 가장 높은 곳으로 향한다. 첫 번째 바위 언덕을 넘자 낭떠러지 근처에 담요를 깔고 앉아 있는 두 사람이 보인다. 그녀가 다가가자 코루가 고개를 들더니 환한 얼굴로 손가락질을 한다. 시엔이 계단을 오르는 순간부터 발걸음의 진동을 느끼고 있었을 알라배스터는 그녀를 쳐다보지도 않는다.

"이놈이 드디어 데리고 가겠다던?"

시엔이 가까이 다가가자 그가 조용한 목소리로 묻는다.

"헤." 시에나이트는 그의 옆에 앉아 팔을 벌린다. 아이가 알라배스터의 무릎에서 빠져나와 시엔의 품에 안긴다. "벌써 알고 있는 줄 알았다면 괜히 힘들게 안 올라오는 건데."

"짐작한 거야. 넌 평소에 그런 웃는 얼굴로 올라오지 않으니까 다른 이유가 있을 거라고 생각했다."

알라배스터가 고개를 돌려 시엔의 무릎을 밟고 서서 엄마의 가슴을 만지작대는 코루를 바라본다. 시엔은 반사적으로 아이를 꼭 붙들지만 코루는 그저 불안정한 무릎 위에서 균형을 잡고 서려는 것뿐이다. 문득 시엔은 알라배스터가 코런덤만 보고 있는 게 아니라는 걸 깨닫는다.

"왜요?" 시엔이 얼굴을 찡그리며 묻는다.

"돌아올 거냐?"

너무 뜬금없는 말에 시엔은 그만 코루를 잡고 있던 손을 놓고 만다. 다행히도 아이는 그녀의 다리 위에 무사히 서서 깔깔거린다. 시엔은 알라배스터를 뚫어져라 응시한다.

"왜 그런 걸 묻…… 왜요?"

알라배스터가 어깨를 으쓱한다. 시엔은 그의 미간에 잡힌 주름을, 공허한 눈빛을 보고 이논이 그녀에게 무슨 말을 하려 했는지 그제야 깨닫는다. 확인이라도 해 주듯이 알라배스터가 씁쓸한 어조로 말한다.

"넌 이제 나와 같이 있을 필요가 없지. 넌 자유다. 네가 늘 바랐던 것처럼. 그리고 이논도 그가 원하는 것을 얻었지. 그에게 무슨 일이 생기더라도 향을 지킬 수 있는 로가 아이 말이다. 게다가 아이를 훈련시킬 나도 있지. 그는 내가 여길 떠날 수 없다는 걸 알거든."

씨발 대지불이여, 시에나이트는 한숨을 쉬며 코루의 손을 밀어낸다. 가슴이 아프다.

"안 돼, 이 욕심꾸러기야. 이젠 젖이 안 나온단 말이야. 앉으렴."

코루의 얼굴이 실망과 억울함으로 일그러지자, 시엔은 아이를 잡아당겨 품 안에 꼭 끌어안고 작은 발을 만지며 장난을 치기 시작한다. 그건 코런덤이 울음을 터트릴 기미가 보일 때마다 관심을 딴 데로 돌리는 특효약인데, 이번에도 어김없이 효과가 좋다. 이 작은 아가는 사람들의 발가락에 과도하게 매료되어 있다. 신기하기도 하지. 게다가 아이의 주의를 돌리고 나니 시엔도 알라배스터에게 집중할 수 있게 됐다. 또다시 먼 바다를 응시하는, 당장이라도 녹아 사라질 것만 같은 사람.

"당신도 떠날 수 있어요." 시엔이 당연한 사실을 지적한다. 그녀는 항상 그랬다. "이논이 우리만 원한다면 육지로 데려다주겠다고 했잖아요. 사람들 앞에서 흔들을 잠재우는 것처럼 멍청한 짓만 안 하면 아무도 모르는 곳에서 꽤 행복하게 살 수 있을걸요."

"우린 여기서도 잘 살고 있어."

바람 소리에 가려 목소리가 잘 들리지는 않지만, 시엔은 배스터가 진실로 하고 싶은 말이 뭔지 안다. 나를 떠나지 말아다오.

"젠장삭을, 배스터, 당신 왜 그래요? 나 영영 가는 거 아니라니까요." 여하튼 지금 당장은 아니다. 하지만 이런 대화를 하고 있는 것만으로도 이미 좋지 않고, 시엔은 상황을 악화시키고 싶지 않다. "난 그냥 쓸모 있는 일을 하고 싶을 뿐이……."

"그건 여기서도 할 수 있잖아."

배스터는 이제 아예 몸을 완전히 틀고 시엔을 똑바로 보고 있다. 마음이 불편하다. 그의 성난 얼굴 아래 숨어 있는 슬픔과 외로움을 보는 건 가슴 아픈 일이다. 배스터 때문에 가슴이 아프다는 게 더더욱 신경에 거슬린다.

"그렇지 않아요." 시엔은 배스터가 대꾸하기 전에 재빨리 선수를 친다. "난 아니에요. 그건 당신 얘기죠. 메오브에는 이제 이곳을 지켜 줄 열 반지가 있잖아요. 내가 닿는 범위 안의 모든 땅이 지표면 아래 작은 꿈틀임 하나 없다는 걸 내가 모를 줄 알아요? 적어도 우리가 여기 온 뒤로는 한 번도 없었어요. 이논이나 내가 감지하기도 전에 당신이 모든 위험을 완전히 차단하고 있잖아요……."

시엔은 얼굴을 찌푸리며 천천히 말꼬리를 얼버무린다. 알라배스터가 고개를 가로젓고 있다. 그의 입술에 떠오른 미소가 그녀를 갑자기 불안하게 한다.

"내가 아니야."

"뭐라고요?"

"난 벌써 한 1년 정도 아무것도 하고 있지 않아."

그가 코런덤을 향해 고개를 까딱인다. 아이는 시에나이트의 발가락에 열중해 있다. 시엔이 코루를 빤히 바라보자 코루가 고개를 들더니 방싯 웃는다.

코런덤은 펄크럼이 알라배스터와 시에나이트를 짝지었을 때 바란 모든 것의 완벽한 결정체다. 외모 면에서는 알라배스터를 그리 닮지 않았다. 코루는 시엔보다 살짝 어두운 피부색에, 머리는 솔처럼 북실북실하고 풍성한 회발 특유의 모양새를 갖추기 시작하고 있다. 산제 조상을 가진 것은 시엔이니 회발도 알라배스터에게서 물려받은 것은 아닐 터다. 코루가 부친에게서 받은 것이 있다면 바로 막강한 조산 능력이다. 시엔은 지금껏 그녀가 낳은 작은 아기가 보니기는커녕 잔흔들을 진정시킬 수 있다는 생각 자체를 해 본 적이 없다. 그건 본능이 아니다. 기량이다.

"대지여." 시엔이 중얼거린다. 코루가 꺄르륵 웃는다. 알라배스터가 갑자기 손을 뻗어 그녀의 품에서 아이를 빼내더니 다리를 세워 일어난다. "잠깐만요, 이건……."

"가거라." 시엔에게 짧게 쏘아붙인 배스터가 바구니를 집어 들고 허리를 구부려 코루의 장난감과 접혀 있는 기저귀를 쓸어 담는다. "그렇게 좋아하는 삭아빠질 배를 타고 어디든 가 버려. 가서 이논이랑 같이 죽어 버려라. 내가 눈 하나 깜짝할 것 같으냐. 네가 무슨 짓을 하든 난 여기 코루와 함께 있겠다."

그러고는 가 버린다. 잔뜩 긴장한 어깨, 어색한 걸음걸이. 소리 지르며 반항하는 코루도 무시하고 시엔이 앉아 있는 담요를 거두지도 않고 사라진다.

아, 얼어죽을.

시엔은 담요 위에 그대로 앉아 어쩌다 이런 정신 나간 열 반지를 정서적으로 돌보는 것은 물론, 인간이 아닐 정도로 강한 능력을 지닌 어린애와 함께 망망대해 한복판에 떠 있는 외딴 섬에 갇히는 처지가 되었는지 곱씹는다. 그러다 해가 지고, 생각하는 게 지겨워진 나머지 자리에서 일어나 담요를 갠 다음 향으로 내려간다.

모두들 둘러 앉아 저녁을 먹고 있지만 시에나이트는 지금 누구와도 사회적 교류를 나눌 심정이 아니라, 구운 툴리피시와 아마도 육지에서 약탈해 왔을 달콤한 보리를 곁들여 삶은 세잎풀을 접시에 담아 들고 자리를 피한다. 음식을 갖고 집으로 가니 알라배스터가 침대에서 잠이 든 코루를 껴안고 누워 있다. 그들은 이논 덕분에 커다란 침대를 배정받았다. 네 개의 모서리마다 세워진 기둥에 일종의 해먹 비슷한 그물을 매고 매트리스를 얹은 이 침대는 기가 막힐 정도로 푹신하고 편안한 데다 지탱하는 무게는 물론이요, 그 위에서 일어나는 여러 가지 활동을 감안하면 엄청나게 튼튼하다. 시엔이 방 안으로 들어가자 알라배스터는 아무 말도 하지 않지만 분명히 깨어 있다. 그녀는 한숨을 내쉬며 코루를 안아 옆에 있는 작은 아기 침대에 누인다. 코루가 밤중에 자다 굴러 떨어질까 봐 일부러

낮게 만든 침대다. 그런 다음 시엔은 알라배스터가 누워 있는 침대 위로 올라간다. 그녀가 한참 동안 말없이 바라보자, 배스터가 결국 토라진 척하길 포기하고 주춤주춤 다가붙는다. 하지만 눈을 쳐다보려 하지는 않는다. 시에나이트는 그가 무엇을 바라는지 안다. 그녀가 한숨을 내쉬며 등을 대고 똑바로 눕자 배스터가 살살 다가오더니 이윽고 그녀의 어깨 위에 머리를 기댄다. 아마 계속 이러고 싶었을 것이다.

"미안." 그가 말한다.

시에나이트는 어깨를 으쓱한다.

"괜찮아요." 그러고는 이논의 말이 옳기 때문에, 어느 정도는 그녀에게도 잘못이 있기 때문에, 한숨을 쉬며 덧붙인다. "걱정 마요. 난 금방 돌아와요. 나도 여기가 좋은걸요. 그저…… 가만히 있질 못하겠어요."

"넌 항상 그렇지. 무얼 찾고 있는 거냐?"

시엔은 고개를 젓는다.

"모르겠어요."

하지만 그녀는 속으로 생각한다. 일부러 그런 건 아니지만 그렇다고 완전한 무의식의 산물도 아니다. 세상을 바꿀 방법을 찾아요. 왜냐하면 이건 옳지 않으니까.

배스터는 늘 그녀의 생각을 읽을 줄 알았다.

"더 낫게 만들 순 없다." 그가 침울하게 말한다. "세상은 항상 이대로일 거다. 지금 있는 걸 무너뜨리고 처음부터 다시 시작하지 않는 한 세상을 바꿀 방법은 없어." 배스터가 한숨을 내쉬며 그녀의 가슴에 얼굴을 부빈다. "그러니 지금 있는 걸 최대한 활용하렴, 시엔. 아들을 사랑해라. 해적의 삶이 좋다면 그렇게 살아라. 하지만 이보다 더 나은 삶을 꿈꾸는 건 그만 두는 게 좋을 거야."

시엔은 입술을 핥는다.

"코런덤은 우리보다 더 나은 삶을 누려야 해요."

알라배스터가 깊은 한숨을 내쉰다.

"그래, 그래야지."

그러고는 아무 말도 하지 않지만 그 의미는 명백하다. 하지만 그렇겐 안 될 거다.

이건 옳지 않다.

시엔은 가물가물 잠든다. 그러다 몇 시간 뒤에 알라배스터의 목소리에 깨어난다.

"아, 씨발, 제발, 아, 대지여, 제발, 이논."

이논의 어깨에 머리를 파묻은 채, 잔잔하게 물결치는 침대 위에서 그의 몸이 격렬하게 움직인다. 이논이 헐떡거리며 기름 범벅이 된 성기와 성기를 맞대고 허리를 놀린다. 알라배스터는 사정을 끝냈지만 이논은 아직이다. 시엔이 보고 있는 걸 알아챈 이논이 씨익 웃더니 배스터에게 입을 맞추고 시엔의 다리 사이로 손을 미끄러뜨린다. 그녀는 젖어 있다. 그와 알라배스터가 함께 있는 모습은 언제 봐도 아름답다.

이논은 사려 깊은 연인답게 몸을 기울여 그녀의 가슴에 코를 부비고, 손가락으로 황홀한 재주를 부리면서도 배스터를 끊임없이 몰아붙인다. 시엔이 욕설을 내뱉으며 한눈팔지 말라고 재촉하자 그가 웃음소리를 내며 자세를 바꾼다.

이논이 군말 없이 시엔의 말에 복종하는 모습을 지켜보는 알라배스터의 눈빛이 점차 뜨겁게 달아오른다. 이들과 연인이 된 지도 거의 2년이 다 되었건만, 시엔은 그들 셋이 어떤 관계인지 아직도 잘 모르겠다. 배스터는 그녀를 원하지 않는다. 적어도 이런 식으로는 원하지 않는다. 그녀도 그를 원하지 않는다. 하지만 시엔은 이논이 그를 몰아붙여 뜨겁게 신음하고 애원하게 만드는 걸 보고 있으면 주체할 수 없을 만큼 흥분되고, 배스터 역시 그녀가 다른 사람의 품에서 몸과 마음이 허물어지는 걸 볼 때마다 부풀고 달아오른다. 사실 시엔은 배스터가 보는 앞에서 하는 것을 더 좋아한다. 두 사람은 서로 직접 몸을 섞는 건 싫어하지만 간접적으로 탐닉하는 것은 정말 끝내주는 기분이다. 이걸 대체 뭐라고 해야 할까? 이건 스리섬도 아니고 삼각관계도 아니다. 둘 하고도 절반, 애정의 이면체다.(그리고 어쩌면, 사랑인지도 모른다.) 시엔은 또다시 임신을 걱정해야 할 수도 있다. 세 사람 사이에서 벌어지는 지저분한 행각을 생각하면 이번에도 알라배스터의 애일지도 모른다. 하지만 그녀는 걱정하지 않는다. 그런 건 상관없으니까. 생물학적 아버지가 누구든, 누군가는 그녀의 아이를 사랑할 것이다. 그녀가 잠자리에서 무얼 하든 혹은 그들이 무슨 관계인지 깊이 고민하지 않는 것처럼 메오브 사람 중 누구도 그런 것에는 신경 쓰지 않을 것이다. 아마 그녀가 더욱 달아오르는 이유도 이것일 것이다. 두려움으로부터의 해방. 오, 상상해 보라.

그리하여 그들은 잠이 든다. 이논은 두 사람 사이에 엎어져 코를 골고, 시엔과 배스터는 이논의 건장한 양쪽 어깨를 베고 잠에 빠진다. 시엔은 이제껏 수도 없이 떠올린 생각을 한다. 영원히 이럴 수만 있다면.

하지만 그녀는 불가능한 것을 꿈꿀 만큼 어리석지 않다.

***

클랄수 호의 출항은 다음 날이다. 메오브 인구의 절반이 넘는 사람들이 항구에 나와 손을 흔들고 행운을 비는 혼잡한 와중에도 알라배스터는 유달리 눈에 금방 띈다. 그는 손을 흔들지는 않지만 배가 떠나갈 때 코루에게 시에나이트와 이논을 가리키며 인사를 하라고 이른다. 코루가 손을 흔들자 약간이나마 뒤늦은 후회가 밀려든다. 하지만 아주 짧은 순간일 뿐이다.

그 뒤로는 넓고 광활한 바다, 그리고 배 위에서 해야 할 일들뿐이다. 낚싯줄을 드리워 물고기를 잡고, 높은 돛대 위로 기어올라 이논의 지시에 따라 돛을 조정한다. 한번은 선창에 실은 나무통을 묶어놓은 줄이 느슨하게 풀려 다시 단단하게 잡아맨다. 육체 노동은 고단하고, 시엔은 해가 지자마자 칸막이 벽 아래 있는 작은 침대 위에 곯아떨어진다. 이논은 시엔을 자기 방에서 재우지 않고, 어차피 그녀도 그의 선실에서 다른 일을 할 만한 기운도 없다.

하지만 상황은 차츰 나아진다. 날이 갈수록 체력이 붙고, 시엔은 왜 클랄수 호의 선원들이 다른 메오브 주인들보다 항상 활기차고 신나고 재미있게 사는지 깨닫는다. 바다에 나온 지 나흘째, 배의 왼쪽, 아니지, 좌현에서 고함 소리가 터져 나온다. 다른 선원들과 함께 뱃전으로 달려간 시엔은 다시는 잊지 못할 경이로운 장면을 목격한다. 심해에 사는 거대한 바다괴물이 수면 아래에서 크고 높다란 물분수를 내뿜으며 클랄수의 선체와 나란히 헤엄치고 있다. 그 중 하나가 수면 밖으로 고개를 쳐들고 선원들을 바라본다. 정말 터무니없을 정도로 거대한 크기다. 놈의 눈알 하나가 시엔의 머리통보다 더 크다. 저 지느러미에 한 방 맞기라도 하면 배가 뒤집어질 것이다. 하지만 그것들은 배를 건드리지 않는다. 선원 하나가 시엔에게 저것들은 그저 호기심이 많은 것뿐이라고 말해 준다. 그녀는 시에나이트가 그런 사소한 것에도 눈을 반짝이며 감탄하는 게 재미있는 모양이다.

밤이 되면 그들은 별을 본다. 시엔은 이제껏 하늘을 유심히 살펴본 적이 없다. 그러나 이논은 별이 이동하는 형태를 알려 주면서 시엔이 보는 "별"이 실은 다른 은하계의 태양이며 어쩌면 거기서도 사람들이 저마다 다양한 고충을 겪으며 살고 있을지도 모른다고 말한다. 시엔은 천측학 같은 유사 학문에 대해 들어 본 적이 있고 그런 학문들이 과학적으로 입증할 수 없는 이론을 주장한다는 것도 알고 있지만, 이렇게 끝없이 흐르는 밤하늘을 보고 있노라면 그들이 왜 그런 이야기를 믿는지 이해할 수 있을 것 같다. 하늘은 만고불변하여 인간의 삶에 아무런 영향을 끼치지 않는데도 왜 그들이 중요하게 생각하는지 알 것 같다. 이런 밤에는 심지어 그녀도 잠깐이나마 그런 심정이 되니까.

밤이 되면 선원들은 술을 마시고 노래를 부른다. 시에나이트가 저속한 단어를 잘못 발음해 더욱 상스러운 말로 바꿔 버리자, 그 즉시 선원들의 절반이 그녀의 가까운 친구가 된다.

나머지 절반은 판단을 보류한다. 적어도 항해를 시작한 지 이레째, 그들이 점찍은 목표를 염탐해야 할 때가 되기까지는 말이다. 클랄수 호는 인구수가 많은 두 개의 반도 사이를 잇는 항로를 어슬렁거리며 사냥감을 찾는 중이다. 돛대 위에 올라 앉아 있는 망보기꾼이 망원경을 두리번거리며 노략질할 만한 부유한 선박들을 찾고 있다. 이논이 노리는 것은 육로로 운반하기에는 너무 크거나 위험한 교역품을 수송하는 데 사용되는 대형 선박이다. 기름과 채굴 암석, 휘발성 화학 약품과 목재. 지도에도 나와 있지 않은 척박한 섬에서 가장 필요로 하는 종류의 물자다. 문제의 선박은 더 작고 가벼운 배를 동반하고 있는데, 망원경으로 정찰한 이들의 말에 따르면 아마 민병대와 공성퇴, 대형 무기가 가득 실려 있을 거라고 한다. (하나는 카라크 선, 다른 하나는 카라벨 선이라고 하는 것 같다. 선원들이 쓰는 말인데, 시엔은 어느 것이 어느 것인지 모르는 데다 일일이 구분하기가 귀찮아서 그냥 큰 배와 작은 배라고 기억하기로 한다.) 해적의 습격에 철저하게 대비하고 있는 걸로 보아 약탈할 값어치가 있는 귀중한 물건이 실려 있는 게 틀림없다.

이논이 시에나이트에게 눈짓을 보내고, 그녀는 기다렸다는 듯이 씨익 웃는다.

시엔은 두 곳에서 안개를 일으킨다. 하나는 그녀의 힘이 미치는 가장 먼 곳에서 에너지를 끌어 모아야 하지만 거기가 바로 작은 호위선이 위치한 곳이라 어쩔 수가 없다. 두 번째 안개는 클랄수와 화물선 사이에서 피어나게 만들어 목표물이 해적선의 접근을 발견하지 못하도록 연막을 친다.

습격은 계획대로 정확하게 진행된다. 이논의 선원들은 경험도 풍부하고 기량도 뛰어나다. 시에나이트처럼 뭘 해야 할지 잘 모르는 신참들은 고참들이 준비를 하는 동안 옆으로 밀려난다. 클랄수 호가 짙은 안개 속에서 위용을 드러낸 순간 화물선이 시끄럽게 경보를 울려 대지만, 때는 이미 늦었다. 이논의 부하들이 투석기로 쏜 사슬뭉치가 화물선의 돛을 갈가리 찢어 놓는다. 클랄수 호가 먹잇감의 옆에 바짝 따라붙자(시엔은 상대편 배와 충돌할지도 모른다고 생각했지만 이논은 역시 전문가다.) 선원들이 갈고리를 던져 두 배를 연결하고 갑판의 상당 부분을 차지하고 있던 커다란 윈치의 손잡이를 바쁘게 돌리기 시작한다.

이제 가장 위험한 단계다. 화물선에서 화살과 새총과 투검이 날아오기 시작하자 나이 많은 선원이 시엔에게 선창에 몸을 숨기라고 손짓한다. 다른 선원들이 배의 위아래를 분주하게 뛰어다니는 동안 그녀는 마음을 졸이며 어두운 계단 밑에 앉아 기다린다. 심장이 쿵쾅쿵쾅 두근박질치고 손바닥은 땀에 젖어 축축하다. 뭔가 무거운 것이 머리 위에서 1.5미터도 떨어지지 않은 곳에서 쿵 하고 부딪쳤을 때는 심장이 떨어질 뻔했다.

하지만, 아, 사악한 대지여. 이건 정말 섬 한구석에 앉아 낚시를 하거나 자장가를 부르는 것에 비하면 훨씬, 정말이지 훨씬 낫다.

전투가 종료되기까지는 겨우 몇 분밖에 걸리지 않는다. 소란스러운 움직임과 혼란이 점차 잦아들자 시에나이트는 배짱 좋게 고개를 갑판 위로 내밀어 본다. 두 선박 사이에 널빤지가 걸려 있고 이논의 부하들이 그 위를 분주하게 오간다. 어떤 이들은 유리검을 휘두르며 포로로 잡은 화물선 선원들을 갑판 구석으로 몰아넣고 있다. 어떤 선원들은 인질이 다칠까 봐 무기와 귀중품을 자진해서 내놓는다. 이논의 부하들 중 몇몇은 화물선 선창에 들어가 커다란 나무통과 궤짝을 클랄수 호로 나르고 있다. 노획물을 정리하고 분류하는 건 나중에나 할 일이다. 지금 가장 중요한 건 신속함이다.

어디선가 갑자기 커다란 외침이 들리더니 머리 위에서 종이 미친 듯이 울리기 시작한다. 희뿌연 안개가 소용돌이치다 흩어지고 화물선을 호위하고 있던 전투선이 모습을 드러낸다. 그들을 향해 다가오고 있다. 시엔은 그제야 실수를 깨닫는다. 그녀는 호위선이 앞을 볼 수 없고 근처에 다른 선박이 있다는 걸 안다면 당연히 그 자리에 멈춰 설 거라고 생각했다. 하지만 인간은 그렇게 논리적인 존재가 아니다. 전투선이 전속력으로 그들을 향해 달려온다. 이제는 적선에서도 눈앞에 다가온 위험을 깨닫고 배를 돌리라고 서둘러 부르짖지만 클랄수를 들이받기 전에는 도저히 멈출 방도가 없고…… 세 척의 배는 잠시 후 같은 운명을 맞이하게 될 것이다.

시에나이트는 바다의 무한한 파도와 온기에서 끌어낸 힘으로 충만해 있는 상태다. 그녀는 펄크럼에서 무수한 연습을 통해 배우고 익힌 대로 생각하기 전에 먼저 반응한다. 아래로, 묘하게 미끈거리는 해수에 녹아 있는 무기질과 진득하고 질척거리는 해저 퇴적물 속으로, 그 밑으로, 더 아래로. 해저 바닥 밑에는 바위가, 오래 묵은 날것의 암반이 있으니 그녀가 휘두르기에 적격이다.

배 위에서 시엔이 손가락을 갈퀴처럼 모아 두 손을 번쩍 들어 올리며, 외치며, 생각한다. 올라와! 그러자 갑자기 우지끈 소리와 함께 전투선이 바다 위에서 우뚝 멈춰 선다. 세 척의 선박에서 비명을 지르며 우왕좌왕하던 사람들이 경악하며 동시에 입을 다문다. 왜냐하면 그 순간, 뾰족하고 날카로운 바위로 만들어진 거대한 검이 전투선의 갑판 위로 불쑥 튀어 나오며 선체를 꼬챙이처럼 꿰어 버렸기 때문이다.

시에나이트는 부르르 떨면서 천천히 손을 내린다. 클랄수 호를 뒤덮고 있던 비명과 고함이 일순의 충격과 놀라움을 떨치고 우레와 같은 환성으로 변한다. 심지어 화물선에 타고 있던 일부 승객들조차 약간 안도한 것 같다. 배 한 척이 손상되는 편이 세 척이 전부 침몰하는 것보다는 나으니까.

전투선이 옴짝달싹도 할 수 없이 무력화되자 그다음부터는 모든 게 일사천리다. 화물선 선창이 깨끗하게 비워졌다는 보고를 들은 이논이 뱃머리에 서 있는 시엔을 찾아온다. 그녀는 전투선 선원들이 바위기둥을 정으로 깨부수려고 온갖 난리를 치는 모습을 지켜보고 있다.

이논이 시엔의 옆에 와서 선다. 그녀는 한바탕 불벼락을 맞을 각오를 하고는 그의 얼굴을 올려다본다. 하지만 그는 화가 난 것과는 거리가 멀다.

"저런 게 가능할 거라곤 상상도 못 했어." 이논이 경탄한다. "난 당신이랑 알라배스터가 허풍을 떠는 줄만 알았지."

그것은 시에나이트가 펄크럼 출신이 아닌 사람한테서 조산술에 대해 처음으로 듣는 칭찬이다. 이논을 이미 사랑하고 있는 게 아니라면 지금은 확실히 그를 사랑한다.

"너무 높이 들어 올린 것 같아." 시엔은 약간 민망한 듯이 대답한다. "딱 뱃바닥에 구멍이 날 정도만 들어서 암초에 부딪쳤다고 착각하게 했어야 했는데."

무슨 뜻인지 이해한 이논이 침울해진다.

"아. 이제 저자들은 우리 배에 유능한 오로진이 타고 있다는 걸 알겠군."

그의 얼굴이 의아할 정도로 어두워지지만 시엔은 묻지 않기로 한다. 어쨌든 이논과 함께 나란히 서서 뿌듯한 성취감에 몸을 맡기는 건 기분 좋은 일이다. 한동안 두 사람은 선원들이 전리품을 옮겨 싣는 모습을 잠자코 지켜본다.

이논의 부하가 달려와 끝났다고 말하자, 두 배를 잇던 널빤지가 거둬지고 밧줄과 갈고리가 다시 윈치에 감겨 들어간다. 떠날 채비가 끝났다. 이논이 무거운 목소리로 외친다.

"잠깐."

시엔은 곧 무슨 일이 일어날지 알 것 같지만, 그래도 그녀를 돌아본 이논의 냉랭한 표정을 보자 토할 것만 같다.

"두 척 다 침몰시켜."

시에나이트는 항해에 따라 올 때 이논의 명령에 이의를 제기하지 않기로 약속했다. 그럼에도 불구하고 그녀는 주저한다. 시엔은 이제껏 사람을 죽여 본 적이 없다. 적어도 일부러 그랬던 적은 없다. 그녀가 암반을 너무 높이 들어 올린 건 단순한 실수였다. 그녀의 실수 때문에 저들이 전부 죽어야 한단 말인가? 이논이 가까이 다가오자 시엔은 저도 모르게 흠칫 놀란다. 그는 단 한 번도 그녀를 아프게 한 적이 없는데도. 손바닥 뼈가 욱신거린다.

하지만 이논은 그녀의 귀에 대고 이렇게 속삭인다.

"배스터와 코루를 위해."

그게 무슨 소리지? 배스터와 코루는 여기 없다. 그러나 잠시 후에 시엔은 그 속뜻을(메오브에 사는 사람들의 안전과 안녕은 육지인들이 그들을 심각한 위험이 아닌 가볍고 사소한 골칫거리로 여길 때에나 가능하다.) 이해하고, 머리가 차가워진다. 이논보다도 훨씬 더.

그래서 시엔은 말한다.

"더 멀리 떨어져."

이논이 즉시 몸을 돌리고 출발 지시를 내린다. 클랄수의 안전거리가 확보되자 시엔은 숨을 깊이 들이마신다.

그녀의 가족을 위해서. 비록 사실이긴 해도 그들을 가족이라고 인정하는 건 이상한 기분이다. 누군가의 명령이나 지시 때문이 아니라 합리적인 이유 때문에 이런 일을 하는 건 더더욱 이상한 기분이다. 이건 시엔이 더 이상 무기가 아니라는 뜻일까? 그렇다면 이제 그녀는 무엇인가?

상관없다.

시엔의 의지가 발동되자, 전투선을 관통하고 있던 암반기둥이 고물에 3미터 크기의 구멍을 남긴 채 서서히 가라앉는다. 배가 한쪽으로 기울며 물속으로 가라앉기 시작한다. 해수면에서 더 많은 힘을 끌어 모아 수 킬로미터 반경을 뒤덮고도 남는 넓고 짙은 안개를 일으킨다. 시에나이트는 빼낸 돌기둥을 화물선의 선창을 향해 겨냥한다. 짧게 찔렀다가 재빨리 빼낸다. 마치 사람을 검으로 찔러 죽이듯이. 배 밑바닥이 달걀 껍질처럼 바스라지고, 잠시 후 배가 두 쪽으로 갈라진다. 끝났다.

희뿌옇고 자욱한 안개가 서서히 침몰하는 배 두 척을 철저히 은폐하는 사이, 클랄수 호는 현장에서 멀어져 간다. 안개 속에서 맴도는 선원들의 비명이 그 뒤로도 오랫동안 시엔의 등 뒤에 매달려 뒤쫓아온다.

***

그날 밤 이논은 시엔을 위해 규칙을 어긴다. 한참 뒤에 선장의 침대 위에 일어나 앉은 시엔이 말한다.

"알리아를 보고 싶어."

이논이 한숨을 내쉰다.

"안 돼."

하지만 나중에 그는 명령을 내린다. 그녀를 사랑하니까. 클랄수가 새로운 목적지를 향해 항로를 바꾼다.

***

전설에 따르면 아버지 대지는 원래 생명을 증오하지 않았다고 한다.

전승가들의 이야기에 따르면, 원래 대지는 그분의 표면에 생명이 출현할 수 있게 최선을 다해 노력했다. 심지어 예측이 가능한 사계절을 창조하기까지 했다. 모든 살아 있는 것들이 적응하고 진화할 수 있도록 바람과 파도와 기온의 변화를 온건하게 유지했다. 자기 정화가 가능한 물을 불러왔고, 폭풍우가 지난 뒤의 하늘은 늘 맑고 상쾌했다. 아버지 대지는 생명을 창조하지는 않았으나(생명은 우연히 발생했다.) 그에 만족했고, 매료되었으며, 그 기이하고 방종한 아름다운 것이 자신 위에 살고 있음을 자랑스럽게 여기며 보살폈다.

그러다 인간들이 아버지 대지에게 끔찍한 짓을 저지르기 시작했다. 대지가 감당할 수 없는 수준으로 물을 오염시키고 지표면에 살고 있는 다른 생명들을 살해했다. 대지의 억세고 단단한 피부를 뚫어 구멍을 내고 맨틀의 피를 흘리고 뼛속에 담긴 달콤한 골수를 쪽쪽 빨았다. 그리고 인간의 힘과 오만함이 절정에 달했을 때, 오로진이 아버지 대지조차 용서할 수 없는 잔악한 짓을 저질렀다. 대지의 유일한 자식을 죽인 것이다.

시에나이트는 이 수수께끼 같은 구절의 의미를 아는 전승가를 본 적이 없다. 이것은 돌의 가르침이 아니라 구전으로 내려오는 전설로, 때로는 종이나 가죽처럼 수명이 짧은 보존 매체에 기록되고 수많은 계절을 거치며 수정되고 변형됐다. 어떤 기록에서는 오로진이 파괴한 것이 대지가 사랑하던 유리검이고, 어떤 때는 대지의 그림자 또는 대지가 가장 소중히 여기던 번식사인 경우도 있다. 이게 무슨 의미든 간에 전승가나 다른 학자들 모두 오로진이 그런 심각한 죄악을 저지른 뒤에 발생한 일에 대해서는 의견이 일치한다.

아버지 대지의 표면이 달걀 껍질처럼 산산조각 났다. 그의 사납고 맹렬한 분노가 다섯 번째 계절, 즉 붕괴의 계절이라는 최악의 형태로 발현되어 거의 모든 생명들이 죽었다. 고대인들은 강대하였으나 그 어떤 전조도 감지하지 못했고 비축고를 준비할 시간도 없었으며 길잡이가 되어 줄 돌의 가르침도 없었다. 그러고도 인류가 생존하여 인구를 회복할 수 있었던 것은 순전히 운이 좋았기 때문이다. 그 뒤로 생명은 다시는 과거의 영광을 되찾지 못했다. 아버지 대지의 노여움이 절대 그것을 허락하지 않을 것이기 때문이다.

시에나이트는 늘 이 이야기가 무슨 뜻인지 궁금했다. 물론 시적 허용도 감안해야 하고, 고대 원시인들이 자기들도 이해하지 못하는 것을 설명하려고 지어낸 이야기일 따름일 테지만……. 여하튼 전설이란 항상 진실의 핵을 담고 있으니까 말이다. 어쩌면 고대 오로진이 행성의 지각을 파괴한 걸지도 모른다. 하지만 어떻게? 조산술이 펄크럼이 가르치는 것보다 훨씬 많은 일을 할 수 있는 것은 분명하다. 만약 전설이 사실이라면 그래서 펄크럼이 다른 기술들을 전수하지 않는 것인지도 모른다. 하지만 전설은 전설일 뿐. 설령 세상에 존재하는 모든 오로진이, 갓 눈을 뜬 갓난아기까지 한 명도 빠짐없이 전부 힘을 합치더라도 행성의 지표를 파괴하지는 못한다. 그 전에 온 세상이 얼어 버릴 테니까. 그만큼 거대한 피해를 입히는 데 필요한 움직임이나 열은 어디서도 끌어낼 수가 없다. 시도한다고 해도 부질없이 발버둥 치다 힘을 전부 소진하고 죽어 버릴 것이다.

다시 말해 그 부분만큼은 사실일 수가 없다는 얘기다. 대지의 노여움을 불러일으킨 것은 조산술이 아니다. 로가라면 절대 이런 결론을 납득할 수가 없다.

그러나 인류가 최초로 덮친 계절의 화염 속에서 살아남았다는 것은 실로 경탄스러운 일이 아닐 수 없다. 왜냐하면 만약 온 세상이 지금의 알리아와 같았다면……. 시에나이트는 아버지 대지가 그들을 얼마나 증오하는지 새삼 실감한다.

알리아는 검은 어둠 속에서 이글이글 붉게 타오르는 죽음이다. 한때 거기 있던 향은 자취도 없이 사라지고 그 자리에 남은 것은 둥근 분화구뿐, 심지어 그조차 육안으로는 확인하기가 어렵다. 눈을 가늘게 좁힌 시엔은 아른거리는 붉은 안개 속에서 분화구 경사면에 남아 있는 타다 남은 건물 몇 채와 도로를 본 것 같다고 생각한다. 그녀의 희망에서 비롯된 환영에 불과할지도 모르지만.

밤하늘을 두텁게 뒤덮은 분진구름은 화염에 비쳐 붉은 빛을 띠고 있다. 항구가 있던 자리에는 불룩하게 삼각형으로 솟은 화산구가 짙은 연기와 벌겋게 이글거리는 핏줄기를 바닷물 속으로 뱉어내고 있다. 구멍은 거대하게 자라나 움푹 파인 알리아 칼데라를 가장자리까지 거의 전부 차지하고 있고 심지어 주변에 새끼까지 치고 있다. 화산구 옆면에 벌써 두 개의 분기공(噴氣孔)이 들어 앉아 부모를 본받아 가스와 용암을 꿀렁꿀렁 뱉어 낸다. 시간이 지나면 이 세 구멍은 하나의 거대한 괴물이 되어 주위의 산을 집어삼키고 가스구름이나 불광의 영향이 미치는 거리에 있는 다른 모든 향들의 생존을 위협할 것이다.

시에나이트가 알리아에서 만난 사람들은 전부 죽었다. 클랄수는 해안가에서 8킬로미터 이내로는 접근하지도 못한다. 그 이상 접근했다간 그들 역시 목숨을 잃을 각오를 해야 한다. 뜨거운 물에 선체의 목재가 뒤틀리거나 화산이 내뿜는 뜨거운 연기에 질식할 수도 있고, 아니면 알리아 항이 있던 자리에서 바퀴살처럼 뻗어 나가 지금 이 순간에도 바닷물 밑에 지뢰처럼 도사리고 있는 다른 분화구의 덫에 걸려 통구이가 될 수도 있다. 시엔은 해저에 있는 모든 열점들을 하나하나 보닐 수 있다. 대지의 피부 밑에서 포악하게 휘돌고 있는 분노의 폭풍. 심지어 이논도 보닐 수 있다. 그는 언제 분출할지 모르는 이 위험한 곳에서 빨리 벗어나라고 지시한다. 지층이 언제 무너질지 모를 정도로 불안정한 상태다 보니 시엔이 보니거나 또는 막기도 전에 순식간에 새로운 분화구가 발밑에서 열릴 수도 있다. 이논은 지금 시엔을 위해 엄청난 위험을 무릅쓰고 있다.

"그래도 외곽 쪽에 있던 사람은 꽤 살아남았어." 이논이 옆에서 조용한 목소리로 말한다. 선원들도 한 사람도 빠짐없이 갑판 위로 올라와 엄숙한 정적 속에서 알리아를 바라보고 있다. "갑자기 항구에서 붉은 빛이 번쩍하더니 밝은 빛이 규칙적으로 번득였다고 하더군. 꼭 뭔가가 고동치듯이 말이야. 하지만 첫 번째 충격만으로도 빌어먹을 항구 전체가 단번에 끓어 넘쳐 작은 집들을 모조리 쓸어버렸지. 그때 제일 많이 죽었어. 그 전까진 아무 조짐도 없었고."

시에나이트가 어깨를 파르르 떤다.

아무 조짐도 없이. 알리아에는 거의 10만 명이 살고 있었다. 적도권 기준으론 작은 편이지만 해안지방 치고는 꽤 큰 도시다. 자랑스러워할 만한 규모다. 희망찬 미래를 꿈꾸던 곳이었는데.

삭아죽을. 삭아 타죽어 마땅한 지긋지긋한 아버지 대지 새끼.

"시에나이트?"

이논이 그녀를 빤히 응시하고 있다. 시엔이 가슴 앞에서 두 주먹을 불끈 쥐었기 때문이다. 금세라도 달려 나가고 싶어 몸부림치는 종마의 고삐를 움켜쥐듯이. 돌연 가늘고, 높고, 밀도 높은 고리가 그녀의 주위를 빙글빙글 돌기 시작한다. 춥지는 않다. 시엔이 활용할 수 있는 땅힘이 근방에 무궁무진하게 포진해 있기 때문이다. 정식 훈련을 받지 않은 로가마저 꿈틀대는 그녀의 의지를 보닐 수 있을 정도로 엄청나게 강력한 힘. 이논이 숨을 헉 들이켜며 뒷걸음질 친다.

"시엔, 당신 뭘 하는……."

"저대로 내버려 둘 순 없어."

시엔이 혼잣말처럼 중얼거린다. 이 일대 전부가 부글부글 끓어오르며 일촉즉발의 순간을 향해 부풀어 오르고 있다. 화산은 최초의 경고일 뿐이다. 분기공은 대부분 크기가 작고 돌돌 뒤엉킨 상태에서 다양한 종류의 암반과 금속층을 뚫고 밖으로 탈출하기 위해 발악한다. 위로 올라가기 위해 지층을 뚫고 길을 내다가, 차게 식었다가, 구멍이 막히면 다시 방향을 바꿔 가며 끊임없이 여러 방향으로 휘고 꼬이고 감기고 비틀어진다. 그러나 이것은 대지의 순수한 분노를 분출하는, 가넷 오벨리스크가 사라진 자리에서 곧장 치고 올라오는 거대한 마그마 통로다. 이대로 내버려 둔다면 이 지역 전체가 거대한 분출을 일으킬 테고 그 결과 틀림없이 계절이 발생할 것이다. 시엔은 펄크럼이 이런 것을 지금껏 내버려 뒀다는 것을 믿을 수가 없다.

그래서 시에나이트는 그 열기의 소용돌이 속에 자신을 내리꽂은 다음, 알리아를 보고 느꼈던 분노를 유감없이 발휘해 갈기갈기 찢어발긴다. 이건 알리아였다. 알리아. 인간들의 도시. 거기에는 사람들이 살고 있었다. 사람들. 죽어서는 안 될 사람들. 고작……

나 때문에.

그저 잠자는 오벨리스크를 건드리면 안 된다는 것을 몰랐다는 이유로, 그저 미래를 꿈꿨다는 이유로 죽어서는 안 된다. 아무도 그런 이유로 죽어서는 안 된다.

그녀가 할 일은 간단하다. 어쨌든 그게 오로진이 할 일이고, 열점은 시엔이 이용하기에 딱 좋게 무르익어 있다. 그걸 이용하지 않는 것이야말로 위험한 일일 것이다. 만일 시엔이 그 방대한 힘과 열기를 다른 곳으로 흘려보내지 않고 제 한 몸으로 받아낸다면 끔찍한 결과가 일어나겠지만 다행히도(시엔은 웃는다. 몸 전체가 흔들린다.) 근처에는 틀어막을 화산이 있다.

그래서 시엔은 한쪽 손을 말아 쥐며 정신력으로 화산의 입구를 지진다. 불태우는 것이 아니라 열기를 식히고 광포하게 날뛰는 대지의 분노를 다시 안쪽으로 되돌려 밀어 넣고 모든 틈과 균열을 빠짐없이 봉한다. 부풀어오르고 있는 마그마굄을 누르고, 누르고, 밑으로 누른다. 그러면서 일부러 지층의 가장자리를 겹쳐 접어 마그마를 땅속에 담아 놓을 수 있게, 적어도 다시 지상으로 올라올 길을 찾는 데 오래 걸리도록 주변을 두껍고 탄탄하게 다진다. 아주 섬세한 솜씨가 필요한 작업이라 수백만 톤의 돌과 바위와 다이아몬드가 생성될 정도로 엄청난 압력을 가해야 한다. 그러나 시에나이트는 펄크럼의 자식, 펄크럼은 그녀를 철저하게 훈련시켰다.

시에나이트가 눈을 뜬다. 그녀는 이논의 팔에 안겨 있고, 발밑에서는 배가 출렁거린다. 놀란 시엔이 눈을 깜박이며 그를 멀뚱히 쳐다본다. 크게 뜬 그의 눈동자가 당혹감에 흔들리고 있다. 시엔이 정신을 차린 것을 본 이논의 얼굴에 안도와 두려움의 감정이 퍼진다. 가슴이 따뜻해지면서도 동시에 정신이 번쩍 든다.

"당신이 우릴 죽이진 않을 거라고 말해 뒀어."

사납게 으르렁거리는 물보라와 선원들의 두서없는 외침을 뚫고 이논이 말한다. 시엔은 주위를 둘러본다. 선원들이 갑자기 요동치기 시작한 바다 한복판에서 돛을 거두려고 정신없이 움직이고 있다.

"날 거짓말쟁이로 만들진 말아 줘."

젠장. 시엔은 지상에서 조산술을 쓰는 데에만 익숙해진 나머지 결함층을 지지고 땜질하는 것이 바다에 어떤 영향을 미칠지는 예상하지 못했다. 의도는 좋았지만 그래 봤자 흔들은 흔들이고(오, 대지여, 느낄 수 있다. 그녀는 방금 쓰나미를 일으켰다.) 시엔은 머리 뒤쪽의 보님기관이 찌르르 울리는 것을 느끼며 얼굴을 찌푸린다. 힘을 지나치게 많이 썼다.

"이논." 통증 때문에 머리가 욱신거린다. "당신이…… 으윽. 진폭에 맞춰 파도를 반대쪽으로 밀어내야 해. 지표 밑에서……."

"뭐라고?"

이논이 고개를 돌려 선원에게 토착어로 뭐라 소리치고, 시엔은 속으로 조용히 욕지거리를 내뱉는다. 이논은 당연히 그녀의 말을 이해하지 못한다. 그는 펄크럼의 언어를 모른다.

그 순간, 주변 공기가 갑자기 서늘해진다. 갑작스러운 기온 변화에 선체의 목재가 삐걱이며 신음한다. 시엔은 놀라 숨을 들이켜지만 지나치리만큼 극심한 변화는 아니다. 여름밤이 돌연 가을밤으로 돌변한 것과 비슷할까. 그리고 여기엔 왠지 한밤중에 닿는 따뜻한 손길처럼 어딘가 친숙한 기운이 있다. 시엔과 똑같은 것을 깨달은 이논이 숨을 훅 들이마신다. 알라배스터. 그래. 그 사람이라면 당연히 이렇게 멀리까지 힘을 뻗을 수 있겠지. 알라배스터가 삽시간에 파도를 잠재운다.

그가 일을 끝마쳤을 무렵, 클랄수 호는 잔잔하고 얌전해진 파도 위에 두둥실 떠서 알리아의 화산을 바라보고 있다……. 화산은 어둡고 고요하다. 아직도 연기가 모락모락 나고 있고 앞으로 수십 년 정도는 뜨겁겠지만, 용암이나 가스는 더 이상 뿜고 있지 않는다. 머리 위 하늘에서는 벌써 구름이 걷히고 있다.

1등 항해사인 레쉬예가 다가와 시엔에게 힐끔 겁먹은 시선을 던진다. 그녀가 이해하기엔 너무 빠른 말을 마구 쏟아내지만, 시엔은 그가 무슨 말을 하는지 알 것 같다. 다음번에 화산을 멈출 거면 우리 배부터 챙기라고 해.

레쉬예의 말이 맞다.

"미안해요."

시엔이 에텁어로 중얼거리자 사내는 투덜거리며 멀어져 간다.

이논이 고개를 저으며 그녀를 품에서 놓아 주고, 돛을 다시 펴라고 소리쳐 지시한다. 이논이 그녀를 내려다보며 묻는다.

"괜찮아?"

"그래." 시엔이 머리를 문지른다. "이렇게 큰일은 나도 처음이라 그래."

"당신이 이런 걸 할 수 있을 줄은 몰랐어. 알라배스터나 할 수 있을 줄 알았지. 당신보다 반지를 많이 가진 사람 말이야. 당신도 그 사람만큼 강하구나."

"그건 아니야." 시엔이 웃음소리를 내며 난간을 붙들고 몸을 기댄다. 이러면 이논에게 몸을 기댈 필요가 없다. "난 그래도 가능한 일을 하는 거야. 배스터는 자연의 법칙을 새로 쓰는 수준이고."

"헤." 이논의 목소리가 묘하게 느껴져 돌아본 시엔은 그의 얼굴에 아쉬움에 가까운 감정이 떠오른 걸 보고는 놀란다. "가끔 당신이나 배스터가 할 수 있는 일을 보면 나도 그 펄크럼이라는 곳에 갔더라면 좋았을걸 하는 생각이 들어."

"그럴 리는 절대 없을걸."

시엔은 이논이 펄크럼에서 자랐다면 어떻게 됐을지 상상하고 싶지 않다. 우렁찬 소리로 웃지 않는 이논, 정력 넘치는 쾌락주의와는 거리가 먼 이논, 굳건하고 쾌활한 자신감을 상실한 이논. 우아하고 강인한 뼈대가 부러져 허약하고 칠칠맞은 손을 갖게 된 이논. 안 돼, 이논은 안 된다.

이논이 시엔을 쳐다보며 씁쓸하게 웃는다. 마치 그녀가 무슨 생각을 하는지 다 안다는 듯이.

"거기가 어땠는지 나중에 다 말해 줘야 해. 거기에 있던 사람들은 다 엄청나게 강한 것 같단 말이지……. 그러면서 또 겁은 많고."

이논이 시엔의 등을 다독인 다음 배의 항로를 확인하러 자리를 뜬다.

하지만 시에나이트는 난간 옆에서 움직이지 않는다. 알라배스터의 힘이 쓸고 지나간 것과는 별개로, 돌연 뼛속까지 싸늘해진다.

왜냐하면 클랄수 호가 재빨리 방향을 전환하며 선체가 기울었을 때, 그녀의 어리석은 행동 때문에 불바다가 된 알리아의 흔적을 마지막으로 돌아봤을 때……

누군가를 봤기 때문이다.

상상인지도 모른다. 확신할 수도 없다. 두 눈을 가늘게 뜨고 노려보니 우묵하게 팬 분지의 남쪽 사면으로 내려가는 희끄무레한 선이 보인다. 화산 주위의 불그스름한 빛이 사라지고 나니 비로소 보이게 된 것 같다. 오래전, 그녀가 막대한 실수를 저지르기 전에 배스터와 알리아로 들어올 때 이용했던 제국도로는 아니다. 지금 시엔이 보고 있는 것은 현지민들이 사용하던 비포장도로로, 숲의 나무를 조금씩 베어 내고 오랜 시간에 걸쳐 사람들의 발로 다진 길이다.

아주 작은 점 하나가 그 길 위에서 움직이고 있다. 마치 누군가 길을 따라 걸어 내려가는 것처럼. 하지만 그건 불가능하다. 제정신인 인간이라면 수천 명을 죽인 끔찍한 불광에 그토록 가까이 접근할 리가 없다.

클랄수 호가 해안에서 멀어져 가자, 시엔은 선미로 계속 이동하며 눈을 더 가늘게 뜨고 움직이는 점을 주시한다. 이논의 망원경이 있다면 좋을 텐데. 저게 뭔지 확실히 알 수만 있다면 좋을 텐데.

왜냐하면 한순간, 정말 찰나의 순간에 그녀는 봤기 때문이다. 신경이 곤두선 상태에서 환각을 본 것일 수도 있고 아니면 그저 상상일 수도 있지만……

펄크럼 상급자들이 이런 재앙의 씨앗을 가만히 내버려 둘 리가 없다. 그럴 이유가 따로 있지 않은 한. 일부러 가만히 놔두라고 명령을 내려놓지 않은 한.

그 형체는 진홍빛 옷을 입고 있었다.

누군가는 대지가 분노한 이유가
동반자를 원치 않기 때문이라고 한다.
나는 대지가 분노한 이유가
홀로 외로이 남았기 때문이라고 한다.
— 고대(제국 건국 전) 민요

21장

너는 모두를 한 자리에 모은다

"너."

네가 갑자기 통키에게 말한다. 그 사람은 통키가 아니다.

두 눈을 반짝이며 어디서 튀어나왔는지 모를 작은 끌을 쥐고 수정 벽으로 살금살금 다가가고 있던 통키가 어리둥절한 얼굴로 너를 쳐다본다.

"왜?"

하루가 저물었고, 너는 피곤하다. 거대한 지하 정동에 숨어 있는 존재해서는 안 될 향을 발견한 것만으로도 지쳐서 쓰러질 것 같다. 이카가 부리는 사람들은 너와 일행을 마을에서 가장 높고 기다란 수정기둥 중앙에 있는 숙소에 머물게 해 주었다. 밧줄 사다리를 건너 기둥 주위를 뱅글뱅글 도는 널빤지 길을 한참 걸은 후에야 이 집에 도착할 수 있었다. 바닥은 단단하고 평평하다. 수정기둥 자체가 기울어져 있는데도 말이다. 이곳에 공간을 뚫어 만든 사람은 바닥이 평평하다고 해서 45도 각도로 기울어진 수정기둥 안에 사는 사람들이 그 사실을 잊을 리가 없다는 것을 모르는 모양이다. 하지만 너는 가급적 잊어버리려고 노력하는 중이다.

너는 집 안을 한 바퀴 둘러보고, 짐을 내려놓고, 생각했다. 여기서 탈출할 때까지는 여기가 내 집이야. 그러고는 문득 네가 통키를 예전부터 알고 있었다는 사실을 깨달았다. 사실은 아주 오래전부터.

"비노프. 유메네스. 지도층."

네가 내뱉는 한 마디 한 마디가 통키를 거세게 강타한다. 통키가 움찔거리더니 주춤 뒷걸음질한다. 한 발짝, 다시 한 발짝. 세 번째 뒷걸음에 그녀의 등이 판판한 수정 벽에 부딪친다. 그녀의 얼굴에 나타난 표정은 두려움, 아니면 슬픔이 너무 커서 공포로 변한 것인지도 모른다. 어느 시점을 넘어서면 그 두 가지를 구분하기는 어려워진다.

"기억할 줄 몰랐는데." 그녀가 나지막이 속삭인다.

너는 손바닥으로 탁자를 세게 내려치며 벌떡 일어난다.

"우리랑 만난 게 우연이 아니지? 우연일 리가 없어."

통키는 네게 웃어 보이려 하지만 결과는 찌푸림에 가깝다.

"우연의 일치도 가끔은 일어나는 법이거든……?"

"너한텐 아니지."

기발한 재치를 발휘해 펄크럼에 몰래 숨어들어 와 수호자를 죽음에 이르게 한 비밀을 발견한 아이라면 그럴 리가 없다. 그때 어린 아이였던 통키라면 운명을 우연에 맡길 리가 없다. 그것만은 확실하다.

"그래도 지랄맞을 변장 실력은 그동안 많이 늘었네."

숙소 입구에 서 있던 호아가(아마도 주변을 경계 중인 것이리라.) 고개를 돌려 너와 통키를 번갈아 쳐다본다. 너희 둘의 대립이 어떻게 해결될지, 다음에 네가 그에게 화살을 돌리면 어떻게 해야 할지 보고 배우기라도 하려는 것 같다.

통키는 고개를 돌려 네 시선을 피한다. 약간이지만 떨고 있다.

"진짜 아냐. 우연 맞아. 내 말은……." 그녀가 숨을 깊이 들이마신다. "널 쫓아다니진 않았어. 사람을 시켜서 추적하긴 했는데 그거하곤 다르잖아. 직접 쫓아다니기 시작한 건 몇 년도 안 됐어."

"사람을 시켜서 날 추적했다고? 30년 동안?"

통키가 눈을 깜박이더니 일순 긴장을 풀고 피식 웃는다. 씁쓸한 웃음소리다.

"우리 집안은 황제보다도 더 부자거든. 어쨌든 처음 20년간은 별로 어렵지 않았어. 10년 전엔 거의 놓칠 뻔했지만, 뭐, 그래도 잘 끝났지."

너는 손바닥으로 탁자를 쾅 때린다. 수정 벽이 갑자기 환하게 빛이 나는 것처럼 느껴진 건 네 착각일지도 모르겠다. 하마터면 거기에 정신이 팔릴 뻔했다. 하마터면.

"더 이상 놀랄 일은 없을 거라고 생각했는데."

너는 이를 뿌드득 갈며 중얼거린다.

통키가 한숨을 내쉬며 벽에 풀썩 기댄다.

"……미안."

너는 비비 꼰 머리 타래가 풀릴 정도로 고개를 격하게 흔든다.

"사과 따윈 필요 없어! 해명이나 해 보시지. 넌 뭐야? 혁신자야, 지도자야?"

"둘 다."

저걸 콱 얼려 버려? 네 눈빛을 읽었는지 통키가 잽싸게 덧붙인다.

"지도자로 태어난 건 맞아. 진짜야! 난 비노프야. 하지만……." 그녀가 두 손을 바깥쪽으로 펼친다. "내가 사람들을 통솔할 수 있을 것 같아? 난 그런 거에 소질 없어. 어렸을 때 어땠는지 봤잖아. 교묘한 정치적 술수를 부리는 거하곤 거리가 멀지. 사람들……하고 잘 지내지도 못하고. 하지만 기계 장치 같은 건 전문이거든."

"네 삭아빠질 과거 같은 건 관심 없고……."

"다 관련이 있어서 말하는 거야. 과거는 항상 중요하다고." 통키, 아니 비노프든 뭐든, 그녀가 벽에서 몸을 일으켜 간절한 표정으로 호소한다. "난 진짜 지하학자야. 진짜로 제7대학에서 공부했었어. 다만…… 다만……." 통키가 얼굴을 찡그린다. 그게 무슨 뜻인지는 모르겠다. "별로 결과가 좋진 않았어. 하지만 난 정말로 평생을 바쳐 그걸 연구했어. 그 단자 말이야. 우리가 펄크럼에서 발견한 거. 에쑨, 너 그게 뭔지 알아?"

"관심 없어."

통키-비노프가 너를 매섭게 노려본다.

"그건 중요해." 이제 노여움을 터트리는 건 통키고, 놀라서 뒷걸음질하는 건 너다. "난 그 비밀을 알아내려고 평생을 바쳤다고. 그건 중요해. 그리고 너한테도 중요해. 왜냐하면 넌 고요 대륙 전체에서도 몇 명 안 되는, 그걸 중요한 걸로 만들 수 있는 사람 중 하나니까."

"도대체 무슨 소리를 하는 거야?"

“거기서 탄생한 거야.” 비노프-통키가 상기된 표정으로 몸을 기울이며 말한다. “펄크럼에 있는 단자. 거기가 바로 오벨리스크가 만들어진 곳이야. 그리고 모든 게 어긋난 시발점이기도 하고.”

* * *

결국 너희는 다시 처음부터 서로를 소개하는 시간을 갖기로 한다. 이번에는 아무것도 숨기지 않고 솔직하게.

통키는 정말로 비노프다. 하지만 그녀는 통키라고 불리는 걸 더 좋아하는데, 제7대학에 입학할 때 직접 고른 이름이기 때문이다. 이제야 알게 된 사실이지만 유메네스의 지도층 가문에서 태어난 아이들은 정치나 법조계에 입문하거나 대형 상단에 들어가는 것 외에는 다른 직업을 선택할 수가 없다. 지도층 가문들은 번식사를 이용하지 않고 그네들 사이에서만 자손을 교환해 번식하므로 통키의 여성스러운 특성 때문에 정략 결혼이 한 번 이상 무마되었다고 한다. 그 뒤에도 또다시 혼인을 계획했지만 어린 통키가 늘 그렇듯이 입을 다물어야 할 때를 참지 못하고 사고를 치는 바람에 마지막 인내심마저 바닥나 버렸다. 그래서 통키의 가족은 그녀에게 새로운 이름과 가짜 쓰임새신분을 준 다음 고요 대륙에서 가장 이름난 명문 교육 기관에 묻어 버림으로써 공연한 스캔들과 야단법석 없이 그녀를 조용히 추방했다.

그러나 통키는 대학에서 인생 최고의 전성기를 맞이했다. 저명한 학자들과 격렬한 논쟁과 다툼을 벌이기도 했지만, 대부분 승리를 거두는 쾌거를 이룩했다. 뿐만 아니라 경력의 대부분을 수년 전 자신을 펄크럼으로 이끈 것에 집착적으로 매달렸다. 바로 오벨리스크였다.

"너한테 관심이 있었던 건 아냐." 통키가 설명한다. "내 말은, 물론 관심이 있긴 했지. 날 도와줬잖아. 그래서 네가 그 일 때문에 곤란해지진 않았는지 알아보고 싶었어. 그러다 시작하게 된 거야. 그런데 널 조사하다 보니까 너한테 잠재력이 있더라고. 간단히 말해서 오벨리스크에게 명령을 내릴 수 있는 능력을 발현할 가능성이 있는 사람 중 하나인 거야. 그건 아주 드문 능력이거든. 그래서…… 어, 그러니까, 난…… 혹시나 해서."

너는 의자에 앉아 있고 너희 둘은 목소리를 낮춘 채 대화 중이다. 화가 불쑥불쑥 솟지만 지금은 생각해야 할 게 너무 많다. 너는 호아를 본다. 그는 방 언저리에 서서 소심하게 너희를 지켜보고 있다. 너는 호아와도 이야기를 나눠봐야 한다. 드디어 모든 비밀들이 쏟아져 나오고 있다. 네 비밀마저도.

"난 죽었었어." 네가 말한다. "그게 펄크럼에서 달아날 유일한 방법이었으니까. 그들에게서 달아나기 위해 죽었었어. 그런데도 널 떨쳐내지는 못했구나."

"음, 그렇지. 사실 널 찾으려고 무슨 신비한 힘 같은 걸 사용한 건 아냐. 단순한 연역적 추론을 했을 뿐이지. 그게 훨씬 정확하거든."

통키는 네 맞은편에 앉아 있다. 이 집은 세 개의 방으로 이뤄져 있다. 너희가 앉아 있는 거실 공간과 두 개의 침실이다. 통키는 방을 혼자 써야 한다. 다시 몸에서 냄새가 풍기기 시작했다. 너는 호아에게서 몇 가지 대답을 들을 수만 있다면 그와 함께 방을 쓸 용의가 있다. 하지만 어쩌면 한동안은 거실에서 잠을 자야 할지도 모른다.

“지난 몇 년 동안은…… 다른 사람들과 함께 일했어.” 통키가 갑자기 조심스러운 태도로 돌변한다. 별로 의외는 아니다. “다른 학자들 말이야. 아무도 궁금해하지 않는 해답을 알고 싶어 하는 사람들. 온갖 분야의 전문가들. 우린 오벨리스크를 추적하고 있어. 지난 몇 년간 우리가 추적할 수 있는 건 전부 추적했지. 그게 이동하는 패턴이 있다는 거 알아? 근처에 뛰어난 능력을 가진 오로진이 있으면 서서히 거길 향해 모여들어. 오벨리스크를 사용할 수 있는 오로진 말이야. 티리모에선 겨우 두 개만 네 쪽으로 움직이고 있었지만 그것만으로도 네가 거기 있다는 걸 추정할 수 있었지.”

너는 고개를 들며 미간을 찌푸린다.

“내 쪽으로 움직이고 있었다고?”

“아니면 근방에 있던 다른 오로진 때문이었을 수도 있고.”

통키는 이제 긴장이 완전히 풀렸는지 말린 과일을 꺼내 우물거린다. 네가 그녀를 얼마나 험악하게 노려보고 있는지는 안중에도 없다. 온몸의 피가 차갑게 식는 느낌이다.

“삼각측량도 해 봤는데 의심의 여지가 없었어. 티리모가 원의 중심에 있었지. 너 그 마을에 꽤 오래 있었나 봐. 널 향해 움직이던 오벨리스크 중 하나는 거의 10년 동안 끈질기게 이동했어. 동해안에서부터 말이야.”

“자수정.” 네가 중얼거린다.

"그래." 통키가 너를 바라본다. "그래서 네가 살아 있을지도 모른다고 생각한 거야. 오벨리스크는…… 특정한 오로진과 일종의 유대 관계를 형성하거든. 그게 어떤 식으로 작동하는지는 나도 몰라. 이유도 모르고. 하지만 특별한 관계를 맺는 건 분명하고, 예측도 가능하지."

연역적 추론. 너는 할 말을 잃고 고개를 흔든다. 통키가 말을 잇는다.

"어쨌든 지난 2~3년 사이에 그 두 오벨리스크가 갑자기 속도를 내기 시작해서 자세히 관찰하려고 무향민인 척하고 그 지역으로 내려갔어. 너한테 접근하려는 의도는 아니었어. 그렇지만 북쪽에서 일이 터졌고, 난 부리미를…… 그러니까 오벨리스크 부리미를 옆에서 지켜봐야 한다는 생각이 들었지. 그래서…… 널 찾으러 간 거야. 그러다 티리모로 가던 길에 노변집에서 널 만난 거고. 운이 좋았어. 처음엔 한 며칠 관찰하다가 내가 누군지 말할까 했는데…… 그때 쟤가 커쿠사를 돌로 만들어 버린 거야." 통키가 고갯짓으로 호아를 가리킨다. "그래서 한동안 입을 다물고 지켜보는 게 낫겠다 싶었지."

이해는 간다.

"티리모를 향해 움직인 오벨리스크가 하나 이상이라고 했지." 너는 마른 입술을 축인다. "하지만 하나여야 해."

네가 연결되어 있는 것은 자수정 오벨리스크뿐이다. 그것만 남아 있어야 한다.

"두 개였어. 자수정이랑, 머츠에서 온 거 하나."

머츠는 북동쪽에 있는 넓은 사막 지대다.

너는 고개를 젓는다.

"머츠엔 가 본 적도 없는데."

통키는 한참 동안 조용하다. 생각에 잠긴 것일 수도 있고 마뜩찮아 하는 것일 수도 있다.

"티리모에 오로진이 몇 명이나 있었어?"

셋. 하지만.

"속도를 내기 시작했다고?"

머리가 돌아가지 않는다. 통키의 질문에 대답을 할 수가 없다. 완전한 문장을 만들 수가 없다. 지난 2~3년 사이에 속도를 내기 시작했어.

"그래. 하지만 원인을 알 수가 없었지." 통키가 돌연 말을 멈추더니 눈가를 좁히며 너를 응시한다. "넌 알아?"

우체는 두 살이었다. 세 살이 다 된 나이였다.

"나가." 너는 속삭인다. "가서 목욕이든 뭐든 해. 난 생각을 좀 해야겠으니까."

통키는 뭔가 더 묻고 싶은 것처럼 머뭇거리지만 네가 빠직 노려보자 군말 없이 방을 나간다. 묵직한 천이 떨어지는 소리와 함께(이 집에는 문은 없지만 입구에 걸어 놓은 가림천만으로도 사생활을 보호하기에는 충분하다.) 통키가 사라진 후, 너는 숨소리 하나 나지 않는 정적 속에서 그저 우두커니 앉아 있다.

문득 고개를 드니 호아가 통키가 앉았던 빈 의자 옆에 조용히 서서 제 차례를 기다리고 있다.

"그러니까 넌 스톤이터구나." 네가 말한다.

그가 엄숙하게 고개를 끄덕인다.

"하지만 생긴 게……."

너는 뭐라고 말해야 할지 몰라 호아의 몸을 손짓한다. 호아는 평범한 생김새는 아니지만 그렇다고 스톤이터처럼 생기지는 않았다. 스톤이터는 머리카락이 움직이지 않는다. 그들의 피부에서는 피가 나지 않는다. 단단한 바위는 눈 깜짝할 새에 통과할 수 있지만 계단을 걸어 내려가려면 하루 종일이 걸린다.

호아가 꿈지럭거리며 무릎 위에 비상 자루를 올려놓는다. 안을 뒤적이더니 네가 한동안 보지 못했던 천 꾸러미를 꺼낸다. 짐 안에 넣어 뒀던 거군. 아이가 꾸러미를 펼치고, 너는 드디어 호아가 그동안 소중하게 간직하던 게 무엇인지 확인할 수 있게 되었다.

꾸러미 안에는 작고 뾰족한 수정 조각이 잔뜩 들어 있다. 석영처럼 보이지만 어쩌면 석고일 수도 있고, 일부는 우윳빛이 아니라 피처럼 새빨간 색이다. 단언할 순 없지만 왠지 처음 봤을 때보다 꾸러미의 크기가 줄어든 것 같다. 도중에 흘리기라도 했나?

"돌이네. 이제까지…… 돌을 갖고 다녔던 거야?"

호아가 잠시 주저하더니 흰색의 돌조각 하나에 손을 뻗는다. 크기는 네 엄지손톱만 하고 한쪽이 심하게 떨어져 나간 사각형 모양의 파편이다. 굉장히 단단해 보인다.

호아는 그것을 먹는다. 너는 그 모습을 물끄러미 지켜본다. 아이는 적절한 각도를 찾는 양 입안에서 돌조각을 굴린다. 아니면 맛을 음미하기 위해 혓바닥으로 놀고 있는지도. 어쩌면 저건 암염인지도 모르겠다.

하지만 그때, 호아의 턱이 움직인다. 고요한 방 안 가득 으적거리는 소리가 크게 울려 퍼진다. 그러고는 몇 번 더. 처음만큼 소리가 크지는 않지만 그가 씹고 있는 게 음식이 아니라는 것을 알려 주듯이 부서지고 으깨지는 소리가 난다. 호아가 입안에 든 것을 꿀꺽 삼키고, 입술을 핥는다.

그가 뭔가를 먹는 것을 보는 것은 이번이 처음이다.

"식량이었군."

"나야."

호아가 이상할 정도로 다정한 동작으로 돌조각 더미 위에 한쪽 손을 올려놓는다.

너는 미간을 찌푸린다. 호아의 언행이 평소보다도 더 기묘하다.

"그러니까 그게…… 뭐야? 널 사람처럼 보이게 만들어 주는 거?"

그게 정말인지는 너도 모른다. 하지만 스톤이터는 자신들에 대해 아무런 설명도 해 주지 않고 질문에 대답하는 법도 없다. 너는 두 계절 전에 아카라에 있는 제6대학에서 스톤이터를 연구하기 위해 생포하려 했다는 이야기를 읽은 적이 있다. 그 결과, 디바스에 제7대학이 새로 설립되었다. 그것도 한때 제6대학이었던 처참한 폐허를 뒤져 대학을 세우는 데 필요한 서적들을 어느 정도 긁어모은 뒤에나 가능했다.

"결정체 조직은 효율적인 저장 매체거든." 뭐라는지 당최 이해할 수가 없다. 호아가 다시 똑같은 말을 반복한다. "이게 나야."

너는 더 자세히 캐묻고 싶지만 포기하기로 한다. 애초에 네가 이해하길 바랐다면 호아가 더 자세히 설명했을 테니까. 그리고 어쨌든 중요한 건 이게 아니다.

"왜? 왜 이런 모습을 했어? 그냥…… 원래 네 모습대로 나타나지 않고?"

호아의 한심하다는 눈빛을 보고 너는 그게 얼마나 멍청한 질문이었는지 깨닫는다. 호아의 정체를 알았다면 과연 네가 그를 데리고 다녔을까? 하지만 또 생각해 보면, 만일 그의 정체를 알았더라도 그가 따라오는 것을 막지는 않았을 것이다. 스톤이터를 방해할 사람은 아무도 없으니까.

"그러니까 내 말은 왜 그렇게 귀찮은 일을 했냐는 거야." 너는 다시 묻는다. "너희 종족은…… 땅을 통과할 수 있잖아."

"그래, 하지만 난 너랑 같이 다니고 싶었어."

드디어 핵심에 접근하고 있다.

"왜?"

"네가 좋으니까."

호아가 어깨를 으쓱한다. 으쓱. 평범한 어린애처럼. 어떻게 설명해야 할지 모르겠다는 듯이, 대답하고 싶지 않다는 듯이. 어쩌면 이건 별로 중요한 일이 아닐 수도 있다. 호아는 그저 충동적으로 행동한 것인지도 모른다. 어느 날 갑자기 네가 아닌 다른 오로진을 따라 훌쩍 떠나 버릴지도 모른다. 다만 호아는 어린아이가 아니고 심지어 삭아빠질 인간도 아니요, 어쩌면 몇 계절이 넘게 살아왔을지도 모르고 젠장 맞게 딱딱하고 까다로운 족속이라 어느 날 그저 마음이 동하는 대로 행동하는 존재가 아니라는 사실만이 그럴 리가 없다는 걸 말해 줄 뿐이다.

너는 손바닥으로 얼굴을 문지른다. 텁텁한 잿가루가 묻어 나온다. 너도 목욕을 해야 한다. 네가 한숨짓자 호아가 조용히 말한다.

"널 해치진 않을 거야."

너는 그 말에 눈을 깜박인다. 천천히 손을 내린다. 호아가 너를 해할지도 모른다는 생각은 꿈에도 해 본 적이 없다. 그의 정체를 알고 난 지금도, 그가 무슨 일을 할 수 있는지 목격한 후에도…… 너는 호아를 두려워하지도 않고 이상하고 불가사의한 존재라고 여기지도 않는다. 그리고 바로 그 사실 때문에, 너는 왜 그가 지금껏 그런 식으로 행동했는지 깨닫는다. 호아는 너를 좋아한다. 네가 그를 무서워하지 않길 바란다.

"그거 좋네."

네가 말한다. 그러고는 더는 할 말이 없어서 한참 동안 서로 말똥말똥 쳐다보기만 한다.

"여긴 안전하지 않아." 호아가 말한다.

"나도 알아."

너도 모르게 삐쭉 대꾸한다. 삐딱하게, 비꼬는 듯이. 하지만 지금 와서 조금 못되게 굴더라도 그게 뭐 놀랄 일인가? 너는 티리모를 떠난 이래 항상 이렇게 삐딱하고 냉소적으로 사람들을 대했다. 하지만 너는 생각한다. 너는 지자에게는 이러지 않았다. 다른 누구에게도 그러지 않았다. 우체가 죽기 전까지는. 너는 항상 얌전했고, 친절하고 상냥하게 굴려고 노력했다. 냉소적인 것과는 거리가 멀었다. 화가 나도 겉으로는 표현하지 않았다. 에쑨은 그런 사람이 아니었다.

하지만, 흠, 너는 이제 에쑨이 아니다. 어쨌든 완전한 에쑨은 아니다. 더는 아니다.

"여기 있는 너 같은 애들 말이야……."

네가 입을 열자 호아의 작은 얼굴이 딱딱하게 굳더니 분노가 스며 나온다. 너는 놀라서 말을 멈춘다.

"난 걔네들이랑 달라." 호아가 싸늘하게 말한다.

뭐 그렇다면야. 이 정도면 됐다.

"난 좀 쉬어야겠어."

네가 말한다. 너는 하루 종일 걸은 데다 빨리 몸을 씻고 싶지만 카스트리마 주민들 앞에서 옷을 홀딱 벗고 약한 모습을 보여 줘도 될지 여전히 의심스럽다. 특히 그들이 은근하고 절제된 방식으로 너를 포로로 잡아 두고 있다는 사실을 확인한 후에는 말이다.

호아가 고개를 끄덕인다. 그는 돌조각이 들어 있는 꾸러미를 챙긴다.

"망은 내가 볼게."

"너 잠은 자니?"

"가끔. 너보단 덜 자. 지금은 잘 필요가 없고."

편리해서 좋겠네. 하지만 너는 이곳 사람들보다 차라리 호아를 더 신뢰한다. 그래서는 안 되지만 어쩔 수가 없다.

그래서 너는 의자에서 일어나 침실로 향해, 매트리스 위에 몸을 눕힌다. 천 부대 안에 지푸라기와 솜을 채운 단순한 요에 불과하지만 적어도 차고 딱딱한 바닥이나 침낭보다는 낫다. 너는 풀썩 드러

눕는다. 그러고는 금세 잠든다.

눈을 떴을 때는 시간이 얼마나 지났는지 모르겠다. 호아는 지난 몇 주일간 그랬던 것처럼 네 옆에 웅크리고 누워 있다. 너는 일어나 앉아 이맛살을 찌푸린 채 그를 내려다본다. 호아가 소심하게 눈을 깜박이며 너를 마주 본다. 너는 결국 고개를 절레절레 흔들고는 투덜거리며 일어난다.

통키는 자기 방에 있다. 코 고는 소리가 여기까지 들린다. 집 밖으로 나가 봐도 지금이 몇 시인지 알 길이 없다. 지상에서는 구름이 끼거나 짙은 낙진에 감싸여도 주변이 밝으냐 아니면 어둡고 붉은 빛이 도느냐에 따라 낮인지 밤인지 알 수 있다. 하지만 여긴…… 아무리 돌아봐도 묘한 빛을 발하는 거대한 수정기둥들뿐이다. 그리고 말도 안 되지만, 그 안에 자리 잡고 있는 마을과 사람들.

문 앞에 설치되어 있는 목재 발판을 딛고 안전 난간이라는 부적절한 명칭으로 불리는 난간 밑을 내려다본다. 지금이 몇 시인지는 몰라도 수십 명은 될 법한 사람들이 각자 할 일을 하고 있다. 어쨌든 이곳에 대한 정보를 모아야 한다. 이곳 사람들이 네가 떠나지 못하게 막는다면 무너뜨려 버려야 할 테니까.

(하지만 너는 머릿속에서 들려오는 목소리를 무시한다. 이카는 너랑 같은 로가야. 정말로 그녀와 싸울 수 있겠어?)

(너는 머릿속에서 들리는 목소리를 무시하는 데 능숙하다.)

하지만 바닥으로 내려가는 방법을 알아내는 데에는 시간이 좀 걸린다. 발판과 다리와 계단들은 전부 수정기둥들을 서로 연결하기 위한 것이기 때문이다. 끝이 들쑥날쑥한 수정들은 사방팔방에 마구잡이로 흩어져 있고 그래서 각각을 연결하는 길들도 중구난방이다. 직관력 따위는 아무 도움도 되지 않는다. 계단 하나를 따라 올라갔더니 두껍고 굵은 수정기둥을 한 바퀴 빙 돌아야 했고, 아래로 내려가는 계단을 발견했나 했더니 이번에는 막다른 길에 막혀 처음 왔던 곳으로 되돌아가야 한다. 간혹 네 낯선 얼굴을 보고는 호기심 또는 적개심 어린 눈빛을 던지는 사람들도 있다. 향민들은 깔끔하고, 너는 더러운 재투성이다. 그들은 잘 먹고 포동포동해 보이지만 너는 몇 주일 동안 끝없이 걷고 비축 식량만 먹다 보니 옷 품이 헐렁헐렁해졌다. 왠지 그들이 꼴도 보기 싫어서 어디로 가야 하는지 길을 묻기도 싫다.

하지만 여차저차 드디어 바닥에 도달하는 데 성공한다. 여기 내려와 보니 암반 내부에 생성된 거대한 거품 속을 걷고 있다는 게 확연히 실감 난다. 바닥은 완만하게 내리막 경사가 져 있고, 내부는 널찍하지만 커다란 그릇처럼 벽이 휘어 곡선을 그리고 있다. 지금 네가 있는 곳은 카스트리마라는 커다란 달걀의 뾰족한 끝 부분이다. 여기도 수정기둥이 솟아 있지만 대부분 짧고 네 가슴 높이밖에 오지 않는다. 가장 큰 기둥이 4~5미터 정도다. 몇몇 기둥에는 목재 칸막이가 둘러져 있고, 간혹 주변보다 희끄무레하고 울퉁불퉁한 바닥은 공간을 확보하기 위해 수정을 베어 낸 흔적이다.(너는 그들이 어떻게 수정을 잘라 냈는지 궁금하다.) 이 모든 것들이 합쳐져 여러 갈래 길들이 교차하는 복잡한 미로가 형성돼 있는데, 각각의 길은 향의 중요한 시설들로 이어진다. 공동 화덕, 대장간, 유리 공방, 빵집. 저 길 끝 쪽에는 야영지와 천막이 보이고 사람들도 살고 있는 것 같다.

여기 주민들이라고 다 거대한 뾰족 말뚝으로 뒤덮인 바닥을 내려다보며 수십 미터 공중에서 끈과 밧줄에 매달려 흔들리는 널빤지 길을 걷는 걸 좋아하지는 않는 모양이다. 거참 우습기도 해라.

(이번에도 에쑨답지 않은 비아냥. 삭을, 억지로 성질을 죽이는 것도 이젠 신물이 난다.)

목욕탕을 찾기는 별로 어렵지 않다. 회녹색 돌바닥 위에 난 젖은 발자국들이 전부 한 방향으로 나 있기 때문이다. 발자국을 거꾸로 되짚어 가니 깨끗한 물이 그득 담겨 찰랑거리는 거대한 탕이 나타나 너를 기쁘게 한다. 바닥보다 약간 높은 곳에 있어 다른 구역과 분리되어 있고, 넘친 물이 흐르는 수로는 조금 떨어진 곳에 있는 서너 개의 커다란 놋쇠관 중 하나로 이어진다. 탕 반대쪽에 있는 다른 수도관에서는 물이 폭포수처럼 탕 속으로 쏟아지고 있다. 항상 깨끗한 물을 사용할 수 있게 몇 시간마다 물이 순환하고 있겠지만 몸을 씻는 구역이 목욕탕 한쪽 구석에 꽤 널찍하게 따로 마련되어 있고, 긴 나무 벤치와 다양한 용품이 담긴 선반도 있다. 벌써 꽤 많은 사람들이 탕에 들어가려고 몸을 씻고 있다.

옷을 벗고 몸을 반쯤 씻었을 무렵, 갑자기 네 머리 위에 그림자가 드리운다. 놀라서 벌떡 일어나다가 옆에 놓여 있던 의자가 뒤집어진다. 너무 과민반응을 하는 게 아닌지 염려하기도 전에 본능적으로 대지에 힘을 뻗지만, 다음 순간 너는 손에 쥐고 있던 비누 묻힌 스펀지를 떨어뜨릴 뻔한다. 왜냐하면……

러나가 거기 서 있기 때문이다.

"맞아요." 넋 나간 표정으로 보고 있는 너를 보고 러나가 말한다.

"당신일지도 모른다고 생각했어요, 에쑨."

너는 말없이 응시한다. 러나는 왠지 전과 달라 보인다. 전보다 더 어둡고 진지하고, 몸은 더 말랐다. 너처럼 길 위에서 닳고 지친 모습이다. 그를 마지막으로 본 게 벌써…… 몇 주일쯤 됐나? 몇 달? 시간 감각 따위는 사라진 지 오래다. 그런데 러나가 여기서 뭘 하고 있는 거지? 그는 티리모에 있어야 한다. 라스크라면 절대로 의사를 놓아주지 않을……

아. 그렇지.

"이카가 당신을 부르는 데 성공했군요. 정말로 될지 궁금했는데."

피곤해 보인다. 그는 정말로 피곤하고 지쳐 보인다. 턱 언저리에 흉터가 나 있다. 초승달 모양의 저 희끗한 자국은 예전의 피부색을 되찾지 못할 것이다. 아직도 멍청하게 쳐다만 보고 있는 네게 러나가 말한다.

"중간에 들렀던 수많은 마을 중에서…… 하필 여기서 당신을 만나다니. 운명일까요. 아니면 아버지 대지가 아닌 다른 신이 있을지도 모르겠네요. 아버지 대지랑은 다르게 우리를 사랑하고 보살펴주는 신 말이에요. 아니면 그들도 똑같이 사악하고 심술 맞을지도 모르고요. 또 모르죠. 이게 전부 다 신들의 장난일지도요."

"러나."

마침내 네가 입을 연다. 이제야 정신이 조금 돌아오는 것 같다.

러나가 재빨리 시선을 바닥으로 떨구자 너는 그제야 네가 알몸이라는 것을 기억해 낸다.

"하던 거부터 마저 끝내세요." 러나가 황급히 고개를 돌리며 말한다. "그런 다음에 이야기하죠."

너는 러나가 네 알몸을 보든 말든 개의치 않지만(삭을, 러나는 네 아이를 받은 사람이다.) 그는 예의가 바른 사람이다. 네 정체를 알면서도 평범한 인간처럼 대하던 익숙한 모습을 보고 있으려니 그동안 있었던 별난 일들과 네 삶을 송두리째 바꾼 사건들에도 불구하고 왠지 가슴이 따뜻해지는 것 같다. 한번 포기하고 버린 삶이 네 뒤를 쫓아오는 것은 낯선 경험이다.

러나가 목욕탕에서 사라진 뒤에 너는 느긋하게 앉아 몸을 씻는다. 탕에 몸을 담그고 있는 동안에는 아무도 귀찮게 굴지 않지만 몇몇 주민들이 호기심 어린 눈으로 힐끔거리는 게 느껴진다. 적대감은 조금 줄어든 것 같다. 별로 놀라운 일은 아니다. 너는 그다지 경계심을 불러일으키게 생기지 않았다. 사람들이 너를 싫어하는 이유는 눈에 보이지 않는 것 때문이다.

하지만…… 이들은 이카가 뭔지 알까? 지상에서 이카와 같이 있던 금발 여자는 그녀의 정체를 알고 있는 게 틀림없다. 이카가 그녀의 약점을 쥐고 있어서 입을 다물게 만들었을 수도 있다. 하지만 정말로 그런 것 같지는 않다. 이카는 자신의 정체를 거리낌 없이 드러냈고 처음 보는 이방인에게도 스스럼없이 털어놓았다. 그녀는 지나치게 카리스마 넘치고, 지나치게 눈에 띈다. 이카는 오로진이라는 것이 하나의 재능인 양, 마치 단순한 개성에 불과하다는 듯이 행동한다. 너는 오로진이 그런 식으로 행동하는 것을, 그리고 향 전체가 그것을 포용하고 받아들이는 것을 일생에 단 한 번밖에 본 적이 없다.

몸이 충분히 젖고 다시 깨끗해진 느낌이 들자 너는 탕에서 나온다. 물기를 닦을 수건도 없고 가진 건 더러운 재투성이 옷뿐이라 빨래터에서 열심히 옷을 빤다. 옷이 흠뻑 젖긴 했지만 낯선 향에서 홀딱 벗고 다닐 자신도 없고 어차피 이 안은 여름처럼 따뜻하니까 여름에 하던 대로 하기로 한다. 젖은 옷을 그대로 입고 빨리 마르기를 기다리는 것이다.

목욕 구역을 나서니 러나가 기다리고 있다.

"이쪽이에요." 그가 몸을 돌려 걷기 시작한다.

그래서 너는 그의 뒤를 따라간다. 러나는 계단과 발판이 뒤섞인 미로를 지나 마침내 6미터밖에 안 되는 땅딸막한 회색 수정기둥에 다다른다. 러나의 집은 너와 통키와 호아가 머물고 있는 곳보다는 약간 작지만 선반에 온갖 허브 꾸러미와 붕대 천이 쌓여 있고, 큰 방에 있는 낡은 벤치는 조잡한 간이침대가 틀림없다. 의사는 항상 환자의 부름에 대비해야 하는 법. 러나는 네게 벤치에 앉으라고 손짓하고는 그 맞은편에 앉는다.

"당신이 떠난 다음 날 티리모에서 나왔어요." 러나가 차분한 목소리로 이야기를 시작한다. "오야마가, 라스크의 부관 말이에요, 그 멍청이가 새 향장을 뽑는 선거를 한다잖아요. 계절이 눈앞에 왔는데 자기는 책임지는 일 같은 거 하기 싫다 이거죠. 원래 무능력한 작자라는 건 모두 다 알았지만, 그 사람 가족이 라스크한테 서쪽 벌목지 교역권을 줬잖아요……." 러나가 말끝을 얼버무린다. 이제는 전혀 쓸모없는 이야기이기에. "어쨌든 완력꾼들 절반이 무기를 들고 술에 취해 난동을 부리며 비축고를 습격하지를 않나, 아무나 붙잡고 네가 로가니 로가 애호가니 윽박지르질 않나. 나머지 절반도 똑같았죠. 그쪽은 좀 더 조용하긴 했는데 실은 그쪽이 더 최악이었어요. 내가 표적이 되는 건 시간문제다 싶었죠. 모두들 내가 당신 친구라는 걸 아니까요."

네 잘못이다. 러나는 너만 없었다면 안전하게 살 수 있었던 마을에서 떠밀리듯 도망쳐야 했다. 너는 마음이 불편하여 시선을 떨어뜨린다. 이제 러나도 "로가"라는 말을 쓰게 되었다. "처음에는 브릴리언스에 가려고 했어요. 어머니 가족이 거기 출신이거든요. 가까운 사이는 아니지만 내가 누군지는 알고, 또 난 의사니까…… 괜찮을 것 같았죠. 적어도 티리모에 남아 있다가 두들겨 맞는 것보단 나을 테니까요. 아니면 굶어 죽거나요. 추위가 오고 있는데 완력꾼들이 비축해 놓은 식량을 모조리 먹어 치우거나 빼앗아가 버렸거든요. 그것도 있고 또……." 러나가 머뭇거리며 너를 쳐다보더니 화들짝 다시 자신의 손으로 시선을 떨군다. "서두르면 당신을 따라잡을 수도 있을 것 같았지요. 하지만 멍청한 생각이었어요. 실제로도 그러지 못했고."

그것은 너희 둘 사이에 항상 존재하던, 하지만 누구도 입 밖에 내지 않던 암묵적인 사실이다. 네가 티리모에 살던 시절, 러나는 네가 무엇인지 혼자서 알아냈다. 네가 그에게 말한 것이 아니다. 그가 네 비밀을 알게 된 것은 그런 단서를 눈치 챌 만큼 너를 오래도록 지켜보았고 또 똑똑했기 때문이다. 마켄바의 아들 러나는 언제나 너를 좋아했다. 너는 러나가 나이가 들면 언젠가 그런 감정을 극복할 수 있을 거라고 생각했다. 하지만 그러지 못했다는 것을 알게 되자 왠지 어색한 기분에 몸을 꼼지락거린다.

"밤중에 몰래 빠져나왔어요." 러나가 말을 잇는다. "장벽에 난 틈새로…… 그…… 사람들이 당신을 막으려 했던 곳 근처에 있는…… 틈새로요." 러나는 무릎 위에 포개져 놓여 있는 두 손을 멍하니 응시한다. 한쪽 엄지로 반대쪽 손가락 마디를 천천히, 끊임없이 문지른다. 마음을 진정시키려는 듯한 동작이다. "사람들을 따라 계속 걸었어요. 지도를 봤지만…… 브릴리언스에는 가지 못했죠. 대지불이여, 난 평생 티리모를 떠난 적이 거의 없어요. 딱 한 번 의술을 배우려고 힐가에 갔을 때만 빼고요. 지도가 잘못됐던지 아니면 내가 길을 잘못 봤는지도 몰라요. 둘 다일지도 모르고요. 나침반이 없었거든요. 제국도로에서 너무 일찍 빠져나왔는지도 모르고……. 정남쪽으로 가고 있는 줄 알았는데 남동쪽으로 갔을 수도 있죠. 모르겠어요." 러나가 한숨을 푹 쉬며 머리를 긁적인다. "어쨌든 길을 잃었다는 걸 알아차렸을 무렵엔 너무 멀리 와서, 가던 길을 계속 가면서 다른 길을 찾는 수밖에 없었지요. 그러다 갈림길에서 강도인지 무향민인지 나쁜 놈들을 만났어요. 그때 나랑 같이 다니던 사람들이 있었는데, 가슴에 상처가 있길래 내가 치료해 준 남자랑, 열다섯 살쯤 된 그 사람 딸이었지요. 그런데 그 강도들이……."

러나가 말을 멈춘다. 턱 근육이 실룩거린다. 무슨 일이 있었는지 짐작이 간다. 러나는 싸움꾼이 아니다. 하지만 그는 아직 살아 있고, 중요한 건 그뿐이다.

"매럴드, 그게 그 남자 이름인데, 그가 몸을 날려서 한 놈을 막았어요. 무기도 없으면서요. 하지만 강도 여자는 마체테를 들고 있었죠. 그 사람이 무슨 생각이었는지 모르겠어요." 러나가 숨을 깊이 들이마신다. "그러면서 날 쳐다보길래…… 나…… 난, 여자애 손을 잡고 무턱대고 뛰었어요." 아까보다 더 턱에 힘이 들어간다. 빠드득거리는 소리가 나지 않는 게 신기할 지경이다. "여자애는 나중에 날 버리고 가 버렸어요. 나더러 겁쟁이라면서 혼자 떠나 버렸죠."

"하지만 네가 그 아이를 데리고 도망치지 않았다면 너희 둘 다 죽었겠지."

돌의 가르침은 말한다. 안전이 먼저, 생존이 최우선이다. 죽은 영웅보다는 산 겁쟁이가 낫다.

러나의 입술이 희미하게 말려 올라간다.

"나도 계속 그렇게 되뇌긴 했지만요. 나중에, 그 애가 떠났을 땐…… 젠장. 어쩌면 난 어차피 일어날 일을 늦춘 것뿐일지도 몰라요. 그렇게 어린 여자애가 혼자 무기도 없이 떠돌고 있을 걸 생각하면……."

너는 아무 말도 하지 않는다. 여자애가 건강하고 적절한 신체 조건을 갖추고 있다면 누군가 거둘지도 모른다. 그래 봤자 번식사겠지만. 그 아이가 다른 쓰임새명을 갖고 있다면, 혹은 적절한 무기와 물자를 획득해 자신의 쓸모를 입증할 수 있다면 그것도 나쁘지 않겠지. 러나와 동행했다면 생존할 가능성이 훨씬 높았을 테지만 아이는 스스로 선택을 했다.

"그 사람들이 왜 우릴 습격했는지 모르겠어요." 러나는 여전히 손만 내려다볼 뿐, 고개를 들지 않는다. 그때부터 계속 그 생각에 잠식되어 있는지도 모른다. "가진 거라곤 비상자루뿐이었는데."

"물자가 바닥났다면 그것만으로도 충분한 이유가 되지."

너는 아무 생각 없이 무심코 대꾸한다. 어차피 러나는 들은 것 같지도 않다.

"그래서 계속 걸었어요. 혼자서요." 러나가 씁쓸하게 웃는다. "그 애가 너무 걱정돼서 내 처지도 다를 게 없다는 건 생각도 안 했죠."

사실이다. 러나는 너처럼 평범한 중위지방인이지만, 산제인의 체격이나 신장을 물려받지는 못했다. 어쩌면 그래서 그가 지적인 유용성을 증명하기 위해 그토록 열심히 노력했는지도 모른다. 하지만 러나는 꽤 괜찮은 유전자를 물려받았고 어떤 이들은 오직 그것을 얻기 위해 짝을 짓기도 한다. 세박인의 긴 코, 산제인의 넓은 어깨와 피부색, 서해안인의 입술…… 러나는 적도 쪽 취향에는 너무 혼혈에 가깝지만 남중위 기준으로는 꽤 보기 좋은 외모를 지녔다.

"카스트리마를 지나는데, 마을이 텅 비었더라고요." 러나가 이야기를 계속한다. "그동안 도망 다니느라 너무 피곤해서…… 빈집을 하나 골라 잠을 자려고 했어요. 오랜만에 아궁이에 불도 피우고, 음식다운 음식도 좀 먹고. 한동안 머무르면서 앞으로 어떻게 할까 고민해 볼 생각이었죠." 그가 설핏 웃는다. "그런데 자다가 깨 보니 사람들한테 포위당해 있는 거예요. 의사라고 했더니 여기로 데려오더군요. 그게 한 2주일 전일 겁니다."

너는 고개를 끄덕인다. 이번에는 네 이야기를 들려준다. 아무것도 숨기지 않고, 아무것도 거짓으로 얼버무리지 않고. 티리모에서 일어났던 일들뿐만 아니라 그동안 네가 거친 모든 것들을. 어쩌면 죄책감 때문인지도 모른다. 러나는 진실을 알 권리가 있다.

이야기가 끝나고 한참 동안 고요한 침묵이 흐른 후, 마침내 러나가 고개를 가로저으며 한숨을 내쉰다.

"계절을 실제로 겪게 되리라곤 상상도 못 했어요." 그가 조용히 말한다. "돌의 가르침을 들으며 자라긴 했지만…… 나한테는 그런 일이 안 일어날 줄 알았죠."

누구나 그렇다. 너도 세상의 종말을 극복해야 하리라고는 상상도 못 했다.

"나쑨은 여기 없어요." 잠시 후에 러나가 말한다. 작은 목소리였지만 너는 고개를 번쩍 든다. 네 표정을 본 러나의 얼굴이 누그러진다. "미안해요. 하지만 난 이 향에 온 모든 신참들을 만나 봤거든요. 당신이 누굴 찾고 있는지도 알고요."

나쑨이 없다. 딸을 찾기 위해 더 이상 어디로 가야 할지도 알지 못한다. 실낱같은 희망마저 사라졌다.

"에쑨." 러나가 몸을 기울이며 네 손을 잡는다. 너는 그제야 손이 달달 떨리고 있다는 걸 깨닫는다. 러나가 네 손가락을 꼭 쥔다. "찾게 될 겁니다."

아무 의미도 없는 말이다. 위로랍시고 기계적으로 내뱉는 진부한 헛소리다. 하지만 너는 그 말에 무너진다. 이카 앞에서 이성을 잃었던 순간보다도 더욱 격렬하고 감정적으로 허물어진다. 모든 게 끝났다. 온 힘을 다해 마음을 추스르고, 별별 일을 겪으면서도 단 한 가지 목표를 향해 여기까지 왔건만……. 전부 헛수고였다. 나쑨은 이제 없다. 너는 딸을 잃었다. 지자는 죗값을 치르지도 않을 것이다. 그리고 너는……

삭아처죽을, 네가 뭐가 중요하단 말인가? 누가 너 따위를 신경이라도 쓴다고! 그래, 그게 문제다. 안 그래? 한때는 너를 걱정하고 소중히 여기던 사람들이 있었다. 너를 우러러보고, 네 말이라면 깜박 죽던 애들도 있었다. 한때는(두 번째도, 세 번째도 있었지만 첫 번째와 두 번째는 해당되지 않는다.) 매일 아침 눈을 뜨면 항상 네 옆에 누워, 너와 함께 있다는 사실에 감사해하던 남자도 있었다. 한번은 그가 직접 쌓아 올린 벽에 둘러싸여 살았고, 네가 만든 가족과 너를 받아들이기로 선택한 공동체도 있었다.

모든 것이 거짓 위에 세워졌다. 시간이 문제일 뿐 결국 전부 무너졌다.

"있잖아요."

러나가 말한다. 너는 그의 목소리에 놀라 눈을 깜박이고, 그러자 뺨 위로 눈물방울이 떨어진다. 더 많은 눈물이 흘러내린다. 너는 가만히 앉아 묵묵히 눈물을 쏟아 낸다. 러나가 네 옆으로 자리를 옮겨 다가와 앉자 너는 그에게 몸을 기댄다. 이래서는 안 된다는 건 알지만, 그래도 그렇게 한다. 러나가 네 어깨에 팔을 두르자 위안이 된다. 적어도 러나는 너의 친구다. 항상 그랬다.

"어쩌면…… 그렇게 나쁘진 않을지도 몰라요. 여기 사는 거요. 원체 많은 일들을 겪다 보면 생각을 제대로 할 수가 없으니까요. 이향은 이상해요." 러나가 얼굴을 찌푸린다. "나도 딱히 여기가 좋은 건 아니지만 그래도 지상에 있는 것보단 나아요. 여기서 쉬는 동안 지자가 어디 갔는지 알아낼 수 있을지도 모르고요."

러나는 정말 최선을 다해 애쓰고 있다. 너는 고개를 젓지만 모든 게 허무한 나머지 뭐라 반론할 기운도 없다.

"묵는 곳은 있어요? 나한테 이 집을 준 것처럼 당신한테도 숙소를 배정해 줬겠죠? 여긴 집이 많아요." 네가 고개를 끄덕이자 러나가 숨을 깊이 들이켠다. "그럼 거기로 갈까요? 당신 친구들도 만나 보고요."

그래. 너는 울음을 그치고 마음을 진정시킨다. 러나와 함께 네가 묵고 있는 집이 있다고 생각되는 쪽으로 향한다. 덕분에 너는 이 향이 얼마나 해괴한 곳인지 더 자세히 살펴볼 수 있게 되었다. 중간에 마주친 어떤 방은 네가 본 중에 가장 밝고 하얗게 빛나는 수정기둥 속에 있는데, 과자 굽는 판처럼 평평한 쟁반이 차곡차곡 빼곡히 쌓여 있다. 먼지가 그득한 어떤 오래된 방에는 고문 도구처럼 생긴 장치들이 가득한데 별로 유용해 보이지는 않는다. 천장에 사슬로 고정된 한 쌍의 둥근 고리 따위가 어떻게 사람한테 고통을 줄 수 있을지 너는 잘 모르겠다. 그리고 이곳을 건설한 사람들이 만든 듯한 금속계단도 있다. 최근에 만든 것 같은 다른 계단들과 쉽게 구분할 수 있는 이유는 옛날부터 있던 계단은 녹이 슬지도 않았고 헐겁거나 삐걱이지도 않기 때문이다. 난간과 계단 가장자리에는 사람의 얼굴과 이름을 알 수 없는 식물 덩굴, 그리고 뭔가 문자처럼 보이지만 다양한 크기의 뾰족한 문양 들이 돋을새김으로 장식되어 있다. 저게 뭘까 궁금해하다 보니 망연한 기분도 조금 가시는 것 같다.

"다들 미쳤어." 너는 이빨을 드러내고 으르렁거리는 커쿠사를 닮은 장식 문양을 손가락으로 만져보며 말한다. "여긴 사문명의 유적이야. 대륙 전체에 흩어져 있는 다른 수만 수천 개의 유적이랑 똑같은 곳이라고. 고대 문명의 유적은 죽음의 덫이야. 적도권 향들은 이런 곳이 있으면 아예 밀어 버리거나 묻어 버리지. 실제로 가장 현명한 처사기도 하고. 이곳을 만든 자들이 살아남지 못했는데 우리라고 그게 가능하겠어?"

"고대 유적이라고 전부 죽음의 덫은 아니에요."

러나는 수정기둥을 감싸며 돌고 있는 나무 발판 위에서 최대한 안쪽으로 바짝 붙어 걷고 있다. 시선은 전방에 고정되어 있고 윗입술 위에는 땀방울이 송글 맺혀 있다. 너는 그가 높은 곳을 싫어한다는 걸 처음 알았다. 티리모는 심심할 정도로 낮고 평평한 지역이었으니까. 러나가 애써 차분한 목소리로 말한다.

"유메네스가 사문명의 유적 위에 건설됐다는 소문도 있었죠."

그래서 그 결과가 어떻게 됐는지 보시지. 너는 아무 말도 하지 않는다.

"다른 향들처럼 그냥 장벽을 세웠어야 했어."

너는 이렇게 말하지만 이내 입을 다문다. 왜냐하면 가장 중요한 목적은 생존이고, 때때로 생존을 위해서는 참신한 발상과 변화가 필요하기 때문이다. 통상적인 전략이 효과적이라고 해서(장벽을 세우고 유용한 자들을 받아들이고 무용한 자들을 쫓아내고 무장을 하고 식량과 물자를 저장하고 운이 좋기를 바라는 것) 그 외의 다른 방법들이 효과가 없다는 의미는 아니다. 하지만 이 방법이 과연? 날카로운 바윗돌이 가득한 지하 구멍에 한 무리의 스톤이터와 로가 들과 함께 숨는다? 절대로 현명한 방법이라고는 할 수 없다.

"날 여기 계속 붙들어 놓으려 한다면 깨닫게 되겠지."

너는 중얼거린다.

러나는 네 말을 들었는지 어쨌는지 내색하지 않는다.

드디어 네가 묵고 있는 숙소에 도착했다. 잠에서 깬 통키가 거실에서 커다란 그릇에 담긴 뭔가를 먹고 있다. 네 짐에 들어 있던 것은 아니다. 일종의 죽 같은데 얼핏 구역질이 날 것 같은 노란 게 섞여 있다. 하지만 통키가 기울인 그릇 속을 자세히 보니 곡물의 싹이다. 비축고에 저장해 두는 평범한 식량이다.

(네가 들어가자 통키가 불안한 표정으로 쳐다보지만, 그녀의 비밀이라고 해 봤자 오늘 네가 알게 된 다른 수많은 사실들에 비하면 그리 대단찮은 것도 아니다. 그래서 너는 가볍게 고개를 끄덕이며 여느 때처럼 통키의 맞은편에 앉는다. 통키는 안도한다.)

러나는 통키를 깍듯하게 대하면서도 약간의 경계심을 내비치고, 그건 통키도 마찬가지다. 러나가 카스트리마 주민들의 비타민 섭취 실태를 조사하기 위해 혈액 검사와 소변 검사를 했다는 얘기를 꺼내기 전까지는 말이다.

"그래서 장비는 어떤 걸 사용했어?"

통키가 상체를 내밀며 하도 열렬하게 묻는 바람에 너는 하마터면 웃음을 터트릴 뻔했다. 이젠 통키의 저런 탐욕스러운 표정에도 익숙해졌다.

그때 호아가 방 안에 들어선다. 너는 그가 밖에 나갔다는 것도 몰랐기 때문에 조금 놀란다. 호아가 빙백색 눈동자를 번득이며 못마땅하다는 듯이 러나를 노골적으로 훑어보더니 이내 긴장을 푼다. 너는 그제야 호아가 이 정신 나간 향에 도착한 이래 한시도 빠짐없이 바짝 긴장해 있었다는 것을 깨닫는다.

하지만 그때 이상한 일이 발생하는 바람에 너는 그 생각을 옆으로 밀쳐 놓는다. 호아가 말한다.

"에쑨, 네가 만나야 할 사람이 있어."

"누군데?"

"남자야. 유메네스에서 온."

너희 셋은 동시에 호아를 쳐다본다.

"도대체. 내가." 너는 혹시 네가 뭔가 잘못 이해한 건 아닌지 천천히 힘주어 말한다. "왜. 유메네스에서 온 사람을 만나야 하지?"

"그 사람이 널 만나고 싶대."

너는 마음을 가라앉히고 인내심을 끌어 모은다.

"호아, 난 유메네스에 아는 사람이 없어."

어쨌든 지금은 그렇다.

"하지만 그 사람은 너를 안대. 너를 여기까지 따라왔댔어. 네가 여기로 오는 걸 알고 미리 와서 기다렸대." 호아는 그게 언짢은 양 얼굴을 약간 찌푸린다. "어쨌든 그 사람이 널 보고 싶댔어. 아직도 그걸 할 수 있는지 알고 싶다던데."

"뭘?"

"그냥 그거라고만 했어." 호아의 시선이 제일 먼저 통키에게, 러나에게, 그런 다음 다시 네게로 돌아온다. 그들에게는 알려 주고 싶지 않다는 듯이. "그 사람은 너랑 같아."

"그게 뭐……." 아, 그래. 너는 눈가를 문지른 다음, 심호흡을 하고, 더 이상 숨기지 않아도 된다고 알려 주듯이 선언한다. "로가로구나."

"그래. 아니야. 너랑 같아. 그 사람의……."

호아는 말을 하는 대신에 손가락을 공중에서 옴죽거린다. 통키가 뭐라 말하려 입을 벌리지만 네가 날카롭게 쏘아본다. 그녀도 똑같이 너를 노려본다. 잠시 후, 호아가 한숨을 내쉰다.

"네가 오고 싶지 않다고 하면 네가 그 사람에게 빚진 게 있다고 전하랬어. 코런덤한테."

너는 얼어붙는다.

"알라배스터." 나직이 중얼거린다.

"그래." 호아의 얼굴이 환해진다. "그런 이름이야." 그러고는 생각에 잠겨 아까보다 더 심하게 얼굴을 찌푸린다. "죽어 가고 있어."

광기의 계절: 제국력 전(前) 3년~제국력 7년.
키아시 트랩(노령의 초화산(超火山)에 위치한 다수의 화산 분기공 지대,
약 1만 년 전에 발생한 쌍둥이 계절의 원인으로 추정)이 분화하여 감람석 및
검은 화산쇄설물이 대기 중에 다량 분출되었다. 이후 10년간 지속된
암흑기로 인해 다른 계절처럼 자연환경이 피폐해졌으며, 무엇보다
정신병 발생률이 평균보다 현저히 증가했다. 산제의 군 지도자 베리쉬는
이 같은 현상을 심리적 전술로 활용하여 적들의 향 주변에
유령들이 배회하고 있고 튼튼한 문과 장벽으로도 막아낼 수 없다는
소문을 퍼트려 나약해진 향들을 정복했다. 어둠이 물러가고
첫 햇살이 비친 날, 그녀는 스스로 황제의 자리에 오른다.
— 산제의 계절

22장

금이 가고 깨진 시에나이트

메오브 주민들이 클랄수 호의 무사 귀환과 그들이 싣고 온 귀하고 값비싼 전리품을 반기며 떠들썩한 잔치를 벌인 다음 날 아침이다. 클랄수 호가 약탈해 온 물건 중에는 조각용 고급 석재와 가구용 향목(香木), 다이아몬드보다 두 배의 값어치를 지닌 화려한 양단(洋緞), 그리고 고액 화폐와 자개 껍질을 비롯해 육지에서 교역을 할 때 사용할 수 있는 귀중품도 있었다. 식량은 없지만 이 정도 물건이라면 향에 필요한 물자들을 카누 가득 교환해 올 수 있다. 흥에 겨워 신난 할라스가 독한 남극산 벌꿀주 한 통을 땄고, 향 주민의 절반 이상이 아직도 깊은 잠에 빠져 있다.

시에나이트가 도시 하나를 소멸시킨 화산을 잠재운 지 닷새째, 그리고 가족의 존재를 비밀로 부치기 위해 사람들이 가득 탄 배 두 척을 침몰시킨 지 여드레째 되는 날이기도 하다. 마치 마을 사람들에게서 그녀가 저지른 대량 학살을 축하받는 느낌이다.

시에나이트는 배에서 화물을 내리자마자 집으로 돌아온 뒤, 계속 침대에서 미적거리고 있다. 이논은 아직 그녀를 찾아오지 않았다. 시엔이 이논에게 마을 사람들에게 이야기보따리를 풀어놓으라고 했기 때문이다. 온 향 주민들이 그의 이야기를 듣길 고대하고 있었고 시엔은 자신이 우울하다는 이유로 이논을 힘들게 하고 싶지 않았다. 이논은 코루를 데려갔다. 코루는 잔치를 좋아한다. 모두가 먹을 것을 챙겨 주고 안아 주고 응석을 받아 주니까. 심지어 알아들을 수도 없는 소리를 빽빽 질러 대며 이논의 이야기에 추임새를 넣는다. 생김새는 전혀 닮지 않았는데, 코루는 이논과 많이 닮았다.

시엔의 곁을 지키는 것은 알라배스터다. 그는 끊임없이 말을 걸며 그녀가 생각을 하고 싶지 않을 때조차도 대답을 하도록 종용한다. 그녀가 어떤 기분인지 안다고 말하면서도 자신이 정확히 무슨 일을 겪었는지는 말해 주지 않는다. 하지만 시엔은 그의 말을 믿는다.

"그만 가 봐요." 마침내 시에나이트가 말한다. "가서 다른 사람들이랑 같이 이논 이야기를 들어요. 코루한테 쓸모 있는 부모가 둘은 있다고 알려 줘야죠."

"바보 같은 소리 마라. 코루는 부모가 셋이거든."

"이논은 내가 엄마로서 낙제감이래요."

알라배스터가 한숨을 짓는다.

"아니야, 넌 이논이 바라는 어머니상이 아닐 뿐이지. 하지만 우리 아들에게는 잘 맞는 어머니다." 시에나이트는 고개를 돌려 찌푸린 얼굴로 그를 바라본다. 알라배스터가 어깨를 으쓱한다. "코런덤은 아주 강해질 거다. 그 애에겐 강한 부모가 필요해. 나는……." 배스터가 돌연 입을 다문다. 그가 화제를 돌리기로 결정하는 순간이 피부로 느껴질 정도다. "너에게 줄 게 있다."

시엔은 피곤하다는 듯이 한숨을 푹 쉬며 몸을 일으킨다. 배스터가 침대 옆에 웅크려 앉아 작은 천 꾸러미를 푼다. 호기심에 굴복한 시에나이트가 결국 상체를 비죽 내민다. 천 조각 위에 반질반질하게 닦여 있는 돌 반지 두 개가 놓여 있다. 시엔의 손가락에 딱 맞는 크기다. 하나는 비취고 다른 하나는 자개로 만들어져 있다.

시엔이 배스터를 뚫어져라 바라보자 그가 어깨를 으쓱한다.

"활화산을 닫는 건 한낱 네 반지가 할 수 있는 일이 아니야."

"우린 자유의 몸이에요."

시에나이트가 힘주어 말한다. 실은 자신도 그렇게 확신하지 못하는 주제에. 결과적으로 그녀는 알리아를 살렸다. 애초에 펄크럼이 그녀를 파견한 목적을 완수했다. 비록 너무 늦게, 왜곡된 방식으로 하긴 했지만 말이다. 그렇게 생각하자 갑자기 가슴속에서 웃음이 비져 나와, 그녀는 황급히 입을 틀어막는다.

"우린 이제 반지를 낄 필요가 없어요. 검은 옷도 입을 필요가 없고요. 난 벌써 몇 달이 넘게 머리를 틀어 올리지 않는걸요. 당신도 이젠 무슨 짐승처럼 그들이 보낸 여자들한테 봉사할 필요가 없어요. 펄크럼은 잊어버려요."

배스터가 씁쓸한 미소를 짓는다.

"그럴 수가 없다, 시엔. 우리 중에 한 명은 코루를 훈련시켜야 해……."

"우린 그 애를 훈련시킬 필요가 없어요." 시엔은 다시 몸을 눕힌다. 배스터가 빨리 가 버리면 좋겠다. "이논과 할라스한테 기본만 배우라고 해요. 수백 년 동안 그걸로 충분했잖아요."

"이논은 그 불광을 잠재우지 못했을 거다, 시엔. 설령 시도했더라도 밑에 넓게 퍼져 있던 열점을 건드려 계절을 일으켰겠지. 말하자면 네가 세상을 구한 거다."

"그럼 반지가 아니라 훈장을 줘요." 시에나이트는 천장을 노려본다. "하지만 애초에 그 불광을 터트린 게 나니까, 안 그러는 게 좋겠네요."

알라배스터가 손을 뻗어 그녀의 머리칼을 부드럽게 쓸어 넘긴다. 요즘에 그가 자주 하는 일이다. 시엔이 머리를 묶지 않기 때문이다. 그녀는 늘 자신의 머리카락이 약간 창피했다. 곱슬기는 있지만 산제인처럼 곧고 빳빳하지도 않고 해안인의 고수머리처럼 제 형태를 고수하지도 못하고, 힘도 없고 푸석하기 때문이다. 심지어 시엔은 그런 머리칼을 물려 준 조상들 중 어떤 핏줄을 탓해야 할지도 모를 정도로 평범한 중위도 잡종이다. 그렇다고 그게 사는 데 방해가 되진 않았지만.

"우린 우리다." 알라배스터의 목소리가 너무 조용하고 다정해서, 울컥 눈물이 날 것 같다. "우린 미살렘이지, 셈셰나가 아니야. 그 이야기는 너도 알 거다."

시에나이트의 손가락이 통증을 느끼듯이 움찔거린다.

"그래요."

"수호자가 들려줬겠지. 그놈들은 어린애에게 그 이야길 들려주는 걸 좋아하니까."

배스터가 침대 기둥에 등을 기대고 편히 앉는다. 시에나이트는 그에게 빨리 나가 버리라고 외치고 싶지만 막상 말하지는 않는다.

그를 쳐다보고 싶지도 않아서 그가 자신이 거부한 반지를 어떻게 했는지도 모르겠다. 알 게 뭐람.

"내 수호자도 그 헛소리를 말해 줬었지. 괴물 미살렘. 아무 이유도 없이 산제에 전쟁을 선포하고 황제에게 대적한 미살렘."

시에나이트는 저도 모르게 미간을 찌푸린다.

"그럼 이유가 있었어요?"

"오, 빌어처먹을 대지여, 당연하지. 머리라는 게 있으면 좀 굴려 봐라."

타박을 받는 건 짜증나는 일이지만 덕분에 무기력한 기분에서 조금 깨어나는 것 같다. 알라배스터는 정말 변한 게 없다. 기운을 북돋을 때마저 시엔의 열불을 뻗치게 만든다. 그녀는 고개를 돌려 배스터의 등을 노려본다.

"그래서, 왜 그런 짓을 한 건데요?"

"세상에서 제일 단순하고도 강력한 이유 때문이지. 복수 말이다. 황제의 이름은 아나퍼메스였고, 그 일은 이빨의 계절이 끝난 직후에 일어났다. 보육학교에서 잘 가르치지 않는 계절이지. 북반구에 혹독한 기아가 닥쳤다. 정말 지독했지. 계절의 원인이었던 흔들이 북극점에서 발생했거든. 적도권과 남반구에 도달할 때까지는 거의 1년이 걸렸고……."

"당신은 그런 걸 어떻게 아는데요?"

시엔은 잔모래 도가니에서도, 또는 다른 어디에서도 그런 이야기를 들은 적이 없다.

알라배스터가 어깨를 으쓱하자 침대가 출렁인다.

"나는 다른 잔모래들과 함께 훈련받지 않았다. 다른 아이들이 사춘기에 이르기도 전에 첫 번째 반지를 받았거든. 그래서 교관들은 나를 상급자용 도서관에 풀어 놓았고 내가 뭘 읽든 신경 쓰지 않았지." 그가 한숨을 내쉰다. "그러다 첫 번째 임무를 수행하게 됐을 때…… 고하학자를 한 명 만났는데 그 사람과…… 음…… 아주 많은 이야기를 나눴지. 또…… 뭐, 다른 일도 많았고."

시에나이트는 알라배스터가 왜 옛 연인들 이야기를 할 때마다 그렇게 부끄러워하는지 이해할 수가 없다. 그가 정신을 잃을 정도로 이논이 박아 대는 걸 옆에서 얼마나 많이 봤는데. 하지만 어쩌면 그가 부끄러워하는 건 성관계가 아닌지도 모른다.

"어쨌든 사실을 종합하고 그 이면에 있는 의미를 깊이 생각해 보면 알 수 있어. 당시에 산제는 신생 제국이었고 계속 세력을 넓혀 나가는 중이었다. 하지만 그땐 아직 적도권의 절반 정도밖에 되지 않았지. 유메네스도 아직은 수도가 아니었고 대규모 향들도 지금처럼 계절에 잘 대비되어 있지 않았다. 한데 뭔가 사고가 터져서 비축고를 잃고 만 거야. 화재가 났는지 곰팡이병이 퍼졌는지는 알 수 없지. 여하튼 산제 향들은 생존을 위해서 다 같이 힘을 합쳐 보다 약한 민족들이 살고 있는 향을 덮치기로 했다." 그의 입술이 슬쩍 말려 올라간다. "그때가 바로 우리를 하등 인종이라고 부르기 시작한 때지."

"그래서 다른 향의 비축고를 습격했군요."

그 정도는 시에나이트도 짐작할 수 있다. 슬슬 따분해진다.

"아니야. 계절이 끝날 즈음엔 사실상 어딜 가도 물자가 없지. 산제인은 사람을 훔쳤다."

"사람? 왜 그런……."

그 순간, 그녀는 모든 걸 이해한다.

계절이 닥치면 노예 따위는 필요하지 않다. 향에는 언제나 완력꾼이 있고, 인력이 필요하다면 음식을 얻는 대신 노동력을 제공하고자 하는 무향민은 넘쳐난다. 그러나 상황이 악화될 대로 악화될 경우, 인간의 육신은 다른 이유로 귀중해진다.

"그래." 시엔이 욕지기를 참는 동안 알라배스터가 말을 잇는다. "그 계절에 산제인들은 특이하고 희귀한 요리에 입맛을 들이게 됐지. 심지어 계절이 끝나고 푸성귀가 나고 가축들이 초식동물로 돌아가거나 동면을 마친 뒤에도 그 습관을 버리지 못했다. 습격대를 조직해 산제 동맹이 아닌 민족들이 사는 신생향이나 작은 정착촌을 공격했지. 기록들은 세부 사항은 조금씩 달라도 한 가지 점에 있어서만은 일치한다. 미살렘이 산제인의 습격에 가족을 전부 잃었다는 점이지. 그의 자식들은 아마 아나퍼메스의 식탁 위에서 도살되었을 거고. 개인적으로 그 부분은 너무 과장된 상상이 아닌가 생각하지만 말이야." 알라배스터가 한숨을 내쉰다. "어쨌든 그의 가족들은 죽었고, 그건 아나퍼메스의 잘못이었고, 그는 아나퍼메스를 죽이고 싶어 했다. 누구라도 그랬을 테지."

그러나 로가는 평범한 인간이 아니다. 로가는 분노할 권리가 없고, 정의의 구현을 바라거나 사랑하는 이들을 보호할 자격도, 권리도 없는 존재다. 그리하여 그의 주제넘은 행동을 처벌하기 위해, 셈세나는 미살렘을 죽였다. 그리고 그로써 영웅이 되었다.

시에나이트는 새로이 알게 된 사실을 묵묵히 곱씹는다. 알라배스터가 몸을 움직이는가 싶더니 천 꾸러미를, 반지가 들어 있는 주머니를 그녀의 손바닥 위에 놓고 지그시 누른다.

"오로진이 펄크럼을 세웠다." 알라배스터는 평소에 오로진이라는 단어를 사용하지 않는다. "종족의 말살을 피하기 위해서. 그걸 이용해 우리들 자신의 목에 개목걸이를 씌우고 조이긴 했지만 우리 스스로가 해낸 일이다. 우리는 구 산제가 그토록 강력하게 발전하고 오래 버틸 수 있었던 원인이자 나아가 아직까지 세상의 절반을 지배하고 있는 이유다. 물론 아무도 그걸 인정하진 않겠지만 말이야. 날 때부터 갖고 있는 이 재능을 갈고 닦을 수만 있다면 우리 종족이 얼마나 대단하고 엄청날 수 있는지 알아낸 사람들이다."

"그건 저주지 재능이 아니에요."

시에나이트는 두 눈을 꽉 감는다. 그렇지만 꾸러미를 밀어내지는 않는다.

"자기 발전을 이룰 수 있으면 재능이지. 스스로를 파멸시킨다면 저주고. 그걸 결정하는 건 바로 너다. 교관도 아니고 수호자도 아니고, 다른 누구도 아니야."

또다시 움직임이 느껴지더니 침대가 출렁이고 알라배스터가 몸을 기울인다. 잠시 후, 시에나이트의 눈썹에 메마른 입술이 닿는 게 느껴진다. 그는 다시 침대 옆 바닥에 앉더니 더는 아무 말도 않는다.

"수호자를 본 것 같아요." 한참 후에 시에나이트가 입을 연다. 아주 작은 목소리로. "알리아에서요."

알라배스터는 대답이 없다. 기다리다 포기할 즈음, 그가 말한다.

"그들이 또다시 우리를 해치려 든다면 세상을 갈기갈기 찢어 버리겠다."

그래도 우린 계속 고통받겠죠. 시엔은 생각한다.

하지만 그의 말을 들으니 마음이 편안해진다. 시엔은 그런 종류의 거짓말이 필요했다. 그녀는 눈을 감은 채, 오랫동안 꼼짝 않고 누워 있다. 잠이 든 게 아니다. 생각 중이다. 알라배스터는 내내 곁을 지킨다. 시엔은 그게 뼛속까지 사무치도록 고맙다.

* * *

세상의 종말은 3주일 뒤에 온다. 시엔이 살아온 날 중 가장 아름답고 화창한 날이다. 간간이 구름이 흘러가는 한없이 맑고 푸른 하늘. 잔잔한 바다. 심지어 늘 부는 바닷바람마저 차고 깔깔하지 않고 따스하고 포근하다.

보기 드물게 날씨가 좋은 날이라, 주민들도 섬 꼭대기로 소풍을 가기로 한다. 신체 건강한 이들이 그렇지 못한 이들을 안아 들고, 아이들은 어른들의 발치에서 얼쩡거리다 하마터면 그들을 전부 죽일 뻔한다. 요리 담당은 어육 완자와 자른 과일, 양념한 주먹밥을 나르기 쉽게 작은 솥에 담고, 모든 사람들이 담요를 가져온다. 이논은 시에나이트가 처음 보는 악기를 챙겼다. 기타 줄이 달린 북처럼 생겼는데, 유메네스인들이 본다면 이단이라고 노발대발할 거다. 알라배스터는 코런덤을 챙긴다. 시에나이트는 누군가 습격한 배의 화물 속에서 찾아낸 끔찍한 소설책을 가져간다. 첫 번째 페이지만으로도 그녀가 눈살을 찌푸리며 낄낄거리게 만든 물건이다. 그러니 당연히 계속 읽을 수밖에. 시에나이트는 재미로 책을 읽는 걸 좋아한다.

메오브 사람들은 언덕 뒤쪽 경사면에 담요를 깔고 자리를 잡는다. 바람은 막아 주고 햇볕은 넉넉하다. 시에나이트는 다른 사람들과 약간 떨어진 곳에 담요를 깔지만 이내 다른 이들이 바로 옆에 담요를 펼치며 시엔의 공간을 잠식하기 시작하고, 그녀가 노려보자 능청스럽게 웃는다.

3년이 지나는 사이에 시에나이트는 대다수의 메오브 향민들이 그녀와 알라배스터를 인간의 서식지에 어슬렁거리는 일종의 야생동물로 여기고 있다는 걸 알게 되었다. 길들이진 못해도 귀엽고, 귀찮지만 신기한 동물 말이다. 그래서 그들은 시엔이 도움이 필요하지만 인정하고 싶지 않을 때에도 항상 달려와 도와준다. 알라배스터를 어르고 안아 주고 손을 맞잡고 흥겹게 춤을 춘다. 그나마 알라배스터에게만 그러는 게 얼마나 다행인지 모르겠다. 하지만 생각해 보면, 아무리 멋쩍은 척해도 배스터가 사람들의 손길과 접촉을 좋아한다는 걸 모르는 사람은 없다. 아마 펄크럼에서는 그런 경험이 거의 없기 때문일 터다. 거기선 모두가 그의 능력을 경외했다. 마찬가지로 어쩌면 이곳 사람들은 시엔이 이제 그들의 일원이며, 마을을 위해 일하고 도움을 받고 더 이상 모두와 모든 것에 각을 세울 필요가 없다는 걸 확인받는 걸 좋아한다고 생각하는지도 모른다.

실은 그들의 생각이 맞다. 하지만 굳이 그걸 알려 줄 필요는 없겠지.

이논은 코루를 공중으로 높이 던지며 놀아 주고 있고, 알라배스터는 옆에서 아무렇지도 않은 척하느라 죽을 맛이다. 코루가 공중에 뜰 때마다 섬 아래 지층에 잔흔들이 일어나고 있기 때문이다. 헤무가 메오브 사람들에게는 익숙한, 싯구를 노래로 만드는 놀이를 시작하고 오우의 자식인 꼬마 오웰이 바닥에 깔린 담요들을 깡충깡충 넘어 다니며 적어도 열 사람을 자근자근 밟는 바람에 결국 누군가 아이를 붙잡아 간지럼을 태우기 시작한다. 작은 오지그릇이 담긴 바구니가 돌기 시작한다. 시엔이 냄새를 맡아 보니 코가 알싸할 정도로 독하다. 그리고.

그 순간.

시에나이트도 이들을 사랑할 수 있을 것 같다. 가끔 그녀는 그렇게 생각한다.

어쩌면 이미 그런지도 모른다. 확신할 수는 없지만. 그렇지만 이논이 가슴 위에서 단잠에 빠진 코루와 함께 뒤척일 때, 시 낭송 놀이가 누가 누가 야한 농담을 잘하나 시합으로 변할 때, 그리고 병에 든 액체를 너무 많이 마셔 세상이 빙글빙글 돌기 시작할 때…… 시엔은 눈을 들어 알라배스터를 바라본다. 그는 옆으로 누워 한쪽 팔꿈치를 바닥에 괸 채 그녀가 읽다 던져 버린 끔찍한 소설책을 뒤적이고 있다. 책장을 한 장씩 넘기며 질렸다는 듯이 우스꽝스러운 표정을 짓는다. 책장을 넘기지 않는 다른 쪽 손은 이논의 머리카락을 만지작거리며 놀고 있다. 그는 더 이상 이 긴 여정이 시작되었을 때 펠드스파가 딸려 보낸 반쯤 미친 괴물로는 보이지 않는다.

배스터가 문득 고개를 들어 시엔을 마주 본다. 짧은 찰나, 그의 표정에 경계심이 떠오르자 시엔은 깜짝 놀라 눈을 깜박인다. 하지만 생각해 보면 그녀는 그의 과거를 알고 있는 유일한 사람이다. 혹시 시엔이 여기 같이 있다는 게 꺼림칙한 걸까? 잊고 싶은 과거를 떨치지 못하게 만드는 존재로 여기는 걸까?

배스터가 빙그레 웃자, 시엔은 반사적으로 얼굴을 찌푸린다. 그의 미소가 더욱 커진다.

"아직도 날 싫어하는구나?"

시에나이트는 코웃음을 친다.

"왜, 신경 쓰여요?"

알라배스터가 재미있다는 듯이 고개를 젓는다. 그러고는 팔을 뻗어 코루의 머리를 쓰다듬는다. 아이가 뒤척거리며 옹알이를 하자 알라배스터의 표정이 온화해진다.

"아이를 더 갖고 싶니?"

시엔은 흠칫 놀란다. 입이 쩍 벌어진다.

"천만의 말씀. 난 이 애도 갖고 싶지 않았다고요."

"하지만 이렇게 존재하잖니. 참 예쁜 아이다. 넌 정말 아름다운 아이를 낳았어." 그건 이제껏 그가 한 소리 중 가장 미친 소리다. 하지만 뭐, 알라배스터니까. "둘째는 이논과 만들어도 될 테고."

"이논의 가족 계획을 세울 거면 먼저 본인한테 물어봐야 하지 않아요?"

"이논은 코루를 사랑하고, 좋은 아버지야. 다른 아이도 둘이나 있고, 모두 좋은 아이들이지. 둔치들이긴 하지만." 알라배스터가 생각에 잠긴다. "너와 이논의 아이도 평범할지 몰라. 하지만 여기선 그래도 괜찮잖니."

시에나이트는 고개를 젓지만 실은 메오브 여인이 설명해 준 작은 피임약에 대해 생각하는 중이다. 일단은 한동안 그걸 사용하는 걸 중단해 볼까. 하지만 그녀는 말한다.

"자유란 내가 하고 싶은 대로 하는 거예요. 다른 사람이 시키는 게 아니라요."

"그래. 하지만 내 경우를 생각해 보면……." 알라배스터는 무심한 태도로 어깨를 으쓱하지만 이논과 코루를 바라보는 눈빛만은 강렬하다. "나는 살면서 뭔가를 간절히 원한 적이 없다. 그저 삶을 원했을 뿐이야. 나는 너와 다르다, 시엔. 난 내 능력을 증명할 필요가 없어. 세상을 바꾸고 싶지도 않고 남들을 돕거나 위대한 일을 하고 싶은 것도 아니지. 난 그저…… 이런 걸 원한다."

시에나이트는 이해한다. 그래서 이논의 옆에 눕고, 알라배스터도 그의 옆에 눕고, 두 사람은 이 오롯한 감정을, 충만함을 만끽한다. 이제 그들은 그럴 수 있으므로.

하지만 오래가지는 못한다.

시에나이트는 눈을 뜬다. 이논이 일어나 앉아 그림자를 드리우고 있다. 잠을 잘 생각은 아니었지만 꽤 깊이 오래 잠든 모양이다. 태양이 바다 쪽으로 기울어 있다. 코루가 칭얼거리자 반사적으로 몸을 일으켜 한 손으로 얼굴을 비비며 코루의 기저귀를 확인한다. 기저귀는 보송보송한데 코루는 계속 보챈다. 이유를 깨닫고 나자 잠이 번뜩 깬다. 이논이 한쪽 팔에 코루를 안고 찡그린 얼굴로 알라배스터를 보고 있다. 알라배스터는 벌떡 일어나 앉아 있다. 온몸이 긴장감으로 팽팽하다.

"뭔가……."

그가 중얼거린다. 육지 쪽을 바라보고 있지만 능선이 가로막고 있으니 뭐가 보일 리가 없다. 그러나 그는 눈으로 보고 있는 것이 아니다.

시엔은 이맛살을 찌푸리며 감각을 펼친다. 쓰나미나 아니면 그보다 더 나쁜 게 다가오고 있는 걸까. 하지만 아무것도 없다.

오직 방대한 무(無)뿐이다. 당연히 뭔가가 있어야 하는데도. 메오브와 육지 사이에는 판 경계가 존재한다. 지각판의 경계는 절대로, 무슨 일이 있어도 고요하지 않다. 그것은 항상 로가만이 보닐 수 있는 수백만 가지의 미세한 형태로 실룩거리고, 튀어 오르고, 경련한다. 마치 지공학자들이 수력 터빈과 화학 물질이 담긴 통을 이용해 만들어 내는 전기처럼. 그런 판 경계가 갑자기, 불가능하게도, 고요하고 잠잠하다.

당황한 시엔이 알라배스터를 돌아본다. 하지만 그녀의 시선을 빼앗은 것은 코런덤이다. 아이가 이논의 품 안에서 온몸을 배배 꼬며 칭얼대고 찡찡거리며 골을 낸다. 코루는 평소에 이러는 애가 아니다. 알라배스터마저 코루를 응시하고 있다. 그의 표정이 일그러지며 공포에 사로잡힌다.

"안 돼." 그가 고개를 격렬하게 휘젓는다. "안 돼, 안 돼, 그럴 순 없어. 다시는 안 돼."

"뭐가요?" 시에나이트는 알라배스터를 쳐다본다. 온몸을 휘감는 불길한 예감을 무시하려고 애쓰면서. 주변 사람들이 웅성거리는 게 느껴진다. 몇몇 주민들이 능선 너머로 달려가 바다 건너편을 두리번거린다. "배스터, 왜 그래요? 갑자기 무슨……."

그는 말이 아니라 부정의 의미가 담긴 외마디 소리를 내뱉는다. 그러고는 돌연 언덕 꼭대기로 뛰어 올라간다. 시에나이트는 멍하니 그의 뒷모습을 바라보다 이논을 돌아본다. 그녀보다 더 어리둥절한 얼굴을 하고 있는 그가 고개를 젓는다. 하지만 배스터보다 먼저 언덕 위로 올라간 사람들이 고함을 지르며 모두를 부르고 있다. 뭔가 잘못됐다.

시에나이트와 이논이 서둘러 다른 사람들과 함께 경사면을 오른다. 꼭대기에 도착했을 무렵에는 모두가 육지 쪽 바다를 내다보며 서 있다.

수평선 위에 네 척의 배가 떠 있다. 작지만 눈에 띄게 가까워지고 있다.

이논이 질 나쁜 단어를 내뱉으며 코루를 갑자기 떠밀어 품에 안기는 바람에 시에나이트는 하마터면 아이를 떨어뜨릴 뻔했다. 이논이 주머니를 뒤져 작은 망원경을 꺼낸다. 망원경을 길게 뽑아 늘어 한참 동안 들여다보더니 얼굴을 찌푸린다. 시에나이트는 코루를 달래려 하지만 소용이 없다. 아이는 도저히 진정할 기미가 보이지 않는다. 이논이 망원경을 내리자 시에나이트가 그의 팔을 붙잡고 코루를 안긴 다음 잽싸게 망원경을 빼앗아 든다.

배들은 아까보다 더 커다래졌다. 돛은 평범한 흰색이다. 알라배스터가 왜 그렇게 심하게 동요하는지 알 수가 없다. 그러나 다음 순간, 그녀는 뱃머리에 서 있는 형체를 발견한다.

진홍색 옷을 입은 사람.

가슴이 철렁 내려앉는다. 시에나이트는 저도 모르게 주춤거리며 뒷걸음질친다. 이논에게 말을 해야 하는데 들리는 건 자신의 숨소리뿐, 목소리가 나오지 않는다. 이논이 망원경이 그녀의 손에서 떨어지기 직전에 받아 든다. 한시라도 빨리 뭔가 해야 하기 때문에, 그녀가 뭔가 해야 하기 때문에, 시엔은 사력을 다해 목소리를 쥐어짠다.

"수호자야."

이논이 얼굴을 찡그린다.

"어떻게……."

그녀는 이논이 깨달음에 도달하는 과정을 지켜본다. 이논은 잠시 시선을 돌렸다가 이내 고개를 가로젓는다. 그들이 메오브를 어떻게 발견했는지는 중요하지 않다. 섬에 들어오게 해서는 안 된다. 살아 돌아가게 해서도 안 된다.

"코루를 누구한테 맡기고 와." 이논이 언덕 아래로 내려가며 말한다. 잔뜩 굳은 표정이다. "당신이 필요할 거야, 시엔."

시에나이트는 고개를 끄덕이고, 몸을 돌린 다음 주변을 두리번거린다. 메오브에 사는 몇 안 되는 산제인 중 한 명인 딜라셋이 코루보다 6개월 정도 나이가 많은 자기 자식을 데리고 빠른 걸음으로 지나가고 있다. 가끔 코루를 돌봐주고 시엔이 바쁠 때면 젖도 물려줬던 여인이다. 시에나이트는 손을 흔들며 그녀에게 달려간다.

"부탁해."

그러고는 딜라셋의 팔에 코루를 안긴다. 그녀가 고개를 끄덕인다.

하지만 코루는 그 계획을 내켜하지 않는다. 아이는 시에나이트에게 매달려 악을 지르고 발버둥을 치고, 오, 빌어먹을 대지여, 그 순간 섬 전체가 갑자기 휘청인다. 딜라셋이 비틀거리며 놀란 눈으로 시엔을 쳐다본다.

"젠장."

시에나이트가 다시 품에 코루를 받아 안는다. 등 뒤에 업은 다음(그제야 코루가 조용해진다.) 이논을 따라잡으러 달려간다. 그는 벌써 금속 계단 쪽으로 뛰어가며 선원들에게 출항 준비를 하라고 외치고 있다.

그럴 리가 없어, 그럴 리가 없어. 시에나이트는 달려가며 생각한다. 수호자가 이 마을을 발견했을 리가 없다. 그들이 여길 찾아올 리도 없다. 왜 하필 여기에? 왜 하필 지금? 전과 달라진 건 시에나이트와 알라배스터가 여기 있다는 것뿐이다.

그녀는 마음 한 켠에서 속삭이는 목소리를 외면한다. 너를 쫓아온 거야. 너도 알잖아. 알리아에 간 게 잘못이었어. 그건 함정이었어. 넌 여기로 돌아와선 안 됐어. 네가 손댄 건 전부 다 죽어.

시에나이트는 자신의 손을 쳐다보지 않는다. 그녀는 그저 알라배스터에게 고맙다는 표시를 하려고 펄크럼이 준 네 개의 반지에 더해 그가 준 두 개의 반지를 끼고 있다. 마지막 두 개는 엄밀히 말해 진짜가 아니다. 그녀는 이 두 개의 반지 시험을 통과하지 않았다. 하지만 시엔이 이것을 받을 자격이 있다는 걸 열 반지보다 더 잘 알 사람이 누가 있겠는가? 빌어먹을, 시엔은 스톤이터가 들어 있던 깨진 오벨리스크가 만든 삭아빠질 분출을 심지어 혼자서 잠재웠다.

그래서 시엔은 그 순간 엄숙하게 결심한다. 저 삭아죽을 수호자들에게 여섯 반지의 위력을 보여 주겠다고.

마침내 마을에 도착했다. 이곳은 혼란의 구렁텅이다. 사람들은 각자 유리칼을 꺼내고, 그동안 도대체 어디다 숨겨 놨는지도 모를 투석기와 사슬공을 꺼내고, 중요한 소지품을 챙겨 고기잡이배에 작살과 함께 싣고 있다. 클랄수로 황급히 뛰어 들어가자 이논이 닻을 올리라고 외치고 있다. 알라배스터는 어디 있는 걸까.

시에나이트의 몸이 갑판 위에서 덜컹 휘청인다. 깊고 강력한 조산력의 파도가 너울대며 퍼져 나가고, 갑자기 온 세상이 비틀대는 것 같다. 항구의 온 바닷물이 춤을 추며 공중으로 튀어 오른다. 심지어 하늘에 떠 있는 구름도 그 충격을 느꼈을 것이다.

그러더니 돌연 바닷물 복판, 항구에서 500미터도 떨어지지 않은 곳에서 벽이 솟아오른다. 누군가 정으로 깎은 것처럼 완벽한 사각형 돌덩어리가(세상에, 이런 망할, 안 돼.) 항구 입구를 완전히 틀어막고 있다.

"배스터! 이 멍청한 인간!"

섬 자체가 워낙 크기도 하지만 파도의 포효와 암석이 바닥에서 들리며 부딪치고 마찰하는 소리에 막혀 그녀의 목소리는 들리지도 않을 것이다. 흔들도 일으키지 않고 근처에 열점도 없는데 어떻게 이런 일을 할 수 있지? 아마 섬의 절반은 냉기로 꽁꽁 얼어붙었을 텐데. 하지만 그때 시에나이트의 시야 가장자리에서 뭔가가 번득인다. 저 멀리 하늘 위에 자수정 오벨리스크가 부유하고 있는 게 보인다. 그 어느 때보다도 가깝다. 그들을 향해 다가오고 있다. 그래, 저것 덕분이군.

열 받은 이논이 욕지거리를 퍼붓고 있다. 알라배스터가 과보호 기질이 있는 멍청이라는 건 그도 전부터 알고 있었지만 욕이 나오는 건 어쩔 수가 없을 것이다. 이논의 분노가 힘으로 발현된다. 클랄수 호 주위로 증기가 피어오르고 주변 갑판에는 금이 가거나 하얀 서리가 덮인다. 이논은 좁다란 항구를 빠져나가 넓은 공간에서 전투를 벌이기 위해 돌벽의 가장 가까운 지점을 무너뜨리려 하고 있다. 마침내 벽이 쪼개진다. 그 뒤쪽에서 낮게 우르릉거리는 소리가 들린다. 이논이 공격한 부위가 부서져 내리지만, 그 뒤로 또 다른 돌덩어리가 새로 올라와 있는 게 보인다.

시에나이트는 파도를 힘으로 바꾸려고 전력을 다하고 있다. 물도 조산력의 원천이 될 수 있다. 그저 조금 더 어려울 뿐. 하지만 거대한 물 옆에 오래 살다 보니 그녀도 요령을 터득했다. 그것은 이논이 시엔과 알라배스터에게 가르친 몇 안 되는 기술 중 하나다. 바닷물에는 시엔이 감지할 수 있는 열과 무기질이 함유되어 있고 속도가 약간 빠를 뿐 돌처럼 움직이기 때문에 충분히 이용할 수 있다. 섬세하게 다루기만 한다면. 그러나 시엔의 안전지대인 작은 고리 안에서 코루를 품에 단단히 안은 채 다가오는 파도를 상쇄시킬 수 있는 정확한 강도와 속도의 충격파를 만들어 보내는 건 쉬운 일이 아니다. 하지만 효과가 있다. 클랄수 호가 물 위에서 거세게 요동친다. 선창 하나가 무너지지만 단 한 척의 배도 전복되지 않았고 아무도 죽지 않았다. 시에나이트는 이걸 승리라고 부르기로 한다.

"삭아빠질, 저기서 뭘 하고 있는 거야?"

이논이 헐떡거리며 내뱉는다. 그의 시선이 향한 곳을 쫓은 시엔은 알라배스터를 발견한다.

배스터는 언덕 꼭대기, 섬에서 가장 높은 곳에 우뚝 서 있다. 심지어 여기서도 눈이 시릴 만큼 빠르고 차갑게 회전하고 있는 그의 고리가 보인다. 기온이 급격히 변화한 까닭에 주변의 따뜻한 공기가 불안정하게 떨리고 그를 지나는 바람은 습기가 얼어붙어 눈보라로 변한다. 오벨리스크를 사용하고 있다면 주변 환경을 이용할 필요가 없을 텐데. 아닌가? 너무 많은 힘이 필요해서 오벨리스크를 이용해도 부족하다면 모를까.

"대지불이여." 시엔이 내뱉는다. "나도 저기 가 봐야겠어."

이논이 팔을 붙든다. 그를 올려다보자 불안감이 담긴 크게 뜬 눈과 마주친다.

"우린 그에게 짐만 될 거야."

"여기서 가만히 기다릴 순 없잖아! 배스터는…… 불안정하단 말이야."

이렇게 말하는 지금도 뱃속이 뒤틀리는 것 같다. 이논은 알라배스터가 정신줄을 놓은 모습을 본 적이 없다. 이논이 그런 배스터를 보는 건 싫다. 배스터는 메오브에서 행복했고, 더는 미치지도 않았다. 하지만 시엔은 생각한다.

한번 부서진 건 작은 충격만으로도 다시 부서지기 쉽지.

시엔은 고개를 가로저으며 이논에게 코루를 맡긴다.

“가야 해. 내가 도움이 될지도 몰라. 코루는 다른 사람은 싫다니까, 당신이 제발…….”

이논은 욕설을 뇌까리면서도 코루를 받아든다. 아이는 이논의 셔츠 앞판을 움켜쥔 채 엄지를 입에 넣고 빤다. 시엔은 그 즉시 뛰기 시작한다. 향 입구에 있는 널바위를 가로질러, 계단을 뛰어 오른다.

바위 장벽이 내려다보이는 곳에 이르자 드디어 벽 너머에서 무슨 일이 벌어지고 있는지 눈에 들어온다. 너무 충격적인 광경에 순간 저도 모르게 몸이 비틀거린다. 배들이 아까보다 훨씬 더 가까이 다가와 있다. 배스터가 항구를 보호하기 위해 세운 바위 장벽 바로 뒤에. 하지만 네 척이 아니라 세 척이다. 한 척은 심하게 기울어져 항로에서 벗어나 있다. 아니다, 그 배는 침몰 중이다. 배스터가 어떻게 저런 걸 했는지 모르겠다. 한 척은 계속 전진하고 있긴 한데 움직임이 이상하다. 중앙 돛대는 부러졌고 뱃머리가 유달리 불쑥 솟아 있어 용골이 수면 위로 드러나 있다. 그제야 시엔은 배의 뒤쪽 갑판에 바윗덩이가 쌓여 있는 것을 발견한다. 알라배스터가 저 후레자식들에게 바위 우박을 떨어뜨린 것이다. 어떻게 한 건지는 몰라도 시엔은 환호성이라도 지르고 싶다.

하지만 나머지 두 척은 각기 다른 방향으로 흩어졌다. 한 척은 섬을 향해 직진 중이고 다른 한 척은 옆길로 벗어났는데, 옆으로 돌아가려는 것일 수도 있고 알라배스터의 바위 우박에서 벗어나려는 것일 수도 있다. 소용없을걸. 시엔은 생각한다. 그녀는 지난번 습격 때 했던 일을 시도해 본다. 해저에서 길쭉한 바위 창을 들어 올려 적선(賊船)의 바닥을 관통시키는 것이다. 주변 3미터 반경의 에너지를 흡수하자 그녀와 선박 사이의 바다에 얼음덩어리가 흩날린다. 하지만 바위를 쐐기 모양으로 다듬어 위로 들어올리기만 하면……

해저 바닥의 융기가 멈춘다. 똘똘 뭉치던 그녀의 조산력이 갑자기…… 산산이 분해된다. 그러모은 열과 운동력이 사라지는 걸 느끼며 그녀는 놀라 숨을 헉 들이켠다. 그러고는 이해한다. 저 배에는 수호자가 타고 있다. 어쩌면 모든 배에 타고 있는지도 모른다. 그래서 배스터가 배들을 침몰시키지 못한 것이다. 그는 수호자를 직접적으로 공격하지 못한다. 수호자의 무효화 범위 밖에서 바윗돌을 던지는 수밖에 없는 것이다. 그러자면 도대체 얼마나 큰 힘이 필요할지 시엔은 상상도 가지 않는다. 오벨리스크가 없었다면, 배스터가 미친 데다 성질머리까지 고약한 열 반지가 아니었다면 그도 불가능했을 터다.

하지만 뭔가를 직접 공격할 수 없다고 해서 아예 방법이 없다는 뜻은 아니다. 시엔은 그녀가 점찍은 선박이 섬 뒤쪽으로 돌아가는 걸 보고 언덕 능선을 따라 달린다. 혹시 섬에 상륙할 다른 방도를 찾고 있는 걸까? 그렇다면 실망할 텐데. 메오브 항은 이 섬에서 배로 접근할 수 있는 유일한 곳이다. 나머지는 수면 위로 찌를 듯이 솟아있는 험준한 낭떠러지뿐이다.

그때 시에나이트에게 묘안이 떠오른다. 그녀는 히죽 웃으며 발을 멈춘 다음, 집중력을 높이기 위해 몸을 숙여 땅바닥에 손바닥과 무릎을 댄다.

시엔은 알라배스터만큼 강하지 않다. 그의 도움 없이는 저 자수정과 접속할 방법도 모른다. 더구나 알리아에서 그 일을 겪은 이래,

그녀는 두렵다. 판 경계는 너무 멀고 감각이 미치는 거리 안에는 이용할 수 있는 분기공도, 열점도 없다. 하지만 시엔에게는 메오브가 있다. 이 사랑스럽고, 묵직하고, 얇고 켜켜이 쌓여 있는 편암 덩어리가.

시엔은 아래로, 아래로 내려간다. 깊이, 더, 더 깊이. 언덕을 따라 메오브를 형성하고 있는 바위층에 도달해, 균열을 일으키기 가장 좋은 지점을 더듬어 찾는다. 무게를 지탱하는 중심축(fulcrum). 펄크럼. 그녀는 속으로 웃음을 터트린다. 찾았다. 됐어. 그리고 이제 저기, 배가 섬의 만곡부를 돌아 다가오고 있다. 좋았어.

시에나이트는 바위층에 존재하는 모든 열기와 극소량의 생명체를 끌어 모아 한 점으로 흡수한다. 하지만 습기는 여전히 남아 있고, 얼어붙은 얼음 입자가 팽창하며 미세한 틈새를 넓힌다. 시엔은 더 차게, 더욱 차게, 주변을 더욱 차갑게 얼리고, 더 많은 에너지를 빼앗고, 자신의 고리를 얇고 길쭉하게 늘려 빠른 속도로 회전시키며 잘 드는 고기칼처럼 바위 입자 안으로 밀어 넣는다. 그녀의 발 주위로 하얀 냉기가 둥그렇게 내려앉지만 바위 안쪽에서 자라고 있는 길고 예리한 얼음칼에 비하면 이건 아무것도 아니다.

드디어 적의 배가 원하는 지점에 도착한 순간, 시엔은 메오브 섬이 내어 준 힘을 원래 그것이 있었던 자리를 향해 단번에 내리찍는다.

절벽에서 쩍 하는 소리와 함께 커다랗고 길쭉한 돌기둥이 갈라진다. 찰나의 순간이나마 중력을 거부하는가 싶더니 곧 묵직하게 떨리는 신음을 울리며 옆으로 기울어지기 시작하고, 수면 바로 위에서 뚝 하고 부러져 떨어져 나간다. 시에나이트는 눈을 뜨고, 다리를 펴고 일어난 다음 섬의 반대편을 향해 달리기 시작한다. 서두르다가 하마터면 자신의 고리가 만든 빙판 바닥에 미끄러져 넘어질 뻔했다. 힘을 너무 많이 써서 지친 탓에 얼마 가지도 못하고 발걸음 늦추며 숨이 차서 욱신거리는 옆구리를 부여잡는다. 하지만 다행히도 시간에 맞출 수 있었다.

시엔이 부러뜨린 거대한 바위손가락은 적선을 정확하게 덮쳤다. 갑판은 산산조각 났고, 그녀는 선원들의 절박한 비명을 들으며 잔인하게 웃음 짓는다. 바닷물 속에서 사람들이 허우적거리고 있다. 대부분 다양한 복장을 하고 있다. 그렇다면 용병들이로군. 하지만 얼핏 진홍색 옷자락이 두 동강 난 선박의 반쪽과 함께 수면 밑으로 가라앉는 걸 본 것 같기도 하다.

"이것도 한번 수호해 보시지, 온몸에 녹병들어 죽을 식인종 새끼야."

시에나이트는 히죽 웃으며 알라배스터를 찾아 나선다.

밑으로 내려가자 그의 모습이 보인다. 홀로 거대한 한랭전선을 만들어 내고 있는 조그만 형체. 지금 이 순간 시엔은 그를 진심으로 경외한다. 알라배스터는 수많은 단점을 지니고 있지만 참으로 엄청난 존재다. 그때 갑자기 바다 쪽에서 낯선 굉음이 울리더니 알라배스터 주위에서 뭔가가 폭발하며 바위 파편과 검은 연기, 거센 바람과 압력이 그를 덮친다.

대포. 녹병삭을 대포다. 이논이 말해 준 적이 있다. 지난 몇 년 사이 적도권 항들이 사용하기 시작한 최신 발명품이라고 했다. 그래, 그러니까 당연히 수호자들에게도 대포가 있겠지. 시엔은 미친 듯이 팔다리를 내두르며 알라배스터를 향해 달려간다. 가슴이 쿵쾅거린다. 검은 연기에 가려 잘 보이지는 않지만 그가 쓰러졌다는 것쯤은 알 수 있다.

거리가 좁혀지자 부상당한 알라배스터가 보인다. 눈보라처럼 차갑던 바람은 사라졌다. 배스터는 수 미터에 달할 정도로 널찍한 얼음 테두리 안에서 바닥에 손과 무릎을 짚은 채 가까스로 몸을 지탱하고 있다. 시엔은 테두리 밖에서 발을 멈춘다. 배스터가 지금 제정신이 아니라면 그녀가 힘의 영역 안에 와 있다는 사실조차 모를 수도 있다.

"알라배스터!"

그가 몸을 꿈틀거린다. 힘겹게 신음하며 뭐라 중얼거리는 소리가 들린다. 얼마나 심하게 다친 걸까? 시에나이트는 원 바깥에서 서성이다 결국 위험을 무릅쓰고 그에게 다가간다. 배스터는 아직도 무릎을 세운 상태다. 머리는 힘없이 처져 있고, 발아래 돌덩이에 묻은 핏자국을 보자 시엔의 가슴이 철렁 내려앉는다.

"한 척은 내가 해치웠어요." 시엔이 다가가며 안심시키듯이 말한다. "이것도 내가 처리할게요. 당신이 벌써 끝낸 게 아니라면요."

허세다. 시엔은 자신에게 그럴 여력이 남아 있는지도 잘 모르겠다. 부디 배스터가 벌써 처리했기만을 바랄 뿐이다. 하지만 고개를 들어 바다를 내다보고는 속으로 거친 욕설을 내뱉는다. 아직 한 척이 남아 있다. 아무 손상도 입지 않고 멀쩡하게. 닻을 내리고 가만히 서 있는것 같다. 뭔가를 기다리면서. 뭘 기다리고 있는지는 알 수 없다.

"시엔." 배스터가 입을 달싹인다. 억지로 짜낸 듯이 긴장한 목소리다. 두려움. 아니면 다른 것 때문일까. "저들이 코루를 데려가지 못하게 하겠다고 약속해라. 무슨 일이 있어도 그것만은 막겠다고 내게 약속해."

"뭐요? 그걸 말이라고 해요? 당연하죠." 시엔이 더 가까이 다가가 옆에 쪼그려 앉는다. "배스터……."

그가 시엔을 올려다본다. 눈동자의 초점이 흐릿하다. 아마 대포 때문일 것이다. 이마에는 상처가 나 있고, 머리 부상이 그렇듯 피가 철철 흐르고 있다. 시엔은 배스터의 몸 상태를 살펴본다. 가슴을 만져 보고 더는 다친 곳이 없길 간절히 빌어 본다. 어쨌든 죽지 않았으니 대포알은 빗겨 간 모양이지만 혹시 날카로운 바위 파편이 튕겨 잘못된 곳에 박히기라도 하면……

그리고 그제서야 시엔은 깨닫는다. 배스터의 손과 손목, 무릎, 그리고 허벅지와 발목 사이의 다리 부분이…… 없다. 잘린 것도 아니고 대포알에 맞아 날아간 것도 아니다. 각 부위는 지면과 만나는 곳에서 완벽하게, 매끈하게 사라져 있다. 그리고 배스터는 단단한 땅바닥이 아니라 마치 물속에 빠진 것처럼 꿈틀대고 있다. 버둥거리고 있어. 그녀는 생각한다. 배스터는 몸을 일으켜 세울 수가 없을 만큼 지쳐 바닥에 무릎과 손을 짚고 있는 게 아니다. 그는 땅속으로 끌려 들어 가고 있다. 그의 의지에 반해.

스톤이터. 오, 빌어먹을 대지여.

시에나이트는 배스터의 어깨를 붙잡고 힘껏 잡아 당겨 보지만 그건 마치 땅속 깊이 박혀 있는 바위를 뽑으려는 것과 같다. 이상하게도 배스터도 훨씬 무거워진 것 같다. 살갗도 사람의 살처럼 느껴지지가 않는다. 어떻게 한 건지는 몰라도 스톤이터가 그의 몸을 돌처럼 딱딱하게 만들어 바위 속으로 끌어들이고 있고, 시엔은 그를 빼낼 수가 없다. 배스터는 숨을 쉴 때마다 조금씩 점점 더 땅속 깊이 가라앉고 있다. 이제 지면 밖으로 나와 있는 것은 어깨와 엉덩이뿐, 발은 보이지도 않는다.

"배스터를 놔 줘! 너 같은 건 땅속으로 꺼져 버려!"

그게 얼마나 역설적인 말인지는 그녀도 나중에야 깨닫게 되리라. 시엔은 의식을 바위 속으로 찔러 넣는다. 저 밑 어딘가에 있을 스톤이터를 찾아 땅속을 더듬어서……

저기 뭔가가 있다. 이제껏 한 번도 느껴 본 적 없는 낯선 것. 무게감. 중압감. 실제로 존재하기에는 너무 깊고, 견고하고, 거대하다. 결코 작지 않다. 마치 방대한 산이 하나 자리 잡고 있어, 그 인력(引力)으로 알라배스터를 끌어당기고 있는 것 같다. 알라배스터는 저항하고 있다. 그가 아직까지 완전히 삼켜지지 않은 이유는 오직 그것뿐이다. 하지만 그는 약하고 이 싸움에서 지고 있으며, 시엔은 그를 어떻게 구할 수 있을지 전혀 모르겠다. 스톤이터는 너무…… 너무 이질적인 존재다. 너무 크고, 너무 강대하고, 너무 이상해서…… 그러다 순간, 시엔은 하마터면 의식을 잃을 뻔했다는 사실을 깨닫고 흠칫 놀란다.

"약속해라."

알라배스터가 숨을 헐떡이며 말한다. 시엔은 다시금 그의 어깨에 매달려 무거운 바윗덩이 같은 몸뚱이를 안간힘을 다해 밀고, 당기고, 뭐든, 무엇이든 해 보려 하지만 꿈쩍도 하지 않는다.

"저들이 그 애한테 무슨 짓을 할지 알지, 시엔? 저렇게 강한 아이를, 내 자식, 펄크럼 밖에서 자란 저 아이한테 무슨 짓을 할지, 너는 알지?"

어두침침한 노드 관리소 안에 놓여 있던 철제 의자……. 생각하지 말자. 시엔이 아무리 애써 봐도 아무 소용도 없다. 알라배스터의 몸은 이제 거의 전부 지면 밑으로 사라졌고, 사력을 다해 어깨와 얼굴만 가까스로 내놓고 버티고 있을 뿐이다. 시엔은 되지도 않는 말을 중얼거리며, 흐느끼며, 그에게 대답할 말을 절박하게 찾는다.

"알아요. 약속할게요. 오, 빌어먹을, 배스터, 제발, 나…… 난 못해요. 혼자서는 안 돼요, 난……."

바위 위로 스톤이터의 손이 불쑥 나타난다. 희고, 단단하고, 끝이 불그스레하게 물든 손가락. 시에나이트는 그 괴물이 자신을 공격하는 줄 알고 새된 비명을 지르며 뒤로 물러나지만, 아니다. 손이 알라배스터의 뒤통수를 당황스러울 정도로 다정하고 부드럽게 감싼다. 거대한 산(山)이 그렇게 상냥할 수 있으리라고는 아무도 짐작하지 못하리라. 그러나 기실 그들은 정말로 무정하고, 손에 힘이 들어감과 동시에 알라배스터의 모습이 사라진다. 그의 어깨가 시엔의 손가락 사이로 빠져나간다. 그의 턱이, 입이, 그리고 마지막으로 잔뜩 겁에 질린 그의 눈이……

알라배스터가 가 버렸다.

홀로 남은 시엔은 차가운 돌바닥 위에 털썩 주저앉는다. 비명을 지른다. 눈물을 흘리며 흐느낀다. 방금 전까지 알라배스터의 머리가 있었던 바위 위로 눈물 방울이 떨어진다. 바위는 눈물에 젖지 않는다. 그저 작은 방울들을 사방으로 튀길 뿐이다.

그리고 그때, 시엔은 느낀다. 밑으로 잡아 당겨지는 느낌. 슬픔에 젖은 와중에도 화들짝 놀라 힘겹게 몸을 일으켜 벼랑 끝으로 향한다. 그리고 아직 남아 있던 배를 발견한다. 아니, 배들이다. 배스터가 바위 세례를 퍼부었던 배가 무슨 조화인지 균형을 되찾았다. 마술 같은 게 아니다. 마지막 남은 배 두 척이 떠 있는 수면이 얇은 얼음에 덮여 있다. 저 중 한 척에 수호자의 편에 서 있는 로가가 타고 있다. 최소한 네 반지는 되리라. 시엔은 지나치게 섬세하고 정확한 조산술을 감지한다. 저 정도로 넓게 주위를 얼릴 정도면……. 작은 돌고래 한 무리가 빠른 속도로 번져 가는 빙판을 피해 물 위를 첨벙거리며 달아난다. 잠시 후 돌고래 떼를 따라잡은 차가운 냉기가 작은 몸뚱이 위를 스멀스멀 기어오르더니 몸통의 절반은 수면 위에 나머지 절반은 물속에 잠긴 모습 그대로 꼼짝없이 얼려 버린다.

저렇게 많은 힘을 모아서 뭘 하려는 거지?

배스터가 세운 바위 벽의 한쪽 귀퉁이가 흔들린다.

"안 돼……."

시에나이트는 몸을 돌려 다시 달리기 시작한다. 숨이 턱 끝까지 차오른다. 그녀는 수호자의 보호를 받는 로가가 장벽의 기틀을 공격하는 것을 눈으로 본다기보다 감각으로 보닌다. 곡선을 그리고 있는 메오브 항의 형태에 맞춰 벽이 휘어 있는 부분은 확실히 다른 곳보다 더 취약하다. 로가는 그곳을 노릴 작정이다.

계단을 뛰어 내려 메오브 항으로, 그리고 다시 지상에 있는 항구까지 가는 길이 끝도 없이 느껴진다. 시에나이트는 이논이 그녀를 두고 갈까 봐 무서워 죽을 것 같다. 그도 지금쯤 무슨 일이 벌어지고 있는지 보닐 수 있을 테지. 하지만 오! 바위여, 감사합니다. 클랄수 호는 아직 제자리에 있고 그녀가 휘청이며 갑판 위로 뛰어 올라가자 몇몇 선원들이 시엔을 부축해 쓰러지기 전에 조심스럽게 바닥에 앉힌다. 그러고는 즉시 연결 발판을 걷고 돛을 펼친다.

"이논." 시엔이 숨을 헐떡거리며 간신히 속삭인다. "빨리 불러 줘요."

선원들은 시엔을 짐짝처럼 들어 옮겨 이논에게 데려간다. 그는 상갑판에서 한 손으로는 조타를 잡고 다른 한 손으로는 코루를 안고 있다. 시엔이 온 걸 알면서 쳐다보지도 않는다. 온 신경이 눈앞에 있는 장벽에 쏠려 있다. 벌써 위쪽에 구멍이 뚫려 있다. 시에나이트가 이논에게 다가간 순간, 최후의 일격이 쏟아진다. 벽이 갈라지고 큼지막한 돌덩어리들이 부서져 떨어져 내린다. 배가 급격히 흔들리지만 이논은 미동도 하지 않는다.

"저 자식들과 정면으로 붙을 거야." 이논이 엄숙하게 선언하고, 시엔은 가까운 의자에 털썩 주저앉는다. 클랄수 호가 부두에서 멀어져 간다. 모두가 전투에 나설 준비를 하고 있다. 투석기가 장전되고 손에는 투창을 쥔다. "먼저 항에서 멀리 유인해야 해. 남은 사람들이 낚싯배로 탈출할 시간을 벌어 줘야 하니까."

하지만 마을 사람들이 다 타기엔 배가 부족하잖아. 시엔은 지적하고 싶지만 굳이 말하지 않는다. 어차피 이논도 알고 있을 것이다.

클랄수가 적의 오로진이 장벽에 만든 좁은 틈새를 타고 넓은 공해로 나가자 수호자가 탄 배가 즉시 공격을 시작한다. 갑판 위에 연기가 일더니 휙 하는 소리와 함께 클랄수의 우현으로 뭔가가 순식간에 스쳐 지나간다. 대포알이다. 아슬아슬했다. 이논이 고함을 지르자 투석기를 맡은 선원들이 쇠사슬 바구니를 날려 보내고, 적선의 앞 돛대와 중앙 돛대가 우지끈 부러진다. 그다음에는 불타는 피치통이 포물선을 그리며 날아간다. 수호자가 탄 배의 갑판 위에서 몸에 불이 붙은 선원들이 발작을 일으키듯 뛰어다니는 것이 보인다. 수호자의 배가 메오브의 바위 장벽 쪽으로 기울고, 그새를 틈타 클랄수가 재빨리 옆을 빠져나간다. 이제 적선의 갑판은 화염에 휩싸여 있다.

하지만 충분히 거리를 벌리기도 전에 또다시 연기가 피어오르고, 쾅 하는 굉음이 울리고, 이번에는 클랄수가 포탄의 충격에 휘청거린다. 빌어먹을, 저 삭을 것을 얼마나 많이 갖고 있는 거야? 시엔은 의자에서 일어나 그 대포라는 것을 직접 보러 뱃전으로 뛰어간다. 하지만 저걸 어떻게 해결해야 할지는 전혀 모르겠다. 클랄수의 옆구리에 커다란 구멍이 나 있고 갑판 아래쪽에서 다급한 외침이 들린다. 그래도 배는 아직까지는 움직이고 있다.

시엔이 지금 보고 있는 것은 알라배스터가 바윗돌 세례를 퍼부었던 선박이다. 후갑판에 쌓여 있던 돌덩이들이 그새 어디로 갔는지 배가 멀쩡하게 물 위에 떠 있다. 대포는 어디 있는지 안 보이지만 뱃머리 근처에 세 인영이 보인다. 둘은 진홍색, 나머지 하나는 검은색 옷을 입고 있다. 시엔이 그들을 지켜보는 사이에 네 번째 진홍색 형체가 그들을 향해 다가간다.

그들 모두의 시선이 자신에게 꽂히는 게 느껴진다.

수호자가 탄 배가 살짝 방향을 바꾸자 두 배 사이의 간격이 다소 벌어지기 시작한다. 희망을 품은 것도 잠시, 다음 순간 시엔은 대포가 발사되는 장면을 직접 목격한다. 대포는 모두 세 대다. 크고 검은 쇳덩어리들이 우현 근처에 나란히 늘어서 있다. 포탄이 발사되는 순간, 포신이 덜컥 뒤로 밀려나더니 거의 동시에 다시 앞으로 튕겨 나간다. 잠시 후 쩍 하는 커다란 소리와 함께 날카로운 신음 소리가 나고, 클랄수 호가 거대한 쓰나미를 들이받기라도 한 것처럼 크게 휘청인다. 고개를 들어 보니 돛대가 활활 타오르고 있다. 그리고 그때부터 상황이 곤두박질치기 시작한다.

돛대가 불길한 소리를 내더니 도끼에 찍힌 나무처럼 쓰러지며 갑판을 강타한다. 선원들이 비명을 지른다. 배가 끽끽 신음하며 좌현으로 기울기 시작하고, 쓰러진 돛과 돛대의 무게가 거기에 하중을 더한다. 돛대에 밀려 물속으로 추락한 두 남자 선원들이 무거운 돛천과 밧줄, 나무에 깔려 뭉개지는 게 보인다. 오, 하지만 대지여. 시엔은 지금 그들을 생각할 여유가 없다. 그녀와 조타실 사이에 돛대가 쓰러져 있다. 이논과 코루가 저편에 있다.

수호자가 탄 배가 시시각각 거리를 좁혀 온다.

안 돼! 시에나이트는 해수에 의식을 뻗어 지치고 탈진한 그녀의 보님기관에 뭔가를, 제발 무언가라도 흡수하려 하지만, 아무것도 닿지 않는다. 그녀의 능력은 유리처럼 고요하다. 수호자가 너무 가까이 있다.

아무 생각도 나지 않는다. 시엔은 무너진 돛대를 타고 넘다 발에 두꺼운 밧줄이 엉켜 거의 영겁의 시간 동안 거기서 빠져나오려고 안간힘을 쓴다. 마침내 자유의 몸이 되었을 때에는 배 위에 탄 모든 선원들이 그녀를 향해 달려오고 있다. 유리검과 투창을 쥐고, 악을 쓰고 고함을 내지르며. 왜냐하면 수호자의 배가 여기 도착했고, 적들이 클랄수로 기어오르고 있기 때문이다.

안 돼.

시엔은 사방에서 사람들이 죽어 가는 소리를 듣는다. 수호자는 군대를 데려왔다. 그들을 고용한 향의 민병대거나 아니면 전용 군인들일 것이다. 이건 전투가 아니다. 이논의 부하들은 전투 경험도 많고 솜씨도 좋지만 평소에 그들의 상대는 싸움을 잘 모르는 상선이나 여객선이다. 가까스로 조타실에 도착하니 이논은 거기 없다. 아래 갑판으로 내려간 모양이다. 이논의 사촌인 이셀라가 민병대원의 얼굴을 유리검으로 긋는다. 병사가 휘청거리는가 싶더니 이내 몸을 세우고 이셀라의 배를 찌른다. 그녀가 쓰러지자 옆으로 거칠게 밀어 버리고, 이셀라의 몸이 다른 메오브 주민의 시신 위로 풀썩 떨어진다. 점점 더 많은 군인들이 갑판 위로 쏟아져 들어온다.

어딜 봐도 똑같다. 그들은 밀리고 있다.

시엔은 이논과 코루를 찾아야 한다.

갑판 밑은 거의 비어 있다. 다들 배를 방어하러 위로 올라갔기 때문이다. 하지만 시엔은 코루의 두려움이 만드는 떨림을 감지할 수 있고, 그것을 따라 이논의 선실로 달려간다. 그녀가 문 앞에 도달하자마자 문이 벌컥 열리고 칼을 쥔 이논이 나오다 하마터면 그녀를 찌를 뻔한다. 이논이 깜짝 놀라 손을 멈춘다. 시엔은 그의 등 너머로 격벽 아래 바구니 속에 담겨 있는 코루를 발견한다. 이론상으로 그곳은 이 배에서 가장 안전한 곳이다. 시엔이 멍청하게 서 있는 걸 본 이논이 그녀의 손을 붙들어 선실 안으로 밀어 넣는다.

"왜……."

"여기 있어. 난 가서 싸울 테니까, 당신은 당신이 해야 할 일을……."

이논은 말을 끝마치지 못한다. 누군가 그의 등 뒤에 불쑥 나타났기 때문이다. 너무 순식간에 일어난 일이라 이논에게 미처 알릴 틈도 없다. 웃통을 벗은 한 남자가 양손으로 이논의 머리를 붙잡고 마치 거미처럼 뺨 위로 손가락을 넓게 펼치며 시에나이트를 보고 씨익 웃는다.

그러더니 그는……

오, 대지여 이건……

시에나이트는 느낀다. 단순히 보님기관만 반응하는 게 아니라, 연마석 위에 온몸의 피부를 짓눌러 가는 것 같다. 온몸의 뼈가 부서지는 것 같다. 그건, 그것은, 이논의 모든 것을, 그가 지닌 모든 힘과 생기와 아름다움과 용맹함을 해롭고 흉악하게 만든다. 그의 모든 것을 증폭시킨 다음 다시 농축하여, 가장 잔인하고 악랄한 방식으로 그 자신에게 되돌아가게 만든다. 이논은 공포를 느낄 새도 없다. 이논이 망가지는 순간 시에나이트는 비명을 지를 새도 없다.

그것은 마치 흔들을 가까이서 보는 것과 같다. 땅이 갈라지고 쪼개지고 부서지고 으깨져 산산조각 나서 흩어지는 것을 보는 것 같다. 다만 이번에는 그 대상이 인간의 육신일 따름이다.

배스터, 이런 건 말 안 해 줬잖아요. 이런 거라고는 말 안 했잖아요.

이논이 생명 없는 살 덩어리가 되어 바닥에 늘어져 있다. 그를 살해한 수호자가 온몸에 피를 뒤집어쓴 채 히죽거린다.

“오, 아이야.” 누군가의 목소리가 말한다. 온몸의 피가 싸늘하게 굳는다. “여기 있었구나.”

“안 돼.”

시엔이 중얼거린다. 믿을 수 없는 현실을 부인하며 뒷걸음질 친다. 코루가 울고 있다. 뒤로 물러나던 발에 침대가 걸리고, 바닥을 더듬어 바구니를 찾아 코루를 품에 안아 든다. 아이는 달달 떨며 발작이라도 일으키듯 격렬하게 딸꾹질을 하며 그녀에게 매달린다.

“안 돼.”

상체를 드러낸 수호자가 한쪽으로 곁눈질을 하더니 몸을 움직여 누군가에게 공간을 내어 준다. 안 돼.

“그렇게 놀란 척할 필요는 없다, 다마야.” 샤파, 워런트의 수호자가 차분한 목소리로 말한다. 그러더니 문득 미안하다는 듯이 덧붙인다. “시에나이트.”

그를 본 지 수년이나 지났건만 그의 목소리는 조금도 변함이 없다. 얼굴도 마찬가지다. 샤파는 절대로 변하지 않는다. 심지어 지금도 얼굴에 미소를 띠고 있다. 비록 방금 전까지 이논이었던 곤죽이 된 형체를 보고 언짢은 표정을 짓기는 하지만 말이다. 샤파가 웃통을 벗은 수호자에게 눈길을 보낸다. 사내는 아직도 히죽거리고 있다. 샤파가 한숨을 쉬더니 다시 싱긋 웃는다. 그리고 두 수호자는 나란히 시엔을 돌아보며 끔찍하고 끔찍한 소름 끼치는 미소를 짓는다.

그녀는 돌아갈 수 없다. 돌아가지 않을 것이다.

“오호라, 그건 뭐지?” 샤파가 빙그레 웃는다. 그의 시선이 시엔의 팔에 안긴 코루에게 못 박혀 있다. “참 사랑스러운 아이구나. 알라배스터의 아이냐? 그렇다면 그도 살아 있는 거구나? 우린 모두 알라배스터를 보고 싶단다, 시에나이트. 그는 어디 있지?"

그녀는 너무 잘 길들여져 있다.

"스톤이터가 데려갔어요."

목소리가 떨리고 있다. 다시 뒤로 한 발짝 물러서려 하지만 뒤통수가 격벽에 부딪친다. 더 이상은 도망칠 곳이 없다.

시엔이 그를 알게 된 후 처음으로, 샤파가 뜻밖이라는 듯이 두 눈을 깜박인다.

"스톤…… 흐음." 그러고는 다시 냉정해진다. "그렇군. 놈들이 데려가기 전에 죽여 버렸어야 했는데. 물론 그에게 자비를 베풀기 위해서 말이다. 넌 놈들이 그에게 무슨 짓을 할지 상상도 못 할 거다, 시에나이트."

샤파가 또다시 싱긋 웃고, 시엔은 지금까지 그녀가 잊으려 노력했던 모든 것들을 떠올린다. 시엔은 또다시 혼자가 될 것이다. 팔렐라 근처 어디선가 그랬던 것처럼 무력감을 느끼게 될 것이다. 증오로 가득한 이 세상에, 아픔과 고통으로 감싼 사랑을 줄 사람 외에는 누구 하나 의지할 곳 없이 외로이 방황하게 될 것이다.

"하지만 알라배스터의 자식이라면 단순한 대체품 이상이 될 수 있겠지."

***

모든 것이 변하는 순간이 있다.

***

코루가 겁에 질려 울부짖는다. 어쩌면 아이는 아버지에게 무슨 일이 생겼는지 알고 있는지도 모른다. 아무리 달래도 소용이 없다.

"싫어." 시에나이트가 중얼거린다. "싫어, 싫어, 싫어."

샤파의 미소가 희미해진다.

"시에나이트, 내가 전에도 말했잖느냐. 나한테 절대로 싫다고 하지 말라고 말이다."

***

세상에서 가장 단단한 돌에도 금이 갈 수 있다. 그저 적절한 양의 힘을 적절한 각도로 가하기만 하면 된다. 압력과 취약점의 중심축에.

***

약속해라. 알라배스터는 말했다.

당신이 해야 할 일을 해. 이논은 그렇게 말하려 했다.

그래서 시에나이트는 말한다.

"싫어, 이 씨발자식아."

코루가 울고 있다. 시엔은 손바닥으로 아이의 코와 입을 덮는다. 울음을 그치게 하려고, 괜찮다고 안심시키려고. 그녀는 아이를 지킬 것이다. 그들이 아들을 데려가지 못하게 할 것이다. 아들을 노예로 만들고, 아이의 몸을 도구로 만들고, 아이의 마음을 무기로 만들고, 아이의 삶을 조잡하고 거짓된 자유의 모방품으로 만들지 못하게 할 것이다.

***

너는 아마 그런 순간들을 본능적으로 이해할 수 있겠지. 그게 우리의 본질이니까. 우리는 무거운 압력 속에서 태어나고, 그것을 견디지 못하게 되면……

***

샤파가 움직임을 멈춘다.

"시에나이트……."

"그건 내 이름이 아냐! 난 싫으면 싫다고 말할 거야, 이 후레자식아!"

그녀는 절규한다. 입에서 거품이 튄다. 그녀의 내면에는 아주 어둡고 무거운 것이, 스톤이터보다도 무겁고 산보다도 훨씬 무거운 것이 있어, 바닥에 뚫려 있는 끝없는 구멍처럼 모든 것을 먹어 치운다.

그녀가 사랑하는 모든 이들이 죽었다. 코루만 빼고. 만일 그들이 이 아이마저 데려간다면……

***

때로는 우리마저…… 깨지고 금이 간다.

***

아이가 노예처럼 사느니 살지 않는 게 낫다.

차라리 죽는 게 낫다.

그녀도 죽는 게 낫다. 알라배스터는 이 일로 그녀를 원망할 것이다. 그를 홀로 두고 떠났다고 원망할 것이다. 하지만 그는 여기에 없고, 삶과 생존은 같지 않다.

그래서 시엔은 뻗어 펼친다. 위로. 밖으로. 자수정이 저기 있다. 그녀의 머리 위에서 사자(死者)의 인내심을 발휘하며, 이 순간이 오리라는 것을 알고 있었다는 듯이 조용히 기다리고 있다.

그래서 시엔은 그것을 향해 뻗는다. 그녀에게는 무리라는 알라배스터의 말이 사실이길 바란다.

시엔의 의식이 보석처럼 영롱하게 빛나는 빛과 파동 속으로 녹아 들어간 순간 그녀가 무슨 짓을 하려는지 눈치 챈 샤파가 경악하며 그녀에게 몸을 던지고, 시엔의 억센 손바닥 밑에서 코루의 눈까풀이 파르르 떨리며 닫히고……

시엔은 고대의 미지의 힘 앞에 자신을 개방하고, 세상을 갈기갈기 찢는다.

***

여기 고요 대륙이 있다. 그리고 여기, 적도에서 조금 남쪽으로 내려와 동해안에서 약간 떨어진 곳에……

작은 섬이 하나 있다. 아주 드물게 수백 년이 넘게 살아온 수많은 자잘한 땅 조각 중 하나. 주민들의 지혜와 현명함에 힘입어 심지어 수천 년이 넘게 버텨 온 곳. 그리고 지금, 이 섬이 죽는다. 하지만 몇몇 주민들은 살아남아 다른 곳에서 삶을 이어 가게 될 테니 그걸로 네 기분이 조금이라도 나아지면 좋겠다.

하늘 높이 떠 있는 보랏빛 오벨리스크가 약동한다. 딱 한 번. 두근. 알리아가 죽던 날 그곳에 있던 사람들에게는 익숙할 거대한 힘의 파동이 번져 나간다. 그리고 그 잔향이 희미해질 무렵, 해저 바닥에 누워 있던 암반이 바닷물을 흩뿌리며 몸을 일으킨다. 날카로운 뾰족 기둥이 파도를 뚫고 솟구쳐 섬 주위를 떠다니던 배들을 가루로 만든다. 배에 타고 있던 수많은 사람들(일부는 해적, 일부는 그들의 적)이 찔려 죽고 거대한 죽음이 그들을 뒤덮는다.

섬에서 시작된 파장을 따라 메오브 항에서 폐허가 된 알리아에 이르기까지 무시무시하고 끔찍한 암석 창의 길이 뻗어 나간다. 섬과 육지를 잇는 바닷길이 난다. 사람들이 딱히 이용하고 싶은 길은 아니지만, 여하튼.

모든 죽음이 끝을 맺고 오벨리스크가 잠잠해졌을 무렵, 저 바다 위에 살아남은 이들은 한 줌도 되지 않는다. 그중 한 명, 한 여자가 난파선의 잔해 속에서 의식을 잃고 떠다니고 있다. 그리 멀지 않은 곳에는 조그마한 형체, 어린애가 얼굴을 물에 박은 채 둥둥 떠 있다.

생존자들이 그녀를 발견해 육지로 데려갈 것이다. 그곳에서 그녀는 갈 곳을 잃고, 자신을 잃고, 그 뒤로 2년간 방황할 것이다.

하지만 그녀는 혼자가 아니다. 내가 그녀를 발견했으니까. 자줏빛 오벨리스크가 맥동한 바로 그 순간, 전 세계에 그녀의 존재가 울려 퍼졌다. 거부하기엔 너무 큰 유혹, 부름, 희망. 수많은 동족들이 그녀를 찾아 몰려들었지만 가장 먼저 발견한 것은 나다. 나는 그들을 물리치고, 그녀의 뒤를 쫓으며, 지켜보고, 보호했다. 그녀가 티리모라는 작은 마을을 발견하고 행복, 아니면 적어도 안락한 삶을 향유하게 되었을 때에는 기뻤다. 적어도 한동안은 그랬다.

그리고 10년이 지나 그녀가 티리모를 떠났을 때에야 마침내 나의 존재를 알릴 수 있었다. 평소 우리가 자주 쓰는 평범한 방식은 아니다. 우리가 그녀의 종족에게서 추구하는 평범한 관계도 아니다. 하지만 그녀는 특별하다. 특별했다. 너는 특별했다, 특별하다.

나는 그녀에게 내 이름을 말해 주었다. 호아. 어디에 붙여도 좋은 이름이다.

이렇게 이야기가 시작되었다. 들을지어다. 배울지어다. 이것이 바로 세상이 변해 가는 방식이다.

23장

오롯한 너

카스트리마에는 반짝이는 구조물이 하나 있다. 커다란 달걀 모양 정동의 가장 낮은 곳에 있는데 자연물보다는 인공물로 보인다. 벽은 수정을 통째로 깎은 것이 아니라 여러 겹의 흰색 운모로 이뤄져 있고 표면에 무수한 수정 입자가 섬세하게 박혀 있어 아름다운 것은 물론 눈에 띄게 인상적이다. 도대체 누가, 왜, 이런 독특한 석재를 여기까지 갖고 내려와 언제든 아무 데나 자리 잡고 살 수 있는 공동주택 사이에 일부러 새 건물을 세웠는지는 알 수가 없다. 너는 묻지 않았다. 관심도 없다.

러나는 너를 따라온다. 지금 네가 가는 곳은 이 향의 공식 병원이고, 네가 만나러 가는 사람은 그의 환자이기 때문이다. 하지만 문 앞에 도달하자 너는 러나의 앞을 가로막는다. 네 얼굴에서 경고의 말이라도 읽었는지 러나는 네가 혼자 들어가겠다고 하자 말리지 않는다.

너는 천천히 문간을 지나 안으로 들어가다 널찍한 중앙 병실 안쪽에서 스톤이터를 본 순간 우뚝 멈춰 선다. 안티모니. 알라배스터가 붙여 준 이름. 한동안 까맣게 잊고 있었다. 그녀가 무심한 눈길로 너를 힐끗 쳐다본다. 불그스레한 손가락 끝과 검은 "머리칼", 그리고 그 눈을 제외하면 병실의 흰 벽과 거의 구분도 가지 않을 정도다. 12년 전, 메오브가 사라진 날 봤을 때와 조금도 변함없는 모습이다. 하지만 안티모니의 종족에게 12년은 아무것도 아니다.

너는 그녀에게 고개를 끄덕여 아는 척을 한다. 그래야 예의 바른 행동이고 네 안에는 아직 펄크럼에서 자란 여자아이가 조금은 남아 있기 때문이다. 상대방을 얼마나 싫어하든 간에 어쨌든 겉으로는 깍듯하게 굴 수 있다.

그녀가 말한다.

"다가오지 마."

안티모니는 네게 말하는 게 아니다. 너는 고개를 돌린다. 호아가 네 뒤에 서 있다. 어디서 나타난 걸까? 호아는 안티모니처럼 한 자리에 선 채 꼼짝도 하지 않는다. 어색할 정도로 미동 하나 없다. 너는 그제야 그가 숨을 쉬지 않는다는 것을 깨닫는다. 너와 처음 만났을 때부터 줄곧 그랬다. 삭아빠질, 어떻게 그걸 몰랐을 수가 있지? 호아는 이카의 스톤이터에게 그랬던 것처럼 명백한 적개심을 이글거리며 안티모니를 노려본다. 어쩌면 스톤이터들은 동족을 좋아하지 않는 모양이다. 서로 얼굴을 맞대고 만나는 게 영 불편한 모양이지.

"난 그 사람한테 관심 없어." 호아가 말한다.

안티모니의 시선이 네게로 향한다. 그러고는 다시 호아를 본다.

"난 그 사람 때문에 저 여자에게 관심이 있는 것뿐이야."

호아는 아무 말도 하지 않는다. 안티모니의 말을 곱씹는 중인가 보다. 그건 휴전을 제의하는 것일 수도 있고 아니면 소유권 주장일 수도 있다. 너는 고개를 흔들며 둘을 무시하고 걸음을 옮긴다.

병실 안쪽, 높게 쌓인 쿠션과 담요 더미 위에 어두운 형체 하나가 누워 쌕쌕거리는 소리를 내고 있다. 네가 다가가자 몸을 뒤척이는가 싶더니 천천히 고개를 든다. 팔을 뻗으면 닿을 거리에 이르렀을 무렵, 그의 얼굴을 보자 가슴이 벅차오른다. 모든 것이 변했다. 그러나 그의 눈만은, 그의 눈빛만은 변하지 않았다.

"시엔." 낮게 잠겨 갈라진 목소리다.

"에쑨이에요." 너는 반사적으로 응수한다.

그가 고개를 끄덕인다. 갑작스럽게 움직이는 바람에 통증이 엄습했는지 눈을 질끈 감는다. 그러고는 긴장을 풀려는 듯이 숨을 길게 들이마시고 다소 기운을 차린다.

"네가 죽지 않았다는 건 알고 있었다."

"그럼 왜 날 찾지 않았어요?"

"나대로 처리해야 할 문제가 있었거든."

알라배스터가 설핏 웃는다. 커다란 화상 자국이 있는 그의 왼쪽 얼굴이 찌그러지자 주름이 접히는 소리가 들리는 것 같다. 그는 안티모니에게 잠깐 시선을 돌렸다가, 마치 스톤이터처럼 아주 천천히 다시 네게로 고개를 돌린다.

(시에나이트, 그녀에게로.)

네게로, 에쑨. 빌어먹을. 네가 진짜 누구인지 알 수 있다면 정말 좋을 텐데.

"바쁘기도 했고."

알라배스터가 오른팔을 들어 올린다. 그의 팔은 윗팔 중간에서 갑자기 끝나 있다. 그가 윗몸을 발가벗고 있는 덕분에 너는 모든 것을 환히 볼 수 있다. 그의 몸뚱이는 이제 얼마 남아 있지 않다. 몸의 상당 부분이 사라지고 없다. 그에게서는 피와 고름과 오줌과 고기 익는 냄새가 난다. 하지만 알라배스터는 유메네스의 화염과 열기에 팔을 잃은 것이 아니다. 적어도 직접적으로는 아니다. 그의 남은 팔은 뭔가 단단한 갈색 물질로 덮여 있다. 피부가 아니다. 피부라기에는 너무 단단하고, 분필처럼 균일한 색을 유지하고 있다.

돌이다. 그의 팔이 돌로 변해 있다. 대부분은 사라졌고, 남은 팔의 끄트머리에는……

이빨 자국이 나 있다. 이빨 자국이 틀림없다. 너는 고개를 홱 돌려 안티모니를 쳐다본다. 다이아몬드가 번득이던 미소가 떠오른다.

"너도 바빴다고 들었다."

너는 고개를 끄덕이며 마지못해 스톤이터에게서 시선을 거둔다.(너는 이제 그들이 무슨 돌을 먹는지 알게 되었다.)

"메오브를 떠난 뒤에……." 어떻게 설명해야 할지 모르겠다. 너무나도 깊은 비참한 애통함 속에서도 너는 참고, 또 참아야 한다. "난 달라져야 했어요."

대체 뭐라고 하는 건지. 하지만 알라배스터는 이해한다는 듯한 가냘픈 신음으로 응답한다.

"적어도 자유롭게 살았구나."

네가 누구인지 숨기고 감추는 것을 자유라고 부를 수 있다면.

"그래요."

"정착도 했고?"

"결혼도 했죠. 자식도 둘이나 낳고."

알라배스터는 아무 말도 없다. 불타고 그을린 화상 자국과 갈색 석질이 얼굴 곳곳을 덮고 있어 그가 미소를 짓고 있는지 아니면 얼굴을 찌푸리고 있는지 구분할 길이 없다. 후자일 거라는 생각에 너는 이렇게 덧붙인다.

"두 아이 모두…… 나와 같았어요. 나는…… 내 남편은……."

한번 입 밖에 나온 말은 기억이 하지 못한 일을 해낸다. 그것을 현실로 만든다. 그래서 너는 거기서 멈춘다.

"네가 왜 코런덤을 죽였는지 이해한다." 알라배스터가 속삭이듯이 부드럽게 말한다. 그리고 네가 불의의 공격에 극심한 타격을 입고 휘청거리는 순간, 마지막으로 너의 숨통을 끊는다. "하지만 나는 평생 너를 용서하지 않을 거다."

빌어먹을. 저주받을 자식. 저주받을 너.

네가 대답하기까지는 한참의 시간이 걸린다.

"날 죽이고 싶대도 이해해요." 너는 가까스로 대꾸한다. 입술을 축인다. 마른침을 삼킨다. 단어를 토한다. "하지만 그 전에 내 남편부터 죽이게 해 줘요."

알라배스터가 바람 소리 나는 한숨을 흘린다.

"네 아이들을……."

너는 고개를 끄덕인다. 지금 나쑨이 살아 있다는 사실은 중요하지 않다. 지자는 그녀에게서 딸을 빼앗아 갔다. 그것만으로도 모욕

적이다.

"난 널 죽이지 않을 거다, 시…… 에쑨." 알라배스터는 피곤해 보인다. 네가 낸 안도의 한숨도 아니고 실망의 탄식도 아닌 신음을 들은 것 같지도 않다. "할 수 있다고 해도 하지 않아."

"설마……."

"지금은 할 수 있느냐?" 그는 늘 그렇듯이 네가 가장 혼란스럽고 당황해 있을 때 기습을 날린다. 망가진 몸뚱이만 빼면 정말이지 예전과 달라진 게 하나도 없다. "알리아에서 넌 가넷을 끌어 올렸지만 그건 반쯤 죽어 있었지. 메오브에서는 자수정을 이용했지만 그땐…… 극한적인 상황이었고. 만약에 지금 다시 시도한다면 할 수 있을 것 같으냐?"

"난……."

넌 이해하고 싶지 않다. 그러나 이제 네 시선은 망가진 옛 스승, 연인, 친구의 끔찍한 모습에서 벗어나 그의 옆에, 뒤에, 벽에 기대서 있는 이상한 물체에 고정된다. 유리칼처럼 보이지만 실생활에 사용하기엔 칼날이 너무 길고 넓다. 칼날이 무식할 정도로 길어서 그런지 손잡이도 엄청나게 크고, 누군가 그걸 이용해 고기를 썰거나 매듭을 자르려고 하면 커다란 칼막이가 거치적거릴 테다. 그건 유리칼이 아니다. 최소한 네가 알고 있는 어떤 유리로도 만들어져 있지 않다. 그건 분홍색이다. 거의 붉은색에 가까운……

그리고. 너는 그것을 물끄러미 응시한다. 그 안을 들여다본다. 뭔가가 너를 안으로, 밑으로 끌어당긴다. 너는 추락한다. 위로. 위로 추락한다. 끝이 보이지 않는 분홍색 다면체 빛기둥 속으로……

너는 놀라 숨을 헉 들이켜며 가까스로 다시 네 자신으로 돌아와 알라배스터를 노려본다. 그가 고통스러운 얼굴로 미소를 지어 보인다.

"스피넬(첨정석, 尖晶石)이다." 알라배스터가 네 놀라움을 확인해 주듯이 설명한다. "저건 내 거야. 네 것은 아직 만들지 않았니? 네가 부르면 오벨리스크가 오느냐?"

너는 이해하고 싶지 않지만, 이해한다. 믿고 싶지 않지만, 아, 그러나 너는 항상 알고 있었다.

"북쪽에 균열을 일으킨 게 당신이군요." 너는 가쁘게 숨을 내뱉는다. 굳게 쥔 주먹에 힘이 들어간다. "당신이 대륙을 갈라 놨어. 당신이 계절을 일으켰어. 오벨리스크를 이용해서! 당신이! 이…… 모든 일의 원흉이야."

"그래. 오벨리스크를 이용했다. 노드 관리자들의 도움도 받았지. 그들은 이제 모두 안식에 들었다." 그가 목에서 쉭쉭 거친 숨소리를 내며 말한다. "날 좀 도와줘야겠다."

너는 반사적으로 고개를 도리질한다. 하지만 그건 거절의 뜻이 아니다.

"이 사태를 해결하려고요?"

"오, 아니다, 시엔."

너는 그에게 이름을 잘못 불렀다고 무안을 주지 않는다. 그의 기쁜 듯한, 거의 해골에 가까운 얼굴에서 시선을 뗄 수가 없다. 벌어진 입술 사이로 보이는 치아는 벌써 돌로 변해 있다. 아직 멀쩡한 신체 장기가 얼마나 남았을까? 이 상태로 얼마나 오래 살 수…… 버틸 수 있을까?

"해결하려는 게 아니다." 알라배스터가 말한다. "계절을 일으키려던 건 아니었어. 그건 부수적인 피해였지. 하지만 유메네스는 그런 벌을 받아 마땅했어. 내가 부탁하고 싶은 건, 나의 다마야, 나의 시에나이트, 나의 에쑨, 사태를 더 악화시키는 거란다."

너는 할 말을 잃고 그를 노려본다. 알라배스터가 몸을 바짝 기울인다. 필시 고통스러우리라. 그의 살이 늘어나고 삐그덕거리는 소리가 들린다. 그의 몸속 곳곳에 박혀 있는 돌들이 눌려 금이 가고 갈라지는 소리가 들린다. 그러나 알라배스터는 그녀에게 몸을 들이댄 채 다시 빙그레 웃는다. 그리고 너는 깨닫는다. 지랄맞고 사악한 대지여, 그는 전혀 미치지 않았다. 그는 한 번도 미친 적이 없다.

"말해 봐라. 달이라는 것에 대해 들어 본 적이 있느냐?"

부록 I : 계절

산제 적도 동맹의 건국 전후에 발생한 다섯 번째 계절에 관한 기록

최근의 계절부터 오래된 순서대로 나열

질식(窒息)의 계절【제국력 2714년~2719년】

- 직접 원인: 화산 분출
- 발생 위치: 디버테리스 근방 남극권
- 아콕 산의 분화로 인해 800킬로미터 반경 지역이 낙진과 화산재 구름에 뒤덮이고, 사람들의 폐와 점막이 딱딱하게 굳어 호흡 장애를 일으켰다. 햇빛이 비치지 않는 기간이 5년 동안 지속되었지만 북반구의 피해는 상대적으로 적었다(2년).

산성(酸性)의 계절【제국력 2322년~2392년】

- 직접 원인: 진도10 이상의 대지진
- 발생 위치: 불명. 먼 해역(海域)
- 지각판의 급작스러운 이동으로 인해 주요 제트기류가 지나가는 길목에 일련의 화산대가 출현했다. 이에 영향을 받아 산성화된 제트기류가 서해안으로 이동하였고 결과적으로 대륙 전반으로 퍼져 나갔다. 계절 초반 대부분의 해안지방 향이 쓰나미에 휩쓸렸으며, 이후 항만 시설 및 선박들이 부식되고 물고기의 수가 줄면서 남은 향들도 다른 곳으로 이전하거나 끝내 생존하지 못했다. 화산재 구름이 7년 동안 신선한 대기의 유입을 차단하였으며, 해안지방의 ph농도는 이후 수년 동안 인간의 거주에 적합한 가능한 수준까지 회복되지 못했다.

부글의 계절[제국력 1842년~1845년]

- 직접 원인: 대형 호수 밑에 위치한 열점의 분출
- 발생 위치: 북중위지방, 테카리스 호수 사향주
- 열점이 폭발하여 수백만 갤런의 수증기와 분진이 공기 중에 분출되었으며, 이후 3년간 남반구 지역에 산성비가 내리고 극심한 대기오염이 지속되었다. 그러나 북반구의 피해는 그 절반 수준에도 미치지 못했기 때문에 이 시기를 '진정한' 계절로 분류할 수 있을지에 대해서는 아직도 고하학자들 사이에서 의견이 분분하다.

숨가쁨의 계절[제국력 1689년~1798년]

- 직접 원인: 광산 사고
- 발생 위치: 북중위지방, 사스 사향주
- 인재(人災)가 일으킨 계절로, 북중위지방 동북부 탄전(炭田)에서 일하던 광부들이 발생시킨 지중 화재로 인해 촉발됐다. 비교적 온화한 계절이었으며, 때때로 햇빛이 비치기도 했고 중심 지역을 제외하면 낙진이나 토양의 산성화도 발생하지 않았다. 계절령을 선포한 향도 거의 없었다. 처음 천연가스가 폭발한 후 화염이 지하 공간을 통해 빠른 속도로 번짐으로 인해 함몰공이 무너져 헬다인 시(市)에서 약 1400만 명이 사망했으며, 이후 제국 오로진이 화재를 진압하고 주변 지역을 봉쇄하여 사고가 확산되는 것을 막았다. 중심 지역은 격리된 뒤에도 약 120년 동안 계속해서 불탔다. 그로 인해 발생한 연기가 탁월풍을 타고 확산되어 호흡기 장애를 유발했고, 이후 수십 년에 걸쳐 때때로 해당 지역에서 대규모의 호흡 곤란 증세가 발생했다. 이 사건으로 북중위지방의 탄전이 상실돼 연료용 땔감 가격이 천정부지로 치솟았고, 그 부수적 결과로 지열 및 수력 발전을 이용한 난방이 널리 보급되었다. 지공학 자격 협회가 설립된 발단이 되었다.

이빨의 계절[제국력1553년~1566년]

- 직접 원인: 해양 지진으로 인한 초화산 분화
- 발생 위치: 북극권 결함틈
- 해양 흔들이 북극점 근방에 있던 알려지지 않은 열점을 자극하여 초화산이 폭발했다. 목격자들의 증언에 따르면 그 폭발음이 남극 지방까지 들렸다고 한다. 북극권이 가장 큰 피해를 입었지만 화산 분진이 상층 대기권까지 상승하여 빠른 속도로 행성 전체로

확산되었다. 많은 향에서 계절에 대한 대비가 미흡했던 까닭에 다른 계절보다 유독 피해가 극심했는데, 이는 그 전까지 약 900년 동안 계절이 발생하지 않았기 때문이다. 당시에는 다섯 번째 계절이 전설에 불과하다는 믿음이 널리 퍼져 있었다. 북쪽에서 시작된 식인 풍습이 널리 적도권까지 전파되었다는 기록이 발견된다. 이빨의 계절이 끝난 직후 유메네스에 펄크럼이 설립되었고, 북극 및 남극권에는 위성지부가 설치되었다.

곰팡이의 계절【제국력 602년】

- 직접 원인: 화산 분화
- 발생 위치: 적도권 서부
- 우기철에 일련의 화산이 분화하여 습도가 급증하고 6개월 동안 대륙의 약 20퍼센트 지역에 일조량이 감소했다. 비교적 온화한 계절에 속하나, 시기상 곰팡이 번식에 완벽한 조건이 형성되어 적도권을 비롯해 북부 및 남부 중위 지방에 곰팡이가 급속도로 번식하여 당시 중요 작물이었던 미로크(현재는 멸종)가 큰 피해를 입는다. 이후 4년 동안 기근이 지속되었다(곰팡이균 병충해가 지속된 2년, 이후 농업 및 식량공급 체제가 회복되기까지 걸린 2년). 이 기간 동안 곰팡이균의 피해를 입은 거의 모든 향이 생존에 성공하여 제국의 개혁안 및 계절 대비책이 효과적임을 입증했다. 그 결과 중위 지방 및 해안지역 향들이 자발적으로 제국에 편입하여 영토가 두 배 이상 확장되고 제국의 황금기가 시작되었다.

광기(狂氣)의 계절【제국력 전(前) 3년~제국력 7년】

- 직접 원인: 화산 분화
- 발생 위치: 키아시 트랩
- 노령 초화산의 분기공 지대가 폭발하여(약 1만 년 전에 발생한 쌍둥이 계절의 원인으로 추정) 감람석 및 화산쇄설물이 대기 중에 다량 분출되었다. 이후 10년간 지속된 암흑기로 인해 다른 계절처럼 자연환경이 피폐해졌고, 무엇보다 정신병 발생률이 현저하게 증가했다. 유메네스의 군 지도자 베리쉬가 심리전을 활용해 주변 향을 다수 정복함으로써(『광기병법(편저, 제6대학 출판사)』 참고) 산제 적도 동맹('산제 제국'이라고도 불림)이 탄생했다. 어둠이 물러가고 첫 햇살이 비친 날, 베리쉬가 황제로 즉위했다.

편집자의 글: 산제 제국이 건립되기 전 발생한 계절에 대한 정보는 상당수가 상호 모순되거나 정확히 증명된 바 없다. 다음은 2532년 제7대학 고하학 학회에서 인정한 계절들이다.

방랑(放浪)의 계절[제국력 전 약 800년]

- 직접 원인: 자기극점(磁氣極點)의 이동
- 발생 위치: 확인 불가
- 당대의 중요한 교역용 곡물 중 일부가 이 계절에 멸종했으며, 진북점(眞北點)의 이동으로 인해 꽃가루 매개 곤충 및 동물들이 방향 감각에 혼란을 겪어 약 20년간 긴 기근이 지속되었다.

바람의 계절[제국력 전 약 1900년]

- 직접 원인: 불명
- 발생 위치: 확인 불가
- 원인 불명의 이유로 탁월풍의 방향이 수년간 변화했다. 대기 폐색이 발생하지 않았음에도 학자들은 이 시기를 계절로 인정하는데, 이는 오로지(아마 먼 해역에서 발생했을) 대규모 지진 활동만이 이러한 현상을 유발할 수 있기 때문이다.

중금속(重金屬)의 계절[제국력 전 약 4200년]

- 직접 원인: 화산 분화
- 발생 위치: 남중위지방 동해안 근방
- 화산(이르가 산으로 추정)이 분화하여 약 10년간 대기의 흐름이 멈추고 고요 대륙의 동쪽 절반에 심각한 수은 오염이 발생했다.

누른 바다[黃海]의 계절[제국력 전 약 9200년]

- 직접 원인: 불명
- 발생 위치: 동부 및 서부 해안지방과 남극권까지 이르는 해안가
- 적도권 유적지에서 발견된 기록으로만 남아 있다. 원인 불명의 이유로 거의 모든 바다 생물이 독성 바이러스에 중독되어 해안지방이 수십 년 동안 기근에 시달렸다.

쌍둥이 계절[제국력 전 약 9800년]

- 직접 원인: 화산 분화
- 발생 위치: 남중위지방
- 당대의 구전역사 및 노래에 따르면 화산 분화로 인해 대기 폐색이 3년간 지속되었다. 낙진구름이 걷힐 즈음 다른 분화구에서 두 번째 분출이 발생해 그 뒤로 30년간 대기 폐색이 이어졌다.

부록 II : 용어

고요 대륙 전역의 사향주에서 사용되는 공용 단어 모음

결함층(缺陷層, Fault)

지각변동으로 인해 심각한 흔들이나 불쾅이 자주 발생하기 쉬운 곳.

계절령(季節令, Seasonal Law)

일종의 계엄령. 향장이나 사향주 지사, 지방 총독, 혹은 명망 있는 유메네스 지도자라면 누구나 선포할 수 있다. 계절령이 내려지면 사향주 및 지방 행정 업무가 중단되고 각 향이 독립적인 사회정치 단위로 기능하게 된다. 다만 제국의 정책에 따라 다른 주변 향과의 협력이 강력히 권고된다.

남극권(南極圈, Antarctics)

위도상 고요 대륙의 최남단 지역. 남극권 향 출신의 사람들을 일컬어 '남극인'이라고 부른다.

내항자(內抗者, Resistant)

일곱 가지 기본 쓰임새신분 중 하나. 기근이나 역병을 견디고 살아남는 능력을 기반으로 선발된다. 계절이 오면 병약한 이들을 돌보고 시신을 처리하는 역할을 맡는다.

노드(接續點, Node)

제국이 지진 활동을 줄이거나 가라앉히기 위해 고요 대륙 전체에 설치한 기지망(基地網). 펄크럼에서 훈련받은 오로진은 상대적으로 수가 적기 때문에 주로 적도권에 몰려 있다.

노변집(路邊-, Roadhouse)

모든 제국도로와 다른 간선도로 곳곳에 설치되어 있는 시설. 모든 노변집은 수원(水原)과 더불어 근처에 경작이 가능한 땅이나 숲, 기타 유용한 자원을 갖추고 있다. 대부분 지진 활동이 최소한으로 적은 곳에 세워진다.

녹지(綠地, Green land)

돌의 가르침에 따라 향의 장벽 안쪽 또는 바깥쪽에 마련되어 있는 휴한지. 녹지 구역은 농경지나 목축지로 사용되기도 하고, 공원으로 이용하거나 계절에 대비해 공터로 놔두기도 한다. 향과는 별개로 가정용 녹지나 정원을 갖고 있는 집들도 많다.

다섯 번째 계절(Fifth Season)

(제국의 정의에 의하면) 지진 활동이나 다른 대규모 환경 변화로 인해 겨울이 최소 6개월 이상 지속되는 현상.

둔대가리(stillhead)

오로진이 조산력을 지니고 있지 않은 사람들을 비하할 때 부르는 말. 보통 줄여서 '둔치'라고 부른다.

멜라(Mela)

중위지방에서 자라는 식물. 적도권에서 자라는 멜론과 친척이다. 땅에서 자라는 덩굴식물로, 보통 땅 위에서 열매를 맺지만 계절이 오면 덩이줄기 식물로 변해 땅속에서 열매를 맺는다. 어떤 종은 곤충을 꾀어 잡아먹는 꽃을 피운다.

무향민(無鄕民)

어떤 향에서도 받아 주지 않는 범죄자 또는 기타 부적격자.

반지(斑指, Ring)

제국 오로진의 등급을 나타내는 단위. 아직 반지가 없는 수련생은 일련의 시험을 통과해야만 첫 번째 반지를 얻을 수 있다. 열 반지는 제국 오로진이 도달할 수 있는 최상의 경지다. 열 개의 반지는 각각 준보석을 세공해 만들어진다.

번식사(繁殖使, Breeder)

일곱 가지 기본 쓰임새신분 중 하나. 보통 육체적으로 건강하고 매력적인 사람들이 번식사로 선택된다. 계절이 왔을 때 이들의 임무는 선택적인 교배를 통해 우수한 혈통을 유지하고 자신이 소속된 향이나 민족을 발전 또는 개량하는 것이다. 번식사 쓰임새신분으로 태어났으나 공동체의 번식사 기준에 미달하는 이들은 향명식 때 가까운 친척의 쓰임새신분을 사용할 수 있다.

보님(sesuna)

땅의 움직임을 인식하는 것. 이러한 기능을 담당하는 감각기관을 '보님기관(sessapinae)'이라고 부르며 뇌관에 위치해 있다. 동사는 '보니다(sess)'.

보육학교(保育學校, Creche)

부모가 향에 필요한 일을 하는 동안 아직 어려 일을 하지 못하는 어린아이들을 맡아 돌봐주는 곳. 상황에 따라 교육 시설로도 기능한다.

붕괴지대(崩壞地代, Shatterland)

최근에 발생하거나 극심한 지진 활동으로 인해 무너지거나 변형된 지역.

부글(溫泉, boil)

간헐천, 온천 또는 증기 분출구.

북극권(北極圈, Arctics)

위도상 대륙의 최북단 지역. 북극권 향 출신을 일컬어 '북극인'이라고 부른다.

불쾅(火山, blow)

화산. 일부 해안지방에서는 '불산'이라고도 부른다.

비상자루(Runny-sack)

흔들이나 그 외의 비상상황에 대비하여 사람들이 집에 준비해 놓는 작고 운반하기 쉬운 비축 물자.

비축품(備蓄品, cache)

저장 식량 및 물자. 고요 대륙의 향은 다섯 번째 계절에 대비해 비축고를 짓고, 항상 빗장을 걸고 경비를 세워 단단히 보호한다. 비축품을 배급받을 권리는 향의 구성원으로 인정받은 이들에게만 있지만 성인(成人)들은 아직 향명을 받지 못한 어린이나 다른 성인들에게 자신이 받은 배급 물자를 나눠 줄 수 있다. 집집마다 따로 가정용 비축고를 갖추고 있는 경우가 많지만, 이런 경우 가족 외의 외부인에게는 철저하게 비밀로 유지한다.

사향주(四鄕州, Quartent)

제국 통치 체제의 중간 단위. 지리적으로 인접한 네 개의 향으로 구성된다. 사향주에는 사향주 지사(知事)가 있어 각각의 향장으로부터 보고를 받고, 사향주 지사는 이를 다시 지방 총독에게 보고한다. 사향주에 속한 네 개의 향 중에서 가장 큰 향이 수도가 되며, 규모가 큰 사향주는 모두 제국도로를 통해 연결되어 있다.

산제(Sanze)

과거 적도권에 존재했던 국가(國家, 제국이 세워지기 전에 존재했던 옛 정치 체제 단위). 산제 족의 기원이다. 광기의 계절 말기에(제국력 7년) 산제국(國)이 없어지고 베리쉬, 유메네스의 지도층 황제의 이름하에 '산제 적도 동맹'으로 새로이 탄생했다. 산제 족이 대부분을 차지하고 있던 여섯 개의 산제 향으로 이뤄진 산제 동맹은 계절의 여파를 타고 빠른 속도로 영토를 확장해 갔고, 마침내 제국력 800년에는 고요 대륙의 모든 지방을 점령한다. 이빨의 계절이 닥쳤을 무렵에는 구(舊) 산제 제국, 또는 구 산제라고 불리게 되었다. 제국력 1850년에 쉴틴 협약이 체결됨에 따라 산제 동맹은 공식적으로 소멸한다. 이는 계절이 닥쳤을 때 각 지방이 (유메네스 지도층의 지도 아래) 자율적으로 통치하는 편이 더욱 효율적이라고 여겨졌기 때문이다. 실제로 대부분의 향이 행정, 재정, 교육 및 그 외 다른 분야에 있어 계속해서 제국식 체제를 따르고 있으며 지방 총독들 또한 대부분 여전히 유메네스에 세금을 바치고 있다.

산제어(Sanze-mat)

산제 족이 사용하는 언어. 구 산제 제국의 공식 언어이며 현재 고요 대륙의 대부분 지방에서 사용되는 공용어이다.

산제인(Sanzed)

산제 족에 속하는 사람. 유메네스의 번식사 기준에 따르면 이상적인 산제인은 구릿빛 피부와 회발, 중배엽 또는 내배엽형 체형을 갖추고 있고 키는 최소한 180센티미터 이상이어야 한다.

세박인(Cebaki)

세박 민족을 일컫는 말. 세박은 한때 남중위지방에 존재했던 국가였지만 수백 년 전 구 산제 제국에게 정복된 후 사향주로 개편되었다.

쇄공인(碎工人, Knapper)

소도구를 만드는 장인. 돌이나 유리, 뼈 등의 재료를 이용한다. 대형 향에서 일하는 쇄공인은 기계나 대량생산 기술을 활용하기도 한다. 금속을 다루거나 솜씨가 형편없는 쇄공인은 속칭 '녹장이'라고 불린다.

쇠의 가르침(金屬傳承, Metallore)

연금술이나 천측학(天測學)처럼 신빙성이 없다고 여겨져 제7대학에서 학문으로 인정하지 않는 유사과학.

수호자(守護者, Guardian)

펄크럼보다 먼저 창설되었다고 알려진 특수 단체의 구성원. 수호자는 고요 대륙에 사는 오로진을 추적하고 보호하고 견제하고 지도한다.

스톤이터(食岩人, Stone eater)

매우 드물게 목격되는 인간형 지적 생명체로 머리카락이나 피부 등이 돌과 유사하다. 이들에 관한 정보는 거의 없다.

신생향(新生鄕, Newcomm)

아직 계절을 한 번도 겪지 않은 향을 부르는 속칭. 계절을 한번 이상 버텨 낸 향은 강인함과 효율성을 입증한 셈이므로 대개 더 살기 좋은 곳으로 여겨진다.

쓰임새명(Use Name)

대부분의 주민들이 갖고 있는 두 번째 이름. 그들이 속한 쓰임새신분을 의미한다. 공식적으로 인정되는 쓰임새신분은 전부 스무 개지만, 현재 그리고 구 산제 제국에서 흔히 사용되는 기본 쓰임새신분은 일곱 개에 불과하다. 쓰임새명은 자신과 같은 성별의 부모로부터 물려받는데, 이론에 따르면 유용한 특질은 그렇게 유전되기 때문이다.

안심차(安心茶, Safe)

협상 자리, 앞으로 적대적 관계가 될 가능성이 있는 상대와 나누는 첫 만남, 또는 공식 회의 석상에서 전통적으로 대접하는 음료. 이물질이 섞이면 즉시 변색하는 식물성 유즙이 들어 있다.

완력꾼(腕力-, Strongback)

일곱 가지 기본 쓰임새신분 중 하나. 뛰어난 육체적 기량을 가진 사람들이 완력꾼으로 선발되며, 계절이 오면 중노동과 마을의 방어를 맡는다.

오로진(造山人, Orogene)

조산력을 지닌 사람들. 조산술의 훈련 여부는 상관없다. 비하적 멸칭은 '로가'.

잔모래(grits)

펄크럼에서 아직 반지를 얻지 못하고 기초 훈련을 받고 있는 어린 오로진을 가리키는 말.

적도권(赤道圈, Equatorials)

적도와 인근 위도 지역을 포함한 지역으로 해안지방은 제외된다. 적도권 향 출신의 사람들을 가리켜 적도인이라고 부른다. 적도권 향은 기후가 온화하고 대륙판 중앙에 위치해 있어 비교적 안정적이기 때문에 대개 경제적으로 부유하고 정치적으로 강력한 영향력을 지닌다. 한때 구 산제 제국의 핵심을 구성했다.

전승가(傳承家, Lorist)

돌의 가르침과 잃어버린 역사를 연구하는 사람.

제국도로(帝國道路, Imperial Road)

구 산제 제국의 가장 위대한 혁신이자 업적 중 하나인 고가도로(高架道路, 말을 타거나 걷는 사람들을 위해 지상 위로 높이 설치한 도로)는 고요 대륙의 주요 향과 대부분의 대형 사향주를 연결한다. 지공학자들과 제국 오로진의 협력을 통해 건설되었으며, 오로진이 지진 활동의 영향이 가장 적은 안전한 길을 찾아내면(안전한 길이 없을 경우에는 지진 활동을 잠재워), 지공학자들이 계절에도 쉽게 이용할 수 있도록 주변에 물길을 내거나 다른 필수 자원들을 조달했다.

제7대학(第七大學, Seventh University)

지하학과 돌의 가르침에 대한 연구로 이름 높은 대학. 현재 제국으로부터 자금 지원을 받고 있으며, 적도권에 있는 디바스 시에 자리 잡고 있다. 기존에 존재했던 대학들은 개인이 사립으로 운영하거나 또는 단체나 집단이 공동으로 운영하기도 했다. 그중에서도 앰엘랏에 있었던 제3대학(제국력 전 약 3000년)은 당시 독자적인 국가로 인식되었을 정도다. 이보다 작은 지방이나 사향주립 대학은 제7대학에 공물을 바치고 그 대가로 전문 지식이나 자원을 얻는다.

조산력(造山力, Orogeny)

열 에너지와 운동 에너지, 기타 지진 활동을 다루는 것과 관련된 에너지를 조종하는 능력.

중위지방(中緯地方, Midlats)

고요 대륙의 '중간' 위도 지방으로 적도와 남극권, 또는 적도와 북극권 사이의 지역을 가리킨다. 중위지방 출신은 중위도인, 때로는 중위인이라고 불린다. 대륙이 소비하는 식량과 물자, 기타 중요 자원의 대부분을 생산함에도 불구하고 시골이나 오지 취급을 받는다. 북중위와 남중위로 구분된다.

지공학자(地工學者, Geneer)

'대지공학자(geoneer)'에서 비롯된 명칭. 지열 에너지 장치 개발, 터널 및 지하 기반 시설 건설, 채굴 등 토공(土工) 분야를 전문으로 하는 공학자이다.

지방(地方, Region)

제국 통치체제를 구성하는 최상위 단위. 제국이 공식적으로 인정하고 있는 지방은 각각 북극권, 북중위지방, 서부 해안지방, 동부 해안지방, 적도권, 남중위지방, 그리고 남극권이다. 각 지방에는 총독이 있어 휘하에 있는 사향주에서 올라오는 보고를 받는다. 지방 총독은 공식적으로는 황제가 임명하게 되어 있으나 실질적으로는 유메네스 지도층이 그들 사이에서 선출하거나 임명한다.

지하학자(地何學者, Geomest)

돌과 자연계에서 돌의 위상을 연구하는 사람. 일반적으로 과학자를 가리킨다. 특히 암석학과 화학, 지질학을 연구하는데 고요 대륙에서는 이들 학문을 따로 구분하지 않는다. 조산술과 그 효과에 관한 조산학을 전문으로 연구하는 일부 지하학자들도 있다.

커쿠사(Kirkhusa)

중간 크기의 포유류로 애완용으로 기르거나 집이나 가축을 보호하는 데 이용한다. 평소에는 초식성이지만 계절이 오면 육식성으로 변한다.

펄크럼(中心軸, Fulcrum)

이빨의 계절 이후 구 산제 제국이 창립한 준(準) 군사 조직(제국력 1560년). 본부는 유메네스에 있지만 대륙 전체를 최대한 넓게 보호하기 위해 남극권과 북극권에도 각각 위성지부가 설치되어 있다. 펄크럼에서 훈련받은 오로진("제국 오로진"이라고도 한다)은 합법적으로 조산술을 행할 수 있는 유일한 이들로 그 외에는 모두 불법으로 간주되며, 조산술을 사용할 시에는 반드시 펄크럼의 엄격한 규칙을 준수하고 수호자들의 엄중한 감독을 받아야 한다. 펄크럼은 자율적으로 관리되며 자급자족으로 운영된다. 제국 오로진은 이른바 "검은 옷"이라고 불리는 검은색 제복을 입고 있어 쉽게 구분할 수 있다.

해안인(海岸人, Coaster)

해안지방 향 사람들을 부르는 말. 해안지방 향은 암초를 제거하거나 쓰나미 방재책을 마련하기 위해 제국 오로진을 고용할 만한 경제적 여력을 갖춘 곳이 드물다. 따라서 해안지방 도시들은 끊임없이 도시를 재건해야 하며 그 결과 만성적인 자원 부족에 시달리는 경향이 있다. 서부 해안인은 대개 피부색이 옅고 머리카락은 직모이며 종종 몽고주름이 있다. 동부 해안인은 피부색이 짙고 곱슬머리이며, 역시 때때로 몽고주름이 있다.

향(鄕, Comm)

공동체. 제국 통치 체제를 구성하는 가장 작은 사회정치 단위. 대개 도시나 마을에 해당하며 대도시는 여러 개의 향으로 구성되기도 한다. 향의 구성원으로 받아들여지면 비축품을 배급받고 신변을 보호받을 권리를 부여받는 한편, 그 대가로 세금이나 다른 방법을 통해 향의 발전에 기여해야 한다.

향명(鄕名, Comm Name)

대부분의 주민들이 갖고 있는 세 번째* 이름. 어떤 향에 소속되어 있고 어떤 권리를 보유하고 있는지를 알려 준다. 향명은 보통 사춘기 때 부여받는데, 공동체의 중요한 구성원으로서 한 몫의 성인으로 인정받는다는 의미가 담겨 있다. 외부에서 온 이주자도 입향을 신청할 수 있으며, 향민으로 받아들여질 경우 새로운 향명을 사용할 수 있다.

혁신자(革新者, Innovator)

일곱 가지 기본 쓰임새신분 중 하나. 창의력이 뛰어나고 실용 학문에 재능을 지닌 이들이

* 한국어판에서는 번역 어순상 향명이 중간에 위치한다. 예)라스크, 티리모의 혁신자(Rask Innovator Tirimo)

선택되며, 계절이 닥치면 기술적인 문제나 물자 보급 문제를 해결한다.

회발(灰髮, ashblow hair)

산제인 특유의 인종적 특성. 번식사 쓰임새신분에게 특히 유용하게 여겨지기 때문에 번식사를 선발할 시 선호된다. 회발은 머리카락이 유독 굵고 억세며, 처음에는 위로 넓게 퍼지듯이 자라다가 길이가 길어지면 얼굴과 어깨 위로 늘어진다. 산성에 강한 내성을 지니고 있으며, 물에 담가도 잘 젖지 않고 자연재해 등 극한 상황에서도 재를 잘 거르는 장점을 지닌다. 대부분의 향에서는 번식사를 선발할 때 회발의 질감만을 중요하게 여기지만 적도권에서는 대개 머리색이 진짜 '잿빛'인 번식사(날 때부터 선천적으로 머리카락이 흰색이나 회색)를 선호한다.

후레자식(-子息, barstard)

쓰임새신분 없이 태어난 사람. 즉 부친이 누군지 알 수 없는 남성에게만 해당된다. 자신의 유용성을 입증한 사람은 향명을 받을 때 모친의 쓰임새신분명을 사용하도록 허락받을 수도 있다.

흔들(地震, Shake)

지진 활동으로 인한 땅의 움직임.

감사의 말

이 판타지 소설은 어느 정도 우주에서 탄생했다.

아마 마지막 문장까지 읽은 사람이라면 짐작할 수 있을 테지만, 이 책에 대한 발상이 싹튼 것은 2009년 7월, 당시 나사가 후원하던 런치패드(Launch Pad) 워크숍에 참가했을 때였다. 런치패드의 목적은 다양한 미디어 인플루언서들을 초청해(놀랍게도 SF 판타지 작가들도 거기 해당했다.) '천문학'에 대한 이해를 높이는 것이었다. 알다시피 대중들이 천문학에 대해 잘못 이해하고 있는 수많은 거짓들은 실은 작가들이 퍼트린 것이다. 그리고 불행히도, 천문학과 몸이 돌로 되어 있는 지적 생명체를 엮은 내가 정확한 과학적 사실을 전달하고 있는지는 심히 걱정스럽다. 미안해요, 런치패드 분들.

내 머릿속에 이 소설의 씨앗을 심어 준 수많은 놀랍고도 열정 넘치는 토론들에 대해서는 자세히 설명하기가 힘들다.(자고로 감사의 말이란 짧고 간단해야 하니까.) 하지만 그런 놀랍고 열정 넘치는 토론이야말로 런치패드의 상징이며, 그러니 거기에 참석할 기회가 있는 미디어 인플루언서라면 필히 참석하길 권한다.

그해 런치패드에 참가했던 이들에게, 알게 모르게 이 소설이 탄생하게끔 영향을 준 모든 사람들에게 감사의 말을 전해야겠다. 마이크 브라더튼(런치패드의 창안자이자 와이오밍대 교수 겸 SF 작가), '나쁜 천문학자' 필 플레이트(이건 그냥 블로그 제목이다. 필은 나쁜 사람이 아니다. 내 말은…… 아, 그냥 직접 찾아보도록), 게이 홀드먼과 조 홀드먼, 팻 카디건, 과학 코미디언 브라이언 매슬로, 타라 프레데트(지금은 성이 매슬로로 바뀌었지만), 고드 셀러 등등.

그리고 내 편집자인 데비 플라이와, 절대로 이 소설을 포기하지 말라고 설득해 준 에이전트 루시언 다이버에게도 큰 감사를 보낸다. 부서진 대지 3부작은 내 평생 그 어떤 소설보다도 어려운 작품이었고 『다섯 번째 계절』을 작업하는 동안에는 어찌나 힘들었던지 중간에 그냥 때려치울까도 생각했었다.(내가 그때 뭐라고 했는지 정확히 표현하자면 "이 지랄 맞을 것을 당장 지워 버리고 드롭박스를 해킹해서 백업 파일도 몽땅 날리고 노트북을 절벽에서 떨어뜨려서 차로 깔아뭉개고 불까지 지른 다음에 굴삭기를 갖고 와서 증거도 몽땅 파묻어 버려야겠어. 저기, 굴삭기 조종하려면 자격증 있어야 해?"였다.) 내가 그런 '실의의 심연'에 빠져 허우적대고 있을 때 다행히도 케이트 엘리엇(내 종신 멘토이자 친구인 그녀에게도 감사의 말을 전한다.)이 전화를 걸어 대작을 쓰는 작가라면 누구나 다 그런 경험을 하게 된다고 토닥여 주었다. 내 절망의 심연은 유메네스 열개만큼이나 깊고 끔찍했다.

나를 벼랑 끝에서 건져 준 다른 사람들에게도 감사한다. 로즈 폭스와 내 의료 상담가인 대니얼 프리드먼, 미키 켄달과 글쓰기 그룹,

(이름을 밝히고 싶지 않을)내 낮 직업 상사, 그리고 내가 키우는 고양이 오지만디어스 왕. 그렇다, 심지어 빌어먹을 내 고양이까지 말이다. 작가가 글을 쓰다가 돌아 버리지 않으려면 마을 전체가 필요하다고!

마지막으로 항상 그렇듯이, 내 글을 읽어 준 독자 여러분 모두에게 감사한다.

옮긴이 | 박슬라

연세대학교에서 영문학과 심리학을 전공했으며, 현재 전문 번역가로 활동 중이다. 옮긴 책으로는 『스틱!』, 『부자 아빠의 투자 가이드』, 『구름 속의 죽음』, 『패딩턴발 4시 50분』, 『사라진 내일』, 『샤르부크 부인의 초상』, 『한니발 라이징』, 『아머』, 『칼리반의 전쟁』, 『몬스트러몰로지스트』 등이 있다.

다섯 번째 계절 부서진 대지 1

1판 1쇄 펴냄 2019년 1월 18일
1판 8쇄 펴냄 2024년 4월 19일

지은이 | N. K. 제미신
옮긴이 | 박슬라
발행인 | 박근섭
편집인 | 김준혁
책임 편집 | 장은진
펴낸곳 | 황금가지

출판등록 | 2009. 10. 8 (제2009-000273호)
주소 | 06027 서울 강남구 도산대로 1길 62 강남출판문화센터 5층
전화 | **영업부** 515-2000 **편집부** 3446-8774 **팩시밀리** 515-2007
홈페이지 | www.goldenbough.co.kr

도서 파본 등의 이유로 반송이 필요할 경우에는 구매처에서 교환하시고
출판사 교환이 필요할 경우에는 아래 주소로 반송 사유를 적어 도서와 함께 보내주세요.
06027 서울 강남구 도산대로 1길 62 강남출판문화센터 6층 민음인 마케팅부

한국어판 © ㈜민음인, 2019. Printed in Seoul, Korea

ISBN 979-11-5888-482-6 04840(1권)
979-11-5888-485-7 04840(세트)

㈜민음인은 민음사 출판 그룹의 자회사입니다.
황금가지는 ㈜민음인의 픽션 전문 출간 브랜드입니다.